深秋的上弦月

孟文治 著

中国华侨出版社
北京

图书在版编目（CIP）数据

深秋的上弦月 / 孟文治著. -- 北京：中国华侨出版社，2020.9
ISBN 978-7-5113-8256-6

Ⅰ.①深… Ⅱ.①孟… Ⅲ.①长篇小说—中国—当代 Ⅳ.①I247.5

中国版本图书馆CIP数据核字(2020)第123624号

●深秋的上弦月

著　　者	/ 孟文治
责任编辑	/ 刘雪涛
封面设计	/ 周俊瑞
经　　销	/ 新华书店
开　　本	/ 787毫米×1092毫米　1/16　印张/23.25　字数/220千字
印　　刷	/ 北京军迪印刷有限责任公司
版　　次	/ 2020年9月第1版　2020年9月第1次印刷
书　　号	/ ISBN 978-7-5113-8256-6
定　　价	/ 78.00元

中国华侨出版社　北京市朝阳区西坝河东里77号楼底商5号　邮编：100028
法律顾问：陈鹰律师事务所
发行部：（010）64443051　传真：（010）64439708
网　　址：www.oveaschin.com　E-mail：oveaschin@sina.com

如发现印装质量问题，影响阅读，请与印刷厂联系调换。

前　言

　　二十世纪八十年代，我高中毕业回到农村，开始了我的求职旅程。在那个年代，对于一个农村青年来说，想找一份正式工作比登天还难，因此我始终徘徊于正式工作的边缘。做过民办教师，在乡政府干过编外干部……

　　二〇一五年深秋，我回到了故乡，漫步于几十年前经常深夜独坐，凝望天空的小河边，年轻时的一切又涌入脑海，还有把它们写下来的冲动。这便是《深秋的上弦月》了。

孟文治

二〇二〇年五月

每个人都有自己的故事,但每个人的故事不尽相同。

——题记

第一章

　　老蜡在锅子坝的故事是这样开始的。两床被子裹着衣物和其他一些生活用品，用一张塑料布包起来，再用一根细的棕绳捆住扛在肩上，这便是他去新单位报到上班的全部行李了。

　　在江油火车站的售票窗口，老蜡躬着身子将钱递进去，怯生生地说："去锅子坝，一张。"售票员白了老蜡一眼，没好气地说："什么锅子坝，楠竹园，你要不要？"老蜡突然记起，在绵阳地区文教局办理手续的时候，工作人员曾告诉过他，工作的地方叫锅子坝，而火车站的名字却叫楠竹园。于是忙说："哦！对，对……楠竹园，要……要一张。"

　　上车时已无空座，本想往前面的车厢挤一挤，但火车已经开动，便只好在两节车厢的接头处将行李放下并顺势坐在上面。

　　"这儿不能坐，靠边一点"，老蜡刚坐下，一个三十来岁的女乘务员便冲着他吼道。

　　老蜡忙站起来，苦笑着点了点头以示歉意，并象征性地将行李往边上挪了挪后顺势站在旁边。

　　总算安顿妥了，老蜡长长地舒了一口气，便随意地往车窗外望去。眼前突然一黑，火车运行的轰鸣声也随之大了起来，他被吓了一大跳，但很快眼前又是一片光明了，火车的轰鸣声也恢复如初。这才明白过来，原来火车在过隧道。想到刚才的那一惊，自己都觉得有些好笑，亏得还是搞体育的，胆子竟这般小。

　　正想着，随着一阵长长的汽笛声，老蜡的身体突然往前猛一倾，差一点就跌倒了，他知道，这应该是火车进站时刹车所致。刚站稳，见前面的三人座上的两个人起身取行李，他快步过去，将包袱放在行李架上。刚坐定，他就忙着扫视了一下旁边的几个座位，像是担心有谁会来干涉一样。

对面是对老夫妻，他们中间坐着一个十一二岁的小男孩，老蜡心想："这应该是他们的孙子吧。"老两口都闭着眼睛，可能是睡着了，就连刚才刹车的震动和准备下车的人的喧闹声都没有吵醒他们，老头儿还发出轻微的鼾声。小男孩倒显得很精神，他友善但又有些胆怯地看着老蜡。老蜡礼貌地向小男孩点了下头，以示友好。

坐在旁边的大爷急不可耐地和他攀谈起来，老蜡暗想："这一定是个老江湖了。"便打量了一番这个大爷。

他看来已年过五十，穿着有些怪怪的，一件已经洗得发白的蓝色涤卡中山装，里面却套着一件崭新的红色运动衣，这样的搭配看起来似乎和他的年龄有点不大相符。虽然夏天刚过，他却戴着帽子，帽子是灰色的，很旧，帽檐都有些卷曲了，还有好几处很明显的折痕，边缘好几处都烂了，帽子的戴法似乎也有些奇怪，只遮住了前额那高高的发际线，卷曲的帽檐和他那亮亮的额头近乎在一个平面上，感觉帽子只是用来装饰而并非用来保暖的一样，多少有些滑稽。本来就比较瘦削的微微泛红的脸上胡须胡乱长着，像是好长时间都没有修剪过了，却并不觉得邋遢，不管是衣服还是脸都显得很干净，只是他的牙齿不那么整齐，左边靠近门牙的几颗牙也很畸形，但看上去还是白白的，很干净。从准备来这个座位时他就以一种很和善的眼神看着老蜡。

大爷首先问道："小同志，你在哪里下车呢？"

老蜡说："锅子坝。哦，不，是楠竹园。"

大爷将倾向老蜡的身子稍稍正了一下，说："哦，那我在你前一个站下。"

老蜡觉得闲聊打发一下时间也不错，便友好地笑了笑，问道："你是本地人么？"

大爷似乎很自得，说："是啊。"老蜡又问道："锅子坝有个铅锌矿，你知道么？"

大爷将身子坐正，头往靠背上用力靠了两下，像是在舒展颈子一样，然后说："晓得，晓得，还熟悉得很呢，我经常去那儿。我有好几个亲戚都住在那附近，我们生产队还有几个人在矿里上班呢。"

老蜡忙问道："就在下火车的地方么？"

大爷拉长了声音，说："还远哦，离火车站还有三十多里呢。"

老蜡惊异，将眼光从大爷的脸上移开，轻声地自语道："啊，那么远！"

大爷摇了几下头后才看着老蜡，说："不过你不要担心，铅锌矿有专门接这趟火车的班车。呃，你去那里干什么呢，是走亲戚么？"

老蜡说:"不是,我是分配到铅锌矿子弟校教书的。"

大爷突然间好像对他多了一些敬意,将身子向老蜡这边略倾了一点,很关切地说:"哦,教书!好,教书好啊!不过那趟车很挤,而且停车的地方距车站还有半里路远。车是从来都不等人的,只要一坐满就开走了,所以下车后你一定要快,如果错过,就只有第二天才有车了。"稍作停顿后大爷像突然记起什么一样,忙补充道:"还有,如果卖票的人问你是哪里的,你一定要说是铅锌矿的,不然,要多给钱的。矿外的五毛,矿内的只两毛。如果知道你不是矿里的,就是坐到了座位上也要叫你站起来让本矿的人坐。"

老蜡很感激大爷,由衷地说了声"谢谢",突然间他感觉好像有点儿累了,便将视线从大爷那里移开。但他又不敢睡,只将头靠在靠背上,看到窗外飞驰而过的村庄、小河还有铁道旁大大小小的树。隧道越来越多,山也越来越高,刚接到工作分配通知时的那股热情早已消了一大半。老蜡觉得凭自己优异的专业成绩被分配到子弟校,是自己的幸运。每一批毕业生中除了有关系的,能分配到子弟校的实在是太少了,因为子弟校的待遇比地方上要好很多。但怎么也没有想到这个厂竟如此远,而且还在这么高的山上。想着想着,老蜡竟有些凄楚和无助了。

大爷本想再和老蜡说些什么的,但见老蜡似乎没有搭理他的意思,便只好作罢了。

因为是慢车,一路上走走停停,旅客也上上下下。他靠在座位上,眼睛睁得大大的,但眼前的一切好像并没有经过大脑。他没有再和谁说话,也没有去看任何人,任凭自己的思绪无限地放飞,这样一坐就是好几个小时。

"楠竹园车站到了,楠竹园车站到了!"之前吼过老蜡的那个女乘务员右手甩动着一把钥匙,用并不怎么标准,还带些浓厚陕西腔的普通话喊道。

尽管老蜡并没有睡着,但他还是像从梦中惊醒一样,一愣,这才回到了现实。耳边又响起了火车运行的轰鸣声以及旅客们的嘈杂声,旁边那位大爷的位置上不知道什么时候已经换成了一个提着一篮子熟鸡蛋的大娘。

老蜡忙拿上行李,站在乘务员旁等待下车。女乘务员看了老蜡一眼,没好气地说:"你忙什么嘛,站开一点,不然怎么开门呢。"老蜡本能地退了一步,乘务员刚打开门,他便第一个冲下去。

老蜡一看,朝着大爷说的方向已经有很多从其他车厢下来的旅客在奔跑了,而且人数还不少。老蜡是中长跑运动员,曾拿过几个国家级比赛的奖,而且因此还读了师范学院体育系并有了今天的工作。于是便发挥自己的特长,扛起行李朝着人流方向飞奔而去。老蜡坐在列车较后的车厢，待他跑近客车时已有很多人在往车上挤了。他观察了一下，觉得扛着行李从车门挤上去肯定很困难。

车子的后面较空，而且最后面的车窗是打开的，老蜡没多加思考，便迅速将行李从后窗上塞了进去，再跑到前面往车上挤。并没有花太大的力气便挤上了车，但已经没有座位，而且行李也被先上车的人扔到了过道上。还好是在最后一排，行李并没有挡住过道，除一个滑过的脚印外行李上面也没有被踩踏过的痕迹。于是用力将行李往最后一排的座位下面塞，坐着的几个人都很配合，将脚抬得高高的，等老蜡将行李完全塞进去后才放下脚来。他像完成了一项重大任务一样直起身子，左手抓住倒数第二排座位的靠背，右手则从最后一排两个乘客肩的空隙处伸过去撑着靠背，这样面向车窗站着。

老蜡看了看前面拥挤的乘客，虽然自己也一样没有座位，却还有一种小小的胜利感。车开动了，老蜡正往车外张望，听见有人说："买票，五毛钱一张。"

听得是个女的，老蜡甚至都不敢正眼去看一下，只将声音压得极低地说道："同志，我……我……我是矿里的。"女售票员很友善地问道："哟！矿里的？我怎么没见过你呢，你是矿里哪个部门的？"

见到女孩子说话就结巴，这是老蜡自懂事以来一直都很想克服却总是克服不了的毛病，见这样问自己，他更是有些结巴地解释道："我……我……我是刚分到铅锌矿子弟校的，今天才，才去报到。"女售票员微笑着说道："哦，那是矿里的，两毛。"

老蜡感觉气氛融洽多了，便将在火车上早准备好的一张两毛的纸币递给售票员并说了声："谢谢！"售票员很友善地看了老蜡一眼，微笑着说："谢什么，应该的。"说完后转身就走了。

就在她转身之际，老蜡才注意到，女售票员很漂亮，那淡淡的柳眉下一双睫毛好长好长的，水汪汪的大眼睛，眼珠黑白分明，虽然是成年人了，却还是像儿童的眼珠一样，好干净。微笑时，一口洁白整齐的牙，在红红的又好像有许多细纹的嘴唇的映衬下，仿佛有些闪光，给人一种极其清纯而且美到极致的感觉。对话的时候，老蜡分明看到她那白白嫩嫩的脸蛋上迅速地泛起了一层红晕，而且慌乱地避开自己的眼神。

突然间老蜡感到心里一空，一种说不出的从来都没有过的感觉一下子涌上了心头，火车上的那种凄楚和孤独感顿时荡然无存了。他马上调整了站姿，凝望着那个子不高却非常漂亮的女售票员的背影。一件洗得已经发白却很干净的劳动布衣服，乌黑亮丽的头发扎成一条长长的独辫子，辫子的头部还故意弄得有些蓬松，看起来更具青春活力。黑黑的头发、白白嫩嫩的皮肤、白里透红的别着一枚极简单耳针的耳垂、淡蓝色的衬衣领和已洗得有些发白的劳动布衣服显得是那么协调。顿时，老蜡觉得自己好像从来都没有见过这么漂亮的姑娘，他甚至很后悔刚才只顾着讲价，竟没有多看她几眼。

汽车在山路上颠簸，虽然只能看见女售票员的后肩及长发，但老蜡的视线却一直都停留在这上。几次都分明看见女售票员回过头来看自己，而每当此时，老蜡都会慌乱地把视线躲开，但每次躲开后，又后悔怎么没借此机会好好看看她，向她报以微笑，或者是点一下头打个招呼。虽然没敢看，但还是能够感觉到她是那样的美丽、和善、亲切，就像是一个久别的故人一样。已经二十多岁的老蜡好像从来都没有像今天这样静静地关注过一个陌生的女生，因此而产生了无尽的遐想。

经过近一个小时的颠簸，车停了下来。老蜡全然感觉不到下火车时的那种匆忙，他甚至觉得时间过得太快，要是再坐几个小时该有多好。本来就站在车的最后，加之故意放慢了脚步，他竟成了最后一个下车的人。司机也下车了，只有那漂亮的女售票员还站在座位旁，像是在等待着什么。

在经过女售票员身边的那一瞬间老蜡停了下来，想说点什么，却怎么也开不了口，而她看着老蜡也欲言又止，就在他们对视的那一刻，她的脸一下子又红了并很快地将眼光避开。老蜡感觉到自己的脸也一样红了，而且眼睛里还充满了泪花，想跟她说个"再见"，却不知道该怎样去发出这个音来，情急之下只紧闭嘴唇，嘴角微微地抽动了几下，苦笑着瞟了她一眼便无奈地下车了。

老蜡这才注意到，汽车已将他带到一个比在火车上看见的更大的山里。此时的他，已置身在一个一眼望不到山顶的山间盆地里，他突然想起小时候哥哥逗自己玩儿，自己被哥哥放进红薯窖里时，只能看见一个很小的圆圆的天空，只是那圆圆的天空比现在看到的还要小很多，自己也没有小时候的那种恐惧感罢了。

车停在一个有篮球场大小的坝子里，周围有许多的沿地势而建的高高低低的房子，有红火砖的也有黑火砖的，从成色上看，这些房子修建的时间应该是不一致的，有的已经很陈旧了，而有的又像是新盖的一样。房子的周边有一些大小不等的香樟和其他一些不知道名字的树，最大的可能有两人合抱那么大了，而小的也不过碗口粗。能看得见的道路包括停车的坝子都用水泥硬化过，显得平整而干净。整个看来，这里的确有一种单位的感觉。而建在这么大的山里，还多少会给人一种神秘感，老蜡想："这该不会是什么保密单位吧？"

虽然是在大山里，但空气并不怎么清新，天空好像被一层淡淡的雾笼罩着。周围的房子和树叶上都覆盖着一层薄薄的粉尘，使得这些树叶的绿都显得不那么纯粹了，还给人一种不太卫生的感觉。虽然才四点多一点，却并没见很多人，那些同车来的人，在老蜡从车上走下这极短的时间里，全都消失在了那些高高低低的房子里，甚至让老蜡觉得自己是一个人乘车来到这里的。这时，火车上的那种凄楚和孤独感又重新向老蜡袭来，他甚至还有一点想哭。

"哎，报到去左边那幢红房子的二楼，"老蜡正发呆，身后却传来了那漂亮的女售票员的声音。她的声音是那么的好听，就像是在唱歌一样，老蜡想："卖票时怎么没感觉到呢？可能卖票时是说给大家的，而刚才这句话才是说给自己的吧！"这样想着，老蜡又有一点点得意起来。

"谢谢，谢谢"，老蜡终于崩出了这句话，说完后连头也没有回，就像战场上接到冲锋令的战士一样，扛着行李飞一般地向那幢红房子跑去。一口气跑到了红房子的外面，突然间又觉得后悔了："跑什么呢，怎么不多说几句话呢，至少也该趁此机会问问她叫什么名字吧！但现在已经跑这么远了，难道还要跑回去么，以一个什么理由回去呢？"

老蜡连忙下意识地看了看行李，多希望遗忘了什么东西在车上，但自己就只有这么一件行李，之前在火车上那么困，都把眼睛睁得大大地看着它，又怎么会忘掉呢。老蜡想回过头去看看她，但头就好像有些不听使唤一样，怎么也不敢往后面看。待老蜡终于鼓起勇气回过头去时，只看见那辆已经关上了门的客车，客车外也什么人都没有了。

老蜡开始恨自己的腿了，这一双曾经给他带来过很多荣誉并令他引以为傲的腿，还是第一次被老蜡责备，而被责备的理由和之前骄傲的理由是一样的——跑得太快。

快六点老蜡才办完各种手续，他还知道了这次一起分来的师范毕业生有七个，加上从其他学校分来的大、中专生一共有十三个人。

劳资科的同志把老蜡带到宿舍，打开门后才将钥匙给他，还叫来了三个刚分来的年轻人并一一作了介绍。这几个人给老蜡的印象很好，都住在同一层楼上。简短交谈后老蜡知道，他们已经来了好几天了，有的已经在上班了。

同事马明说："先去吃饭吧，饭后再收拾房间，不然去晚了就吃不上了。"老蜡迅速打开行李，将跟随了他四年多的已显得非常陈旧而且还有好几处都有些变形的看起来已经不是太方正的饭盒拿出来，和新伙伴一起去了食堂。

食堂并不小，但是里面已经挤得不可开交。老蜡想："刚才下车的时候并没见到几个人，怎么一下子就冒出这好几百人来。"这时，他才感到肚子的确很饿了，看到别人碗中热腾腾的饭菜，老蜡直想流口水。待他们几个排到窗口时，炊事员说："只有泡萝卜了，要不要？"老蜡没有办法，只得打了半斤饭、一份泡萝卜。

突然，老蜡觉得好像还有什么事没有做一样，便迅速地在众多的用餐者中搜寻。但任凭怎么找寻，却始终没有发现她的身影，他很失望。在和女售票员分手以后他就决定：如果再见面，一定要大胆地问问她叫什么名字，再好好地说几句话，如果有可能的话，还要告诉她自己是多么喜欢她。

回到宿舍，老蜡见房间只有不到十平方米大，一张床、一张课桌、一把木头椅子，便是他现在的全部家当了。尽管这样，据劳资科的同志讲，这还是矿里对新分来的大、中专生的特别优待，其他刚分来的工人都住大宿舍。

老蜡没有多做休息，便去马明那里借了一把扫把，将屋子彻底打扫了一遍，这才打开行李，铺好床后顺势躺下。

"不管怎样，总算有一间属于自己的屋子了，以后就可以在这小小的空间里做自己的事了。"老蜡这样想着，先前那极度复杂的心情，一下子好像又平复了许多。

老蜡躺在床上，觉得很舒适，闭目约两分钟的样子，才睁开眼睛，将屋子仔细地观察了一遍，见墙壁和屋顶都用报纸糊过，很整齐，每一张报纸的朝向都是一致的，就连报纸间连接处的缝都在一条直线上。床右边课桌上方贴了一张电影《庐山恋》的海报，床对面的墙上还贴有影星张金玲和洪学敏的剧照，很显然，这些都是从画报上剪下来的，由此看来，房子的前主人应该是一位女士，而且相当爱整洁。

老蜡决定将这些都撕下来，便起身来到画像旁，却又犹豫了，总觉得张俞的眼神好像在哪里见过，仔细一想，他才发现那位漂亮的女售票员的眼睛和张俞的很像，看起来很美。于是他只将另外两张海报撕下来揉成团扔在地上。但他又一想，男人的房间里贴着女明星的像应该不太好吧，便将张俞的那张也轻轻地揭了下来，背面向上地铺在了课桌上。他看了看，还是觉得不妥，又从地上将已揉成团的两张画报捡起来理平整，一张铺在张俞像的下面，一张则铺在了上面，这样既可以保存这几张海报，又不会被别人发现，而且还可以美化课桌，老蜡不禁得意于自己的这一举三得了，高兴之余还哼起小调来。

收拾完后觉得有些累了，便和衣躺在床上，然而刚闭上眼睛，那漂亮的女售票员的白皙而带红晕的美丽的脸蛋，还有长长的睫毛下那双水汪汪的柔和的大眼睛便又浮现在他的脑海里，不知道想了多久才朦朦胧胧地睡去。

第二章

虽然才初秋，但山区的夜晚还是有些许的寒意，老蜡被冷醒了。他一看窗外，除了矿区的几个昏暗的路灯外，到处都是黑黑的，不知道几点了，忙打开灯，在几件衣服里东翻西找，最后在一条折好的裤子的兜里拿出了一块手表。这是父亲花了三十块钱买的"钟山"牌手表，并作为参加工作的纪念品送给老蜡的。一看才八点多，他觉得奇怪，仔细一检查，原来因为没有上劲，不知道表是停在了哪天的八点钟。离家之前，父亲说火车上小偷多，表戴在手上容易丢失，于是就把它放在行李中了。上好劲后，随即就传来了表的滴答声，或许是太静了的缘故吧，以往都要把表贴在耳边才能听见的。这表的嘀嗒声使这死一般寂静的房间里顿时多了一些生机，就连屋子里的灯光都好像比先前亮了许多。

老蜡想找个人对对时间，打开门，外面更是一片昏暗，而且静得要命，除了远处偶尔传来的几声狗叫外，什么也听不见，就更别说人了。突然间，老蜡感到有些恐惧，忙关好门躺在床上，却怎么也睡不着了，想看看书，才记起走的时候因嫌重，竟连一本书也没有带。他没办法，只好起来看贴在墙上的那些报纸。看着看着，老蜡又想起了那几张海报来，于是拿出张俞的肖像，不禁又想起那漂亮的女售票员了。这样反反复复，不知道过了多久才又躺在了床上，却还是无法入睡。

忽然，汽车的马达声打断了老蜡的思绪，他跳下床就往外跑，伸手开门时，才反应过来原来自己还没穿衣服。忙返回床边穿好衣服，汽车的马达声已经越来越大了。打开门时，见汽车刚刚从他的楼下开过，而且还真是那辆客车。见汽车的尾部在拐弯处快速的消失，老蜡心里很不是滋味，甚至有些怪自己，本来是和衣而睡的，后来又怎么把衣服给脱掉了呢，不然肯定能见到那漂亮的女售票员。他懊丧地回到屋子里，一屁股坐到床上，想看一下表，以确定客车的发车时间，才记起原来时间不准，老蜡不禁叹了一口气。

或许是先前设想过太多见到漂亮的女售票员时的情形的缘故吧，老蜡很失望，但同时他又感到很轻松。车走了，几个小时内她都不会在矿里出现，于是他索性脱掉衣服，倒在床上呼呼地睡了。

突然老蜡被一阵敲门声吵醒了，他急忙打开门，却没有看见半个人，老蜡想这肯定是同事在提醒自己该起床了，见窗外已经大亮，便起来洗漱后和同事们一起去了已是人山人海的食堂。尽管老蜡知道那漂亮的女售票员已经出车了，但他还是在这众多的陌生的面孔中认真寻找了一圈，虽然没有看见那漂亮的女售票员，但老蜡还是发现了几张如她一样好看的面孔，只是如第一次看那漂亮的女售票员一样，不敢去多看几眼。

吃过早餐后，老蜡开始了他人生中上的第一天班。他把时间调好，和新同事们互相介绍、一起聊天。

或许是心里有鬼吧，老蜡和同事们什么都谈，就是不愿意涉及有关"班车"的半个字，但他又很想知道班车的情况，真是矛盾到了极点。而这些新同事也好像故意跟他过不去一样，没有任何一个人提及有关班车的事。老蜡在这种极度的矛盾中好不容易才熬到了下午，决定去停车场看看，希望能尽快地见到那漂亮的女售票员。

还不到四点，老蜡已经来到了昨天下车的地方，却一个人也没有，也看不到有什么类似于停车点的指示牌。他很想找一个能够在那里等待的理由，却怎么也找不到合适的，便只好在附近走来走去，他又觉得不好，如果遇到同事，问这么大的太阳在外面干什么，该怎么回答呢。还好，他发现距停车点不远的办公楼旁的一棵大树下面，有几个可能已经退休的人在下象棋，便慢步过去，看了一会儿，他见下棋的只有两人，而观棋的就有七八个，还边看边指点，有的甚至躬着身子去抢棋子，还因此而吵来吵去，一点下棋的安静气氛都没有。老蜡想："这些人的棋下得实在不怎么样，而且环境还如此差，怎么还会有这么浓的兴致呢。"他看了几分钟便一点兴趣都没有了。

老蜡是象棋高手，在体校时和象棋班的小朋友住在同一个寝室，业余时间就向小伙伴们学习下象棋。虽然是这些小朋友教会了他下象棋，但他悟性特高，接受能力也特强，有时竟连象棋班的"小老师"也下不赢他。以他现在的水平来看这些人下棋，自然是提不起兴趣的。但为了混时间，他还是装着兴趣很浓的样子伸着头在外围观看，但耳朵却处于高度戒备状态，随时准备着迎接班车的到来。

"诶，这不是蜡老师吗。上班时间，你跑到这里来干什么？"听到叫自己，老蜡吃了一惊，忙转过身去，原来是上午才认识的陈大文，他是铅锌矿子弟学校的副校长。

陈大文很清瘦，高高的个子，但背却稍稍有一点驼，应该是长时间俯着身子做事造成的。一副像玻璃瓶底一样厚的眼镜架在他那高挺的鼻梁上，脸庞上有很多很深的皱纹，老蜡甚至想象不到他是用什么方法把那些浓密的络腮胡刮得如此干净的，就连那些皱纹深处都没有一根胡须幸存。如果不认识，是怎么也无法把他和领导联系在一起的，他好像并没有半点作为领导的威严，倒是有些长者的慈善。

因为是上班时间，老蜡还是有些害怕，忙解释道："这一节没课，我刚路过这儿，才看了一下，这就回去，这就回去。"说着便机械地随陈大文一起往学校走去。

陈大文问道："你也喜欢下棋？"

"嗯"，老蜡想，如果回答不喜欢，那就无法解释为什么上班时间还在这里看下棋了，便只好这样轻轻地回答道。其实陈大文并没有去在意老蜡怎么回答，只稍作停顿，待老蜡与他并行的时候用右手轻轻地拍了拍他的肩膀，和蔼地说："我也很喜欢下棋。你是体育学院毕业的，肯定是高手，什么时候指教指教？"见陈大文并没有责难自己，而且还聊起了象棋，老蜡紧绷的弦一下子就松下来了，便放慢了脚步，笑着说："哪敢指教哦，我只知道皮毛而已，皮毛而已。有时间向你请教才是。"陈大文脸上顿时挂满了笑容，说："年轻人嘛，谦虚一点是对的，但也不要太过谦虚了，有本事该露的时候还是要露的，不然别人怎么知道你的本事呢。"老蜡忙说："陈副校长教导得对，我一定牢牢谨记。"陈大文没有再说什么，只是笑着用右手食指轻轻指了老蜡几下便加快了步伐。老蜡想："这应该是他在赞赏自己吧。"

已经到了丁字路口，而班车还是没有到，没办法，老蜡只得跟着陈大文朝与停车点相反的方向走去。刚进校门，就听到了汽车的马达声，他知道，这肯定是班车回来了。突然间，老蜡好像很讨厌这个陈大文，是他将这次本来可以和漂亮的女售票员见面的机会给搅黄了。但他并没有表现出半点的不满，还是笑着对陈大文说了声"你慢走啊！"便进了办公室。老蜡想："今天肯定又无缘和漂亮的女售票员见面了。"

虽然才一天，但老蜡和一起分来的几位同事相处得都很融洽，还约定每餐都一起去吃饭。中午，他们几个人都没有买到肉，决定晚上再早一点去，希望能买到。结果还是去晚了，等排拢窗口，一样只有素菜了，没办法，素菜也得吃。吃饭的时候，老蜡装着无意地问起了班车的运行时间。让老蜡觉得奇怪的是，这几天谈的最多话题就是美女，但伙伴们在谈到班车的时候，竟没有一个人提起那漂亮的女售票员。老蜡想："难道他们都不觉得她漂亮，或者他们都没有见过那漂亮的女售票员？"不管怎样，老蜡还是打算明天早上借晨练去见见那漂亮的女售票员。

才九点多一点老蜡便上床睡觉，但并没有马上就入睡，他设想了许多与漂亮的女售票员相见时的对白。想着想着，自己都觉得有些好笑，发现自己竟是用普通话在对话，可能是电影看得太多的缘故吧。这样想想睡睡，中途还醒了几次，这应该是老蜡有生以来觉得最漫长而又最具希望的一个夜晚。

当老蜡被汽车的马达声吵醒时，已经接近凌晨六点。他忙穿好衣服跑出去，又只看到了客车的尾部。老蜡狠狠地向疾速而去的客车甩了一下手，像要让客车停下来一样。然后呆呆地在门前站了约两分钟的样子，才懊丧地回到屋里。

这一天他们在食堂里还是没有买到肉，这令他多少有些失望。但一到了晚上，老蜡又泛出了新的希望，因为明天早上就有可能见到那漂亮的女售票员了。

早上，老蜡终于在五点不到就醒了。他迅速起来穿好运动衣，拿出一个小镜子照了照，又用水将微微翘起的几根头发压了下去，并对着镜子笑了笑才出去。

乘车的人已经三三两两地向停车点集结，老蜡一副晨练的样子一路慢跑着。虽然路灯很暗，但随着老蜡慢跑的脚步，客车已经在他的眼前变得越来越清晰了。客车旁边已经站了很多人，很显然，司机还没有把车门打开。老蜡并没有停下脚步，而是慢跑通过了停车点，眼睛却借着路灯那昏暗的光线扫视着等在客车旁的所有人，但并没有看到那漂亮的女售票员。老蜡想："可能还没有来吧，照常理司机和售票员都不会早到的，一般都是快发车的时候才来。"他很想停下来在客车边等等，但自己又不乘车，也实在找不到其他停下来的理由，便只得又往前跑了几十米后再折回。

快接近客车时有人喊："老蜡，这么早就起来锻炼身体啊！"抬头一看，原来是和自己一起分来的在矿宣传科上班的邻居马明。

"你是要去哪儿呢？"老蜡终于找到了一个能够在客车旁停下来的很充分的理由，忙原地跑步并高兴地问马明。马明答道："去绵阳开会。"在与马明说话的时候，老蜡又扫视了一下四周，还是没有发现那漂亮的女售票员，老蜡想："这就奇怪了，"正想着，一个微胖的大概有五十岁的女人走到车门口，大声说："快排好队，要上车了，准备好零钱。"

老蜡很失望，他想："今天肯定是另一个售票员上班。"本想马上就回去，但又怕马明看出点什么来，便只得又开始跑步，等到客车开出去以后才回到寝室。

接下来的几天里早上照样进行一次晨跑，却始终没见到那位漂亮的女售票员。有几次，他甚至想去问一问，又感觉开不了口，也不知道该问些什么。到现在连那个漂亮的女售票员姓甚名谁都还不知道。

很快，一个礼拜过去，食堂照样拥挤，而老蜡他们几个很守规矩的年轻人却始终没能买到肉。周末这天，他们在一起商量，如果再这样循规蹈矩的话，有可能一直都吃不上肉，只能改变方法才行，老蜡提出用"嵌入"法。

中午开饭的时候，他们没有像以往那样老老实实地排队，而是三个人站在窗口的左边，然后其余的人把他们往右边一挤，就正好到了窗口上。这个方法虽然有些不合规矩，却的的确确让这一伙年轻人在来到单位的近十天里第一次吃到了肉。在享受了这一顿美餐的同时，这一伙年轻人又开始规划起未来了。有人提出，现在我们都还年轻，除了上好班以外，还应该抓紧时间学习和锻炼身体。说起锻炼，当然是老蜡的强项了，在这一帮刚分来的大中专生中，只有他一个人是学体育的，大家都想听听他的见解。老蜡说："晨练不宜过早，应该在六七点钟，也就是天亮了以后比较合适。因为天还没有亮的时候，很多植物都一样吸氧气而呼出二氧化碳。天亮以后，植物开始光合作用，就吸二氧化碳而呼出氧气了。"

听老蜡这么一讲，这些小伙子们觉得很惊奇，都用一种赞许的眼光看着他。没想到这个平常不大言语的老蜡竟这般有知识，讲得头头是道。

马明突然问道："不对啊，老蜡，你是在骗我们吧？"

老蜡说道："我怎么会骗你们呢，不信你们可以去查资料嘛。"

马明说道："那你为什么每天早上五点多一点就开始跑步了呢，你该不会误导我们吧？"

老蜡的脸一下子红了，他突然想起了那天早上跑步的时候遇见过马明。语调也随之变得比先前低了很多，似乎有些搪塞地说道："那天早上我起来早了嘛。"

马明毫不让步，说："你娃娃又说假话了，好像并不只是那天早上哦，而是天天如此。你下楼上楼都要从我的门前过，你以为我不知道！我这个人唯一的优点就是瞌睡少，而且耳朵极好，我听脚步声就能够判定是谁，就是三四个人一起走，我也能分辨出都有谁。"

老蜡再无法作什么解释了，连他自己都不知道这以后究竟咕噜了一些什么。老蜡唯一感觉到的就是自己的脸好像红得很厉害，而且说话更结巴了。老蜡平生第一次感受到要去掩盖一个谎言的确是一件很难的事。老蜡想："无论辩论的结局如何，早上再也不能去见那个漂亮的女售票员了，不然的话，不知道又要编一些什么样的谎言才能掩盖自己去等人的事实。其实自己很讨厌撒谎，也知道撒谎太不应该，就算是为了不撒谎也不能再借晨练去打探她了。前几天虽然物质生活匮乏，吃不上肉，但精神生活相当富有，天天都充满了希望，失望，再希望，再失望。今天终于吃上肉了，满足了物质生活的需求，却因为自己对晨练的见解而被迫放弃精神上的追求，这大概就是世间事都不能两全其美吧。当然，没有希望也就没有了失望。"

"不要再争论了，我们还是好好计划计划以后的生活吧"，在矿办公室工作的王凯终于忍不住打断了马明和老蜡的争论。见俩人都停下来了，他才接着说："我们都是单身，不如干脆一起买，一起吃，然后再平均给钱。这样花同样多的钱，还可以多吃几个品种的菜，你们看怎么样？"经王凯这么一提，大家觉得还真是个好办法，一致同意了这个方案。

从此，每天买饭的时候，他们不再像以往那样慌乱了，而是按照分工，各行其是，而矿里的人对他们这一伙大、中专生也好像另眼相看，在用"嵌入法"插队的时候也没有任何人去指责他们，只是敬而远之罢了。

无法借晨练去等待漂亮的女售票员，又没有其他的什么借口可以在那么早就起床去乘车的地方，老蜡很失望，他甚至有些后悔自己为什么要那么认真地给别人讲解如何晨练之事，否则就可以天天都那么早起床晨练，现在肯定与那个漂亮的女售票员已经联系上，甚至还有可能已经在恋爱了。越是这样想，老蜡越是想尽快见到那漂亮的女售票员。但要怎样才能见到她呢，早上不能，下午班车返回的时候正值上班时间就更不可能。看来要想再见到她，只有去坐一次班车才行。

终于等到发工资，老蜡决定去坐一次班车。但令他有些不爽的是，有好几个同事也要去江油，说人生第一次领到工资，一定要去江油买一些东西，再大吃一顿才对得起自己。老蜡想："我去江油的目的与他们完全不同，万一让其他的同事知道我内心的秘密那就惨了，干脆下一个礼拜再去吧。"但又一想："如果下一个礼拜又有同事去江油呢，难道我又不去了么。"他觉得不管怎样都不能再失去这一次机会，也实在太想快一点见到他朝思暮想、令他寝食难安的那漂亮的女售票员。

老蜡早早起床洗漱后，选了一套觉得比较满意，也算是自己最新的一套教练衫穿上，然后理直气壮地去候车。较前一段时间相比，今天赶车的人好像特别多，老蜡想，这应该是刚刚发了工资的缘故吧。老蜡来得很早，也没有像其他人那样在车子旁随意站着，而是直接站在客车的门口，准备只要一开车门，就马上坐到售票员的位置上去。

老蜡再一次失望了，售票的还是之前的那位大妈。老蜡想："干脆回去吧，但一时间又找不到合适的借口，"正犹豫间，后面的人已经开始往车上挤了，老蜡又站在客车的门口，便只好机械地随人流买票上车了。虽然还坐上了座位，但老蜡全然没有了第一次站在车上的那种愉悦，随着车子的行进，觉得越来越无聊，虽然其他同事都极兴奋地聊这儿聊那儿，甚至计划着到了江油怎么个玩法。老蜡听他们这么一计划，更觉心烦，他想："如果到了江油不和他们一起玩，肯定不好，如果与他们一起，肯定会花很多钱的，而且毫无意义。更重要的是，还要白白地浪费掉近两天时间，因此还是不去江油的好，在锅子坝下车算了。"有了这个决定，老蜡突然捂住肚子叫痛，而且好像连坐都坐不稳了。

同事见此都很着急，马明忙扶着老蜡，并大声问道："哪位有开水啊？"其他的几个同事也走了过来，但整个车上竟没有一个人带开水。王凯说："看起来真的很严重，这样到火车上肯定会更麻烦，要不就不要去江油了，我们陪你去锅子坝区医院吧？"没等老蜡回答，马明便大声说："师傅，请直接送蜡老师去锅子坝区医院吧。"司机摇了摇头，说："不行啊，本来时间就很紧，再去一趟医院就肯定赶不上火车了。再说区医院离公路也不远，下车几分钟就到了，你们背他去就行了。"老蜡突然想到："自己本来是装病，怎么能让同事们一起下车呢，但如果自己下去，天还是黑黑的，又去哪里等天亮呢，难道要摸黑往回走吗？"于是老蜡说："还是走吧，这都是老毛病了，到车站去找一点开水喝了可能就没有事了。"

一路上，老蜡一直捂着肚子，哼、哼地呻吟着，好在车很快就到站了。老蜡在同事们的搀扶下下了车并以比较快的速度到了火车站。老蜡说："要好一点了，但去江油肯定不行。你们去吧，我去找一点水喝，再休息一会儿自己去医院好了。"马明说："这样，你们几个去吧，我留下来陪他。"老蜡忙说："不用，不用，你也去吧，好不容易去一次江油，我不想耽搁你，要是把你的什么好事给耽搁了，你肯定要骂我的。"王凯说："还知道开玩笑，就肯定死不了，那我们都走了哦。"

十多分钟的喧闹，随着火车轰鸣声的消失迅速地静了下来。偌大的一个候车室里只有老蜡一个人，他感到寂寞、孤独甚至还有些害怕。他想出去走走，四周又黑黑的。他心想："哎！如果不这样折腾的话，现在应该在床上睡得正香吧。好好的一个休息日，竟搞成了这样。"老蜡突然对自己的这次行为感到非常可笑，甚至还有些怀疑是不是精神上出了什么问题。

天终于亮了，老蜡也无须再装肚子疼。他从候车室出来，走到班车处，见车门紧锁，空无一人。老蜡想："班车要下午才回去，司机和售票员应该有一个落脚点吧？"突然他又想到："如果今天是那个漂亮的女售票员卖票该有多好啊，说不定此时正在落脚点一起玩儿，也有可能一起在去江油的火车上。这样看来，我的这个计划是肯定没有问题的，现在的这个结局，完全是因为那个漂亮的女售票员今天没有上班而造成的。哎！没什么，就算是一次现场练兵吧。"想到这儿，老蜡又有了一丝的快意。

老蜡也不知道回去的路该怎样走,有没有捷径。最后他还是决定顺着公路走。老蜡步行一个小时以后,果然到了一个场镇,老蜡想:"这应该就是锅子坝了。"虽说是场镇,而且是区公所所在地,或许因为太早的缘故吧,虽然一些店铺的门也已经开了,但在街上并没有见到一个人。老蜡想找一个地方吃饭,却怎么也找不到一家餐馆,在快要走到街道尽头的时候,才发现一个有饭店字样的门面,但门还是半开的,很显然还没有开始营业。又无其他的地方可坐,老蜡突然想到:"如果再这样在街上晃来晃去,说不一定会被人当小偷给抓起来。但如果等班车的话,这近六七个小时还不知道该怎么去打发,况且就是等到下午,也依然见不到那漂亮的女售票员。"

老蜡听同事讲过,从锅子坝街上到铅锌矿不过十五公里。他想:"干脆步行回去吧,如果走快一点,中午应该能到,就算是跑一次'马拉松'吧。"他走了约半个多小时后,才碰到有三三两两赶场的人,而且几乎人人都背着东西。走着走着,老蜡眼前突然一亮,见一个老头儿背着一大背篓梨子。老蜡又饿又渴,便迫不及待地上前问道:"梨子怎么卖?"

老人乜了老蜡一眼,没好气地说:"不卖。"

"怎么不卖呢?"老蜡不解地问。

"不卖就是不卖",老头连看都没有看老蜡一眼便很生硬地说了声后匆忙地走了。

老蜡茫然,怎么回事呢,想来肯定是大爷见我的穿着并不像农村的人,所以不想搭话便走掉了。没有办法,他只得继续往前走,终于又碰到一个背着一大背篓梨子的大妈。老蜡改变了先前的方式,带着微笑轻声地说道:"大妈,我想买一点梨子。"

大妈和善地说:"没有秤呢,怎么卖嘛。"

老蜡几乎是央求了,说:"我的确又饿又渴,想买一点吃。"

大妈终于停下来了,有些歉意地说道:"还没到市场,也不晓得价钱呢。"

老蜡忙掏出一毛钱递给大妈,说:"这样吧,大妈,我给你一毛钱,你随便给我拿几个就行了。"

大妈迟疑了一下,说:"可以",并拿了好几个大梨子来,足足有三斤重。

老蜡实在太饿了,他忙在路边的一块石头上坐下,用衣袖擦了擦梨子,一口气便全部吃掉了。口不渴了,肚子也不饿了,便继续前行,也不再去留意那些赶场的人了。老蜡自报到以来,每天除了吃饭、上班,就是睡觉,好像从来都没留意过这里的山山水水，就更不要说到处去走走了，原来这大山竟这么美。老蜡放慢了脚步，开始欣赏这四周的美景。

公路是沿河边而修建的，随着坡度升高，距河面的距离也逐渐增大。河虽然不是很大，水却十分清澈，就连水中游动的鱼儿都能隐约看见。河对面远处的大山到河之间，地势较公路低了很多，在靠近河边的位置，有一些大小不等的平地，平地上零星地散落着一些民房，民房又被较平整的田地所环绕，这应该是一个村落，也应该是这一地区条件最好的地方了。这些村落又紧靠着高山，高山又相互重叠，恰似一幅极其漂亮的山水画。虽然是大山，却并没有被大树所覆盖。

老蜡看着看着，不禁又有了一丝丝凄楚的感觉。老蜡想："尽管这山比老家的山要高出许多，却和老家的山一样，好多地方都光秃秃的，特别是公路附近，几乎看不到一棵稍大一点的树，就连小树也极少。家乡的山并不高，但山间的平地却比这里多。记得家乡的老人们常说，小孩子多读一点儿书，有了学问以后就可以离开山里，去城里当居民，过好日子。没有想到我读了那么多年的书，竟然被分到这比家乡的山不知要高出多少的大山上，真不知道命运是怎么安排的。"想到这里，老蜡更觉酸楚，不知道还要在这大山上待多少年，极有可能是一辈子吧。他暗叹道："哎！像今天这个样子，就是被什么野兽吃掉了都没有人知道。这么大的山上，肯定有很多凶猛的野兽。"

老蜡想到这儿，顿时紧张起来，觉得头皮一阵发麻。忽然周边好像也响起了许多不知道是什么动物的叫声来，他忙四周看看，又下意识地从地上捡了两块石头捏在手上，并加快了步伐，几乎是小跑了。行约三个多小时的样子，终于能看见矿区，但路并没有直接朝着矿区的方向，而是围着矿区且不断地往下延伸。还好都是下坡，不管怎么走，一直都能够看见矿区，心里也就不那么害怕了。

老蜡回到了矿区，远远看见还有刚吃过午饭的人。他一看表，还差几分钟才到一点，便飞快地跑回寝室，拿上饭盒直奔食堂而去。师傅们正在收拾，其中的一位告诉他，连饭都没有了，就更不说菜了，如果再早十分钟来，还赶得上吃面条。没办法，老蜡只得回寝室。此时他感觉到肚子已经饿得不行，他甚至后悔自己没有再走快一点点，或者在买梨子时少说两句话，又或者不坐在那里吃梨子就可以节约一点时间赶上开饭……

"老蜡，你不是去江油了吗，怎么会在这儿呢？"一个同事看见在食堂门口发呆的老蜡，很诧异地问道。

老蜡红着脸说道："哎，不要说了，路上肚子痛得不得了，所以就回来了。"

同事又问道:"班车都还没有回来,你飞回来的呀?"

老蜡说:"搭便车回来的。"虽然老蜡面带微笑,但他的内心已经厌恶到了极点,也不想和同事再说下去,便边说边往寝室走去。老蜡想:"看来整个下午只能在寝室里待着了,不然同事又问东问西的,哪里还有什么心情去回答呢,而且这种极度无聊的谎言也不想再多说了。"

老蜡又想:"今天的这一切都是因为我心里暗藏着一个不可告人的秘密所致,如果被谁知道了的话,那真是一个天大的笑话。到现在为止,甚至连那位漂亮的女售票员姓什么叫什么都不知道,而她肯定也一样不知道我姓甚名谁,毕竟只是售票员和顾客间很正常的瞬间接触,甚至可能她根本就不记得我了,也有可能她已经结婚了。"想到这儿,老蜡突然间觉得自己很傻,而且可笑至极。

既然无缘再见就干脆忘掉吧,在寝室里经历了一个最无聊、最漫长的下午以后,老蜡终于做出了这样的决定。

第三章

　　很快，老蜡便从这种无聊的单恋中解脱出来。之后与同事之间的和睦相处，使他受伤的心得到了治疗且平复。几个伙伴每天一起吃饭一起玩耍，钱都在一起用，这样很快一个学期就过去了。老蜡在放寒假回家过年以及春节后坐班车返校，都没有再遇见过那位漂亮的女售票员。虽然如此，但老蜡并没有半点失望，而且好像已经完全把她给忘却了。

　　一个周末，距发工资还有三天，但老蜡他们几个年轻人几乎把所有的钱都用光了。到单位时间亦不长，加之平常与其他的同事除工作以外，私下里几乎没有什么接触，这自然就不好开口借钱。最后他们决定由家在江油县城的王凯趁周末回去拿一点钱来维持几天。于是大家凑了一块钱给王凯做路费，剩下的钱就只够所有的人吃一顿泡菜午饭了。晚饭时，除了到其他地方去蹭饭的几个人以外，余下的几个人真是一分钱都没有了。

　　马明说："干脆去打篮球吧，这叫挑战极限，肚子越饿越要运动，也省得看别人吃饭心里更难受。"

　　虽然肚子饿得难受，但大家都认为这也不失为一个好办法，于是去了球场。

　　早两年分到学校的同事向阳路过球场，见已经快过吃晚饭的时间了，这一伙人还在打篮球，觉得有点奇怪，便大声问道："哎，你们几个还在这儿打球，不知道该吃晚饭了么？还不快去，恐怕就要错过开饭的时间了。"

　　马明回答道："我们不吃饭。"

　　向阳更觉奇怪，便停下来，说："好好的，为什么不吃饭呢？"

　　因为都是年轻人，马明也没有避讳什么就直接说道："我们的钱都用光了，只得饿两顿，等明天王凯把钱拿来了才有饭吃。"

　　向阳稍做迟疑，又说道："那怎么行，到明天还有几十个小时呢。这样吧，现在去食堂可能也来不及了，干脆到我女朋友家里去随便吃一点。"

老蜡高兴地说："好啊，等领了工资再付钱给你。"

向阳说道："都是同事，一顿便饭而已，还谈什么钱不钱的。"

实在是太饿了，也没有回去梳洗，几个年轻人便拿着篮球随向阳往家属区走去。

这是一幢矿里中层以上干部才有资格住的三楼一底的砖混结构的房子，房子临河而建，除东侧紧邻矿里的一栋宿舍楼以外，其余三面都没有其他的建筑，而且四周都被许多大树所环绕。每一户的西窗，透过大树都能够看到那清清的河水和河对面的山脉，据说这栋房子是前几年在撤掉建矿初期所修的一栋房子的基础上修建的。当时的矿领导要求在拆除和修建时，尽量不要伤害到房子周边的大树，而且房子的占地也和原来一模一样，这自然是全矿最好而且最令人向往的住房了。来到学校已经快一年了，老蜡还是头一次来这里。尽管是随大流，不知道为什么老蜡还是觉得有些拘谨，但他并没有表现出来，只紧随在向阳身后。上了二楼，向阳便停下敲门。

"来咯！"随着一阵银铃般的回答声门开了。

老蜡简直惊呆了，来开门的竟是他朝思暮想，并一度为之癫狂的那位漂亮的女售票员，虽然有近一年没有见面，但老蜡觉得似乎比记忆中的她更漂亮了。她没有穿外套，一条笔挺的蓝色直筒裤刚好遮住了高跟鞋。一件雪白的紧身高领腈纶衫被绷得很紧，把整个身体的曲线全部都暴露出来，老蜡觉得真是美到了极致。当见到老蜡的那一刻，她那嫩白的脸上顿时泛起了一层红晕，显得更加妩媚动人。在与老蜡的眼光相聚的那一瞬间，整个脸乃至颈子都红了，她那因为诧异而睁得大大的眼睛，好像显得更加水汪汪的了。

向阳忙介绍说："这是我的几位同事，这是我女朋友若兰。"

片刻的停顿后，若兰像是从梦中惊醒了一样，忙闪在一旁，说："呃，快请，快请进。"

客厅里传来了一个非常熟悉的声音："哟！稀客啊小伙子们。"老蜡才知道原来竟是第一次"搅黄"他好事的，学校的副校长陈大文。

向阳似乎在向陈大文解释似的说："陈叔，这几位同事打球错过了食堂开饭时间，所以请他们来家里随便吃点什么。"

陈大文热情地招呼道："那还客气什么呢，快请进来坐啊，小伙子们。"随后向厨房喊道："秀娟，快给这几个运动健将弄一点好吃的。"

史秀娟从厨房里笑吟吟地走了出来，她还带着围裙，显然正在厨房里面洗碗。

她在围裙上擦了擦手,笑着说:"稀客、稀客。不过我们刚吃过晚饭,也没有什么准备,只有给你们煮面条了。"说完后便又进厨房去了,随即厨房里便传来了史秀娟的喊声:"快进来帮忙啊,若兰。"

老蜡才发现,若兰居然还呆呆地站在门口,并保持着老蜡他们刚进来时的那种站姿。当老蜡再看她的时候,她也正在看老蜡。在与老蜡眼光相聚的那一刻,她竟慌乱地把眼光避开,就如同那次在客车上老蜡几次避开她的眼光一样,随后便红着脸跑进了厨房。老蜡终于记起史秀娟就是见到过好几次的那个售票员了,原来那天若兰是在帮她妈妈卖票。

客厅并不大,估计只有不到二十平米。他们的到来,已经把客厅挤得满满的。老蜡见没有座位,便走到了窗子边往外面看,见那小河泛绿的水面上,倒映着高高的相互重叠的山峦。在山峦的缝隙里,已经被遮住了一大半的落日正射出紫红色的光芒,就像一个巨大的火球一样,虽然已近黄昏,却感觉到无比的耀眼,而且给人一种向上的力量。老蜡还是第一次见到铅锌矿这么美丽的黄昏。

向阳已泡好了一大壶茶。

陈大文说:"蜡老师,你棋下得好,趁着现在有空,指教两招,怎么样?"

老蜡正站在窗子前发呆,听到陈大文叫,忙回过头笑着说道:"怎么敢说指教呢,向陈校长学习才是。"并快步走到了茶几旁。

听说要下棋,之前坐在那儿的人早把位置腾开了,并在陈大文的对面给老蜡搭好了凳子,像是摆了个擂台一样。

陈大文示意老蜡坐下,说道:"年轻人真会说话,我喜欢,我喜欢啊。"

老蜡这才注意到,原来茶几上已经摆好了一盘残棋,旁边还放着一本翻开的棋谱和一杯很浓的锅子坝当地产的白茶,由此看来,陈大文还真是一位象棋爱好者。

坐下后,老蜡也没有多说什么,看了看残棋,和陈大文谦让了几回后便开始破解,只几招就让陈大文无法动弹了。然后交换位置,结果还是一样。

"高手,真的是高手啊",陈大文没有看老蜡,而是看着自己已经败掉了的棋局,两手各拿一个棋子轻轻地敲打着并十分赞赏地摇着头说道。

老蜡没有说什么,只是略带些笑意专注地看着棋局,就像在说"看你还有什么招"一样。

大约过了一分钟的样子,陈大文才抬起头看了看老蜡,笑着说道:"蜡老师,你现在肯定是我们矿里的第一高手。"

老蜡这才如梦中初醒,忙说道:"怎么可能呢,陈校长过奖、过奖了。"

陈大文还是笑着说道:"怎么不可能呢,这是事实嘛,我多年来一直是我们矿里卫冕的冠军,我都下不赢你,你说你是不是第一高手呢。"

虽然陈大文一直都笑着称赞老蜡,但老蜡隐约地感觉到陈大文的笑容似乎早都已经停止了,只是面部的肌肉还没有回复到原来的位置罢了。一起观棋的那些同事都你一言我一语地夸老蜡的棋艺。突然老蜡觉得有些懊悔,只顾着下棋,竟没有想到给陈大文留一点面子。这样是不是不好呢,该不会因此而得罪陈大文吧。

老蜡突然想起了大哥曾给他讲过的一个真实的故事:

大哥的单位上有一象棋下得极好的年轻人,十分聪明,又很有才,深得厂长以及其他厂领导的喜欢,并准备提拔他为厂团委书记。按照程序,组织科都已经找他谈过话,也就是说,只需要在开团代会的时候提一下就行了。厂长也是一位象棋爱好者,所以经常邀他去家里下棋,久而久之和厂长相处得都很随便了,他和厂长的棋艺却不分上下,有时厂长赢,有时他赢,时间长了,彼此也并没有太在乎输赢。一个星期天,厂长又邀他去家里下棋。整个下午,厂长好像都不在状态,竟连一盘都没有赢。年轻人觉得继续下去应该还是这个结局,所以就故意不把厂长"将死",而是给他弄了个"老王推磨"。恰好这天厂长的儿子也在旁观棋,弄得厂长很没面子。但厂长还算有涵养,并没有表现出生气的样子,只是苦笑着轻轻地把棋一推,说:"我还有一点事,以后再下吧。"年轻人也实在不想下了,坐了一会儿后便借故起身告辞。按惯例每次下完棋后都要在厂长家里大吃一顿的,而这次他却第一次没有被挽留。以后的几天,厂长再也没有找他下棋,年轻人觉得有一点儿不对劲,便主动去厂长家。厂长只推说有事,甚至连门都没让他进。到厂里开团代会的时候,年轻人不仅没有当上团委书记,甚至连委员都没有选上。年轻人也明白肯定是那一盘"老王推磨"惹的祸,但又有什么办法呢,只得吃个哑巴亏。

想到这儿,老蜡开始由后悔变成了害怕。今天观棋者太多,而且好几个人都是学校的老师,自然是陈大文的部下了。想到这儿,老蜡突然转过脸去,满脸堆笑地对刚才一个劲儿夸奖他的马明说道:"马明,你娃娃总认为自己很聪明,今天你都没有看出来吧,你知道我为什么会赢,因为刚才那两盘棋是我昨天晚上刚刚背了棋谱的,要真下我哪里是陈校长的对手哦。"

听老蜡这么一说,陈大文像是很惊讶一样高兴地指着老蜡,说:"原来你小子背了棋谱的啊!我说嘛,怎么这么厉害。"

老蜡忙背了几句给大家听,以证实自己刚才所说的话。

陈大文好像真来了兴趣,摩拳擦掌地说:"不过你小子的棋艺还真很不错,来来，我们来真正地杀一盘，看究竟谁更厉害。"

史秀娟大声说道："下什么下，你倒是吃饱喝足，人家几个年轻人都还空着肚子呢。"同时和若兰端了几碗面进来。

实在是太饿了，几个小伙子像是在比赛一样，三两下就吃光了面条，就像猪八戒吃人参果一样，老蜡甚至还没来得及品其中的味道，只是觉得太好吃、太好吃了。

史秀娟见几个小伙子狼吞虎咽地吃完了面条，脸上露出了满意的笑容，忙问道："够了么，还煮一点不？"

几个小伙子几乎同时答道："够了，谢谢阿姨！"

向阳说："阿姨，您休息吧，我来收拾。"说着便开始收拾碗筷。

若兰也过来帮忙，就在快要进厨房门的那一刻，她回过头来看了老蜡一眼，像是在传递一个什么信息一样，老蜡如上次在车上一样，心里空了一下。

因刚打完球身上很脏，几个小伙子便急着告辞，老蜡虽然有一万个不愿意，很想借口陪陈大文下棋而留下，但他还是无可奈何地随其他人一起走了，只不过老蜡走在最后，但直到他跨出门的时候，也没有见若兰出来。那轻轻的关门的声音告诉老蜡，今天这次意外的邂逅已经结束，但他并没有半点的失落，反而觉得很开心，一路上老蜡都似乎没有听清楚一句伙伴们所说的话，完全沉浸在那无尽的遐想之中。

回去后，老蜡匆匆地洗漱后便关上了寝室的门。其他伙伴都觉得有些奇怪，马明重重地敲了几下门，说："老蜡，这么早就关了门，你娃娃该不会想睡觉了吧？"

老蜡一看表，连八点都还不到，这么早睡，是有些反常，但他的确没有半点想和伙伴们一起玩的兴趣，便调了一种像是很累的腔调说："你们玩吧，我有些累了，想休息了。"

张丰粮说："你娃娃有点奇怪哦，以往跑整场都没见你说累，今天才打了十分钟不到，你就说累了。"

潘小明说："快开门，我想跟你娃娃杀几盘象棋。"

老蜡说："我真有点不舒服，明天再陪你们吧。"

潘小明又说："那你把棋谱借给我看一下。"

其实老蜡哪来的棋谱呢，完全是临时找了这么一个说辞罢了，现在潘小明提到了棋谱，就更不能开门了，于是说："哎呀，不要闹了，明天再说吧。"

伙伴们见老蜡已经有些火了，便没有再坚持，几个人说说笑笑地下楼玩去了。老蜡贴在门上听了一会儿，确信都已经走了，这才一下子躺在了床上，脸上露出了很诡秘的极为满意的笑容。他太高兴了，就像快要熄灭的小火星突然遇到了一堆燃点极低的干柴一样,奇迹般地燃了起来。他是要尽情地独自享受这久思不得,而又突然相见的那种满足感,一点儿也不想让其他人打扰。

老蜡想:"我不仅见到了她,而且还分明地看到在相见的一瞬间,她,不,已经知道她的名字——若兰,应该和我一样地惊讶。这说明可能我也在若兰的思绪里出现过好多次吧。或许,若兰也像我一样苦苦地思念了很久吧。不然在相见的那一刻,她怎么会显得如此惊讶呢。不对,若兰毕竟是向阳的女朋友,已经名花有主了,她又怎么会想自己呢。"这样反反复复地思考,直到很晚才渐渐地进入梦乡。

晚上,老蜡还真梦见了若兰,而且还轻吻了她。

老蜡第二天上班遇见的第一个人就是向阳。老蜡好像有些怕他,而且想躲开。怕什么呢,做梦又不是真的,他一再这样告诫自己并迎上去准备打招呼。没想到向阳却先开口了,他说:"老蜡,我昨天晚上还梦见你了。"

老蜡一愣,问道:"哦,梦见我,梦见我什么呢?"老蜡分明地感觉到在和向阳说话的时候,自己的脸已经红到了耳根,于是没有等向阳再说什么,便慌忙地走掉了。

刚闪开便又碰到了陈大文,但感觉和碰到向阳完全不同,而且还有那么一丝丝的亲切感。还没有等老蜡开口,陈大文便热情地说:"蜡老师,我知道,你并没有看什么棋谱,而是给我面子,对不对?"

老蜡说:"哪里,是你让我的。"

陈大文拍了拍老蜡的肩膀,说:"昨晚你们走后,我和老婆、女儿讲起这件事,她们都夸你呢,说你不仅棋下得好,人品更好,而且还很聪明。"

老蜡听陈大文提到他女儿便来劲了,忙说:"陈校长过奖了,不过以后只要陈校长想下棋,招呼一声就行了,我随时准备着向你请教。"

陈大文用食指指了指老蜡,很满足地说道:"你看、你看,又来了,什么向我请教哦,应该是我向你请教才对嘛,你的棋艺比我高很多。这样说吧,互相学习、互相学习啊。"

老蜡和陈大文边走边说,不知不觉就到了办公室。

办公室设在一整间教室里,在学校,除校长、书记和财务有单独的办公室以外,所有的老师也包括副校长、主任等都在这一间教室里面办公,开一般的只涉及老师的小会当然也是在这里了。刚坐定校长便进来了,他把一张字条交给已经坐在前排的总务并耳语了几句,总务便起身出去。所有的老师都到齐了,但整个教室里并没有像其他单位开会时的那种整齐,有的坐在座位上,有的站着,而像老蜡这些小伙子有的甚至坐在办公桌上。有面向校长的,也有侧向校长的,只是没有背向校长坐的罢了。有低头看书的，有批改作业的，也有写着什么的。但校长好像并不在乎这一切，只是习惯性地干咳了两声便开始讲话。

和以往一样，先总结上一周的工作，然后布置本周的工作。例会很快就结束了，校长说："另外，我再讲几句题外话。你们刚分来的几个娃娃真是不懂事，有什么困难也不告诉学校。如果不听向阳老师说我还不知道呢，你们昨天都没有钱了，而且还饿着肚子去打篮球。现在是什么社会了，哪里还有饿肚子的道理呢。如果不是陈副校长给你们煮一点面条，还不知道会饿成什么样子呢。你们刚来学校不久，而且远离父母，就要把学校当成自己的家嘛。既然把学校当成自己的家了，那不管有什么困难，是不是都应该告诉家里呢！我既然已经知道这个情况了，哪里有不帮你们的道理呢。还有两天才发工资，怎么办，天天饿肚皮，还空着肚皮去打篮球？那怎么可以呢。你们现在正吃长饭，不能饿着了嘛。因此我们几个领导研究了一下，决定给你们新分来的几个老师每人预支五块钱。当然，这是要在你们本月领工资的时候扣除的。"

还没有等校长讲完，几个年轻人便欢呼起来了，那几个坐在办公桌上的年轻人好像突然觉得有些对不起校长一样，很快就坐在了座位上听校长继续讲话，下面也显得较先前要整齐很多了。校长接着说："不过你们的钱也要节约着用，不要有了像猪吃，没有了就像鸡吃嘛！也不是每一个月都可以提前给你们支钱的，这一次只能算是个例外，下不为例。"几个年轻人异口同声地说道："明白了，谢谢校长！"便去总务那儿签字支钱。

老蜡很想知道更多关于若兰的情况，但又不便向其他人打听，只得据一些现象来分析了。初步判断若兰应该没有在矿里工作，要不然这么长时间怎么会一次也没有见到过呢。说来也奇怪，从那天见了若兰以后，老蜡对她的思念好像比之前更甚了，而且一日胜过一日，除了睡觉以外，其余的时间她都会时不时地出现在老蜡的脑海里。平常只要一有机会，他都会和陈大文聊上两句，好几次甚至想打听打听，但话都到嘴边了还是没敢开口，因为陈大文毕竟是自己的领导。有一次，陈大文邀请他去家里下棋，而且下完棋后还在家里吃了一顿饭，也一样没有见到若兰，本想借此机会问问的，但向阳一直都在场，也只好作罢了。虽然再也没有梦见过若兰，但老蜡却把能够在梦中与若兰相见当成了一种奢望。

向阳比老蜡早两年分到学校，而且年龄也要大好几岁，还当过几年知青，恢复高考以后考取了南充师范学院中文系，毕业以后便分到了这里。向阳性格内向，平常一般不和其他的同事一起玩，和所有同事都只保持着工作上的关系。据说课余休息的时候,他总是先去未来岳父家做事,然后就回到宿舍读书,生活过得极为简单。

暑假将至,这天课间休息的时候,很多老师都在一起谈暑假的安排,向阳正好也在。有人问向阳是不是要回老家。向阳说:"老家就不打算回去了,准备先去陪若兰几天,然后再去华山看看,登上华山是我多年来的一个梦想,今年无论如何一定要去的。"

潘小明笑着说:"你去陪若兰,那住哪儿呢?你们还没有结婚不可能就睡在一起吧。"

向阳佯装发怒地说道:"怎么说话呢,没结婚当然不可能住在一起哦,她们那里有旅馆嘛。"

张丰粮怪笑一阵后说道:"鬼才知道你们会不会住在一起呢,在旅馆就没法一起住么,晚上偷偷睡过去又有谁知道呢。"

向阳还真生气了,他红着脸冲着张丰粮吼道:"去、去、去,越说越不像话了,我倒没什么,人家若兰可还是个黄花大闺女呢,别亵渎了人家的清誉。"

潘小明嬉笑着好像更来劲儿了似的说道:"嗨,黄花大闺女,你怎么知道是黄花大闺女呢,是她自己告诉你的呢,还是你试过?没试过,那你们至少也亲过嘴吧。"引得在场的人一阵哄笑,都把眼光投向了向阳。

可能觉得再说下去就更没法收场了,向阳红着脸说道:"不跟你们说了,肮脏、龌龊、下流、无聊。"便气冲冲地走了。

说来也奇怪,刚开始他们谈到若兰时,老蜡心里很难受,恨不得上去打那几个说若兰坏话的人一顿。当向阳说到若兰是黄花大闺女时,老蜡竟有一种说不出的喜悦,甚至有马上上去和向阳握握手的冲动,更让老蜡高兴的是还知道了若兰确实不在矿里上班。他没有再去管他们说什么,也没有照常理去劝劝生气而走的向阳,便开始设想打听到若兰上班的地方然后去找她,哪怕是背负夺向阳爱的骂名也要一试。而且还决定,放假回去的时候,借闲聊问问若兰的母亲,或许她能够告诉若兰工作的地方。

暑假终于到了,老蜡迫切地想马上就坐上矿里的班车,但他的目的在于打听若兰的情况,当然要避开其他的同事,于是他借故将归期推迟,等所有的同事都走了的第二天才准备回家,而且行李也极少,除给父亲和院子里的人准备些礼物以外,就只是两套换洗的衣服。为了能和若兰的母亲坐在一起,早上五点半还不到,老蜡就已经等在客车旁了,而且还是第一个。

十多分钟后,赶车的人才陆续到来。因天还没有亮,从远处看,所有的人都好像是从雾中走来的一样，步伐都有些轻飘感，更看不清他们的模样。直到与车渐近，昏暗的路灯下的这些人才逐渐地变得真实起来。

老蜡突然想到了电影里有鬼出现的画面就很像现在这样。他终于明白在拍摄这些镜头的时候，应该是借灯光的明暗来使人产生错觉的吧。他又想到，小时候听大人讲鬼的故事，说鬼只看得见而摸不着，而且鬼都要在晚上才出来，可能也是因为光线的不同而出现的幻觉吧，其实哪里有鬼呢。如果现在不知道那些前来赶车的人，从远处看还真会以为是鬼。

突然，老蜡发现远处出现了一个似乎与众不同的身影，随着那优雅的步伐变得越来越清晰了，竟是若兰。快接近车的一刻若兰也看到了老蜡，她先是一怔，还没等老蜡开口便主动和他打招呼。虽然她并没有表现出很热情，但老蜡还是感觉到她似乎有一种抑制不住的激动。司机和若兰几乎同时到达，打开车门后若兰让大家依次上车。老蜡当然是第一个上车的人，还犹豫是否要坐在售票员旁边的位置上时，若兰忙用手一指，轻声地说："就坐那儿吧。"

老蜡马上在售票员的位置上坐了下来，并借着路灯那极弱的光贪婪地看着若兰。一条军绿色的直筒裤，一双棕色的中跟鞋，一件粉红色的港衫加一件和裤子颜色完全一样的西装外套。若兰这样的打扮和季节并没有什么不适宜，在锅子坝，即使盛夏也不是很热，而且早晚都要穿外套才行。

开始卖票了，整个过程中若兰好像根本就不认识老蜡一样，甚至连看都没有看他一眼。而老蜡却好像整个车上就只有若兰一个人，根本没有管车上其他的人怎么来看自己，眼光就像是舞台上照着主角的聚光灯一样，若兰到哪儿，他的目光就会跟到哪儿。

卖完票后，若兰在老蜡身边坐了下来，一股淡淡的幽香也随之而来，老蜡感觉舒服极了，不禁深呼吸好几次，这才掏出两毛钱递给若兰。若兰将老蜡的手推回并将声音压得极低地说道："买什么票啊，不要买，以后遇到我也一样不买。"

老蜡没有再坚持，收回了钱，说："那怎么好意思呢。"

若兰笑了笑，说："有什么不好意思的，近一年来，就帮妈妈卖了两次票，都遇见了你，你说巧不巧啊，还怎么能卖你的票呢。"

老蜡说："那谢谢了！对了，你休息几天呢？"

若兰似乎有些惆怅，说："还几天呢，明天一早就要赶回去上班。"

老蜡诧异，说："怎么那么忙，你很少回来吧？"

若兰似乎回归到了平常，说："是啊，但不知道为什么，近一年来我随时都想回来，却总是没有时间。"

老蜡感觉到若兰像是在暗示什么一样，要不她怎么会说近一年来时常都想回来呢，于是便调整了一下自己所谈的话题，直接问道："你在哪儿上班呢？"

若兰说："在太康乡。"

老蜡又问："太康？太康在哪儿啊？"

若兰说："距江油县城有十公里的样子。我从农校毕业后就分到了那里，现在任乡团委书记。不过，我还是喜欢我们铅锌矿，我是在这里长大的嘛，这里的一切我都觉得很亲切。毕业后我曾要求分回来，但专业不对口，我是学农的嘛，所以没能如愿。"

老蜡笑着说道："还是你现在工作的地方好，就是走路也比我们乘车先到江油县城嘛。"

若兰说："这倒也是。呃！蜡老师，那你是打算调出去呢，还是在这锅子坝待一辈子？"

老蜡说："我还真没有想过这个问题，现在想来是肯定不愿意在这儿待一辈子的，但又什么办法呢，我就是一个普通的教师，在来这里工作以前，不要说锅子坝，就是在整个江油，我也一个人都不认识，甚至根本就不知道中国还有江油这么个地方。"

若兰说："只要有想法就行，总会找到办法的嘛。诶，听我爸说你拿了好几个全国性比赛的奖，是不是？"

老蜡一听若兰这么一说，更高兴了，他想："至少若兰曾私下打听过或者一家人谈起过自己"，于是很自得地说道："是啊。"

若兰也好像找到了更有兴趣的话题，将身体往老蜡这边侧了一点，问道："听说拍《自古英雄出少年》的那些小演员在学校和你住在一起，是么？"

老蜡顿觉自豪，仰着头，说："是啊，还很熟悉呢，他们都是武术班的，课余时间基本上都在一起玩儿呢。"

可能是客车转急弯吧，若兰刚想说什么却一下子倒在了老蜡的怀里，她一阵脸红，忙调整好自己的坐姿，只是没有再说什么了。老蜡一时间也不知道该说些什么好，便只好呆呆地看着若兰。

若兰顿了顿，说道："本来这一段时间我都没有空的，但我最好的朋友结婚，无论如何都要去一下的，所以才请了两天假回来。"

老蜡问："是今天么？"

若兰说："是啊。"

老蜡进一步问道："就在锅子坝街上么？"

若兰说："没有，在乡下，还远着呢。"

老蜡像是自语似的说了声："哦，那有多远呢？"

若兰接着说："下车后还要走近一个小时的山路。"

老蜡关切地问道："你一个人去不害怕吗，怎么不叫向阳陪你一起去呢？"刚说出口时，老蜡竟有一丝后悔，甚至还有些责怪自己的嘴，好端端的怎么会扯到这个话题上去了呢。

果然，听到向阳的名字后若兰便露出了一脸的愁容，她没有像之前那样看着老蜡，只低着头轻声地像是自语似的说道："他想去的，但我不让他去。"

本来想避开这个话题的，但已经无法避开了，老蜡便只好继续说道："为什么不让他去呢，有一个人做伴儿也好啊。"

若兰这才抬起头，看了看老蜡，似乎有一些激动地说："做伴儿？我与他又没有什么结果，做什么伴啊。"

老蜡心头突然一热，换了一个话题，说："要走那么远的山路，危险么？"

若兰半开玩笑似的说道："危险又能怎样呢，难道叫你陪。叫你陪你愿意么？"说出后她似乎又有些失意，眼圈突然红红的了。

老蜡突然间觉得若兰怪可怜的，大有一种怜香惜玉的冲动，加之曾经设想过从向阳手中抢也要把若兰抢过来，所以他没有多想便果断地回答道："那就说定了，我陪你去。"

若兰又高兴起来了，她笑着说："开玩笑的，怎么敢劳你的大驾呢。"

老蜡更加坚定地说："说了陪就肯定要陪的，男子汉大丈夫一言九鼎，既然我说过了就一定要照办。"

若兰还是有些忐忑地压低声音说道："不好吧，怕别人说闲话。"虽然在拒绝，却被老蜡的那种男子汉气概更加地吸引了，比较向阳的那种书生气和对她的百依百顺，老蜡的这种气质恰好是若兰梦寐以求的。

若兰知道，或许没有老蜡的出现，她现在和向阳肯定还好好的，而此时也是向阳陪着自己一起去参加好友的婚礼，况且，晴晴和向阳也比较熟悉。

如果昨天向阳有现在老蜡的这种坚持，又或者他能说出老蜡刚才所说出的那些话，若兰还是会答应让他陪自己一起去的，因为毕竟要走近一个小时的山路。哪知道若兰刚拒绝，向阳便顺从地说"那我就不去了，你自己小心点"。

若兰想："这可能就是所谓的天意吧，如果向阳来了，那又怎么能和我朝思暮想，第一次见面就被他的气质所深深吸引的，一头卷发而且十分帅气的蜡老师这么近距离地交谈呢。"此时，若兰甚至觉得就是因为有可能遇见老蜡才没让向阳陪。

老蜡像一个领导安排工作一样，而且还略带几分霸气和幽默地说道："怕什么嘛，我陪你走拢，然后在外面等，吃完酒后我们再一起回来不就行了嘛。晚上我就住在锅子坝，明天早上我们再一起回江油，这样不是很好么，不仅今天给你做了保镖，而且明天还可以保护你一直到你单位呢。"

若兰还是有些犹豫，说："好是好，就是太麻烦你了。"

虽然在拒绝，但老蜡感觉到其实她已经答应了，于是说："有什么麻烦的，简直求之不得。"说完后老蜡自己都觉得有些不好意思了，是不是说得有点儿太露骨了呢？他马上偷看了若兰一眼。

若兰并没有什么特别的反应，只是将头更靠近老蜡了一点，低声说道："那好，到站后你照样下车，只是不要和其他人一样去车站，而是向右拐，走几十米后在那里等我就行。注意一定不要让矿里的人看见了，好多人都认识我的。"

老蜡就像是接受了一个什么秘密任务一样，极其慎重地点了点头，说："知道了，放心吧。"

时间过得真快，没多久车就到站了。刚一停稳，老蜡就像演戏一样，看都没有看若兰一眼便拿起包，像是忙着去赶车一样飞快地下车，并往车站方向跑去。在他往右拐时，后面有人喊道："同志，你走错了，到车站应该往左拐。"老蜡也没有去领会，只管往前面跑去，然后迅速地闪到路边的小树林里等待若兰。

约莫十多分钟的样子，若兰来了。老蜡看着那迈着轻盈而略显妖娆步伐渐近的若兰，心里简直美极了。

到今天为止，与若兰只见过三次面。第一次她是着工作装，因为当时实在太紧张了，老蜡没敢多看一眼。第二次若兰没有穿外套，因为是在若兰的家里，而且向阳也在，同时还有好几个同事在场，所以老蜡一样地不敢多看。第三次也就是现在，可以说她是经过精心打扮的。因为今天她不止是卖票，而且还要去参加好友的婚礼。

总之，在老蜡看来，若兰穿什么都是那么好看，而更为吸引老蜡的却是那被直筒裤罩着的，被高跟鞋挤得有一些突出的没有穿袜子的白白的脚背，随着她那姗姗的脚步而时隐时现，让老蜡感到舒服极了。在若兰快到跟前的时候，他才像一个特工一样，先左右看看，在确定没有其他什么人以后才突然迎了出来。因为若兰已经有了思想准备，而且还不时地到处看，所以老蜡突然跳出并没有吓着她，只是微微地一惊。若兰很高兴，她没有说什么，只是微红着脸，向老蜡笑了一下，没有停留便一直往前走去。老蜡也随后而去，给人的感觉倒不像是专门在等待，而是在路上偶遇的并不很熟识的路人。或许是两个人都太期待这一刻的单独见面，他们反而好像并没有什么话，就这样一言不发地默默地往前走。

持续了几分钟的僵局最终还是被若兰打破了，她稍稍放慢了一点脚步轻声地问道："蜡老师，会不会太麻烦你了哦，还让你晚一天才能回家。"

老蜡说："哪里话呢，能和你在一起，我高兴还来不及呢，"并趁机快走两步靠近了若兰，伸手去接她提着的包。

若兰拒绝了，说："还是我自己拿吧，哪里有男娃儿提一个女人包包的，让人看见了多不好。"

老蜡有一点尴尬地将去接包的手又缩了回来，放慢脚步较远地跟在后面。但若兰并没有留意到老蜡这细微的举动。简短的对话完结以后，两人又一次陷入了沉默。虽然整个山路上只有他们俩，但并没有走得很近，而是一前一后，保持有起码两米多的距离，看起来完全是在赶路，并没有如情人一般的任何痕迹。可能是俩人都已经从刚才见面时的那种热情中冷静下来了的缘故吧。而此时的老蜡，满脑子却偏偏都是向阳的影子，怎么也挥之不去。老蜡甚至觉得完全不了解自己了，他想："自上次在若兰家里相见后，不是多次下定决心，哪怕是抢也要把若兰抢到手么，现在这么好的机会，真正和若兰单独相处，怎么又退却了呢？"他又想："可能是向阳太好、太善良的缘故吧。他不止对我，对所有的人都很好的，听同事们讲，向阳对若兰简直是投入了全身心的爱。如果真把若兰抢过来，那肯定会招到所有人的谴责，我在铅锌矿还能立足么，这样做又有什么意义呢？"老蜡甚至不敢再去想如果成为"过街老鼠"的话，会是一种什么样的尴尬境地。

突然，若兰"啊"了一声，差一点就跌倒了。老蜡毕竟是搞体育的，反应很快，便一步上去扶着她。若兰站稳后，红着脸说："这个害瘟的野鸡太可恶了，吓了我一大跳。"随即轻轻推开了老蜡的手，笑着但似乎有些责备地说道："你掉那么远干什么，怕我吃了你啊，既然怕，还过来扶我干什么，就让我摔倒算了。"

老蜡终于明白原来是自己想太多，忙问道："有没有受伤？"

若兰说："没有，哪有那么娇贵哦，我的工作就是经常下乡，走山路是常事。"

就在若兰轻轻推开老蜡的一瞬间，老蜡突然有一种从来都没有过感觉，他甚至想到如果若兰的脚真扭伤了该有多好，也可以借给她揉脚趁势脱掉她的鞋，摸摸她那白白的脚。

若兰见老蜡低头看看地面，而且身子还有些微微地向前弯曲，还以为是自己刚才那轻微的责备令老蜡有些不高兴了，于是便转了一个话题，说："诶，对了，第一次见你时就想问，但又没有勇气，你的头发是烫过的吧？"

说到头发，老蜡又有些激动了，说："没有，哪有男娃儿烫头的呢，是自然的。有时候都很讨厌自己的头发，稍稍长一点就卷了。"

若兰似乎有些羡慕，说："卷发好啊，如果我有这么一头卷发就好了，既好看、漂亮，又不必花钱去烫，多好啊。"

听若兰这么一说，老蜡更来劲儿了，忙问道："你真的第一次见我就想问啊？"

若兰也好像完全放开了一样，没有任何顾忌地说道："是啊，第一次到你面前卖票时，一抬头，怎么看见一个卷头发的人站在面前，而且还那么洋气，就像电影里面的人一样，我还以为是来拍电影的呢。"

老蜡曾很多次听别人赞美过自己的头发，很开心。但此时若兰的赞美让老蜡异常的兴奋，而且还有一种无以言表的自豪感，于是不自觉地用手指抖动着理了理自己的头发，然后看着若兰，说："其实，你第一次给我留下的印象真太深了，不怕你笑话，当初我还以为你是售票员。之后，起码有五个早晨，我都假装晨练去客车的停车处碰你，却始终没有见着。有一天下午去等，还被你爸看见，以上课时间不能乱跑为由批评了一顿。说起来还真的有些好笑，我还特地去坐了一次班车，还是没有遇见你，想到去江油又没有意思，便只好装肚子疼，在楠竹园就返回了，而且还是走路回到矿里的呢。"

听老蜡这样说，若兰突然停住了脚步，转过身来看着老蜡，似要去拥抱，却又克制住了，只深情地说道："其实那天我也很后悔，怎么没和你多说几句话呢，所以你下车后，我借告诉你报到的地点，想和你说说话，问问你的情况，谁知，还没来得及再说什么，你就飞一般地跑了。当时我好失望，但又无法从其他地方去了解你，而且又要赶着回去上班，第二天一早便带着遗憾回单位去。"

老蜡也来劲儿了，越发激动地说道："就是嘛，跑过去后，我也很后悔，甚至还责怪自己的腿怎么跑得那么快呢。"

若兰一改刚才的激动，若有所思地说："我真的觉得好奇怪哦，近一年我只回过三次家，每次回来都能碰到你，而且今天的相见，和我昨天晚上设想的竟一模一样。"

老蜡忙接口道："有什么好奇怪的，这就叫缘分嘛。"

"诶，这不是若兰么？"正说得起劲儿，从左边的岔道上走出俩人来，看上去像是母女。女儿热情地和若兰招呼道。

若兰也很开心，说："哦，菊贞，怎么是你啊，伯母你好！"

打招呼后若兰准备继续往前走，菊贞却停住了，站在那儿，微笑着盯着老蜡，有些调皮似的说道："若兰，怎么不介绍一下这一位呢？"

若兰忙作介绍："哦，这是蜡老师，这是我最好的同学郭菊贞，这是她妈妈郭伯母。"只是没有介绍老蜡和自己是什么关系，菊贞也没有再追问，笑着向老蜡点了点头便一起往晴晴家走去。

因为不确定以后的时间该怎么安排，老蜡便有意掉在了后面，若兰也心领神会地放慢了脚步，她压低声音说："既然菊贞她们都已经看见了，就干脆一起去吧。"

虽然若兰这样说，但老蜡的确感觉到她有些难为情，同时，他也觉得如果就这样去了晴晴家，对若兰肯定不好，刚才她说过晴晴也认识向阳，因此老蜡决定按原计划行事，于是没有跟若兰商量便大声说道："若兰，有菊贞她们陪，你不会再害怕了吧，我也该回去办事了，你们就慢慢走吧。"

事已至此，若兰也无法再做其他的选择，只好按照老蜡所设定的剧情，很客气地说："我说一起去呢，你还客气，那就谢谢你了，蜡老师，谢谢你给我当了这么久的保镖。"说完后，若兰她们继续前行，而老蜡只好转身往回走。

虽然山路很窄，却并不怎么坎坷。小路在半山腰，两边全是林子，只是并没有见到有较大的树。没走到几步，就已经听不到若兰她们的交谈声了，便试着回头看，若兰的背影刚好在一个急弯处消失了。他舒了一口气，准备进林子去。不料，从刚才菊贞出来的那个岔路口又走出几个人来。老蜡并不认识他们，但这些人都很和善地向他微笑着点头。老蜡想，这些人肯定也是去参加婚礼的。于是决定过了这个岔路口以后再等若兰。

离开小路，进到了右边的林子里。坡度很大，至少不低于三十度吧，也没有在外面看到的那么茂密，要不是有些许的阳光从树缝透射进来，还以为天空突然阴暗下来了呢。顺着山坡看过去，只能见到些稀疏的大小不等的树干，地上也没有太多杂草，那些黑黑的泥土基本上是完全裸露的，只是偶尔有些零星的小草长出来，这大概就是人们常说的"亮脚林"吧。虽然好几天都没有下过雨了，但地面还是湿湿的。沿着陡坡往上爬了好一阵子，终于看到了一棵较大的树，树径至少不低于六十厘米，而且枝叶繁茂。老蜡从来都没有见过这种树，所以也叫不出名字来。在树下面停了下来，原来这棵树虽然很大，却并不高，也不挺拔，弯曲的树干上还长满了黄绿色的苔藓。老蜡想："可能就是因为它太过弯曲，不成材的缘故，才得以长到这么大还没有被砍掉吧。"突然间老蜡还想起了三国时的文学家李康《运命论》中"木秀于林，风必摧之。堆出于岸，流必湍之……"的句子来。由此老蜡想到："一棵树不成材也未尝不是一件好事，与周边的树相比，这棵树就像一个长寿老人一样，无疑成了这片林子里众多挺拔的树的生生死死的见证者了。虽然在生长的这些年里，论挺拔、论高度都无法和其他的树相比，但它是树龄最长的。"老蜡见树下的地面相对平整，而且还有一块露出地面约十厘米高、三米长、一米五左右宽的并不怎么规则的连山石，石头的表面很平整，而且很干净，看起来就像一张床，亦可躺亦可坐。老蜡喜出望外，决定就在这里等待若兰。再向四周看了看，还惊奇地发现，从树缝里朝若兰去的方向远望，约两公里外的半山上即有一户人家，院子虽然不大，但院坝里已经聚集了很多人，炊烟袅袅，好一派热闹的场景，而且三三两两的人，也正从不同的方向赶往这个院子，他断定这应该就是若兰要去的晴晴的家。但因为距离太远，根本就无法看清楚若兰是否已经到了那里，不过出来或进去的人还是分得清楚的。他坐了下来，决定等看见若兰从那个院子里出来以后再往下走。

老蜡的确感觉有点累，这才想起因为没有闹钟，为了早上能第一个上车，昨天夜里几乎没有睡觉，加之刚才又步行了一个多小时。老蜡想："若兰肯定要吃过午饭才回来的。"他看看时间还早，索性在石头上躺了下来。刚躺下，突然感觉好像看到了一些很奇怪的东西。他又坐起来，果然在前面不远的一棵不太大的树下面，长着好多的野生菌；有褐色的，也有红色的。他开始搜索记忆，终于记起了那褐色的野菌，就是锅子坝当地最出名的野香菇。前几天见老百姓来矿里卖，因为好奇，还仔细地观察过，老蜡坚信绝对不会认错。据卖野香菇的人讲，这种野香菇，晒干了以后更好吃。老蜡抬头一望，见太阳正大，便起身来到了那长满了野菌的树下，轻轻地将所认识的那些野香菇捡起来，摆在一块能够晒到太阳的石头上面。他见石头上还空出了许多位置，又把自己不认识的那些红色的野菌也捡了起来，晾晒在石头上，只是和香菇保持一定的距离。做完这一切，他又向晴晴家望了望，见还是没有开饭，才又躺在石头上，不久便进入了梦乡。

若兰和菊贞母女一起往晴晴家走去，如果是以往，若兰见到菊贞一定会很高兴的，她们每次见面，彼此总有说不完的话，滔滔不绝。在读初中的时候，晴晴、菊贞和若兰是最要好的朋友。但不知道为什么，今天若兰总觉得菊贞出现的有些不是时候。尽管有这样的想法，但她还是没有表现出一点点的不快。若兰想："这大概就是所谓的重色轻友吧。"

一路上，虽然菊贞滔滔不绝，若兰却很少说话，而且还不时地回头张望，即使明知道已经不可能看到老蜡，她还是忍不住要回头看。见到晴晴以后自然是一番亲热。因为今天才知客，所以晴晴也并不太忙。按农村的规矩，嫁女是要晚上才待客的，中午不外乎只是一些帮忙的人和较远的亲戚罢了。若兰一心挂着老蜡，所以稍坐了一会儿后，便拉着晴晴的手说："老晴，我就不吃午饭了。还要赶回去卖票。"

晴晴按了一下若兰的肩膀，让她坐下后才说道："不得行，说啥子也要明天才能走。"

若兰说："明天，明天我已经在上班了。老晴，这段时间的确太忙，我好不容易才请了两天假。"

菊贞走过来了，见若兰和晴晴一个要走一个要留，便对若兰挤了一下眼睛，怪笑了一下，说："老晴，就让若兰去吧，刚才路上她都告诉我了，最近的确很忙，而且还有非常非常重要的事呢。"说完了又是一阵笑并在若兰的肩上拍了两下。

若兰轻轻地打了菊贞一下，瞪了一眼，笑了笑，才转过身拉着晴晴的手，说："老晴，等过年的时候再聚吧，我真的很忙。"

晴晴想了想，说："要走也行，但无论如何都要吃了午饭才能走。"

若兰说："真的不行，我今天除了来你这儿外，还帮妈妈卖票呢。"

晴晴虽有不舍，但若兰能来，她已经很高兴了，而且也知道若兰的确很忙，加之菊贞帮腔，最后还是决定由着若兰去，便说："那好，你等一下。"说着便进屋去了，约两分钟的样子，晴晴拿出了一大块煮熟的老腊肉，递给若兰，说："带着路上吃。"

若兰本来不喜欢吃腊肉，突然想到老蜡还饿着肚子，便欣然接受了。

若兰回去的路上，还不时碰到些来吃酒的人，有认识的，也有不认识的，但都没有使她放慢脚步，只是点点头打一下招呼而已。若兰想："老蜡此时应该在岔路口的路边等，肯定会像早上下车后一样躲在树林里，在我接近时才突然跑出来，吓吓我。"

一直快到岔路口时，若兰才放慢了脚步，并开始用眼光到处搜索，随时准备接受老蜡突然从林子里窜出给她带来的惊吓。但她哪里知道，此时的老蜡正躺在那棵大树下的石头上"和周公聊天"呢。

若兰总以为老蜡会突然从林子里跑出来，于是一边看，一边慢慢地往前走，走了好一阵子，却仍然没有见到老蜡，此时的若兰甚至有一点后悔。她想："菊贞出现之前为什么不约定一个等待的地点呢？"带着期待和疑虑，不知不觉，若兰竟慢慢地快要走到火车站了。若兰的心简直乱透了，她想："是不是出什么事了？或者是在告别时说错什么话让老蜡生气了，又或者是在路上错过了。"一连串的疑问令若兰迅速地搜索记忆，然而她并没有发现有什么不妥之处。而且只有一条独路，也不可能错过吧。若兰从晴晴家刚出来时的那种兴奋,一下子变得索然无味,而且还夹杂着些许的担心。

老蜡躺在石头上睡着了,他做了很多梦,但醒来后一个也记不清。看看表,才十二点半,想到终于没有错过时间,他很高兴,于是站起来,远远地看见晴晴家的院子里有好几桌人正在开饭,便长长地舒了一口气,准备看见若兰出来以后再下去给她一个惊喜。

觉得很悠闲,于是去到晒野菌子的石头边,见野菌已经有些枯萎了,便翻了一次才回到之前的那块大石头上。或许是看到晴晴家正在开饭的缘故吧,老蜡突然觉得肚子有点儿饿,突然想起包里还有几块豆腐干,这还是前几天一个地方上的学生送的,自己一直舍不得吃,准备拿回去给父亲下酒。他拿出豆腐干,一看共有四块,决定现在吃两块其余的留给父亲,但刚放到嘴边时他又止住了。他的眼前出现了一个画面,一根高板凳上,放着一个装有七八粒泡萝卜丁的小碟和一杯酒,眼光黯淡的父亲正坐在高板凳旁边的一个矮板凳上,一小口泡萝卜丁就着一口酒。老蜡想,对于退休在乡下老家的父亲来说,用豆腐干,特别是锅子坝的豆腐干下酒应该是一种极度的奢华了。上次在家等待分配工作的时候,还因为父亲用从杀猪匠那里要来的猪脾脏佐酒而大闹了一架。当时老蜡就暗下决心,等能挣钱后,一定要给父亲买很多好酒和下酒菜。老蜡又想起了刚接到分配通知的情景,父亲戴着老花镜,仔细看了好几遍那份毕业分配通知后说:"江油的锅子坝,我去过,'大炼钢铁'的时候我还在那里住过几天。那里的老腊肉和豆腐干是最好吃的,让人终生难忘啊。"

虽然上次回去也给父亲带了些豆腐干,但的确太少,所以这次回去,除了四块豆腐干外,老蜡还给他准备了一块七八斤重的老腊肉,这也是学生家长半卖半送的。但此时,老蜡似乎觉得还是太少了点,至少还应该再多买一些豆腐干吧。突然想到若兰或许会带一些吃的来,便决定坚持下去,将豆腐干全部留给父亲。

林子里很静,几乎都能听到表的嘀嗒声,随着这无休止的嘀嗒声,老蜡的心情也开始由平静逐渐变得焦躁起来。他站了起来,目不转睛地盯着晴晴家的院子。见吃过午饭的人并没有往外走的,只是很随意地在院子里有的坐着,有的站着,而且还不时有从外面往院子里走的人。不知不觉已经快两点半了,老蜡想:"莫非若兰不打算回去了。不对,她还要回去卖票呢。难道她已经走了?也不对,从十二点半开始,我一直都在看,并没有看见饭后有人从晴晴家出来啊。只有一种可能,那就是若兰并没有在晴晴家吃饭,而是在我睡着了的那一会儿就已经回去了。真该死,怎么就睡着了呢。在这四个多小时里,若兰一定很生气吧?"这样想着,老蜡马上将已经晒脱水的野香菇用手巾包起来装好，经过短暂的考虑后，还是决定将那些红色的野菌子丢下。于是快步下山，往车站跑去。到车站时，客车已不见了踪影，甚至连一个人都没有。他没有看时间，但估计跑这一段路的速度应该不低于自己拿奖的那一次吧。

第四章

　　老蜡还是沿着公路步行到了锅子坝,这也是他第二次从楠竹园步行到锅子坝,但这次的心情和上次完全不一样。老蜡想:"虽然和若兰错过了,但她肯定已经安全地回到矿里,而且明天一早就能够见面,即使若兰责怪我,也是可以解释清楚的。"老蜡这样想着,不仅没有了先前那种焦虑和无聊,而且还充满了希望。感觉从楠竹园到锅子坝也并不像上一次那么远了。

　　没有多久便到了锅子坝街上。虽然整个镇子上只有一家旅馆,但生意并不好,只有老蜡一个旅客。旅馆并不大,是全木结构的青瓦房,从不是很大的南向的双扇门进去,便是一个约六十平米大的小天井,天井正中有一棵约小脸盆大小的桂花树。树并不高,但树冠却散得很开,几乎将整个天井都覆盖了。阳光也只能透过树叶间的缝隙才零星地洒落在那青石板铺成的地面上。虽然石板很多地方都已严重磨损,却还是显得很干净,还有一层薄薄的青苔附在靠边的一些青石板上面,看起来就像是铺了一层绿色的地毯一样,很美。进门的右边是值班室,左边是一间客房,大门的对面还有三间客房。刚进到院子里,就给老蜡一种极其幽静的感觉,他甚至想到,如果自己有一个这样的院子,在里面读书、写字,那就不枉此生了。

　　旅馆里只有一个服务员,约二十来岁,个子小小的,白白的脸蛋上有一块是红红的,像是人涂上去的,人们称之为"高原红"。在锅子坝,这样的"高原红",几乎在每一个土生土长的小孩和姑娘的脸上都会有的。她很漂亮,大大的眼睛总是水汪汪的,像是会说话一样。并不太高的鼻梁却有一点塌样,但鼻头却尖尖的,看起来不仅不觉得丑,而且还很协调。薄薄的嘴唇颜色嫩红,就像是涂了一层淡彩一样。只有微笑时才会露出牙,洁白而整齐。只是她的左眼角上有一道约半厘米长的疤痕,但并不很明显,这也算是一点小小的瑕疵吧,却并没有掩盖住她的美丽,好像还增加几分野性,使她显得更加迷人。老蜡觉得这一道疤痕后面一定有一段故事,或者是一次惊心动魄的历险记,又或者是一段凄美的爱情故事。

姑娘很热情,登记完后在值班室的木柜里拿了一床薄被子和一条床单,又提了一瓶开水。打开房门后放下水瓶,便熟练地撤换起床单、被子来。跟着进去的老蜡,只呆呆地站在屋子里,看着那漂亮的服务员,才发现她不仅脸蛋漂亮,身材也极佳。她个头并不高,而且略显娇小,但屁股却翘翘的,丰满的胸脯和柳细的腰看起来是那么协调。她那熟练整理床铺的动作和因弯腰而露出的白白嫩嫩的腰间皮肤,已经让老蜡将等待若兰的焦虑,以及奔跑和步行所带来的疲劳和饥饿全然忘掉了。

很快就收拾停当,那姑娘站直身子,笑了笑,说:"同志,你好好休息,有啥子需要,喊我一声就行了。"

老蜡这才如梦初醒,忙说:"好,好,谢谢你!"

女服务员走了,却传来了她那甜甜的歌声。老蜡知道这是电影《少林寺》里的插曲《牧羊曲》。虽然是清唱,却非常好听,她的嗓音很干净,技巧也很到位,而且模仿得极好,老蜡感觉简直就是郑绪岚的翻版。他突然感觉到,这漂亮的外表和甜美的歌声完美地结合在一起,简直可以堪称女神,而且好像比若兰更讨人喜欢些,虽然她的打扮并没有若兰那么时髦。老蜡突然想到:"我是不是有一点花心呢?才和若兰轰轰烈烈,却又欢心于这个服务员。这样不好,不好,肯定不好。"尽管这样想,但老蜡还是情不自禁地打开木窗子,才发现窗户正好和值班室相对。而此时,那服务员也正向这边张望,在看到老蜡的那一刻,她的脸竟一下子红了。老蜡感觉有点难为情,只苦笑了一下,又莫名其妙地把窗户关上了。瞬间,就如同第一次躲开若兰眼神后的那种后悔一样,他又有一点恨自己,怎么连一句话都没说就把窗户给关上了呢,这不是白白地错过了一次搭讪的机会嘛。但不管怎样都不可能再打开窗户了。突然记起包里的野香菇来,见已经没有太阳,便只得拿出来晾在桌子上。

老蜡在床上躺了一会儿,才感到肚子已经很饿了,于是从房间里出来,准备去街上吃点东西。可能是刚才老蜡开窗时的那一幕令她多少有些尴尬的缘故吧,老蜡从房间出来时,那服务员不知是假装还是真的没看见,她并没有看老蜡,只低着头看一本什么书。

虽然感觉有些难为情,但老蜡还是在值班室的窗子前站住,问道:"同志,请问哪里有馆子?"

那服务员抬起头,放下书,微笑着说:"哦,你还没有吃饭么?这个时候可能吃不到了,整个街上就只有一个馆子,而且只卖逢场,今天恰好是冷场。"

老蜡面带难色,说:"哦,这样啊。"

那服务员略加思考后热情地说道:"这样吧,我去食堂打个招呼,晚饭你就在我们食堂吃。在我们这儿住店的客人都这样的。"

老蜡由衷地感谢,说:"那好,真是太感谢你了!"

那服务员说:"你帮我看一下门,我去去就来。"她并没有关门,只将抽屉锁上便出去了。她手上拿着的钥匙,随着嘴里哼着的"少林,少林"的节奏而甩动着,她那长长的辫子也随着欢快的步伐一起甩动。

其实老蜡比她大不了几岁,但对比充满青春活力的她,老蜡顿时觉得自己好像已经老朽了。老蜡翻了一下刚才她看的那本书,原来是《画魂》,正好前一段时间他也读过。

不大一会儿,服务员就回来了,还没进到值班室,便喘着粗气迫不及待地说:"办好了。"

老蜡似乎没有先前那么紧张了,笑着说道:"太谢谢了!哦,对了,怎么称呼你呢?"

那服务员像似有些调皮地笑着说道:"我叫方俞,好多人把我喊成'张俞'呢。"

老蜡脱口而出:"我觉得你比张俞还要漂亮些。"当他意识到有些唐突时,话已出口,无法挽回了。他突然觉得有点奇怪,先前见到陌生人,特别是在见到女生时,说话总有些结巴,今天怎么说得这么流畅呢,想说什么就能脱口而出。欣喜之余他又有些担心,不知道这一句话说出去后会带来什么样的后果。就像一个站在法庭上等待宣判的罪犯一样,究竟当时是个什么样的表情,就连老蜡自己也不知道,他只知道自己红着脸、低着头站在那儿,根本不敢去看她。

方俞并没有生气,而是略带一点自豪地仰着头,笑着说道:"你笑话我吧,我哪能和张俞比呢,人家可是大明星呢。"

见方俞并没有生气,老蜡更来劲儿了,忙接着这个话题说:"那些明星都是化了妆的,你没有化妆都这么漂亮,如果化了妆,那肯定就更漂亮了。"

方俞好像和老蜡已经是老朋友一样,她用一种很随便的语气说道:"还算你有眼光。不过不只你,还有很多人都说我漂亮呢。"随即,她又向老蜡打了个手势,说:"坐,进来坐,不要站着说话。"

老蜡也没有多想,马上进到了屋子里,方俞示意他坐值班室的床沿,而她自己却把所坐的椅子转了一个方向面对着老蜡坐下。

老蜡刚坐下便又站了起来,说:"哦,我叫……"

老蜡刚开口便被方俞打断了,她说:"我知道,你叫蜡言恭,是铅锌矿子弟校的体育老师嘛。"

老蜡这才记起，原来在登记的时候都已经提供过这些信息。方俞可能觉得打断老蜡的说话有些不太好，一时间便没有再说什么。一阵沉默后，老蜡指着桌上放的书，问道："你在读《画魂》么？"

方俞抬起头，随手翻了一下书，说："是啊，今天刚开始读，才读了不到二十页呢。"

老蜡一改刚才的方式，一本正经地说："你好好读读，这本书很有教育意义的，潘张玉良可以说是所有女性的楷模啊。"

方俞把拿在手上的书放在桌上，笑着说："哦，真不愧是当老师的啊，说起话来一套一套的。你也读过这本书？"

老蜡本想卖弄一下，谁知被方俞这么一说反而有点不好意思，微红着脸说："不好意思，不好意思，献丑了。"

方俞知道老蜡误解了，忙解释道："没有，没有，我很喜欢听你讲话，你讲得很好啊。"

老蜡一时间也没有找到其他的什么话题，便只好傻傻地看着方俞笑。见老蜡这样，方俞也有些不自然地拿起桌子上的书，胡乱翻了几下又放下了，问道："诶，蜡老师，为什么要叫潘张玉良呢？四个字的名字叫起来好不顺口哦。"

老蜡又回复到了刚才的状态，一本正经地说："在旧社会，女子嫁人后要随夫姓。张玉良是她姑娘时的名字，嫁给潘赞化后改姓潘，所以就叫潘张玉良，现在香港和台湾都还沿用这个规矩呢。"

方俞说："你懂得真多，蜡老师。那如果我嫁给你，岂不是要叫蜡方俞。不干，不干，我才不干呢，结了婚，连姓都卖了！"刚说完，方俞就感觉有些失口，脸飞快地红到了颈子，也不敢再看老蜡了，忙慌乱地低着头往地面看。

老蜡听方俞这么一说，觉得心里突然空了一下，瞬间就感觉到自己的小心脏扑通扑通地乱跳了一通，好像快要跳出来了样。但他并没有说什么，也不知道该怎么去说，只傻傻的"嘿嘿"笑了两声，便把视线移到了外面。

方俞也忙从桌上拿过书假装继续看。老蜡见已经陷入了僵局，而一时间又不知道该说些什么好，便决定出去走走。他极不情愿地站起来，说："我出去买一点东西。"便匆匆地出去了。

方俞也没有看他，只是低着头"嗯"了一声，但她的脸更红了。

这是老蜡第二次来锅子坝，而且两次都是因为若兰。虽然刚才他并没有对方俞做过什么，但在内心里总是觉得有些对不起若兰，就好像做了什么大逆不道的事一样。老蜡想："不知道若兰现在是什么样的心情，或许正在和向阳吵架，又或许因为与我错过而在床上哭泣……但有一点是可以肯定的,那就是若兰一定很不开心,更不会像我刚才那样,还嬉皮笑脸地和一个刚认识的异性那么近距离地聊天,而且还聊到了那么肉麻的话题。"

虽说是在街上,却并没见有多少人,本来就不太多的店铺八成以上都关着门,给人一种极度萧条的感觉,只是和上一次相比较,多了那么一点点生机罢了。看着街面上的那些还算整齐但破损十分严重的青石板,老蜡顿生一种萧瑟之感。他想:"此时,可能就连铺在地上的这些青石板都会感到孤独吧。"老蜡再仔细观察铺在地面上的青石板,从其磨损程度来看,至少也有几十年甚至上百年了吧。他又想:"不知道这些青石板曾经被多少人踩踏过,而踩踏过它的很多人现在都已经不在这个世界上了。人逝去,而青石板依旧,踩踏它的人换了一拨又一拨。如果它也有记忆的话,那肯定会记住踩踏过它的每一个人,我也应该被记下来了。然而,这些青石板会知道我此刻的心情么,如果知道,它肯定会嘲笑我的。"想到这儿,老蜡突然间觉得自己有点儿多愁善感,"我自己感伤就够了,怎么还要将这些青石板也强扯进来呢,但不管怎样,它就是一块石头,并不可能有我刚才所想的那些所谓的记忆。"于是他马上将视线从地面上移开,继续往前走,终于发现一个写着"锅子坝区供销社日杂门市部"的双扇门还半开着,便踱了进去。

老蜡见门不大,里面却很宽,足足有一百多平方米。门的右边是一整排漆成褐色的估计有一米二高的全封闭的木柜台,柜台很整洁,除一把裁缝用的大剪刀和一把木尺以外,什么也没有。柜台里面靠墙是布架,上面竖放着很多颜色各异、质料不同的布匹,虽然没有放满整个柜台,但可以说是琳琅满目了,给人一种货品齐全的感觉。门的正对面和左面是连通了的呈直角摆放的玻璃货柜,和卖布的货柜也呈直角摆放。货柜里稀稀拉拉地摆放着诸如胶鞋、手巾、文具等商品。可能把这些东西集中起来,也只需十分之一的柜台就够了,因此给人一种极度萧条的感觉。玻璃货柜的两方坐着俩营业员,虽然是一男一女,但他们的神态是一致的,直勾勾地毫无表情地看着门口。老蜡甚至觉得他们眼睛所看到的东西,并没有反馈到大脑。见此情景,本想转身就走的,但想到几乎走了整条街,才见到有一个开着门的营业场所,而且现在也没有其他事,还是决定先从布柜处开始转转。相比之下,布柜这边还算是最繁荣的了。他刚走近货柜,货柜下面突然站起一个人来,吓了老蜡一跳。老蜡仔细打量了一下,见这人的穿着还算时髦,一件藏青色的体恤,外套一件灰色的全拉链的夹克服,也很整洁,但他那睡意蒙眬的左眼角却有一粒大大的眼屎,令人作呕。很显然,刚才他是从睡梦中被惊醒了,和那两个营业员的眼神一样毫无表情。他见老蜡没有说什么,当然更没有要买东西的意思,便好像是自然滑落般地坐了下去,而外面的人却根本看不到他。老蜡再看了看那两个如蜡像般的营业员,觉得无聊极了,便转身走了出去。老蜡想:"我的工作虽然也很无聊,但比起他们,那应该要好很多。如果在这里工作时间太久,极有可能会落下抑郁或其他什么病的。"但有一点令老蜡开心的是,这里的空气好像比铅锌矿里要清新很多。想着、踱着,极度无聊的老蜡不知不觉地又回到了旅馆。

可能是刚才那段对话令方俞有些不好意思的缘故吧,此时的她已不似先前那般热情活泼。她见老蜡回来,只淡淡地招呼道:"你回来了",便再没有说什么,只低下头继续看她的书。老蜡本打算和她聊聊天的,但见这种状况,也不好意思多作停留,只应了一声"嗯"便怏怏地回房间去了。

老蜡躺在床上,突然觉得很静,和先前的情景大不一样,仔细想来才明白,原来是没有了方俞的歌声。回想刚才那一幕一幕,老蜡觉得有一些莫名其妙,他想:"两人好好的谈话怎么突然就终止了呢?还是怪我的应变能力太差,人家的话都已经说到那个分上了,怎么不去接一下话题呢?只知道在那里'嘿嘿'地傻笑,这肯定又是我那自卑感在作祟吧。"

老蜡出生在射洪县一个很偏僻的农村,虽然父亲在县上工作,但母亲生活在乡下,最多也只能算是一个半工半农的家庭。老蜡一直都居住在农村,对县城来说,他只能算是一个过客,以至于很多时候都很羡慕那些在城里居住的孩子。母亲早逝,更是给老蜡幼小的心理蒙上了一层阴影,持续几年的寄养生活使他养成了凡事都只与自己内心交流的习惯。特别是有一次家里的东西在自己的眼皮底下被堂嫂所偷,就更让老蜡对别人失去了信任。

那还是在老蜡的母亲刚去世不久的一个晚上,还不到十岁的他被开门声惊醒,他很害怕,不敢吱声,随后看见堂嫂悄悄溜了进来,这深更半夜的,也不知道她来干什么,所以他只好装睡。堂嫂撩开蚊帐看了看,确定他睡着后,便打开柜子,将里面的东西每一样都拿出一半放在背篓里,背走了。因为年龄太小,加之又是一个人在家,而且每天都在堂嫂家吃饭,老蜡只好选择了不作声。几天后,父亲回来,老蜡将这件事告诉了他。父亲抚摸着他的头,说:"老三,你很懂事,你要记住,不管在什么时候,一个人最重要的就是要保护好自己,在当时的那种情况下你选择了不作声是对的。"尽管父亲这样夸奖老蜡,但这件事还是在他幼小的心灵里埋下了一颗对任何人不信任的种子。他想:"堂嫂平常那么和善,总是有说有笑的,原来背地里还偷东西,竟是个贼娃子,以后不能再去相信任何人了。"

读书的时候，虽然成绩很好，但老蜡总觉得自己比城里的同学要矮一等，以致整个初中阶段他都没有和班上的女同学说过一句话。虽然在运动场上他是一名健将，而且书法极佳，又会拉二胡，但他还是没有从这种自卑感中走出来。因此在与人，特别是与异性交往时，他有一种本能的心理障碍，讲话时老是显得有些结巴，而且总是很难开口发出第一个音来。自懂事以后，老蜡一直都很想从这种自卑感中走出来，但收效甚微，任何时候还是觉得比别人要低一等。

老蜡突然想道："现在我已经是一名正式教师，而且还是在子弟校工作，比那些在地方工作的同学，收入要高出很多，还有什么可自卑的呢。虽然想和方俞接触并没有很强的目的性，但还是想像刚开始那样和她很随意地交谈，感觉我平生还是第一次在与人交谈的时候没有结巴过，而且想发一个什么音就能发出一个什么音来。"想到这儿，他迅速起身，用放在桌子上的一个小镜子照了照，并习惯性地用手捋了捋头发，还对着镜子笑了笑准备开门出去。刚走到门口，他又回到了床边，略作停顿以后，在桌子上拿了两个野香菇才开门出去。然而，方俞并不在值班室里，值班室窗户开着，而门却锁上了。老蜡好失望，只好回到房间，将那两个野香菇狠狠地扔在了桌子上，自语道："本来想让你去作一个见面的理由的，怎么这么不争气哦，连人都没有看到。"无聊之极，没有办法，只得又躺在床上休息。

老蜡确实有些困了，躺在床上没有多久便睡着了，不知道睡了多久，传来了敲门声，同时方俞喊道："蜡老师，吃饭了。"

老蜡迅速起来打开门，见方俞端着一碗饭站在门口。接过饭，忙说了声："谢谢！"

方俞也不像刚才那样冷淡，她笑了笑，说："不谢！"随即转身往值班室走去。

老蜡并没有回屋，而是顺手在桌子上拿了两个野香菇，厚着脸皮跟着方俞去了值班室。原来方俞的饭碗早已从窗户放到了值班室的桌子上。老蜡忙说："方俞，我想请你帮我认一认这是不是野香菇。"

其实，方俞已经知道老蜡跟来了，只是没有说什么而已，听老蜡说话时才转过身，看了看老蜡手上拿着的香菇，说："哪来的，就是野香菇啊。"

老蜡不好意思说是自己捡的，只说是在路上碰到的一个老百姓那里买来的。但方俞好像对这一点兴趣都没有，也没有再说什么有关野香菇的事，而是打开门很热情地招呼老蜡进去，并从旁边的一间屋子里搬来了一个凳子，让老蜡和自己并排坐下，然后从柜子里端出一碗红红亮亮的老腊肉来，笑着说："蜡老师，你今天很有运气欸，有老腊肉吃。"

看看自己和方俞的碗，老蜡知道，这些老腊肉好像并不是从食堂里买来的，而极有可能是从其他什么地方拿来的。

"嘿嘿,有老腊肉吃,怎么不请我啊。"听见有人说话,老蜡抬头一看,竟是在商店里看见的那个买布的人,衣着虽然没有什么变化,但眼屎已经洗去了,也不像刚才在店里看到的那样萎靡不振,而且还显得很精神。

方俞笑着没好气地说道:"滚……滚……滚,我们吃老腊肉为什么要请你啊。"

那人并没有在意方俞的话,看着老蜡,故作惊讶地笑着说道:"哦,小方,有朋友啊,怎么也不介绍介绍。"

方俞这才敷衍似的介绍道:"这是蜡老师,这是我们单位的同事许富江。"她甚至连身都没有起。

让老蜡感觉到有点奇怪的是,方俞并没有告诉许富江,自己是住店的。老蜡也不好作任何解释,只是忙着站起来,很友好地伸出手准备和许富江握手。

许富江一只手端着饭碗,另一只手一直背在后面,见老蜡伸出了手,才忙将后面一只手拿着的东西放在桌上,并笑着像是在开奖一样地唱道:"铛……铛……铛……铛,你们看,我带来了什么。"

老蜡一看,原来是一大碗腊猪蹄。老蜡这才想到:"他本来是想来给方俞一个惊喜的,没想到遇到了自己这个'不速之客'。本想不先拿出来的,不料我又要与他握手,便只好拿出来了。"

方俞并没有让他坐的意思,只是随意地说道:"正好,朋友来了,菜也不多,谢谢你来加菜哦。"

许富江倒也不客气,将饭碗和腊猪蹄放下后,自己去旁边的一间屋子里搬了一个凳子来,刚坐下,便又站起来,说:"有客人来,没有酒怎么行呢,我去拿一点酒来,你们先不要吃,等我一下啊。"于是转身快步出去。

方俞忙靠近老蜡,说:"这个人老缠着我,想要朋友,真烦死人了,不过他人的确很好,刚才打饭的时候他还向我打听你呢,我就奇怪了,他是怎么知道你在店里的。"

老蜡忙说道:"真是不好意思,打扰你们了。对了,晚饭多少钱,我先付钱给你吧。"

方俞笑着说:"还付什么钱,今晚我请你,算是感谢你做了我的挡箭牌吧。"

老蜡似乎不解,问道:"挡箭牌?"

方俞解释道:"这不,这个许富江一直都缠着我,说只要我一天没有要男朋友,他都有权利追我,看来现在他该止步了吧。"

老蜡边说话边往外望，方俞好像看出了老蜡的心思一样，说："还早呢，他们的鬼把戏我知道，要喝好酒，就用注射器在商店卖的酒里，每一瓶里抽一点出来，起码二三十瓶才能抽一瓶呢。所以，单就这些行为，我都看不起他的，这和做贼有什么两样呢。而且等一会儿肯定还有一个人要和他一起来。"

老蜡说："我下午见过他，是卖布的。"

方俞好像找到了答案一样，说："哦，这就对了，可能下午他见到你后，就跟踪而来，见你进了旅馆，所以打饭的时候才向我打听呢，幸好我没有告诉他你是住店的。"

果然，约半个小时以后，许富江拿着两瓶用医用盐水瓶装的酒过来了，而且同来的还有一个和许富江一般大的男的，许富江介绍是本单位的刘三娃，是他最好的朋友，在副食品门市部上班。

坐定后，许富江介绍说："别看这个酒是用盐水瓶装的，里面却是'绵竹大曲'呢，而且是我的珍藏，有贵客才拿出来喝的。"

老蜡已经知道了酒的来路，只得微笑着点点头。他本来酒量很好，但在这种环境下，觉得自己就好像也伙同他人在做小偷一样，本来不想喝的，但又无法拒绝，所以只象征性地喝了一点点便推杯了。

许富江和刘三娃对老蜡倒是没有半点敌意，而且还挺巴结的，可能是因为知道老蜡是体校毕业的，相信他一定会武功的缘故吧。

方俞阻止了几次，说："喝酒就喝酒，哪儿来的那么多废话哦。"

而每当此时，许富江总是笑笑说："好，好，好，马上，马上，不会影响你们谈朋友的。"

老蜡倒十分享受，这对于他来说，完全是与三个陌生人一起的晚餐，而其中的一个还把自己当成了他所追求的女生的男朋友了，此时的老蜡甚至还有了那么一点点的优越感。约莫两个小时后，这一顿奇怪的晚餐终于画上了句号。许富江的确很好，他忙将所有的，当然也包括老蜡的碗都拿出去洗了，然后又把值班室打扫干净，并将凳子放回到原来的屋子里，这才醉醺醺地和刘三娃一起走了。走到门口时，还转过身微笑着做了个手势，然后好像很时髦地说了声："古得拜！"

老蜡并没有走，还是像吃饭时那样与方俞并排坐着，他们静静地坐了约两三分钟后，两人几乎同时说话，又同时停了下来，然后两人都笑了起来。在笑的时候，老蜡发现方俞的眼神和先前似乎大不一样了，眼珠子上好像蒙着一层什么东西，迷迷蒙蒙的，使本来就很漂亮的方俞变得更加妩媚动人。这种眼神就像有穿透力一样，一下子就射到了老蜡的心上。瞬间，他就像是被这种眼神给吸引住了一样，呆呆地望着方俞，手还有些微微的颤抖，如果不紧急克制，他可能都已经"扑向"方俞了。而方俞像是突然记起了什么一样，忙起身出去把旅馆的双扇门关上，然后又回到了值班室。但她并没有坐，而是站在老蜡的面前用那种迷蒙的眼神看着他。也不知道从哪里来的勇气，老蜡抓住了方俞的手，而方俞也顺势一下子坐在了老蜡的腿上。

刚坐下，便传来了"咚咚"的敲门声。方俞马上站起来，一边用手示意老蜡快回房间去，一边喊道："谁啊，来了哦。"

老蜡轻轻地闪进了自己的房间，并马上从窗子的缝隙处往外看。

见老蜡已经关了门后方俞才将旅馆的双扇门打开。招呼道："哦，王主任，是你啊。"

王主任急急地说："你稍稍等一下，县上送货来了，吃过饭后就过来休息，他们一共有两个人。"

方俞说："好，好，好，我等他们，你慢慢走哦，王主任。"

王主任走了，方俞没有再关门，她直接走到了老蜡的房间，还没有等她敲门，老蜡已经打开了门。方俞急促地说："马上就有人来住了，而且是县供销社的。一会儿我们就不方便在一起耍了，你明天要走的话可以坐拉货的车，我给司机说说。"

老蜡说："好的。"

方俞问道："那你什么时间回锅子坝呢？"

老蜡说："八月十三号左右。"

方俞说："那你回来一定要来找我哦。"

老蜡坚定地说："一定，回来第一件事就是来看你。"

方俞有一些自豪但又满不在乎地说道："我一直等着你哦，反正明天全锅子坝都知道你是我男朋友了。"

老蜡似乎有些不解，问："为什么呢？"

方俞说："许富江那个婆婆嘴，只要他知道的事情，就没有什么秘密了。"

正说着，门外传来了脚步声，方俞和老蜡各自转身走了。他忙轻轻地关上房门，然后从门缝里往外看。王主任陪着两个人走了进来并给方俞介绍，说："这是县日杂公司的张经理，这是钟师傅。"

方俞微笑着问道："嗯，是住一间还是两间？"

那张经理笑着说道："一人一间吧，我睡觉打呼噜，怕影响钟师傅休息。"

"那你们早一点休息，我去安排装货。明天早上还是在食堂吃早饭。"说完后王主任转身走了。

方俞打开门后,又给每一个房间提了一瓶开水,然后问:"张经理,你们明天几点走呢?"

张经理说:"七点过就走。"

方俞说:"我一个亲戚想坐你们的车到江油行么?"

张经理爽快地说:"行,怎么不行,你叫他明天早上七点钟在这里等就行了。"

整个旅馆只有四个房间,而今天都已经住了三个,也基本上算是满员了。可能是因为住客中有县供销社领导的缘故吧,方俞在安排好一切后便回到了值班室,顺势把门窗也关上了。

老蜡一会儿躺下,一会儿又起来看看,好希望自己的门被敲响,或者值班室的门窗突然打开。一直到很晚值班室的灯都还亮着,门窗却始终没有打开过。好几次他甚至想去敲门,却始终没有勇气,直到方俞的灯已经关掉后,老蜡才无可奈何地上床睡觉。

还不到六点老蜡就醒了,他想矿里的班车也应该发车了,于是忙从床上爬起来,当想到方俞已经联系好了便车,便又睡下。但再也睡不着,眼睛睁得大大地望着天花板,若兰和方俞的笑脸不时在脑海里交替出现,老蜡不得不在这极短的时间内对若兰和方俞作出一个评估,然后决定下一步的行动。他想:"如果坐便车,那肯定和若兰错过,甚至连解释的机会都没有。若兰一定不会再理我了。去坐火车吧,那又怎么去跟方俞解释呢,毕竟她也是一片好意,而且坐便车还可以省一些钱。哎,怎么会有两个这么漂亮的女孩子,同时出现在我面前呢,真是难以取舍。两人性格各异,长相也各不相同,但不可否认的是她们都很漂亮,而且很讨我喜欢。若兰虽然比方俞稍显洋气,也要矜持些,但她并没有对表露我过什么,最多也不过是对自己有好感而已,而且还正和向阳谈恋爱。方俞虽然外向一些,却实实在在地表露出了对我的喜欢,而且还有过瞬间的肢体接触。如果和方俞在一起了,肯定一辈子都待在这锅子坝了。但和若兰相好就不一样了,虽然要顶着抢向阳女朋友的骂名,但结婚后就可以把家安到若兰工作的地方,至少距县城要近很多,自己还有可能调下去,还是和若兰一起走吧。"想到这儿老蜡迅速起床,准备洗漱后就去等矿里的班车。

刚开门,方俞就端来了一盆热水,让老蜡洗漱后去值班室吃早饭。老蜡先前的决定又不知跑到哪儿去了,他机械地随方俞进到了值班室,见桌上摆着馒头、稀饭还有鸡蛋。可能方俞早就准备好了,老蜡也不好推辞,便和方俞一起吃了起来。

方俞先剥了个鸡蛋递给他,说:"吃吧,蜡老师。你该不会这一走就把我给忘了吧？"

老蜡说："不会，怎么会呢。"

老蜡虽这么说，心里却在骂自己"骗子，刚才还想离开别人，现在又说不会"。他甚至觉得自己似乎太卑鄙、太无耻了点。看着方俞那漂亮的眼睛，脑子里又闪现出了昨天晚上那令人心醉的一瞬间，他再一次动摇了，放弃了去等矿里班车的打算。

吃完早餐后，老蜡说："方俞，这饭钱还是结一下吧。"

方俞又有些不高兴了，说："才说不会忘了人家的，现在又要结饭钱，区区一顿早饭，什么意思嘛。"

老蜡忙满脸堆笑地说道："好，好，不结，不结，行了吧。"

"嘟，嘟"一辆货车已经停在门口，方俞说："快，快，接你来了。"

在吃饭前老蜡已经将行李放在了值班室门口。于是拿起行李，向方俞说了声："我走了哦。"

方俞迅速从书桌的柜子里拿出一个油油的纸包，说："给你准备了一点熟腊肉，带着路上吃。"

老蜡也没有多想，忙接过了纸包，觉得沉沉的，一掂量，可能有四斤多重。看了看方俞，只说了声"谢谢"便上了货车。一看时间，可能还赶得上矿里的班车，于是又决定在路口下车，再去坐矿里的班车。此时，他甚至有一点得意于自己的这个临时决定，既应付了方俞，又不会失约于若兰。

在老蜡距路口还有不到一百米的样子，矿里的班车只稍停了一下，下来一个人后又快速地开走，最多也不过是两三分钟的时间差。没有办法，老蜡只好乖乖地乘货车去江油。

老蜡还是第一次坐汽车去江油，感觉和坐火车完全是两回事，随着货车在山路上以极慢的速度颠簸，老蜡的心情变得越来越紧张。司机和张经理好像已经习惯了在这种道路上行车，看不出有半点的恐惧感，而且一直都只顾着交谈，并不理会老蜡，就好像他根本就不存在一样。而老蜡哪里还有心情去搭理他们呢，看到那很窄而且路面极坏的山间公路，老蜡心里的弦绷得紧紧的，特别是在过隧道的时候，感觉这隧道好像和车子的宽度几乎一样，好多次都好像要刮到洞壁了。他右手紧抓住车窗框，左手则好像没有地方放一样，时而放在腿上，时而又前倾身子，抓着车子的工具箱。由于太紧张，脚指头一直都紧扣着鞋底，行约不到十公里，老蜡感觉脚汗已经将鞋全打湿了，而且紧扣着鞋底的脚指都有些打滑。在此之前，老蜡从来不出脚汗，就是每一次比赛下来，他的鞋子里也一样是干干的，这还令好多的同伴都羡慕呢，而且他穿鞋从来都不铺鞋垫。在老蜡的记忆里，好像从来都没有出过脚汗。脚汗令他的脚很难受，但出于礼貌，他绝对不可能将鞋子脱掉。他想："如果坐火车的话，怎么会有这般遭遇呢，这个时候肯定正和若兰聊得开心，说不一定已经谈到了有关恋爱的话题。哎！这都是我太花心所带来的恶果。如果今天出了车祸，葬身于这大山沟壑里，简直太不值了。"

　　老蜡越是这样想，就越觉得危险。又看了看他们俩，还是一样平静，就像坐在屋子里聊天一样。老蜡心一横，"人家都不怕，我怕什么呢"。数次警告自己不要东看西看，只看前方。果然没有先前那样害怕了，行约两小时后，路才稍稍平缓了些，老蜡的心情也平静多了。他索性什么也不看，什么也不想，闭上眼睛，很快地便进入了梦乡。

第五章

　　老蜡一觉醒来,已经快到石岭子了,听司机讲,这里距火车站还有几公里的样子。老蜡一看还不到十二点,不知火车是否已经到站,于是决定去火车站接若兰。但他又一想:"若兰可能还在生气,如果不理睬我,那就太尴尬了。但无论如何,也应该给若兰报一个平安吧,不然她还以为我出了什么事。让一个姑娘这么无端地去牵挂我,的确太不厚道,这也不符合父亲教导的'凡事都应该有交代'的原则。"已经快到火车站了,来不及多犹豫,老蜡忙请司机停车,拿上行李下车。

　　下车的地点距火车站并不远,大概还不到半公里吧,一下车就能够看到候车室大厅。老蜡见车站的出口还没有人,于是加快了步伐。在出站口等约两分钟的样子,还是没有人出来,便去对面的饼子摊点问了一下,原来从普济开过来的慢车已经发车好一阵子了。老蜡知道,此时的若兰肯定已经在去江油县城的公交车上了。他带着极度的失望,也上了公交车,只不过他的目的地是七十九队长途汽车站。老蜡想:"如果现在不去赶车的话,就要明天才有回老家的车了。在江油住一个晚上,还要冤冤枉枉花掉好几块钱,更重要的是,也的确想快一点见到年迈的父亲。"虽然他也闪过去太康找若兰的念头,但瞬间又被自己给否定了。

　　还好,老蜡到七十九队时刚好赶上即将发往遂宁的客车,回到家已经快晚上八点了,因为是夏天,所以天还没有完全黑下来。老蜡远远地看见爸爸坐在院子里摇着扇子和几个人聊天,他松了一口气。走近后才发现爸爸比以往更显消瘦,连头发也全白了,比之前好像又老了许多。老蜡一阵难受,不禁觉得鼻子有点酸酸的。

　　蜡元朗见儿子回来,并没有显得很热情,甚至都没有站起来,只是侧身对着堂屋里大声喊道:"吴桂英,快弄饭,言恭回来了。"

　　老蜡并不以为爸爸是在冷落自己,他知道:"爸爸是一个从来都不会将情感溢于外表的人,这可能就是多年来虽经数次运动,而爸爸从来都没有受过害的原因之一吧。"老蜡已经完全习惯了爸爸的这种看起来似乎很冷淡的表情,但他明白,此时爸爸的心里不知道有多高兴。

"诶,言恭回来啦。"继母吴桂英从堂屋里跑出来,忙去接老蜡的包并热情地招呼道。

老蜡说:"还是我自己来吧。"他并没有将包交给吴桂英,而是自己提进了屋里。

蜡元朗虽然还是和同院子的人聊天,但他的眼睛却一直都看着老蜡,似乎想用眼睛来量一量这几个月里儿子是否短斤少两。

老蜡放下行李后,马上拿出一包"雪竹"牌香烟给院子里的人发。虽然老蜡并不抽烟,但礼数他还是懂的。他知道:"自己常年不在家,老父亲还需要院子里的人照顾才行。"所以不管什么时候,老蜡对院子里的人都特别好。院子里的人都很高兴,有说老蜡长胖了的,也有说瘦了的。蜡元朗照例不抽纸烟,老蜡考虑到爸爸有一点好面子,便在院子里大声说:"爸,我知道你不抽纸烟,特地给你买了几斤什邡的叶子烟,还给你带了锅子坝的老腊肉、豆腐干,还有老鹰茶。"

蜡元朗一听便高兴起来,这才笑着说道:"好啊,正好我酒瘾来了,想喝一杯呢。来,来,来,你们也一起喝一点,锅子坝的豆腐干子你们肯定没吃过,都尝尝新,都尝尝新。"

老蜡进到屋里,先将那些还没有干的野香菇摊在簸箕里,再将老腊肉和豆腐干交给吴桂英,说:"小的一块是熟的,切了蒸一下就可以了。"又将几袋在出发前都已经预备好的给院子里各家的小礼物拿出来,分送完后才坐下来聊天。

老蜡刚坐定,蜡元朗便吩咐道:"叫你妈切豆腐干子一定要切薄一点,我的牙没有问题,就怕你二爸、三爸嚼不动。好多年都没有吃过锅子坝的豆腐干子,还真的很想吃呢。"

老蜡没有起身,只笑着说道:"都安排好了呢,不止豆腐干,还有老腊肉呢。"

蜡元朗很在行地说道:"煮老腊肉怕是来不及了,按理先要用火烧至皮焦后,刮洗净才能煮呢,而且没有一两个小时是肯定煮不熟的。"

老蜡有些得意地说道:"爸爸你放心,有熟的,我已叫她切了再蒸一下就可以了。"

蜡元朗先很低地自语了一声"坏了",然后高声喊道:"吴桂英,那个腊肉不能蒸,切了就行了,不然就不好吃了。"

"晓得了,还没有下锅呢,就晓得你总喜欢吃些生、冷、硬的东西。"吴桂英在里面大声回答道。

不大一会儿，吴桂英便端出一小盘腊肉和一小盘豆腐干来，并顺势放在可能是蜡元朗刚才喝过酒还没有撤去的高板凳上，说："你们先喝着酒，我再去炒两个菜。"

蜡元朗也没有起身，只是对吴桂英用手做了一个喝酒的手势。

"你自己拿一下嘛，锅里火还燃着呢"，吴桂英好像完全理解蜡元朗的意思，说完后转身就到厨房去了。老蜡忙说："我去，我去。"

老蜡将在江油汽车站旁买的两瓶"柳浪春"拿出来，又去厨房拿酒杯。吴桂英正大口地吃着腊肉，见老蜡进来，多少还是有一点不好意思，但又没有办法停下来，而且嘴里的那一块腊肉肯定不小，一下子竟翻不过白来，虽然瞬间显得有些痛苦，但她还是尴尬地对老蜡笑了笑。老蜡见此情景，很想笑，但又不好意思笑出来，只是告诉吴桂英再多切一点肉，让几个叔伯都一起喝酒。

待老蜡拿了五个酒杯、一把筷子出来时，老蜡的堂兄蜡宗贵已经搬来了一张小方桌，先前吴桂英弄来的几个小碟都已经放在上面，老蜡的二爸蜡元庆还特地将家里的一盏很陈旧的马灯拿了出来点在小方桌上。这盏马灯肯定有一点历史，也不知道有多少年了，它比一般的马灯要大很多。在老蜡的记忆里，一般都在有什么大事的时候才会拿出来用的，比如红白喜事，或者谁家做大生的时候，现在蜡元庆拿出这个马灯，说明他对老蜡回来的重视。几个婶娘和堂嫂起身要回屋了，但老蜡坚持要她们尝尝再走，于是她们象征性地一人吃了一块便都回去了。老蜡知道："自己从来都没有陪爸爸喝过酒，而且对爸爸喝酒，历来都持反对态度的。"或许是分别太久了的缘故吧，老蜡竟有要好好陪爸爸喝一杯的冲动。

蜡元朗见老蜡拿出这么好的酒，而且是两瓶，好像有些不舍得，很后悔没有自己去拿酒，但老蜡已经将酒放在桌上，也就不好再说什么，而那种表情也只是瞬间就过去了，或许所有的人都没有察觉到。

老蜡已经斟满了酒，蜡元朗见老蜡也要喝酒，先是有些诧异，但很快就很高兴地站起来举起杯子，说："昨天晚上，我梦见菜园子里的豌豆尖发的有筷子头那么粗，又嫩又绿，就知道今天可能言恭要回来，果不其然啊。好久都没有这么高兴过了，现在我们言恭出息了，还买了这么好的酒，来，大家喝一口。"说着说着蜡元朗竟有一点哽咽了，而且好像是怕哭出来了才忙中断了话题，举举杯一口就干掉了。

蜡元庆见此情景，并没有干杯，只抿了一小口后立即放下酒杯，很关切地拍了拍蜡元朗的肩膀，说："兄弟，言恭今天回来了你应该高兴才是嘛，怎么还悲泪呢？"

蜡元朗还真流出了眼泪，他忙用手背擦了一下便笑着说道："没有，二哥，哪能悲泪呢，我这是高兴。来来来，喝酒，喝酒。"

虽然蜡元朗很喜欢喝酒，酒量却并不大，但很有克制力，据说他一生中只喝醉过一次酒。的确，在老蜡的记忆里，好像从来没见爸爸醉过。大家边喝边聊，叔伯们问这问那，不知不觉地两个小时就过去了。吴桂英说床铺已经收拾好了。蜡元朗站起来，要大家把杯中酒干了，然后说："言恭，你坐了一天的车肯定累了，早点休息吧。"

老蜡的确有点困了，不仅仅是坐了一整天的车，更重要的是昨天和前天晚上都睡得很少。前天晚上是为了打听若兰的情况，怕误了赶车的时间而没有睡好，昨天晚上却是为了方俞而久久不能入眠，加之又喝了些酒，刚上床便呼呼大睡。

不知道睡了多久，朦胧中老蜡被外面的说话声吵醒，见窗外已经大亮，一看表都快八点了。仔细听，一个人的声音很大，而父亲的声音总是压得低低的。老蜡听出来了原来是来要账的。他马上起床出去，见三队的王云富正被父亲推着往院子外走，而且父亲还边走边赔不是，显得十分卑微。王云富见老蜡出来，感觉有点儿意外，忙红着脸招呼道："言恭，你好久回来的嘛？"

老蜡见此情景，已经愤怒到了极点，他没有作正面回答，只是上去一把把蜡元朗拉到他身后，冲着王云富大声质问道："我爸究竟欠了你多少钱，用得着这么一大早就跑到家里来要么！"

王云富有些不好意思地解释道："呃，钱不多，只二十三块五。言恭，你千万不要多意哦，如果不是急等着用钱，我是不会来催的，以往蜡表叔都是一个月结一次账的，但这次都快两个月了。而且我老婆催了我好多次我都没有来，今天家里的确急等着用钱。"

听他解释的时候，老蜡已经准备好了二十五块钱，在他还没有说完的时候就把钱递到了过去，说："对不起，待期了，你拿去吧。其实你不用担心我爸欠账，他每个月都有工资，即使没有，我这个当儿子的还会赖你的账么。你今天就是不来，过一会儿我也会把钱给你送过去的。"

王云富的脸更红了，好像不敢看老蜡，犹豫了一下才伸出有些微微颤抖的手接过钱，说："我还没有零钱找呢。"

老蜡没好气地说："你拿去吧，什么时候找都可以，不找也行，难道我还会一大早为一点点钱跑到你家里去要不成。"

王云富什么也没有说，转身就走了。

老蜡这才看见，父亲站在那儿仰望着天空，紧咬着牙关，两只握紧拳头的手还不停地颤抖着。见此情景，许多往事一下子就涌上了老蜡的心头："从记事开始，父亲在我眼里一直都很伟大，简直就是英雄一般。在我的记忆里，他只流过两次泪。第一次是在母亲去世的那个晚上，父亲抱着我哭了几乎整整一夜，但第二天，他又好像什么事都没有发生过一样忙这忙那的。第二次就是昨天晚上刚开始喝酒的时候，虽然他并没有像第一次那样哭出声来，但我分明看见父亲的眼里已经浸满泪水，而且说话都有些哽咽。"想到这儿，老蜡还真有一点恨自己了："本来这次回来就打算给父亲一些钱的，但昨天晚上为什么不拿给他呢，如果昨天晚上给了，今天早上他悄悄地付了欠账，也不至于在我面前显得那么没有面子。"瞬间，老蜡感觉父亲比昨天晚上看起来显得更加苍老了。他忙跑过去，把蜡元朗的拳头扳开，然后紧握着他的手，说："不要怄气了，爸爸！这些人什么素质啊，你是国家干部，走南闯北见过大世面的，不跟他一般见识嘛。"

蜡元朗看了看老蜡，过了好一会儿才说道："言恭，爸爸没用，还让你来帮我付账。"说着说着竟一下子哭出声来。

老蜡知道，此时父亲的哭泣并不单单因为别人来家里要账，而是自己不在家的这一年里，他肯定饱受了很多甚至比刚才更大的委屈，既然王云富说以往都是一个月结一次账，这一次已经两个多月了，说明父亲欠账已经不是一天两天了，很可能他经常都被钱所困扰。他每个月都有退休工资，而且工资也不算低，怎么会出现这种情况呢？老蜡本来准备马上拿些钱给父亲的，但他突然想到还是应该先把事情弄清楚了再说。

王云富又来了，恰好看到了蜡元朗哭的这一幕，他什么也没说，将零钱交给了老蜡，然后走到蜡元朗面前，深深地鞠了个躬，照着自己的脸上狠狠地抽了几巴掌，什么也没说转身就走掉了。老蜡知道，王云富的这几巴掌，应该是情感又战胜了金钱吧。其实他来要账本是天经地义的，欠债还钱嘛，并没有什么不妥，只是没有考虑到人与人之间的情感吧。有的时候，情感是真的无法用钱来替代的。

见王云富走了，一直都躲在屋子里的吴桂英这才跑出来大声骂道："没良心的，原来是怎么帮你的，二十多块钱嘛，一大早跑到家里来要，至于吗？"

蜡元朗大声吼道："你少说两句行不行，还嫌不够丢人吗！"

见蜡元朗已经动怒，吴桂英突然停住了叫骂，一努嘴便咕噜着转身进屋去了。

不大一会儿，吴桂英满脸笑容地站在门口喊道："言恭，叫你爸吃早饭了。"

还没等老蜡开口，蜡元朗拉了老蜡一把，说："都过去了，走，言恭，吃早饭去。"

父子俩进到堂屋，桌子上已经摆好了饭菜，蜡元朗笑着说："啊，弄这么多菜啊,言恭回来了这待遇是不一样啊。"

老蜡这才看了一下,一盘韭菜炒鸡蛋,一盘肥腊肉炒木耳,还有一小碟豆腐干,一小碟泡菜,两碗稀饭,在上位放了一杯酒。

蜡元朗在上位坐下后说:"言恭,你先吃饭吧,我要喝一点酒的,你不用等我。"

老蜡本来对父亲喝酒一直都持反对态度的,但联想到刚才的那一幕,也就没什么可说的了,便说道:"爸爸,你慢慢喝吧,我就不陪你了。"

吴桂英好像什么事都没有发生过一样,偶尔也给蜡元朗夹一点菜。

蜡元朗显得很高兴,他喝了一口酒,说:"下酒菜好了就是不一样,酒都要好喝一点。"

老蜡想:"虽然看起来父亲和平常一样,并没有不开心,但这肯定是表面上的,还是应该弄清楚父亲现在究竟是一个什么样的状况,反正要去街上办事的,不如约他一起去,在路上也好问问情况,同时也让他散散心。"于是说:"爸爸,一会儿我们一起去赶场吧?"

老蜡刚说完,蜡元朗就说道:"好啊,我好久都没有赶场了,正想去呢。"

老蜡的家距街上并不远,大概不到五公里,只是路不太好,大多数的路段都是乡间小道。恰好这天又是逢场,一路上碰到好多熟人,蜡元朗不时地跟他们打打招呼,发发烟,就好像已经将早上的不愉快全然忘掉了一样。

走了一段后,老蜡见没有熟人,忙拿出五十块钱来,说:"爸爸,我工作时间不长,工资也不高,只能给你拿五十元钱。"

蜡元朗站住了,但他并没有去接老蜡递过来的钱,说:"言恭啊,我知道你孝顺,钱还是你自己留着,就不要给我了,现在就是有一座金山我也一样的没钱。我的工资应该比你高很多吧,你看我像是个赊酒喝的人吗。我所以答应你来街上,就是怕你当着吴桂英的面给钱,当着她的面,我又不好不要。"

老蜡说:"你揣在身上不告诉她不就行了么。"

蜡元朗说:"我总不能把钱吞到肚子里面去吧。"

此时,老蜡已经基本清楚是怎么一回事了,便说道:"那这样,爸爸,你什么时候要用钱,告诉我就行了。"

不知不觉,父子俩就到了街上,蜡元朗说要去看朋友,老蜡便直接来到了同学许丙林的小卖部。见到老蜡,许丙林很热情地迎了出来,并向里面喊道:"咏梅,快出来,快出来。"

随着喊声,一个个子很小却很漂亮的女人抱着一个婴儿出来了。许丙林忙介绍道:"这是我最好的同学蜡言恭,我们都叫他老蜡;这是我老婆王咏梅,我儿子狗娃。咏梅,你快去买点肉,我来守店。"

还没有等许丙林说完,老蜡迅速地掏出两张十元的钞票往狗娃的衣包里塞,王咏梅和许丙林都一再推迟。老蜡说:"我不是给你们的,是给我第一次见面的侄儿狗娃的。"

王咏梅这才收下并摇着狗娃笑着说道:"狗娃,快谢谢你蜡叔叔啊。"然后让许丙林抱着狗娃,解下围裙,上街买菜去了。

老蜡见王咏梅已经走远,才凑近许丙林一点,说:"许丙林,其实我今天来是有事想请你帮忙的。"

许丙林听老蜡这么一说,一下子就显得很严肃了,忙说:"有什么事你快说吧,只要是我能办到的。"

老蜡看了看周边,将声音压得更低了些,就像是怕什么人听见了一样,很诡秘地说道:"是这样,丙林,本来家丑不可外扬的,但我俩的关系不一样,就不怕告诉你了。"

见老蜡又停顿下来,许丙林有点儿着急了,说:"哎呀,老蜡,有什么事你就直接说嘛,我们俩是什么关系,还吞吞吐吐的。"

稍作停顿后,老蜡好像终于鼓足了勇气,声音也比之前提高了些,说:"你知道,我爸爸不是爱喝酒嘛,他却随时都没有酒钱。"

许丙林有些疑惑,还没等老蜡说完,便问道:"蜡伯伯不是有退休工资么,之前供你们读书时都很松动的,现在你都能够挣钱了,怎么反而紧张了呢?"

老蜡接着说:"具体我也不知道什么原因,可能是我继母太凶了,我爸所有的钱都被她拿走了。每月还没有到领工资的时候,钱早就安顿出去了。我爸现在只有喝酒这么一个爱好,有时候没有钱,就只好去赊酒喝,但继母又不按时去付账,弄得我爸爸很不开心。我想以后就由你给我爸爸供酒,我按时汇钱过来,你看行么?"

许丙林随即答道:"怎么不行,这还照顾了我的生意呢,只是钱就不要汇了,那么一点点酒钱,汇来汇去的逗人笑话,再说,蜡伯伯喝那点酒,我还是供得起的。况且你不在家,照顾蜡伯伯也是我应尽的责任嘛,谁叫我们是好兄弟呢。"

老蜡说:"也不用太多,每个月十斤就够了,分两次送,也可以送一点花生米或其他的什么下酒菜。但一定不要让他们知道是我安排的,如果让我继母知道了,说不定还会把酒拿出去给卖了呢。"说到这儿,老蜡忍不住地笑了。

许丙林爽快地说:"行,就说是我孝敬他老人家的,反正蜡伯伯和你继母都知道我们关系好，我结婚的时候他们俩还代表你来参加婚礼呢。"

老蜡说："我刚参加工作，这次带的钱也不多，我先给你三十块吧，其余的下次回来再补给你。"说着老蜡拿出三十块钱递给许丙林。

许丙林怎么也不肯收，说："老蜡，如果还坚持给，你就找别人去办吧。"

老蜡见许丙林的确是一片诚意，只好收回了，说："那好，就从我走了以后开始吧，今天你先给我打二十斤，这个一定要给现钱。"

许丙林说："这还差不多。"

这时，王咏梅已经回来了，打过招呼后便进去弄饭了。老蜡大声说："我爸爸也上街了，要多准备一个人的饭。"

王咏梅说："老许，你快去请蜡伯伯吧，蜡伯伯很客气的，好几次请他来家吃饭，他都不肯。"

许丙林说："我知道，忙你的。"

其实，今天老蜡来街上，除了安排爸爸的酒以外，还有一件很重要的事，就是要给若兰写一封报平安的信。向许丙林要了纸和笔后开始写信：

若兰：你好！
　　山路上匆匆一别已七十小时有余，不知你可好，甚是挂念。其实那天与你错过后，恰遇便车，因思父心切，便匆匆赶回老家。勿念。
　　另：我行踪不定，怕接不到你的来信，所以就不必回信了。若有什么事，请往学校寄信即可。
　　顺祝安康。
蜡言恭　笔
一九八三年七月二十五日

许丙林见老蜡写得这么认真，问道："老蜡，老实交代，是不是在写情书？"

老蜡摇头否认，却很诡秘地笑了笑。许丙林偷偷凑近，看到了"若兰"两个字，便伸手去抢。老蜡忙用手护着信，并完全将信遮盖起来。许丙林说："还说不是情书，若兰难道是男人的名字。快从实招来。"

老蜡笑着说："真不是什么女朋友，只是刚认识的一个女孩。"

王咏梅出来正好看见这一幕，笑着说："看你们俩，都这把年纪了，还像小孩子一样打闹，莫让狗娃笑话。"

老蜡趁王咏梅说话间，忙拿着笔和信到邮政所去了。

这一天蜡元朗过得很开心，还让老蜡买了两斤新鲜肉和一些蔬菜带回家。在回去的路上，他说："言恭啊，我左思右想，你回去后还是给吴桂英拿十块钱，这样会好些。"

老蜡说："好，就是十块钱会不会少哦？"

蜡元朗有些不高兴地说道："足够了，她有的是钱，就是不肯拿出来用。"

回到家已经快六点了。晚饭的时候，老蜡拿出十块钱来给吴桂英，说："本来想多拿一点的，但才上班，工资也不高，所以很不好意思。"

吴桂英倒也是一个很会说话的人，她稍稍推迟了一下便接过钱揣在围裙的兜里，笑着说："你现在不正是用钱的时候吗，自己留着用吧，还给我们拿钱干什么，今天早上你还付了那么多欠账呢。"

老蜡在家里只待了两天，便开始出门。看望大哥、二哥以及和同学聚会，一晃半个月就过去了。大哥蜡宗舜在老蜡很小的时候就参加工作了，而且与老蜡年龄相差有十五岁之多，因此，在兄弟之间，老蜡和比他大五岁的二哥蜡宗明更容易沟通些，就连蜡言恭这个名字也是蜡宗明取的；记得刚上小学的时候，父亲在外面出差，不过走之前已经给老蜡取名叫蜡宗魁，老蜡觉得不好听。蜡宗明随口道："干脆叫蜡言恭吧。"父亲回来后只说："蜡言恭的确好听点，就是没有按辈分。"

这天，老蜡与蜡宗明一起喝酒，蜡宗明问："言恭，你上班都快一年了，耍朋友没？"

老蜡便把若兰和方俞的事情全都告诉了他。蜡宗明听了后并没马上作出回答，而是很高兴地端起了酒杯，说："我弟弟真行啊！来，我敬你一杯。"

老蜡说："你还敬我呢，我都要六神无主了，想让你给我出个主意，你还笑话我。"

蜡宗明放下酒杯，吃了一块菜后才慢条斯理地说："言恭，我要表明自己的立场，你脚踏两只船肯定不对，但在这么短的时间内发生的事没有妥善处理又情有可原。若兰还在恋爱，这样插进去肯定不好，岂不是成了第三者。但这两个女孩子都这么开放，直观判断，应该都不是理想的对象。"

老蜡点了点头，说："二哥，你分析得有道理。我也想到，若兰和方俞都是一见面就很喜欢我，这只不过是喜欢我的外表罢了。如果某一天她们遇见一个比我的外表更好的人呢，那岂不又去喜欢别人了。"

蜡宗明说："这倒也不很绝对，最好还是先了解了解再说。"

老蜡说:"二哥,虽然我都二十几岁了,但在恋爱这个问题上还真的没有入门呢,你要好好教教我。"

蜡宗明说:"我能有什么经验,我和你二嫂还不是稀里糊涂就结婚了。不过有一点很重要,你也老大不小,是该考虑结婚的事了。"

老蜡说:"就是,这次回来,好多同学都已经结婚生子。我是应该加快步伐了。但若兰和方俞可能都不合适。"

蜡宗明说:"也不要盲目下结论,了解一下再说吧。"

老蜡不想再谈这个话题,于是便借问二哥的工作情况把话题岔开了。

第六章

若兰不敢断定老蜡究竟出了什么状况,想回去找,又怕碰到去晴晴家吃酒的熟人,也怕万一他有什么事先离开了,于是只能选择在停车处等候,就连司机叫她去吃午饭,她都以不太舒服为由给推掉了。她想:"其实错过了倒也无所谓,就怕出什么事。他肯定不熟悉这里的环境,但现在我又有什么办法呢。"在极度的焦躁和无聊中乘客已经开始上车,若兰尽量地拖延时间,想再多等一会儿,没有办法,在司机催了三次以后若兰只得上车开始卖票。

虽然若兰没有见到老蜡,很失望。但当班车启动的那一刻,她的心里又泛出了新的希望。她知道,不管怎么样,明天老蜡肯定会在锅子坝等她的。即使他生气了,也只有坐这一趟车才能出去,除非他自己走出去。这样想着,若兰的心情竟好了很多,除了还有一些担心老蜡的安全以外。

若兰回到家里,见爸爸照样在茶几上研究残棋,而妈妈也依然坐在爸爸身旁一边织毛衣,一边看棋。虽然妈妈并不会下棋,但她永远都是爸爸最忠实的棋迷,这种场面在若兰的眼里已经是一幅固定的画面了。厨房里传出了节奏感很强的剁菜的声音,若兰知道,这是向阳在做晚饭。和以往不一样,此时的若兰顿生了一种极其厌恶的感觉,刚才在车上已经调整好了的心态,一下子又变得复杂起来,她甚至想冲进厨房,夺下向阳手中的菜刀,让他滚蛋。

"回来啦,一个人走那么远的山路没有吓着吧。"陈大文连头也没有抬一下,只低着头看着棋盘笑着问道。若兰忙装出一副笑脸,顺手将包往陈大文坐的沙发上一扔,坐下后才说道:"没有,怎么会吓着呢,我都这么大了,又不是小孩子。"

穿着大围裙的向阳忙从厨房里跑出来,用还在滴着水珠的手倒一杯水给若兰,说:"若兰,你肯定累了,先歇歇,喝口水,很快就开饭。"

若兰迟疑了一下才接过水杯,但她并没有看向阳一眼,本想说声"谢谢",竟没舍得说出口。而向阳好像并没有奢望能从若兰那里得到什么回应，只是她接了水杯就是对自己工作的肯定一样，笑了笑匆匆地又回厨房去了。

本来在回来的路上若兰就已经将心态调整得很好，但不知为什么，一看见向阳，一股无名火就又上来了。在老蜡出现以前，若兰总是很满意向阳的勤快，而现在向阳的勤快却成了若兰生气的根源，特别是看见向阳端水杯的手上还滴着水珠，就更是反感到了极点，还觉得好脏，而且有马上把那杯水泼掉的冲动。但她还是很快就平静下来，因为她知道，什么都没有变，向阳更没有变，只是自己变了，自己的心变了，自己的心因为老蜡而变了。

晚餐很丰盛，是向阳从老百姓家买来的一只大公鸡。胸脯肉和大腿肉凉拌，而其他部分则用野菌和山药炖着。陈大文拿出一瓶酒，自己倒了一杯。

若兰说："爸爸，好久都没有陪你喝酒了，我陪你喝一杯吧。"

一听若兰要陪自己喝酒，陈大文高兴得不得了，连说"好，好，好"，马上去拿了一个杯子给若兰。

史秀娟似乎在阻拦似的笑着说道："女娃子家家的，喝啥子酒哦。"

陈大文佯装骂史秀娟似的说道："就你不争气，把若兰生成女孩子了，如果若兰是个男孩子，天天陪我喝酒，那才叫乐呢。"

向阳好像下了很大的决心后才说道："陈伯伯，很抱歉，我的确不会喝酒。干脆给我也倒一杯，我练一练，以后好天天陪陈伯伯喝。"向阳说话的时候，竟不敢去看若兰的表情。

一听向阳说话，若兰突然有些失控地大声吼道："你喝什么啊，喝酒是男人与生俱来的本事，你练就练得出来吗。"把所有人都吓了一跳。

陈大文忙阻止道："若兰，怎么说话呢，不就是说喝酒嘛，用得着发那么大的火么？"

若兰也觉得有些失态，便没再说什么，只是将自己的酒杯狠狠地往向阳面前一蹾，但语气却稍缓和了些，说："那你陪爸爸喝吧，你是男人，陪长辈喝酒本来就是你应该做的。"

向阳被若兰这突如其来的怒吼弄得不知所措，见若兰已经将酒杯放在了自己面前，就更不知道该怎么办，便只得把哀求的眼光投向了史秀娟。史秀娟好像心领神会，她拍了拍若兰的手示意她不要再生气，说："哎，都怪我，都怪我。若兰，还是你陪你爸爸喝吧，好多时候我还真希望你爸爸能像向阳那样不喝酒才好呢，你难道不记得你爸爸喝醉酒的时候有多讨厌么？"

见紧张气氛已经缓和，陈大文忙笑着说："怎么又扯到我的头上了呢。"

史秀娟端起水杯，示意若兰，说："若兰，快用酒堵住你爸爸的嘴。"

若兰用左手将放在向阳面前的酒杯端起来，向阳忙端起水杯和若兰碰了一下，说："辛苦了，若兰！"

若兰也平静了下来，和向阳碰杯后才将酒杯换到了右手，苦笑了一下，说："没有，还是你辛苦，弄了这么大一桌子菜。"

喝了一口酒后，陈大文把身子往前倾了倾，压低声音很神秘地说道："我今天有一件很重要的事要告诉你们，但只局限在我们四个人知道，绝对不许外传哦。"

史秀娟笑着说道："哎，有话就说，有屁就放，还卖什么关子嘛。"

陈大文乜了史秀娟一眼，说："前天我去成都出差，听我的老同学讲，中央最近可能要出台一个政策，重用我们这些知识分子，如真是如此，本人很可能要到地方上去任职哦，而且还可能是去当领导呢。"

史秀娟没好气地说道："我道是什么好事呢，神神秘秘的，八字还没有一撇呢。地方上有什么好，听说工资比矿里要低很多，再说了，就凭你那点儿本事，让你去当领导，你当得下来么？"

虽然史秀娟这样说，但大家都看得出来她是故意在和陈大文抬杠，内心里不知道有多期待呢。

陈大文接着说道："你懂什么哦，下地方最起码也是在县城上班，怎么也比在这个山沟沟里待一辈子要好。所以若兰毕业分配时，从内心深处我是真不希望她分回矿里。"

史秀娟还真有一点生气，冲着陈大文吼道："你这个老东西，原来是你不让若兰分回矿里的，要不然，若兰也不至于像现在这样辛苦，跑上跑下的，一年都难回来几次。"

陈大文自知有些失口，忙解释道："我只是这么想而已，再说了，若兰的工作分配，我能做得了主吗，我只是我们矿子弟学校的副校长，而且排名还在最后，除了给某个老师调几节课还可以外，什么权力都没有。"

若兰知道妈妈一直都抱怨爸爸没有在自己分配工作的事上出力，为此已经吵过好几次架。眼看又要吵起来了，忙说："爸爸说得对，分配的事爸爸怎么能搭得上边呢，如果是在我们矿里可能还差不多，至少还可以找找熟人嘛。"

史秀娟说："没有熟人，他平常不是吹他县里、地区、省上都有同学么。他就是不愿意你分回矿里来，刚才他的狼子野心不是表现出来了么。"

陈大文说："懒得跟你说，都过去好久的事了，总是爱翻老皇历。"

若兰说："哎呀，妈妈，你就不能少说两句嘛。好不容易回家一趟，能不能好好地吃顿饭啊，明天我走了，看你们两个怎么闹。"

史秀娟果然没有再吵下去，只看了看向阳，微笑着说："这个女儿我算是白养了，什么事都向着他爸爸。"

向阳哪里还敢掺什么言，只是谁说话便看着谁笑。若兰见向阳这副表情，觉得他就像个傻子一样，愈发反感了，但她并没有表现出来，只是暗下决心一定不会再和向阳好下去了。

晚饭后向阳照例收拾碗筷，但若兰却没有像以往一样去帮忙。收拾完后，向阳出来了，他偷偷看了看若兰，见她已经不像先前那样板着脸了，又看了看史秀娟，才轻声地说道："若兰，要出去转转么？"

若兰连看都没有看向阳一眼，没好气地说道："走了一天山路，都累得不行了，还去转什么转。"

向阳欲言又止，稍作犹豫后才站直了身子，说："那我，我明天和你一起去江油要几天好吗？"

若兰看了向阳一眼，还是如刚才一样没好气地说："你去干什么呢，又不好安排住宿，而且我上班很忙，哪里还有时间来陪你。还有，你不要有事没事老往我们家里跑，把你自己的事做好就行了，你又不是我们家的保姆，真是的。"

向阳好像并不是要得到若兰的许可，只是将这些话说出来就完成任务了一样，若兰刚说完，便接着说："好、好，那我就不去江油了。我准备去一趟华山，然后就回学校，有事就给我写信。你今天也累了，早点休息，明天早上我送你。"

向阳像背书一样一口气说完这番话，轻轻地带上门走了。若兰甚至都没有站起来一下。

向阳走后，史秀娟有些责怪若兰似的微板着脸说："你也是的，人家向阳对你那么好，你总是时冷时热的，这样不好，人心都是肉长的，你每伤别人一次都会留下印记的。"

但若兰好像根本就不在乎史秀娟是否生气一样，倒在她的怀里撒娇道："妈，你不明白，我对他没有感觉，而且越来越不喜欢他了。我的事你能不能不管啊！"

史秀娟用手抚摸着躺在怀里的若兰的脸，极其轻柔地说："好，好，我不管，我不管。那你老实告诉妈妈，你是不是喜欢上那个蜡老师了？"

若兰被妈妈一语道中，便红着脸辩解道："哪有啊，妈，你都胡说些什么呀。"

史秀娟说："你看，你看，还说没有，脸都红了。自从上次蜡老师来家吃面后，你就不大搭理向阳，而且那天晚上从你看蜡老师的眼神，我就看出点问题，后来你又问你爸蜡老师的情况，我就更加肯定了。"

陈大文一直专注地看着残棋，像是自语似的说道："不过，蜡老师还真是个好青年啊，而且棋艺又高，也很聪明。但向阳的确也很不错，难以取舍，难以取舍哦。"

史秀娟打断陈大文的话，笑着说道："你就知道下你那个死象棋，老不要脸的，两娘母说几句知心话你插什么嘴啊！"

陈大文说："好，好，好，我不说了，不说了，行了吧。"说完后继续看他的残棋，果然没有再说什么。

若兰见爸爸、妈妈又要吵起来了，忙说："算了，不跟你们说了，明天还要早起呢，我睡觉去了。"说着起身去洗漱后便回房间睡觉了。但刚关上门一会儿，又打开了，她探出头，说："妈妈，我包里有一块腊肉，你拿出来，不然明天背到单位去了。"

躺在床上，若兰怎么也睡不着，她把刚才一家人的对话仔细想了一遍，她断定爸爸、妈妈对老蜡也有好感。于是决定要和老蜡交往下去。若兰又想："明天，妈妈一定很奇怪为什么蜡老师会在锅子坝上车。到那时，我再告诉她实情吧，还要让他们逐渐地冷淡向阳。说实在的，要我亲口告诉向阳说这段感情结束，还真有一点难为情。毕竟和向阳相处都快两年了，而且向阳的确很好，除了没有蜡老师帅气和少一点男子气概外，并没有什么不及的。如果不是蜡老师的出现，可能我和向阳都已经谈婚论嫁了。他会有向阳对我那么好么？这样看来，向阳实在是太可怜了。人们常说'姜是老的辣'，现在看来的确如此，刚才爸爸只一句话便把我的内心剖析得清清楚楚，还真是'难以取舍'。总之，先与蜡老师交往一段时间再说吧，至少他比向阳更有男子汉气概。"

早上五点五十分，向阳准时敲响了若兰家的门，因为若兰已经有了决定，所以对他也不像昨天晚上那样生硬，向阳帮她拿包她也没有反对，虽然从家里出来一直到客车旁，两人连一句话也没有说，临近分手时，若兰还突然有了那么一丝的不舍，觉得应该给向阳说点什么才好，于是说："你一个人去华山一定要注意安全，听说华山很险。还有平常有空多读一点书，不要老是去做家务，我爸妈都还年轻，他们自己能做。"

听了若兰的叮嘱，向阳如释重负，他开心地笑了，说："知道了，你也要照顾好自己哦，你想要什么，我去西安买给你。"

若兰说："什么都不需要，你玩儿得开心就好。"

和以往不同的是，今天向阳好像很舍不得若兰，在车子开动的那一刻，若兰分明看见向她挥着手的向阳好像哭了，而且他的嘴唇不断地在动，就像在说什么一样。见此情景，若兰突然有一种很内疚的感觉："是的，这次回来，和向阳总共没有好好地说过三句话。深爱我的向阳又要开始痛苦地等待，而我却要去和一个并不很了解，而且只见过三次面的男人碰面。这样做，难道就没有错么？对得起向阳么？"但随着班车距锅子坝越来越近，若兰又将向阳暂时地放下了。

若兰和妈妈同坐，选择靠窗的一边。在距锅子坝还有几百米的时候，若兰已经开始搜索老蜡的身影，但直到车子开过了停车点，不仅没有看到老蜡的身影，甚至连一个等车的人也没有。所以司机只是按常规把邮递员放下后，一下子就开过去了。若兰想："难道他已经去火车站了？肯定是的，也有可能昨天晚上他就住在火车站，火车站距锅子坝还有这么远的距离，他应该不会跑这么远来住的。还好之前没有将昨天和蜡老师的事告诉妈妈，现在既然没有见到他，也就没有必要告诉妈妈了。"汽车到站后，若兰没有跟妈妈多说话便奔车站而去。

若兰再一次失望了，而且失望中还夹杂着极度的担心："他该不会出什么事吧？不会，肯定不会，我一个女人昨天走了那么远都没事，他是个男人，而且还是搞体育的，怎么可能出什么事呢。"

这可能就是人性的弱点吧，越见不到的人，就越是想见到。若兰像泄了气的皮球一样，又开始策划怎么去和老蜡相见。

若兰在楠竹园车站还是没有见到老蜡，好失望，同时也很担心，但她还是坚信老蜡绝对不会出事。火车上，虽然和若兰坐在一起的好几个人都是矿里的熟人，他们都很兴奋地聊这聊那，也有聊到若兰以往很感兴趣的话题，但若兰似乎一点兴趣都没有，她甚至连一句话都没有说，只是偶尔对他们笑一笑，点一点头罢了。列车在飞驰，但若兰的思绪却沿着列车相反的方向迅速后退，昨天和老蜡在一起的每一句话、每一个动作甚至连天气的状况以及路边的景色等都在她脑海里不断地闪现，她企图从中找到老蜡凭空消失的原因。但任凭若兰冥思苦想，仍然没能从中找到答案。若兰想："难道老蜡并不是如我所想的那么喜欢我？不会的，几次从他看我的眼神，都可以肯定他非常喜欢我，眼神是发自内心的，是绝对伪装不出来的。但是，既然那么喜欢我，又为什么会失约呢？唯一的解释就是与我分开后，遇到了熟人，不好再等我了，便只好提前坐便车走了。但以我对老蜡短暂的了解，即使有便车，他也一定会等到今天和我一起坐火车的，昨天他不是已经决定推迟一天回家才陪我去晴晴家的么？"

若兰又想道："从和老蜡短暂的交谈中，老蜡已经明确地说出了他喜欢我，之前他为了见到我，还想了那么多的办法，借晨练、专门坐班车……既然喜欢，那昨天那么好的机会，他又怎么会中途改变呢？从我对老蜡的短暂了解，他应该是一个负责任的人，既然是专程陪我去晴晴家的，又怎么会扔下我，让我一个人走那么远的山路呢？那会不会与我分开后误走到菊贞来的那条路上呢？这种可能应该不大，毕竟那只是一条很小的岔道。那会不会他不小心摔倒了呢？"想到这儿，若兰一阵毛骨悚然。但她又一想："这几乎是不可能的，沿路的两旁都有很茂密的森林，并没有较险峻的地段，就是想摔下去，也会被路边的树枝给挡住的……"若兰觉得头快要炸开了，"不想了，不想了"，若兰数次地这样告诫自己，还是让时间来告诉自己答案吧。

不知不觉火车已经到站了，若兰又有了新的希望："如果老蜡昨天到江油，现在极有可能会在出站口等我。"这样想着，若兰忙急步走出了车站，待将出站口所有的人都过了一遍后，才知道这也只不过是自己的幻想罢了，于是只好坐335所的班车回太康。下车后，若兰虽然觉得肯定不可能，但她还是四处张望，希望能看到老蜡在太康出现。此时，若兰坚信——她已经爱上老蜡了，她甚至有一点后悔，那天怎么不问问他家住在哪儿呢，不然也可以抽时间到他家去看看。

若兰回到单位，正值筹备"川甘两省护林防火联防会"，而她也是筹备小组的成员之一。因此，忙碌的工作不得不让若兰暂时把老蜡给放下了。约莫一个礼拜后的一天中午，若兰接到了一封从射洪寄来的信，见信封上的字端庄秀美，看一眼就令人有一种很舒服的感觉，但她一点都不熟悉这种字体，也不知道究竟出自谁的手笔，她心底隐隐闪出一个念头，是不是老蜡的信哦。

于是忙跑回寝室，迫不及待地拆开信封，贪婪地先看了信的落款。"天啊"，若兰心中惊呼，还真的是老蜡的来信，而且信里的字也如同信封上的一样漂亮，且文笔流畅，用词非常精准，整篇竟没有一个是若兰认为多余的字。这一刻，她甚至决定这一辈子非老蜡不嫁了。兴奋之余，若兰马上写了一封情意绵绵的回信，准备在老蜡返校的前三天寄出。若兰正兴奋，却传来了一阵急促的敲门声，忙将信放进抽屉里，打开门，原来是在县农业局工作的好友徐每。由于太高兴，若兰一下子就抱住徐每跳了起来。徐每笑着挣脱开后，用食指指着若兰的额头，说："这么高兴，有点儿反常哦，老实交代，是不是有什么喜事？是要和向阳结婚了么？快快从实招来。"

若兰抑制不住自己内心的喜悦，忙将老蜡的来信递给徐每，然后站在那儿看着徐每笑，像是要等待徐每对这封信的夸奖。徐每看了一下信封后说道："我道是什么好事呢，一个老头子的来信怎么就令你这么高兴呢，你是不是有'恋父癖'哦。"

若兰也用食指戳了一下徐每的额头，说："你才有'恋父癖'呢，你连人都没有见到，怎么就说人家是老头子呢。"

徐每笑着说："还需要见到人嘛，能写出这么好的字，而且还有很多繁体字的人，不是老头子，难道是年轻人？"

若兰将徐每轻轻地按在凳子上坐下，说："你还说对了，还真是一个年轻人，而且长得非常帅，一头卷发，就像是电影里的人一样，我这一辈子还没有见过长这么好看的人。"

徐每有些疑惑似的问道："你该不会把向阳给甩了吧，你原来说人家向阳怎么怎么帅气，就好像天上有地下无一样，难道他比向阳还要帅？"

若兰将老蜡的信用双手贴在胸前，望着天花板，很开心地说道："总之，自从见到他以后，我对向阳就一点感觉都没有了，而且晚上只要一闭上眼睛，满脑子就全是他的影子。徐每，我们是最好的朋友，不怕告诉你，我好像真的爱上他了。"

"陈若兰，开会了，快一点儿。"两个人聊得正欢，楼下却传来了领导的叫声。若兰伸了一下舌头，忙将信放在抽屉里，和徐每一起下楼。

第七章

　　暑假很快就要结束了,按规定,老蜡应该在八月十五日以前赶回学校参加集中学习。

　　十二日下午,老蜡从县城回到家里,老远望见院子里有一个穿着一件很破的旧军服、扎着围裙的老头坐在一个高板凳上刬篾条。走近一看:"原来是爸爸。"见他那脏兮兮的样子,老蜡想:"这哪像个退休干部哦,甚至连一般的乡下老农都不如。"他这才注意到,爸爸的手已经不是以往的那一双总是洗得很干净,看起来一直都很细的手,而是一双长满了老茧,还有好多处血痕的,看起来很脏的手了。虽然老蜡绝对相信父亲的卫生习惯,经常都要洗手的。他不禁又想起了中学学过的一篇课文,赵树理的小说《套不住的手》中陈秉正老人的手,虽然爸爸的手没有陈秉正老人的手那么宽大而厚实,但手的粗糙程度应该是一样的。

　　此时,老蜡的眼里早已噙满了泪水,他没有说什么,直接过去夺下父亲手中的刀,有些责怪似的说道:"爸爸,你看你,都在干些什么啊!不是才给你买了新衣服么,怎么还穿这么破的衣服?"

　　蜡元朗就像一个做错事的小孩子一样,眼光瞟到一边,面带苦笑地顺势站了起来,抖了抖身上的竹屑,用只有他自己才能听见的声音说道:"我喜欢编篾货呢。"边说边从老蜡的手中拿过刀,快步回到屋子里去。

　　坐在旁边休息的蜡元庆马上靠近老蜡,轻声说道:"言恭,你爸爸真是太辛苦了,年轻的时候都没有这么辛苦过,现在我们都在耍了,他却还要不停地做,有时候还通夜地编呢,听说编一个筐才五毛钱。你说他一个月那么多退休工资,还要靠编篾货赚钱,要那么多钱干什么呢!我看他现在是吃也没吃好,穿也没穿好,有机会你一定要劝劝他,该好好休息了,毕竟这么大的年纪了。"

　　听了蜡元庆的叙述,老蜡半天没有说出一个字来。原因老蜡是知道的,但自己又能怎么样呢。一种锥心的刺痛和极度的无奈顿时将老蜡吞噬,他呆呆地站在那儿,甚至不知道将手里拿着的东西放下。

蜡元朗已经洗了脸,换了一件稍干净点的衣服出来。还是像往常一样满脸都堆着笑,就好像要告诉自己的儿子:"刚才的一切只不过是在演戏罢了,现在收工,又来陪自己的儿子了。"

老蜡也没有再去责备他,只是将这种深深的刺痛埋藏在心里,他说:"爸爸,我打算明天一早就回单位报到,临时决定的,所以没有买到新鲜肉,只买了一点烧腊猪头肉给你下酒。"

或许蜡元朗要为刚才儿子所看到的一切消除些不快,又或者是他的确想好好地款待一下自己的儿子。当他听说儿子就要走了,便马上对着屋里喊道:"吴桂英,你把那只鸡杀了炖上。"

吴桂英听到后马上就跑出来,像是怕老蜡听到但又没有回避他,只对着蜡元朗低声说道:"不是还有腊肉么?鸡正在下蛋呢,杀了太可惜了。"

蜡元朗可能是要故意显示一下家长的地位,又可能是要为吴桂英掩盖一下平常的霸道,有些不耐烦地大声说道:"言恭这次回来什么也没有吃上,腊肉还是言恭带回来的,而且是他那儿的特产,他也不是很稀罕,况且这块腊肉已经够我下三个月酒了。就是一般的亲戚来家这么久,也应该好好款待一下的,何况是我的亲生儿子。"

老蜡当然知道父亲特别强调"亲生儿子"的用意,相信继母也是明白的。

老蜡突然记起:"继母的儿子当过兵,还是在几年前就买了一部130的'红梅'相机,就是放在现在,老蜡也不敢奢望。这当然是爸爸给买的,就更不说买其他的东西了。"想到这儿,老蜡突然间感觉很愤怒,但见父亲已经有些生气了,考虑到明天走后,他还要跟继母一起过日子,只好将愤怒强压了下去,忙说:"还是不杀吧,留着下蛋的好。"

蜡元朗还真的发火了,他大声说:"言恭你不要插嘴,我说杀就杀,而且我至少有大半年都没有喝过鸡汤,甚至连鸡汤是个什么味儿都快忘记了。我一年要领好几百块的工资,连吃一只鸡都不行?"

吴桂英见蜡元朗已经发火,也没有再说什么,便直接进去杀鸡了。

说来这只鸡的命也真该绝了,在被杀的嘶叫声刚刚停止时,许丙林一家人来了,还带来了好些菜,说是来给老蜡饯行的;同时还带来了五斤酒,说是孝敬蜡伯伯的。放下东西后王咏梅就去厨房帮忙。

蜡元朗很高兴,忙抱过狗娃,用手指摸着狗娃的嘴唇,问道:"狗娃开荤了没有？"

许丙林说："开过了，前几天言恭来家喝酒的时候给开的。咏梅说言恭命好，身体又好，能吃又能跑，所以专门准备好了才请言恭过去的。"

蜡元朗像是松了一口气的样子，用胡子扎着狗娃的脸，说："乖乖狗娃，一会儿就有鸡汤喝了。"

开饭的时候，因是否杀鸡的争论所引起的不快已经没有留下任何的痕迹。吴桂英也一直都笑呵呵的，虽然她照例不上桌子。老蜡的二爸和三爸也在座。或许是又要告别亲人而去的眷恋，又或者是与这些至亲好友相聚的开心，老蜡平生第一次喝醉了酒，醉后好伤心好伤心地大哭了一场。老蜡隐隐感觉到，父亲一直都坐在床沿拉着自己的手，直到自己睡着后才离去。

这一夜蜡元朗几乎没睡，他不时地往返于他和儿子的卧室间，却连一句话都没有说。

虽然昨天晚上的醉酒让老蜡感觉很疲惫，但他还是不得不告别年迈的父亲回单位去。老蜡的家距公路还有较长的一段路程，需翻过一个小山坡，然后步行近半个小时才能到达乘客车的地点。早上，除了衣服以外他什么也没有带，也没有说什么，因为他不知道该说些什么，而且根本也说不出什么来。蜡元朗也只说了一句"注意安全"。老蜡就这样第一次带着极度复杂的心情离开了家。上了小山坡后，老蜡转过身，隐隐看见父亲还站在家后面，望着自己。

老蜡从读初中开始，曾经数次地离家。但不知为什么，这一次离家却倍感沉重，完全没有了以往离家时的那种激动，就像是不舍得又像是很牵挂，但究竟是为什么，就连老蜡自己都说不清楚。在快要翻过小山头的时候，他不禁又停了下来，回过头远远望去，见他爸爸还是站在之前的地方，他想："虽然此时已无法看清他的表情，但可以肯定的一点就是，此时，父亲一定和我一样，心情十分沉重。"老蜡呆呆地站了一会儿，突然，父亲那仰望着天空，握紧拳头发抖的双手和衣衫褴褛坐着划篾条的画面不时地在他脑海里出现，怎么也挥之不去。此时，老蜡突然有点恨大哥和二哥了。他想："他们离家那么近，这次我在家待了这么长时间，都没有见他们回家看过父亲。甚至我去看他们时，也没有一个人问起过父亲的情况。可能他们都还不知道现在父亲过的是一种什么样的日子吧。干脆这样，回到学校以后马上给他们写信，不说什么，只告诉他们现在父亲的实情，让事实去打动他们。以后我也要多给父亲写信，让他随时都能知道我的近况。在寂寞的时候，一封儿子的来信或许也足以让他高兴好一阵子吧。"当老蜡想到已经安排好了父亲喝酒的事，心里总算好受了一点，内疚感也没有那么强了，只是新增了不少牵挂而已。

老蜡到达江油县城已经快三点了，但他并没有想到要去看若兰，而是找了一家很便宜的旅馆住下，因为只有明天才有去锅子坝的火车。一个暑假的折腾，虽然很节约，但老蜡所剩下的钱还是不多了，而且还要坚持近二十天才能领到工资。

放下行李后，虽然他并没有想到要去买什么书，但他还是习惯性地去了每次来江油都必逛的新华书店。一本《书法正传——图绘宝鉴》吸引了他，看看价格，再算算兜里的钱，一咬牙买下。又看到一本影印本的邓散木著的《篆刻学》，更是爱不释手，再咬咬牙又买下了。拿着两本书，发现连一个货柜都没看完，也就是说，还不及整个书店的十分之一，他决定不再逛了，也不敢再逛下去，如果再逛下去的话可能连锅子坝都回不去了，好书实在太多。老蜡又一想："也好，虽然又花出去了些钱，但以后的十多个小时就好打发了。"

老蜡在旅馆外面的小食店里买了两个馒头，又在值班室要了一瓶开水便回到了房间。他很喜欢书法，而且对篆刻也略有涉猎。只初看了一下这两本书就令他耳目一新，特别是那本邓散木的《篆刻学》，完全是用小楷手写的，这更让老蜡折服。他惊叹于邓散木那功力深厚的书法，更无法想象那么多字的一本书，竟没有一个稍显潦草的字，也没有什么地方写错。

老蜡想："要学的首先是邓散木老前辈的那种严谨的治学态度；其次是养心，使自己能真正地静下心来，只有真正地静下心来，才有可能像邓散木老先生那样，去完成那么宏大的一部书；最后才说得上是刻苦学习。现在我才二十多岁，正是学习的大好年华，如果不在这个时候抓紧时间学习，那以后怎么能做一个有学问的人呢？"

于是老蜡决定，回到学校以后，不能再像以前那样虚度光阴，而应该在搞好本职工作的前提下，认真系统地学习文学、书法和篆刻方面的知识。一不做二不休，他又出去了，而且几乎跑步到了位于鱼市口的江油最大的文具店。售货员已经在打扫清洁准备关门，见他这么急着跑进来也并没有去拦阻。老蜡喘着粗气问道："请问有刻刀卖么？"

售货员放下扫把，说："刻刀，有啊！"随即回到柜台拿了一盒给老蜡。

老蜡首先看了看标价，才打开盒子，又下意识地摸了摸兜里的钱，然后有点不好意思地轻声问道："可以只买一把么？"

售货员有些不耐烦又像是最后通牒似地说道："你看到是一整盒的，怎么能单卖呢，要不要？我们马上就要下班了。"

老蜡忙说："那……那……那就算了，谢谢了！"此时的老蜡终于理智又战胜了冲动，虽然他兜里的钱还足以买下这一盒刻刀，但他还是决定不买了，只红着脸说着并迅速地退了出去，没想到售货员放在地上的垃圾筐，竟差一点把后退的老蜡给绊倒。他更显尴尬了，也没敢去看那几个售货员究竟是一个什么样的表情，便仓皇地跑掉了，只隐隐地听到那些售货员的笑声。尽管这样，他却一点都不失望，因为在看刻刀的那一刻，他已经想到了一个不需要花钱的好办法，那就是回到矿里请机修车间的师傅按照自己所记下来的样子做一把就行了。他甚至很庆幸这个文具店不能单卖刻刀，不然的话几天的生活费就又没有了。

或许这就是文化的力量吧。此时，他身上的钱比几个小时前已经少了许多，但他比之前却要开心得多，而且信心百倍。因为他即将投入一个崭新的属于自己的工作和学习生活中去。

这是老蜡第三次坐火车去锅子坝，但和上两次已经完全不一样了，他不再显得那样怯生生的，也不再怕列车员了，而且看上去他完全是一个乘车的老手。他的心情也和以往大不一样，穿过一个个隧道，看着一座比一座高的山，不仅没有了以往的那种凄楚和孤独，而且似乎还有了一种前所未有的亲切感，和回家的感觉居然完全一样，甚至还要好些，好像回家就只有一个目的，那就是去看他年迈的父亲，但回去锅子坝，等待他的东西似乎太多——工作、学习，朋友、同事……

昨天晚上在旅馆，老蜡就已经决定到了锅子坝以后不去看方俞了，而是直接回到铅锌矿，因为他要全身心地投入工作和学习中去。

老蜡从乘火车再到乘汽车，都没有遇见熟人，他想："其他的同事肯定要明天才回学校，如果我的经济也比较宽松的话，也会在江油要到明天的，或者是先去某一位同事家里玩儿，再一起回矿里。"

老蜡第一个上班车，还没有来得及开口，史秀娟便热情地和他打招呼，这便是老蜡从昨天到现在碰到的第一个熟人。车上人并不多，本来可以和她一起坐的，但他稍作犹豫后却选择了一个较后面的座位。史秀娟卖票到老蜡跟前时，他忙将钱递过去，她并没有收他的钱，只是摆了摆手，很友善地看了老蜡一眼，也没有说什么。看着史秀娟的背影，老蜡突然有了一种很亲切的感觉。于是，无尽的遐想又占据了他的整个大脑，他甚至还真的把史秀娟看成自己未来的岳母了。

班车快到锅子坝的时候，老蜡远远看见方俞正站在路边向客车张望。来不及多想，老蜡顺势将整个身体都压低，恰好他又坐在车子左边的较后面，车子停下来的时候方俞也没有靠近，只是站在原地往车上看，所以方俞并没有看见他。车子停了不到一分钟的样子就开走，方俞也转身走了，虽然老蜡并没有看清楚方俞的脸，也不知道她是个什么样的表情，但能感觉到方俞的失望。老蜡想："或许，方俞根本就不可能想到，我回来了竟有意躲着而不去看她吧。"因此他断定："明天的这个时候，方俞一定还会来这里等的。很显然，方俞是来接我的，看来她肯定是认真的了。"此时，老蜡突然想道："我也太坏了吧，方俞对我那么好，初次见面就又是请吃饭，又是送老腊肉的，而且还明确地表达一直都等我。就算是普通朋友，也不应该失约吧。去看看他，我又能有多大的损失呢，只是大大方方地下去打个招呼又能影响到什么学习呢。"老蜡这样想着，甚至有马上下车跑回去找方俞的冲动，但这一切也只是内心的活动罢了，并没有付诸行动。

老蜡通过一夜的反复思考，还是决定去锅子坝看看方俞。他想："如果不去，过几天方俞肯定会来矿里的，因为她并不知道我回到了铅锌矿而不去看她的原因，也有可能她会认为我还没有回来，出于担心也会来铅锌矿一探究竟。总之，方俞有很多的很合理的理由来铅锌矿找我。而且凡事都应该有交代，也是父亲经常教导的。"

第二天一早，老蜡又踏上了矿里的班车。

史秀娟好奇地问道："蜡老师，你又要出去啊？"

老蜡一点都没有昨天见到她时的那种神态了，甚至还有些慌张，脸也红了，像是交代，又像是解释，因此也显得更结巴了："不……不……不是，我只是去锅子坝办……办点儿事……事情。"

史秀娟并没有太在意老蜡的表情，还是照例没有让他买票。快到锅子坝的时候，老蜡还没有来得及喊停车，史秀娟已经告诉司机锅子坝有下。突然间，老蜡有了一种异样的感觉，他甚至想："妈妈都如此细心周到，女儿也一定不会差到哪儿去的。虽然和若兰相处只有短短的那么一个多小时，现在想来她的确很温柔而且善解人意，当我想去帮她拿包包时她的那番话就足以证明这一点。如果和若兰相好，不仅有了一个漂亮温柔的妻子，而且还有一个这么好的岳母，加上一个当副校长的岳父，还有那么好的住房，这可能就是老天爷为我安排好的一切吧。但如果和方俞好了，那么这一切也就不复存在，单就方俞个人条件不提，至少她应该不具备若兰这样的家庭条件吧。哎！我怎么突然变得这么市侩呢，但不管怎样，还是应该马上和方俞把关系结束掉，虽然我和方俞好像并没有开始。"

老蜡几乎是跑到了旅馆，见门还关着，想敲门，却犹豫了，他试着举了几次手，但都放下了。正犹豫间，门"吱"的一声开了。开门的正是方俞，见是老蜡，她先是微微一怔，然后情不自禁地伸手摸了一下老蜡的脸，笑着说道："这么早啊，快进来吧。"

进到值班室，见床铺还没有整理，很显然，她才刚刚起床。见方俞那还没有来得及梳理的有些蓬乱的头发和那凌乱的床铺，老蜡突然间有了一丝丝的不快。但他并没有表现出来，只是站在门口，看着院子中间的那棵桂花树发呆。

方俞很快地梳洗完后回到值班室，说："不好意思哦，看我刚才披头散发的，没吓着你吧！"

老蜡不经意地说："没有，很好啊，谁起床不是这个样子呢。"

方俞一边给老蜡倒茶一边说道："从前天开始，我就去接班车了。你是什么时候回锅子坝的？"

老蜡说："昨天，我是坐便车回来的，因为有熟人一起，所以不好在锅子坝下车，只得先回去，今天一早就过来看你。"这样说着，他突然感觉到自己居然这么能撒谎，说的就像是真的一样。

"对了，我给你拿了一本书来，你上班没事好看"，说着老蜡便把一本《少年维特之烦恼》递给了方俞。

方俞刚整理好床铺，接过书只看了一下封面，便顺手往枕头上一放，高兴地说："我知道这本书，是歌德写的，但没有读过。谢谢你咯，言恭！诶，暑假耍得开心不？"

老蜡有些心不在焉地答道："开心。"

方俞好像并没有察觉到老蜡的情绪有什么变化，便又问道："那你想我不？"

老蜡并没有马上回答方俞所提的问题。他今天是来和方俞作一个了断的，但当看到方俞的那一刻，这种念头却不知道又跑到哪里去了。他突然想："如果不再和方俞交往的话，确实有点遗憾，以后的生活一定会少了很多的乐趣。但如果继续交往的话，那昨天所下的决心不就付诸东流了。我绝不允许以后的日子再有半点的不努力，虽然昨天也曾想到过结婚、生子的事。看看现在爸爸所过的生活，又想想我现在的状况，不高的工资收入，除了生活外，几乎所剩无几，就连买几本书都还要算来算去，还怎么谈得上养家糊口呢。"想到这儿，老蜡便一本正经地说道："方俞，我想给你谈个事。"

方俞并没有去多想，很爽快地随口说道："有什么事，你就说吧，还弄得好像很正式似的。"

稍作停顿后老蜡说："方俞，我知道你很漂亮，人也很好，但我现在刚参加工作，以后还涉及转正、定级什么的，所以现在根本没有时间去考虑个人问题。遇到你，是我的福气，都怪我无福消受。以后我们就只做个普通朋友，行么？"

方俞默默地听着，中途并没有去插半句话，只是她那本来就很大的眼睛变得更大了,而且脸也逐渐地涨红了。听老蜡讲完以后,大概过了一分钟的样子她才异常平静地说道:"蜡言恭老师,我想你是误会了。我们萍水相逢,本来就是普通朋友,难道你还以为我把你当成了其他什么朋友了么?你也太自信了点吧。"

老蜡在说出这些话之前,他甚至连怎样去安慰即将哭得像泪人一样的方俞的语言都想好了。但现在这样的结果,却令他真有点儿措手不及。只得极度尴尬地说道:"不好意思,我,我,我想是我误会了。"

方俞闪到了门的右边,指着外面说道:"这里是旅馆,现在是营业时间,如果你不住店,就请自便吧。"

老蜡怎么也没有想到会是这样的结局,他几乎被这突如其来的、方俞厉害的言辞弄得有些不知所措了,在接到方俞的逐客令后只好仓皇地逃掉了。他不敢回头看,但从身后传来的"嘭"的关门声老蜡知道:"被关在里面的方俞接下来肯定是一阵痛哭了。这都是我引起的,但现在的这一切似乎与我又毫无关系了。"老蜡无可奈何地摇了摇头,像打了败仗的士兵一样,低着头无精打采地往前走。在旅馆门前的十字路口,老蜡正犹豫该往左还是往右的时候,身后的门又"吱"的一声开了,还没来得及转过头时,一个什么东西已经砸到了老蜡的头上,紧接着就又是"嘭"的一声。老蜡转身一看,砸在自己头上的原来是刚刚送给方俞的那本《少年维特之烦恼》。此时,他很庆幸送给方俞的是书,如果送的是其他的如砚台之类的东西,现在自己肯定已经头破血流,甚至可能已倒地而亡了。遂捡起地上的书,抖了抖灰尘,右手捏着书,手臂打得直直的,就像是抓住一个淘气的小孩一样,然后瞪着书,自我解嘲似的说道:"你几时变成打人的工具了呢。刚把你送出去,人家就不要你了,还回来打人,你既打了人,现在只得把你关起来。"说完后狠狠地将书放进了自己的包里,还特意将包盖扣住,就像是怕它再跑掉一样。

老蜡看看表,才七点半不到,街上照例没有人,所有的店门也都还关着。但此时的这种萧条恰好令老蜡格外开心,他甚至觉得这才是现在自己最想要的,是这种极度的萧条将刚才那尴尬的场面变成了就像是发生在自己屋子里一样,没有任何人看见,当然也更不会有人知道。老蜡想:不管刚才怎样难堪,但总算解决了一件事情。虽然方俞现在怎么样了不得而知,但这些好像都和我已经完全没有关系了。想到这儿,老蜡顿生了一种从未有过的失落感,他甚至想跑回去给方俞道歉,请求她的原谅,和好如初。但理智告诉他,事情既然到了这个地步,就不要再作其他考虑,还是应该尽快离开锅子坝。等班车回去肯定不现实,看来只能重复第一次来锅子坝的故事——步行回铅锌矿。

老蜡行约几十米的样子，后面传来了由远而近的跑步声。老蜡想："这下糟了，肯定是方俞叫人来打我，极有可能是许富江吧，不过这些对于我来说倒不是什么问题，只是有点太难为情罢了，但不管怎样都得应对才是。"于是立即转过身，并随即做好了防卫的姿势。原来是方俞，老蜡也不好马上走掉，便只好尴尬地站在那儿等着。在距老蜡还有两米的样子，她停了下来，俯着身子，双手撑着膝盖喘了一会儿粗气，才眨了眨那红红的大眼睛，强装笑容地说道："对不起，蜡老师，刚才我太冲动了，实在是对不起，对不起！"

他又一次被方俞这突如其来的变化给弄糊涂了，但此时在老蜡的心里，剩下的就只有对方俞的歉意。忙笑了一下，苦着脸说："没什么，是我自己乱说话，惹你生气了。都是我的错，说对不起的应该是我，应该是我。"

方俞这才直起身来，走近了一点轻声问道："那我们以后还可以做朋友么？"

听方俞这么一说，老蜡终于松了一口气，便很有底气地说："我们本来就是朋友嘛，而且永远都是，只要你愿意。"

方俞说："谢谢你，蜡老师！我还以为你从此都不会再理我了呢。"方俞终于释然了，瞬间就露出了甜甜的笑容，她那白白的脸蛋因为刚才奔跑变得有些红晕，就在她笑的那一瞬间，老蜡觉得就像一朵娇艳的浅粉红的玫瑰正在开放一样，美到极致，老蜡甚至有马上冲过去抱住她，亲吻她那白白嫩嫩的脸的冲动。

方俞见老蜡这样呆呆地看着自己，而且又出现了前次那种已深深刻在自己记忆中的那贪婪的眼神，瞬间也有了一种想被老蜡拥抱的冲动。但她知道："现在绝对不可以那样做，不然老蜡还以为我是一个很开放的人，并因此而拒绝。但我的确又想挽回这极短暂，几乎让我全力以赴的情感。还是应该由我来打破这种僵局。"便轻声问道："那你打算去哪儿呢？"

老蜡听见方俞的问话，才有些尴尬又极不情愿地将视线从方俞的脸上移开，那种方俞感觉到的贪婪的眼神也随之收回，说："回矿里去。"

方俞也回复到了比较正常的状态，说："车都没有，你怎么回去啊？"

老蜡苦笑了一下，又故作轻松似的说："我想走走路，正好锻炼锻炼身体嘛。"

方俞几乎有点儿乞求似的说道："你还是去我那儿，等下午有车的时候再走吧。"

老蜡说："还是不了，你要上班，我在那儿也不太方便的。"老蜡拒绝了，但言辞却异常的平静、和善。

方俞说："再过一会儿我就下班了。本来，我是打算你回来后就请你去家里耍的，而且我给爸妈都已经说好了，他们都很欢迎你。"说着说着，方俞竟又流下了眼泪。

老蜡突然有了想留下来的冲动，但他知道，无论如何都不可能和方俞再好下去，而且今天来的唯一的任务就是和她了却关系的，怎么可能再进行下去呢，于是说："今天我的确有事，所以必须赶回去，在路上随时都有可能碰到便车的，我还是走吧。"

见老蜡去意已决，方俞知道再强留就不太好了，于是有一点乞求似的说道："那，那你还能把那本书送给我吗？"

老蜡说："这本书本来就是送给你的，它永远都属于你。"说着，老蜡拿出书，将有一点卷曲的封面理了理，双手递给了方俞。像是完成了一个重大任务一样，老蜡对方俞笑了笑，什么也没说，转身疾步沿公路走了。

老蜡走了没多远就遇到了便车，虽然是一个手扶式拖拉机，但还是令老蜡激动不已，而且将回矿里的时间缩短到了一个小时。虽然满身都是灰尘，但此时的老蜡似乎比任何时候都要开心，好像全身都有使不完的劲儿。去澡堂洗完澡，还不到十点，整个他住的这一层楼连一个人都没有，于是决定去学校办公室拿一些本子回来以做读书笔记用。老蜡读书与一般人不一样，不是一次只读一本书，而是很多本书一起读。这一本书上出现了一个什么典故或有什么不懂的地方，便又去其他的书上查阅，而且还不停地记读书笔记，往往别人几天都能读完一本书，他甚至要花上好几个月才能读完，但他的收效却比一般人多很多，读完一本书，同时也就读了很多本书。

来到办公室，只有教导处巩主任在。打过招呼后，老蜡来到了已经有很厚灰尘的自己的办公桌前，首先映入老蜡眼眶的是一封放在灰尘上，却没有一点灰尘的信。很显然，这封信寄来的时间应该不会太长，而且一点都不熟悉上面的字，但看得出一定是出自女性之手。落款是江油县农业局。本想马上拆开，但见巩主任正看着自己，便若无其事地将信揣进包里，然后开始整理桌子上的东西。

巩主任很赞赏地说道："蜡老师，你是第一个来上班的，年轻人真不错啊，这么多年，我还很少见过有提前一两天来上班的年轻人。"

老蜡似乎对他的赞赏并没有半点兴趣，只淡淡地说道："没有，反正在家里也没什么事情，就早一点来吧。"

巩主任放下手上的笔，看着老蜡，说："对，对，年轻人，谦虚点好，谦虚一点好啊。"

也不想再和巩主任说下去，加之他的办公桌也已经收拾好了，便告别，匆匆回寝室去。其实老蜡已经猜到了这封信是谁写的，但他好像并不是很期盼一样，不过回到寝室，他还是迫不及待地拆开信，原来还真是若兰，里面还有一张若兰的照片，照片背面写着："送言恭，以为信物。"老蜡拿起照片看了很久，这才开始看信，信上写到：

  言恭：
    你好！
    请允许我这么称呼你吧。我曾尝试着称呼你敬爱的又或者是亲爱的，都觉得别扭而且世俗。
    愿这封信带着我的思念，从我的手上飞出，并和你同时到达我也很热爱的子弟学校，让你从此不再孤单，记着有我陪伴着你的每一个日日夜夜。
    言恭，那天与你错过，我很担心，以致茶饭不思。终于，错过的原因与我分析的完全一致。从收到你的来信后，我每天不知道要看多少次表，以期能快一点到你返校之期。我想，你应该在十四日就能看到我的来信了，在你看到我的信的时候，我想我一定是在灿烂地笑着，你也应该是吧。
    考虑到你知道的原因，我暂时还不能用我的地址与你通信，不过你放心，再给我一点点时间，一切都会只是我们俩的。
    徐每是我最要好的好友，你回信就暂时寄给她吧，她会在第一时间交给我的。
    对了，言恭，你千万不要以为我是一个很随便的人，但对于你，若不随便一点，我怕你会从我身边走掉。
    好了，想说的话太多，就此搁笔吧。
                 爱你的好怕你跑掉的你的若兰
                  一九八三年八月十日

  看完信后，老蜡并没有如若兰所说的那样高兴，而是陷入了沉思：若兰信上所讲自己知道的原因，当然是指与向阳的关系。这说明她并没有处理妥与向阳的关系，而是有待于以后处理。由此看来，若兰肯定并不想马上就和向阳断交。很显然，她现在是脚踏两条船，如果我进一步，若兰肯定会将向阳抛弃，那我岂不是成了千古罪人了吗？如果我退一步，则可能会成全向阳。前些天在听了二哥的分析后，觉得若兰已经不再那么神秘了。不管怎样，至少在若兰没有和向阳分手之前，我是绝对不能介入其中的。想定后，老蜡反而觉得轻松了很多。于是将若兰的信锁在了书桌的抽屉里，而且决定不回信。突然间又想起了方俞，觉得刚才跑去锅子坝和她分手还真有些莫名其妙，不知道现在方俞会是一个什么样的状况。

近一个月来，方俞逐渐升华的一腔热血，却被刚才老蜡的一盆冰水给浇灭，真凉透了心。甚至根本就没来得及多做考虑，就愤怒地将老蜡从值班室里赶了出去，又把他送的书也扔了。冷静下来后，才感到很后悔，忙追出去想给老蜡解释，哪知道气氛倒缓解了许多，却还是没能挽留住他。在方俞看来，也只不过是自己的态度变好了些，而老蜡却并没有任何实质上的变化。这对于一直都心高气傲的方俞来说，无疑是一个极其沉重的打击。看着老蜡那急匆匆甚至是小跑一样远去的背影，方俞突然有了一种长这么大从来都没有过的失落感，就像一切的幸福都被老蜡的离去而带走，直到根本看不到了，方俞才像是打了败仗的士兵一样，高一脚低一脚地回到了旅馆，连门都没有关，一下子就倒在床上，望着天花板发呆。

按惯例，方俞此时应该打扫卫生，等白素贞来接班。但她好像根本就不记得还要做这些事一样，一点也不想动。回想这过去的一切，方俞的心里就像是打翻了五味杂陈一样，不是个滋味。仔细想来，前些年为了接父亲的班，只好放弃了读高中，十六岁便进了锅子坝区供销社。农村小伙子自不必说，就连单位的，甚至包括302、矿机等大单位都有好几个小伙子来示好，方俞却连乜都不想乜对方一眼。有几个小伙子还专门跑到锅子坝来住旅馆，还有一个一住就是好几天的，虽然知道这些人的意思，但她好像对这一切连一点兴趣都没有，只把他们当成正常住店的旅客一样，甚至连多余的话都不想说。说来也奇怪，就在见到老蜡的那一瞬间，方俞竟像着了迷，可能是因为老蜡实在太过完美，方俞像很想去巴结他，甚至在他面前显得都有些卑微了，还居然在上班时间专门跑回家去拿了腊肉来招待他，就好像生怕他不喜欢一样。说来也怪，就在方俞见到老蜡的那一刻，她就决定像电影里面的女子一样主动出击，去追求他。若不是那天晚上有人来住店的话，还真不知道会发生什么事。但此时，方俞却有一点后悔那天晚上没有偷偷地溜进老蜡的房间，最起码他也不至于像今天这样，拒自己于千里之外吧。方俞想到这儿，又觉得自己是不是太放荡了些？好不害臊。

更为糟糕的是，在上次老蜡走的当天，她就将这事全告诉了父母，而且还明确了很喜欢他。当父母听她说起这件事时那高兴的样子，方俞现在都还记得很清楚。方俞也知道，他们一直都很担心她的婚事，在锅子坝，到了她这个年龄还没有处对象，应该是少之又少。因此，方俞便成了邻里谈论的对象；随时都有人在背后指指点点，说什么方俞红颜薄命，二十多岁了都还没有人要之类的坏话。

方俞的妈妈郭汝芝本是一个极有涵养的人，平时几乎从来都没有得罪过什么人，在左邻右舍中很受人尊重。但这次，可能是出于对这些闲言碎语的回击吧，第二天她就出去讲:"哎,方俞这个死女子,我说怎么一直没有要朋友呢,原来人家早就跟一个大学生好上了。哎呀,死女子还真有眼光哦,选来选去,不仅选了个大学生,而且长得还好看得很呢。"

不到一个时辰,整个锅子坝街上的人几乎都知道了这件事。加之有那个被称为婆婆嘴的许富江加以佐证,他说:"方俞的男朋友的确长得帅,大学生,又懂礼貌,还会武功。比《少林寺》里的李连杰还受看。是说为什么方俞老是看不上我嘛,我还真是没有办法和人家相比,我输得心服口服。"

就这样,在锅子坝这桩都还没成形的婚事还真的被说成是板上钉钉子了。方俞的父亲方登科甚至还责怪方俞怎么不早告诉他们这件事,以至那天才给了那么一点点煮熟的腊肉,实在是太小家子气了;如早告诉,起码也应该给未来亲家多带一些腊肉、土特产之类的。

想到这儿,方俞深深地叹了一口气:"哎!没想到现在竟闹成这个样子,怎么收场呢?都怪我没有经验,也太冲动了点,应该等这件事确定下来了再给家里人讲就好了,即使出现了现在这种情况,也不用对谁去做交代。但这还不单是交代不交代的问题,关键是我的确很喜欢他,而且那天晚上,我分明感觉到他肯定也很喜欢我的。那么究竟是什么原因使他在近一个月后,突然拒我于千里之外呢?真是想不通啊。难道在这二十几天里,他已经交了女朋友?不可能,我又不是很差,而且老蜡第一眼看见我时,我就从他的眼光里看到了一种贪婪,一种想要占有我的贪婪。当时我还主动向他示好,还告诉他我会在这里等着他回来的。唯一的原因就是接触的时间还太短,了解还不够吧。即使这样,他也不至于把我就当一般朋友吧。"

反复思考后,方俞决定,既然是自己认定的人,那就要尽一切努力去追。想到这儿,方俞有一点庆幸自己听了父亲这么多年的教诲"凡事留一线,日后好见面"。骂走老蜡后,又追过去把他送的那本书要了回来并道了歉。这个举动是方俞自己都不曾预料到的,她自小个性都很强,从来不会向任何人服输,就更不说给别人道歉了。这好像还是方俞一生中第一次给别人道歉。"可能老蜡真的是老天爷给自己安排的男人。"方俞想到这儿,竟觉得开心了很多,于是决定先给老蜡写几封信再说。刚拿起笔又放下了,在值班室写情书自然不好,还是回到家里写吧。

第八章

　　开学了，老蜡第一个见到的同事竟然是向阳。他已经瘦得不成样子，本来就比较白的脸上连一点血色都没有，而且还显得有些蜡黄，就像是在土里面埋过的一样。也正是因为瘦的缘故吧，他的眼睛好像变大了，眼球与眼眶也不在一个平面上，好像比眼眶还要稍凸出那么一点点，背也显得有些驼了。唯一没有变的应该是他的神态，好像比先前还要精神很多。

　　向阳见了老蜡却异常的亲热。他首先招呼道："蜡老师，暑假过得怎么样，一直都在老家么？"

　　老蜡就好像有些怕向阳似的，忙说："就是，一直都待在老家。"说完后立即就走开了，向阳本来还想说点什么的，见老蜡如此，也只好作罢。

　　在老蜡的记忆里，向阳从来都没有像今天这样热情过，他也知道，向阳突然这样消瘦，肯定是因若兰所致，不知道在这个假期里，他经受了怎样的痛苦。从向阳的身上，老蜡第一次感受到了原来爱情还真的如书上所写，是很折磨人的。他不禁又有些同情向阳了，因为同情而下定不再与若兰交往的决心。

　　不仅仅是向阳和若兰的事，整个假期老蜡所经历的使他像完全变了一个人一样；他退出了先前的生活小组，不再和同事们一起打饭，而自己打饭吃，这样虽然吃得稍差些，却可以节约一点钱。当然这其中的原因也只有老蜡自己知道；那就是要为父亲，为自己，也为自己将来的家人存一点钱。课余时间，也不再和同事们一起打闹，而是抓紧一切时间学习。学校的图书室成了老蜡常去的地方，他最大的娱乐也只不过偶尔去打打篮球罢了，但一周绝对不超过两次，每次不超过一小时。

　　这天，老蜡从图书室抱了一摞子书往寝室走，一个认识但喊不出名字的女学生在楼下交给他一封信，说："蜡老师，这是我表姐给你的，表姐说一定不要让其他人看见。"虽然老蜡并不知道这是谁的来信，但这种情况，他当然也怕被别人看见。忙伸手接过信，还没有来得及问点什么，小女生就像完成了一个好大的任务一样，一下子就跳跳蹦蹦地跑了。

回到房间，拆开一看，原来是方俞的来信。

蜡言恭老师：你好！

　　昨天真是对不起，我太冲动了，我的冲动也是因为我太喜欢你。虽然昨天我已当面道过歉，但我以为还是不够诚意，所以再给你写信以致歉，你不会烦我吧。

　　我知道，可能是我太过直接而吓着你了，如果是，我再次向你道歉。其实我并不是一个好像很开放的人，只是因为遇见了你，因为太喜欢而表现得主动了些，我甚至觉得你就是老天爷为我安排的我生命中的另一部分。总之，我想和你交往，哪怕是像你所说的一般的朋友都可以，请你不要拒绝我。

　　期盼着你的回信。你若不想去邮局寄信，可交由我表妹带给我亦可（表妹是三年级的郭楠）。

第一次给别人写情书的方俞
8.15

老蜡和看若兰信的心情完全不一样，看过信后，甚至还有那么一丝丝冲动，也觉得内疚于方俞。他想："其实方俞挺好的，人漂亮，性格直率，而且很勇敢，喜欢就敢大胆地说出来。现在看来，拒绝她可以说找不到一点点很充分的理由，而且已经深深地刺痛了她。如果连信都不回，那就太不厚道了。"于是磨好墨，特地用毛笔给方俞回信：

方俞惠鉴

　　那天是我不好 你没错 我的拒绝是我以为配不上你 如不嫌弃 我愿以好友的身份先交往 不知可否

　　另 那天没机会告诉你 腊肉很好吃 家父很喜欢 谢谢你

　　有空我会去看你的 你最好先不要来学校 诸多不便 见谅

蜡言恭　顿首
癸亥秋　鹊桥日

写完后，仔细看了一遍，觉得这样写，是不是有点儿太假了呢。但又一想，这个日子的确非常好，是牛郎和织女鹊桥相会的日子。方俞写这封信，已经传达了一个信号，也不排除以后会和方俞恋爱。于是取出信封封好，准备通过邮局寄出去。

　　老蜡又拿出若兰的信看了一遍，向阳那瘦削的身影一下子又出现在老蜡的脑海里，他忙把信放回去锁好，这才放心地看起书来。晚饭，破例只吃了一份泡菜。尽管很想吃肉，但他还是克制住了。

　　刚吃过饭，机修车间的马师傅把做好的刻刀拿来了。老蜡很高兴，要付钱给马师傅。马师傅说："手头上的活，要什么钱，以后帮我刻一个私章就行了。"老蜡试了试，果然很锋利，而且样式也和之前给马师傅画的图一模一样，只是稍稍大了一点，但并不影响什么。送走马师傅，便用一个自己的旧印章磨平以后开始练习篆刻。

　　若兰没有盼到老蜡的回信，又写第二封、第三封……总之，若兰已经下定决心每隔两天，就写一封信。

　　而老蜡，为了不至于被若兰的情所打动，决定不再去拆开若兰的来信，但又不舍得毁掉，只是直接就锁进了抽屉里。

　　方俞也很顺从地不来矿里看老蜡，只是不断地写信，也不断地收到老蜡的回信。而且她还一改以往大大咧咧的习惯，变得淑女起来。不管在什么时间、什么地点，再也听不到方俞大声说话了。她也知道凡事都不能急于求成的道理，而且好像已经尝到了因此而带来的甜美的果实。在老蜡的信里，也开始出现一些虽然比较隐晦但还是感觉很亲密的字眼，也越来越关心她的学习和生活了。更多的是对未来生活的向往，而这些向往里，好像都有方俞的影子。老蜡还说过一段时间会去她家里看看。无疑，在若兰与方俞两人的"老蜡争夺战"中，方俞已经明显地占了上风，虽然她们彼此并不知道对方在老蜡的世界里的存在。

　　老蜡已经成了学校的公众人物，几乎每隔一天，就有他的信。而每当有老蜡的信，同事们就会喊道："老蜡，你的'江农'又来信了，或者是你的'锅供'又来信了。"而老蜡，则任凭同事怎么问，从来都没有吐露过半句有关方俞的事，若兰的事当然就更不可能说了。

　　向阳却和他深爱的若兰有着同样的命运，都在痛苦地等待着自己爱着的人的回信。暑假从华山回来后，也给若兰写了不少的信，甚至还提到过想给若兰送自己从西安买回的礼物，但还是一样没能得到她的首肯。若兰的回信越来越少，回信的语言也越来越简单，有时甚至只有几个字。开学以后，若兰几乎不回他的信了。在若兰面前，向阳的确是一个最温顺的奴仆，没有得到若兰的"圣旨"，他绝对不敢去做一点点与若兰有关的事,又无法去向未来岳父母打听,便只有独自来承受这一切了。虽然他还是坚持去若兰家做一些家务,也一样偶尔在那里吃饭,但他的话却越来越少,甚至有时候除了打招呼以外,几乎连一句话都不说。这一切,若兰的父母全看在眼里,但又有什么办法呢,毕竟这是两个年轻人之间的事。

　　向阳也是一个极聪明的人,他隐隐感觉到,若兰对他的冷淡多少和老蜡有些关系。而奇怪的是,他越是这样想,就越想对老蜡好,就连他自己也说不清楚到底是为什么。或许他的确需要老蜡的同情,又或许老蜡还主宰着他和若兰之间的关系,只有老蜡才能让若兰不至于从他的身边走掉。那么现在唯一要做的就是和老蜡接近,这样才可能更多地去了解他,以从中印证自己的猜测。

　　这天,学校召开一年一度的秋季运动会。向阳不喜欢体育运动,加之身体又稍有不适,所以没有去参加。因为是上班时间,他只得在办公室里批改作业。邮递员照例准时送来了当天的报纸和信件。邮递员走后,虽然整个办公室只有向阳一个人,但他还是迫不及待地去翻找自己的信,和近一段时间的每一次都一样,并没有见到有自己的信件,向阳很失望。当看到老蜡的信件时,他的心跳突然加快了,特别是看到那一封寄自江油县农业局的信时,向阳甚至敢断定里面一定能找到若兰对自己冷淡的原因。但他好像不敢去碰那封信,只直直地盯着它,就像是在研究一个定时炸弹一样。大约经过十多分钟的反复思考后,向阳决定要做一件这一辈子都没有做过的、最不道德的甚至是违法的事。于是像一个特工一样先走到门边到处看看,在确信四周都没有人的情况下,迅速将老蜡的两封信装在包里,跑回了自己的寝室。还喘着粗气的他并没有作片刻休息,马上用一个刮胡刀片像拆炸弹一样小心翼翼地把那一封寄自江油县农业局的信拆开。瞬间,向阳就像是被一个粗大的棒子猛敲在头上一样,几乎昏厥了。随即,那在向阳眼里已经关闭了很久的眼泪,如涌泉一般进了出来,他倒在床上失声恸哭。

　　约莫十多分钟后,向阳才止住了哭泣,开始仔细看那封信。但他发现,刚才的泪水已经浸湿了信纸。怎么办,怎么办?不管怎样,还是先把信看完后再说吧。

　　言恭:
　　　你好!
　　　这已经是我给你写的第二十一封信了。但我好像已经习惯了收不到你的回信,而我还是忍不住要再给你写。我想,在写到一百封的时候,应该会得到你的回信吧。

天快冷了,锅子坝的气候不比外面,注意加衣服。

你不理睬的 心好冷好冷的若兰
一九八三年九月二十八日

读完信后,向阳的心情似乎好了很多。他开始佩服老蜡而不屑若兰了,觉得她很不值,同时,他又被若兰为了爱而执着追求的精神所折服。他想:"对比自己,若兰还是要辛苦很多。二十多封信都没有回音,这是何等难熬的等待哦。我虽然惨,至少还能够得到若兰的只言片语。偶尔几天得不到若兰的回信,便觉得世界末日快到了一样。比起若兰来,我实在太脆弱,这就难怪她不喜欢我。如此看来,老蜡的确是一个正人君子。那天晚上请老蜡和其他几位同事去若兰家吃面,从他和若兰彼此的眼神就看得出,他肯定很喜欢若兰,当时我还真有点后悔把他们带到若兰家去。老蜡不给若兰回信,应该是考虑到我已经在和若兰恋爱的缘故吧。"向阳又想:"可能老蜡根本就没看过若兰的信,也有可能开始看了两封,以后就再也没有看了。既然这么多封信老蜡都没有回,让他多看一封又有何妨。如果老蜡突然收不到若兰的来信,他可能出于关心而要去了解若兰是不是有什么事,这样不反而促使老蜡去和若兰去接触嘛。我还是应该把信悄悄地放回去。"

向阳终于冷静下来,他拿起另一封信,准备拆开,但又一想:"还是不拆吧,拆开若兰的信,已经不道德,再继续拆,就更不好了,况且,这一封信肯定和我没有任何关系的。"于是他将信封好,用一个倒满开水的缸子放在信封上来回烫,直到信封和信纸上的眼泪完全干了以后,才回到了办公室。向阳还是没有见到一个人,而且书信和报纸都还没有被动过,他的心情稍稍平静了些。和先前一样,先四周看看,然后迅速将信拿出夹在报纸里,调整了一下情绪后兴致勃勃地出去看运动会。

老蜡像往常一样,先将若兰的信锁在抽屉里,然后开始读方俞的信并回信。咚咚的敲门声让老蜡不得不放下还未写完的信,打开门一看,原来是向阳。老蜡先是一怔,还没有等他开口,向阳就笑着说道:"蜡老师,没打扰你吧?"

虽然老蜡有些慌张,但他还是很热情地招呼道:"没有,没有,向老师,快进来坐。"因为若兰,虽然老蜡曾数次想过要和向阳争,后来却都被自己给否决了。尽管他并没有对若兰做过什么,但每次看见向阳时却总有一种很内疚的感觉。所以表面上老蜡对向阳,如向阳对他一样,都是非常友好的。

向阳见老蜡呆呆地站这门边,并没有让他进去的意思,忙拿出五块石头来,说:"哦,是这样,我听说你在学篆刻,前几年去福建玩的时候买了几块石头,一直都闲置在那儿,可能你用得上,送给你。"

老蜡看见这么多很好的石头,如获至宝,忙接过后说道:"太谢谢你了!这么多好石头,太珍贵了,多少钱,我稍后拿给你,你看,还有一块田黄呢。"

向阳笑着说:"我不是来卖石头的,给钱的话,就太见外了,难道人与人之间什么事都要以钱来交往,就没钱以外的东西了么?"

老蜡稍作犹豫,说:"那好,等我练好了,第一个就送你。"

向阳高兴地说:"那我先谢谢了。"

一番客套之后,老蜡才反应过来原来一直都站在门边说话,竟忘了要向阳进屋里去坐,于是忙说:"怎么站着说话呢,快进屋。"

向阳这才进到老蜡的寝室,但他并没有坐下,而是随意翻阅着老蜡书桌上的书,并不经意地问道:"你最近都在读一些什么书呢?"

老蜡还没有回答,见向阳已经翻到了刚才还没有写完的给方俞的信,忙抢了过去。老蜡想:"幸好不是给若兰写的。"

而向阳想:"可以断定老蜡还是没有给若兰回信,刚才我已经看到,回信的抬头并不是若兰,而是方俞。另一封信还放在桌子上,而若兰的那封已经不在了,也绝对没有在桌子上。从老蜡回到寝室后的时间推算,他可能根本就没有看若兰的信,或者已经销毁了,也有可能在回寝室以前就扔掉了。"这样想着,向阳一下子觉得心里平复了许多,而且有一种好像从来都没有过的轻松感,于是笑着说:"不好意思,不好意思。"随即放下了手上的书并在老蜡的床沿上坐了下来。

老蜡有点尴尬地把还没有写完的信顺手装进了信封,才说:"最近主要是读一些书法、篆刻方面的书,有时也读一点文学名著。"

向阳听老蜡这么一说,便来劲儿了,于是很真切地说道:"我长这么大,唯一的爱好就是买书,所以,我还有一些藏书,而且文史类的居多,如果有兴趣的话,欢迎随时借阅。"

老蜡说:"那简直求之不得。以往不管是在体校还是大学,哪里都有图书馆。现在学校虽然也有图书室,但藏书量实在太少,我正为找不到书读而犯愁呢。"

由于谈到了书,两个人的心里的防线好像都被打开了。向阳抬起头看了看老蜡,又很快地将眼光转到了门外,说:"我比较喜欢宋词,特别是婉约派的。"

老蜡也随向阳一起往门外看了看,见并没有什么,才转过脸看着向阳,说:"怎么那么消极呢?不过我也很喜欢婉约派的词,最喜欢的是柳永和李清照的,特别是柳永那首《雨霖铃》。"

老蜡还没说完，向阳便朗诵起来："多情自古伤离别，更那堪，冷落清秋节，今宵酒醒何处？杨柳岸，晓风残月，此去经年，应是良辰好景虚设，便纵有千种风情，更与何人说。"

向阳刚背完，老蜡便兴奋地说道："好啊，向阳，我们俩还真有很多共同语言呢。"

向阳感慨地说："哎，古人真太有才了，每当我读他们的东西时，都感觉像是在写我自己一样，可能是因为我从小都很孤独的缘故吧。"

老蜡看着向阳，有些不解地问道："孤独？"

向阳似乎有一点伤感，而又略带一点点诙谐地说道："哎，我这一生说来真的很简单，如果某一天我去世了，朋友们想给我写悼词，可能就只需要几句话就够了。说来你肯定不信，我现在连一个亲人都没有，也几乎没有朋友。"

见向阳有些伤感，老蜡便转个话题："哦，忘了给你泡茶了。"

向阳摇了摇头，苦笑了一下，说："谢谢，我不喝茶的，只喝白开水。"

老蜡还真倒了一杯白开水。向阳接过茶杯吹了吹，轻轻地喝了一口，说："好多时候，我都觉得活在这个世界上真的没有什么意思，可能是因为我觉得有乐趣的事太少了吧。不吸烟、不喝酒、不饮茶甚至连肉也吃得很少，饭量也极小，唯一的一点，就是还喜欢读点书罢了。有时我想，如果再没有读书这个爱好，那真不知道该怎样来打发时间呢，可能只有白天看蓝天白云，晚上数星星看月亮，任由阳光晒、晚风吹了。"

听向阳这般言论，老蜡一时竟不知道该如何说、说什么好。因此只好再把话题岔开，便问道："你是从来都不喝酒呢，还是后面戒掉的？"

向阳一改刚才那伤感的神态，兴奋地说道："据说我小时候喝过酒，还喝醉过。总之在我的记忆里就从来没有喝过酒，而且只要一闻到酒气就觉得很难受。"

老蜡说："那你肯定是能喝酒的。"

向阳说道："是啊，曾经听我妈妈讲过：还不到六岁的时候，有一天我把家里的一坛醪糟喝了近一半，那天恰好是堂兄结婚的日子，结果还没开席我就已经醉得像稀泥巴一样了。"

老蜡听向阳这样讲，突然间闪出了一个念头，便提议道："要不这样，今天晚上我们来喝一点，试试看你到底能不能喝。"

上次在若兰家里因喝酒而闹得很不愉快的场景突然出现在向阳的脑海里，若兰那近乎刻薄的话语也在耳边响起，"喝酒是男人与生俱来的，你练能练得出来么。"

向阳稍稍迟疑了一下，便高兴地说："好、好啊，那我去准备酒菜。"说着便站了起来准备往外走。

老蜡忙站起来，双手扶着向阳的肩膀，轻轻地按了一下，说："不行，还是我去买，今天你到了我这儿，是客人。这招待就应该由我来办，客随主便嘛。况且你还送给我那么多的好石头，说什么我也该谢谢你，请你喝一杯吧。"

向阳并没有坐下，像是妥协，又像是最后决定，说："那这样，我那里有煮好的腊肉，还有花生米，是一个学生家长今天刚送来的，我去拿来，你只准备酒好了。"说完后也没有等老蜡的回答，便立即起身跑出去了。

老蜡去小卖部打了两斤玉米酒，再去食堂打了两份肉和饭。刚回到寝室，向阳就到了，他拿了满满一饭盒腊肉和一袋鱼皮花生。老蜡将桌子上的东西一股脑儿都揽到床上，再把桌子搬了出来，和向阳对坐准备开始喝酒。这才发现原来没有多余的酒杯。只好将漱口用的瓷杯子洗了洗，又把刚才给向阳倒的开水倒掉，然后才把一瓶酒平分在了两个缸子里，问向阳选哪一个。

向阳突然间有些犹豫了，他并没有按老蜡所说的去选一杯，只直直地看着酒杯，似乎有些害怕，好像不敢去触碰一样。

见向阳这样，老蜡说："既然要试，你就不要再有什么顾虑了，放开胆子喝吧，大不了就是一醉。如果真醉了，还有我守着你呢，实在不行，我就马上送你去矿医院。"

向阳表情严肃地看了看老蜡，又看了看桌子上的酒杯，就像是表演气功的师傅在表演前先运气一样，紧闭嘴唇，凝神定气了好一阵子，才迅速端起瓷缸子与老蜡碰了一下，说："今天我太高兴了，来，老蜡，喝"，说着就喝了一大口。酒刚下肚，他马上就剧烈地咳了起来，而且脸也通红。老蜡忙过去给向阳轻轻地拍背。约莫过了两分钟的样子，向阳停止了咳嗽，他摆摆手，示意老蜡不要管他，再转过身轻轻地推了老蜡一下，让他回到座位，这才大声说道："我终于可以喝酒了。"接着连杯都没有和老蜡碰一下便又喝了一大口。这一次竟没有咳了，只是脸比先前更红了。

老蜡悬着的心终于放下了，于是说："向阳，你也不能喝太快，要慢慢喝。来，先吃一点菜，一口酒一口菜才行。"

快喝到一半时，向阳已经有些醉意，身子也开始摇晃，他说："老蜡，我怎么看到了两个你呢？"

老蜡见此状况，知道向阳已经有点醉了，忙说："向阳，第一次喝酒，也差不多了，就不要再喝了。"

虽说向阳看起来有点醉了，但他神志还是很清醒的，说："怎么说也要把缸子里的酒喝完才行，今天本来就是来练酒的嘛。"

老蜡听向阳这么一说，也没有多去阻拦，说："行，只是不要喝太快了。"

两人这才像平常人喝酒那样，一口酒一口菜，然后天南地北地聊。直到把缸子里的酒喝完，向阳不仅没有醉，还逐渐回复到比较正常的状态了，除了脸还有些红以外。

整个喝酒的过程不到半个小时吧，向阳起身要收拾桌子，但老蜡坚决不肯，自己动手收拾起来。

向阳说："那今天就不好意思了，我回去休息了。"

老蜡已经收拾停当，说："忙什么，还早呢。再坐一会儿。"

向阳笑了笑，说："虽然现在没有事，但还是不敢保证过一会儿有没有事，趁还清醒还是早一点回去躺在床上稳妥些。"说完后向阳匆匆地走了。

老蜡说："你别急，向阳，我去送送你。"

向阳停下来，转过身，摆摆手，说："不用，不用，我自己回去就行了，你也早一点休息吧。"

尽管老蜡没有去送，但他还是走到门外，目送向阳。望着向阳那渐渐远去的背影，老蜡对他的同情更加强烈了，于是再一次坚定了不再理睬若兰的决心。直到向阳的背影消失，老蜡才回到屋子里，关上门，才记起给方俞的回信还没有写好，于是从抽屉里拿出刚写了几句的信纸，拿起笔，却不知道该怎么写了。隐约中感觉到向阳今天的到来似乎并不是送石头那么单纯，于是开始把这之前的一切又梳理了一遍，在与向阳的交谈中，虽然他没有提及，但还是能感觉到若兰在向阳心目中的重要位置。向阳是一个极度悲观的人，从他喜欢的诗词中就可以看出来，他也言明他的人生除了喜欢读书以外几乎没有其他的什么乐趣，由此看来，若兰应该是向阳生命中唯一的一根救命稻草了，也可以说是若兰给了向阳在这个世界上生存下去的勇气。但这根救命稻草实在太容易断掉了，而且一旦断掉，向阳便会粉身碎骨。虽然自己不能说可以去保他的周全，但至少可以不去加剧这跟救命稻草的断裂吧。

这一夜老蜡想了很多。突然，他确信向阳的到访应该不只是为了送几块石头那么简单，而应该和若兰有相当大的关系。难道自己和若兰的事向阳已经知道了？不可能，这件事只告诉过二哥，二哥绝对不会说出去的；即使他说出去了，也不可能这么快就传到这里来吧。况且二哥在矿里除了自己以外，肯定没有一个熟人。当然从若兰那里泄露出去的可能就大了，因为自己根本就不了解若兰，也不知道她和向阳之间的关系究竟是什么样一个状况，因此也不排除若兰为了让向阳知难而退而故意透露出那么一点点信息给他。当然也有可能是从郭菊贞那里。但不管怎样，我和若兰单独相处还不到一个小时，在这短短的一个小时里也并没有发生过什么过激的事，就像是两个同路而行的伙伴一样，彼此之间说说话而已；除郭菊贞母女之外，也没有碰到过其他的什么人，只是在和若兰分开后又碰到几个人，但他们是绝对不会把自己和若兰联系在一起的。此后，除了一封报平安的信以外甚至没有给若兰回过一封信。由此看来，向阳今天的到访极有可能是来试探自己的，但不管怎样，这一顿晚餐向阳的确很开心，而且这种开心也是发自内心的。如果他的开心是装出来的，说明向阳的城府就太深，如果真有这样的城府，那向阳也就没有那么脆弱，自己的这一切担心倒显得多余了。总之，为了向阳，也为了若兰，还是远离若兰吧。

回到寝室，向阳并没有半点醉意，只是有些渴。突然间闪过了一个念头：既然已经尝试了原来觉得是禁区的酒，也正好应了上次在若兰家吃饭时，因陪陈伯伯喝酒而闹出不快时，我说想练一下酒量的说法。当时若兰还说"喝酒是男人与生俱来的，你练能练得出来么"，就好像说我根本就不是男人一样。现在终于证明我是可以喝酒的，只是之前太过自律罢了。记得马明曾说过"一支香烟、一杯浓茶、一个美女是人生的三鲜汤"，我当时很反感他的这种说法，觉得简直是奇谈怪论，现在想来也不无道理。烟的确是极为不好的东西，感觉就像是裹着一张张人民币在烧一样，只是好的烟面值大一些，而差的烟面值小一点而已。为何不再去尝试一下喝茶呢，饮茶可是中华民族延续了好几千年的生活习惯。我也曾读过陆羽的《茶经》，对茶也应该有一些了解，但这么多年来，怎么就没有想到过去尝试一下呢，由此看来，我还真太古板了些，这就难怪若兰没有以前那样喜欢我。

想到这儿，向阳马上起来，穿好衣服后去了小卖部，还没等售货员开口，向阳就迫不及待地问道："你这里什么茶叶最好？"

售货员有些奇怪地问道："怎么，这么晚了向老师还有客人来么？"

向阳笑了一下，说："没有客人，我买来自己喝的。"

售货员说："你不是从来都不喝茶的么？"

向阳没有再作回答，只说："什么茶最好，给我来一点吧。"

售货员也很知趣，没有再问什么，只揭开一个装满茶叶的大玻璃瓶，说："这是最好的了，江油一级花茶。要多少？"

向阳又有些犹豫了，稍作停顿后说："先买一两，可以么？"

回到家里，马上泡了一杯，喝了后也并没有感到不舒服。虽然刚开始喝的时候有一点苦苦的感觉，但喝过后口腔里立刻就有一种从来都没有过的清新感，很舒服。

向阳想："看来人生还真没有什么禁区的，只是自己不曾尝试而已。"

向阳之前还有些晕乎乎的感觉已经完全消失了，他感到了一种从未有过的清新，于是打开笔记本写道：

如此看来，我这二十八年还真是白活了。记不清曾经是谁说过"不吸烟、不饮酒、不喝茶"是衡量是否一个好男人的标准，我居然也相信，而且一信竟是二十多年。如果不是老蜡的鼓励，可能我这一辈子都不会去碰这些东西，原来老蜡才是我生命中的贵人。先是怀疑他，结果证明只是若兰对他单相思罢了；再就是他开启了我勇敢的智慧，让我直接尝试了喝酒，又间接尝试了喝茶。老蜡的确比我要优秀很多，不管怎样，以后都要视他为益友。

写到这里，向阳突然想到，自己有了这么大的自我突破，为什么不快点写信告诉若兰呢。于是拿出信纸给若兰写信。和以往不一样，此时的向阳已经充满了自信，当他写到"和老蜡一起喝酒时"又突然停下了笔，而且将信撕碎扔掉了。他想，如果在信中提到老蜡，定会加剧若兰对他的爱恋。因为老蜡不回信，所以若兰对老蜡现在的情况应该是一无所知，渐渐地可能也就淡化了。还是和若兰在一起的时候才喝酒、饮茶，给她一个惊喜吧。

老蜡第二天见到向阳，一颗悬了整整一个晚上的心终于放下了。

而向阳见到老蜡，就像是一个探险者归来一样，他紧紧抓住老蜡的手，兴奋地说："老蜡，昨天是我这些年来过得最有意义、最具挑战性的一天。我不仅没醉，还第一次尝试了喝茶，也一样没有什么不舒服的感觉，而且还很喜欢茶的味道。"

老蜡说："我都说你肯定没事的，是不是？"

向阳点了点头，说："就是，之前我还真不了解我自己，原来我还有那么多的长处没有被发现，还有那么多没有尝试过的东西。"

老蜡说："就是，看来你的酒量还不小呢，可能还在我之上。"

向阳说："怎么可能在你之上呢，不过下一次一定能够再多喝一点。"

老蜡说："说实在的，昨天晚上我还真有些担心。现在好了，我相信以后你的生活一定会比以前更精彩些。"

向阳说："谢谢你，蜡老师。"

正说着，张丰粮走过来了，说："你们两个好奇怪呃，一大早在这里拉拉扯扯的，在说什么啊？"

老蜡踢了张丰粮一下，笑着说："我们聊什么管你娃娃什么事啊。"

向阳则一本正经地说:"我们在说喝酒呢,昨晚蜡老师教会我喝酒了。"

张丰粮笑了笑,说:"喝酒还用教?诶,老蜡,你什么时候也买一点酒,教我喝喝。"

忽然见陈大文走过来了,向阳忙迎上去打了个招呼后转身进办公室去了。

第九章

正值江油县举办"第四届绵阳地区厂矿、企事业单位冬季职工运动会"之时。

其实到现在老蜡都还不知道，能够被分配到铅锌矿子弟校，完全是因为他在体育方面的特长。铅锌矿党委书记兰品桂是部队转业干部，曾是解放军某旅的政委，也是一个体育迷，特别喜欢篮球。转业到铅锌矿上任后第一件事就是想在矿里组织一个高水平的篮球队，于是委托在省教育厅工作的老战友帮忙挑选，所以老蜡被分配到了这里。只是老蜡自己并不知道而已，还以为是自己的运气好被分来这里的。

这是自兰桂品上任以来遇到的第一次比较大规模的体育赛事，也是矿篮球队自成立以来第一次外出比赛。矿里自然非常重视，很快便组建了一个有三十多人的铅锌矿代表队。由矿党委副书记、副矿长刘定远同志任总领队，子弟学校副校长陈大文任铅锌矿代表队的副总领队兼篮球队教练，老蜡被任命为铅锌矿代表队篮球队队长，同时老蜡还选报了短跑和中长跑等几个项目。矿里派出了专车接送，出发前还在学校的操场上举行了一个简短的赛前动员会，书记、矿长亲临讲话，后又敲锣打鼓地欢送，而且还制定了一系列的奖励办法。

老蜡很想在这次运动会上一显身手，果然不负众望，他好像并没有费多大的劲儿就拿下了100米、400米以及800米的冠军，而且篮球也顺利地进入了决赛。

在比赛期间，可能是陈大文喜欢下棋的缘故吧，老蜡被安排与他住一个房间。比赛还剩最后一天，晚上，陈大文与老朋友聚会，连晚饭都没有吃就出去了。老蜡有一种这几天以来从来都没过的轻松、自由感。之前的每天晚上都得陪陈大文下棋，虽然他棋艺不错，但肯定在老蜡之下，每天这样下来下去，老蜡都有些烦了，但又不好推迟。现在他出去了，难得有这样一个能自由安排的时间。

几个队员来约老蜡出去走走，他都推辞了，也没有去其他的房间串门，关上门一个人在房间里看书。正看得入神，却传来了一阵轻微的敲门声并伴随着一个女人的叫声："爸爸，是我。"

老蜡觉得听起来好像很熟悉一样，他一下子站了起来，顺手将书扔在床上，打开门一看，竟是若兰。时间就好像一下子停下来了一般，两人呆呆地站在各自的位置对视着，没有任何言语，也没有任何的举动，老蜡甚至连开门的手都还抓在门把上并没有收回。此时，可能除了两个人心脏急促的跳动声以外再没有任何的声响。

这种状况持续了约莫两分钟的样子，若兰才开口问道："我爸呢？"

老蜡如梦初醒般，忙说道："哦，出去了。"

若兰看着老蜡，又往屋子里看了看，声音压得极低地说："我可以进去么？"

老蜡这才回复到正常的状态，马上闪在一边，说："可以，怎么不可以呢，快请进。"

若兰进了房间，老蜡犹豫片刻后，并没有关门，只是跟着若兰进了房间。

"你，你，你请坐，我给你倒，倒杯水"，老蜡又开始结巴了，而且还显得有些手忙脚乱。

若兰并没有坐下，而是突然转身面对着老蜡，直奔主题，问道："你为什么不回我的信？"在说话的同时，若兰的泪水夺眶而出，就像要一下子把这几个月以来的委屈都统统地倒出来一样。

老蜡一时间竟不知道该怎么去回答，只好这样应付道："哎，我，我，我觉得不好嘛。"

若兰努了很大的力才止住了哭泣，问道："什么不好，是我不好么？"

老蜡更是语无伦次了，说："不，不，不是，你很好的，是我不好，哦，也不对。"同时，他的脸更红了。

若兰言辞犀利，没有等老蜡讲完便追问道："不是我不好，也不是你不好，那你说不好，究竟是什么不好呢？"

一时间老蜡竟觉得无话可说，只涨红着脸，呆呆地站在那儿看着若兰，但心中那已经快要熄灭的火焰就好像一下子又燃了起来，什么向阳哦、什么不好哦全都被抛到九霄云外了，他甚至想扑过去，亲吻若兰。

若兰见老蜡这样贪婪地看着自己，突然感觉全身都好像酥了一样，而且也没有什么力气，好想让他抱抱。先前的怨恨，此时也跑得无影无踪。便一改刚才那质问的语气，很委屈地说："言恭，我等得好苦哦！"说着竟忍不住一下子抱住老蜡失声痛哭起来。

老蜡有些不知所措，只不断地抚摸着若兰的肩，说："对不起，对不起，若兰！"

若兰终于停止了哭泣，她轻轻地挣开老蜡，再用双手捧着老蜡的脸，近距离地看着他，然后很轻柔地说道："我还以为再也看不到你了呢。写信你又不回，想回去找你，又不方便，更无法向其他人去打听，真是急死我了。"

老蜡顺势又抱住若兰，信誓旦旦地说："若兰，从今往后，我绝对不会不回你的信了，我保证。"

若兰突然反应到没有关门，便再一次挣脱，向门口努了努嘴，破涕而笑并调皮地说道："这还差不多。其实我也知道你不回信肯定有你的理由，但我还是忍不住要给你写信，以至徐每都笑话我了，说'这个世界上哪有一个女孩子这样执着地去追一个男孩子的'。"

老蜡没有再去抱若兰，只是呆呆地站在那儿，叹了口气，说："哎！若兰，都怪我想得太多，有时候我真的很恨我自己。"

若兰没有让老蜡再说下去，抢过话题，说："知道开运动会你肯定会来的，但'8.23'以后我就被抽调到专案组，正好又安排出差，我还担心赶不回来呢。还好，老天爷待我不薄，居然让我赶回来了。哦，对了，你们什么时候回矿里去呢？"

老蜡说："明天。"

若兰又看了看门外，压低声音说："干脆在下面耍两天再回去吧，我刚回来，可能也不至于马上又安排出差吧，肯定有时间陪你的。"

老蜡说："不行啊，这次是集体活动，据说回到矿里还有一个欢迎仪式。"

若兰想了想，说："也好，我上班都很忙，要弄材料，也只有晚上才有空。呃，对了，你是体育健将，这次你的成绩怎么样呢，不会让我失望吧？"

老蜡仰着头，很自豪地说道："还好，100米、400米以及800米都是冠军。篮球明天决赛。"

若兰问道："那明天篮球会得奖不？"

老蜡大笑起来，说："你这个傻女子，读书时肯定不爱好体育，上体育课的时候都在看课外书吧？"

若兰有些不解地看着老蜡，问道："谁告诉你的？你怎么知道我上体育课的时候看课外书？肯定是我爸告诉你的吧。"

老蜡收起了笑容，一本正经地说："既然是决赛了，那不是冠军就肯定是亚军嘛，你还问会不会得奖。至于看课外书，那是一般不爱好体育的女生的通病。"

若兰很开心地打了老蜡一下，佯装生气似的撒娇道："言恭，你好坏，以后不许再说人家傻了嘛，要说我冰——雪——聪——明，知道了吗？"

老蜡没有再说什么，只傻笑着贪婪地看着若兰，好像总是看不够一样。

稍作停顿后若兰又问道："那你什么时候下来看我呢？我现在除出差以外，基本上都住在县城里。"

老蜡稍作考虑后说："这样吧，我抽一个礼拜天下来，怎么样？"

若兰看了看表，说："好，我等你，不过要尽量快一点。干脆现在我们出去转转吧。"

老蜡没加思索，便一本正经地说道："算了，今晚可能没时间，你爸应该马上就要回来了，回来后还要给篮球队开个小会，而且明天还要决赛呢。"

若兰顽皮地好像极不相信似的指着老蜡，问道："你，给他们开会？"

老蜡笑着说："我是篮球队队长嘛。"

若兰问："那我爸是？"

老蜡说："铅锌矿代表队的副总领队兼篮球队教练。"

"是谁在泄露我们铅锌矿代表队人事安排的秘密啊。"门口传来了陈大文的声音。

"爸爸！"若兰忙跑到门边，一下子搂住陈大文的脖子。

陈大文高兴地说："快，快松开，都这么大了，还顽皮，让蜡老师笑话呢。"

若兰撒娇道："好久都没见到你了嘛。"

陈大文问道："对了，说你出差了，什么时候回来的？"

若兰像是开玩笑，又像是很认真地笑着说道："刚才嘛，人家刚下车放下行李还来不及梳洗就过来了嘛，蜡老师见我脏兮兮的都不理我呢。"

老蜡一时间也弄不清楚若兰为什么要这么说，就更不好掺什么言了，便只好站在一旁"傻笑"。

陈大文说："对了，若兰你等一下，我和蜡老师还要去开个短会。"说完后和老蜡一起出去了。

不到十分钟他们就回来了，若兰正在翻老蜡刚才看的那本托尔斯泰的《安娜·卡列琳娜》。见老蜡和父亲回来，忙合上书，说："这么快啊，我还以为要开很久呢。"

陈大文说："只是讲一讲明天决赛的事，当然很快喽。哦，若兰，你刚回来，肯定累了，加之蜡老师明天还要参加比赛，要早一点休息，他可是我们队的主力呢，可以说是明天决定胜负的关键。我先送你回去吧。"

若兰佯装生气似的努着嘴一下子站了起来，说道："爸爸真讨厌，刚来就赶人家走。"她又向老蜡笑了笑，说："蜡老师，这本书可以借给我看看么？"

老蜡忙说:"可以,当然可以,你拿去好了。"

临近门口时,若兰又转过身来,大大方方地说:"蜡老师,预祝你们明天拿个冠军。"然后眼睛一眨同时头微向上一点,就像是要把那眼光抛给老蜡一样。

而老蜡还真像是接住了若兰送来的光波一样,心里突然一空,顿时,若兰又占据了老蜡的整个心房,他忙追到门口,说:"若兰,你慢慢走哦。"便目送若兰,直到她的背影随着楼梯而越来越低,最后消失,才回到房间洗漱睡觉。老蜡到底是经过大战的,心理素质特好。尽管突然遇到若兰令他很兴奋,但为了明天的比赛,还是很快就进入了梦乡。

决赛在下午两点正式举行。下半场开始时,老蜡远远望见若兰来了,他更加兴奋了。若兰刚坐定,老蜡就进了一个三分球,赢得了包括若兰在内的,所有观众的掌声。最后,铅锌矿队以98比91分的成绩获得了本次比赛的冠军。

决赛后接着就是本次运动后的闭幕式。兰品桂以及矿领导班子里的大部分成员都来参加。铅锌矿代表队还获得了本次比赛的最佳组织奖。运动会结束时还不到四点,兰品桂决定马上返回矿里。刚出城,老蜡他们所乘的货车就被兰品桂的吉普车远远地抛在了后面。经过了近四个小时的颠簸,才回到了矿里。

几乎所有的运动员都被兰品桂的组织和行动能力所折服,按推算,他最多不过比老蜡他们早到矿上半个小时吧,但除了在井下工作的人员外,几乎所有的人甚至包括矿里的家属都在兰品桂的带领下拿着鲜花,敲锣打鼓地从矿门口开始列队夹道欢迎运动员。所有运动员都在矿门口下车,和兰品桂以及矿领导热情握手后便在他的带领下步行经过矿生活区、办公区前往学校的操场。其间,运动员都把所得奖牌双手捧在胸前。组织奖的奖牌由总领队刘定远捧着,篮球冠军奖牌由副总领队陈大文捧着,而老蜡一个人就捧着三个奖牌。兰品桂一看觉得三个奖牌捧在一起既重又不显眼,便指派另两个运动员捧着,只是要求他们俩走在稍后面一点,与老蜡刚好呈"品"字状。

学校的操场上已经灯火通明,还布置了一个很讲究的主席台。除来迎接运动员的矿领导外,操场上还聚集了很多人,有矿里的员工及家属,还有很多附近的老百姓。老蜡从来没见学校的操场如此热闹过,在他的记忆里,去年的一个晚会操场上也做过一些布置,但豪华程度根本没法和今天相比。刚到会场,奖状奖品都有专人接过去,安放在事先已经设定好的奖品台上。所有的运动员则都站在主席台上面对观众。欢迎会并不长,只进行了不到二十分钟。按照矿里事先拟定的奖励办法,老蜡现场就获得了690元的奖金。每一个单项冠军奖200元,篮球冠军每一队员奖50

元，另每一位参赛队员平均40元的奖金。给人们的感觉，就好像这个欢迎会是专为老蜡一个人所开的一样，一下子他便成了全矿的风云人物。这一次矿里一共得了四个冠军，其中三个是老蜡一个人获得的，而篮球冠军老蜡是队长，其余几个项目的参赛队员甚至连名次都没有拿到。老蜡非常高兴，而他的高兴并不仅仅是荣誉，而是这690元的奖金，甚至比他一年工资的总和都还要多。至于荣誉，他曾拿过几个国家级比赛的大奖，这个奖当然就显得有些微不足道了。

欢迎会结束后紧接着就是聚餐，老蜡还是第一次在这个小食堂里吃饭。小食堂就在大食堂的隔壁，相当于大食堂的一个小套间，进出都要经过大食堂，是矿领导接待客人专用的。虽然与大食堂仅一墙之隔且一门之通，但里面的装修却和大食堂有着天壤之别，其豪华程度不亚于外面的某些酒店。屋子的墙壁和屋顶都粉刷得很白，从地面往上约八十厘米，都被褐色的木板包裹着，近百平方米的屋子里只有两张很大的圆桌，每一张桌子至少可以坐二十人。圆桌上铺着一张厚厚的玫红色的台布，在桌子的中间还有一个直径约六十厘米的玻璃转盘。每一把椅子的坐垫和靠背都包有皮子，至于皮子下面还垫有什么就不得而知了，总之坐上去软软的，很舒服。只不过平时这里都关着门，使用的时候很少。老蜡他们这一伙年轻人曾不止一次地向里面张望过，并希望什么时候能够在里面大吃一顿。但他们知道，除了陪客人以外，就连矿里的中层干部都很少有机会来这里，就更不用说他们这些刚刚分来不久的年轻人了。老蜡当然是第一次进小食堂，所以除了兴奋之外还有些许的自豪。

宴会开始不久，兰品桂首先过来给老蜡敬酒。与老蜡坐在一起的陈大文忙起身介绍道："兰书记，你可能还不知道，蜡老师的象棋可能也是我们矿里的冠军。"

兰品桂一听更高兴了，笑着说："好啊！全才，全才嘛。什么时候讨教几招。"

老蜡忙说："哪里，哪里，棋艺不精，只是会下而已，会下而已，怎么敢妄称第一呢，兰书记夸奖了，陈校长夸奖了。"

兰品桂并没有和老蜡继续对话，而是面向大家，右手端着酒杯，左手搭在老蜡的肩上，突然提高嗓门儿说道："同志们，这次蜡言恭老师为我们旅，哦不，是我们矿赢得了这么高的荣誉，因此我提议，我们大家一起来敬蜡老师一杯，以感谢他为我们矿所做的一切，并希望蜡老师再接再厉，在其他方面也取得这么优异的成绩！"

全场所有的人都站起来一起敬老蜡酒，在老蜡的记忆里，他平生还是第一次这样被人尊重。以前每次得奖，都只是在田径队里小范围地聚一下，食堂加了两个菜而已，连酒都没得喝。此时他很激动，甚至连一句话都说不出来，只是举着酒杯，在兰桂品刚刚说完以后，一口就干掉了一大杯，然后才大声说道："谢谢兰书记，谢谢各位领导,谢谢大家!我一定会更加努力地工作,不辜负各位对我的厚爱!"

老蜡或许是因为在这里工作一年多以来,还是第一次被人们所重视,又或者是因为这次竟意外地见到了若兰,而且现在又和陈大文同坐,相信矿里这盛大的欢迎场面很快就会被若兰所知晓的缘故,这个晚宴上他完全地放开了,不知道干了多少杯,直到喝得大醉才被队友们背回寝室。

老蜡醒来已近凌晨五点,口很干,却怎么也不敢睁开眼睛。虽然屋子里很暗,只有很微弱的月光从窗户上透进来,但只要一睁开眼就觉得天晕地转,心里难受极了。他开始搜索记忆,却怎么也想不起来是怎样回到寝室的,记忆的终结点就是一手端酒杯,一手拿酒瓶逐桌逐个地敬酒,而且好像还特地和陈大文多喝了几杯。当然,他最关心的问题还是酒后是否失言,是否有失态的举止,这毕竟是矿里大小领导都参加的聚会。但任凭怎样想,却还是记不起一桌一桌地去敬酒时究竟说了些什么。于是断定既然很开心,应该不会说出什么得罪人的话吧。

老蜡突然想起,暑假离家的前一夜喝醉了酒,状况也和现在差不多,只是想喝水,一直都坐在床边的年迈的爸爸马上就会将水递到手上。他下意识地用手到处摸摸,然后呻吟了几声,却没有任何回应。实在太渴了,他只得坐起来,打开灯。见床边的凳子上居然放着两个苹果和两个广柑、一杯水。他想:"这一定是同事们给自己准备的。"突然间,还有了一丝丝的温暖感。他撑着坐起来,喝了一口水,那干得起丝的口腔里一下子舒服了很多,但还是觉得太渴了,于是一口气将一茶杯水都喝光。可能是喝得太快的缘故,他开始反胃,而就在他想吐的时候,发现床下边还放了一个盆子,而且盆子里已经放了一些干的煤灰,原来就是预备着吐的时候用的。呕了半天,除刚喝进去的水以外并没有吐出什么来,但口还是很干。他只得起床,将水杯倒满,等水稍稍凉一些了再喝。拿起苹果一看,应该是洗过的,便吃了起来。有了刚才喝水的经验,他放慢了下咽的速度,这样胃果然好受多了。

老蜡已再无睡意,索性打开门,用冷水洗了一下脸,虽然很冷,却觉得舒服多了。他记得,下午比赛刚完就回到矿上,接着就是表彰会,然后聚餐,随后就醉了,根本就没有时间洗澡。他索性用冷水把身上擦了一遍,竟无半点的醉意了。他终于明白人们为什么要用酒来驱寒,原来寒也是可以解酒的。

记起小时候,看见隔壁的杜清德喝醉了酒,他老婆用绳子将他左手绑着,然后将绳子的另一端绑在河边的一棵树上,让他躺在小河里任河水冲,而他老婆只坐在旁边,将他的头微微抬起,不让水进到他的鼻子和嘴里就行了。当时只是觉得很好笑,还以为是他老婆在处罚他。此时才弄清楚,原来是借凉水来解酒的。老蜡终于又悟出了一个道理，即世间很多事，只有经历了，才能理解其中的奥秘。

老蜡又想到了若兰，"我和她并没有太多的接触，对她的一切可以说还一无所知，竟盲目地决定不和她交往。这既没有给若兰机会，也一样没有给自己机会。也有可能她真和我很般配，如果真是这样，那岂不是白白地错过了一段大好姻缘"。

但又一想："如果这样想，我就更对不起方俞了，人家好心好意地对我，我竟不识好歹，武断地不和她交往。后来虽然开始通信，却坚持不和人家见面。试想，连面都不见，还怎么去加深了解呢，难道就凭几封书信就能了解一切么。方俞对我一往情深，而我却三心二意，这样岂不是误了人家么。更不可原谅的是这次居然又和若兰联系上了，而且还拥抱了她，并约定以后将不再拒绝回信。蜡言恭啊蜡言恭，你还是人吗？"这样想着，突然觉得必须尽快地调整在男女问题上的处事方法。回想在旅馆相见时若兰的哭泣，和当告诉方俞不和她交往时她的那因痛苦而愤怒的表情，原来这几个月以来，我可能正在制造悲剧，而且时间愈长，悲剧的主人受伤就愈深。而这个可怕而又可恨的悲剧制造者不是别人，正是我蜡言恭。

"我真要感谢这一次醉酒，因为醉酒而想明白了许多道理。如果现在就能够去阻止将来的悲剧发生，那这一次的醉酒应该是功德无量。"老蜡正这样想着，一阵寒风袭来，令他打了一个寒战，便迅速地回到了屋里。虽然酒意几乎全无，但寝室里的灯光还是稍嫌亮了些，他想："这大概是因为我有着比较灰暗的心理所至吧。不能再这样下去了，虽然若兰和方俞都可能不是我理想中的恋人，但现在必须要做出选择，或者二选一，或者一个都不选。虽然现在被选掉的一个可能会痛苦，那应该是短痛，如果再拖下去的话，那被选掉的势必会更加痛苦，即长痛。"

老蜡打开抽屉，将若兰的信都拿出来，想拆开，犹豫片刻，又锁了起来。他想："无论怎样，我都不能一下子就投入对若兰的爱恋中去。"特别是在打开抽屉的那一刻，又看到了向阳送的那些石头。他又想："如果我看了若兰的那些信件，毫无疑问又会想入非非，而这最受伤害的应该就是向阳了。我只得再一次背弃对若兰的承诺。"

老蜡又想到了方俞，"她本来就是一个比较直率的女孩子，为了我竟变得矜持了，而且在这几个月里，她还阅读了大量的书籍，这在来信中都看得出来。更重要的是方俞并没有和别人恋爱，只是有不少的追求者而已。这样看来方俞应该更适合我些。寒假就快到了，如果爸爸能看到我带着女朋友回家，不知道该有多高兴"。

老蜡还清楚地记得："上次回去时，父亲虽然没有明确问过我的婚事，但我却能感觉到他想尽快看到我结婚的愿望。那次在许丙林家里吃饭的时候，爸爸借逗狗娃，说：'以后言恭有了小孩，就是你的兄弟了，你一定要好好带他哦，就是不知道他要比你小多少岁呢，小一两岁最好，小太多了就不好了，耍不到一起。'"

和方俞这几个月的通信，的确也让老蜡渐渐地喜欢上了这个漂亮的小女孩。于是老蜡做出一个重要的决定："过几天休息的时候，去锅子坝看看她，同时也到她家里去拜访一下。这也算是对近几个月和方俞通信的一个回应，表明想与她继续交往的态度吧。"

虽然载誉而归，但矿里并没有给参赛的运动员放假，第二天就开始上班了。老蜡刚到学校便遇到了向阳，向阳很开心，就像是自己取得了那样好的成绩一样，他说："蜡老师，祝贺您！"

老蜡谦虚地说："没什么值得祝贺的。"

没等老蜡说完，向阳便又说道："肯定值得祝贺的，不过只口头祝贺还不行，我一定要请你好好喝一顿，才算正式祝贺。"

老蜡说："好啊！"

向阳说："择日不如撞日，就今天晚上吧。"

老蜡稍作犹豫，说："今天就算了吧，昨天晚上醉得太凶了。"

向阳说："那你看定在什么时候，总之越快越好。"

老蜡说："今天星期四，干脆周六晚上吧。"

向阳高兴地说："那好，一言为定！"

向阳转身走了，老蜡却像一个雕像一样，呆呆地站在那儿，他突然想到若兰扑在自己怀里的情景，就像一根鱼刺鲠在喉咙上一样，很不是滋味儿，觉得很对不起向阳，同时也为在见到若兰的那一刻，竟将向阳忘到了九霄云外而羞愧。此时，老蜡甚至认为："我就是一个重色轻友、忘恩负义的小人。向阳那么好，而我不仅没有去回报他，竟又和若兰抱在了一起，甚至差一点就吻了她。哎！真是的。从今往后不再和若兰有任何来往，应该就是对向阳最大的回报吧，我一定不能再和若兰有任何往来了。"

星期六晚上还不到六点，向阳就拿着酒菜来到老蜡的寝室。正好马明和几个同事也在，他们是陪刚出差回来的陈明道来看老蜡的奖牌的。见向阳拿着酒菜，马明高兴地说："怎么，你们要喝酒啊，那没有我们陪怎么行呢，说什么我也要陪你们喝几杯。"

向阳可能觉得太早了些，但又不好意思现在就走。他的意愿当然是和老蜡单独喝酒，但又不可能去拒绝他们。于是只好呆呆地站在那儿微笑着看着老蜡，甚至连手上的东西都忘记放下来。

老蜡说:"我看你们几个是三十夜洗了脚的。既然碰上了,当然一起喝了。相请不如偶遇嘛。"

马明接过向阳手中的菜,掂量了一下,说:"就这么一点菜,这么多人怎么够呢。我也不会白吃的,我再去弄点菜来。"

直到马明出去了,另外几个同事也各自走了,向阳这才将手上提着的酒放下,看着老蜡像是要解释什么。

老蜡好像知道他想说的,还没等他开口,便说道:"也好,人多喝酒热闹一点。"

向阳没有再说什么,只开始搭桌子,洗碗筷。不多一会儿,另外几个都端了些菜来。刚出差回来的陈明道还拿了一瓶在青城山买的"洞天乳酒"来。瞬间,一场偶遇的酒宴就这样开始了。

酒过三巡后马明说:"老蜡,你娃娃肯定要发达了。"

老蜡笑着说:"你娃娃神经病,什么发达不发达的。"

马明说:"这几天上班的时候,我们办公室的人都这么说的。听说前天晚上兰书记还亲自带领所有的人给你敬酒,是不是?这可是自兰书记来我们矿以来,从来都没有过的事。"

老蜡说:"很平常嘛,兰书记只不过是因为我拿了几个奖而已,来敬敬酒鼓励鼓励也很正常嘛,有什么发达不发达的。"

虽然这么说,但老蜡的内心还是为之一动,就好像一潭平静的湖水突然泛起了涟漪,再也无法像之前那样平静地喝酒了,有一种极想听到关于对自己议论的冲动。

王凯说:"老蜡,你娃娃好凶哦,三跑两跑的就挣了近700元,那可是我们一年的工资啊。你说你是不是该请我们大吃一顿呢。"

老蜡说:"好啊,绝对没有问题,改天我去锅子坝买一些好酒好菜回来,好好地请你们喝一顿。"

马明说道:"那我就代表大家先谢谢你了。"

陈明道拍了马明一下,说:"谁要你代表,你娃娃有什么资格代表我呢。不过我倒觉得老蜡既给咱们矿上争了气,也给我们这一批刚分来的年轻人争了气。按理,我们应该一起请老蜡大吃一顿才是。"

一直都没有说话的向阳也笑着说道:"呃,什么你们刚分来的,那我早分来两年的就不能参加了么?"

陈明道说:"不是,不是,我不是那个意思,当然是人越多越好嘛,人多了可以少出份子钱，况且今天晚上要不是你向老师提议，我们哪里有酒喝呢。老蜡这个铁公鸡还舍得主动请我们喝酒么。"

老蜡说："什么铁公鸡，让大家评评，看你陈明道是铁公鸡还是我蜡言恭是铁公鸡？"

马明说："明道，你这个财迷，整天只知道钱、钱、钱的。有本事你也像老蜡那样去跑跑看，拿几个冠军回来。"

王凯见大家都只顾着说话，便说道："来、来，喝酒，今天先把今天的酒喝好，以后的事以后再说吧。"

一伙年轻人就这样喝着、吃着、笑着、闹着，不知不觉已经近十点。马明看了一下表，说："啊！这么晚了，睡觉去咯。"说着起身就想走。

老蜡一把拉住马明，说："这个样子就想走了啊，不行，必须把这儿收拾好了才准走。"

向阳说："对、对、对，是应该收拾好了再走的。"说着便马上开始收拾。

老蜡拦住向阳，说："向阳你不要管，让马明收拾；他娃娃懒得很，今天就要他做。"

马明笑了笑，说："老蜡，你娃娃也太没良心了，前天晚上你吐了一屋，是哪个给你娃娃收拾的，是哪个给你娃娃又是倒水，又是拿水果的。"

老蜡说道："哦，原来是你收拾的，那还算你娃娃有点儿功劳，问题是你马明哪来的水果呢？你娃娃平常连汽水都舍不得买一瓶，难道你还舍得花钱买水果来给我吃？而且还是苹果、广柑两种。矿上根本就没有卖。"

马明像是才记起了一样，绘声绘色地说道："哦，对了，老蜡，我倒差点儿忘了，你娃娃可能要交桃花运了，你知道水果是谁拿来的么？是我们矿上一枝花，团委的张筱拿来的。我看她当时还很想留下来照顾你，但这种好事没有发生在我身上，我肯定要搅黄了咯，三言两语就把她给骂跑了。"

王凯说："你吹吧，看把天吹破了，你看见张筱还舍得骂？巴结还来不及呢，可能人家骂你还差不多。"

老蜡知道，马明说的把张筱骂跑了肯定是假，但张筱来过这里倒是真的了。但自己的确连一点印象都没有，不知道那天晚上是否出丑。于是拍了拍马明的肩膀，说："算了，念在你娃娃前天晚上'护驾'有功，就不让你打扫了，你们都请回吧。"

瞬间，除向阳以外，其他几个人立即就消失得无影无踪。只有向阳帮着老蜡收拾房间，突然，老蜡想到了一个问题，没加多考虑便问道："向阳，你明天有没有空？"

向阳顿时紧张起来："他该不会是要告诉有关若兰的事吧。"于是立即停下了手中的活，十分警觉地问道："有空啊，有什么事么？"

老蜡说："我想请你明天陪我去一趟锅子坝。"

向阳突然很释怀一样，觉得整个人都比较轻松了，便进一步地问道："行啊，去干什么呢，是去买东西准备请客么？"

老蜡稍作停顿后说："不是。是这样的，我交往了一个女孩子，已经很长时间了。明天想去看看她，同时也想去拜访一下她父母。在这里，我就只有你一个好朋友，所以想请你陪我去。"

向阳很感动地说道："老蜡，谢谢你这么信任我。我一定去，一定去的。"

老蜡说："我们还是坐早班车出去吧。"

向阳爽快地说："行，那明天早上见。"说着便往外走。

老蜡轻轻拉了向阳一下，说："还有，现在我们矿里就只有你一个人知道这件事，能不能成还说不清楚，请你一定给我保保密。"

向阳拍拍胸口，说："放心吧，我不会乱讲的。诶，我需要准备什么吗？"

老蜡放心地笑了一下，说："不需要，你能陪我去，我都已经很感激了。"

向阳走了，老蜡又有一点儿后悔。他想："其实向阳去不去并没有多大的关系。或许，刚才邀请他同去的理由，不外乎是想让向阳更加放心我不会去追若兰吧。但真有那个必要去证明这一切么？没有办法，既然已经说出去了，就只得照办。"突然又想到："要去方俞家，总得买一点礼物吧。坐早班车出去，到锅子坝天都还没有亮，去哪里买呢，难道要见到了方俞后才去买礼物么，这样会显得很没有诚意。"考虑再三，还是下楼去敲开了小卖部的门。

售货员见是老蜡，便十分客气地陪着他挑选。老蜡从来没有自己操办过什么礼物之类的东西，便只好请售货员帮忙参谋参谋，但又不好说是送给什么人的，能提供给售货员的信息就只是送给比较重要的长辈的。在售货员的极力推荐下，经过几番对比，决定买两瓶"柳浪春"，两袋果子糖，两条"雪竹"牌香烟。售货员还特地用一张牛皮纸将这些礼物包好，再用绳子捆住，还系了一个可以提着的扣。

见售货员那熟练包装礼品的动作，老蜡真是打心眼儿里佩服，"还真是行行出状元啊"，他不禁夸奖起售货员来。

售货员也很高兴地说："蜡老师，我也曾拿过全绵阳地区厂矿系统商业部门业务大比武的亚军，而当时得分最高的项目就是包装礼物。"

老蜡说:"我说嘛,怎么包得这么好呢,原来还真是高手啊。"

售货员更加自豪地说:"亚军为冠军服务嘛,当然要尽力才行喽。"

回到寝室,老蜡竟没有半点睡意,又把近期方俞的来信看了一遍,直到很晚才睡去。

第十章

向阳比老蜡略早一点来到班车停放处，他还特地打扮了一番，一件高领的灰色毛衣，外套一件部队的黄军袄，但没有扣扣子，一条褐色的围巾只挂在脖子上，但垂下的两端却是一样的长，下身一条折了边的蓝色涤棉西裤，一双擦得雪亮的黑皮鞋，皮鞋的底部像是钉了好多铁钉，走起路来会发出很大的和地面摩擦的声音，还挎着一个崭新的军挎包，军挎包扁扁的，至于包里面装没装东西就不得而知了，或许纯粹是装饰之用吧。唯一的瑕疵就是他的眼镜左边的镜片有很多裂纹，可能是怕镜片散掉而在镜框的边缘上贴着一小块医用的几乎变成黑色的白胶布，这样就使得向阳本来就很清瘦的脸上多了一点沧桑感。

老蜡的穿着比起向阳来要稍逊色些。一条较厚而且很旧的蓝色运动裤，一双白色的回力鞋，一件一样很旧的深蓝色绒衣，外罩一件看起来已经穿了很久的洗得发白了的蓝色毛毛领短大衣，但给人的感觉却很精神而且洋气。

两人相见后，向阳有一丝的不好意思，他想："哎，怎么弄得就像是我去相亲一样。我怎么也没有想到，老蜡的穿着竟如此随便，和平常上班并没有什么两样。"于是没有说什么，只是对老蜡微微一笑便上车了。

照样是史秀娟卖票，刚看到他俩时，她先是微微地吃了一惊，但很快又回复正常，而且还很认真地打量了一下老蜡手上所提的礼物。向阳可能并没有发现，但老蜡却看出来了，瞬间便流露出一种极不自然的表情。史秀娟并没有和老蜡打招呼，只是冲着他笑了笑便和向阳说起话来。向阳和老蜡照例没有买票。

深冬的早晨，本来天亮得就要晚一些，但这个早上却异常黑，甚至连一点天快亮的迹象都没有，就像是还在深夜里一样。所有的人坐定后要么将手插进衣兜里，要么双手紧紧地交叉捅在衣袖里，然后蜷缩在座位上。整个车上死一样的寂静，连一点声音都没有，就好像这些乘车的人只是从自己家里的床上换到了车上来睡觉。

至于这些人睡没睡着老蜡不得而知，他只知道自己一点困意都没有。

老蜡看着前方，那迎面纷纷打来的密集的雪片和车灯形成一条光柱，那些雪片就像是在故意阻止车前行，任凭汽车的速度多快却总是逃脱不了它的阻击，没有尽头。他突然有一种很奇怪的感觉，就像自己行进在一条永无止境的隧道里，对前路一无所知。车停下来了，那些迎面打在挡风玻璃上的雪片也好像完成了任务而突然改变了方向，纷纷随意飘落，速度也不似先前那么快了。从车上下来，四周突然变得更加黑暗了，就好像刚才那些明晃晃飘落的雪片也被客车全带走了一样，只有当雪片飘到了脸上或者颈子里才隐隐感觉到雪还是一样在下。

老蜡打了一个寒战，猛眨了几下眼睛后才见眼前的锅子坝就像是被一层土灰色的布包裹着，看起来朦朦胧胧的，竟没有一点光亮，使人更觉寒冷了。隐隐能见的街道上所有的门都关着，除了偶尔会有几声狗叫以外，整个周边没有任何声响。一脚下去，从鞋接触雪的轻微的嚓嚓声以及脚着地时，才知道街面上的积雪都有好几寸厚了。他们都下意识地搓着手，跺着脚。

虽然看不清向阳是一个什么样的表情，但此时的老蜡却一头茫然；就连他自己都说不清楚，这么早跑来这里干什么，居然还约了向阳同来。

虽然老蜡感觉自己有些莫名其妙，但他还是很快就做出了决定，快一点去找方俞吧。不过出于虚荣，老蜡犹豫了，他想："最好不要让向阳看到刚起床，还没来得及梳洗的方俞的样子。向阳是第一个看见我女朋友的好友，应该让他看到的是一个漂漂亮亮的方俞。"他甚至想："那天早上那么坚决地和方俞断绝交往，可能看见还没梳洗的方俞，使我有一些不快，也算是其中的原因之一吧。但现在该去哪儿等方俞呢，难道就这样一直站在这儿等么？虽然不知道方俞的作息时间，但这个时候她肯定还没有起床。"

向阳见下车后就一直呆呆地站在那儿到处张望的老蜡，忍不住有些好奇地问道："你不知道她家住哪儿么？"

老蜡"嗯"一声，没有做任何掩饰，就直接说道："不过我知道她上班的地方。"

向阳问道："还这么早，怎么会上班呢？"

老蜡稍加犹豫后说："她在旅馆上班。"说过后又感觉有些不妥，他想："上次不正是和若兰错过了才来这里住旅馆的么？如果方俞不小心说出了上次住店的时间，那岂不是等于告诉向阳我曾经和若兰相聚过么？哎！怎么这么糊涂哦。没有办法，现在也只好硬着头皮去找方俞了。其实我也没有必要在方俞这个问题上再去掩饰些什么了。"想定以后，便加快了步伐，与向阳一起来到方俞上班的旅馆。可能是因为太冷的缘故，老蜡并没有作半点停留便举手敲门。

"谁啊？这么早，等一下。"里面传来了一个女人的声音，虽然老蜡与方俞只接触过两次，但他敢断定说话的一定不是方俞。于是没有做回答，只等候着。

虽然门窗紧闭，但还是从缝隙里透出了些许光亮，随着"吱"的一声，从刚开了一点的门缝里，探出一个女人的头来，看上去她可能有近四十岁的样子。她上下打量了老蜡和向阳一番，才问道："这么早，住店么？"

老蜡突然感觉很高兴，但同时他又有些失望，而高兴、失望则都是因为来开门的不是方俞。于是说道："同志，不好意思，这么早打扰你了，我找方俞。"

那女的叫白素贞，她一听是找方俞的，先是吃了一惊，脱口而出："找方俞？"随即满脸堆笑，换了一种很温和的语气说道："哎，不巧呢，她这两天休假。你是她男朋友蜡老师吧。"

老蜡没有作正面回答，只是笑了笑，说："在哪里才能找到她呢？"

白素贞说："不远，最多半里路。等一下我带你们去"，她边说边进屋里去了。但不到两分钟的样子就出来了，锁上门，带着他俩沿着旅馆旁的一条小巷子走去。

走了几步，老蜡很礼貌地问道："哦，对了，同志，怎么称呼你呢？"

她没有回头，只随口答道："叫我白姐就行了，方俞也叫我白姐呢。"

老蜡说："白姐，你和方俞一起上班么？"

白素贞回过头来看了看老蜡，笑着说道："是啊，我们俩一人上一天班呢。前一阵子我耽搁了两天，所以现在轮到方俞妹妹休息，不然，今天在旅馆就能找到她的。蜡老师，你的威力可真不小呢，和你耍朋友后，方俞整个人都变了，就连平常说话都柔声细语的，开始我都听着别扭，过了好长的时间才习惯呢。"

老蜡问道："白姐，你怎么知道我姓蜡呢？"

白素贞的谈兴更浓了，说："整个锅子坝街上，还有谁不知道一头卷发、一表人才还会武功的蜡老师你呢。"

老蜡没有再吱声，只是微笑着跟在白素贞的后面。但他的内心里不知道有多高兴，好像还是第一次听到别人当面这样赞美自己，而且赞美得那么淋漓尽致。

天已经大亮，就像是之前包裹着锅子坝的那块土灰色的布被迅速揭开，山区的一切都能够看得清清楚楚。眼前呈现出白茫茫的一片，积雪可能都有两三寸厚，根本看不到路，只有通过菜地里也一样被雪覆盖的萝卜、白菜才能分辨出什么地方是路来。因为太早，积雪上没有什么脚印，很显然这条路道上还没有人走过。

虽然来锅子坝已经一年多了，也经历过一个冬天，但都是在矿里上班，没有时间也没有兴趣在这雪地里行走。今天好像还是平生第一次在野外的雪地里行走，白素贞走前，随后是老蜡，向阳走在最后。看着白素贞一步一个脚印，老蜡感觉就像是在一张白白的宣纸上画画，于是他故意不踩到白素贞留下的脚印，而是有选择地去走，想让这些脚印构成一幅更美的画面，以至走在后面的向阳都觉得老蜡走路总是跳来跳去，有些怪怪的。行约三百米的样子，前面出现了一个岔道，沿着右边的小路看过去，有一处马蹄形的扇架木结构的房子，房子的后面紧靠着大山，屋顶包括房子及周边的一切，同样被一层厚厚的积雪所覆盖，呈白茫茫的一片。只是屋顶冒出的袅袅炊烟，给大地增添了些许的生机，让人感觉也不那么寒冷了。小路距房子约三十米远，这条小路应该是专为这个房子所修建的。刚拐到小路上时，白素贞就大声喊道："方俞妹妹，有客人找。"

随着喊声，手里还拿着一本书的方俞从堂屋里跑了出来。很显然，她老早就起来了。白素贞指了指后面，说："我交脱手了，回去上班了"，还没有等老蜡和方俞说谢谢便回头快步走了。

方俞已经被老蜡的突然出现给弄得有些傻傻的，她傻笑着站在那儿，没有说话，停顿起码有一分钟后，才突然向屋里大声喊道："妈，蜡言恭来了！"然后迅速地跑到老蜡跟前，接过他手中的礼物并招呼向阳一起进到了院子。

院子并不大，却很干净，那地面除了雪以外几乎没有其他的什么杂物，就像是专门打扫干净了用来铺上雪一样，而街沿和屋子里就更干净了，老蜡还是第一次见到这么干净的农村院落。想想自己老家的院子，除比这里稍大以外，其清洁程度根本就没法和这里相比。老蜡对方俞及其家人顿生了一种尊敬之感，他想："如先有约定，院子打扫得这么干净也没有什么可奇怪的，可方俞一家事先并不知道我要来，就连我自己也是昨晚酒后才临时决定来的，况且现在连八点都还不到。由此看来，方俞一家人肯定都很爱整洁，而且天天都会把院子打扫得像现在这样干干净净。就冲着这一点，方俞配我也是有过之而无不及的。"想到这里，他甚至有些后怕，"之前糊里糊涂的，差点就错过了这么好的一个女孩子。"

方俞的妈妈郭汝芝系着围裙笑吟吟地从旁边一间屋子里走出来，那应该是厨房。她刚出门便热情地招呼道："稀客、稀客，是哪一阵风把你们给吹过来了！快请坐、快请坐！俞儿，别傻站着，快给客人泡茶。"

方俞的爸爸方登科也从屋子里出来。老人大概六十多岁的样子，但看上去却很精神，虽然戴着一顶很大的部队用的冬帽，但他的鬓角处还是露出了白发，由此推断，他的头发应该全白了吧。老人脸色红润，给人一种极健康的感觉。胡须也全白了，上唇的胡须修剪得很整齐，而下巴的胡须则可能有近十厘米长，给人一种仙风道骨的感觉。他左手拿着一根起码有一米五长的黑竹子做的烟杆，右手理着下巴那长长的胡须，打过招呼后忙从衣袋里摸出一包"雪竹"牌香烟来。知道他们两人都不抽烟后随即将香烟揣进衣兜里，才请他们到堂屋里坐。老蜡突然觉得，方老太爷的形象只是在电影里看见过，这完全是古时候的智者形象嘛。

  他们并没有马上进屋，一阵客套后，老蜡说："哦，我来介绍一下，这是方伯父、方伯母、方俞。"又指着向阳说："这是我的同事，也是我在锅子坝最好的朋友向阳。"介绍完后，又从方俞手上接过礼物双手递给方俞的父亲，说："方伯伯、方伯母，我第一次来，也不知道二老喜欢些什么，就只买了些烟、酒、糖果之类的，不知道是否合你们的意，请笑纳。"

  方登科顺手将长烟杆靠在门方上，忙接过礼物，笑着说："来耍就行了嘛，还买这么多礼物干什么。俞儿，你看人家小蜡多会讲话，就像是戏里的说词儿一样。"

  郭汝芝笑着说道："你们先坐，我去烧一点开水。"便转身进厨房了。

  堂屋的右边有一个火塘，火塘里已经烧了好大一堆火，火塘的一方紧靠着墙壁，其余的三方都搭有凳子，方俞请他们在火塘旁坐下来。老蜡见方俞手上拿着一本线装书，问道："方俞，你在看什么书呢？"

  方俞说："《石头记》。"

  老蜡惊奇，问道："《石头记》，你哪来的这本书呢？"

  向阳听说是《石头记》，一下子就跳起来了，同时抢过方俞手上的书，迫不及待地翻看起来。

  方俞并没有直接回答老蜡的提问，而是问道："言恭，你还记得上次一起喝酒的那个许富江么？"

  老蜡说："记得啊，就是那个卖布的嘛。"

  方俞就像是要知道老蜡还记得这个人后才能说出下文一样，停顿稍许才接着说道："前不久，许富江被调到了废品收购门市部。有一天他气喘吁吁地跑来说：'方俞，有一样东西你肯定感兴趣，但必须给我买一瓶酒才行。'我说'只要是我感兴趣的东西，不要说一瓶酒，就是两瓶、三瓶也没有问题'。他说'采购站的仓库里有两大木箱古书，不知道放了多久了，箱子都已经发霉了'。我马上赶过去，果然在仓库的角落里有两箱线装书，看起来应该放了好多年了。于是许富江和刘三娃趁下班的时候悄悄地帮我把这两箱书搬回了家。"

  老蜡有些迫不及待地问道："两箱？那么多！放在哪儿，我们快去看看。"

方俞说:"就在家里放着,我准备花五年的时间读完这两箱书,到时候我是不是也很有学问了呢?"方俞边说边起身带着他们去她的卧室。那些线装书已被整齐地放在墙壁的简易书架上。方俞指着书架,说:"这是我爸爸给我做的简易书架,怎么样?还可以吧!"

向阳随手翻了几本后十分羡慕地说:"方俞姑娘真是好运气啊,一生能得到这么多的好书,足矣、足矣!"

堂屋里传来了郭汝芝的叫声:"俞儿,快请客人出来喝点儿开水。"

来到堂屋,见桌子上已经放了几碗醪糟鸡蛋。方俞快步出去端了一盆热水来,说:"刚刚翻了那些古书,也不知道有没有细菌,还是先洗洗手再吃吧。"

老蜡的确有一点饿了,一碗醪糟鸡蛋下肚,觉得胃暖暖的,舒服多了。就在他们吃醪糟鸡蛋的同时,方登科将一只估计有五六斤重的大红公鸡宰了,再将火塘上挂着的一个很大的壶拉至接近火面,壶嘴上顿时便冒出了阵阵白烟。看来水应该是快开了。方登科一手提壶,一手拿着一只大木盆出去了。郭汝芝拿了一个可能有八十厘米长,像炭一样黑的腊蹄髈,放在堂屋的火堆上烧。老蜡有些不解,但也不好问。郭汝芝反复地将腊蹄髈的每一个地方几乎都烧焦后,才拿到厨房里去。

老蜡想:"难道这样就熟了不成?"以后就是一阵刮的声音,紧接着又是一阵砍的声音。老蜡突然记起上次回家时,听爸爸说过煮老腊肉要先用火烧,然后再煮。这样煮出来的腊肉才好吃。

不一会儿,郭汝芝端了一大盆已经剁成小块的腊蹄髈进来,将挂在火塘一个木钩上的很黑的茶壶取下,再将一个还是黑黑的,用铁丝捆着的,还做了一个挂环的不知是什么材质的锅挂在木钩子上,然后将腊肉放进锅里,再加满水,用右手拿住横的木板,左手将挂在木钩上的锅往下一拉,锅底就快接近火焰了。

老蜡觉得很好奇,便呆呆地看着火塘上的那个木钩子,想:"刚才方伯父倒水时他没有多在意,这究竟是一个什么物件呢,能上能下,看起来还很科学的。"

向阳见老蜡看着火塘发呆,说道:"老蜡,要论这个,你就没有我在行了。你知道这叫什么吗?叫'勒阮',又叫'管家婆',上面挂着的锅叫作'鼎锅'。"

老蜡更觉好奇了,忙走近火塘边仔细看,并用手轻轻地去摇了一下,觉得还很稳当,这才说:"所以毛主席他老人家真太有水平了,他说'劳动人民创造了历史',看来还真是这样的。"

向阳说:"是啊,你看这么结实的一个东西,却没有一点钢铁的痕迹,只有绳子、竹筒、木板和木钩子就做成了。如果时间再往前推的话,可能锅也是石头做的,至少也应该是土陶的吧。发明这个东西的人不知道脑子有多聪明呢。"

老蜡若有所思，说："古人说'读万卷书不如行万里路'。今天我算是真正地体会到了。其实这个'勒阮'里包含了很深的力学原理。设计者很巧妙地将其所应该承受的力分解到了每一个受力点上，因此它的每一个部分都不会单独受力，这样也就大大地增加了它们所能承受的重量。当受到向下的重力时，木钩子、绳子和木板形成的三角形刚好把木钩子卡死，就不会往下滑。而需要上下调整的时候，只用手提起鼎锅，三角形所受的重力瞬间减轻，木钩子便可轻松地上下滑动了。"

呆呆地看着老蜡讲话的方俞突然很激动地说："言恭，我觉得你好聪明哦，这么小的一件事你都能说出这么深奥的道理来，今后我真要向你好好学习才行。"

一直都不停地翻看旧书的向阳听到方俞称赞老蜡，便来了兴趣，忙抬起头，用卷曲的右手食指的第二关节把眼镜往上推了一下，说："小方，你可能还不知道吧，现在老蜡可出名了，我们矿代表队这次参加绵阳地区的运动会，一共拿了四个冠军，有三个是他一个人拿的，还有一个团体冠军老蜡是队长，你说他厉害不厉害。"

方俞听后，一改先前的矜持，马上用双手捧着老蜡的脸摇着说道："言恭，你好厉害哟。"

被方俞这么突然一弄，老蜡显得有点不好意思，但又无法做出其他的什么反应来，当然就更不好推开她的手了，就在他放松的那一瞬间，他的头被摇得就像一个拨浪鼓一样。

此时，方俞也感觉到在向阳面前这样做还是有一点点失态，花了几个月才练出来的矜持，一下子都不知道跑到哪儿去了。她只好将手缩回来，尴尬地笑了几声。她的脸也早已绯红了。

"俞儿，注意一下鼎锅哦！"传来了郭汝芝的声音。方俞好像终于找到了一个能够摆脱这尴尬境地的机会，迅速地揭开鼎锅的盖子，看了一下便跑了出去。

方登科拿着烫好了的鸡来到火堆旁，准备烧去鸡身上的绒毛。

老蜡也趁机帮忙，但方登科哪里肯，只是说："小蜡，你不管，莫弄脏了你的手。"

老蜡对方俞一家人产生了更加浓厚的兴趣，他想："也有可能没有听到他们的安排吧，但不管怎样，一家人的配合竟如此默契。父亲杀鸡，母亲弄腊肉而方俞却陪着我们聊天同时还监管着鼎锅。这是一幅多么和谐的生活画面哦。"想到这儿，老蜡已进一步下定决心要和方俞好下去了。

郭汝芝要方俞去街上买一点东西顺带请客。老蜡想："彼此通信都这么长时间了,还没有在一起相处过,确实应该好好陪陪方俞,还是上一次和她分手的时候,她就说锅子坝已经有很多人都知道我们之间的事,也是时候去露露脸了。"于是要求和方俞同去,方俞简直求之不得。

向阳当然不会和他们一起去街上,他根本不像是来做客的,倒像是来阅读的一样。在老蜡和方俞刚准备走的时候,他就进到方俞的房间,抱出一大摞书在火堆旁翻看。更为可笑的是,向阳还拿了一个木板放在地上,然后脱掉鞋、袜,光脚踩在木板上,再把鞋侧放在火塘旁烤着。顿时,向阳的双脚和鞋袜都冒出了白烟。向阳见老蜡有些奇怪地看着他,有些不好意思地解释道:"哎!早知道,新鞋就不钉那么多的钉子。在雪地里一走,水顺着钉子浸进来,里面全湿了,脚都快冻僵了。这就是赶时髦带来的恶果啊。"

方俞听向阳这么一说,忙去里屋拿了一双父亲的新布鞋,让他将就穿一下,这才和老蜡一起出去。

刚出门,方俞便高兴地说:"谢谢你,言恭!"

老蜡有些不解地问:"谢我什么啊?"

方俞说:"谢谢你终于肯来看我了。今天我真是太高兴了。"

方俞先轻轻地拉了一下老蜡的手臂,进而挽住了他的左臂,见老蜡也很配合,索性将头也靠在老蜡的肩上。

可能是太久没有见面的缘故吧,这一对已经通了好几个月书信的年轻人虽然挽着手走着,却并没有什么话说。或许他们已经习惯了那种不用语言而是用文字来交流吧。这样不知不觉就走到了旅馆门口。方俞说:"言恭,我们进去打个招呼。"

老蜡说:"好,我还没有谢谢白姐呢。"

还没有进门,方俞就很调皮地向里面大声喊道:"白姐姐,我来啦。"

白素贞忙迎出来,笑着说道:"来、来我看看。哟!方俞妹妹今天果然比以往更漂亮了呢。"

老蜡本来就不善交际,所以遇到这种情况他唯有站在那里傻笑。

白素贞忙说:"蜡老师,你真有福气哦,我这么漂亮的妹妹都被你给'拐'走了,以后可要好好待她哦。"

老蜡笑着说:"我还没有谢谢白姐带我们去方俞家呢,谢谢你,白姐!"

白素贞大笑着说道:"谢什么哦,你都找到这儿来了,我不带你去,如果你走了,那我岂不是成千古罪人?方俞妹妹杀了我的可能都有呢。"

方俞说:"中午去我家吃饭吧,白姐姐。"

白素贞说:"还是算了,领导知道了不好。"

方俞说:"王主任也要去的,我爸爸就是让我来请你和王主任的。"

白素贞说:"那就更不去了,你知道我最不喜欢和当官的在一起了,当然王主任和你爸是好朋友又另当别论了。"

方俞说:"那好吧,以后再专门请你,我们走了啊",随即挽着老蜡向办公室走去。

锅子坝区供销社办公室设在旅馆隔壁一个木楼小院的二楼上,楼梯和楼板全是木头的,尽管老蜡有意放轻了脚步,但走起来的声音还是很大。供销社主任王明秋的办公室门开着,他正在一张旧报纸上练字。见他们进来,便放下笔笑着问道:"方俞,有什么事么?"

方俞说明了来意后王明秋并没有回答去还是不去,而是打量着老蜡,说:"方俞,这一位你还没有介绍呢。"

方俞笑着说:"哦,忘了,不好意思。这是我们王主任,这是我男朋友蜡言恭老师。"

王明秋忙从书桌旁走过来,热情地与老蜡握手,说:"幸会,幸会!听说蜡老师一手好书法,请指教指教。"

老蜡突然觉得有些奇怪,但来不及多想,便只好说:"哪里,哪里,只是爱好而已,爱好而已,怎么敢班门弄斧呢。"

王明秋拍了拍老蜡的肩膀,很热情地说道:"高手,真是高手啊。连邮政所的王老师都说方俞男朋友的字写得非常好,跟印出来的一样。他在锅子坝做了近三十年的邮递员还很少见到有写这么好字的。现在只听你说这几句话,就知道大概了。"

老蜡这才弄清楚为什么刚见面,王明秋就说他书法很好的缘故了。走近书桌一看,觉得他的字写得实在太一般,而且完全是'自由体',可能从来都没有临过帖吧。

王明秋见老蜡已经在看自己的字了,便再次请老蜡写。老蜡知道王明秋的确是一片诚意,也不好再推辞,便拿起笔。王明秋迅速将自己写的字拿开,然后将一张普通白纸铺在上面。老蜡定了定神然后写下了"止于至善"四个字,正楷,写完"善"字的最后一笔,王明秋几乎欢呼起来,叫道:"好,好啊!这是我亲眼看到写得最好的字了,甚至比我们于区长写的还要好很多呢。"

"谁在说我的坏话啊?"随着话音,进来了一个三十多岁的个子小小的男人,原来他是锅子坝区区长于永胜。虽然清瘦,却显得很精神,而且说话也中气实足,只是他的发音中翘舌音使用得要多一些。也许因为个子太小的缘故,穿着的军干服好像大了很多,看起来并不合身,但两只袖子却挽得很高,就像是随时准备干活一样。由于军干服的封领扣都是扣上的,所以也看不出里面究竟穿了些什么,但给人的感觉却并不像是冬天的装束,显得稍嫌单薄了一点。

王明秋很尴尬,脸一下子就红了,忙搓着手招呼道:"于区长来了啊,快请坐,快请坐。"

方俞说:"我正要去请你呢。"

于永胜还是一本正经地,连看都没有看方俞一眼,只说道:"请我干什么啊?"

方俞笑着说:"我爸请你今天中午去我们家喝酒呢。"

于永胜这才一改刚才那严肃的表情,笑着说道:"好,喝酒好啊,一定去,一定要去的。"走到书桌旁看了一下老蜡所写的字,又抬起头打量了老蜡一番,才淡淡地问道:"你写的?"

老蜡忙笑着说:"见笑了,于区长。"

于永胜看着看着,突然双手猛地一拍,把嗓音提得高高的,说:"写得好啊。"他的这一声把方俞吓得打了一个颤。

于永胜转过脸看着老蜡,问道:"你学的颜真卿,是不是?"

老蜡就像学生回答老师的提问一样老老实实地回答道:"是,是,我先学欧阳询,然后才学颜真卿的,行书学二王,草书学怀素的自叙帖。"

于永胜说:"颜字能够写到这个程度,真是不简单啊。自宋米南宫批颜字以后,世人就很少有学颜字的了,直到清代的钱沣开始学颜体后,又才逐渐被世人所推崇。而这几百年来人们多以欧体为范,他们认为欧体字更接近古法。你怎么会喜欢颜体呢?"

于永胜一口气说了这么多,老蜡顿时感到这个于区长的确不简单,于是说道:"一开始我也不大喜欢颜体,一次偶然的机会,我看到了颜真卿的《自书告身》以及《竹山连句》,才感觉到这才是楷书的上品。便开始从《多宝塔》入手,认真练习颜体。"

于永胜说:"来来来,再写一幅草书我看看。"

老蜡也没有再推辞,只想了想便提笔疾书:

满纸荒唐言,一把辛酸泪。都云作者痴,谁解其中味。

《红楼梦》句 癸亥冬

蜡言恭书

于永胜拍案叫绝，他正想说什么却被方俞打断了，她说："于区长、王主任，我们还要去买点东西，你们中午早一点过来，我们先走了。"

于永胜只好把想说的话又咽了下去，就连刚举起来想打手势的手也只好自然地放下，只是很遗憾地摇了摇头。

尽管老蜡觉得和他们在一起很开心，但既然方俞这么说了，也只好和这两位锅子坝职位最高的官员告别而去。一出门，方俞便急着说道："我们得快点赶回去。刚才我突然想起，于区长特别喜欢线装书，如果我们的那些书被他看见，那肯定就不是我们的了，他会千方百计地弄去的。好多人都说，于区长什么债都不欠，就爱欠书债，来锅子坝才几年，他就欠了一屁股两肋巴的书债。只要他发现哪里有好书，就一定要想办法弄到手，哪怕是借。而且只要是他借去的书，就怎么也收不回来了。听说这些年来他收藏了很多的线装书。"

老蜡一听，觉得虽然于永胜很和蔼，而且也看得出他学识比较渊博，但一想到方俞的那些书，认为问题的确很严重，便和方俞几乎是半跑着回家去了。

果然那个"书痴"向阳又搬了好多的书在堂屋里，他还把堂屋的一个小桌子搬到了火塘边，而且上面已经放满了书。原来他是想先浏览一遍每一本书的封面和扉页再仔细读。

方俞没作任何解释，便和老蜡一起将书全部抱回屋子里放进木箱，并将书架上的书也取下来放进木箱，然后在木箱上放了些其他的东西伪装好。这才出去给呆呆的还没有回过神来的、正在穿鞋的向阳作解释。向阳听后也觉得有些后怕，他和老蜡一样，都是爱书如命的人，他想："如果是因为自己的张扬，把那么多书抱到堂屋里而使方俞丢掉了书，那自己一定会抱憾终生的。方俞本来就很漂亮，甚至好像还胜过若兰，特别是她还有这么多的书，她在漂亮的基础上还比若兰多了一层富有。如果我是老蜡的话，单凭这么多的藏书就会毫不犹豫地与方俞结婚，有了方俞就等于拥有了这些书。"

老蜡觉得方俞真是太聪明了，在他们回家还不到一刻钟的样子，于永胜和王明秋还带着一个可能比老蜡要小一点的年轻人来了。年轻人还抱着一卷宣纸和毛笔、墨汁等，后来才知道原来他是区团委书记，叫左斌，也是一位书法爱好者。刚转到小路上，于永胜便大声喊道："方老主任，我们来喝酒了哦。"

方登科忙迎出去笑着说道："快请坐，快请坐哦。"

郭汝芝也出来打了个招呼，老蜡和方俞自然也出去迎接，他们对看了一眼，都会意地笑了。只有向阳还呆呆地站在火塘旁,喘着粗气,眼睛还不时地往方俞的卧室里瞟,显得很紧张,就像是怕于永胜进去搜查一样。

还没有坐定,于永胜便笑着大声说道:"方主任啊,我说你哪里来这么好的福气哦,儿子当军官,女儿又漂亮,而且女婿还那么有才。"

方登科说:"哪有什么福气哦,只是你们抬举我罢了。"他虽然这样说,但眼睛却笑得快眯成一条线了。

于永胜看着老蜡,说:"蜡老师,我专门回区公所拿了文房三宝来,今天一定要求你的墨宝哦。"

老蜡还真有一点受宠若惊,他想:"虽然练了好多年字,觉得写得也不错,却很少在外面展示过。今天是在锅子坝的区长和供销社主任面前,并且是要当着女朋友一家人的面展示自己,何乐而不为呢。只可惜没有带印章。"老蜡很懂规矩,先让于永胜和王明秋写,但他们却怎么也不肯写,并坚持要老蜡写。几番推辞后,老蜡才开始书写。

所有的观者中,最感意外的应该是方登科。他是在江油县农工部副主任的位置上退休的,"土改"就参加了工作,虽然文化水平并不高,但工作几十年,他也见识过很多字写得好的,但看到老蜡的字觉得很舒服,他认为这应该就是好字了。他想:"现在终于弄明白了,从小性格倔强的女儿,为什么一下子就变得那么温顺而好学,原来是有这么一位有才干的如意青年在激励着她,能有这样的女婿,又有何求。"方登科从思索中回到了现实,见老蜡已经写了好几幅。于是说:"小蜡,你给家里也写两幅吧,堂屋里挂两幅字好看。"

老蜡说:"方伯伯,家里不着急,我回去写好后裱了再拿来。"

方登科没有再说什么,只连声说:"好,好!"随后便让方俞收拾桌子准备吃饭。

酒宴当然是在热烈的气氛中进行。所有的人都很开心,当然也包括向阳,他把近几个月来若兰对自己的冷淡所引来的不快全部都抛开了,完全融入聚会的热闹气氛中。酒席间,自然是于永胜唱主角,他劝酒很有办法,各种各样的喝法,令你好像怎么都没法拒绝。老蜡总是保护着向阳,这让向阳感受到了一种久违的温暖,而方俞也顺着老蜡的意思对向阳照顾有加,方登科和郭汝芝则更是把向阳看成是老蜡的亲人,或者是他最信赖的长者来敬重。因为按锅子坝的规矩,新女婿第一次探访一定要有父母或者很尊重的长者陪同。老蜡无意中的这一安排,恰好应了这个规矩,虽然老蜡和向阳都并不知道还有这样的规矩。当然,于永胜和王明秋以及左斌都是知道的,于是向阳便成了今天酒席上最为尊贵的客人。向阳本来酒量就不大,而且是近期才在老蜡的鼓励下开始学着喝酒的,以他现在的酒量,自然与这男方代表的身份不符,加之由于以前不喝酒,就更不懂得怎样去应酬。但向阳的确很高兴,所以他也没有太多去考虑自己的酒量。虽然有老蜡和方俞的鼎力保护,但向阳还是在酒席没有进行到一半的时候就败下阵来,酩酊大醉,被老蜡和左斌搀扶到床上睡了。到最后,于永胜、王明秋包括老蜡也都已经带了几分的醉意。老蜡看了看手表,见班车的时间快要到了,但向阳却还呼呼大睡着。怎么办,此时老蜡还真的有一点后悔,早知道就不带向阳来了,但他哪里知道向阳今天给这次拜会,扮演了一个什么样的重要角色呢。

　　于永胜见老蜡有些着急,便说道:"蜡老师,你是方老主任的客人,也就是我们锅子坝区的客人嘛,而且还是我们锅子坝区的骄傲,所以你不用着急,不管你什么时候走,要是没有车,我安排专车送你们。"

　　没有其他的办法,老蜡只得等待,等向阳醒来以后再作打算。

　　于永胜是一个很有个性的人,虽然严冬的锅子坝比江油县城要冷很多,但他却从不烤火,而且听说他还坚持每天早上用冷水擦澡,就是再冷,他也一样穿得很单薄。从席间的谈话中老蜡就知道这个于区长很有来头,二十二岁就当了公社党委书记,是整个绵阳地区乃至于全省当时最年轻的公社党委书记。二十八岁任区长仍然保持着这个纪录。他性格开朗,有魄力还很幽默,而且读了很多的书,能赋诗填词,书法也颇具功底,是所有的,特别是单位青年学习的榜样。刚才的那个决定,在方登科看来,于永胜是相当看重自己这个未来女婿的。方登科知道,于永胜虽然很有本事,也许正是因为他太有本事,才使得他平常都显得很高傲。被他看不起的人,就是局长来锅子坝,他也不会陪吃饭的,而且完全是一副公事公办的样子。听说有一次县委副书记来锅子坝,于永胜正在写一幅字,而且是楷书,这位领导竟在他办公室外等了足足十分钟他才出来,而且连一句道歉的话都没有。还好,这位副书记是刚转业的部队干部,很爱才,加之于永胜又是当时地委书记重点培养的对象,所以才没有怪罪他。

　　酒宴终于结束后,于永胜在确定方登科家没有象棋后便告辞了,临别前还特地告诉老蜡,什么时候要走就去区上找左斌。

　　客人走了,方登科照例去睡午觉,而郭汝芝也上山给羊子喂玉米去了。堂屋里只剩老蜡和方俞两个人。就像是演员结束了演出一样,方俞觉得终于松了一口气,坐在火塘前,她顺势将头轻轻地靠在老蜡的腿上,而老蜡随即也将手轻轻地有些机械地放在方俞的肩上,正犹豫是否进行下一个动作,方俞说:"言恭,我好累,想眯一会儿。"

老蜡让自己的手只停留在方俞的肩上,说:"你眯吧。"看着贴在自己腿上的方俞那白里透红的嫩嫩的脸,老蜡禁不住试探性地将手触及了方俞的脸,见她并没有一点拒绝的迹象,便又轻轻抚摸方俞脸上的那块小疤痕,像是要用自己的手将它抚平一样。

方俞并没有睁眼,只把她那长长的睫毛煽动了几下,好像很享受一样,将脸贴得更紧了些。或许方俞可能真的累了,老蜡仿佛觉得她已经睡着了。可能老蜡以为这堂屋依然公共场所的缘故吧,尽管几次都强烈地想亲亲方俞,但最终还是没有付诸行动,只是轻轻地抚着方俞的脸看着她睡觉。

火苗正慢慢地吞噬着火塘里那交叉放着的几根有碗口大小的树干,被吞噬的部分则在一阵火红之后,变成了白色的灰烬,然后再被后面的灰烬挤落在了火堆里,虽然一样有红红的火苗所映衬,却始终是灰白色的了。老蜡突然想道:"自己就好像那火塘里的树干,而时间就是火苗,自己的生命也正在被时间无情地吞噬着,而且不管怎样,就像那火塘里的火苗吞噬树干一样,怎么都不会停下来。自己的生命被耗尽后,也如这被火苗吞噬的树干一样,化成了灰白色的灰烬。"想到这里,老蜡突然间觉得好伤感,因伤感反而觉得很对不起方俞,他想:"这么好的一个女孩子,我怎么就没有去珍惜她,去珍惜她那美好的青春年华呢?我和方俞都已经到了法定的结婚年龄,如果如方俞所约,暑假后就开始恋爱,那现在可能早就结婚了。不行,一定要把这浪费掉的时光给追回来。这么美好的如金子般的时光,完全因为我的胡思乱想而白白浪费掉了。"再看看方俞那甜甜的睡样,老蜡想:"此刻的她一定觉得很安全。从今往后,我要让方俞天天都这样甜甜地睡觉。等方俞醒来后,马上就和她商议结婚的事。"

方俞好像知道了老蜡想要干什么一样,就在老蜡决定要和她商议婚事的同时,她竟醒来了。抬起头,动了几下她那长长的睫毛,再用手轻轻地揉了一下眼睛,说:"对不起哦言恭,我怎么就睡着了呢,把你一个人晾在这儿,我去给你倒一点水吧。"

方俞准备起身,老蜡轻轻地按了一下,示意她不要去,说:"方俞,我有话想跟你说。"

方俞突然显得很精神了一样,忙说道:"好,好。"

有过上一次的经历,方俞对老蜡的这种一本正经的说话有点本能的害怕,她想:"该不会是又要和自己说什么告别的话吧。上次来旅馆也是刚开始还好好的,我去洗漱了回来他却提出了分手。"想到这儿,方俞一下子就紧张起来,忙说道:"等一会儿，我去喝一点水。"

方俞是怕老蜡又要和自己分手，她想："如果是，那也要让这种和谐的气氛再持续得长一些，哪怕是几分钟。"尽管这几个月他们坚持通信，但方俞却连一点信心都没有，而且好像已经习惯了这种以书信的方式交流，她很怕老蜡再离开她，因为害怕，她反而不敢在感情的问题上再往前迈开一步了，哪怕是一小步。

老蜡却并不知道方俞所想，还想继续说下去，哪知外面却传来了郭汝芝的说话声。老蜡知道，这是一个聪明的母亲，她是怕突然回来，万一撞到了女儿与未来女婿的亲热场面。

方登科也起来了。但此时的方俞已经不似先前那样兴高采烈，而是显得心事重重。老蜡还以为刚才的什么举动吓着了方俞，便把想说的话又咽了下去。突然觉得今天毕竟是第一次来方俞家，如果现在就去谈婚论嫁可能是有一点太过唐突，还是另找时间说算了。

向阳也醒了，郭汝芝给他冲了一碗蜂蜜水。向阳喝了后觉得好多了，只是头还有些晕乎乎的，眼睛也红红的，但要回铅锌矿去应该没有什么问题。向阳看看表，说："糟了，怎么睡到这个时候了？老蜡，我们回去吧，明天我第一节就有课。"

老蜡也想到了明天的课，便决定步行回矿上。方俞觉得他们步行回去实在太辛苦，也太晚了，而且于永胜也说过要派车送的，建议还是去找他，但老蜡却认为去麻烦于永胜很不好，或许他就只是礼节性地那么一说，因此还是坚持步行回去。见老蜡如此坚持，方俞也只有顺着老蜡的意思，不去麻烦于永胜。考虑到上班，方俞的父母也没有多挽留，只是给老蜡和向阳每人都准备了一大包东西。老蜡再三推辞，说："就不要给这么多东西了，今天走路，不好带，况且再过几天就放寒假了，放了假我又要过来的。"

向阳当然也一再推辞，但郭汝芝哪里肯从，执意要他们带上并说这是礼数，一定不能少的。没办法，二人只好各自带着一大包东西告别方家二老而去。

方俞自然相送，路上又兴高采烈跳跳蹦蹦的。让方俞从之前的担忧中解脱出来的，自然是老蜡说寒假还要过来这句话，因此她断定刚才老蜡想说的话绝不是分手之类的，虽然有一种想知道的冲动，但考虑到向阳在场，他们又要急着赶路，便决定不问了。高兴之余，她挽着老蜡的手臂，说："言恭，我好想跟你们一起去走路哦。"

老蜡笑着说："走路有什么好耍的，很累的，而且公路上灰尘很大，有车开过后甚至连人都看不到。"

方俞说："那有什么嘛！总之和你们在一起，做什么都有趣。我觉得今天的时间过得好快哦,就像小时候的正月初一傍晚一样的感觉。"

向阳笑着说:"小方,你说错了,不是和我们在一起,而是和老蜡在一起觉得过得很快,对不?"

老蜡拉着方俞的手,说"等以后赶车的时候再叫你去吧。今天这么晚了,去了也不好安排住宿。"

方俞嘟着嘴,说:"好嘛,那我送你们到公路口。"

正说着,便碰到了于永胜,他好奇地问道:"呃,你们要走啊?"

老蜡忙笑着说道:"就是,明天我们两个人都有课,所有今天晚上必须赶回去。"

于永胜说:"那你们还不去找左斌,连方向都走反了,难道想走路回去?"

方俞笑着说:"他们就是怕麻烦你呢,准备走路回去呢。"

于永胜拉了老蜡一把,说:"蜡老师,这就是你的不对了,我堂堂一区之长,怎么可以食言呢,况且路那么远,就是走到天黑也走不拢啊。走,走,走,闲话少说,我去安排车。"

老蜡稍加犹豫,说:"那就恭敬不如从命了。只是觉得实在太麻烦你。"老蜡当然知道走路回去有多难,嘴上虽然谢绝,但还是随于区长往农机站去了。

原来于永胜早就安排好了,刚到农机站门口,便迎出两个人来,其中一个忙跟于永胜握手并介绍说:"于区长,这是牛师傅,是我们站技术最好的司机,虽然他今天休息,但接到通知后马上就赶回来了,还是跑步回来的。"

于永胜上去和牛师傅握了握手,说:"谢谢你了,牛师傅。你看还耽误了你的休息。"

牛师傅忙给于永胜敬了一个很标准的军礼,说:"没有,没有,领导的需要就是命令。"

于永胜问:"你当过兵?"

牛师傅做了一个立正的姿势,说:"报告首长,是的,我在部队是坦克兵。"

于永胜打趣地说:"开坦克的来开拖拉机,那岂不是大材小用了。"

牛师傅还是像军人那样字正腔圆地说道:"没有,不管开坦克还是开拖拉机,都一样是革命工作。"

看到这情景,老蜡感觉就像在演戏,本想笑,但又止住了。这个牛师傅可能在部队待的时间太久,已经习惯了这样和领导说话,也有可能是故意在于永胜面前显露自己。不过,看起来于永胜倒好像很喜欢这样,于是也以一种命令的口气说道:"那你们就出发吧,一定要保证将蜡老师他们安全地送到目的地。"

牛师傅又是"啪"一个标准的军礼,说:"保证完成任务。"

原来给老蜡他们安排的是一架"丰收35"拖拉机。牛师傅说这是整个站里最好的一台,一般情况是绝对不会派出去的。可能之前已经特意将货箱卸掉了。方俞又有了想与老蜡同去的念头,但见没有多的座位,才没有提出来。老蜡和向阳一人坐一个护泥板。虽然路上颠簸得很厉害,但牛师傅却开得很快,不到一小时,便到了矿上。停车后,牛师傅还帮着他们将东西拿下来,然后才离去。

正好是开饭的时间,几个同事见专车送他们回来,很是羡慕,并责怪老蜡为什么不叫他们一起去。而老蜡,特别是向阳都好像显得很自豪一样,并没有多停留便各自回寝室去。回到寝室打开包一看,里面东西可丰富了,有一块煮熟的腊肉,两个熟的鸡大腿以及豆腐干、核桃等。老蜡将这些东西收拾停当后才慢条斯理地去食堂打饭。

第十一章

寒假到了，老蜡像上次一样坐早班车来到锅子坝，准备先在方俞家耍两天，再回老家去过年。当然照例给方俞的父母买了礼物，但给方俞的礼物则是精心准备的，一枚自己刻的图章。

方俞很高兴，便提早下班。刚走出旅馆，老蜡就急着说："方俞，那天在你家烤火的时候我本想告诉你，恰好你有事走开了，没说成，所以今天我一定要告诉你。"

方俞不由自主地站住了，并转过身看着老蜡，但心里还是有一点紧张。她想："既然他这样急着要说，那一定是很重要的事，不管我是否愿意，也只好让他说下去，至于是好事还是坏事，只得听了后再做打算，况且现在根本就没有办法去岔开话题了。"于是便有些紧张地说道："言恭，有什么事你就说吧，我听着呢。"

老蜡并没有马上就说话，而是憋了好一会儿，然后把视线从方俞的身上移开，望着天空，说："方俞，我喜欢你，想跟你结婚！"

方俞喜出望外，根本没有想到老蜡想说的竟是这事，便一下子抱住了老蜡，激动地说："言恭，我好后悔，早知道那天你是说这事，我就不岔开话题并借故走掉啦！"

老蜡问："你那天是有意岔开话题的？"

方俞说："怎么不是呢。我当时好紧张，还以为你又要和我分手呢？"此时的方俞感觉好像整个人都变得轻飘起来了，她几乎是跳蹦着和老蜡说话。

高兴之余，方俞的鼻子一酸，竟有些想哭出来，于是转过身仰望着天空，想："这几个月我实在是太难了，自第一次见到他，就觉得这一生非他不嫁，就出乎意料地向他示好，到分别的时候，还明确地吐露了真情。但不知道为什么，苦苦盼望了整整一个暑假后，等来的却是他提出不再交往。但值得庆幸的是我当时并没有依他所说就不往来了，而是通过书信继续交往，尽管好多次我都想去看看他，但最终还是按照老蜡的安排克制住了，坚持没有去铅锌矿，就连有一次我在铅锌矿旁边的一个亲戚家吃酒，而且还在那儿住了一夜，但也只是远远地看着矿区，希望能看他一眼。现在想来，就连我自己都说不清楚，这几个月我究竟是怎样坚持下来的。只记得当时我只有一个念头，就是老蜡怎么说，我就怎么做，绝不越雷池半步。现在终于守得云开见日出了，我应该马上将这个喜讯告诉父母才是！"于是便加快了脚步。

老蜡见方俞加快步伐，一把拉住方俞，说道："方俞，你不要着急，我还有东西送给你。"说着从背包里拿出一个很精致的小盒子来，递给方俞。

方俞打开一看，原来是一枚椭圆形的图章，看了一下，并不认识上面所刻的字，便说道："言恭，谢谢你，我好喜欢哦，就是不认得上面的篆字，你给我说说，是刻的什么呢？"

老蜡诡秘地笑了笑，才一字一句地说道："蜡——方——俞。"

方俞听了后很开心地笑了起来，随即又轻轻地打了老蜡一下，说："言恭你好坏，上次人家不是说过不干吗，你还真把人家的姓都给改了。"

老蜡很得意地说："你已经同意嫁给我了，我不用我的'蜡'字把你'方俞'给套住，你跑了怎么办，现在这样子你就是再怎么跑，也是我蜡言恭的人了。"

方俞佯装责怪似的说道："才刚刚开始，什么跑不跑的。蜡方俞就蜡方俞嘛，从第一次看到你，人家就把自己当成你的人了。整个人都是你的了，你爱怎么取名就怎么取名吧！"说着挽着老蜡轻快地往家里走去。

刚到院坝，方俞的父母可能是听到了脚步声，都从屋里出来了。方俞一下子抱住郭汝芝，大声说道："妈妈，我要结婚了！"

方登科笑着说："一点规矩都没有，只顾自己高兴，还不把小蜡的包接到。"

方俞哈哈地笑了两声便去接行李，老蜡并没有交给她，而是自己提到了堂屋里，然后拿出和上次一样的包装好的礼物交给方登科，说："这是我孝敬您二老的。"

老夫妻俩早已笑得合不上嘴了，方登科连说："小蜡，你太客气了，太客气了，一家人了还这么客气干什么。"

这之后，方俞就像是老蜡身上的一个什么物件一样跟上跟下，寸步不离。

郭汝芝向站在一旁笑的方登科努了努嘴，笑着说："老方，快杀鸡。"

老蜡忙说："方伯父、方伯母，今天就不要杀鸡了，有什么就吃什么，一家人就随便一点儿。"

方登科笑着说："今天都不杀鸡，那要什么时候呢？"

老蜡想去帮忙，但他们怎么也不肯。方俞也说："你就不要去添乱了，他们都是做习惯了的，连我都插不上手。我们还是去房间里看书吧，我有好多字都不认识，不过都做了记号，正好给我说说。"

老蜡只得随方俞进到了她的闺房。刚进门，方俞竟忍不住一下子就抱住了老蜡，问道："言恭，我真的太高兴了。以后我可不可以去你单位呢？"

由于在方俞家里的缘故，老蜡根本放不开，有些怕和方俞亲热。只机械地抱着方俞，拍了拍她的肩膀后便轻轻推开了她，说："你就快是我老婆了，你说可不可以去呢？"

方俞见老蜡推开了自己，也觉得可能此时并不适合亲热，便在床沿上坐下，说："你单位有房子么？"

老蜡说："有，就是小了一点，而且只有一间，还没有你的这间卧室大呢。"

方俞说："那明天我们就去你单位看看吧。"

老蜡稍作犹豫，说："已经放假了，跑去干什么呢。"

方俞点点头，说："哦，都放假了啊，我还不知道。那你是怎么安排的呢？"

老蜡说："我准备先陪你两天，就回老家去看我爸爸，他年纪大了，我想多陪陪他，等过完春节再回来。"

方俞脱口而出："那我陪你一起回去吧，我也想去看看老人家。"

老蜡喜出望外，忙说："好啊，就是不知道你爸、妈同意么。"

方俞很有把握地说："怎么会不同意呢，都快结婚了，与你一起回家过年是很正常的事嘛。"

老蜡思考了片刻，才说："还是先和你爸妈商量一下再说吧。"

见老蜡这样说，方俞突然把眼睛睁得大大的，有些疑惑地问道："呃，言恭，是不是你不想让我到你家里去哦？"

老蜡忙说："怎么会呢，简直求之不得呢。"

其实老蜡第一次来方俞家之前，就把能够带方俞回家去过年，当成是一种奢望。近几天时不时都会想到这件事，就是不知道该怎么去开口，没想到方俞竟自己提出来，他当然开心得不得了。几经商量，方俞还是坚持要老蜡去给她父母讲。老蜡尽管觉得有一点难为情，最终还是应承下来。

开始吃饭了。如同上次一样丰盛，香肠、腊肉、天麻炖鸡等，当然也一样有酒。老蜡有一点儿抱歉地说："伯父，伯母，简直给你们添麻烦了。每一次来了都杀鸡，照这样个吃法，怕是长都长不赢呢。"

郭汝芝笑着说："多着呢，你方伯伯退休回来后，最大的爱好就是养鸡，养了好多呢，只要你们想吃，什么时候回来都可以，大的吃完了，小的又长大了嘛。"

老蜡突然想到，父亲现在所过的是一种什么样的生活哦。同样是退休干部，而且级别也差不多，但生活质量却相去甚远。上次为了杀家里唯一的一只母鸡，父亲和继母几乎吵起来，当时父亲还说他半年都没有吃过鸡，甚至连鸡汤是什么味道都快忘记了。为什么会出现这种情况呢？记得妈妈在世的时候，爸爸是当地人公认的最享福的人。他在县城工作，每当他回到家里，妈妈总是先弄好下酒菜让他喝酒，然后才去弄一家人的饭菜。爸爸则要么睡觉，要么就拿起长烟杆在大路上东走西走地抽烟。究竟是什么原因让爸爸落魄到了现在的困境呢？唯一的解释就是因继母造成的，而继母造成这个局面可能有两个原因，一是的确不会计划着过日子；二是把钱全部用到她子女那边去了。在遇到两个不同女人时，爸爸生活差异竟是如此之大。不知道方俞是属于哪一种呢，她会持家么？

方俞见老蜡有点儿走神，还以为他是在纠结给父母讲想带她回老家过年的事，便夹了一块鸡肉给他以提醒。而老蜡好像并没有从沉思中走出，只淡淡地说了声"谢谢"后就再也没有说什么。方登科、郭汝芝当然就更不知道老蜡为什么突然就不言语了，也不知道该如何去打破这个僵局，只是你看看我，我看看你。这种沉静持续大约有两分钟的样子，还是见过大世面的方登科打破了僵局，他举起酒杯，说："小蜡，今天是腊月二十三，也算小过年了，来，我敬你一杯。"

老蜡终于回过了神，忙站起来，端起酒杯与方登科碰了一下，什么也没说便一饮而尽，随即从方登科手中抢过酒瓶，说："哪里有长辈给晚辈倒酒的，这酒应该我来倒的。"

僵局虽然打破，但似乎没有什么共同的话题，都一样的不大说话。又喝了几杯后，老蜡才调整了一下坐姿，干咳了两声后说道："方伯伯，方伯母，我想给你二老说个事。"

方登科忙说："小蜡你说，有什么事尽管说嘛。"

老蜡挺了挺胸，才一本正经地说："方伯伯、方伯母，我和方俞交往也有一段时间了，虽然我来家才两次，但我们都很喜欢对方，所以我和方俞商量了一下，准备结婚，看你二老有什么意见么？"

郭汝芝早已经笑得合不上嘴，但她还是很快就调整到了正常状态，笑着又显得有几分严肃地说道："只要你们两个好，我们做父母的没有什么意见。"

方登科忙接过话题，说："就是不知道你父母有什么意见呢？你还是应该先征求一下亲家、亲家母的意见。"

老蜡说:"我妈妈在我很小的时候就去世了,现在我爸爸和继母在农村老家生活。他也是从我们那儿县上退休的。另外还有两个哥哥,都在当地工作并已成家,我的事基本上都是自己做主,我决定了也就没有什么问题了。"

方登科严肃地说:"小蜡,话不能这样讲嘛,就是出于礼节,也该先和你爸爸商量一下的。我们也欢迎你爸爸和继母及哥哥嫂嫂都来我们这耍一耍。"

老蜡也觉得刚才的说法实在太过独断,而且还显得没有教养似的,忙说:"方伯伯说的是。我明天就回去和他们商量,等过完春节就叫我爸来拜访二老。你们看好不好?"

方登科说:"也不用那么急嘛,总之,你自己安排时间就行了,我们方家的大门随时都是为你们敞开的。"

稍作犹豫后老蜡试探性地说道:"我还有一件事要请求二老。"

方登科说:"小蜡你太客气了,有什么事你就说吧,还什么请求不请求的。"

老蜡憋了好一会儿,脸都有些涨红了,说:"我想,我想带方俞一起回老家过年,见见我爸爸和家人。"老蜡鼓了很大的勇气才说出些话来。一直都非常紧张而且捏紧拳头为老蜡鼓气的方俞也终于松了一口气。

方登科稍作考虑后才说道:"现在都新时代了,只要俞儿愿意,我们都没有什么意见。"说着又把视线转向了方俞,说:"只是俞儿,你去了小蜡家里一定要讲礼数,你和小蜡结婚以后,那也就是你的家了,所以你千万不要把自己当客人。"方登科这样说着并用手轻轻地拍了拍郭汝芝的肩,表示也代表了她的意思,而郭汝芝也会心地微笑着点了点头。

这一幕让老蜡倍感亲切,而且也看到了这一对老夫妻的默契。他想:"如果我母亲还在的话,和父亲也应该有这样的默契吧!"

虽然已经第二次来方俞家了,但在方俞家过夜却还是第一次。洗漱完毕,郭汝芝让老蜡住方俞的房间,而方俞则跟她一起睡。这样的安排让老蜡感到很舒适,同时也体现了方俞家严格的家风,也可能是她有很多体己话要和女儿讲吧。

老蜡感觉比起自己的床,那实在要舒服太多,被子上还有一股淡淡的闻起来很舒服的香味。老蜡想:"这应该是残留的方俞的体香吧。唐玄宗的词《好时光》里有'莲脸嫩,体红香'的句子,里面的体红香大概就是指的这种香味吧。由此看来,在女人这个问题上,我可能还根本就没有入门。希望能够早一点抱着她呀。"尽管有许多的遐想,但这个晚上老蜡还是早早就入睡了,而且睡得特别香。

早上,正准备起床,方俞便端来了一碗醪糟鸡蛋,让他在床上先吃完了再下床,还说这是规矩，但她说的时候却带着笑。虽然老蜡不太相信会有这样的规矩，但他还是将一碗醪糟鸡蛋吃得干干净净。起床后，方俞已经打好了漱口水和洗脸水，洗漱后又是一桌子的饭菜，刚刚才吃过醪糟鸡蛋，所以他只象征性地吃了一点便离桌了。早餐没有见到方登科。

方俞去单位请假，但没有要老蜡一起去。只老蜡和郭汝芝在家，这让他觉得多少还是有些别扭。在阶沿上东瞧瞧，西看看，还是觉得无聊，想去帮郭汝芝做点儿什么，却无从下手，便只好拿了几本书在堂屋的火塘边看。

首先翻开一本《饮冰室自由书》，出版时间是民国二年，刻板印，线装，纸张已发黄了，扉页上用小楷书写的购书日期为壬子桂月。翻到第三页，见里面夹着一张有半页书纸那么大的对折的也已经发黄的字条。老蜡小心翼翼地打开，见上面写着：

　　你也莫爱我，我也不爱你。我俩旧日情，付与他人可。

妙庵　笔

字条没有落日期，很显然，这应该是书主人或者是书主人的朋友写的，也极有可能是一封绝交的信。从那娟秀的小楷可以看出，应该是出自女人的手笔。从时间上推算，写信和收信的人现在应该都不在人世了，如果还健在，最起码也超过百岁了，或许是方俞的祖先也不是没有可能的。

老蜡马上就对研究一下他们产生了浓厚的兴趣。又仔细看了看：封面在竖写的书名下面盖有一枚印章，印文是"褚万兴印"，阴文。下面还盖有一枚长方但不规则的"万兴藏书"的印，阳文。两枚印章的宽窄基本一致。他想："如果'妙庵'是'褚万兴'的字或者号。那么褚公不可能自己写给自己一张这样的字条吧，因此'妙庵'极有可能是个女的，借还褚公书的时候，把字条放在了这本书里面。如果真是这样的话，有可能褚万兴根本就不知道妙庵写过这张字条给自己。如果知道，褚万兴应该不可能把它随随便便地夹在一本书里面。就像我一样，虽然一个人住一间房子，却还是要将若兰的书信藏起来。褚公至少不会是一个人住吧，应该有家人或者佣人。如果褚公没有看见这张字条，那很可能会抱憾终身，也有可能会因妙庵的绝交而自杀，妙庵也有可能因为没有得到褚公的回信而悲痛欲绝吧。从诗句可以看出，褚公和妙庵两人应该曾经是情人，不管是公开或者暗中往来的，不然妙庵怎么会写'我俩旧日情，付与他人可'呢？"

老蜡不敢再想下去，他突然又想到了若兰，"若兰给我写了那么多的信，我竟只看过第一封，还好若兰还没有因此而去寻短见之类的。妙庵写的字条有可能褚万兴根本就没有看见过，没有回信也在情理之中，只是令人感到有些惋惜罢了。而若兰写给我的信，我是知道的，而且每次连看都没看就把它放在抽屉里锁起来，这样看来我的确有一点儿太绝情了，是不是应该给若兰回一封信以明确地拒绝她呢？"

老蜡突然有些怀疑自己在感情这个问题上是不是有一点儿太没有定准。他想："就在前不久开运动会的时候，当看到若兰的一瞬间，我几乎连方俞是谁都不知道了，甚至根本就不曾想到过这个世界上还有方俞这样一个人。居然拥抱了若兰，并承诺以后一定会给她回信，甚至还约定去江油看她的大致时间。现在距和若兰见面还不到半个月的时间，我竟又和方俞谈婚论嫁了。蜡言恭啊蜡言恭，你究竟是一个什么样的人呢？但现在，我仍然不敢肯定，如果再见到若兰，我会不会像上次一样？由此看来，我对异性的情感应该还没有定型，也可能在我的潜意识里还没有确定好未来妻子的人选吧。还是这样的心理状况就匆忙地跟方俞结婚，是不是太草率了些呢？但如果不跟方俞结婚，那就又回到以前的样子了，难道这世上的每一个人，在结婚之前都有非常纯净的情感，而且情感都是定型了的么？难道一辈子感情不定型就一辈子不结婚了么？对了，方俞虽然和我认识的时间也并不长，但她的等待已经很辛苦了，如果我再一次推辞的话，那就难保她会不会像'妙庵'一样不辞而别？哎！不能再想下去，也不敢再想下去了。如果再这样想下去，我会不会也像'妙庵'一样，写一张字条放在方俞的家里就不辞而别了呢？算了，这都是因为看了这一本书而引起的一系列遐想。不看了，免得弄得自己不开心。我还是该跟方俞一起出去的好，否则也不会去想这么多莫名其妙的事情，现在还真有些后悔了。方俞一家人实在太善良了，如果我再有一些其他的什么想法，那就太对不起他们。"想到这里，老蜡站了起来，将那本书狠狠地摔在桌子上后走出了屋子。

郭汝芝正在择菜，老蜡忙上去帮忙，但她哪里肯呢。老蜡又不想进屋去，只好在院坝站着，过了好一会儿，还是觉得无聊，便决定出去走走。

老蜡从小路出去后，并没有往街道的方向走，而是拐向了右边，这正好与去街道的方向相反。从雪地上凌乱的脚印来看，在路的那一头应该还有不少人家居住，便决定一直往前走，去看看那些住户的情况。没走几步，路两旁的菜地已经没有了，取而代之的是森林，瞬间就像走进了一个狭窄的巷道一样，路两边的树枝上都被一层厚厚的积雪所覆盖，有的树枝都已经被压断了。除了被压断的那些树枝因为断掉时的瞬间弹力将覆盖在上面的积雪弹掉，显出了树叶的绿，以及树干折痕处的颜色外，到处都还是白茫茫的一片，给人一种极度萧条的感觉。老蜡打了一个寒战，心情也随之变得沉重起来。他本能地停了下来，稍作犹豫后便又往前走，走着走着，突然觉得这条路就好像曾经走过一样，大有一种似曾相识的感觉。在老蜡的记忆里，来这里工作一年多的时间里，只和若兰走过一次山路，但当时的路上并没有积雪，也可以断定不是这条路。他终于明白过来，原来这山区的路径都大同小异，这可能是因为山的地形也大同小异的缘故吧。不禁又想起和若兰一起去晴晴家的情形来……

老蜡再一次从沉思中回过神来，他想："今天是怎么回事呢，不管在什么地方、想什么，若兰都会时不时地从记忆中跳出来，难道我喜欢若兰还胜过喜欢方俞？哎，算了，还是回去吧，如果再不见到方俞，我的心可能还真会被若兰捕去。"于是马上转身往回走，经过方俞家门前时，看了一下情形，断定方俞还没有回家，便继续往街上走。走了没有多远，便遇见了方登科，还没有来得及开口，方登科便热情地招呼道："小蜡，去接方俞啊？"

老蜡只得笑着"嗯"了一声。见方登科拿了很多东西，忙接过来，方登科并没有推却，便一起往家里走去。

方登科问道："小蜡，你父亲退休前在哪个单位？"

老蜡说："在我们县的财贸部当主任。"

听老蜡这么一说，方登科颇感意外，说："哦！那他退休之前比我的级别还高呢。他现在身体还刚强么？"

稍作停顿后老蜡才回答道："身体还可以。"

可能是老蜡的这个停顿和说身体'还'可以的'还'字引起了方登科的注意，他停下脚步问道："还有其他的什么问题么？"

老蜡又一次见识了方登科的敏锐，同时也为自己的失口感到有那么一丝丝的后悔，但又一想："既然就快是一家人了，难免以后方伯父与爸爸两人见面时，会谈到一些比较敏感的话题，与其到时候爸爸尴尬，还不如现在就把一切都告诉他，以他的智慧，与爸爸在一起的时候是绝不会去触及他的痛处的。"于是说："我妈妈去世后，爸爸给我们找了个继母，她对我爸爸不太好，弄得他很不开心。"

方登科一直都看着老蜡，听他这么一说，才释怀了，于是说："这倒没什么。你和俞儿结婚以后，把你爸接上来住就行了，我也多了一个老伙伴嘛。还有，你们做子女的也不要太多地去管他们的事，相信你爸爸自己会处理好的。等冬天过去后，我一定要抽时间去看看他。"他顿了顿，接着说："小蜡，你是一个很诚实的人，难能可贵啊！你今天把这些事告诉我是对的，回头我会告诉俞儿怎么去处理好与你父母及兄长的关系。俞儿这孩子很乖，从小都很聪明，心地也很善良，就是有时候脾气稍稍有一点儿怪，以后你要多担待点儿。"

老蜡听了方登科的这一番话，更觉得自己选择了方俞是正确的，不仅娶到了一个温柔漂亮的妻子，而且还有了这么慈祥的岳父母。

"哈哈，你们两人走得好亲热哦，老远看见，还以为是儿子回来了呢。"老蜡和方登科刚进到院坝，从厨房里出来的郭汝芝便笑着说道。

方登科也笑着说："我看你是想儿子想疯了吧。"

郭汝芝还是笑着说："我想儿子有什么不对呢。现在小蜡来了，我也一样的高兴，小蜡也是我们的儿子嘛，常言不是说'一个女婿半个儿么'。"

见两老儿有打情骂俏之嫌，老蜡当然不好去掺言，便将东西直接拿进了堂屋。见那本刚才被自己重重摔过的书几乎要掉下桌子了，便拿起来，抖了抖上面的灰尘，准备在火塘旁坐下继续阅读。突然想起："刚才方伯伯以为我是去接方俞的，我也没有否认。"便只好又放下书出去，说："伯父、伯母，我去外面转转。"

可能是刚才和方登科那番谈话的缘故吧，此时，老蜡竟有了那么一丝丝的眷恋，还真想快点见到方俞。老两口自然也非常乐意，方登科笑着说道："你去吧，早一点儿回来。"

快临近街上才接到方俞。她也像方登科一样拿着大包小包的，见到老蜡就像见到了救星一样，忙将手上的大部分东西交给了老蜡，说："言恭，你出现得太是时候了，我都累得不行了，正盼着你呢。"

老蜡说："嗨，你买这么多的东西干什么，办年货么？你爸也买了不少呢。"

方俞说："一点儿都不多，与我计划的还相去甚远呢。本来还想买一些的，又害怕拿不了才止住的。早知道你要来，就该再买一些。你想啊，这是第一次去你家嘛，伯父伯母、大哥大嫂、二哥二嫂还有两个侄子都要备一份礼物嘛，还有你的叔伯、堂兄弟、同学、好友等等。过年过节的，去别人家耍，总不可能提着两柄生姜就去了吧？"

老蜡忙问："两柄生姜？"

方俞大笑起来，止住笑以后才说道："你真是的，连这你都不知道。空着两只手，是不是像提着两柄生姜呢。"

老蜡用脚轻轻地在方俞的屁股上作势踢了一下，很开心地笑了。老蜡突然感到此时的方俞好像已经没有了之前的那种天真烂漫，更多的像是一个居家过日子的家庭主妇了。一时间，老蜡也不知道这种变化究竟是喜还是忧，"难道我还没有准备好成家么？方俞显然已经进入角色，而且已经不自觉地开始谋划着我们之间共同的事了。哦，对了，结婚不仅仅是为了生子，更重要的应该是过日子，过日子就得计划，毫无疑问，方俞是很会计划的。"这样想着，老蜡更觉得心里甜滋滋的了，"有这样好的一个老婆，自己以后的生活肯定会多姿多彩，轻松愉快。"

回到家里，方俞便将自己所买的和方登科买回来的东西放在了一起，并拿出了一张单子很认真地对了起来。对着对着，她突然大声说道："糟了，木耳少计划了一份，我还得出去买。"

老蜡说："少一份就少一份嘛，还买什么呢。"

方俞严肃地说："你们家的全都准备好了，就是许丙林的计划掉了。你不是说你不在家的时候，是许丙林在帮助照顾你爸爸么，怎么能少了这份礼呢？"

此时的老蜡更加感动了，方俞实在太好了，甚至连这么小的事她都记得清清楚楚，安排得妥妥当当。老家的事都是在这几天的接触，或以往通信的时候无意中流露出来的，哪知道她都默默地记了下来。

于是说："算了，难得再出去买了，把给我们家的匀一下就行了，不一定每个人礼物的分量都一样嘛，有那个意思就行了。"

方俞没有看老蜡，继续低着头对单子，玩笑似的说道："这个我自有主张，领导就不必费心了。"

郭汝芝很满意地点了点头，笑着说："对，对，这就对了。小蜡就不要管了，这些都属于家务小事，你就让俞儿自己去拿主意吧。"她好像是在暗示老蜡，什么事该他做，什么事该方俞做一样。

方登科又拿出自己的长烟杆开始来回走动着抽烟，郭汝芝做饭，而方俞则继续分装她那些礼品。一时间老蜡又觉得无所事事，只好东瞧瞧，西看看。的确没有什么事可干，只得又坐在火塘边看书。翻来翻去，却怎么也看不进去。又起来，站在方俞的后面看她做事。突然间老蜡感觉到自己完全就是一个旁观者，更觉无聊，便走了出去，向远处眺望，见那些被积雪覆盖的大山，在阳光的照射下比之前好像更耀眼了，突然想到了毛泽东的《沁园春·雪》，能够写出这么气势磅礴的语句来，那是一种多么广阔的胸怀哦！白茫茫的一片雪景，能看见的最多也只不过方圆百里罢了，怎么就能写出"千里冰封、万里雪飘……"那么一幅壮观的景象呢？难道真像毛泽东在另一首词里写到的那样，"背负青天朝下看"么？不然怎么会知道方圆千里甚至万里的情况呢？而且是那样活灵活现。在毛泽东的眼里，整个地球就好像是一幅很小的画一样。毛泽东在另一首词里写到"小小寰球,有几个苍蝇碰壁",他居然把地球写成了"小小寰球"。这是一种多么博大的胸怀哦。现在我看见这茫茫的积雪,能想象到的最多也不过是几百里以外的老家罢了,但那里肯定是一点积雪都没有的。我的阅历和知识面实在太有限了,还得花大量的时间去读书,去游历才行。

正想得出神,却传来了方俞的声音:"言恭,在发什么呆呢,陪我出去一趟好么?"老蜡依然看着远方,连头也没有回,只答应道:"好。现在么?"方俞已经起身来到了老蜡的身边,没有再说什么,拉着老蜡就走。来到街上,虽然已经快要散市,但老蜡还是感觉到了锅子坝的繁荣,这在他的记忆里还是第一次。所有的店面都开着门,很多店面外还摆着各类的摊点。人很多,而绝大多数人好像都已经准备回家了。但很少有空着手的人。有背着满背篓东西的,也有背着空背篓而手上却提着东西的。只是在距旅馆约十多米的一块空地上,还聚集着很多人,有的来也有的去,而且好些人的手上都拿着红纸或已经写好的春联,老蜡觉得好奇,便凑了过去。

人群中间有一老一少,他们面前各有一个小方桌,只是老人面前的方桌要矮很多。年少的大概有十一二岁,穿得有些破旧,却洗得干干净净,他正站在小方桌旁裁纸、折纸,又将折好的纸按照一定的规矩分别摆放。年老的大概有七十多岁,头发和胡须全白了,那比一般人要长很多的眉毛却一根也没有白,油黑油黑的,似乎有些发亮。老人的气色很好,泛红的脸在雪白的胡须的映衬下显得更加光鲜,给人一种极康健的感觉。只是那副老花镜不知道用了多少年,已经残缺了,眼镜只有左边一只脚,而右边则是用一根细麻绳拴着与左边的脚连在一起。尽管这样,却并没有削弱那眼镜的用处。他一直都坐在一个和方桌差不多高的凳子上,悬臂书写春联。尽管那么大的年纪,但他的运笔还是显得稳健有力,只是写出来的字稍显呆板了些。每当写完一叠纸,就会有另外一个人来帮助按纸,而先前按纸的人就会在老人旁边的鞋子盒里放一些钱,但老人并不去看,也不会给别人找钱,好像一切都是随自己意愿一样。老蜡终于明白,原来这爷孙俩是在义写春联,纸是需要对联的人自己带来的,写好后自愿给钱。老蜡往鞋子盒上一瞥,见里面可能都有好几十块了。老蜡突然觉得手有些痒痒的,大有要上去写一下的冲动。

方俞走过来,说:"言恭,都买好了,回去吧。"老蜡似乎有些不舍得走,方俞又拉了他一下,这才依依不舍地走了。

方俞说:"今天亏大了,早知道上午先不买木耳,等到现在才买要便宜很多。"

老蜡疑惑:"为什么?"

方俞解释道:"散市的时候,肯定要便宜些。有些卖东西的到快散市了都还没有卖完,剩下的也不多,又不想再往家里背,就只好便宜卖了。"

老蜡突然想道:"这次方俞一定花了不少钱吧。有礼物固然好,但应该意思意思就行了,不必太破费的。不过方俞这样做也是对的,毕竟是第一次去我家,也是第一次和我的亲朋好友见面。暑假回去,也曾给二爸、三爸以及院子里其他的人都买了一点礼物,但因为钱太紧,只买了很少一点。而这次,因为有了运动会的那些奖金,我的经济已经比较宽裕了,如果没有方俞的话,我也会去买一些礼物的,但肯定要比方俞花的钱要少些。本来前些天也计划在锅子坝街上来买的,我怎么就忘记了呢。到现在为止,方俞的礼物都准备好了,而我竟连一分钱都没有花。哎,我刚才怎么没有和方俞一起去买东西呢,还去看写春联,方俞该不会误会我是不想出钱吧,按理,这些钱都是应该由我来出的。"

晚饭的时候,老蜡拿出两百块钱来递给方俞,说:"方俞,这个你拿着。"

方俞先是有一点诧异,随后才笑着说道:"你拿钱干什么呢,又想付饭钱么?"说着竟咯咯地笑了起来。

老蜡一时竟又有些结巴了,由于暂时发不出声音来,脸也随之涨红了,过了大约近半分钟的样子,才说道:"你买了这么多的东西,一定花了不少钱。"

方俞这才一本正经地说:"快收起来吧,之所以早上我悄悄地走了,就是怕你到了街上争着付钱。"

郭汝芝说:"对,小蜡,都一家人了,还什么你的我的,快收起来吧,以后用钱的地方还多着呢,况且俞儿第一次去你家,也应该备些礼物的。"

老蜡还是坚持要把钱给方俞,只是变了一种说法:"那你帮我把这些钱管起来总可以吧。"

方俞哪里肯接钱,只是用手轻轻一推,笑着说道:"不急、不急,等结了婚以后我再管也不迟,到时候你可不要嫌我管得太严。"

郭汝芝看了看方俞,又看了看老蜡,说:"男人兜里揣着钱是对的,哪有在外面男人用钱还问女人要的道理。"

在老蜡看来,郭汝芝就好像是在教育方俞一样。很显然,她的谈话,都带有明显的教老蜡和方俞该怎样持家、怎样分工一样。而每当她说话的时候,老蜡看得出方俞总是很认真地在听。人们常说谁的"家教"好,这大概就是"家教"中的一部分吧。从方俞一家的和睦和融洽来看,方家的家教应该是很好的。

还是在体校的时候,老蜡就养成了睡午觉的习惯,哪怕是睡十分钟也好。加之中午又陪方登科喝了几杯，实在感觉有些困，而正好方登科也有午睡的习惯，所以老蜡也趁机去午睡。

……

迷蒙之中，老蜡惊觉和方俞被困在了一座山的半山腰，山上几乎没有什么树，除偶尔有一些长在石头缝里的小树枝以外，到处都光秃秃的。山很陡，而且根本没有路，能踩脚的地方非常有限，只得紧靠悬崖的边缘站着。老蜡往下一看，顿觉毛骨悚然，原来下面竟是万丈深渊，一眼望不到底。再往左右看看，也一样无处可去。老蜡感觉到方俞已经吓得全身颤抖，而他自己也紧张到了极点。尽管这样，但他还是尽量让自己平静下来。再往上面看，距山顶并不是很远，看来只有先上到山顶，看其他的方向是否有可以下去的路，这也是唯一的办法。于是扶着方俞开始慢慢地往上爬。果然，上面的峭壁比下面要稍平缓些，至少还有些可以踩脚的地方，但依然很陡，也一样光秃秃的，几乎没有树木，除了偶尔有一些露出的高低不平的石头以外，并没有其他可抓手的东西。

他们艰难地往上爬，终于快到山顶。可能有近三米高的一段峭壁竟没有一处可以抓手的地方。于是老蜡只好先蹲下，让方俞踩在自己的肩上，然后再慢慢地站起来。终于有石头可以让方俞抓手了，老蜡逐渐用手去举方俞的脚，还好，方俞竟抓住了一棵小树，于是便全力地往上攀。也不知道是用力过猛还是那棵树的根基不深，就在方俞即将爬到山顶时，那棵小树竟突然脱落，方俞迅速跌下，差一点就将老蜡打下去了。慌乱中，老蜡一把抓住了方俞的手，却没有抓牢，稍稍停顿了一下后竟滑落了，她彻底地坠落了。

……

老蜡一下子坐起来，原来是梦。他摇了摇头，稍稍清醒了些，但感觉一点力气都没有，而且额头上还冒出了许多的冷汗珠。平常老蜡老做梦，但醒来后都朦朦胧胧的，记不很真切。而今天这个梦，到现在都还记得清清楚楚，就像是真的一样。老蜡紧张起来："难道这是在预示什么？在快要和方俞结婚的时候做这样一个梦，难道是预示我们的婚姻不完美么？或者是像老年人所说的我'剋'方俞？太吓人了，是不是应该去找一个算命先生合八字？记得大哥结婚之前是合过八字的，而且是我和妈妈一起去找算命先生的。但现在这一切都应该晚了，都已经告诉了方俞父母，我要和方俞结婚了，难道还有什么理由去推掉么，或者说因为八字不合而不结婚么。哎！我是不是有一点儿太过敏感了，只是一个梦而已嘛，竟这样胡思乱想一通。"正犹豫是否起床，外面却传来了说话声，听得出大家都很惊喜一样，应该是来客人了吧。老蜡马上起来，用挂在洗脸架上的湿毛巾擦了一下脸，再对着镜子将头发梳好，便出去了。只见一个军人提着好些行李正往家里走，老蜡想，这肯定是方俞的哥哥方跃了。方俞跑过去接过那个军人的一个包，挽着他一起往家里走。

郭汝芝笑着说："你看，这是怎么了嘛，小蜡刚来，现在儿子又回来了，老天爷对我们真是太好了！"说着她竟然流下眼泪来，老蜡知道这是喜泪。

方登科也起来了，方跃立即给父母敬了一个军礼，然后紧紧地握着方登科的手半天说不出话来。

方登科也很激动地连声说道："回来就好，回来就好了。"

方跃和老蜡差不多高，也一样帅，但穿着军装的方跃就显得格外英俊，还比老蜡多了几分阳刚之气。

方俞忙介绍说："这是我哥哥，这是蜡言恭。"

方跃看了看老蜡，然后才看着方俞，笑着问道："蜡言恭！蜡言恭是谁啊？"

方俞知道方跃是在开玩笑，便笑着说："哥哥好坏，明知故问，是我的未婚夫，这一下行了吧？"

方跃这才握着老蜡的手，说："你好，未来妹夫。果然一表人才啊，难怪我妹妹那么喜欢你。"

方俞看着方跃很自豪地说道："怎么样，没骗你吧。"

方跃说："我妹妹的眼光，我还敢怀疑么？"

方跃没有进屋，就在阶沿上打开行李，先拿出一双部队的翻毛皮鞋和一顶毛毛帽子交给方登科，再拿出一套军绿色的绒衣绒裤给郭汝芝，接着拿出一个军挎包交给方俞。方俞接过后高兴得一下子就跳了起来，还高高地挥舞着军挎包。方跃停了停，又拿出一件军上装交给老蜡，说："来，未来妹夫，送给你的。"

老蜡从方跃的那个停顿知道，这个礼物肯定不是给自己准备的，但他还是很高兴地收下了，并说了声"谢谢"。

方跃又拿出些烟、酒、糖果之类的东西来。

方登科拿出一把菜刀，端了少半碗水，准备杀鸡；方跃怎么肯让他去呢，他忙脱下外套，系上围裙，夺过方登科手上的刀便杀鸡去了。

方登科笑着说："好，好，好，你一回家，我就又要退休了。你看，你连屋都还没有进就开始做事，部队真是没白培养啊！"

不到半个小时，家里已陆陆续续地来了好些人，他们都是方跃的同学或好朋友。方登科叫方俞去请于区长和王主任以及区上的武装部长。

方俞说:"言恭,我们一起去吧。"

老蜡说:"我就不去了吧,家里来了这么多的客人,我就留下帮忙吧。"

郭汝芝见两人小有争执,忙说:"小蜡,你就和俞儿一起去吧,你是客人,帮什么忙嘛,要帮也该方跃帮嘛。"

方俞调皮地说:"怎么样,想做事都不行吧,我都说了,我爸妈常说,百家门上女婿为大,就是结了婚后,女婿上门来也叫'高客'呢,怎么还会让你做事呢。"

老蜡笑着说:"高客?我们老家把老鼠叫作高客呢,那我岂不是成了老鼠了?"

方俞大笑起来,说:"那我以后就叫你蜡老鼠了哦。"

老蜡轻轻打了方俞一下,说:"再乱说,就不陪你了。"

方俞忙挽着老蜡,笑着说:"小的不敢了。"

一切都还算顺利,没花多少时间,该请的客人都请到了。回到家,见院子里已经坐了很多的人,方俞挨个打招呼,但老蜡却连一个都不认识,只得随着方俞一起,点头微笑,以示招呼。到晚饭的时候,竟坐了满满的四桌。饭后方跃、方俞帮助妈妈收拾,照例不让老蜡帮忙。

因为方跃回来,老蜡决定将归期推迟,好让方俞和哥哥多在一起聚一聚,方俞自然很高兴。在之后的几天里,几乎天天都有客人来,所以老蜡基本上天天都陪客人喝酒,这样不知不觉一过就是好几天。但方俞却没有忘记还要回老蜡家过年,虽然很是不舍,但在临近春节前还是不得不和老蜡一起往老家去,值得庆幸的是,在腊月二十七这天,正好有一辆从锅子坝送货去遂宁的汽车,他们便免去了频繁转车的麻烦,于当天下午回到了老蜡的家里。

第十二章

　　虽然距春节还有三天,但老蜡的家乡都已经有很浓的节日气氛,只是老蜡的家里,除了打过"阳尘",地扫得比以往稍干净些以外,还看不出有任何节日将至的迹象。老蜡下意识地往堂屋里看了看,见墙壁上空空的,什么年货都没有,只是在厨房的灶台上挂了一小块的腊肉,可能还不到两斤重。老蜡顿时就有了一种极度凄凉的感觉。不禁想道:"妈妈在世时的时候,每年冬月一到,就会早早地做各种各样的腊味,有时也会宰一头猪,最辉煌的时候,爸爸竟做了一百根猪尾巴、一百个腊猪舌,还不算其他的什么如干鸡、干鸭、野味等,整个堂屋的三方墙壁上全挂着腊货。而现在空空如也,只是往年挂腊肉的钉子还依稀可见。在院子里远远地看见以前最贫困的三爸家的堂屋里,都挂了起码有好几十斤腊肉。"

　　蜡元朗见老蜡回来,而且还领回一个大姑娘来,非常高兴,但高兴过后,又显出了一丝的凄楚和无奈。这一切老蜡全看在眼里,忙将方俞介绍给他。蜡元朗毕竟是见过世面的人,瞬间就调整好了情绪,并热情地招呼方俞坐,然后才看着老蜡,说:"哎,你妈回他儿子那儿去了,一会儿就回来,你们肯定饿了,我去给你们弄一点吃的吧。"说着就往厨房走去。

　　方俞忙拦住蜡元朗,说:"蜡伯伯,你休息,还是让我去。"

　　蜡元朗也没有再坚持,只是礼节性地说道:"小方,你是客人,怎么能让你去呢?"然后就任由方俞去了。

　　方俞走进厨房,才发现什么吃的东西都没有,整个厨房空空如也,但又不好问,只好在厨房旁边的屋子里到处找。终于找到了米缸,里面可能还有不到两斤米。除了有很少一点点的盐以外根本找不到其他的什么调料,菜油以及猪油当然就更没有了。整间屋子里就只还有一个泡菜坛子没有其他可看的了,估计是好长时间都没有打理过了吧,刚揭开盖子,一股怪怪的气味便扑鼻而来,方俞下意识地将头扭到了一边,还没有来得及看,又迅速地将坛盖盖上。方俞有些惆怅了:"怎么办呢?虽然前些天爸爸私下里讲过老蜡家里的情况,但怎么也没有想到竟会如此困难。现在又是在农村,就是想买些什么,也没有地方可买。"

方俞正一筹莫展,蜡元朗拿了一把挂面和两个鸡蛋进了厨房,微笑着说:"哎,这几天没有去赶场,所以好多东西都没有,正准备明天去置办年货呢。"

方俞见此情景,哪里还有什么心情去煮面吃呢。厨房实在太脏,方俞要做的第一件事就是把厨房的卫生彻底地打扫一下。蜡元朗刚出去,老蜡就进来了,他的确肚子很饿了,但一看还是冰锅冷灶的,方俞还在收拾厨房,老蜡就知道是怎么回事,不禁一阵心酸,觉得很对不起方俞,便挽起袖子准备帮忙。

方俞忙制止,说:"你一个大男人的跑到厨房里来干什么?都这么长时间没有见到你爸,快去陪他说说话吧。如果他问起怎么不煮面吃,你就说我们现在都还不饿,等到晚饭时一起吃好了,我先把厨房收拾一下再弄晚饭。"

没办法,老蜡也只好带着十分的歉意退了出去。他刚走到门口又被方俞叫了回去,她低声说:"现在最关键的是家里连米都没有了,你看能不能去附近买一点,最好是什么东西都买些,这些都缺。"

老蜡也压低声音说:"也只有明天了,今天就将就一下吧。这里距街上还有很远的路,而且这个时候可能所有的店铺都快关门了,我们这里只赶半天场的。"

方俞有些为难地说:"如果今晚没有客人,就我们几个人,那米还是够了,如果有客人,就肯定不够。还是要去想一点办法才行。"

正说着,外面却传来了许丙林的说话声:"蜡伯伯,我给您拜年来了。"

老蜡就像是遇到了救星一样,马上跑了出去。见许丙林除了送来一大桶酒,还送来了一块鲜肉、几块豆腐干以及一些其他的食品。老蜡顿时百感交集,眼泪都快要流出来了。见许丙林的自行车,老蜡一下子便有了主张:"到场镇上虽然有一个山坡,但过去了就全是好路,骑自行车很快就能到镇子上的,说不定还能买到东西。"来不及寒暄便说道:"丙林,你在这儿耍,晚上就在这儿喝酒,我骑你的车去街上买一点东西,一会儿就回来。"

许丙林忙说:"不行,这个时候你就是到了街上,肯定也什么东西都买不到,而且我还得赶回去,家里还有事等着我。要不我晚上再过来,你要买什么一会儿我带过来就行了。"

老蜡想:"也只有这样,许丙林在街上熟,即使关了门也可以喊开的,加之他自己就在开店。"

许丙林正准备推车，方俞却从厨房里跑了出来，老蜡忙介绍道："这是我的同学许丙林，这是方俞。"

方俞大方地和许丙林握了一下手，说："你好许丙林，怎么咏梅和狗娃没有一起来呢？"

许丙林诧异，老蜡更诧异。他只跟方俞讲过一次许丙林，没想到她竟连咏梅和狗娃都记住了。

她接着说："面，买二十斤，米尽量多买些，另外就是盐、醋、豆油、味精、白糖、辣椒面、花椒粉，还有买十斤菜油。"说着便拿出一百块钱交给许丙林并接着说："你估计什么时候能到，好让言恭去山梁那儿接你，记着一定带咏梅和狗娃过来吃晚饭哦。"

许丙林还犹豫是否接钱。老蜡说："拿着吧，丙林。"

许丙林接过钱走了，并约定让老蜡五点半的样子去山梁处接他。

老蜡先惊诧于方俞的记忆，现在则更佩服她的精明与果断了。蜡元朗看着这一切，更是高兴得不得了，当即就说："方俞姑娘真是能干啊，比两个嫂子强多了。"高兴之余，蜡元朗的脸又阴沉了下来，他压低声音说道："言恭啊，是爸爸没有本事，弄得现在这家不像家的，你给方俞多解释解释，但愿方俞姑娘不会因为我们这个家穷而嫌弃你。"

老蜡拍了拍他的肩膀，说："爸爸你就放心吧，这些情况她都是知道的，怎么会嫌弃我呢。快过年了，不要去想那些不开心的事，高高兴兴的啊。"

蜡元朗笑了，而且笑得很开心。好长时间都没有见他笑得这样灿烂过了，老蜡想："或许是因为方俞的到来吧，更是因为看到方俞是那样的精明能干而放心了吧。"老蜡下意识地看了看周边，见并没有其他的人，才凑近蜡元朗一点，说："爸爸，要过年了，我先给你拿一点钱。现在我的条件好多了，上次我不是写信告诉你了嘛，绵阳地区的运动会我拿了好几个冠军，得了近七百元的奖金。"

蜡元朗顿时就收起了笑容，似乎很严肃地说道："言恭，你又忘了，给我拿什么钱啊，你爸爸不糊涂，小许那里肯定是你安排的，不然怎么会按时间就送酒来了呢。你妈为这事还问过我好几次，我只好说不知道。上次他儿子做生，她让我到小许那儿去赊二十斤酒，我怎么也不愿意去，还因此和我大吵了一架。"

老蜡说："既然在一起过得这么艰难，那就干脆分开算了。你去我那里住，方俞的爸爸是江油县农工部副主任退休的，在家里养鸡，过得很快乐。他们一家人都很好，还让我一定邀请你去锅子坝玩呢。"

蜡元朗仰望着天空，有一点伤感地说道："算了，言恭，路是我自己选的，如果不坚持走下去会逗人家笑话的。况且，从你太祖爷开始我们就在这里居住，至少也有近百年了吧。去你那儿，虽然是自己儿子的地方，但不管怎样还是会有一种背井离乡的感觉。言恭，我也活不了多久了，就在这里过吧。"

听他这么一说，老蜡更觉伤感，几乎要哭出来，但还是强忍住了，只是右手搭在他的肩膀上，说："爸爸，那你需要什么就去许丙林那里拿，不只是酒，其他什么你想吃、想用的都可以，我去结账就行了。"

蜡元朗说："言恭啊！我现在这么大岁数了，生活上也没有什么特别的要求，你把酒的问题给解决了，我就已经很满足。再说，自从上次你回来后，你妈较以往也改变了不少，生活也比先前要好很多了。"他猛吸了一口烟，稍作停顿后接着说道："哎，这人的一生还真没有什么意思，有时候想来，曾经我也是一个响当当的人物啊，那又怎么样呢，我的工资也并不算低，到退休时还享受行政十八级。有时候就连我自己都弄不清楚，这日子怎么就过成现在这个窘样。直到有一次我无意中看到了吴桂英的存折，上面的余额都有近五千块了，更可笑的是就在我看到存折的第二天，她还以没有钱为由和我大闹一架，我本想去把存折拿出来的，后来一想还是算了，就让她觉得我根本就不知道吧。只是我总算弄明白了，就是有天大的事她也不会拿出一分钱来的，她只不过是想把我的油榨干而已。就让她榨吧，反正我一个月就那么点工资。你现在该明白我为什么不要你的钱了吧，总之你以后就不要再给我拿钱了。"

说出这些话后蜡元朗好像轻松了很多。老蜡想："这可能是父亲唯一的一次和别人谈起这些心事吧。"老蜡怕他再说下去会更伤感，忙岔开话题，说："哦，爸！我把方俞的情况给你说一下吧；她父母都健在，父亲退休前是江油县农工部的副主任，哥哥在部队当连长，她就在我们矿附近的锅子坝区供销社上班，是接他父亲的班，正式职工，而且她的家也在锅子坝街附近。如果你没有什么意见，我们准备尽快把婚结了，她的父母及哥哥都没有意见。"

蜡元朗果然高兴起来，说："看得出，方俞姑娘是个好女孩，我没有什么意见，不过还是等吴桂英回来后，再当着她的面说一下好些，以示尊重嘛。"

"言恭回来啦。"他们正说着，吴桂英背着一个看起来好像很重的背篓回来了，她很热情地招呼道。

方俞听到外面的说话声也马上跑了出来，微笑着站在老蜡身旁看着吴桂英。

老蜡忙介绍说："这是妈，这是方俞。"

吴桂英忙放下背篓，在自己的衣服上擦了擦手才拉着方俞，笑着说："哎吆呢，稀客，稀客啊。你看，长得这么牌子，要相貌有相貌，要人才有人才，我们言恭真是好福气哦。"她见方俞系着围裙，便用食指和大指捏着围裙，说："你系这做什么，快取下来休息，你是客人嘛，怎么能让你去做事呢。"

方俞说："没事儿，伯母，这是我应该做的。"

吴桂英又佯装责怪似的对蜡元朗说道："你这个老头子也真是的，方家姑娘第一次来家，怎么能让人家去做事呢。"然后从背篓里拿出一些东西来，像是在盘点又像是在展示，一边拿一边说："你看，老头子，这是儿子孝敬你的。"拿出来的东西都放在阶沿石上，方俞瞟了一眼：有一只公鸡，两块腊肉，一块估计有三四斤重的鲜肉，一小把干粉条，一袋可能有十斤米。本想把肉和米拿进去的，但又觉得不好，犹豫稍许，又回厨房去了，吴桂英当然也跟了进去，接着厨房里就传来的一连串的笑声和夸奖声。

老蜡一看，已经快五点，便决定去接许丙林。蜡元朗忙从堂屋里拿出一个背篓来，说："我也去。"

老蜡接过蜡元郎手中的背篓，说："我们空手去就行了，不拿背篓。"

刚走两步，蜡元郎又跑进屋里，将放在堂屋神龛边上都有很多灰尘的长烟杆拿上，这才和老蜡一起出发。

老蜡想起年轻时候的抽着长烟杆的父亲来，现在才知道，他应该是在比较悠闲的时候才抽长烟杆。于是老蜡便有意掉在后面，一直看着父亲走。

方俞做完清洁后就开始弄晚饭，她计划将带回来的熟的腊肉切好，肥肉用来炒土豆，瘦肉直接蒸热就可以了。然后再炒一个木耳，切两个豆腐干，一大盘腊猪头肉。

吴桂英也是个能干人，她见方俞已经切好了腊肉，忙去菜园子里弄了一些蒜苗、白菜、萝卜以及葱什么的，待清洗干净以后才问道："方家姑娘，今晚有多少人开饭呢？"

方俞说："还不知道呢，只晓得许丙林一家要来的。"

吴桂英扳着指头算了算，说："那至少也得准备两桌吧，他爸爸喜欢热闹，肯定要把二哥、三哥他们全请来的，还有言恭的那些叔伯兄弟。言恭都好几个月没有回来了，今天是腊月二十七，是该热闹热闹的，也等于团个年吧。"

方俞在老蜡家第一次做饭就在吴桂英的辅助下完成了。其实方俞原本不会做饭，也就在老蜡第一次来家探访以后，她觉得还是应该学会做饭才行，于是就向她妈妈学了几招,今天几乎全用上了。

和方俞的家乡不一样的是,这里的冬天不管有多冷,人们都没有烤火的习惯。吃饭之前,见客人们三三两两的,有的坐着,有的站着,方俞便叫老蜡趁开饭前把礼物分派了。老蜡说:"过年了,而且方俞还是第一次来我们家,所以准备了一点小礼物,算是给你们拜个年,请大家不要嫌弃。"老蜡这才知道原来方俞早已经将礼物分派好了而且还都写上了名字。因此整个分发礼物的过程加上给方俞做一些介绍也只花了不到五分钟。

可能大家考虑到老蜡带着媳妇回来,都还有点认生的缘故吧,整个晚餐所有的人似乎很拘谨,也没有像以前那样相互劝酒,晚饭很快就结束了。客人走后,方俞忙帮着吴桂英收拾碗筷,待完后,蜡元朗说:"吴桂英,弄完了就出来坐坐。"

吴桂英说:"天这么冷,还坐啥。我想去床上暖和了。"

蜡元朗说:"还这么早,你真是的,人家言恭有话说。"

吴桂英笑吟吟地从厨房里出来,说:"我知道,哪会这么早就睡觉的。"随即拿了一个凳子坐在蜡元朗身边。

方俞偎依在老蜡身边与蜡元朗夫妇正好对面而坐,但随即又松开了拽着老蜡胳膊的双手,端端地坐着。

老蜡说:"爸爸,妈,我和方俞已经认识很久了,也交往了好一段时间,现在准备结婚,方俞的爸爸、妈妈、哥哥都没有意见,现在就看你们的意见,如果你们同意,过年后我们就尽快地把婚礼办了。"

方俞似乎没有之前那样紧张了,又依偎在老蜡身边,只是她的脸已经绯红。

蜡元朗本来就有点紧张,老蜡刚说完,他就接过话题,就像是在会议上讲话一样,字正腔圆地说:"言恭能娶到方俞这么好的女孩子,我高兴还来不及呢,能有什么意见,我举双手赞成。"

吴桂英说:"我们言恭能找到方家姑娘,不知道是几世修来的,是他的福气,更是我们蜡家的福气,我也没有意见。"

让老蜡没有想到是,吴桂英还真的很会说话,觉得比蜡元朗说得还好些,他本想再说一点什么,但一时间又不知道说些什么,便看了看方俞。谁知方俞正呆呆地看着老蜡,刚一接触到他的目光,似乎疑惑,但瞬间她就站了起来,将早就预备好的礼物拿出来递给老蜡。

老蜡并没有接,只是笑着向对面努了努嘴,方俞便很恭敬地将礼物递给蜡元朗和吴桂英。很快又拿出两个红包来,说:"伯父,伯母,这是我孝敬你们的,祝你们身体健康，万事如意，新年快乐！"

吴桂英早已经笑得合不拢嘴，还没有等方俞说完，一伸手就把红包接了过来；而蜡元朗则好像是很严肃一样，等方俞说完后才接过红包，然后微笑着说了声"谢谢"便顺手将红包递给了吴桂英。

老蜡才发现，此时爸爸的表情里已经不单单是严肃了，就好像还包含有其他的什么成分，说不上是高兴，也说不上难受，总之就像各种极其复杂的表情都融和到了一起。在老蜡的记忆里，好像从来都没有见他有过这样的表情，一时间，老蜡竟有一种不可言状的忧伤和担心，他甚至想抱着自己的父亲大哭一场。

吴桂英好像突然记起了什么一样，忙站起来说道："对了，床还没有铺呢！"便起身去了里屋。

不一会儿，吴桂英进来说："床铺好了，热水在锅里，你们赶了一天的路，加之方家姑娘又是收拾清洁，又是做晚饭的，肯定累了，就早点儿休息吧。"说着拉了一把还呆呆地坐在那里的蜡元朗，他这才很机械地笑了笑随吴桂英一起进卧室去。

老蜡和方俞去厨房梳洗后，便去到了自己的卧室，再看看隔壁的那一间客房，才发现原来吴桂英只铺了一张床，而旁边的那间屋子里的床上还堆满了杂物，没有一点收拾过的迹象。老蜡有一点儿难为情，不知道该怎么办好，他看了看方俞，见她并没有说什么，便转身准备出去。临近门口的时候方俞一把拉住了他，她说："俩老人家都已经睡了，如果现在去叫他们，还以为我们俩有什么矛盾呢，这样反而会让他们担心的，既然伯母这样安排，就这样睡吧。"

说完后方俞先上床，她脱掉外套，毛衣和外裤，便迅速地钻进了被窝里，可能是冷的缘故吧，方俞打了一个寒战。老蜡稍做犹豫后也只穿着秋衣裤上床了，但他却与方俞保持着一定的距离，甚至没有任何部位与方俞有一点点地接触。方俞开始颤抖了。老蜡轻声地问道："很冷么？"

方俞回答道："嗯。"

老蜡便侧过身轻轻地抱着方俞，哪知道方俞抖得更厉害了。待稍稍镇定了一些后方俞说："言恭，我想求你一件事，行不？"

老蜡说："你说吧，什么都行。"

方俞稍作犹豫后说："言恭，本来我是不想给你说这些的，但我的确不知道伯母今晚会这样安排。我现在已经是你的人了，并和你睡在一起，不过我还是想等到结婚以后再给你，行不？这是我唯一的请求了。从我懂事的那天起我就发誓一定要在洞房花烛之后才能给自己的男人，不管我是多么地喜欢他。"

老蜡没有说话，稍事停顿后，方俞继续说："言恭，你怎么从来都没有问过我脸上的疤痕是怎么来的。其实是这样的，在我很小的时候，有一个算命先生说，'如果我八岁以前破了相，这一辈子就会遇到一个很如意的郎君，而且还能过得很幸福，如果没有破相，那就很可能要短命'。现在看来这一切都好像都应验了。我七岁的时候，一天在院子里玩耍时不小心绊倒在地上，正好一把锄头放在那儿，锄头的一个角刚好刺进了我的左眼角，差一点就把眼睛给刺瞎了，好了以后就留下了这块疤痕。现在看来，还果真让我找到了一个如意郎君呢。"

　　老蜡没有说什么，只是比先前稍紧了一点抱着方俞，过了约三十秒的样子才说："方俞，放心，你不要怕，只要你不愿意，我绝不会侵犯你的，请你一定相信我。"

第十三章

和暑假一样,向阳没有回去,他也无家可回。

向阳是个孤儿,究竟父母是谁,什么时间,出生在哪里,连他自己都说不清楚。最早的记忆就是很小的时候,曾在铁路边玩耍,但究竟是在什么地方的铁路边,也记不清楚了。由此可见,可能向阳父母是铁路上的职工,也有可能他的家就在铁路附近。一直到向阳快读初中的时候,妈妈张华蓉才讲出了真相。

在成都火车北站一个垃圾场,一个小男孩一边用一个小竹拍拍打苍蝇,一边在垃圾堆里面找东西吃。小男孩已瘦得不成样子,头很大,而且四肢和整个身体相当瘦,就像是骨头上包了一层皮一样。小男孩做事很用心,打到的苍蝇都小心地装在火柴盒里,近二十个火柴盒都整齐地分两排放在垃圾堆旁的一块水泥板下面,估计应该一排是空盒,另一排是装满苍蝇的。虽然瘦,却很灵性,每当有陌生人接近他时,便一下子就跑掉,甚至连火柴盒都不要。

经常从那里路过的张华蓉渐渐地对这个小男孩产生了兴趣。到附近一打听,才知道原来这个小孩是被一个姓林的婆婆扔掉的,林婆婆在小男孩被赶走的两三天后便去世了,现在他已经无家可归。据说林婆婆也不是他的亲人,只是代人抚养罢了,而且代养的时间还不到两年。听邻居说,林婆婆是个很好的人,可能她是知道自己快要不行了,又无人可托,才将小男孩赶出去的,她是怕自己死后,孩子会饿死在屋里。让孩子到外面去闯一闯,如果能被好心的人收留,或许还有一线生机吧。捉苍蝇也是林婆婆给他安排的事情,因为当时一火柴盒苍蝇可以换得一分钱。林婆婆去世了,苍蝇自然也没有地方可交了,所以小男孩才存了那么多的火柴盒。经过好几天的观察,又考虑再三后,张华蓉便决定收养他。

刚开始,张华蓉去到垃圾场,小男孩马上就跑掉了,任凭她怎样叫喊,他都不肯回来,但他始终都没有离开过张华蓉的视线。这更让张华蓉怜悯和喜欢这个孩子,于是第二天又去，结果都是一样，这样一直持续了六天，张华蓉干脆晚上也坐在垃圾堆旁陪伴他。

小男孩终于被张华蓉带回了农村的家里，刚进门，小男孩看见一锅猪食，便马上跑过去抓起来就吃。见此情景，老两口都很难受，及时阻止了他并告诉他以后这里就是他的家，家里有饭吃，再不用回垃圾场。见他实在太瘦，也很虚弱，老两口还找医生给开了些健脾胃的药。当时张华蓉已经近四十岁了，还没有小孩。小男孩在家住了几天，虽然很胆小，但老两口感觉他很聪明，更加疼爱，于是借春节之期，邀请了本族的几位长辈作见证，正式收养了他，取名叫向阳并写进了族谱。

小向阳的确很乖，也很聪明，还懂得孝敬父母，老两口就像对待亲生儿子一样对待他。后来张华蓉也多方打听过他的身世，由于收养他的林婆婆已经去世，而且林婆婆也是一个孤寡老人，所以根本没法打听到向阳的身世。唯一的线索就是据邻居回忆，一天深夜，一个男人抱着一个小孩儿，慌慌张张地敲响了林婆婆的门，见到林婆婆后连门都没有进，只在门口低声交代了几句，将孩子交给林婆婆后便匆忙地走了。之后也有邻居问起过小孩子的来历，但林婆婆却闭口不提，所以向阳几岁以前的事便成了永远的谜。

向阳终于有了一个温暖的家，老两口还送他进了学校。他天资聪明，在学校里每次考试都拿第一名，这让老两口更是疼爱得不得了。但好景不长，没过几年，父亲向良成去世了。因为家产和其他方面的一些原因，家族中的人便以来历不明为由，要将向阳从族谱上除名并赶出向家，但张华蓉怎么也不肯，最后他们竟狠心地将向阳母子俩一起赶出了向家。那时向阳还不到十岁，虽然生活艰辛，但张华蓉却没有抛弃他，而是带着向阳回到了自己的娘家成都。好在张华蓉的户口还在成都，虽然娘家已经没有什么人，但还有两间很小的房子，向阳的户口也随了张华蓉。于是她靠半帮工半乞讨与向阳相依为命。

向阳刻苦好学，虽半工半读，但还是坚持读完了初中，并取得优异的成绩。毕业后的一天，居委会的张主任来通知说向阳符合上山下乡的条件，街道已经决定让向阳去。向阳说什么也不肯离开母亲。张华蓉说："向阳，你也大了，是该出去闯闯了，去下乡最好，有土地就能产粮食，至少还可以填饱肚子。"向阳本来就很孝顺，便尊从母命到了绵阳地区梓潼县做了一名下乡知识青年。

不出张华蓉所料，向阳的生活的确比先前要好很多，其他的知青都经常从家里带吃的来，而向阳却恰恰相反，一年下来，竟积攒了二十多斤白米拿回家孝敬他母亲。看着那一袋白白的大米，张华蓉哭了，她用颤巍巍的手摸着向阳的头，却连一句话都说不出来。

　　时间过得很快,转眼间向阳下乡就快两年了。一天,向阳突然接到一封"母病危"的电报,他立刻就紧张起来。如果其他的知青接到这样的电报,肯定会很高兴的,可能就是家里有些想子女了,便发个电报来,借说母或父病危,好让子女有借口可以请假回家一趟。但向阳却觉得不妙——母亲是绝对不会用这种方式来让自己回去的。便立刻请假赶了回去,张华蓉已经不行了,只是希望能在走之前见向阳最后一面,才委托居委会的张主任帮忙发了这个电报。向阳要送她去医院,但她却怎么也不肯,说:"儿子,我自己的病自己知道,就没有必要去医院了,也省得多花冤枉钱,只要在走之前能够见上你一面我就很满足了。哎!妈妈没用,还没有给你讨到媳妇就要走了,妈妈对不起你。你的身世你也知道,现在世界上就只有我们两个人最亲,你以后只有自己照顾自己。我死后,你不要把我埋葬,把骨灰撒在河里就行,河水什么地方都能流去的。你以后也不知道在哪里安家,逢年过节的时候你只要对着河拜一拜,我就知道了。"说完后张华蓉要向阳将枕头下面的一个小包拿出来,原来是这些年所存的两百二十元钱,她又取下手上的一个玉镯子一起交给了向阳,说:"这就是我的全部家当了,钱虽然不多,但这个玉镯子肯定很好,是我的结婚嫁妆,说是祖上传下来的,这么多年来,就是再困难,也没有想过要卖掉它,就是打算把它留给我将来的儿媳妇。"说完话,张华蓉就安详地走了。向阳本来有很多话要对母亲说的,但她一直都急着说,向阳根本没有机会插嘴,谁知还没有开口,母亲竟……

　　向阳经历了他人生最大的痛苦,他没有说什么,只坐在床前,握着母亲那渐渐冰冷的手,任凭眼泪不住地往下流,直到张主任到来,才在居委会的帮助下安排了母亲的后事。遵照她的遗嘱,向阳将骨灰的一部分撒在了府南河里,而另一部分则撒在了梓潼县的神龙河里。

　　本来向阳读书时成绩就好,恢复高考的第一年,便以优异的成绩考取了南充师范学院中文系,以优异的成绩毕业后便分到铅锌矿子弟校。工作以后,向阳才第一次有了自己的房子。虽身世苦难,但因一表人才,气质又好,加之文学功底深厚,也经常在报刊、杂志上发表一些诗歌、散文什么的。因此,刚分来矿里时,便受到好多女孩子的青睐,若兰也是其中的一个。

　　若兰喜欢运动,晨练是她每天必做的功课。一天,晨练中的若兰偶尔听到有人在那里高声朗读:

　　　　晨光,

在带露的石榴花上开放，

正午的日影是迟迟的脚步，

在绿杨和菩提树间游戏。

　　此时，阳光正透过若兰面前一棵大树的茂密的叶子，零零散散地洒落在她的身上，好美。瞬间若兰觉得自己就是那个人朗读的"石榴花"。出于好奇，便寻声而去，原来是一个帅小伙子，若兰便忍不住呆呆地看着他。向阳却被这突如其来的漂亮的女孩儿弄得有些不知所措，什么也没有说，红着脸慌忙地走掉了，但他的心就好像要跳出来了一样。以后的几天，向阳照例来这里晨读，而若兰也会准时来到这里，两颗相爱的心就这样走到了一起。若兰爱向阳，向阳也很喜欢若兰。因为自己没有家，向阳便把她的家当成自己的家了。

　　虽然若兰觉得向阳缺少了一点男子汉气概，有时候还显得有一点女兮兮的，而且也太过于迁就自己，但还是很喜欢他。而向阳则更是把自己的一切都寄托在了若兰的身上，老蜡出现之前，他们虽然没有像电影里的恋人那样如胶似漆，但的确都在为结婚做准备了，至少是心理上的准备。

　　若兰从那次在宾馆与老蜡相遇后，本来约了老蜡去江油一聚的，但就在和老蜡分手的第二天，她又被派去出差了，而且一去就是好多天。这次一起出差的一共有四个人，两男两女。女的是江油县公安局的副教导员。她很赏识若兰，还流露出有意调若兰去公安局工作，所以一路上，若兰除了全心全意地工作和照顾好副教导员以外，将其他的事都暂时放下了，当然就更不用说与老蜡的事了。虽然好多次她也想过给老蜡写信，可能是羞涩，也可能是怕给副教导员留下不好的印象吧，终于没有写成。

　　若兰回到江油，已经是腊月二十七，她想老蜡肯定回老家过年了。想到见不到老腊，若兰甚至有点不想回家，这在若兰自读书、工作以来还是第一次，她是怕见到向阳。

　　时值春节，都放假了，因为被借调到县公安局，所以太康乡并没有安排若兰值班，而公安局也没有安排她值班，她想："如果不回家，有什么理由待在单位呢？也太想见到父母了。"就这样，一直犹豫到了腊月三十的下午，若兰才怀着极度矛盾的心情，无精打采地回到了家。

　　果然，如往常一样，向阳在家里忙上忙下，父亲依然在一杯酽茶和一本棋谱的陪伴下研究残棋，母亲也一样坐在父亲面前一边织毛衣一边观棋。见此情景，若兰的心情竟好了很多，也好像并不是很讨厌向阳了。若兰的心情调整好了，一切都好像回到了以往的状态。晚饭的时候，向阳拿出了三个酒杯来，陈大文面前一个，若兰和他自己面前各一个。若兰有些诧异，但她并没有说什么，只是看了看向阳，谁知向阳竟将几个杯子都斟满了酒，若兰更是诧异。本想说点什么，但好像懒得开口一样，只是乜着向阳，就像是在等待看变戏法一样，看看究竟是怎么一回事。

向阳首先端起杯子站起来，说："陈伯伯、陈伯母、若兰，今天若兰刚回家，而且又是除夕，我先敬大家一杯，祝你们新年快乐，万事如意！我先干为敬，你们随意。"

若兰正想挡一下，谁知向阳一口竟把一整杯酒干掉，而且连菜都没有吃就又把杯子满上。若兰简直惊呆了，而且不自觉地将眼睛鼓得大大的，索性什么都不说。

陈伯伯发话了："向阳，你居然能喝酒？不过也要先吃一点菜再喝吧。"

向阳本想说一点什么的，没想到若兰已经端起了酒杯，便只得作罢，只很专注地看着若兰，随时准备接受她的命令。

不过若兰并没有多考虑向阳，只是想："不管怎样也不能因为向阳而冷落了父母。"于是开始敬酒，还滔滔不绝地讲起了这几个月经常在外出差所遇到的一些趣事，一家人终于其乐融融。几杯酒下肚后，若兰好像也并不那么讨厌向阳了，于是问道："你什么时候学会喝酒的呢？"

向阳终于有了说话的机会，便很自豪地笑了笑，说："上次我不是说过要练嘛，现在我已经能够喝好几两了。"

若兰没有再说什么，只是端起杯子站起来，说："我敬你，向阳，感谢你对我爸妈的照顾。"一口干掉。

向阳受宠若惊，忙站起来说："能照顾二老，是我的福气，还谈什么谢不谢呢。"也一口干掉了。

此时的若兰心情很复杂，甚至还有点儿内疚："向阳对我那么好，而老蜡对我却总是不理不睬的，甚至连一封信都没有回过。向阳却愿意为我改变一切，仅凭我的一句气话，原来闻酒都醉的人，竟能练到喝那么多的酒，这么好的人我为什么要避而远之呢，难道我真的很喜欢老蜡吗？他究竟有什么地方值得我去喜欢呢？哎！我真有点荒唐，到现在也只不过跟老蜡见过四次面，而且前两次还是不认识的，他究竟是一个什么样的人我都一无所知，他的家庭，他的过去，他的人品，这些都还是未知数。难道我就真那么爱他么？仔细想来，现在能找到唯一爱老蜡的理由应该就是他长得很帅罢了，至于字写得好也只能是一个很小的优点吧。而且这么长时间以来,他竟没有回过我一封信,就是一个普通朋友的来信,也应该回复一下吧。就凭一点,说明他对我一点都不好,甚至可能根本就不喜欢我。如此看来,和老蜡的这段恋情纯粹是我的好胜心在作祟吧,越是得不到的就越是要想得到。"

向阳是个很聪明的人,如果一般的人,可能已经谈到老蜡已经耍了女朋友的话题,但他却闭口不谈有关老蜡的事,他是怕谈及老蜡,又会引起若兰的遐思。他想:"在整个春节期间,老蜡是绝不会出现在若兰面前的,我要用我的热忱去重新获得若兰的芳心。从若兰今晚的表情可以看出,她已经不像上次那样讨厌我了,这应该得益于老蜡没有理睬若兰,而另一个原因就是我的确能喝酒了。这当然也要感谢老蜡,如果不是老蜡,可能我这一辈子都与酒无缘。"

虽然两个年轻人都各自想着自己的事,但整个过程却并没有半点冷场的迹象,还显得很融洽。两位老人当然也很高兴,觥筹交错,不知不觉,这顿年夜饭竟吃了三个小时。

饭后向阳照样收拾碗筷,不同的是若兰也一起帮忙,就像老蜡还没有出现以前一样。收拾停当后,按照惯例,向阳又弄了好几个干碟放在茶几上,然后又摆好酒杯准备守岁。一家人谈笑风生,至凌晨放完鞭炮后向阳才离去,但若兰还是没有去送他,只是到门口说了声"再见"罢了。

虽然若兰没有相送,向阳却还是非常高兴,已经一年多都没有这样高兴过了,他几乎是一路唱着跳着回去的。回到寝室,竟连一点睡意都没有,他甚至有些奇怪,怎么一点点的酒竟能够起到这么大的作用呢?于是他打开笔记本,写道:

一九八四年正月初一零时四十分
若兰　老蜡　向阳　酒
老蜡是我的情敌,但又是我的恩人,我的贵人。
若兰因老蜡而不喜欢我,我又因为老蜡而让若兰重新喜欢。

这一夜向阳几乎彻夜未眠,他想了很多,甚至还想到了主动和若兰分手。但想得最多的还是这个世界的无情和自己生活的无奈,唯一让他对这个世界还有一丝丝留恋的已经不是若兰,而是老蜡的胸怀和他的友情了。"若兰已经背叛了我,若老蜡也是一个浪荡子的话,那今天晚上的一切则都不复存在,或许若兰已经和老蜡一起去过年了。老蜡对若兰的不理睬,应该是顾忌到我吧,这就更说明他把我当成了最好的朋友,或许老蜡急于和方俞恋爱,也是基于这方面的考虑吧,不然第一次去登方俞家的门又怎么会叫上我呢？也有可能是给我一个暗示，要我放开手去追若兰吧。若兰漂亮，父亲又是学校领导，加之她又有一个那么好的工作，被男孩子追求是很正常的事，而老蜡竟然抵御住了若兰的主动追求，这唯一的原因应该就是考虑到和我的关系。"向阳已经决定不再那么在乎若兰，就是不知道以后能否做得到。

由于昨天晚上的思考已经有了定论，所以向阳在若兰面前已经不似以前那样唯唯诺诺的，这使若兰感到有些奇怪，因此她对向阳也不像以往那样喝来唤去的。整个春节，虽然和若兰并没有像以往那样到处去走走，甚至若兰连楼都没有下过，但向阳还是照例每天一早就来若兰家里直到很晚才回去，当然除每一顿都陪陈大文喝酒以外，并没有半点和以往不同的。而若兰好像也暂时把老蜡给忘掉，虽然和向阳的相处不像以往那样亲热，但至少也不那么生硬，有时甚至会坐在一起聊聊天。陈大文夫妇可能也是为了向阳的缘故吧，整个春节期间都刻意没有提及过老蜡。

年初四刚过，若兰便要赶回江油去上班了，因为借调还没有结束，可能若兰将要面临的又是出差。而向阳，虽然已决定不再那么去在乎若兰，但对她多少还是有些唯唯诺诺的，甚至都没敢提出想和若兰一起去江油玩，尽管他很想和若兰在一起多待一些日子。

但让向阳感到奇怪的是，若兰走了，他完全没有以往的那种眷恋了，却有一点盼望着老蜡快一点回来，和他痛饮一场的向往。

虽然方俞没能让老蜡如愿以偿，但每天晚上都抱在一起的感觉也让他感到很满足。比较之前，这对于老蜡来说现在完全是一种崭新的生活，他甚至想到，结婚后的生活大概也不过如此吧。

整个假期，老蜡和方俞不管是去哪儿做客，晚上都一定要赶回家住的，就是去他哥家里亦如此。虽然老蜡的大哥蜡宗舜还是像往年一样没有回家过年，但老蜡的二哥蜡宗明一家还是在正月初二这天回家了。蜡元朗显得异常兴奋，忙用前不久专门给小孙女做好的一个小滑轮车推着她去外面玩，而小孙女也可能是太久没有见爷爷了，也玩得十分开心，以至中午回家吃饭的时候，蜡元朗已经累得上气不接下气了。

下午蜡宗明一家准备回去，小孙女和爷爷却难舍难分，那场面着实让人感动，最后，小孙女是哭着被老蜡的二嫂万润芬连吼带哄才拉走的。蜡元朗也好像意犹未尽，他什么也没有说，只是呆呆地站在那儿目送着蜡宗明一家远去的背影。过了很久，好像才突然记起了小儿子还在家里，这才匆匆地返回家。此时老蜡感觉到，爸爸已不似先前那样开心了，从他的眼神里透露出一种深深的失落感。老蜡本想安慰几句，但还没有开口蜡元朗却笑着说道："言恭啊，你发现没有，我们家有一个规律。"

老蜡疑惑，也看得出蜡元朗此时的笑容是强装出来的，于是用一种探寻的眼光看着他。但蜡元朗并没有让老蜡去多猜想，便继续说道："我们家的男人很有意思啊，一切都是反的，按年龄大小应该这样排序的：我，你大哥，你二哥，你；但按身高则应该这样排序：你，你二哥，你大哥，我。除了我以外离家的距离由近至远，应该这样排序的：你大哥，你二哥，你；而以回家的时间以及在家里待的时间的长短则应该这样排序的：你，你二哥，你大哥。"蜡元朗似乎是在说笑，但老蜡分明看见他的眼里早已噙满了泪水。可能是怕情绪失控吧，蜡元朗忙转了一个话题，说："不过，我又比夏从坤要好得多。"

老蜡知道，夏从坤是父亲几十年的老同事，可能比父亲要小好几岁吧，但他们俩关系一直都很好，夏从坤的家距街上要稍远一些，在老蜡的记忆里，很多时候父亲回家或上班都是和他一起的。听父亲这么一说，老蜡感到有些诧异，忙问道："夏伯伯怎么了？"

蜡元朗说："他倒没有什么，能吃能睡的，只是有时候有些疯疯癫癫的，在发疯的时候，什么人都不认识，有的时候甚至连我都不认识了。"

老蜡有一些急迫地追问道："怎么会这样呢？"

蜡元朗叹了一口气，说："他不像我这样想得开，儿子有儿子的事嘛，但他这个人总是有些不知趣，还像儿子们小时候一样，随时都想要他们陪在自己身边。逢年过节就不说了，每年他的生日都要提前去喊儿子回来，而他那几个儿子又总是因为各种原因而不能回来，并说'生日嘛，年年都有的，等赚到钱以后再去给他做生也不迟'。从退休以后接连准备了三年，但到了生日这天，都一样连一个儿子也没有回来。这对一直对子女都很严厉的夏从坤来说无疑是一个非常沉重的打击，使他觉得在邻里间很没面子。

"一天，夏从坤和在当地很有威信，也是被大家公认为文化水平最高的张大爷闲聊时，张大爷说：'我有个规矩，不管是谁家做红白喜事，口头请我的，去不去要看人，可去也可不去，但如果发了请帖的，就必须要去，哪怕再忙，因为发请帖给你，说明人家对你是足够的尊重嘛。所以我请客，哪怕是过生日这样的小事，也要给别人写一个帖子，这样既很正式又显得很尊重别人嘛。古人都是这样，哪怕是很平常的小聚会或者是什么小的节气，需请客都要发帖子的。'说者无意而听者有心，到了第四年，在生日的前十天，夏从坤果然让老婆给三个儿子每人送去一张请帖。

在请帖的称呼上,他也下了很大的功夫,还查阅了很多资料,但并没有找到有关父请子的范本。直接称'儿子'好像不太好,如果只是写一个名字又显得很生硬,也不够书面化。琢磨了好几天才决定都称'某某同志'。虽然老婆坚决反对,说:'哪有爸爸做生还给儿子发请帖的道理,还把自己的儿子称"同志",这说出去都让人笑话。'但老夏在家里从来都说一不二,所以老婆抱怨了一阵子后,还是将请帖分别给三个儿子送去。谁知,到了生日那天,穿戴整齐的老夏一直等到近一点钟,还是一个儿子都没有回来。一气之下,将所准备的几桌酒席全部倒掉,然后大笑了几声,疯掉了。到现在都快两年了,还是疯疯癫癫的逢人便说:'没有人生我,我也没有生过儿子'。"

老蜡静静地听蜡元朗讲完这个故事,才拉着他的手,说:"爸爸,对不起哦,每年你的生日我都不在家,干脆今年你到我那里去过生日吧。"

蜡元朗将手轻轻地抽了出来,然后拍了拍老蜡的手,说:"言恭啊,你没有给我过生日,是因为时间不凑巧嘛。爸爸知道你孝顺,但你上班那么远,要回一趟家谈何容易,只要你心里随时惦记着,我就很开心了。你马上就要结婚了,爸爸老了,也帮不上什么忙,想来真是惭愧啊。如果你妈妈还健在,那肯定不是现在这个样子。"说到这儿,蜡元朗竟老泪纵横。

老蜡想一时间竟不知道该怎么去劝,从何劝起。此时,老蜡紧闭的嘴唇颤颤地蠕动了几下,但终究没有发出任何声响来,只抚着蜡元朗的肩膀轻轻地拍着。

很快蜡元朗便止住了哭泣,用他那看起来有很多油的,而且已经很破了的,有的地方甚至连棉花都露出来了的军大衣的袖口,猛擦了几下眼泪然后说道:"你看我,今天老二一家回来,我应该高兴才是嘛,怎么就弄成这个样子了,爸爸真的是老了啊。"

在午饭的时候,蜡元朗问:"宗明,最近见过你大哥么?"

蜡宗明说:"好久都没有看到他了,肯定去他岳父家过年了。"

老蜡说:"这还用说,好多年都是这个样子的嘛。"

蜡元朗说:"春节前,我带口信让你们回来商量你弟弟的婚事,你们不知道么?"

蜡宗明说:"我是收到了,我还以为大哥今天也要回来呢。"

蜡元朗沉思了一会儿,说:"有可能宗舜没有收到口信,你再联系他,在言恭走之前一定回来一次。"

万润芬说:"我有一个同事和大嫂在老家是邻居,他们明天要回去,宗明,你写封信让他带过去就行了。"

蜡宗明说："爸爸，你放心，到时候我和大哥一起回来。"

蜡宗舜接到信后很重视，便马上将信交给正在织毛线的妻子蒋淑平。蒋淑平并没有去接信，只努了努嘴，示意他放下信，然后问："谁来的？"

蜡宗舜说："宗明。"

蒋淑平似乎有些不满，说："他来信说什么？"

蜡宗明没有马上作答，他看了看妻子，又迅速将眼光瞟开，低着头，声音压得很低地说："爸爸让我们回去商量言恭的婚事。"

蒋淑平说："有什么好商量的，还不是说钱的事，先说好了啊，你可不准去乱表什么态哦，最多准备五十块钱就够了。还有，这几天不准回去，看到你家的那个破房子我心里就烦，过年过节的，不要把我的心情给弄糟了。言恭结婚，他自己知道来告诉我们，哪轮到你爸爸在那儿瞎操心。如果言恭来就直接送他五十块钱就行了，我表弟结婚我们才送了二十块呢。"

蜡宗舜感觉就像一盆冷水从头上倒了下来，心里很难受，本想发作的，但又一想："她就是那么个德性，我又有什么办法呢，这么多年不都是这样过的么？不提就不提吧，反正言恭结婚还有些日子，到时候再说吧。"

一直到年初六也没见蜡宗舜、蜡宗明回来，老蜡心里很不舒服，他想："其实他们不回来商量我的婚事倒没有什么，爸爸通知他们回来，不外乎是想显示一下他作为这岌岌可危的大家庭的家长的存在吧。只是他们，特别是大哥，的确在春节期间该回来看看爸爸，毕竟他年事已高，而且身体也不似从前了。前几天都想过要不要亲自去大哥家里请一下呢，最后还是没有去，就如同去年暑假回校时在车上不也想着给两个哥哥写信嘛，到后来还是没有写。我做事怎么这么拖沓呢？还是算了，毕竟他们是哥，我还是少发言吧。"

老蜡看得出来，随着时间一天一天地过去，爸爸也显得越来越焦躁不安了。于是只好安慰道："爸爸，哥哥他们可能很忙吧，我的婚事你就不要操心了，我自己会安排好的。"

蜡元朗也只得无可奈何地点点头。

老蜡突然想道："方跃就快要回部队了，我们还是应该早一点回去，毕竟方俞都好几年没见到方跃了。但父亲常说'七不出门，八不归家'，干脆就初八回去吧。那要不要带父亲一起去呢？锅子坝现在还太冷，带他去肯定不妥。还是等到天气暖和一点再说吧。"

见爸爸一直都没有作声，老蜡说："爸爸，我准备初八就回单位。"

蜡元朗先是一愣，接着就比较平和地说："是应该早一点回去的，方俞也该陪陪她家人。"

老蜡说："本来我想带你一起去的，但现在锅子坝还太冷，等稍暖和一点的时候你们再来。"

蜡元朗说："远天远地的，跑去做什么？"

老蜡说："我不是给您说过嘛，方俞的父母邀请您去呢。"

蜡元朗顿时露出了满意的笑容，说："我还真想去江油走走，特别是去锅子坝看看。"

老蜡说："还不只去看看，关键是去和方俞的父母商量我们的婚事，这么重要的事还是该由你们家长来决定。"

蜡元朗几乎笑出声来，他忙在几个衣兜乱摸了一阵子，老蜡不解，正要发问，他却自语道："我的短烟锅子呢？"

老蜡忙去里屋，迅速拿出了一个短烟锅子和一个烟袋。蜡元朗接过准备卷烟，老蜡又拿过烟袋，卷起烟来。

蜡元朗笑着说："有好多年没给我卷烟了吧？"

老蜡已经卷好了烟，递给蜡元朗，说："爸爸，你检验一下，看我的卷烟技术有没有退化。"

蜡元朗点燃烟，猛吸了一口，吐出一团白色的烟雾，说："儿子卷的烟，怎么都好抽。"说完又是一阵欢喜。

老蜡也露出了满意的笑容，他舒展了一下身子，说："爸爸，别只顾着抽烟，你们去锅子坝的时间还没有定下来呢。"

蜡元朗想了想，说："你二爸三月一号的生日，你几个表叔肯定要来的，我陪他们两天。我们都这么大岁数了，见一次少一次啊！这样吧，我就决定三月三号出发。"

老蜡说："好，你最好在绵阳坐火车。"

还没等老蜡说完，蜡元朗就说："这个你就不要给我讲了，你爸爸我怎么说也是走南闯北的人。"说完后又是一阵满意的大笑。

老蜡见爸爸如此开心，突然间就有了一种从来都没有过的释怀感，瞬间便觉得轻松了许多，于是摸了摸蜡元朗的手，说："对了，我还忘了，北京、上海爸爸都去过，去小小的锅子坝自然不在话下。"

蜡元朗又抽了两口烟，说："大炼钢铁的时候，几乎是走路去的锅子坝，究竟走了多少天，就不太记得了。"

老蜡说："现在好了，头一天出发，第二天就能到。我三月四号在楠竹园车站接你们。"

蜡元朗像是突然记起了什么样，看着老蜡，说："诶，不知道方俞家里还有啥规矩么？不同的地方有不同的规矩的。"

老蜡说："这个我也不太清楚。"略思考了片刻，他接着说道："这个你就不要考虑了，你们来就行了，就是有什么规矩，你也不必考虑，我去办好就行了。"

蜡元朗说："就是没有啥规矩，礼数还是要的，我就带一些土特产去，你看怎么样？"

老蜡说："可以可以，那我给你拿一点钱吧。"

蜡元朗面带愠怒，说："又来了，怎么老不长记性。这个吴桂英会办好的，你就不要管了。"

初八这天一早，蜡元朗已经将一捆干粉条和一袋足足有五斤的红苕粉准备好了，这是给方俞父母准备的礼物。吴桂英还代表蜡元朗给了方俞一个红包。老蜡和方俞正准备告辞，蜡元朗说："我们送送你们。"

老蜡说："要不了多久就又要见面，就不要送了。"

蜡元朗说："方俞第一次来，怎么说我也要送你们到公路边，看着你们上车。"

方俞见老蜡还想说什么，便拍了老蜡一下，说："那谢谢蜡伯伯、蜡伯母了！"

在准备上车的那一刻，蜡元朗那看起来只有一层皮的鼓鼓的喉头不断地涌动，却连一句话也没有说出来，虽然他一直都面带着微笑，但眼睛却红红的了。老蜡也哽咽了，也一样连什么话都说不出来，更不敢去看父亲，只扭过头，拉着方俞上车。

还好，车上还有空座，坐定后老蜡马上从窗户上探出头去，蜡元朗和吴桂英还是呆呆地并排站在那儿。老蜡想说点什么，却还是怎么也发不出声音来，只得一个劲地挥手，直到车子已经开出很远。老蜡想："为什么尽管爸爸对继母有那么大的意见而又不愿意分开呢？我总算想通了，这毕竟是一对伴儿啊，不管是开心还是不开心。爸爸是悲哀的，如果妈妈没有那么早就去世，他肯定也和方俞的爸爸一样幸福，而且他肯定要比现在年轻得多。对了，人们常说的'少是夫妻老是伴'，这是多么经典的表述哦。我和方俞，爸爸和继母不正是一对夫妻一对伴嘛。或许，我和方俞在今后的生活中也会出现这样那样的矛盾，但不管怎样，我都要自始至终地呵护她，愿我六十岁、七十岁时都还和方俞和和睦睦。"

"诶，言恭，那儿我们是不是去过的啊？"方俞的叫声将老蜡从思索中唤醒。

他抬起头看了一眼，说："是啊，你不记得了么，大哥就在那儿工作呢，我们腊月二十八才去了的嘛。"

方俞似乎才记起来，说："我说嘛，咋这么眼熟呢。呃，言恭，前几天我都想问你，你大哥大嫂春节怎么都不回家呢，那他们在哪里过年呢？"

老蜡没多做考虑，接口就说："这都习惯了，在我的记忆里，从大哥和大嫂自耍朋友以后就再也没有回家过春节了，这大概至少应该有七八年了吧。"

方俞将靠在老蜡肩上的头抬了起来，说："哦，这样子不太好吧。言恭，我今天给你表个态，今后我们每年都要回到这里来过春节，因为这里才是你的根嘛。"

老蜡没有说什么，只是将手从方俞的腰与靠背的空隙处伸过去，搂住她。而方俞也没有转过身子，只是用右手捏着搂着她腰的老蜡的手，稍稍往上面提了一点，以更贴近自己的胸部，并用大拇指轻轻地抚摸着老蜡的手背。被方俞这么一弄，老蜡又心痒痒的，想亲吻她，突然记起这是在客车上，便又止住了。

一直都看着车外的方俞突然大声说道："呃，那不是大哥嘛！"

老蜡一看，果然见大哥带着儿子正在公路边和别人说话。

蜡宗舜也看见了他们，一下子跑到了车窗下面，说："我正准备今天回去呢！言恭、小方，快下来，明天再走！"

老蜡说："大哥，算了，下次回来再耍。"

蜡宗舜大声说："不行，一定要下来！幸好我在这儿等车，不然的话我回老家去就扑空了！"这样说着，他已经跑到车门口往车上走，大概是想去拿老蜡的行李。

司机有些不耐烦地说道："要上要下都快一点，莫耽搁时间！"

蜡宗舜没有继续往里面走，只站在车门上猛招手，说："言恭，快点，下来！"

老蜡并没有多想，马上站起来，拿上行李拉着方俞就下车。

蜡宗舜很开心，老蜡刚到车门口便接过了他的行李，刚走几步又去提放在路边的一个纸箱。

由此老蜡判断蜡宗舜确实是准备回老家去的。他突然想道："如果今天我没有走或者在这里没有碰到大哥，那他肯定回老家去了，这样爸爸就能看见他的大儿子和大孙子了。如果我就这样走了或者就在大哥这儿待一天，那大哥就会另外找时间回去。既然今天决定不走了，还是应该让大哥回老家去才好。"

蜡宗舜终于松了一口气，说："哎，真的是兄弟有缘啊，要不是有事耽搁了一下，我们肯定就错过了。"此时的蜡宗舜显得很激动，就像突然间得到了一件什么宝物一样，一时间竟有些不知所措，两手都提着东西，却不知道往什么地方走。

老蜡看了看表，说："大哥，既然你正打算回老家，那我们还是回去吧？"

蜡宗舜说："回老家啊？"说这话时他显得有些犹豫，稍作停顿后接着说道："你看，春节前方俞第一次来我家，恰好实在那天太忙，只吃了一碗面条就走了。这事儿，我和你大嫂一直都耿耿于怀呢，今天都到家门口了，如果还不好好款待一下，那以后我怎么去做大哥呢。今天就不回老家了。"

方俞好像已经很了解老蜡的想法一样，说："看大哥说的，一家人还谈什么款待不款待的，越随便越好嘛，回老家和蜡伯伯一起不是更好么？"

老蜡拉了蜡宗舜一下，说："大哥，我们还是回老家去吧，也让爸爸高兴高兴。"

蜡宗舜稍作犹豫后爽快地说："好，就回老家去吧，我先给老二打个电话，看他有没有空。"

老蜡试探性地问道："那大嫂要一起回去么？"

蜡宗舜说："哦，你大嫂去绵阳开会，昨天就走了，最快也要后天才回来。"

老蜡见蜡宗舜那十分放松的表情和爽快的回答，突然想到了一句叫作"老虎不在家，猴子称霸王"话来。此刻，老蜡就好像重新认识了蜡宗舜一样，他想："原来大哥也并不是那种畏首畏尾的人，办起事来也一样精明果断。"

回到老家，还不到十一点，蜡元朗自然非常高兴，与他们打个招呼后便带着孙子出去耍，吴桂英开始煮饭，方俞也一样帮忙，只有老蜡和蜡宗舜坐在堂屋里。

蜡宗舜说："弟弟，你要结婚了，大哥也帮不上什么忙，我给你拿两百块钱，你去买一点需要的东西。这是我这么多年来私下存的钱，你大嫂都不知道的。你结婚的时候，你大嫂还会送一点钱的。这两百块钱就不要让其他人知道，有些情况你明白的，我就不多说了。"

老蜡听蜡宗舜这么一说，突然感觉有一丝丝的伤感，便再三推辞。蜡宗舜却一再坚持，最后老蜡是收下了，但心里却很不是滋味，一时间也不知道该怎样来化解这心中的郁闷，越发不开心了。

蜡宗舜也好像没有什么可说的，呆呆地坐在堂屋里，约莫过了十多分钟的样子，才说道："言恭，我们去外面走走吧，顺带接接老二。"

快十二点，蜡宗明一家才赶回家。按照蜡元朗的安排，今天破例改在了堂屋里的大方桌上用餐。蜡元朗特别高兴，说："今天才初八，还是算过年，我们家好多年都没有像今天这样一家人在春节期间团聚了，你们都不要拘礼，好好喝几杯。"

蜡宗舜说："爸爸，以后我一定会多抽时间回来陪你的，今天晚上我就在老家住，明天和三弟小方一起赶车回去。"他也并不避讳什么，当着一家人的面，还特地嘱咐儿子，说："不要让妈妈知道我们回过老家，还住了一晚上。"

　　老蜡在即将返回单位的时候，终于一家团聚，这也算实现了多年的愿望。走的时候，心情好像也没那么沉重了，虽然蜡元朗没有像昨天那样送他们到公路边，但老蜡看得出他的心情比昨天要好很多。

第十四章

  和前几次不一样,这次老蜡选择在绵阳坐火车。上车后还有很多空座,为了不被其他人打扰,他们选了一个两人的座位,方俞靠窗而坐。可能这一段时间在家里做了太多的家务,又每天晚上和老蜡亲热,总有说不完的话,有时竟说到凌晨,所以刚坐定方俞就说:"言恭,我好困哦,想眯一会儿。"随即便趴在老蜡的腿上很快就睡着了。

  列车在飞驰,望着窗外,老蜡感慨万分。他想:"前几次坐火车时是何等的狼狈,而今天居然还带着女朋友。看来这两年来我并没有虚度,而且还小有成就。"突然又想起了若兰:"之前如果在我心里还给若兰留了一点点位置,那么从今以后,她就会彻底地从我的生活中消失掉。因为再过一会儿,史秀娟就会看见我和方俞一起,若兰当然很快也就知道了。"想到这儿,老蜡竟有了那么一丝的担忧和伤感。但瞬间又觉得自己有些莫名其妙:"我和若兰并没有开始,而和方俞虽然还没有突破最后的那一道防线,但每天晚上都睡在一起,可以说对方俞身上的每一个部位都了解得清清楚楚,这与夫妻已经没什么两样。刚才我的担忧肯定是因为还没有彻底地把若兰放下吧。这样不好,不好,对谁都不好。绝不能再对若兰有一丝丝地眷恋了,要彻底地从内心深处将她忘掉。这样肯定只会伤到若兰一个人,否则,被伤的人就太多了。向阳、方俞甚至若兰,以及我和方俞所有的家人……"

  老蜡任凭自己的思绪无限地放飞,并没有像以往那样去留意周边的人,整个车上,除了趴在他腿上的方俞以外,就好像只有他一个人一样,他甚至很享受现在这种喧闹中的宁静。他突然又想道:"我原来一直都想不通,青年时候的毛泽东为什么专门要去很喧闹的地方读书。之前我也曾效仿过,却怎么也读不进去。现在终于明白,原来心要定,只要心定了,不管外界出现什么样的情况,都不会影响到自己。现在我的个人问题已经有了着落,那么余下的就应该抓紧时间学习。开学后一定要认真系统地按照先前所制订的计划来学习,不能再去荒废一点点的时间。哎!出门时怎么不带两本书呢,不然这几个小时也不会就这样白白地浪费掉。"他又想:"古人曾说'读万卷书'不若'行万里路'。如果你不去留意,就是行再远的路,也一样没有收获的。现在交通如此发达,较古人所说的万里路,行起来要容易得多。也正是因为有了这样发达的交通,使得人们在行的过程中已经没有足够的时间去观察了,如果再不加以留意,即使你行了再远的路,其收效可能就连古人行的十里路、百里路都不及。我应该用心去记下车站与车站之间的运行时间,每一站的停车时间,站名以及沿途的各种情况,比如桥梁、隧道什么的,回去后再将这一切都记录下来。以后不管去什么地方都应该做这样的功课,哪怕就像前几次步行回铅锌矿时的一路所见、所想都应该完整地记录下来。"

老蜡果然不再那样无聊,还感觉时间过得很快,不知不觉已经到了楠竹园车站。和以往不同的是,下车后老蜡和方俞并没有像前几次那样以最快的速度去赶客车,这大概是因为他们只坐到锅子坝,时间很短,并不需要有座位的缘故吧。老蜡暗想:"其实还有另一个原因的,就想慢一点让史秀娟看见我和方俞。"

好像是老天爷故意安排的一样,并不是史秀娟卖票,而且车上竟连一个认识的人都没有,老蜡甚至想欢呼起来。

快到方俞家的时候,老蜡见堂屋里的火塘边有一个很熟悉的面孔,仔细一看,原来是被公认为矿上"一枝花"的矿团委的干事张筱。老蜡一下子就紧张起来,他想:"怎么会是她呢,不可能吧?在我的眼里,张筱简直就如同是'神'一样,是我从来都不敢直视的。所以在一起工作了那么长的时间,虽然也经常看见,但彼此并没有什么交往,甚至见面时连招呼都没有打过,唯一的一次交往就是听马明说那天晚上我喝醉了酒以后张筱来送过水果,但因为太醉,我并不知道,甚至连一点点零星的记忆都没有。"

刚看见老蜡,张筱更是诧异,随即便红着脸比较别扭地招呼道:"蜡老师,你好!"

老蜡虽然能猜到是怎么一回事,却还是感觉很紧张,以至他自己觉得有些莫名其妙——我为什么会这么紧张呢?但他也知道,不管怎样,也绝对不能因为极度紧张而失礼,于是不断地在内心里告诫自己:蜡言恭啊蜡言恭,你一定要镇定、一定要镇定。约莫过了快一分钟的样子,老蜡才红着脸说:"张,张干事,你,你好!"

张筱也从老蜡的举止中感觉到他的紧张,只苦笑了一下,并没有再说什么,但记忆却将她迅速地拉回到了两年前;星期天下午,张筱刚从绵阳回到矿里,就看见几个女同事在房间里眉飞色舞地议论着什么，她们看见张筱，就像是主角出场一样，马上拉着张筱坐下。劳资科的汪芬说："张筱，你回来得正好，如果再晚回来几天，可能就错过好事了。"

其他的几位都笑着附和着汪芬。但张筱却有些莫名其妙，说："什么好事？我能有什么好事。"

汪芬说："看来你还真不知道呢，矿子弟校分来了一个教体育的老师，高高的个子，一头卷发，洋气得很哦。"

张筱听后确实有些激动，但她还是很平静地说："他洋气不洋气关我什么事。"

汪芬说："还说不关你的事，这几天我们排了一下，全矿就只有你最合适。"

张筱的脸微红了一下，忙站起身来，说："不和你们说这些了，我还有事。"

财务科的晏美兰一把拉住张筱，笑着说："你不要这么快就走嘛，先表个态，我们好帮你撮合撮合。"

张筱的脸更红了，没有再说什么，忙走掉了。回到寝室，张筱的心却再也无法平静，好想去看看他是不是如她们所说。突然想到，如果他刚分来，那肯定要来办理团组织关系，到时候不就能一见嘛。

第二天上班，张筱着意打扮了一番，早早地来到办公室，但直到快下班的时候，来办组织关系的几个新分来的人中并没有如她们所说那一位，张筱好失望，便忍不住去翻看记录，才发现有一个叫蜡言恭的人已经办理好了组织关系。单看他的履历，张筱就断定她们所说的那人就是蜡言恭，张筱的心不由得一阵扑扑地乱跳，便不自觉地站了起来。

工会的丁佩佩来了，说："怎么，想早退啊？"

张筱一看时间，还差一刻才下班，于是又坐下，说："没有，怎么会早退呢，我只是舒展舒展。你请坐！"

丁佩佩拿出一个笔记本来，说："张筱，我不大会识谱，这首《吐鲁番的葡萄熟了》我怎么也唱不好，你教教我吧。"

张筱说："算你运气好，我昨天正好买了这个磁带，一会儿去我寝室听。"

张筱和丁佩佩刚下楼，就远远地看见前面有一个穿运动衣的人，虽然看得不是很清楚，但那一头卷发却隐隐可见。张筱想这肯定是蜡言恭。于是佯装不经意地说："那是谁啊，上班时间还穿运动装。"

丁佩佩也正盯着他，说："说是子弟学校刚分来的体育教师。"

张筱正想看个究竟，不料那人却拐弯了。尽管这样，张筱还是觉得他果然如同事所说，完全符合她的审美标准，于是打算有机会先交往一下再决定是否追求他。

有一次，张筱在去食堂的路上，远远地见他走来，便立即做好了准备，打算主动和他打招呼，但临近时，才发现他根本就没有在意她，甚至连看都没看她一眼。张筱当时很生气，她想："之前我有过很多的追求者，却没有一个是中我意的，这个蜡言恭倒还真令我满意，但又太过骄傲。总之不管他是谁，我绝不能容许对我有半点的不恭。"因此，张筱便将老蜡从她内心的王宫里彻底打进了冷宫，并决定，以后不管在什么时候，绝对不会主动和他打招呼。从此就是老远见了老蜡，她都装作没看见，所以和老蜡基本上没接触过，只是彼此都知道对方是谁罢了。

尽管这样，但张筱还是一直都暗中留意他，好几次甚至有主动打个招呼的冲动，但最终还是自尊心战胜了冲动，一直坚持着先前的决定，即一定不会主动和老蜡打招呼，没想到这一坚持竟接近两年。在运动会结束的头一天，矿广播站就在第一时间报道了老蜡已经拿下了三个冠军，这是铅锌矿有史以来还从没有过的大事。这个喜讯弄得张筱的心还怦怦地乱跳了好一阵子，虽然之前也听说过老蜡是一个运动健将，但没有想到他竟是那样的棒，这毕竟是整个绵阳地区的比赛啊，而且参赛者众多。平常好像也没有听说老蜡在矿里面锻炼过，怎么一参加比赛，就出了这样的成绩呢，如此看来，这个老蜡还真不简单，也是一个很低调的人，这恰好又是张筱最喜欢的性格。当时，张筱甚至有一丝想急于见到老蜡的冲动，如果不是矿里安排她准备欢迎仪式，那肯定跑去江油看篮球决赛了。于是张筱决定：如果再见到老蜡，不管他看没看我，都要主动和他打招呼并开始交往。

到了第二天，老蜡更是像英雄一般被矿党委兰书记带领着矿里所有的领导一起迎接了回来。在召开庆功大会时，站在第一排的张筱才仔细地看了看老蜡：高高的个子，端正的五官，剑一样的浓眉下有神的眼睛，一头乌黑卷曲的头发。当时她就觉得站在台上的老蜡怎么变得如此高大，而她自己却那样的渺小，张筱再次意识到："他的确是我喜欢的那种男人。哎！不管怎样，都应该尽快和他接上关系，最好是能够把关系确定下来。"

欢迎仪式结束后，张筱又到食堂帮忙。庆功宴开始后她并没有像其他几个帮忙的人一样马上就回去，而是选了一个紧靠小食堂的位置坐下来，一直看着里面的老蜡，直到庆功宴快结束的时候才离去。整个庆功宴的过程，她都看得清清楚楚，也知道老蜡喝醉了，还看见他被几个同事搀回寝室。

张筱回到寝室，并没有像平常那样随即就换上睡衣，而是一屁股坐在凳子上发呆，思前想后一个多小时，终于做出了这一生中最重大的决定，那就是主动去给一个陌生而又熟悉的男人——老蜡送一点水果并照顾他。于是忙换了一套较休闲一点的衣服，外面罩着一件稍宽大的风衣，再将两个洗得干干净净的苹果和两个广柑一起放在一个纸袋里，然后把纸袋藏进风衣里。照了照镜子，觉得应该看不出来风衣里还藏着什么东西，这才往老蜡的寝室走去。

刚到了楼下，她又犹豫了，见老蜡的门虚掩着，而且灯也还亮着。因此不敢断定房间里是否有其他的人。张筱想："如果有人的话，还真有点难为情，之前什么交往都没有，怎么现在又来送水果呢，不是明摆着在向老蜡示好么？虽然我退而求其次，准备主动接近老蜡，但这并不代表可以让其他人知道这一切。"

权衡好一阵子后还是决定回去。正准备转身时，见一个人从老蜡的房间里出来，而且还轻轻地将门虚掩上，回到了与老蜡隔一间的房间里并关上了门，约莫两分钟的样子连灯也关了。张筱一下子兴奋起来，觉得连老天爷都在帮她。没来得及多想，便轻手轻脚地走到了老蜡的门前，毫不犹豫地轻轻推开门，见他还熟睡着，就没有去叫醒他，而是将苹果和广柑放在他床前的一个放了一杯水的凳子上。看了看他那稍显凌乱的房间，准备帮他整理一下。哪知门却突然开了，吓了张筱一跳，原来是马明，也是认识的，打过招呼后，张筱只得解释说是兰书记要她给蜡老师送一点水果来，也没有多说什么便只好匆忙地回去了。

这一晚张筱几乎彻夜未眠。她想了很多，但最终还是决定从明天开始，要找机会多接触并主动去追求他。哪知道第二天刚上班，就接到了去团地委学习的通知，而且要求尽快去报到。这一学就是好多天，直到春节前几天才学习期满回到矿里，而老蜡却早已经放寒假回家了。

春节期间，在锅子坝区任区长的张筱父亲的老部下于永胜说，有一个退休老干部的儿子方跃在部队当连长，人品好人才也好，问张筱需不需要认识一下。

本来近一段时间张筱就老想着老蜡，但可能因为父亲原来是军人的缘故，从小她对军人就有一种自然的崇敬，加之她父亲也很乐意，所以春节期间于永胜便带着方跃来张筱家里见了一面。

方跃果然一表人才，谈吐不凡。张筱一家人都很喜欢，所以她也并不排斥，便决定先交往一下。等开年以后，先和老蜡接触一下，待有了定论再决定是否和方跃恋爱。今天是应方跃的再三邀请，而且于永胜也极力撮合，出于礼貌，也考虑到方跃即将回部队，加之来的地方又是锅子坝，并没有什么人认识她，所以才勉强同意来方跃家玩儿的。

其实老蜡也和张筱一样，满脑子都是回忆：刚到单位时，就经常听同事们议论起"矿花"张筱,不仅人长得漂亮,而且爸爸还是绵阳地区的大官,但矿里所有的小伙子好像都入不了她的法眼。一开始,老蜡也很想一睹"矿花"的风采。第一次见到她时,远远望去觉得实在是太漂亮,甚至比同事们描述的有过之而无不及。正是因为她的漂亮而让老蜡感到很自卑,因为自卑而使他怎么也不敢正眼去看她,甚至可以说只是敢远远地偷窥,在估计张筱要看他的时候,便马上将视线移开。因此,老蜡好像从来都没有正眼看过张筱,今天应该算是第一次吧。

"你们认识啊?"见张筱和老蜡都有些不自然地在那里发呆,方跃忙笑着问道。

张筱看了方跃一眼,脸还是微红着说:"怎么不认识,我们一个单位的呢。"

方跃笑着说道:"但有一点你肯定不知道,他是我未来的妹夫。"

听方跃这么一介绍,老蜡一时间竟不知道该说什么好。让他没有想到的是除向阳以外,第一个知道他有女朋友的,竟是平常连看都不敢正眼看的"矿花"张筱。必须承认,不管若兰也好,方俞也罢,老蜡都敢主动和她们搭话,但在张筱的面前,他感觉就像是奴隶一样,很卑微、很卑微。甚至觉得想要正眼看她都要得到她的恩准一样,以至彼此的目光好像从来都没有碰到过一起一样。上次醉酒后,听马明说是张筱拿来的水果,就像是得到了一件皇帝御赐的宝物一样,过了很久,都还在回味着那些水果。开始老蜡还不太相信,在对马明进行了"严刑拷问"以后终于确认。在鼓足勇气准备去致谢的时候,张筱又去团地委学习。后来一想,有可能真如马明所说,张筱是兰书记派来送水果的,要不她怎么可能来给自己送水果呢,自己何德何能。更重要的是与她平常连一点交往都没有,甚至连招呼都没有打过,又不可能去找兰书记印证,随着时间的推移,终于将这从来都觉得是绝对不可能的事情放下了,甚至连想都没有再想起过。

见老蜡一直都呆呆地站在那里,张筱忙笑着说道:"怎么了,蜡老师,还不好意思么?"

老蜡这才觉得有些失礼,忙说:"没有,没有,你们请坐,请坐。"

方跃又做了介绍:"这是我妹妹方俞,这是张筱。"

方俞倒是很热情地和张筱打招呼,然后笑着说道:"哎!汽车转火车,火车又转汽车,真是脏死了,我去洗洗就来。"说着便跑了出去。

不到两分钟便传来了方俞的叫声:"言恭,你也快来洗个脸。"

此时的老蜡正觉尴尬,听到叫声甚至连招呼都没有和他们打便趁机溜了出去。

老蜡走后,张筱似乎有些责怪地说:"方跃,怎么原来没有听你说起过你妹夫呢?"

方跃并不知道张筱心里的真实想法,只笑着解释道:"我们就见了两次面,而且每一次都有说不完的话，哪里还有闲工夫聊到他们呢，你说是不是？况且他们也是春节的前几天才在一起的，哦，对了，就是在我探亲回来的第二天才确定了关系的，当然我也是见证者之一嘛。"

张筱一算："老蜡和方俞确定关系的时间肯定是在运动会之后了，说明送水果的时候，他并没有恋爱，哎，这该死的学习！"想到这儿，张筱突然有了一种极度的失落感，让她倍感痛苦，虽然并没有和老蜡恋爱过，而且从来都没有单独在一起说过一句话，甚至连招呼都没有打过，但此时张筱还是有一种极其强烈的好像是失恋的感觉。虽然她的追求者无数，但老蜡却是唯一让她动了心的男人。此时的张筱在后悔之余，甚至有马上就离开的冲动。

方跃见张筱似乎很不开心的样子，问道："怎么了，张筱，不舒服么？"

"没有，只是被单位的同事撞见了，始终觉得还是有点儿不好，况且我们还只是普通朋友嘛。"张筱突然觉得自己可能有点儿失态，只得这样解释道。

方跃还真相信了张筱的这个解释，说："你不要担心，我会给他说清楚的，我这个妹夫很不错，他绝对不会乱讲的。"

正说着，方俞跑了进来，她笑着说道："在说我们言恭什么呢？"

方跃笑着说："在说你的言恭好能干，好厉害，行了不？"

老蜡傻笑着走了进来，但脸还是有一点红。他看看这个又看看那个，唯独不敢去看张筱。犹豫好一阵子后，才在火塘靠墙壁的位置坐了下来，并随手拿起火钳，毫无目的地摆弄着火塘里的柴火，眼睛当然也就只看着火塘。

方俞从卧室里拿出一个很漂亮的镔铁盒子来，顺势坐在张筱的身边，打开盒子递到她的手上，说："张筱姐姐，这是我的珍藏大白兔，平时都舍不得吃，不给他们吃，我们吃吧。"然后很顽皮地看了老蜡和方跃一眼，做了一个鬼脸。

老蜡还是傻笑，而且笑得似乎有些机械，就好像脸上肌肉的大部分都已经冻僵了一样，仍然一句话也不说。

"黑二回来咯，嘚、嘚、嘚、呛、呛、呛、嘚呛、嘚呛、嘚呛……"外面传来了一阵高声的川剧唱腔。到门口一看，原来是于永胜来了，见他边唱边随着节拍踏着骑马的步子而来，大家都笑了。

方跃热情地招呼道："来，于区长，快请到堂屋里来烤火。"

"不，老规矩，我从不烤火，革命青年一身正气还怕寒——冷——么"，于永胜还是用唱腔回答着并配合着手势，显然还没有从刚才的戏份里回到现实中来。

张筱已经从先前的尴尬中解脱了出来，她笑着说道："于哥哥，你不要再唱了嘛，哪里像个当区长的哦，要不回头给我爸说一下把你调到川剧团去唱戏好不好？"

于永胜打趣地说："不可，不可，如果把我调到川剧团去，那我就没法喝上铅锌矿里才子配佳人的喜酒了哦。"

张筱的脸一下子绯红了，她责怪似的说道："越说越不像话了，什么才子佳人的。"

于永胜忙说："呃，呃，口误，口误，需要注解一下，括弧，是铅锌矿的才子和方俞的一台喜酒，佳人和方跃的一台喜酒才对。不过你们也可以一起办的嘛。"于永胜似乎很得意于自己的这种幽默感，说完之后便哈哈大笑起来。

张筱还真有点儿生气，板着脸说："于哥哥，话可不能乱讲哦。"

因为方跃刚才有过承诺，见张筱的确有一点不高兴，忙说道："对，对，对，我和张筱还是普通朋友嘛。"

于永胜用手戳了一下方跃的额头，笑着说道："你小子真没出息，还是个连长呢，仗都还没有打起来就想当逃兵了啊。"

于永胜这才好像回归正常了一样，看了看老蜡，问道："对了，蜡老师，你是什么时候回来的呢？"

老蜡说："今天刚回呢。"

于永胜一本正经地说："哦，对了，蜡老师，我的一个老领导，也就是张筱的爸爸，看了你的字很喜欢，想请你给他写一幅毛主席的《菩萨蛮·大柏地》，你现在就帮忙写吧，反正上次没用完的宣纸都还放在这儿呢。"

张筱听于永胜这么一说，觉得很诧异，于永胜的话音刚落，便迫不及待地问道："我爸什么时候见过蜡老师写的字，我怎么不知道呢？"

于永胜说："就是送你过来的那天啰！"

张筱说："你们不是说的是方主任的女婿写的么？"实际上那天谈起这件事的时候，张筱确实在场，只是说到方主任的女婿时，她根本就没有和老蜡联系起来而已，况且之前也并不知道老蜡的书法也好，张筱顿时有了一种比先前更深的失落感。她想："本可以和老蜡相好的，却因为我的高傲而好端端地失去了这样的机会。也怪老蜡太不爱表现了，要不，作为矿团委干事的我怎么会不知道呢，而且去年还搞过一个全矿的职工书画展，老蜡肯定没有参加。"

张筱正想得出神，于永胜又摇头晃脑地笑着说道："方主任的女婿者，蜡言恭老师也。"他哪里知道此时的张筱连肠子都快悔青了。

老蜡好像才找到摆脱之前那种尴尬的机会，当然还是不敢去看张筱的表情，只说道:"写是可以写的,就是没有带印章。"

于永胜说:"这有什么难的,写好了回去盖上印章交给张筱不就行了么,反正你们一个单位。"

老蜡说:"那我干脆回去写吧,写好了盖上印章交给张干事就行了。"

于永胜毫不让步地说道:"现在就写,我要看着写,不然你回去拿一个'赝品'怎么办,送给张书记的字可不是闹着玩的。"说完后于永胜觉得自己真太具幽默感了,于是又哈哈大笑起来。

老蜡也觉得整个春节期间都没有练过字,想写一下,便在堂屋的桌子上铺好纸,刚一提起笔,又停下了,说:"于区长,这首词我记不太清楚了,你先给我写一下吧。"

于永胜说:"好,就是在你面前写总有一点班门弄斧的感觉。"

听于永胜这么一说,张筱更觉得这里面大有文章。她知道,于永胜一向很自负,连他都说在老蜡的面前有些班门弄斧,而且于永胜的字也写得相当好,这样看来这个老蜡还真不简单。于是忙说道:"于哥哥,你今天怎么变得这么谦虚了呢?难道是受了什么挫折不成。"

于永胜并没有正面去回答她,而是找了一张很小的宣纸,将这首词用毛笔写下来交给老蜡,说:"蜡老师,献丑了。"

老蜡看了一会儿后,拿起笔,凝思了片刻,然后用左手在宣纸上比画了几下便开始书写。还没有写完,首先是方跃开始鼓掌,接着就是大家的一片掌声。写完后,准备落款,老蜡问道:"请问张领导的大名?"

一直都呆呆地站在那儿的张筱脱口而出:"张俊德,英俊的'俊',道德的'德'。"

于是老蜡落款:张俊德前辈斧正,后,蜡言恭学书。

于永胜重重地拍了一下大腿大声说道:"好啊,好一个'斧正',蜡老师真的是越有本事越谦虚啊。"

方跃说:"给我也写两幅吧,我带回部队送给首长。"

老蜡爽快地说:"好,写什么内容呢?"

方跃说:"随便什么都行,你帮我选好了。"考虑到方跃是送给部队领导的,稍作停顿后便写了一幅王昌龄的边塞诗,一幅毛泽东的《七律·人民解放军占领南京》。写完照样落款。放下笔后问方俞:"有豆腐干么,给我拿一个,要选干的,越干越好。"

于永胜笑着说:"怎么,写饿了么,要不要再弄一点腊肉喝一点酒呢?"

老蜡只嘿嘿一笑，并没有作答。方俞飞快地从厨房里拿了一块豆腐干来，老蜡接过豆腐干，将桌子上的水果刀拿起来，很小心地先切出一个平面，然后用大拇指和食指卡好位置，几刀就切出了一颗方的豆腐干来，在纸上试了一下后，很快地就刻出一枚白文的"蜡言恭印"。然后又切出了一枚较长却不很规则的半椭圆的豆腐干来，但并没有马上下刀，而是走到门口，看了看满天飞舞的大雪，这才回到桌子前拿起水果刀刻下"快雪催春"闲章一枚，朱文。方俞早已到里屋拿出一盒印泥来。

于永胜双手一拍，说："好一个'快雪催春'啊。真是太有才了，太有才了啊！这两枚印章我收藏了。"

张筱好像已经完全抛开了刚才的种种想法，而开始专注地欣赏老蜡的书法，见盖完图章以后忙说道："蜡老师，给我也写一幅吧。"

老蜡忙说："好，好。写什么内容呢？"

张筱很轻柔地说道："看你想送我什么内容了喽，你决定好了。"

老蜡想了想，说："那写一幅唐玄宗的《好时光》怎么样？"

张筱点了点头，说："行，你觉得好就行。"

老蜡将一张宣纸折了几下，然后写道：

　　宝髻偏宜宫样　莲脸嫩　体红香　眉黛不须张敞画　天教入鬓长　莫倚倾国貌

　　嫁娶个　有情郎　彼此当年少　莫负好时光

写完后老蜡突然想起上次在方俞床上闻到的那种奇香来，瞬间便觉得送这首词给张筱肯定不妥，便红着脸说道："不妥，不妥"，并准备揉掉。

于永胜忙制止道："什么不好呢，很好嘛，简直是精品，为什么要揉掉呢？"

可能在场的也只有于永胜一个人能认得全，于是便大声朗读起来。刚读了几句张筱的脸就红了起来，但这红里却包含着一种自豪，一种女人特有的自豪。而方俞的脸却阴沉下来。

于永胜接着说："古人的词借来用用，抒发一下自己的情感，有什么不可以的嘛。"

张筱定了定神，眨了几下眼睛，笑着说："很好啊，就这一幅吧。"

老蜡也没有再去揉掉，而是在上面落款：

"张筱同志清赏　蜡言恭书。"

盖上印章后交给了张筱。

于永胜看了看手表，说："差不多了，我们走吧。哦对了，把那两枚印章包一下我带走。"

张筱笑着说："怎么能让你收藏呢，你那么好吃，哪天你肚子饿了，一口吃掉了怎么办？"

于永胜没有去回应张筱刚才的玩笑话。见老蜡和方俞还站在那儿，并没有要往外走的意思，便邀请道："哦，蜡老师和方俞也一起去吧。"

方俞问："到哪儿去啊？我和言恭就不去了吧。"

于永胜笑着说道："你们怎么能不去呢，虽然今天晚宴的主题是给方跃饯行，我知道你方俞一定是三十夜洗了脚的，刚回来就碰到了，而且刚才蜡老师又写了那么多的字，我请个客还不行么。还有你爸妈可能都已经到了呢，你们不去，在家谁给你们弄饭吃啊，饿死你这个小懒虫。"

方俞锁好门，一行五人便往锅子坝区公所走去。一路上方俞总是挽着老蜡，显得很亲热，而张筱却和方跃始终保持着一定的距离，几次方跃想靠近一点，但她都有意地避开了。于永胜一路却很少说话，只不时地高歌几声，就像整个路上只有他一个人在行走一样。

街道几乎所有的门上都贴有春联，而且到处都显得很干净，节日的气氛依然浓浓的。却并没见有多少人，好些人都是从屋子里出来打过招呼后很快又回到屋子里去。老蜡想："他们大概是听到于永胜的歌声而为之的吧。也正因为这样，整个街上才给人一种忙忙碌碌的感觉。"

方俞的父母已经在区公所的院子里和几个人聊天。见到老蜡和方俞，便过来热情地问这问那。

于永胜走过来说道："方主任啊，你这个女婿真是不简单啊，居然可以用豆腐干刻印章。奇才，奇才啊。呢，对了，蜡老师，上次写的几幅字还没有盖印章呢，趁现在有空，又有了印章，就帮我盖上吧。"

老蜡说："那几幅字就算了吧，写得乱七八糟的。"

于永胜说："怎么能算了呢，我觉得很好啊。"

老蜡说："那你随便盖上去就行了，反正章都在你那儿。"

于永胜一本正经地说："那怎么行呢，盖印章是有讲究的，也需要技巧，一幅作品写好了最多也只能算完成了七成。有时候印章却能够起到画龙点睛的作用，甚至能够弥补章法上的不足。"

听于永胜这么一说，老蜡倒有一点不好意思，他想："这些理论我也隐隐知道些，却没有刚才于永胜说的那么具体、透彻，真有耳目一新的感觉，眼前的这个于永胜还真值得佩服，他一定读了不少书。"

正说着，区公所食堂的炊事员老王跑出来叫道："于区长，客人们都到齐了么？可以开饭了哦。"

于永胜看了看表，说："是时候吃饭了。"便招呼大家一起来到了区公所食堂。

刚坐定，炊事员老王便提出一块肉来，在于永胜面前晃了一下，说："于区长，肉买得有一点多，还剩了这些，一会儿你拿回家去吧。"

于永胜说："拿回去干什么，全部炒了，全部炒了，你们也吃一点嘛。"

老王说："你私人请客，我们怎么能吃呢。"

于永胜用带命令的口吻说道："我就不能请你们么，再说过年过节的，你们也忙了一个下午。全部炒了你们也吃一点。"

老王没有再说什么，转身便往厨房里走。于永胜好像突然记起什么来一样，大声喊道："呃，老王，不要只忙着去炒肉，快把武器给我拿出来。"

老王说："哦，我倒是忘了。马上，马上就到。"

不到两分钟，老王就拿出两个军用水壶来。于永胜接过水壶，一本正经地说："今天啊，我们给方跃饯行，明天他就要出发去守卫我们伟大祖国的西北边疆。本来我有瓶装酒的，但考虑到要让这小子记住家乡的味道，免得他忘本，所以我决定，今天就喝我们锅子坝自己酿制的玉米酒。"说完后就准备给大家斟酒。

从方俞家出来一直到现在都没有开口讲话的张筱玩笑似的说道："什么家乡的味道，你是舍不得拿好酒出来吧，于哥哥。"

于永胜停止了倒酒，顺着张筱的话也玩笑似的说道："我的好妹妹呢，你哥我就这么一点点小心思了，你怎么还要点破呢？"话音刚落，便引来了满桌子人的笑声。

于永胜接着说道："张筱妹妹，你不要看不起我这个玉米酒哦，你爸可以作证的，去年省上的一个领导来还指定要喝这种酒，而且还去街上买了十斤带走呢。"

张筱笑着说道："和你开玩笑的，还当真了呢。我爸就喜欢喝这种酒嘛，我每次回去都会给他买一点的。"

这个晚宴纯属于私宴，所以于永胜安排的人并不多，除了方俞一家和张筱外，只请了供销社的王主任。因为明天要走，加之有张筱在，所以方跃只喝了三杯以后就不再喝了。主角都推杯了，其他的人自然也就没有再喝下去。

饭后，张筱说："我还是和昨天一样去旅馆住吧。"说完后，很快瞟了老蜡一眼。

方伯母说:"那让俞儿陪你,好么?"

张筱高兴地说:"好啊!"

方跃说:"张筱,要不我陪你去转转吧。"

张筱说:"就算了吧,你明天要走,还是多陪陪伯父、伯母吧,再说我也有些累了,想早一点休息。"

于是一大路人先将张筱和方俞送到旅馆,自然是一番叮嘱和告别后,老蜡和方跃才陪着二老一起回到家里。

张筱和方俞两个人在房间里,但令方俞有些奇怪的是,怎么也高兴不起来,方俞想:"这可能是下午看了老蜡给张筱写的字后就有些不高兴的缘故吧。这样不行的,她很可能就是我未来的嫂子,怎么说我也不能怠慢她的,不要再去想那些不开心的事了,我要把这一切不开心都藏在心里,像照顾贵客一样细心地照顾好张筱。"

张筱也和方俞一样站在房间里发呆,她想:"我今天是怎么了,从下午见到老蜡的那一刻开始,只要一想到老蜡和方俞在一起,心里就很不是滋味,特别是在酒桌上,看见方俞给老蜡夹菜时,竟有一种想去阻止的冲动,我还怎么能容忍他们俩单独在一起呢。只要方俞没有和老蜡在一起,哪怕只是一点点时间,我都会很开心的。哎!这个老蜡就像用一根魔绳捆住了我一样,竟在这短短的几个小时内让我深深地爱上了他,不能自拔。还有令我感到奇怪的一点,就是从见到了老蜡的那一刻起,我就像是要极力向他证明我和方跃并没有什么关系一样,所以不管是在方跃的家里,还是在去区公所的路上,以及整个晚宴上,我都有意地和方跃保持着一定的距离,甚至没有接受方跃给我夹的一块菜,只是推说从来都不喜欢别人给自己夹菜,当然就更不可能在晚饭后抽时间和方跃单独在一起了。其实要方俞陪,最重要的是想从她那儿多了解些有关老蜡的情况。而这几个目的都快达到或者说已经达到,我还有什么不开心的呢。兵法有云'知彼知己,百战不殆',所以要打败方俞则必须先了解她,虽然方俞好几次都对我表现出了不恭,但为了达到目的,不管她怎么样对我,我都不能生气,而且要好好地和她相处。"

两人就这样各自想着自己的心事,一坐就是好几分钟,还是方俞首先打破了僵局,说:"张姐姐,你先坐一会儿,我去打水。"说着便拿着盆子出去了。

张筱如梦初醒,还没反应过来,只随意地"嗯"了一声。

方俞刚出门,白素贞就大声说道:"哎吆!方妹妹,有爱情滋润还真不一样呢,这才十多天不见,整个人都变得更漂亮了。"

方俞却不像白素贞那样大声,而是把声音压得极低地说道:"什么爱情滋润啊,白姐姐,你又开我玩笑。"随即又指了指房间。

白素贞这才意识到还有其他到客人,忙吐了一下舌头,声音也随之压得很低了,问道:"打算什么时候结婚呢?"

方俞说:"快了,过些时候言恭的父母就来定期呢。"

白素贞凑近方俞,很诡秘地问道:"你们孤男寡女的这么多天,有没有那个?"并做了一个两人相好的手势。

虽然说这句话的时候白素贞把声音压得极低,但还是被张筱听到了。她觉得实在是听不下去,便低声骂道"真不要脸",然后又改了一种比较和善的语气大声喊道:"方俞,在干什么呢,要我帮忙吗?"

方俞一边应答着,向白素贞做了个鬼脸,提了瓶开水迅速进房间去了,让张筱先洗漱,然后将水倒掉再去打水自己洗漱。方俞洗漱时,张筱从军拷包里拿出一个看起来很精致的小盒子,像是木头做的,打开后便开始往脸上擦着各种东西,整个屋子里瞬间就弥漫着一种闻起来很舒服的香味。待方俞洗漱完后,张筱说:"来,方俞,你也擦一点吧。"见方俞还有些犹豫,张筱便解释道:"这些都是保护皮肤的。"

方俞还是没有吱声,只是微笑着站在那儿专注地看着张筱。她想:"张筱擦完后,果然更好看了,简直就像是画儿上面的那些明星一样。这东西那么好,我为什么不去试一下呢?还是算了,我是什么人啊,怎么能和张筱一样呢,人家怎么说也是大厂矿的,而且家还住在绵阳。再说用人家的东西总有些不好。"于是说:"不了,张姐姐,那么贵重的东西我怎么好用呢,何况我从来都没有用过。"

张筱见方俞刚刚洗完的脸,白白嫩嫩的,而且脸蛋上还略带一点点红晕,那些红晕渐渐地淡化然后完全和那白白的皮肤融合在一起了,给人的感觉就像是国画中的荷花一样,虽然色彩有层次感,却怎么也找不出分界线来。这种天然的丽质,就是再好的化妆品和再高超的化妆术都不可能达到的。她突然又想道:"就凭这种天然的素质,我是绝对没法和方俞相比的。"瞬间,张筱的心里好像已经暂时放下了那种方俞并不知道的敌意,于是很温和地问道:"你从来都不擦护肤品么?"

方俞笑着说:"从来都不用的,怕人家笑话。"

张筱有些不解地问道:"笑话?用护肤品怎么会有人笑话呢?"

方俞说:"张姐姐呢,我们这地方小,不像你们矿里,好多人都是从大地方来的,见识也多。我们街上的黄家二女子,前几年考到县城去读书,回来时搽脂抹粉的,我们年轻人都觉得好漂亮,但老一点的街坊邻居却不这样看,背地里说她'不正经,想勾引男人'。害得黄家二女子莫名其妙地被她爸爸痛打了一顿,要不是她妈拦得快，可能连脸都被她爸给划破了。"

在方俞说到"不正经"时，张筱下意识地低了一下头，摸了摸自己的脸，瞬间还表现出了有点儿不好意思的样子。张筱更好奇地问道："那你从来都没有用过什么护肤品么？"

方俞天真地回答道："还是用过的，去年我去县供销社学习时，买了一盒'黄芪霜'，但只用了一次觉得太香了，怕人家笑话，就没敢再用了。如果不是觉得那个盒子很好看的话，可能早就扔掉了，到现在都还甩在家里的抽屉里。不过有时候打开闻闻还是觉得很舒服的。"

张筱好像突然间很喜欢这个小女孩一样，于是问道："听你哥讲你今年才刚二十三岁，还这么小，你就想要结婚了啊？"

方俞好像被点击到了兴奋点一样，一下子坐在张筱的身边，侧身近距离地看着她，说："不怕告诉你张姐姐，自我懂事起，我就在想，这辈子我一定要嫁给一个我喜欢的人，如果某一天我遇到了，不管多大，我都会毫不犹豫地嫁给他的，如果遇不到，就一辈子不嫁。总之，我是绝对不会嫁给一个自己不喜欢的人的。"

张筱随意问道："那你现在遇到了么？"

方俞很自信地说道："怎么没遇到呢，第一眼看到言恭，就觉得他就是我要找的那个人，便下定决心非他不嫁。"

张筱并没有插言，只静静地听着。

方俞接着说道："说实在的，张姐姐，当我知道言恭是铅锌矿的后我还真很担心呢。你想啊，铅锌矿里那么多长得好看又会打扮的姑娘，怎么会轮到我呢。没想到还真轮到我了，嘿嘿。"说到这里，方俞又高兴地笑了起来。

见张筱没有吱声，方俞更靠近了一些，很神秘地压低声音问道："诶，张姐姐，言恭在矿里一定有不少人喜欢吧？"

本来张筱就一边听一边打着自己的算盘，方俞突然提出这样的问题，一时间张筱竟不知道该怎么回答，便只好起身去倒了杯开水，才反问道："他没有告诉你么？"

方俞突然坐直了身子，笑着说道："笑话，张姐姐，他怎么可能告诉我这些呢，你说是不是，不过我也不好意思问他。"

张筱一时间觉得像打翻了五味瓶一样，很不是滋味，还伴随着一种很深的失落感，什么也不想说，也不想再听下去，于是借去厕所，便开门出去了。虽然天已经完全黑下来了，但借助院子里的灯光，还是能看见那满天飞舞的大雪，而这些雪花被风一吹，都向张筱飘来轻轻地打在她的脸上，虽然很冷，却有一种舒服感，偶尔也有雪片飘进张筱的领子里，似乎比打在脸上的要寒冷很多，她打了一个寒战，但并没有半点想要进去加衣服的想法，只是将两只手臂紧紧地抱住了而已。或许是因为寒冷所致吧，张筱突然间好想将此时这极其复杂的心情理出一个头绪来，但任凭她怎样去梳理，却怎么也找不到头绪，而且越理越乱。突然间张筱觉得简直无聊至极，她想："连我自己都不知道这一段时间究竟是怎么了，都干了些什么？怎么就这样稀里糊涂地跑到这儿来相亲了呢？而且居然碰到了我先前设定的恋爱对象。都怪那个于永胜，如果不是他介绍方跃，肯定还是有希望和老蜡相好的。而现在，如果我和老蜡恋爱，那他需要背负的就太多了。首先是夺自己女朋友哥哥的女朋友；其次则是抛弃自己的女朋友。这样不道德的事老蜡会去做吗？再有，我也不希望心爱的人会是这样的一个人。从老蜡写给我的字，以及老蜡那偷偷看我的眼神，敢断定他一定喜欢我的，即使只是喜欢我的美貌。哎！怪来怪去还只有怪自己，老蜡分到矿里已近两年了，我都在干什么呢。当初还有意要去接近他，就因为他没有看我而发誓不再理他，因此便失去了和他在一起的机会。现在看来，他不看我并不是因为高傲，而是太喜欢我而不敢正眼看罢了。我还真佩服方俞，人家一个比我还小几岁的女孩子都知道遇到自己所喜欢的人，就会毫不犹豫地嫁给他。而我呢，却因为人家没有看我一眼就下了结论。总之这都是因为自己高傲的性格所致。方俞是那样的天真朴实，我还真怕伤害到她，但我又没有办法释怀。真是越想越理不出头绪来，现在就只有懊悔了，就如同一个放在自己身边很久的一个物件，当初并不在意，随手送人后才知道原来是一件稀世珍宝，想再去要回来谈何容易。"

　　方俞见张筱出去很久了还没有回来，便出去看，没想到她竟一个人站在雪地里发呆，而且连外套都没有穿，于是喊道："张姐姐，这么冷，站在外面干什么，莫感冒了哦。"

　　听到方俞的喊声，张筱不由得又打了一个寒战，但她并没有马上就回去只是敷衍地答道："嗯，马上就回去，我想看一下晚上的雪景，实在是太漂亮了。"

　　方俞见张筱并没有想回房间的意思，便将张筱的大衣拿出来，轻轻地给她披上，说："那好，张姐姐，我陪你。"

　　张筱又打了一个寒战，她拉了拉大衣的领子，说了声"谢谢"便转身回房间。

　　这一夜她们再没说什么。盖好被子闭着眼睛的张筱其实并没有半点睡意，而方俞却在不到十分钟后便打起了轻微的呼噜。张筱想睡，但眼前不断出现的老蜡的身影却令她更加清醒，她想得太多，太多了，几乎彻夜未眠。

　　可能张筱才刚刚睡着，方俞就起来了。她怕吵醒了张筱，便轻手轻脚地走了出去。白素贞也已经起来了，方俞忙去打扫院子。白素贞拦住了她，说："方俞妹妹，要弄清楚，你今天可不是服务员，而是来住店的旅客，怎么能让你来打扫院子呢？"

方俞这才反应过来，原来还真没有转换过身份来，仔细想想自己还是第一次在旅馆的客房里睡觉，但她还是帮着白素贞收拾。

突然传来了一阵比较轻微但很有节奏的敲门声，方俞忙去开门，原来是方跃，说是来接她们回去吃早饭的。方俞轻声说："张筱姐姐还在睡呢，要不我先回去，你在这儿等一下。"

方跃笑着说："好啊，想见言恭了是不是？我成全你。"

方俞打了方跃一下，笑着说了声："还不知道是谁在成全谁呢。"便往家里跑去。

老蜡已经起来了，在院坝里锻炼身体。郭汝芝见方俞回来，问道："你哥哥他们呢？"

方俞说："张筱姐姐还在睡呢，我让哥哥在那儿等她，我自己先回来，给一点儿机会让他们单独相处。"

郭汝芝笑着说道："你这死女子，都说些什么话呢。"

方俞冲着郭汝芝做了个鬼脸，便拉着老蜡，笑嘻嘻地跑进屋去了。

没过多久，方跃和张筱回来了。吃过早饭，一家人便送方跃去区公所。方跃并不需要去江油，而是在距锅子坝不到三十公里的马角坝车站赶车。马角坝是电务段和车务段以及机务段所在地，所有的快、慢车在此都要停。其实于永胜昨天都已经联系好了一个便车载方跃过去。送走方跃，张筱便直接回单位去，而老蜡因为还有几天假便与方登科、郭汝芝以及方俞一起回到了家里。

方登科依然拿着长烟杆，在外面边走边抽烟，郭汝芝则又开始张罗起午饭了，方俞收拾屋子，而老蜡只好又开始看那些线装书。

一本《金匮要略》进入老蜡的视线，他知道这应该是一本医书，在众多的藏书中出现了一本医书令老蜡多少有些奇怪。仔细看，还真和其他的书不一样，这一本书的封面好像并不是原装的，而是再装订上去的，书名也并非版印，纯属手写，颜楷，字体端庄，浑厚有力，似乎出自褚万兴之手。翻开后才发现原书的封面还在，是一本刻于光绪辛卯年的《广艺舟双楫注》，而且原封面完好无损。老蜡习惯性地拿出笔记本，在上面记下了"需查阅光绪辛卯是哪一年"等字样。老蜡想："为什么这本书要重新装订一个这样的封面，如果是原封面烂掉了，新装一个还在情理之中，但也应该用原来的名字吧，为什么又写成了'金匮要略'呢？而更重要的是原书的封面并没有半点的损坏，新装封面完全是多此一举嘛，唯一可以解释的就是为了掩人耳目，不想让人们知道这本书是《广艺舟双楫注》吧。"再一看作者是康有为，老蜡顿时便明白了几分，"这很可能跟当时的形势有关。"

老蜡想："康有为算得上中国近现代史上的风云人物了，是清末的一个学问大家，也是'戊戌变法'的倡导者之一。这就不难解释了，肯定是'戊戌变法'失败后，这本书成了'禁书'，而书主人又舍不得将其销毁才另装了封面。不知道书主人当时究竟承受了多大的压力才得以将这本书保留了下来。在封建时代，文人稍有不慎就有可能惹来杀身之祸，特别是在清代，曾几次大兴'文字狱'。"

老蜡突然觉得研究这些古书实在太有意思了，只这么一本小小的书就可能有一段惊心动魄的故事。老蜡的眼前出现了这样一个场景："褚万兴将这本当时自己最喜欢的书东藏西藏，都觉得不妥，最后他想到了越是危险的地方才是最安全的，于是给它重装了封面，并取名为'金匮要略'，然后放在了自己的藏书里面。"

老蜡想：如同现在一样，一本书到了不同人的手里，这本书就会有不同的命运，当然也会有不同的故事；有借书传情的，也有借书传递情报的；有嗜书如命的，也有把书看一下就随便一扔的；有出于爱好而收藏的，也有假装斯文而用来充门面的，如此等等。褚万兴则应该属于嗜书如命的那一种，而且在收藏的同时，还博览群书，这从很多书上都有注释就可以判断出。通常，很多藏书人死后，所收藏的书都很难保留下来。或被后人送人，或被后人当作遗物烧掉，也有被后人当作废纸卖掉的。而能够保留下来的大概有这么几种情况，一是其后人也是好书之人，而且好多代都是，便一代代地相传而保留了下来；二就是藏书人在死之前就将藏书偷偷地藏在某一个秘密的地方，恰好这个地方又干燥，不会受潮亦没有蛇虫鼠蚁的滋扰，因此放了好多年都没有坏掉，后来又被一个同样爱书的人发现了；三是藏书人是家里的最后一个成员了，且居住地偏僻，他死后就再也没有人来过这里，偶尔有猎人或药农来过，见有金银财宝或锅碗瓢盆之类的东西，便拿走了，而在翻找东西的时候恰好又把其他的一些什么东西翻压在了书箱上，而正好又能够遮住雨水，便得以保留下来；四是藏书者在生前就将自己所藏的书全部都捐献给了如藏书楼或图书馆一样的机构。

这两箱书究竟是属于哪一种情况现在已无从考证，也不敢去考证，因为怕在考证的时候，万一被如于永胜之类的人知道了，叫你交出去，也不得而知，这毕竟是"公物"，也可以说"来路不正"。但不管是哪一种情况，有一点是可以肯定的，那就是这些书都曾经装箱。这至少能够证明这些书是被搬动过或者是准备搬动的，有可能只是在锅子坝小范围的搬动，也有可能是从很远的地方搬来的，至于为什么会出现在锅子坝这样的山区就不得而知了。突然记起；抗日战争时期，故宫的文物不就进行了一次大迁徙么？其中有很大一部分是善本书，而且持续的时间竟达十年之久。从购书的日期来推算，这两箱书是故宫的文物是绝对不可能的。再说故宫里怎么会有生在清末而又是民间人物的藏书呢？不过倒是应该抽时间去了解一下锅子坝是否曾经出现过有许多藏书的大户人家，现在或者曾经有没有姓"褚"的，这样就有可能查到这些书的来历了。

再仔细看，书扉页的右下角残缺了，应该是盖有印章，后来被撕掉了。这可能是书主人怕万一被发现了也好推脱的应变之计吧。

想到古人对一本书竟然爱到了如此地步，甚至可能还冒着生命危险，老蜡倍感惭愧，于是决定以后也要效仿古人长期地爱护自己的每一本书。此时，他才意识到，花了这么多的时间，甚至连书的正文的一个字都还没有看。他终于明白了一个原来一直都想不通的道理来；一本《红楼梦》怎么可能好些人竟花一辈子的时间去研究呢，都已经好几百年了，还不断地有人在研究它。现在终于明白了，其实对《红楼梦》的研究，应该是接触该书越早版本的人，越具有权威性吧。如果有谁能够得到曹雪芹先生的手稿，那前八十回和后四十回之争，不就有定论了吗？当然有关《红楼梦》的研究，凭我现在的水平是不可能涉足的，毕竟知识还太浅薄了。想到这儿，老蜡决定以后一定要好好把这两箱书读一下，认真研究研究，更重要的是还要研究一下书主人"褚万兴"，力争能够让这个伟大的藏书人的事迹，能够被后人所知晓。

方俞进来时见老蜡并没有发现她，便拍了一下他的肩膀，说："言恭，你发什么呆啊？"

老蜡还真被下着了，一惊，说："你要吓死我啊！"

方俞"咯咯"地一笑，见老蜡还看着书发呆，方俞有一些得意地说道："这两箱书还可以吧！"

老蜡这才回过神来，说："岂止可以，简直太好了。"

方俞说："那你上班的时候带过去吧。"

老蜡拍了拍书，说："也不全带，带几本就行了，这里也要放一些，回来时好看嘛。"

方俞像突然记起了什么来，说："对了，言恭，我请了这么多天的假，也不好再耽搁了，你回去那天，我去矿里帮你把房间收拾好就赶回来上班，你看行么？"

老蜡一反常态，拒绝道："不用，我自己收拾就行。只有不到十个平方呢，你以为有好宽么。"

方俞并没有注意到老蜡是在着意拒绝她,只有些顽皮地说道:"我现在是你老婆了嘛,我不去收拾难道还要你亲自动手不成。还有啊,我必须去亮亮相才行,不然你们矿里那么多的漂亮姑娘,还不知道你已经有老婆了,来追你怎么办?"

老蜡这才反应过来:"还真不能让方俞去收拾房子。首先,一进门可能就有若兰的信,因为假期中邮递员一般都会把信从门缝里塞进寝室里去的;其次,抽屉里还放着那么多若兰的信,万一方俞要打开抽屉怎么办,和若兰虽然并没有什么,但还是让方俞永远都不知道她的好。方俞太好了,绝不能对她有半点伤害。昨天给张筱写字的时候,就明显地感觉到方俞有点儿吃醋。"想到这儿,他说:"亮相什么时候都可以,也不急在一时嘛,关键是我不想你那么累,再说了,我也想保持一个在你面前的光辉形象,不想让你看到我那很脏、很乱的寝室嘛。所以我必须先收拾得整整齐齐、干干净净的,然后才欢迎你回家。"

听到"回家"两个字方俞一下子开怀地笑了,说:"言恭,你莫说我还真的没有想过我们在铅锌矿里还有一个家呢。"

见方俞如此开怀,老蜡也很开心,说:"怎么不是我们的家呢,就是太小了一点,办结婚证的时候我向矿里申请一下,看能不能分一个稍稍大一点的房子,最好是有厨房的。"

方俞顺从地说:"那好,我听你的,等你收拾好了再去。其实要我再去请假实在是开不了口,白姐姐都连续上了好久的班了,虽然她没有说什么,但我多少还是有一点过意不去。不过现在我是你老婆了,还让你一个大男人自己去收拾房子,又有一点儿于心不忍。"

老蜡说:"就这样定了,以后我星期六回来,星期天回去,好不?"

方俞一下子抱住老蜡,说:"言恭,我好想你抱抱我哦。"

老蜡说:"现在就更不行了,在你家,怎么可以呢?"

方俞噘着嘴说:"我不管,反正我明天开始上班,每天晚上都要你去旅馆陪我。"

老蜡放下手上的书,吻了下方俞。突然间方俞好像想起了什么一样,她轻轻地推开老蜡,说:"诶,言恭,你觉得张筱和我哥能成么?"

老蜡略微思考了一下,说:"这个就不好说了。"

方俞话题一转,问道:"那你原来和张筱姐姐关系好么?"

老蜡老老实实地说道:"一点都不熟悉,只是知道是一个单位的,甚至连招呼都没有打过呢。"

方俞盯着老蜡,像似审问又像是打探,说:"那我觉得你们那天一见面就好像很熟一样，特别是她看你的眼神。"

老蜡并没有多想，只回答道："我没有注意到，可能是在你家里碰到了彼此都有些意外吧，毕竟是一个单位的嘛。"

方俞若有所思，说："你这样分析也有道理，不过我总觉得那个张筱怪怪的，而且和于区长还那么熟，甚至敢骂他呢。"

老蜡说："这也不奇怪嘛，你没听说张筱的爸爸是于区长的老上级么。"

方俞突然严肃起来，看了看老蜡，说："言恭，我问你一个问题，你一定要老老实实地回答我，好吗？"

老蜡此时才感觉到方俞之前似乎话中有话，但一时又弄不清楚该如何去应对，便只好说："什么事？你问吧。"

方俞以极快的语速说出了这两个问题："你觉得张筱很漂亮么？比我漂亮很多么？"

老蜡已经知道了方俞为什么要这样问，于是说道："那我就实话实说了，其实你们两个都很漂亮，你要我说谁最漂亮我就说不上来了。总之，我觉得你从不擦胭抹粉，比张筱清纯得多，而且我也比较喜欢你的这种清纯。"

方俞满意地笑了，她想昨天晚上张筱也问过我有关擦脸的事，虽然她没有明说，但从话里听得出，她肯定也觉得我的皮肤很好。因此，敢断定老蜡并没有说假话。于是方俞用显然已经没有半点责怪的语气说道："那你昨天还写得那么肉麻，什么'脸嫩、体香'的，我听了都觉得脸上麻酥酥的。"

老蜡辩解道："那首词是唐玄宗写的，我哪里有那个水平哟。况且当时我想，你哥的女朋友嘛，我赞美一下又有什么不好呢。里面不是有一句'嫁娶个，有情郎'嘛，还不是想她早一点和你哥哥成亲。其实刚写完我也觉得有些不妥，所以才打算揉掉的。哪知道被区长读了出来，我当时就知道你不高兴了。"

方俞亲了老蜡一下，说："以后不准再赞美其他的女人。我才是最漂亮的，知道吗？"

老蜡忙低下头，双手抱拳，用普通话学着电影里的人物说道："小的领命。"

方俞心中的疑虑消除，而老蜡担心方俞去单位的问题也已经解决，两人虽各自都有高兴的缘由，但表现出来的喜悦都差不多。

第十五章

　　回到矿里,张筱就像一个不可一世的勇士刚出征就被打得落花流水一样,再也没有之前的那种傲气,她甚至有些怕被人看见,也没有像往常一样,回到矿里总要这儿走走,那儿看看,碰到熟人了就停下来聊上几句,而是直接就回寝室去。

　　到了寝室,也没有任何心情去收拾房间,将包一扔就躺在了床上,看着天花板发呆。自从昨天遇见老蜡以后,张筱的一切行为都好像不受自己控制,纯粹像是一部机器一样机械地运动着,甚至连走路、说话、笑,好像都没有经过自己的大脑,而是按照别人的需要来进行。她想:"身边这么好的一个男人却因为自己的原因而拱手于她人,而她竟是和自己相亲的男人的妹妹,这世上还真有如此巧的事。说实在的,如果没有老蜡的出现,方跃还真是一个很不错的人选。最起码他英俊、高大,而且是军人,还是连级干部。但在老蜡的衬托下,方跃就显得有些苍白无力。特别是老蜡还有一手漂亮的书法,方跃就更是一败涂地了。"想到这儿,她马上从床上起来,取出老蜡写给她的字,仔细看了很多遍,越看越想看。于是决定在装裱之前先挂起来,但屋子里并没有可以挂这幅字的东西,便决定去办公室拿图钉。

　　张筱并不像以往那样趾高气昂,而是好像有些怕见人一样悄悄地溜进办公室。还以为没有人,谁知刚进门,就见团委书记谢天峰正在里面找什么东西。张筱有些奇怪,谢书记怎么跑到这个办公室来了?还没来得及开口,谢书记便说道:"哎呀张筱,你回来就好了,我正准备给你家里去电话呢。"稍作停顿,他走近张筱,压低声音有些神秘地说道:"兰书记要见你,找得很急,你现在就过去吧。"

　　张筱来不及拿图钉便去到了兰品桂的办公室,矿组织科长袁云山也在,见张筱进来,兰品桂很热情地招呼她坐下,袁云山也没有要走的意思。

　　兰品桂说:"张筱同志,你来得正好,有些事想跟你谈谈",接着兰书记看了看袁云山,说:"袁科长,还是你先说说。"

袁云山点了下头,将身体稍稍向张筱这边侧了一点,直了直腰,然后一本正经地说道:"张筱同志,考虑到你前期工作的表现和能力,经矿党委研究决定,正式任命你为矿团委副书记,并主持矿团委的工作,你看有没有什么意见。"

张筱抑制不住内心的激动,立即站起来说道:"坚决服从组织安排,并请领导放心,我一定完成好组织交派的各项任务。"

兰品桂说:"坐,坐,坐。小张啊,这一次运动会,打出了我们矿在绵阳地区乃至四川省的威风,你们团委今后工作的重点一定要放在活跃全矿青年的文娱文化生活上,当然是在干好本职工作的前提下。同时还要注意发现人才,重用人才,为党组织培养后备力量嘛。昨年冬季的运动会上,仅一个蜡言恭就令我们矿彻底地打了个翻身仗。说实在的,也只是这个蜡言恭为我们赢得了胜利。当然,这也是所有人共同努力的结果嘛。我还听说这个蜡言恭很不简单呢,象棋也下得一流。我们矿里连续多届的象棋冠军、学校的陈副校长都说,蜡言恭才是我们矿里的象棋冠军呢。"

张筱听兰品桂提到老蜡,更加兴奋了,她抑制不住内心的激动,忙说:"兰书记,还不止呢,蜡言恭的书法更好,还会篆刻,现在有好多人都在求他的字。"

听张筱这么一说,兰品桂也感到很意外,同时又表现出了极大的兴趣,于是说道:"是吗,我怎么一点都不知道呢,去年全矿的书画展览他怎么没有参加呢?"

也没有多加考虑,张筱便说道:"我那里就有一幅他写的字。"

兰品桂忙说:"那你赶快去拿来。很好啊!张副书记刚一上任就发现人才了嘛。"

张筱马上跑了出去,刚跑出门就有一点后悔了,她想:"父亲曾教育我凡事都要三思而后表态,今天实在太冲动了一点,幸好老蜡写给父亲的那一幅还在,不然就麻烦了,老蜡写给我的那一幅又怎么能够示人呢?"同时,她也想好了怎么去说这一幅字的来历。

兰品桂和袁云山看了以后果然拍手叫绝。兰品桂说:"现在看来近几年我做的最正确的一件事就是顶着压力,要了几个有体育特长的大、中专毕业生来矿上,特别是蜡言恭啊,不仅是体育方面的人才,更让人没想到的是他在其他方面还那么强。我看我们还得赶快想办法才行呢,不然的话要留住这个人才,可能就比较难了哦。"

袁云山好像已经听出了兰品桂的话外之音,于是说道:"兰书记,你看还需不需要再作一些调整呢?"

兰品桂看了看张筱再看了看袁云山,说:"张副书记,你先回去吧,明天开会宣布以后你就正式进入工作,好好准备吧。另外把蜡老师写给你爸爸的字借用一下,明天还给你。"

张筱刚走到门口，又被兰品桂叫住了，他说："对了，张副书记，蜡言恭同志现在在哪儿？"

这一次张筱已经没有先前那么冲动，便说道："他是老师，大概还在耍寒假吧，至于在什么地方就不知道了。"

兰品桂挥挥手，说："哦，那你去吧。"

张筱轻轻地带上门出去了。虽然张筱很兴奋，但她好像并没有时间去考虑自己的事，而更多的却是在想老蜡的事。认真地分析了一下认为："矿里至少是要调整老蜡的工作，极有可能被提拔，因为刚才的确听到袁科长说那要不要再做一些调整，既然是调整，那么说明开始已经有方案了，没有预先的方案怎么能说调整呢？如果我如实地告诉兰书记说老蜡在锅子坝，那矿里很可能会马上派人去找，这样的话老蜡和方俞的事，乃至我和方跃的事都有可能暴露，与其这样，还不如就说不知道老蜡在哪里，待和老蜡见面以后，再商量不要告诉任何人这几天在锅子坝所发生的事。"想到这儿，张筱再一次觉得爸爸的伟大了，若不是想起爸爸说的"凡事三思"的话，刚才很有可能一句就说出去了。

如张筱分析的一样，其实矿里已经决定调老蜡到矿工会当干事。本来兰品桂是想提拔老蜡的，但部分同志说老蜡毕竟分来的时间太短，也不大符合提拔条件，还是先提为干事锻炼锻炼再说，所以便搁置了。刚才听了张筱的一番话，兰品桂和袁云山几乎同时意识到在对老蜡的使用上还应该胆子再大一些。这样的人才，有可能其他单位都已经瞄上了。如果等到其他单位挖人的时候再提拔的话，老蜡的心里不一定会乐意，完全有可能一走了之。兰品桂在和袁云山做了简短的交流后便决定立即召开矿党委会，对蜡言恭的任用再行研究。

兰品桂是军人出身，办事雷厉风行，从他到矿里任职以来，矿里的面貌发生了很大的改变，特别是在工作作风这一块提高很快，他常说的话就是"咱们不懂技术，那就给懂技术的同志们服好务，抓好日常工作，改善物质生活，丰富文化娱乐生活"，因此在整个矿里很受欢迎，加之在绵阳地区冬季运动会上所取得的胜利更使兰品桂威信大增。之前在准备引进老蜡他们这一批年轻人的时候，遭到了几乎矿党委所有班子成员的反对，说我们是生产单位，要那么多会打球的干什么，搞体育应该是体育部门的事，与铅锌矿有什么关系呢，但鉴于兰品桂刚从部队转业下来，而且级别又高，和绵阳地委副书记都平级，所以最终还是定下来了。就在前几天，关于是否提拔蜡言恭的事又引起了一场很激烈的争论。想到这一切，兰品桂知道，今天的会也一定不会开得那么顺利。

在通知的时间内,在矿里的党委委员以及列席党委会的其他成员已经到齐。袁云山说:"同志们,今天的会是兰书记提议召开的,研究的主要议题是关于子弟校老师蜡言恭同志的任用问题,现请兰书记讲话。"

一阵掌声后,兰品桂说:"同志们,这次我们矿的人事调整工作进行得很顺利,到今天下午为止,所有的被调整人员的谈话工作已经基本结束了。我突然有一个新想法,想说出来让大家讨论讨论。我先给大家看一样东西。"

兰品桂示意袁云山将那幅字展开让大家看,过了约莫一分钟的样子,兰品桂接着说:"各位,大家觉得这一幅字写得怎么样呢?"

矿党委副书记,矿长刘福禄几乎跳起来了,说:"写得太好了啊!是出自谁的手笔呢?"其他的几位与会者也七嘴八舌地议论着,但都认为写得很好。

兰品桂接着说:"你们再看看这幅字是写给谁的?"

矿工会主席杜大海说:"那不是写给地委张副书记的么?"

兰品桂示意袁云山把字收起来,说:"对,这是写给我们地委张副书记的,而且还是地委张副书记主动求的字。但有一点我想大家可能还不知道,这一幅字是出自我们子弟校老师蜡言恭同志之手。这是一个太了不起的青年啊,我曾经见过许多能文的,也见过好多善武的,但像蜡言恭同志这样年轻的全才我还是第一次见。同志们,你们啊,当然也包括我在内,除了知道蜡言恭同志的体育特别好之外,也有部分同志知道他的象棋也是一流的,虽然我还没有来得及见识,但这句话是出自咱们子弟学校的陈大文副校长之口,我想大家应该和我一样没有什么疑虑了吧。但是,有谁知道他的书法还有篆刻也那么好呢。我亲爱的同志们啊,我要说的重点是,连地委副书记都来求他的字了,不久的将来,蜡言恭同志还会是我们铅锌矿的人么?"

下面开始议论纷纷,兰品桂拿起水杯,想喝水,一看是空的。党委办公室主任王录忙起身想去给他倒水,兰品桂轻轻地摆了摆手以示拒绝,随后起身慢条斯理地端起茶杯回办公室去了。

从士兵一级级地做到了副师职政委的兰品桂当然有他自己的办法,他是想借这个时候让同志们先议论议论。泡好茶后,他又在办公室批了两份文件,这才端着茶杯回到了会议室。坐下后他并没有去关心讨论的结果,而是好像并不是专门留时间给他们讨论的一样直接说道:"对不起,同志们,我去泡了一杯茶,耽搁了一会儿。同志们啊,在座的各位都是当过多年领导的人了,我想问大家一个问题,如果某单位要从我们矿上调一个人走,要具备几个条件呢?我想应该有这样三个条件。第一是别人要;第二是我们要放;第三就是被调的人自己愿意去。但如果是我们的上级调人呢，那第二个条件当然就不存在了，而关键就在于第三个条件，你们说是不是？今年还有一个全省的运动会大家是知道的，上次的党委会上我们已经决定要派代表队去参加，还是让蜡言恭同志任篮球队队长，那如果蜡言恭同志要代表其他单位去参赛呢，我们矿还有拿奖的可能么？"

工会主席杜大海说："他怎么可能去代表其他单位呢？"

袁云山抢着说道："那如果他被调走了呢？"

兰品桂并没有留时间给其他人，而是马上接过话题，说："对，这就是我们今天要讨论的重点了。同志们哪，我们矿虽然是国营单位，但地理位置却没有半点优势啊，所以想要留住一个人，特别是要留住一个像蜡言恭同志这样的人才，唯一的办法那就是'重用'，只有重用才能使他安安心心地在我们矿里干下去。"他喝了一口水后，接着说道："当然，上次我也提出过关于提拔蜡言恭同志的事，但有的同志说'蜡言恭同志太年轻，而且工作年限又短'。这都是很有道理的，我也坚决赞同。但今天我为什么要重提这件事呢，其目的就是想用我们的真诚来让蜡言恭同志能主动地留下来为我们矿工作。至于同志们所担忧的，我想在我党的历史上，破格提拔的先例还是有很多的嘛，特别是在这样一个新时期里，我们更应该不拘一格用人才嘛。"

兰品桂讲完后，起码持续有一分钟的寂静。矿长刘福禄率先站起来，说："我来说两句，刚才听了兰书记的讲话，我觉得兰书记提到的问题确实亟待解决。蜡言恭同志的确是一个难得的人才，还为我们矿争得了那么多的荣誉，就是论功行赏也是该提拔的。虽然上一次兰书记提到这件事时我是持反对态度的，但今天听了兰书记的分析后我改变主意了，现在我举双手赞成提拔蜡言恭同志。我们虽然是生产单位，但文娱文化工作一样都不能落下嘛。从运动会我们得奖后，我们矿的工人们的工作热情就比以往要高很多嘛，而且所有的员工，当然也包括我自己，都有一种扬眉吐气的感觉。前几天我去绵阳开会，好多单位的人都祝贺我呢，也有人问我们是从哪里找到这样的人才，还有开玩笑说我们矿的菩萨显灵了，也有说我踩到狗屎交好运了。虽然这些玩笑话我并不是很赞同，但有一点是可以肯定的，那就是现在别的单位对我们矿都另眼相看了。"

刘福禄刚刚讲完，兰品桂就说："看其他同志还有没有什么不同的意见？"停了一会儿，见没有人发言，兰品桂说："我们还是按照组织原则举手表决吧，赞成提拔蜡言恭同志的请举手。"

除列席会议的人员以外，参加会议的所有人都举起了手。

兰品桂说："那就一致通过了。"

袁云山有些迫不及待地问："那提个什么职务呢？"

兰品桂说："我看就不必考虑什么连提几级的问题了，而且现在所有的职位都已经配齐，就直接提工会副主席吧，享受正科级待遇。这样既给他自己一个学习和施展的空间，同时也给其他的年轻人树立一个榜样，让所有人都知道，我们矿是不拘一格用人才的，只要你有本事，都会得到重用的。"

大家都表示没有意见，于是老蜡就被正式提拔为矿工会副主席。

这天晚上，张筱怎么也睡不着，倒不是还在感情问题上纠缠，完全是因为老蜡的事。基本上可以肯定矿上要提拔老蜡，不管怎样，为了老蜡的前程，都应该快一点让他知道，尽快回到矿上来。怎么办？亲自去锅子坝通知他肯定不妥，况且明天要上班，而且是履职的第一天，怎么也不能缺席的。打电话去叫于区长通知吧，也不好，讲电话时如果被矿里的人听到就不好了。张筱也知道，根据组织纪律，凡人事上的事，只要还未宣布则都是属于保密的。最后张筱决定还是写一封信带出去比较好些，但考虑到昨天老蜡给自己写字时方俞的表情，她觉得还是应该写给方俞，这样既不会令方俞误解，还可以避矿里人的嫌。于是写道：

方俞并蜡言恭老师：

你们好！

今天回矿上，听说矿里正调整工作岗位，领导在问蜡老师的情况，可能他的工作会有所调整，望能即时返矿。

另，不要让别人知道是我叫你回来的。无别。

张筱

84.2.7

信封上写：锅子坝区公所于永胜同志　转　方俞亲启　急

写好以后，张筱才去睡觉，并将闹钟调到早上五点五十分，准备明天一早将信交由班车上邮递员带出去。

吃过晚饭，方俞便回去郭汝芝的房里睡觉。郭汝芝问了一些有关老蜡家里的琐事后突然话锋一转，问道："俞儿，你在言恭家也是和她母亲一起住？"

郭汝芝虽然非常和善，但在对子女的教育上却毫不含糊，而且不管方俞还是方跃都比较怕她，可能是因为父亲一直在外面工作，而跟母亲在一起的时候居多的缘故吧。

她这样问话，使方俞本来想告诉她明天晚上让言恭去旅馆陪自己上夜班的事给吓回去了，于是只得回答道："嗯。"

郭汝芝又说："姑娘家家的最重要是贞洁，俞儿，虽然我们都喜欢言恭，他也已经明确了要娶你，但越是这样你越应该坚守自己的贞操，这也对你们婚后生活有好处。"

方俞有一点心不在焉地说道："知道了。"

郭汝芝很关切地轻声问道："呃，他没有碰过你吧？"

方俞想了一下，如果说没有，妈妈肯定不会相信，这样就等于是在骗妈妈，妈妈是方俞觉得最亲的人了，她不想骗母亲，于是鼓足勇气，说："有，他摸过我，我也让他抱过，但我怎么也没有让他'那个'。"

郭汝芝一下子抱紧方俞很满意地说道："这就对了，俞儿，你走后妈妈最担心的就是这件事，我甚至有一点后悔让你和言恭一起回他家里，但我还是相信言恭的人格的。你们今后的时间还长着呢，快睡吧。"随后关灯睡觉了。

第二天起来，方俞去上班，而老蜡则想留在家里看书。因为昨天晚上和母亲的谈话方俞也知道，要晚上让言恭去旅馆陪自己，母亲是肯定不会同意的，所以也没有太勉强便上班去了。

刚到旅馆，就见左斌拿着一封信急匆匆地走来，说："方俞，你的信。"

方俞拆开信一看，原来是张筱写的。方俞马上就有了一丝的不快，该不是张筱有其他的什么想法吧。但又一想，信是写给自己的，而且如果真像信上所说，那对于老蜡来说肯定是很重要的。于是告诉白大姐再抵一个小时的班，便马上回家。

老蜡看信后却并没有多大的反应，而是将信反复地看了好几遍。正在这时，方登科走来了，问："俞儿，你不是上班去了么，怎么这么快又回来了呢？"

方俞说："刚上班，于区长便派人送了一封信来。"同时老蜡将信递给了方登科。

方登科说："俞儿，去把我的老花镜拿来。"其实在老蜡给方登科信的时候方俞已经进去拿老花镜了，他刚开口就递到了他的手上。戴上老花镜，然后走到了堂屋的门口，仔细地将信看了几遍，然后说："言恭，这是好事啊，你赶快回去吧。"

老蜡有些满不在乎地说："问题是我现在还在休假期间，这样回去人家会怎么看我呢，再说矿里也没有人正式通知我。"

方登科将信递给老蜡然后语重心长地说："你这样想也是对的，但如果这真是一次机遇呢？因为考虑到人家会怎么看你而错过，你认为值么？其实啊言恭，人啊，这一辈子的机遇并不是很多的，关键要看你是否能够抓住。就拿你们都认识的于区长来说吧，你要说他有多强的能力也不一定，但他为什么就能成为我们县最年轻的公社党委书记，而后又是最年轻的区长呢？一句话，那就是他能够很准确地抓住每一次的机遇。"顿了顿，方登科接着说道："他本来是教师，喜欢唱歌，也读过很多书，而且能说会道。有一次公社主任吴江福路过他们学校，听到有人在里面大声唱歌，而且唱得很好，便寻着歌声而去。见面后吴江福提了一些问题，而他总是能对答如流。回去后吴江福便报请县里将他调到公社做了团委书记。上任后，他的确把公社团的工作搞得有声有色的，深得领导的认可。有一天，他从县上开完会回公社，路过永丰公社时，见天色已晚，一个生产队的秧苗才插了不到一半，他二话没说，挽起裤腿就下田去插秧。因为太累，那些插秧苗的人个个都无精打采的，为鼓舞士气，他还边插秧边大声唱歌，果然一下子所有的人都好像干劲儿十足了一样。恰好张主任，也就是张筱的父亲下来检查大战红五月的情况路过这里，问在田边插秧的老百姓，那个边插秧边唱歌的年轻人是谁，老百姓都说不认识，是从这儿路过的，见还有那么多的秧苗没有插完便主动下来帮忙。与张主任同行的人包括我也都说不认识他。这令张主任很感动便也下田插秧，直到插完秧苗。张主任才问道："年轻人，你是哪里的啊？"

于永胜回答道："我是阳坝的。"

张主任又问："阳坝的；你怎么跑到这里来插秧呢？"

于永胜说："都是我们社会主义祖国的，还分什么我们的田、你们的田呢；见他们还有那么多没有插完，如果不去帮帮忙的话，那就完工得更晚了。总之有一分力就出一分力吧，你看现在不是把秧苗全插上了吗？"

张主任继续问道："你不是这里的人，在这里插秧可没有人给你评工分哦。"

于永胜说："我不要工分，因为国家给我开了工资的。"

张主任又问道："哦，开了工资的，那你在哪里上班呢？"

于永胜看了看张主任，稍作思考后说："哦，这个嘛，就不必说了吧，反正是人民的勤务员。"说着于永胜洗完脚便准备走。

这时与张主任随行的我忙上去介绍说：'这是我们县的张主任。'

于永胜这才站住忙笑着说："对不起，张主任，我还不认识你，抱歉，抱歉！我是阳坝公社的团委书记，叫于永胜。"

张主任握了握于永胜的手，然后对在场的所有人说道："同志们，如果我们所有的干部，都能像于永胜同志这样，那我们的工作就好干多了。谢谢你，于永胜同志，你今天用实际行动给我们上了很深刻的一课啊。"

"五天以后,于永胜便被提为阳坝公社的党委副书记,一年后就到建平公社做了第一书记。两年后又被提拔为锅子坝区的区长了。所以人们常说,于区长走到哪里他的歌就唱到哪里。当然除了他自己的确很努力以外,能抓住机遇也是很重要的一点。你看,一讲就讲了这么多;言恭,你不会觉得方伯伯太啰唆吧?"

老蜡忙说:"没有,没有,方伯伯的话如金玉良言,令我受益匪浅,感谢都来不及,还怎么会嫌啰唆呢!"稍事停留后,老蜡接着说道:"这样吧,我马上回矿里去一趟,如果没有什么事的话,我再回来就行了,如果有事我就星期天才回来。"

方登科说:"这就对了嘛,去忙你的事吧,方俞她一定会支持你的。"

老蜡很感谢方登科,觉得他就像自己的父亲一般慈祥。他说的这些话里,其实包含了很深的哲理,对自己恰如一盏指路明灯。老蜡突然间得出这样一个结论,"结交比自己年长的朋友,对自己会更有好处,不管是他们成功或失败的经历,对自己来说都是一本很好的教科书。就像是第一次去一个所在,对前路一无所知,极有可能会走到岔道上去,甚至根本到达不了目的地。但如果有一个曾经走过这条路的人给你做一些指导,那就不一样了,至少可以少走弯路"。

方俞进去给老蜡收拾东西,她边收拾边说:"言恭,衣服就不带那么多,反正你随时都要回来的,只是内衣要多带一套。腊肉和香肠我都给你装一点,你要了一个假期,万一请同事们喝一点酒就有菜了。"

老蜡不由得想起了小时候爸爸出远门时妈妈给收拾行李的情形,瞬间感觉到方俞还真像一个贤惠的妻子,突然间竟有一点依依不舍。出门的时候有人替自己收拾行李,这在老蜡的记忆里还是第一次,就是上体校和去年参加工作都是自己收拾行李。一种从未有过的幸福感油然而生,而且那种久违了的家的感觉又好像找到了一样,看着方俞那进进出出忙碌的身影,老蜡心里顿时涌现出了千般的爱意。

第十六章

老蜡准备去公路上碰碰运气,谁知刚走到公路边便遇到了矿里的货车,还没来得及招手,车已经在他面前停了下来,原来司机是经常一起打球的,很熟悉。司机很兴奋,一路上不断谈及有关篮球方面的事,但老蜡对这些一点兴趣都没有,只是偶尔"嗯"一声应付。他脑子里不断地交替闪出这样的念头:"矿里会对我的工作做什么样的调整呢?张筱现在在干什么,她为什么突然对我这么好了呢?我回矿是直接去找她呢还是在食堂附近等?不过最好是一下车就能够看见她。不知道为什么,从踏出方俞家门的那一刻,就有一种想急于见到张筱的冲动,这毕竟是和她第一次以好友的身份相见。"虽然司机一路上说个不停,却并没有影响到行进的速度,还不到十点,就回到了矿上。

老蜡刚下车,就碰到了好些熟人,有几个人都叫他蜡副主席。虽然老蜡很客气地说:"什么副主席,副主席的,不要乱喊哦。"但他心里却一阵暗喜,难道真如张筱所说我被提拔了么,究竟是什么副主席呢?他忙搜索记忆,却始终弄不清楚究竟是哪个部门设有副主席,学校的领导只有校长、副校长、主任,也没有可称为副主席的职务。

正走着,想着,后面突然传来了张筱的声音:"哎!言恭你终于回来了,都快把人给急死了,你赶快去找兰书记吧!"

老蜡听到张筱称自己为"言恭",心里微微地空了一下,似乎有一点不好意思样,在回头的那一瞬间,老蜡的脸竟一下子全红了。

张筱可能也为叫得这样亲切而感觉有些失口,也红了脸。"言恭"是近几天以来她一直在心里面的称呼,她想:"在场面上我还是应该叫他'蜡老师'才对,刚才的脱口而出当然是发自内心的,不过这要是被别人听到了就不好了。"突然间,张筱还有了一种无法言喻的快感。

两人静静地对视约一分钟的样子，老蜡突然说了声"谢谢你了"，便迅速转身往寝室跑去。看着老蜡匆匆离去的背影，觉得是那样有型，又那样健硕、敏捷，张筱再一次坚信："这个男人是我的，本来就应该是我的。"

老蜡打开门，将行李往床上一扔，便火速赶到了兰品桂的办公室。见老蜡进来，兰品桂并没有说什么，只叫他坐下，再给他倒了一杯水，然后慢条斯理地端起自己的杯子喝了一口后才问道："你几时回来的？"

虽然这个过程是在极短的时间内完成的，但老蜡却觉得好漫长好漫长，他太想快一点知道矿里究竟是怎样安排自己工作的。虽然有一点紧张，他还是马上站起来，做立正的姿势然后说道："刚才……才……才回来，听团委的张干事说你有事找我，便马上过来了。"由于太紧张了，尽管他努力克制，但还是有一点结巴。

兰品桂笑着说道："来，坐坐坐，怎么站着说话呢？你说的是哪一个张干事啊？"

老蜡好像更紧张了，忙说道："就是张……张筱啊。"

兰品桂说："不是张干事，是张副书记了！"兰书记大笑两声接着说道："好了，不开玩笑了，主要有这么一件事要告诉你，也算是代表组织正式跟你谈话。经矿党委研究决定，任命你为矿工会副主席，享受正科级待遇。你现在的身份是老师，还在寒假中。考虑到运动会期间你那么辛苦，之后也没有安排休息，你就再休息几天吧，等到开学时再办移交手续正式去工会上班。"

老蜡简直抑制不住自己内心的喜悦，忙又站了起来，说："兰书记和矿党委这么信任我，我一定好好工作，决不辜负领导对我的信任。用不着休息，我马上就可以到新的岗位去上班！"

兰品桂说："不急，不急，休息几天再说嘛，不过我还有一个条件。"

老蜡疑惑地问道："什么条件？"

兰品桂指了指左边的墙壁，说："蜡副主席，你看我这个墙壁上挂一幅什么字好呢？"

老蜡如释重负，看了一下，说："那就要看兰书记的爱好了，可以去买一幅毛主席的草书挂着，也可以找书法家写一幅，都行。"

兰品桂笑着说："那你怎么不给我写一幅呢？"

老蜡有点不好意思地说："兰书记，我那个字就算了吧，哪里敢登你兰书记的大雅之堂呢？"

兰品桂说："你看看，又谦虚了，如果不是张筱同志告诉我，可能我们整个矿里都没有一个人知道你的字还写得那么好呢，不过年轻人嘛，谦虚一点是应该的。"

老蜡说:"那就恭敬不如从命了,你想要什么样的内容呢?"

兰品桂稍作考虑,说:"你知道我是军人出身,就给我写一幅毛主席的《长征》吧。"

老蜡爽快地说:"好,兰书记,我马上就回去写,周末拿去江油裱好了再给你送过来。"

兰品桂笑着说:"帮我写好就行了,怎么还敢让你去裱呢,那就太不尊重人才了吧。"

老蜡已经完全没有之前的那种紧张感,说:"看你说的,还人才呢。嗨!兰书记,和你一起干事真的很开心,什么事你都想得那么周到。"

兰品桂站起来,像在玩笑但又很认真地说道:"蜡副主席,这可是你自己说的哦,我记下来了,不要有其他单位调你就马上跑了哦,那我可要找你算账的哦。"

老蜡也忙站了起来,看了看兰品桂,然后坚定地说:"我向你保证,只要兰书记在这儿,就是赶,我都不会走的。"

兰品桂又如刚才一样温和地说:"好!那你去组织科报到,等开了学以后再办移交,我已经给组织科交代过了。"

到组织科,很快就办完手续,袁云山叫老蜡到他的办公室去,说:"蜡言恭同志,这次把你提拔到工会副主席这个位置上,很不容易啊,而且在程序上也属于连提两级,算破例了。兰书记在这个问题上做了很大努力,你要珍惜组织上给你的这次机会,好好干,干出点成绩来。"

老蜡忙站起来,说:"请组织放心,请袁科长放心,我一定不会辜负组织对我的信任。以后的工作中,如果我有什么不对,还请袁科长不吝指教和批评。"

袁云山笑着说:"我们现在算平级,还谈什么指教,互相学习,互相学习啊。哦,对了,考虑到你现在还在休假期间,你去工会报到后就回去休息,等开学以后再上班,工会那边我已经讲好了。"

老蜡刚到工会,杜大海已经在那里迎接,而且工会其他同事也都跑到了门口。杜大海热情地握住老蜡的手,说:"欢迎蜡副主席,欢迎蜡副主席啊。"然后逐一介绍了其他的工作人员,工会办公室主任丁佩佩把老蜡带到了办公室。老蜡一看,办公室收拾得很整洁,而且办公桌上还放了一盆文竹。丁佩佩说这盆文竹是团委的张副书记今天早上刚送过来的。

老蜡没有在自己的办公室多停留,便马上去了杜大海的办公室。

杜大海说:"蜡副主席啊,以后工会的工作你就要扛硬杆杆了哦,你知道,明年我就退休了,这个位置早晚是你来接,所以你一定要放开手脚大干,干出点名堂来。不管你怎么干,我都会支持的。"

听了杜大海的这番话，老蜡突然间有了一种莫名的伤感，就好像看到几十年以后自己的样子。"也许，杜大海像我现在这么年轻的时候也一样有着美好的理想和抱负，但无情的岁月却将他的人生定格在锅子坝这么个地方，职位的终点是矿工会主席，只享受副矿级待遇而已。难道我也要在这大山里待一辈子，到退休时混一个什么副矿级或者矿级的待遇么？"但老蜡并没有让思绪走太远，定了定神后说道："看杜主席说的，不管怎样我都是在你的领导下工作嘛，以后不管大事小事我都要向你请示、汇报。"

杜大海说："这样吧，蜡副主席，你先去休息，等开学以后再来上班。"

告别出来，刚走几步，丁佩佩追了上来，说："蜡副主席，这是你办公室的钥匙。一共有两把，你拿一把，另一把按规定留在办公室备用。"

老蜡接过钥匙，也没有作停留，只是红着脸说了声"谢谢"，便回去了。

工会和团委在同一层楼，老蜡和张筱的办公室相隔五个房间，斜对，上、下楼都要经过张筱的办公室。上来的时候，老蜡着意在张筱的办公室门前稍事停留，但她正在说事，并没有看到他，本想打个招呼的，却好像怎么也发不出声一样，只得去工会了。

张筱也一直都期盼能快一些见到老蜡，眼睛一直都注视着门外，但偏偏老蜡上来的时候她正谈工作，并没有见他，听到杜大海那很有磁性的说话声以及爽朗的笑声，张筱忙跑出去，却只看到老蜡的背影。本来张筱要去矿党委办公室一趟的，因为看到了老蜡，便决定先不去了，但又不好意思站在门口等，只好如坐针毡般留在自己的座位上。听到老蜡说谢谢，判断他即将下楼，于是忙拿出镜子来照了照，再习惯性地整理了一下衣领，端坐着等待老蜡经过。让张筱觉得奇怪的是，从来都没有像现在这样对一个男人如此期盼，甚至还有一点渴求他的出现。

可能是这突如其来的变化令老蜡还没回过神来，他似乎不知道这之后该去干些什么，只顾低着头往回走，经过张筱办公室的时候甚至忘记了往里面看。

张筱虽然心很切，但她还是想显得矜持些，本想等老蜡往里看的时候才假装看见他。哪知道他并没有按照她预先的设计来，甚至连看都没有往里面看，眼见老蜡就快要走过办公室了，张筱慌了，忙站起来喊道："蜡言恭。"

老蜡的脚都已经跨过了张筱办公室的门，听到喊声，便立即停住脚步并顺势扭过头来，刚好看到张筱。张筱惊喜极了，好像从来都没有见过协调性这么好的人，而且就在他扭头的那一瞬间，他那长长的卷发也随之飘动了一下，显得更具青春活力，就像是那些画报上的体育明星有动感的照片一样，真把张筱的心都给飘酥了。

不知道为什么，这几天每次见到老蜡都会有新的发现，张筱想："可能他的闪光点实在太多了吧，相信我已经深深地爱上这个男人了。"

见是张筱，老蜡有一种不可言状的喜悦。又知道是她给兰书记介绍了自己的书法，而且一直都是自己只敢偷看的女神，现在居然这么热情，突然就好像千般情爱即刻都汇集到了一起。前几天在锅子坝，因为怕方俞不高兴，都不敢多看她一眼，但的确太想仔细地看看她。现在终于有了机会，便什么都不想，转过身笑着说道："对不起，张书记，刚才走得太急，没有看见你。"

张筱忙说道："没什么，快进来坐啊。呃，对了，恭喜你，言恭。"

老蜡还没有坐定，便很友好地说道："也恭喜你，张筱。"喊张筱名字的时候，却有些别扭，同时感觉自己的脸又红了。

张筱还是第一次听到老蜡直呼自己的名字，虽然觉得叫得有些生硬，但她还是很高兴，忙倒了一杯水，说："哎！昨天可真把我给急死了。兰书记找我谈话时突然提到了你，说你体育好，象棋也好。我就补充说你的书法和篆刻也一样很好，并说我那儿就有一幅你的作品。兰书记一听很高兴，忙叫我去拿。随后又问你在哪儿，我当然不可能说你在锅子坝，而且前两天还和我在一起啰，只好说不知道你在哪儿。后来想打电话通知你，又怕被矿里的人听到，所以才想到写信。本来想直接写给你的，但又怕方俞对我有'敌意'，所以就只能写给她了。对了，你该没有在兰书记那儿'出卖'我吧？"

张筱一口气说了这么多，老蜡分明地感到了她的激动，而且还直接就说出了怕方俞有敌意，这说明张筱肯定已经看出了我很喜欢她。老蜡知道自己的思绪又走远了，也意识到这样下去肯定不好，便决定不再去涉及这个话题，于是说："没有，怎么会出卖你呢，兰书记根本就没有问，就是问了我也不会'出卖'你的，永远都不会。"

张筱似乎也有点紧张，她并没有去接老蜡的话题，只是说："这一下好了，我们天天都可以见面了。"说出来后，张筱又有一点点后悔，忙补充道："我的意思是可以经常在一起工作了。"

其实老蜡怎么会不知道张筱的意思呢，自己此时的心情和张筱又何尝不是一样的？只是不敢再在这个问题上去纠缠而已。突然想到如果在这里坐太久肯定不好，让同事们看到了该怎么想，便急着告辞。

其实张筱也很矛盾。本来，刚回到单位的时候，想要不顾一切地去追求老蜡，恰好在这个时候被任命为矿团委副书记，还主持工作。工作任务一下子就重了很多，因此也没有精力来进行这样一场感情的战争，而且新的职务也不允许跌在感情的旋涡里。这关系到自己的前途，虽然恋爱本来就是一件很正常的事，但如果和老蜡恋爱就意味着要和方俞"抢"。而老蜡恰好在这个时候也被提拔，所以决定，为了自己和老蜡的前途，暂时不要和他有更进一步的关系，但必须暗中与之相好，以期在一定的时间再公开关系。有了这样的打算，所以她也没有怎么去挽留，只是很正常地说了声再见便任由老蜡去，虽然她的心里是那么地不愿意，觉得还有好多想说的话甚至都还没有开口。

老蜡刚下楼，就碰到了向阳，他上来就是一拳打在老蜡的肩上，笑着说："蜡主席好。"

老蜡一把捏住向阳打过来的拳头，说："我们俩还主席、主席的干什么，况且还是副主席嘛。"

向阳说："是今天中午喝还是晚上喝？瞬间就由蜡老师变成蜡副主席，怎么说也该庆贺庆贺吧，时间你安排，反正就今天。"

老蜡爽快地说："那就中午吧，反正我还在休息，也想看看过了一个春节后你的酒量是否有长进。"

向阳说："那好，我们一会儿见！"说罢便回去准备，老蜡也急于回去收拾房间。

刚才忙着去见兰书记，只把行李放下就走，并没有多看屋里的东西。这才看到，地上有三封信，从字迹上可以断定其中有两封是若兰的。不知道为什么，突然间竟有想拆开若兰信的冲动，但想到向阳可能马上就要到了，便照例将信锁进了抽屉里。另一封不知道是谁的来信就放在了桌子上，没有拆开便开始收拾屋子。果然，还不到二十分钟，向阳就拿了些酒菜来。见老蜡正在收拾房间，向阳并没有坐下，而是趁这个时间又去食堂打两份热菜。王凯和陈明道也和向阳一起来了，见到老蜡自然是一番玩笑，待老蜡收拾停当后便开始喝酒。刚端起杯子，却传来了张筱的声音："有酒喝怎么不叫上我们呢？"

张筱和工会办公室主任丁佩佩一人端着一碗饭已经来到了老蜡的门口，但她们并没有进屋，张筱靠在右门框上，而丁佩佩则有些怕似的站在张筱的后面，只露出半张红红的脸来。老蜡见突然有两个美女同时站在自己的门口，顿时觉得眼前一亮，忙站起来一番让座后便又重新开始喝酒。张筱和丁佩佩并没有喝，说是下午还要上班，姑娘家家的上班有酒气不太好，张筱还说如果是晚上就可以喝一点。老蜡便没有再劝。

王凯和陈明道因为下午要上班也只喝了一点点就吃饭，向阳说："我们俩反正休息，就多喝一点吧。"

张筱忙阻止说："你们也不要喝得太多了，不如晚上再喝吧，我和小丁也好喝一点嘛。"

老蜡也觉得中午喝太多不好，马上就表示赞同。

和以往不同的是，今天吃完饭后并不是老蜡和向阳收拾，而是张筱和丁佩佩抢着把房间收拾得干干净净。上班的几位走后，向阳觉得有些困，也告辞了。老蜡关上门，躺在床上，然后仔细梳理这几天所有的事。他想："这些事发生得都太突然，而且发展得也太快，以至都来不及细想过，简直就像是在做梦一样。先是突然见到了张筱，又很快地变得如此友好，就像是多年的老朋友一样。再就是突然间不教书了，还当上了工会副主席，而且做了副主席以后矿里并没有叫马上就去上班，还让休息直到寒假结束。怎么也想不通究竟是祖上显灵了呢，还是人们所说的运气真正地来了。但不管怎样现在已经是实实在在的工会副主席，正科级干部了，这是铁定的事实。诶，应该在第一时间将这件事告诉父亲及家人，也让他们高兴一下。然后是方俞和她的家人，还有若兰。不对不对，怎么会想到要告诉若兰呢？刚才所想的这几个人都是我的亲人，难道我的潜意识里已经把若兰也当成亲人了么？刚才有一点想去看若兰的信，糟了，我和若兰肯定还会有什么事要发生。想起之前，每当和若兰见面，脑子里便一片空白，什么人都想不到了，就像这个世界上并没有其他的女人存在一样。运动会时在宾馆里不是一样地拥抱了若兰么？如果不是考虑和陈副校长住同一间房，那还不知道会发生什么事呢。"

"现在又出现了一个张筱，我也一样没定力。现在已经有了方俞，还准备结婚，而且张筱还是方俞哥哥的女朋友，但见了张筱后，竟还是忍不住想多看她几眼，而且还情不自禁地写了那首唐玄宗的《好时光》去赞美她。就在刚才，当张筱在办公室叫我的时候，我竟表现得那么嬉皮笑脸的，真是厚颜无耻啊！哎！我实在太花心了，这样肯定不好的，绝对不能再这样下去。现在已经是工会副主席，大小也是一个领导，以后的一言一行都会被别人看着，而且还可能被一些年轻人所效仿，和方俞虽然还没有越过底线，但毕竟已经同床共枕了那么多天，如果再这么花下去，那就太对不起她了。"老蜡想到这儿，已经没有半点睡意。于是起床，首先是给他父亲写信。然后给他两个哥哥写，提起笔来，却好像没有什么可写的一样，思考良久，只是将自己被提拔的事说了一下而已。装上信封，准备封口的时候，又将大哥、二哥的信打开，然后都加上一句"希望多回去看看爸爸。爸爸老了，很需要儿子们的关爱，我离家太远，唯有拜托您了"，然后才重新装好贴上邮票。觉得自己终于又做了一件为父亲尽孝的事，这也是从去年暑假离家时就想写的，但几经犹豫却始终没有写。现在终于写了，老蜡突然间有了一种好轻松的感觉："虽然两个哥哥并不一定会听，而且还有可能引起他们的反感，但这至少是表明了我的态度。如果能因此而改变两个哥哥对老父亲的态度，那真是皆大欢喜了。"于是决定马上去寄信，明天早班车再去方俞家。

突然间想把若兰的信全部烧掉，拿出来后，却怎么也下不了手，呆呆地看着放在桌子上的那一堆若兰的信，几次拿起火柴又放下，有一次甚至连火柴都划燃了，却又急急将它吹灭，似乎觉得烧掉这些信就是对若兰的伤害，他甚至想到烧这些信的时候，若兰肯定会有感觉的，还是留下吧。但又想到，方俞说不定哪天就会来矿里，如果让她看见那肯定不好，方俞虽然对我很好，但感情是自私的。又想起了那天给张筱写字的情形来，她还是方俞未来的嫂子，给张筱写字的时候她一样表现出了不满，何况与她没有任何接触的若兰乎。这的确是一个很麻烦但又亟待解决的问题。在屋子里走了几圈，通过仔细观察，最后决定把信横放在抽屉最里面的挡板边，然后用一块稍小的木板靠在上面。靠上去的木板一定要比后面的挡板稍高一些，这样抽屉就怎么也拉不出来。于是马上量好尺寸，去机修车间找马师傅。

马师傅很热情，自然也称他为蜡副主席。说明来意后，马师傅很快就按老蜡的要求做了一块木板。老蜡当然不会告诉马师傅它的真实用处，只说是自己的抽屉坏了，需要修修，马师傅想去帮忙，被婉言拒绝。

老蜡回到寝室，先取出抽屉把信放进去，然后将木板与抽屉底呈45度角将信压住，再把抽屉放进去，用一根从马师傅那里找来的有五十厘米长的铁棒轻轻地将那块木板敲至与抽屉底垂直。果然如老蜡所愿，抽屉开、关都没有问题，只是怎么也取不下来了，那些信当然也被紧紧地压在里面。此时的老蜡很是得意于自己的这个杰作，而且还短暂地"膨胀"了，他想："不管是什么事情，只要愿意，我肯定都能做好的，如果能多花一些工夫，说不定还会成为一个很好的发明家。"

再也不用去担心若兰的那些信。打开门，站在走廊上，感觉整个人都轻松了："啊！我怎么觉得铅锌矿从来都没有今天这样美呢？天空中除偶尔有些飘过的白云外呈一片湛蓝，四周高高的山峰也好像去掉了作为屏障的功能，而变成翠绿的纯粹用来装饰点缀铅锌矿的屏风，与湛蓝的天空相得益彰。那一层常有的雾霾也淡了很多，再也遮挡不住那即将西沉的太阳所带来的光芒，那些平常看起来被薄薄的灰尘所覆盖的树叶，也在阳光的照射下显露出了其本来的绿来，隐隐感觉到空气中还散发着一阵淡淡的幽香。"老蜡还是第一次感觉到铅锌矿竟如此之美,甚至超过了家乡的美。

老蜡毕竟是一个非常好学的人,他并没有去留恋眼前的美景,又开始研究起从方俞处带来的那些线装书,到了晚饭的时间,他竟然都不知道。

一阵轻轻的敲门声,才将他从那些线装书以及这些书的故事里面拉回来。打开门一看,原来是张筱和丁佩佩,她们端了几个菜拿了两瓶酒来。老蜡忙让坐并准备再去食堂买一点儿菜。

张筱说:"不必去了,刚才碰到向阳,他也拿了好些菜,还去食堂打热菜了。"

丁佩佩似乎有些紧张,她并没有坐下,只是很拘谨地站在门边。

张筱却好像是在自己的屋子里一样,开始收拾书桌,她突然停住了,拿起老蜡正在阅读的线装书,有些吃惊地问道:"言恭,你平常都读这种书啊?"

丁佩佩见张筱如此惊讶地发问,这才走近书桌,翻看桌上其他书籍,但没有说一句话,只是她的脸似乎比之前更红了。

老蜡说:"也不是,只偶尔看看罢了。你们快请坐,还是我来收拾吧。"

张筱说:"怕我们弄乱了你的东西,是不是?放心吧,我和小丁都是在办公室工作过的。"

刚收拾好,向阳来了,说王凯和陈明道有事来不了。

张筱顺势坐在床沿上,说:"人少一点也好,来,言恭,我们俩坐床吧。"

不知道为什么,老蜡并没有马上就坐下,他看了丁佩佩一眼,发现丁佩佩也正看他。瞬间,她的脸又红了,只微微一笑便把眼光移开。老蜡这才在床沿上坐下,但距张筱可能有十厘米的距离。而丁佩佩和向阳则只能坐在对面了。丁佩佩好像有一点紧张,眼睛一直都只看着桌子,也不大说话,其余三个人都很放得开,特别是张筱,还没喝几杯就似乎有一点醉意了,她说:"蜡副主席来这里工作已经快两年了,以往我们都在干什么呢?怎么就没有像今天这样随时在一起喝喝酒、聊聊天呢?我们真是白白地浪费掉了许多大好时光啊。因此我提议,从今以后我们几个随时都应该这样聚会聚会,你们说好不好?"

向阳首先说道:"好,好,好。"

老蜡和丁佩佩当然也是赞成的。向阳对张筱为什么会这样讲还存在许多的疑虑,他甚至隐隐觉得张筱很虚伪,老蜡当了工会副主席以后就来恭维了。但向阳哪里知道张筱最真实的动机呢?

当然老蜡却再明白不过,他想:"从这几天和张筱的接触,完全可以看出来她很喜欢我。那天在方俞家，当张筱听方跃介绍说我是他未来妹夫时，张筱不仅表现出了诧异，而更多的却是那种突然间很深的失落感。但不管怎样，我绝对不能再在张筱的身上下任何功夫。"有了这样的决定，所以整个晚餐上，他几乎没有说什么话，只是随意地附和着他们三个人的谈话，但他还是禁不住会不时地去看张筱。

张筱的话最多，每当说到高兴的时候，还会去打老蜡一下，或者去抓一下老蜡的衣服。每当这个时候，老蜡就会浑身为之一颤，很想一样地去打她一下，或者顺势去摸摸她，但始终没敢那样做，只是偶尔会不经意地挨张筱紧一点罢了。

整个晚餐，说话最少的就是丁佩佩，她一直都低着头，只是偶尔会抬起头偷偷地看老蜡几眼，但很快又低下了，不过她一直都保持着一种很和善的表情微笑着，就像是今天晚宴上唯一的旁观者一样。

近十点酒餐才结束。向阳先走，然后是张筱和丁佩佩，虽然看起来张筱没有半点想离去的意思，但她还是和丁佩佩一起走了。或许是酒的缘故吧，老蜡的心情突然变得很复杂，很想留下她们再聊一会儿，又觉得不好，但她们走了后，心里又很失落。她们走了，给老蜡留下了一丝的遗憾和无尽的思念。

老蜡甚至觉得小丁也很漂亮，只是她的闪光点不一样而已，或者说美的角度不一样罢了。他开始思考："可能女性在男性的眼里本来就有一种天然的美，正是这种天然的美才会产生一种吸引力，使得异性之间相互吸引着，这一种美应该是一种性别的美。而另一种女性的美则是取决于她的五官、皮肤、身材以及个人的文化等方面的修养，也包括声音、语言、表情以及步态、站姿，等等。每一个人在对异性的审美上都有一把自己的尺子，如果某一位异性恰好符合了自己那把尺子的尺寸，那他就肯定觉得对方很美，对方对他的吸引力也就要大很多，反之亦然。可能是我对异性审美的尺度比较大一点的缘故吧，所以才会觉得那么多的女人都很漂亮。但不可否认的一点就是，张筱、方俞、若兰和丁佩佩确实都很漂亮，这还不仅仅是我个人这样认为。"老蜡想到这儿，突然间明白了一个道理："之所以不能和每一个喜欢的女性都可以去好，这应该是道德和法律的约束吧。而我最近的所为，是有违道德的，虽然还没有付诸行动，但内心深处却一次又一次地出现了许多奇怪的想法。现在还没有正式和方俞注册结婚，一切的爱恋则都是合理的，甚至和其他人去爱恋也无可非议。但问题在于已经很明确地告诉方俞以及两边所有的亲人要和她结婚，这和正式结婚已经没有什么两样。好在还没有做出什么对不起方俞的事来。哎！我终于明白了，每个人对一些事的认知，往往需要一个很漫长的过程，很庆幸我在对女性这个问题的认知上并没有花太多的时间就定格了。以后需要注意的就是与女性接触一定要分清爱情和友情。而我这一生中,有爱情的就只能是方俞一个人。"由于想得太多,几次想看书都无法集中精力,便干脆洗漱后上床睡觉。

　　老蜡开始上班了。走进办公室的那一刻,他感觉到一切都与以前大不一样,甚至可以说是天壤之别;办公室是一人专用的,而且还有专人打扫卫生。回想在学校时,甚至包括副校长、主任等都和所有的老师挤在一间教室里面办公,由于多人合用,办公室里总是闹哄哄的,很少有极安静的时候,加之有不爱整洁的老师,办公桌上什么书啊、作业本之类的东西都胡乱堆放,总给人一种一片狼藉的感觉。虽然是一整间教室那么大,但由于抽烟的人太多,有的甚至还带一小瓶酒,时不时拿出来喝上一口,因此办公室里随时都有一种怪怪的气味。现在突然有了一间专用的很整洁的办公室,对于酷爱读书的老蜡来说真太幸福了,但这幸福来得似乎太突然了些,他甚至连一点思想准备都没有。

　　刚坐定,办公室主任丁佩佩便进来了,她没有说什么,只红着脸熟练地给老蜡泡上了茶后就离开,甚至连看都没有看老蜡一眼。老蜡忙站起来,本想说声谢谢的,因为丁佩佩走得太快,加之他又结巴了一下,所以什么也没有说出来,颇觉尴尬。又坐回藤椅上,开始环顾四周,见办公室左边的窗户外有一棵好大的树,但并不知道名字,只是能判断出是一棵常绿树。树枝都已经接触到了办公室窗户的玻璃上了,这让人感觉就好像是置身于森林中一样。一缕缕阳光从树叶的缝隙里透射进来,把办公桌上的那盆文竹照得更加嫩绿。不难看出,这不单单是阳光的作用,也得益于树叶本身的绿,以及树叶上的小水珠所折射出来的那多彩的光芒,而阳光透过文竹,再把它的影子投射到右边的雪白的墙壁上,简直就是一幅精美的水墨画,随着微风吹动树枝以及日影的移动,这幅水墨画还显得好像有轻微的动感,让人感到舒服极了。办公桌上整齐摆放着的文件、报纸以及一些信件,自然就给人一种极其庄重的感觉。在办公桌最显眼的位置,放着两封信,老蜡一看,竟是自己的,他想:"这些邮递员真太令人佩服了,怎么这么快就知道把信件往这里送呢?"拆开第一封,见是方跃的,虽然是方跃的第一次来信,也只不过是一些问候之语罢了,当然信的重点应该是让老蜡多关心关心张筱。正准备看第二封信时,丁佩佩来通知十点在三楼的矿党委会议室开欢送会。

　　这就是老蜡任工会副主席以来的第一个具体工作,原来是参加为若兰的父亲陈大文举行的欢送会。此时老蜡才知道,他已经调到江油县任分管文教、体育、卫生工作的副县长。老蜡很激动,还在杜大海的安排下代表工会即兴致了一个简短的欢送辞。临别时,陈大文握着老蜡的手,说:"蜡副主席,你是一个很有才能的人,假以时日一定会大有可为，我期待着你的成就。对了，到了江油，一定要来看我哦，我们是老战友嘛！"

老蜡当然知道陈大文所说的老战友的含义，他们曾在一个学校上课，在篮球队里他是教练自己是队长，又都是象棋爱好者，而且还随时在一起切磋。于是说："陈副县长，和你在一起工作的这一段时光是我这一身中最难忘也是收获最丰的，我一定谨遵你的教诲，好好学习、好好工作，绝不辜负你对我的期望。"

陈大文没有再说什么，只紧紧地握住老蜡的手，拍了拍他的肩膀转身就走了。

第十七章

刚刚出差回来的若兰,还和之前一样,准备将行李放在公安局招待所就回太康。还没到公安局门口,便遇见了徐每,她一把拉住若兰,说:"若兰,你这是去哪儿啊?"

若兰说:"去公安局招待所啊。"

徐每笑着说:"你有家不回,跑去公安局招待所干什么?"

若兰说:"我先把行李寄存了再回去。"

徐每大笑起来,说:"回太康?"

若兰有一点莫名其妙,说:"我不回太康难道回你家?"

徐每忍住了笑,一本正经地说:"好了,不卖关子了,告诉你吧,你不用回太康了,现在你的家在中坝。"

当若兰听到"中坝"两个字,心里一阵惊喜,中坝是江油县的县城,也是若兰梦想的居住地,于是说:"哎!不跟你开玩笑了,我还要去坐班车呢,晚了就坐不上了。"

徐每说:"你爸爸现在是我们的副县长,十多天前就上任了。"

若兰又是一阵惊喜,隐约记得父亲曾经提起过他可能要到地方上任职,但她还是很快就镇定了下来,说:"怎么可能呢?"

徐每说:"走,我带你回家。"说着,接过若兰的行李就走。

若兰简直不敢相信这是真的,就像是在做梦一样,许多的往事一下子都涌上心头:"还是上高中的时候,见县城的同学每天都回家住,我真好羡慕,暗想,'不知道这一辈子我有没有可能住到这县城里来'。参加工作以后,又认识了几个在县城里工作的朋友,这种感觉就更加强烈了。于是决定努力干好工作,争取能够有机会调到县城里上班。特别是借调到公安局以后,一天总是在想,如果就这样调下来,不再回太康去那该有多好啊。因此，我几乎用尽所有的努力来干好工作。没想到现在居然在县城里有自己的家了。"于是说："徐每，我真太高兴了。但高兴的还不是我爸爸当了副县长，而是在江油县城，终于有一个属于我自己的家了，这是好些年以来我一直都梦寐以求的。"

徐每说："不止是你该高兴，连我以及好多朋友都羡慕你呢。"

若兰说："你们都在中坝住了这么多年，我今天才刚住过来，有什么好羡慕的。"

徐每说："你快回去看看就知道了，你家的房子可以说是现在这中坝最好的房子，三室一厅，上周六我就去帮阿姨收拾了一天。"

若兰一下子挽住徐每，说："谢谢你，徐每！"

徐每说："我们两个还说谢，谁让你是我的好朋友呢！"

走了一段，若兰又转过身，几乎是跑步到了县公安局招待所，将寄存在那里的东西拿上和徐每一起往家里走。在走进县委家属楼的院子里时，若兰放慢了脚步，她想："是不是真的哦，徐每该不会骗我吧？不过徐每是不可能住进这个院子的，之前我也听说过这个院子，里面住的都是县领导，不过从来都没来过，现在居然住在这里了，真太好了！"

上到三楼，走在前面的徐每闪在了一边，示意若兰敲门，若兰几经犹豫后才敲响了门，门开了，果然是史秀娟，若兰也没有去招呼徐每，扔掉手中的东西，一下子扑过去抱住她。

史秀娟后退了几步才站稳，说："死女子，差点把我绊倒，徐每还在这儿呢，还不招呼人家坐。"

徐每说："伯母，我还有事，先走了，过几天再来看你们。"

若兰只对徐每点了点头，连行李也没有管，冲到屋子里，说："妈妈，我的卧室在哪里？"

史秀娟一边往屋子里拿若兰的行李，一边说："你爸爸说让你住左边那一间，如果不满意，再换，反正有三间卧室。都还没收拾好呢。"

若兰这才猛然记起了什么一样，问："我爸爸呢？"

史秀娟说："去绵阳学习了。"

周六的晚上，陈大文终于回来了，开始了若兰一家在江油县城新家的第一顿团圆饭，史秀娟还破例给自己也倒了一杯酒。陈大文谈了很多现在工作上的事，在谈到体育工作的时候，说："我有一个想法，想把蜡言恭调到江油县体委来工作。"

史秀娟看了陈大文一眼，示意他不该提到老蜡，陈大文也有一点后悔，他突然想起，前几天夫妻俩还一起聊到过若兰的个人问题；向阳很喜欢若兰，而若兰却好像更喜欢蜡言恭，但毕竟向阳和若兰已经恋爱好几年了，向阳几乎是这个家庭中的一员了。因此史秀娟建议今后在若兰面前就不要再提起蜡言恭。但现在已经说出来了，便只好接着话题说："但要调蜡老师下来并不容易，他现在已经是矿工会的副主席，正科级实职，还要看他肯不肯来。"

若兰一听到老蜡的名字便来劲儿了，说："啊，他什么时候当上了工会副主席？不过他一定会来的，不行我去给他讲，他肯定会愿意的。"

陈大文一下子打断了若兰的话，说："若兰，你不要乱讲，这个是有组织原则的，照理说我不该在家里讲工作上的事。兰兰，你也是共产党员，国家干部，应该知道党的纪律，你就当我什么也没有说过，特别是不能写信或者通过其他任何渠道告诉他，知道了吗？"

若兰有些不高兴，翻着白眼噘着嘴调皮地说："知道了，他调不调关我什么事啊，我只不过想配合你的工作嘛，还骂我这么久。"

陈大文一改刚才那极度严厉的口气，较温和地说："你不要生气，兰兰，爸爸不是在骂你。从大学毕业以后，爸爸就在矿上工作，而且一直教书，直到落实政策以后才被任命了一个副校长，还排名最后，也就管管教学之类的事罢了。现在终于赶上了党的好政策，国家重用我们这些老大学生。我的好些同学也都到地方上任职了，算起来我的职务是最低的。但我并不在乎这些，只想为党，为国家发挥一点余热而已。但我对现在的工作可以说根本没有入门，还是抱着一种学习的态度工作，对所处理的每一件事都很谨慎，所以爸爸才给你讲了刚才那些话。我想用蜡言恭，并不是因为我们曾经熟识，一起工作过，而是他确实有那个能力。我们现在要讲发展体育运动嘛，所以还需要大量的像蜡言恭这样有能力的年轻人参与到我们的工作中来。前几天我调了体委一些年轻人的档案来看，还没有发现有像他那样优秀的。哦，对了，我还听说蜡言恭的书法和篆刻水平也很高，就连绵阳地区的领导都求他的字。"

史秀娟想再不把话题引开，若兰又要胡思乱想。待陈大文刚讲完，便抢着说："又不是开会，讲那么多干什么，来，喝酒，喝酒。"

而陈大文并没有领会她的意思，碰了一下杯后接着说道："铅锌矿的兰书记的确是一个了不起的领导，他这么破格连跃几级地提拔蜡言恭，当然是防止他会被其他的单位挖走。铅锌矿和我们江油县是平级的，蜡言恭现在的级别又是正科级实职，他才二十多岁，那么年轻，江油县也不可能给他相应的职务。所以我想，要调蜡言恭来江油工作并不是一件容易的事。"

若兰听陈大文讲完后才问道："兰书记不是副地专级么，怎么和我们江油县是平级的呢？"

陈大文说："他个人级别是副地专，但铅锌矿的级别只是县团级。"

若兰早已经从之前的不快中走出来，她不再带任何情绪，而是随着父亲的话题说道："哦，那看来还真是不那么容易，我们县哪里有那么年轻的正科级实职呢，兰书记还真有远见。"

陈大文有些激动地说："当然不简单咯，我到铅锌矿已经好几十年了，从来都没有像去年的运动会那样获得那么多的奖。当时我还真有一种扬眉吐气的感觉。说实在的，如果不是专业不对口，而且兰书记也好像不是很器重我，要不然我都想在那里跟着兰书记大干一场呢。和这样的领导干，那才真的叫爽呢。"

史秀娟笑着说道："老陈啊，你就不要在那里说漂亮话了，你要是真想跟兰书记一起干的话，就不会一有要调动的消息就跑得比兔子还快。"

陈大文说："刚才我不是说了吗，我专业不对口，没有用武之地嘛。"他还特别强调"用武之地"四个字。

若兰说："好了，妈妈，你就别打岔，我正在跟爸长见识呢。"

陈大文见女儿在帮自己说话，便得意地把头稍稍地仰了一点，然后"哼"了一声，待大家都不再说话的时候才接着说道："兰兰啊，我们的国家重用人才了，以后肯定会更加重视的。现在不同以往，你爸爸是县里的领导，所以以后你一定要严格要求自己，处处都要给同事们起好带头作用，不要让人们感觉到你以副县长女儿自居。至于和向阳的事，你自己要拿个主意，或行或不行，果断一点。向阳是个好孩子，他也老大不小了，千万不要耽误了向阳啊，同时也不要耽误了你自己嘛。"

若兰说："我知道了，爸爸，现在我被借调到这边，工作压力特别大，又老是出差，哪里还有心思去想这些事。等过一段时间不太忙了，再来考虑吧，你不是一直都说年轻人要以事业为重吗？"

史秀娟见若兰这么说，似乎是帮若兰一样，恨了陈大文一眼，说："你这个死老陈，以前天天在家下残棋，我倒是落得个耳根清净，现在不下残棋，倒婆婆妈妈起若兰的事情来。若兰的事你就不要管了，女儿的事归我管，如果若兰是儿子，就归你管。"

陈大文轻蔑地哼了一声，说："哈哈，哪一条法律规定女儿妈管，儿子爸爸管啊？真是的，没文化就是没文化。"随即将半杯酒一口喝掉并示意若兰再倒上后才接着说道:"秀娟啊,你还真提醒了我,自从知道可能要被重用以后我就开始认真学习,还真有好长时间都没有下残棋了,今天一定要下几盘。"

陈大文举杯和若兰母女碰了一下,然后以一种较低沉的语调说:"哎!现在想来我这一生还真虚度了不少光阴啊。只残棋就耗了我好多的时间,也活该我现在的职务是我们所有同学中最低的。前些年,我的好多大学同学不是著书就是立说,当需要的时候人家一下子就能拿出东西来。而我呢,一天沉迷于残棋,到现在不可能拿一盘残棋去给组织部门看吧。我的确是仗着文凭和毕业时是全系的最好成绩才有了今天的职位,惭愧啊,惭愧!"说到这儿,陈大文竟有一点伤感。

史秀娟见状,觉得可能是自己说错了什么话,便有些歉意,又像是劝解似的说道:"你这个死老头子,好好的怎么又伤感了,现在不是好好的么?"

陈大文说:"不是伤感啊。在外面没法说,我们一家人在一起我就说说吧。这次在绵阳学习,可以说是我这一生最认真的,甚至当年考大学都没有这样认真过,因为我需要学的东西实在太多了。现在我的工作压力特别大,我一个很小的加起来还不到两百个学生的子弟学校的副校长,一下子成了一个有着近八十万人口的,而且是工业大县的副县长。可想而知啊,我的确很难一下子就适应过来,有时候竟连从什么地方入手都不知道。如果像我的一些同学那样想,倒也轻松,可问题是我并不想和他们一样,一切都只照章办事,每天去办公室坐坐,批批文件,开开会看看报纸,有的甚至还把现在的职位当成国家对自己的补偿,用来养老。你说国家有什么对不起我们的,比起那些为国家、为人民献出了宝贵生命的革命先烈来说我们又算得了什么呢?从接到被提拔通知的那一刻起,我就在想,一定要尽我的一切努力来为江油的发展做出应有的贡献,这样才不负国家对我的重用嘛。"

若兰听她爸爸讲到这儿,觉得深受鼓舞,便情不自禁地说:"好,我们都支持你,爸爸!"

陈大文并没有去理会若兰,接着说道:"最近我走访了许多学校,觉得现在农村的教育问题很大,主要体现在师资不足、校舍简陋,而且好多地方都是由代课教师上课。而这些代课教师因为工作没有保障,所以流动性也特别大。现在国家还比较困难,所以我想在全县范围内招收一大批民办教师,重点是将现在有能力的代课老师转为民办教师。他们的待遇则由县财政、公社和大队共同来分担。这样教师队伍就会相对稳定,只有教师队伍稳定了,才有可能培养出国家所需要的人才嘛。"

若兰听到这个话题,便来劲儿了,说:"对,对,对,是应该这样的。就拿我们太康公社来说吧,现在好几个应届高中毕业生都在代课,但他们代课则只是一种等待而已，如果稍有机会，就会立即走掉。我比较熟悉的一个叫刘计康的青年，很像蜡言恭，他勤奋好学，知识渊博，高考时因为误将语文试题全部答在草稿纸上，还好作文答在试卷上，满分30他都得了29分。最后总分只差0.5分而没有考上，哪怕70分的语文基础题只得一分，他也考上了。像他这样的情况，如果家庭条件好一点的话，再补习一年是肯定能考上的，但因为他家里实在太穷，所以只好放弃再次高考。现在他就在一个完小代课，好几次都想和本队的同伴一起去学泥巴匠、漆匠什么的，最终还是被我们给劝住了。公社准备让他担任大队的团支部书记，却因为我被借调到公安局而被耽搁，也不知道他现在还在代课不。你说像他这样的人如果去做泥巴匠是否太可惜？"

若兰说话的时候，陈大文没有插言，只看着若兰静静地听着，待若兰讲完后，起身去公文包里拿出一个笔记本来，说："兰兰，你帮我把这个青年的名字和地址都写在这上面。"

若兰接过本子，问："要不要写得具体一点？"

陈大文说："简单写一下就行了，事情我都知道，只是把名字、地址写下来就行了。"

若兰很快就写好了，陈大文看了看后说："兰兰，你给我提供了一个很好的范例啊。干脆这样，明天是星期天，我们就不休息了，你陪爸爸去看一下这个叫刘计康的青年，但不要告诉他我的身份，我要真实地了解一下如刘计康这样的青年的真实心态，等下周一在县长办公会上，我就把这个在全县招收民办教师的方案提交到办公会上讨论。"

第二天天还没有亮就下起了大雨，一直下个不停，早饭后仍没有停止。但陈大文并没有改变计划，也没有叫县里的车，和若兰一起像往常她上班一样坐班车去了太康。陈大文从来都没有去过太康，上任以来，虽然跑了些区乡，或许是因为若兰在太康工作的缘故吧，太康始终被列到了考察的最后，直到今天，才第一次踏进这个时常都会在自己脑海里出现并为之牵挂的地方——太康。

在距太康还有约两公里的样子，若兰请司机在招呼站停车。雨下得更大了，撑着的雨伞好像并没有避雨的效果，只是将如线一样的雨变成了雨点而已，瞬间衣服全被打湿了。陈大文不禁打了一个寒战，他忙取下眼镜，下意识地揉了揉眼睛，问道："兰兰，还有多远？"

若兰当然知道去刘计康家的路有多难走，见陈大文这样问，便说道："还远呢，至少还有三公里吧。要不我们改天再去吧，路肯定很滑，万一摔倒了就不好了。"

陈大文看了看若兰，说："不管多难，今天也一定要去，我要把报告做得再翔实一些，如果错过了下周的县长办公会，就可能要等很久才会专题研究教育问题，到那时，说不定又有很多的像刘计康这样的青年已经离开我们的教育战线了。"

路实在太烂，陈大文滑倒了两次。还好，只是弄脏了衣服，并没有伤到什么地方。又走了近一个小时的样子，陈大文仿佛听到远处传来了一阵悠扬的小提琴声，而且越近越听得清楚，原来是谁用小提琴在拉奏《二泉映月》。仔细一听，的确拉得很好，但曲调里却有一种极度的忧伤。虽然陈大文并没有听过瞎子阿炳演奏的《二泉映月》，但他感觉到这琴声好像比阿炳拉得还要凄惨些。于是问："这么偏僻的地方，居然还有人会拉小提琴，你知道是谁么？"

若兰也觉得奇怪，虽然她并没有去过刘计康的家里，也没有听说过这里还有人会拉小提琴，但刘计康家里那么贫困，会拉小提琴的可能性几乎没有。于是说："不知道，前面就是刘计康的家了，有可能是来他家耍的同学吧。"

终于到了，可能是刘计康的家人在屋檐下做针线活，见有陌生人来便热情地招呼道："同志，你们找谁啊？"

若兰说："我们找刘计康，他在么？"

那女的一听是找刘计康，便没好气地说："在，在不务正业呢！"然后对着里面喊道："刘计康，有人找你！"接着又小声地抱怨道："拉拉拉，好不容易有个下雨天想清静一下，总是要拉，看拉着不吃饭行不，吵死人了，真是的。"

随着叫声，琴声停了，刘计康跑了出来。他一手拿琴，一手持弓，一见是若兰，觉得很诧异，忙说："陈书记，是你啊，快请里面坐。"

进到屋子，刘计康稍作犹豫后，便在抽屉里拿出一条新毛巾来递给了若兰，同时解释道："这还是去年'五四'青年节你给我发的奖品，都还没有用过。"

屋子很小，估计还不足十平方米，除了床和书桌，剩下的空间更小了，刘计康还站在门外，若兰和陈大文在屋子里几乎转身都不那么自如。门对面只有一个很小的窗子，窗扇是一块整木板，虽然用一根木棒支了起来，但室内的光线却还是不怎么好，加之又是雨天，整个屋子里极其昏暗，给人一种很压抑的感觉，若兰甚至有一点想哭。一张床，一个与床紧挨着摆放的书桌，书桌上整齐地摆放着很多书，有好几本都是翻开的，桌子的中间是一个用墨水瓶做的油灯，顺着油灯看上去，糊着报纸的屋顶已经有好大一块黑的，很显然这是长时间被油灯烟熏所致。一把很烂的只有三条腿的藤椅，一端靠墙，一端则靠在书桌上，如果坐在这个藤椅上写字，就只有侧着身子。床上的蚊帐有好几个大洞，密密麻麻的小洞当然就更多了。一床很旧很旧的被子，却很整齐地叠放在已经有几处烂了的篾席子上，被子的摆放很明显是在掩盖那篾席子上的烂处，但从被子的边缘还是看得出下面的席子可能已经全烂了。枕头也并没有摆放在床头，可能也是在掩盖些什么吧。枕头上的枕巾也已经很旧，而且好些地方都烂了，但看起来却还是很干净。被子上放着小提琴的盒子，这应该是屋子里最奢侈的物件，而且与屋子里摆设似乎不大相衬，但它却让这间屋子瞬间就显得豪华，好像一下子就把这屋子里所有的寒碜都赶跑了。床下面的用几块红砖支起的一块木板上堆满了书籍，这可能就是刘计康的全部家当了。

刘计康有一点不好意思地让若兰坐床上、陈大文长坐藤椅，自己则把小提琴顺手放在枕头上，站着问道："陈书记，你们找我有什么事么？"

若兰忙介绍："哦，这是我爸爸。"

刘计康马上很有礼貌地鞠了一下躬然后招呼道："陈伯伯好！"

若兰接着说："是这样的，今天我们路过这儿，我爸爸听说你特别好学，所以来看看你。"

刘计康又鞠了一个躬，说："哦，谢谢！"

但陈大文却看得出刘计康的紧张，因为紧张而两只手不断地搓着。陈大文指了指床，对刘计康说："小刘老师，你也坐吧。"

刘计康怯生生地在床的另一头，只跨了不到半个屁股象征性地坐了下来。

陈大文问："你毕业几年了？"

刘计康说："都快三年了。"

陈大文说："毕业后你一直在代课么？"

刘计康终于平静了一点儿，他调整了一下坐姿，看了看若兰后回答道："就是。如果不是考虑到学校一时间也不好再找代课老师的话，我就去学漆匠了，师傅都找好了，不过要等这一学期完了以后才去。前几天我都给校长讲了，让他提前找好代课老师。"

陈大文问道："你喜欢教书么？"

刘计康好像突然很激动，但瞬间又暗淡下来了，说："喜欢啊！但喜欢又能怎么样呢？我继母骂我骂得对，总不能这样一直代课吧。我们这儿像我这个年龄的人早就结婚生子了，而我现在，钱也挣不到，又没有比较稳定的事情做，不要说养家，就是糊自己的口都还成问题呢。"

陈大文问道："你代课一个月多少钱呢？"

刘计康回答道："三十一块五，只是上一个月班才有一个月工资，寒暑假就一分钱都没有。"

陈大文又问："如果工作稳定下来，而且每月都有固定工资的话，你还愿意继续教书么？"

刘计康有一点激动地说："那当然愿意啰。你想，我读了这么多年的书，如果要我去干一些和文化一点点关系都没有的工作，我是不甘心的，而且国家也白培养我了。"

陈大文问："你什么时候学小提琴的？"

刘计康好像已经回复到正常状态了，他回答道："好多年了呢，大概十岁吧，这把琴还是我妈妈在世时给我买的，不过都是自学的，不正规，找不到老师嘛。"

陈大文问："你还有什么爱好呢？"

刘计康已经完全放开了，说："嗨，爱好可多了，就是门门懂，样样瘟。"

陈大文说："教书就是需要老师什么都懂一点的好。诶，你平常都喜欢读一些什么样的书呢？"

刘计康说："我看得很杂，什么书都看。"

陈大文问："那你为什么不去有针对性地读一些书呢，或者继续复习去考大学呢？"

刘计康很认真地说："考大学的想法我是彻底打消了，而且也根本没有那个时间和精力。陈伯伯，我是这样看的，一个人读书，就好像吃饭一样，你吃的种类越多，那么对身体就越有好处，因为吸收的营养就越多嘛，虽然我们吃进肚子里面的东西并没有被身体全部吸收，但有用的成分是肯定被身体吸收了吧。读书也一样，不一定读过的书你都记得，但在你读书的过程中，里面一些对你有用的东西肯定就慢慢地渗透到你的大脑中，使你变得更智慧了嘛。所以我读书从来都不会给自己规定什么，只要是我认为好的书都读，哪怕是禁书。当然到现在为止，我还没有读过一本禁书呢。人的身体有免疫功能，人的大脑也应该有免疫功能吧，一个正常的人是肯定能够区分出什么该接受、什么该丢弃的。现在我还很年轻，求知欲也很强，就如同现在的饭量也是最大的一样，所以我想趁现在还年轻就多读一点书，到了年龄稍大一点时肯定受用。我之所以喜欢教书，就是因为教书可以给我提供更多的时间去读书。"

陈大文当然也包括若兰都好像从来都没有听过这样的读书理论，不过想起来又觉得很有道理。陈大文想："这个年轻人的确不简单，像他这样的人，如果去到了诸如建筑工地之类的地方工作，或许用不了多久，繁重的体力劳动就会完全消磨掉他读书的欲望。"想到这里，陈大文突然觉得自己是不是太贬低体力劳动者了，如果在明天的会上这样讲，说不定还真有人会误解呢。于是想到了补充之词——有好多青年确实具有将来会为国家做出比做个泥瓦匠更大贡献的潜质。陈大文突然有了一种很沉重的感觉：我现在所管的县有这么多的人，像刘计康这样的年轻人应该不少，我完全有责任去尽可能地帮助他们实现自己的理想，这也应该是教育工作很重要的一部分吧。想到这儿，陈大文心情更加沉重了，而且一种从来没有过的责任感油然而生，他想："我必须马上回去，哪怕是熬通宵也要把'关于招收民办教师的报告'再认真地作一些修改。刚才听刘计康讲，如果学校能够找到代课老师的话，他早已去学漆匠了，而正是因为这一点，说明了刘计康不仅学识渊博，而且还有一种一般人所没有的责任感，像这样的人如果不留在教师队伍里，那真是一种浪费，一种人才资源的浪费。如果这个政策早一天出台，就可能会多留下一个像刘计康这样的年轻人在我们的教育战线上，而多一个像刘计康这样的年轻人在我们的教育战线，那就又多了一份有生力量，我们县的教育就会更有希望。"

　　想到这里，陈大文站了起来，说："刘老师，今天你算是给我上了很生动的一课啊，谢谢你！"见刘计康家里什么也没有，一个挂在窗子下面的闹钟可能已经停摆多时，从上面的灰尘就可以看出来，于是陈大文取下自己的手表，说："刘老师，你上课需要时间，而晚上阅读更需要有个时间，我也没有什么其他的礼物，就把这块表送给你，因为你比我更需要它，同时也预祝你早日成为一个有固定工资的老师。"

　　刘计康想："我的确很需要一块手表，但这块手表我却怎么也不能要。"于是说："陈伯伯，谢谢你！你的情我领了，但这表我的确不能要，你是长辈，还给我送东西，我觉得不妥，就算是给我这个晚辈留一点点自尊吧。"

　　陈大文听刘计康这么一说，也没有再坚持，便收回了表，什么也没有说，和若兰一起冒着雨，踏着比先前更加泥泞的道路回去。因为他知道："自己这块表虽然能给刘计康解决一个时间问题，但自己需要做的却是给更多的刘计康们解决生计问题。"

第十八章

铅锌矿组织科果然收到了一封"江油县拟调蜡言恭同志为江油县体育运动委员会副主任的商调函"。因为铅锌矿和江油县是平级单位,所以发的是商调函。袁云山将商调函拿给兰品桂,说:"兰书记,果然不出您的所料啊!您看该怎么回复。"

兰品桂看了后,没有马上作答,但也没有放下那封商调函,而是顺势靠在沙发的靠背上,望着天花板,拿着函件的手自然地垂了下去,这样足足过了两分钟的样子,才又坐正,看了看手上还拿着的商调函,说:"这样,还是开个党委会吧。"没等袁云山说话,便拿起电话,说:"王主任么,你马上通知在矿里的党委委员,半个小时后在会议室开会。"

人员很快到齐,兰品桂首先发言,他说:"同志们,今天临时通知大家召开这个矿党委会,是有一件事要大家一起来讨论讨论,以找到一个万全之策。现在请袁科长给大家读一个函件。"

袁云山将商调函读了一遍后,接着说:"江油县倒是很会挖人才啊,竟挖到我们矿里来了,但考虑到和地方的关系,所以要大家来想想办法,看怎么去回复他们。"

下面已经开始窃窃私语,几乎都认为,现在开这个会不外乎是要给和兰品桂持不同意见的人看看他的英明罢了,直接拒绝就行了。

兰品桂说:"我看还是要告诉蜡言恭,让他自己定夺好些,不然的话,会影响他以后的工作情绪。"

刘福禄说:"那万一他知道后想走,又怎么办呢?难道我们不放么,如果强留住他,还不是一样会影响情绪,还是不告诉他的好。"

兰品桂说:"这样吧,这个任务就交给我,让我代表组织去跟他谈,这样也显得我们对他有诚意嘛。"既然兰品桂都这样说了,又不是什么大事,自然是一致通过。

兰品桂叫人通知老蜡到办公室里来,并要袁云山和他一起谈。不到十分钟,老蜡就到了，一阵寒暄后兰品桂说："小蜡，今天找你来是有这么一件事。"说着并示意袁云山将商调函交给老蜡。

老蜡只瞟了一下，好像并没有细看便说道："兰书记，袁科长，我哪里都不去，就只想在我们矿里工作。"

兰品桂说："蜡言恭同志，你可要想好哦！"

老蜡说："没有什么可想的，我不会走的。"

兰品桂站起来，握住老蜡的手，说："谢谢你，蜡言恭同志，我代表全矿的员工谢谢你！不过你放心，你在我们矿里肯定会大有可为的。"

袁云山见此颇感诧异，他想："刚才我和大家一样，觉得兰书记只不过是为了统一思想而已，现在看来，他还真是担心老蜡会离矿而去。"

在看到商调函的那一刻老蜡就想："我曾在兰书记面前表过态，不会离开铅锌矿的，加之也确实想报兰书记的知遇之恩。"见兰书记这样，老蜡更加感动，忙说："请兰书记放心，我一定会好好地为我们矿里工作的。"

谈话结束后，老蜡又有些许的后悔，他想："虽然我并没有把这次调动当一回事，但失去这次机会还是有点可惜，其他的什么不考虑，单凭在县城里上班这一点，对于很多人来说都是梦寐以求的，但我却毫不犹豫地拒绝了。要论前途，那到江油去上班前途肯定要宽广得多，在矿里，就是到了兰书记现在的位置又怎么样，况且以我的能力根本就不可能坐到兰书记现在的位置上去，最多也就混个副矿长什么的，但那也肯定是二十年以后的事了，哎！我真是，怎么没有认真考虑就一口拒绝了呢，兰书记不是还提醒我要认真考虑么？当然，我拒绝的理由也很充分。古人为了一个承诺甚至要尽一辈子之力，那才叫真正的伟大。算了，拒绝了就拒绝了，还想那么多干什么呢。"

老蜡突然觉得心里空落落的，决定去张筱那里坐坐，恰好她不在，便只得回自己的办公室。路过丁佩佩的办公室时，不知道她在干什么，一见到老蜡，她的脸竟一下子都红到了颈子，而在脸红的同时，又好像有一点眼泪汪汪的。见这种情况，本来想寒暄几句话的，当然就更不好作停留了，只是笑了笑便回自己的办公室去了。但丁佩佩那红红的脸蛋却不断地在脑海里出现，怎么也挥之不去。他想："除了那天晚上喝酒以外，还从来都没有觉得小丁竟如此漂亮。小丁也是小个子，可能还不到一米五五吧，但她身材却很匀称，皮肤白白的，一双大大的眼睛，翘翘的鼻子，薄薄的嘴唇，一口洁白整齐的小米牙中有两颗很对称的虎牙，是一个典型的中国传统的小美人。平时，她总是显得落落大方，但每当和我单独相处的时候，她总是显得有些不自然，甚至有些时候还手忙脚乱的。难道小丁也喜欢我？"这样想着，老蜡竟有一种想一探究竟的冲动。恰好丁佩佩送文件过来，老蜡忍不住地多看了她两眼，她的脸一下子又红了起来，手忙脚乱一阵后，在给老蜡指签字的地方时，无意中老腊的手竟碰到了她那白白嫩嫩的小手。瞬间，俩人都好像是触了电一样，在几秒钟的静止后小丁飞快地跑出了老蜡的办公室。

下班后，老蜡并没有马上就走的意思，在办公室里又坐了十多分钟的样子，才准备往回走。路过丁佩佩的办公室时，才发现她也没有走，老蜡想："感觉小丁就好像是专门在等我一样，她等我干什么呢？"

正犹豫间，丁佩佩突然跑出来递给老蜡一个用报纸包着的东西，说："蜡言恭，送给你的。"还没来得及说什么，她已经带上门跑掉了，而且跑得是那样快。

老蜡觉得好奇怪："好像还是第一次听到小丁直呼我的名字，自我来工会上班，她都称我为蜡副主席的。她送给我的是什么东西呢？"本想马上打开，但又觉得不妥，于是像拿着一个装有定时炸弹的包裹而亟须找工具去拆解一样，快步回到了自己的寝室。拆开一看，原来是一双手工的鞋垫，很精致，上面绣着一对鸳鸯，栩栩如生，里面还有一封信：

言恭：

  你好！

  很冒昧给你送这个礼物，不知你可喜欢？

  从你第一天到工会上班，我就开始绣这一双鞋垫了，并告诉自己一定要做好心理准备，不要到时候又不敢送给你。说来还真的很巧，就在我绣完最后一针的时候，你恰好路过我的办公室，我想，你可能已经看到我的紧张了吧，而在你办公室的时候，你又碰到了我那刚刚被针刺到过的指头，瞬间我觉得好幸福、好幸福。愿这一双鞋垫带着我的全部每天都陪伴在你的身边。

丁佩佩

没有落日期，看看信再看看鞋垫，老蜡感觉到问题的严重性了，他想："我已经有未婚妻了，怎么还有人对我示好呢？可能是还不知道我已恋爱所造成的吧。那天方俞说要到矿里亮亮相，现在想来的确有这个必要了。然而，从内心深处，我还真不想去辜负每一个喜欢我的女孩子。但又能怎么样呢，总不可能把每一个都娶了

吧。"于是准备给丁佩佩写一封信,思考了很久才写道:

小丁:
　你好!
　是我自己没有那个福气去穿你那一双绣工精美的鞋垫,不穿并不是因为鞋垫不好,而是因为我的鞋里已经垫了一双永久性的鞋垫了。不过关于鞋垫的事我保证永远只有你我知道。如果因此而令你不高兴,我真诚地向你道歉。我希望我们除同事以外还永远都是最好的朋友。
　此致

蜡言恭　笔

照样没有落日期,写完信后,老蜡依旧将鞋垫包好,暂时锁在抽屉里,准备明天交给她。

周末又要到了,老蜡突然记起,根据约定的时间,爸爸和继母应该后天就到锅子坝了。便请了一天假,准备明天就回方俞家去。

老蜡还是坐早班车去锅子坝,先去了旅馆,方俞没有上班,到家的时候,她还在睡觉,方伯母很热情地招呼老蜡,说:"俞儿这几天瞌睡多得很,可能是你爸妈要来了,有些紧张,你去叫醒她吧。"

老蜡进到方俞的房间,方俞向老蜡招手,说:"快过来。"

老蜡说:"原来你没睡着啊?"

方俞说:"你和妈妈那么大声讲话,还睡得着才怪。"

老蜡说:"那你快起来吧。"

方俞撒娇,说:"你扶我起来。"

老蜡刚到床边,方俞一下子抱住他。老蜡忙压低声音说:"你妈妈看到了不好。"随即从方俞房间里溜了出来。来到了院子里,这才发现,原来院子里还真大变样了。老蜡突然觉得很感动,他想:"方俞一家肯定把爸爸和继母的到来看成是一件很重要的事。"包括院坝、阶沿等地方都好像是重新修补过的一样,窗户上还换上了新的白纸。在老蜡的记忆里,上次离开的时候都还没有弄好这一切,可能也就是最近这一两天才弄好的吧。总之,出现在老蜡面前的一切都那么清新,甚至比过春节都还要整洁些。

吃过午饭,陆陆续续地来了几个邻近的女人,而且每人都拿着围裙和菜刀。老蜡这才知道，原来方俞家要在明天晚上请几桌客来欢迎爸爸和继母。这究竟是一个什么样的规矩，老蜡也说不清楚，只是觉得应该很隆重。

第二天，老蜡、方俞以及方登科和郭汝芝早早就来到了楠竹园车站，火车正点到达，在蜡元朗下火车的那一刻，老蜡好像又看到多年以前自己心目中的爸爸，他的穿着并不像最近几次回老家时所看到的那样破破烂烂的，一条深蓝色的毛料裤子，熨烫得很整齐，一双擦得雪亮的黑色皮鞋，一件深蓝色的呢子中山装，连封领扣都扣上了，从领子的边缘处还露出了洁白的衬衣的领子，外披一件崭新的军用棉大衣。他没有拿什么行李，只是随手提着一个黑色的皮手包。继母的穿着也受看多了，只是背着一个好大的口袋，给人的感觉就像是爸爸的随从一样。

老蜡忙迎上去接蜡元朗手上的包，蜡元朗拒绝了，说："帮你妈把大口袋背上。"老蜡虽然有些不情愿，但他还是从吴桂英肩上拿下包来扛上。

老蜡见爸爸如此精神，很开心，但他还是下意识地看了看他的手，已经不像上次见到的那样脏兮兮的，虽然看上去还是有些黑黑的印子。蜡元朗与方俞的父母一见面，还没等老蜡介绍便握住方登科的手，说："亲家，亲家母，你们好！"

方登科更是笑得合不上嘴，并连声说："亲家，亲家母，稀客，稀客啊！"

吴桂英也和方俞的母亲手拉手，并一个劲儿地夸方俞，郭汝芝当然也不断地夸老蜡。

方登科的院子里已经高朋满座。刚一到家，方登科就带着老蜡、蜡元朗以及吴桂英向在座的亲戚们一一做了介绍，然后才请他们去堂屋的火塘边坐。在老蜡的印象里，郭汝芝还是第一次没有下厨，一直都陪着客人。晚餐前，双方的父母进行了简短的商议，决定把婚期定在五一国际劳动节，婚礼的地点定在方俞的家里。因为老蜡在单位的房子太小，洞房也自然就设在方俞的家里，但待客的时间则是按照嫁女的规矩来安排。

考虑到距婚期已经不远，蜡元朗决定等到婚礼以后再回去。老蜡在矿里没有房子，他们就暂时住在方俞家里。两个父亲都是退休干部，退休前级别也差不多，自然有很多共同语言，加之两个人都爱喝酒，所以蜡元朗在方俞家里并不觉得有什么不方便，还很开心。

老蜡还不知道该怎样去办理结婚登记，又不好问其他人，左思右想后决定直接去问兰品桂。于是不抽烟的老蜡还专门买了一包"雪竹"牌香烟，去了兰品桂的办公室。

兰品桂正在接电话，招了招手示意他坐下。接完电话以后才走到沙发边和老蜡并排坐下，问道："小蜡，有什么事吗？"

老蜡还没有开口却先红了脸，慌乱中忙拿出烟给兰品桂发了一支，才结结巴巴地说道："兰书记，我……我……我想结婚。"

兰品桂见老蜡刚进办公室时的神态，就感觉有些异样；见老蜡慌乱地发烟更觉得奇怪；听他像是爆发出了这几个字就更加诧异了，于是问道："结婚！和谁结婚？"由于急于想知道结果，所以兰品桂的声音也比以往的谈话似乎要高很多。

老蜡从兰品桂诧异的眼神和疑问中即刻就平静了下来，他感觉："兰书记所表现出的一切实际上都是对我的关怀。"于是补充道："是锅子坝区供销社的，她……她叫方俞，家就在锅子坝。我父亲和继母昨天都来了，双方家长把结婚的时间都定下来了，'五一'节。"

兰品桂这才相信他说的是真的，而且马上意识到，老蜡把家安在锅子坝，对他在矿里工作的稳定还有很大的帮助。于是笑着说："好事啊，合理合法，我举双手赞成，还要给你们做证婚人呢，当然还得看你愿不愿意请我了。"

老蜡如释重负，一切也都回到了以往和兰品桂在一起时的那种气氛，他说："怎么会不愿意呢，那真是太感谢了！哦，就是我还不知道该怎样办理结婚手续，所以来向你请教。"

刚才的激动似乎从兰品桂的脸上一掠而过，他仿佛有所思，说："这个嘛，其实我还真不知道，一会儿你问问办公室，他们应该知道。呃，那你准备把家安在哪儿呢？"

本来老蜡就准备提一下房子的事，却无从开口，兰品桂主动说到了这事，让老蜡感到异常开心，他想："就是没有办法解决房子，单凭兰书记刚才的这种关怀，我也心满意足了。"虽然这样想，但老蜡还是将不知道彩排了多少次的话重复了一遍，说："兰书记，您知道的，我只有那么一间房子，而且很小，我父母来了，都只能让他们住在锅子坝方俞家。也不知道矿里的政策是怎样的，只好先把家安在锅子坝再说。"

兰品桂想了一下，说："这样，你先写个申请，讲明因为要结婚，所以要求矿里解决住房问题，回头我跟矿上的几个领导商量一下再答复你。"

老蜡从兰品桂那里出来，心里美滋滋的，想："说不定矿里还真要给我分一间较大的房子呢，最好是有厨房的。"这样想着，不知不觉就来到了矿办公室，问明白办理结婚证的程序后才准备回自己的办公室去。遇到了兰品桂这样的领导，实在太难得了，于是又暗下决心：只要兰书记在这里一天，我哪儿也不会去，而且脑海里瞬间还闪过了江油县想调他去的那件事,现在更加坚信自己当时的选择是正确的。

老蜡路过张筱办公室的时候,本想进去给她说说自己的婚事,但看到张筱的那一刻,还是没有说出口的勇气。他想:"近期张筱的确对我很好,几乎可以断定她很喜欢我。我甚至很享受这种被一个漂亮女孩子暗恋或者是追求的感觉。但很显然,只要我一说出,或者张筱从其他的渠道知道了我就快结婚,那么她对我的那种眷恋,肯定就会立刻地消失掉。就如同前些时候将那一双鞋垫连同我写的一封信一起交给丁佩佩后的情况一样,丁佩佩对我的那种渴求而且带着十足母性的、柔和的眼神立刻就消失掉了,而且可能是永久地消失掉了。从那天起,她和我虽然一样地打招呼,也一样在一起谈有关工作的各种事情,却怎么也找不到原来的那种感觉。虽近在咫尺,心却远隔千里。就算有时候想和她说说工作以外的事,或者是对那封信去作一些解释,而她却没有再给我一点点的机会,好像一切都是按照我信上所说的那样,什么事也没有发生过。而现在,我反而有想与她接触并相好的冲动,有时候甚至很渴求她能够像原来那样多看我几眼,哪怕是骂我几句也好。这大概就是人性的弱点吧,就如同那本叫作《画魂》的书里的一句很精辟的文字一样'当你拥有的时候并不知道她的珍贵,一旦失去,才觉得价值连城'。我已经彻底从丁佩佩的内心里消失了,这已经是不争的事实。绝不能再那么快地又从张筱的内心里消失,虽然从张筱的内心里消失也是必然的。"

此时,老蜡前些时候内心世界里的那种自信早已荡然无存,甚至还有一种深深的失落感。而这一切应该都是源于和方俞的婚事吧。老蜡想:难道真如书上所说婚姻是爱情的坟墓么?如果是,那么我和方俞的婚姻所埋葬的还不仅仅是方俞的爱情,也包括张筱、丁佩佩……他甚至开始对方俞的感情有那么一丝丝的厌倦。

张筱还是一样的热情,而且还是用那双看起来好像会说话的眼睛看着老蜡,像是在告诉他:"我的心扉早已向你打开,你什么时候想要进来都可以。"此时,老蜡甚至觉得:"现在不管我想要什么,张筱肯定都不会拒绝的,哪怕是她整个的身体。"但老蜡已经清楚地意识到,张筱这一种内心对爱的渴求应该不会持续得太久,有可能再过一会儿,也有可能就是现在,但不管是多久,我还是想让她持续的时间长一些,再长一些。在张筱办公室稍坐了一会儿,本想说点什么的,却什么也说不出口,于是便假装突然记起有事,迅速地溜走了。

经过杜大海办公室的时候,老蜡被叫住了,他一阵担心:"想必杜主席可能已经知道我要结婚的事了吧?真后悔给兰书记讲得太早了一点,还是应该在快到婚期的时候再告诉他就好了。因为法律并没有规定要办了结婚证多久才能结婚嘛,哪怕是头一天办证第二天结婚都是可以的。"

他惴惴不安地走进杜大海的办公室，杜大海拿出一份文件交给老蜡，原来是地区总工会要在江油县召开一次地区工会工作会议，时间是四天，要求各县、厂矿、企事业单位以及在本地区的中央和省属单位的工会主席参加。待老蜡看完后杜大海才说："蜡副主席啊，这个会你去参加就行了。"

老蜡忙说："杜主席，还是你去吧，人家要求是主席去的，我毕竟只是副主席嘛，又没有工作经验，不太合适。"

杜大海说："就这么定了，我已经叫小丁把你的名字报地区总工会了。你明天一早出发，后天开会。"接着，杜大海又换了一种语气说："蜡副主席啊，这是你去参加的第一个会，今后这样的会基本上我都会安排你去的，你要学着抓全面工作，也要在外面多露露脸嘛，准备好接班吧。"

听杜大海这样说老蜡很感动，于是想："我结婚的事若不先告诉他肯定不妥，他毕竟是我的直接领导，而且即使现在不说，有可能兰书记也会讲出来的。"老蜡这才像是突然记起了什么一样，忙掏出烟来给杜大海发了一支。

杜大海觉得好奇怪，迟疑了一会儿又看了看老蜡，这才接过烟，说："呃，你又不抽烟，怎么发起烟来了呢，有什么事么？"

老蜡迟疑了一会儿，说："是这样的，杜主席，我准备结婚了。"

杜大海将信将疑地说："结婚？小蜡啊，你可是暗得太深了啊，都没有听说过你恋爱，怎么就要结婚了！是你老家青梅竹马的吧？"

老蜡说："不是。杜主席，我这先给你汇报一下，时间早着呢，还有一个多月。"

杜大海问："那未婚妻是谁啊，我认识不？"

老蜡说："你不认识的，她叫方俞，是锅子坝区供销社的。"

杜大海"哦"了一声，似乎若有所思，稍作停顿后才关切地问道："有什么需要我帮忙的么？"

老蜡想到了申请住房的事，便说："杜主席，你知道的，我现在最大的问题就是房子了。"老蜡是一个极聪明的人，他并没有说出兰品桂要他写申请的事，怕会引起杜主席的反感。

杜大海想了想，说："小蜡啊，这个事情我的确帮不上你什么忙，不过这样，你马上写一个申请，我在签字时说具体一点然后报上去，至于结果怎么样就不知道了。"

因为有了兰品桂的表态，所以杜大海关于房子的事的安排并没有使老蜡有半点的兴奋，便转了个话题，说："杜主席，我想今天下午就去锅子坝，明天再从锅子坝直接去江油，你看行么？"

杜大海说："行啊，怎么不行呢，你现在是副主席，我一再强调，你自己安排工作时间就行了，不要什么事都给我说嘛。那你先去把申请写好了交给我就走吧，这些事宜早不宜迟的。"

老蜡无法判断他结婚的事很快在矿里传开后会有什么样的反响，很想找个地方去躲躲，突然间有了这样的机会，恨不能马上就插翅离开。便随即告辞，极快地写好申请后去了锅子坝。

第十九章

　　老蜡还是第一次以矿工会领导的身份参加这样高规格的会议。参加会议者都是县处级或者以上单位的工会主席，只有很少几个单位是由副主席来参加的，老蜡就是其中的一个，而且他也是参加这次会议的人员中最年轻的一个，其他的与会者可能至少也要比他大十岁以上。因此，老蜡自然就成了这次会议上的一个亮点。他很认真，像听课一样，每一次会议都详细地做了笔记，生怕漏掉了什么内容。

　　江油县是这次会议的承办地，所以江油县的一些党政领导偶尔也来参加会议。在会议的第二天上午，陈大文作为江油县的副县长也来参加了会议。会议结束的时候，陈大文叫住老蜡，说："蜡老师，这就是你的不对了，上次不是说好了来江油县一定要来看我么，怎么不来找我呢？"

　　实际上陈大文刚到主席台就座，他就看见了老蜡，还报以微笑。老蜡当时很激动，但冷静下来一想："人家现在是那么大的领导，我也快结婚了，与若兰的事绝对没有可能了，还是保持一般的关系算了吧。"所以他并没有打算和陈大文打招呼，没想到他竟主动招呼。老蜡便有些尴尬地说道："我想你肯定很忙，所以就没敢去打扰你。"

　　陈大文很热情地握着老蜡的手，说："这样吧，正好今天我有空，晚上就请你到家里去喝两杯，也好把去我家的路找到嘛。"

　　老蜡受宠若惊，很爽快地答应了，并问了陈大文家的具体地址。

　　下午散会后，老蜡买了两瓶酒和一些水果后径直去了陈大文的家里。若兰不在家，老蜡多少有一点失望，但陈大文和史秀娟的热情招呼也使他十分高兴，他想："虽然好长一段时间没有收到若兰的信，而且我也快结婚，但如果和我结婚的人是若兰那就太好了，我决定和方俞结婚是不是有一点轻率呢？"

　　没有容老蜡多想，陈大文先便兴奋地带着他参观新居的房间，老蜡不仅嘴上一个劲儿地赞赏，内心里也着实觉得豪华，比他在铅锌矿里的房子要宽很多，只客厅至少都有近三十平方米，至于房间的装饰那铅锌矿的房子就逊色太多了。老蜡顿时就有了一种很强的失落感，同时还夹杂着些许的悔意，他想："如果之前我不那么顾忌兰书记的情面而调下来工作，现在肯定也有一套这样的房子，即使比这套窄很多，也一定比现在铅锌矿的单间要好很多，哎！我当时怎么就没有想到房子的事呢！"突然想到走之前刚写了住房申请，便又想到兰书记的知遇之恩，瞬间，刚才那些许的失落感便消失了。短暂地参观后，他们坐在沙发上喝茶。令老蜡感觉有点儿奇怪的是，在茶几上，并没有见到原来随时都摆放着的象棋。在老蜡的眼里，陈大文是一个爱棋如命的主，于是问道："陈副县长，你现在还下棋么？"

陈大文说："不下了，而且连看都不看了。"

老蜡虽然不知道原因，但也只好随着他的话去说："也对，你现在那么忙，哪里还有时间下棋呢？"

陈大文看了看老蜡，说："其实象棋和我就好像医生和病人的关系一样，病好了，还有必要去找医生么？当然，医生治好了你的病，你是绝对不能忘记的。但象棋就不一样，说放下就放下了，甚至连看都懒得再看它一眼。"

老蜡茫然地看着陈大文，似乎没听懂，也不好再说什么，只端起茶杯吹了两口，还没来得及喝，陈大文便接着说道："在矿上的那些年，心情比较郁闷，没有上进心，便喜欢上象棋，而且一下就是好多年。现在想来，真是耗费了很多宝贵的时间啊！但我并不讨厌它，就把它当作一个医生吧，在我觉得最无聊的时候，帮我治好了孤独的病。所以现在虽然还是很喜欢象棋，却不再下了，而且也没有时间去下。等到退休以后再下吧，就是不知道退休了以后还有没有那个兴趣。"

陈大文刚谈到了兴头上，却传来了史秀娟的叫声："老陈，准备开饭了。"

和在铅锌矿的家不一样的是，现在是在专门的饭厅里面开饭，菜品也很丰盛。陈大文拿出一瓶"谪仙居"来，说："这是我们江油县自己企业生产的，你尝一尝。"

史秀娟见陈大文只倒了两杯酒就停下，忙便抢过酒瓶，给自己倒上了一杯，说："蜡老师是我们家里来的第一个客人，我也一定要陪你喝一点。说实在的，我真的好怀念在矿上的日子！现在虽然条件比那个时候好多了，却觉得很空落落的，在江油县城，几乎没有一个朋友。老陈有老陈的事，若兰有若兰的事，搬到这里来这么久了，一家人还没有在一起吃过三顿饭呢。老陈回来的时候还多一点，原来以为现在和若兰近了该经常在一起了，谁知道她三天两头出差，这不，这一走就又是近十天！"

老蜡忙安慰道:"陈阿姨,和现在矿里的人比起来,你们算是在天堂一般;一说起你们,矿里哪个不羡慕呢!"

听老蜡这么一说,史秀娟好像一下子开心了很多,她接着说:"小蜡,你也是的,上次听你陈叔说想调你来江油工作,你还不来。"

陈大文一下子打断了史秀娟的话,说:"喝酒,喝酒,说好了在家不谈公务,你又说。"

史秀娟瞪了陈大文一眼,有些责备似的说:"你这个死老头子,我和小蜡说话关你什么事呢?"然后又对老蜡笑了笑,说:"以后有这种机会还是调下来得好,至少是在县城嘛!生活、交通什么的都要方便得多,就是处对象选择余地也要大些嘛。"

老蜡由衷地感谢,说:"谢谢陈阿姨的关心。"老蜡几次想把自己马上就要结婚的事告诉他们,却怎么也开不了口。

"哐"的一声,门突然开了,原来是若兰回来了。史秀娟高兴地说:"死女子,开门不知道轻一点啊,我还以为是鬼子进村了呢,吓我一大跳!"随即起身去给若兰拿碗筷。

若兰见到老蜡,先是一愣,然后高兴地舞动着双手,说:"这是一九八四年我最开心的时刻,我一直都梦想的画面终于出现了。你们不准吃,等我去洗一下马上出来痛饮几杯!"若兰做了一个暂停的手势后几乎是跑着将行李箱拖进了屋里。

估计有十多分钟的样子,若兰穿着一套粉红色的睡衣出来。老蜡才发现,她的头发已经剪得很短,虽然刚洗完澡,头发都还是湿湿的,但看起来更精神,给人一种充满了青春活力的感觉。用不着多想,只要是多看两眼,你就会觉得好像全身都有使不完的劲儿一样。老蜡不敢再多看若兰一眼,是怕自己再也无法将眼光从若兰的身上移开,这毕竟是在若兰的家里,而且她的父母都在。刚坐定,若兰便亲切地问道:"言恭,你好久来的喃?"

老蜡好像是从梦中被唤醒了一样,有一点不知所措地回答道:"哦,我下来开会,前天就下来了。"

史秀娟见若兰和老蜡如此亲热,而且还称老蜡为言恭,多少感觉有些诧异,她看了陈大文一眼,像是有些怪他。而陈大文却没有像往常一样遇到这种情况时总是用眼光去回击她,只是很快地避开了她的眼光然后将头低下,像是承认自己做错了什么事一样。但这一切老蜡和若兰都没有察觉到,因为他们俩根本就没时间去在意两位老人的表情。此时屋子里的就四个人,却有四种完全不一样的心态。

若兰举起酒杯,说:"来来来,言恭、爸、妈我们共饮一杯,算是欢迎言恭到我们家做客,也算是给我这个刚从省外归来的人接风洗尘吧!"随即一饮而尽。

老蜡和陈大文也一口干掉,只是史秀娟没有干,她说:"你们干吧,我不跟你们疯了,还是慢慢喝得好。"

老蜡问道:"若兰,你这次是到哪里出差呢?"

若兰说:"哎,不说了,真是的,是到河北。火车、汽车一共坐六七天,补一个材料才花了还不到两个小时。我真不知道领导是咋想的!像这种事,委托当地的公安机关代问一个材料寄过来不就得了么?还需要几个人专门去跑一趟,劳民伤财啊。还好,没有把这么好的团圆饭给耽误了,不然的话……"

"若兰你又忘了,跟你讲了多少次让你在家就不要谈工作上的事。"陈大文见若兰像似在埋怨自己的工作,又像是在指责领导,而且极有可能说出一些更为过激的话来,便打断了她的话题。

虽然陈大文夫妇也知道若兰一直都很喜欢老蜡,但做父母的又能怎么样呢?而且若兰现在还和向阳恋爱。见若兰出乎意料的热情,陈大文还真有一点后悔把老蜡请到家里来做客,这倒不是因为老蜡有什么不好,而是怕若兰又一次地陷入感情的旋涡里去。女儿的性格做父亲的是再了解不过了。

老蜡发现从若兰回来后陈大文就表现出心不在焉一样,从刚才他打断若兰讲话,老蜡终于知道了陈大文的心思,喝了几杯后,借故还要准备明天的发言材料便告辞。若兰似乎有些扫兴,但又不好强留,便马上站起来,说:"那你再坐一会儿,等我换件衣服以后去送送你。"

此时的老蜡已经不像之前那样自然放松,他想尽量减少陈大文夫妇的那种担忧,虽然他是多么想和若兰一起多待一会儿,但他还是说:"不了,若兰。你坐了几天火车肯定很累了,还是早点休息吧。"

若兰也的确有一点累了,老蜡说得又不无道理,于是说:"那好吧。"只是送老蜡到门口时轻声地问道:"你们还要开几天会呢?"

老蜡说了声"两天"便匆匆而去。

老蜡的心已经全乱了,若兰临别时问他的时候,好像是故意压低了声音,又尽量装得若无其事一样;瞬间老蜡就好像感觉到一定有什么事要发生一样,他既期待又害怕。但理智告诉他,和若兰是绝对不能再有故事发生。他几乎是跑回了宾馆,同寝室的三个人正在喝酒。他们都是国营企业的工会主席,彼此也相当熟悉,跟老蜡相处虽然不久,但他们都很看重他,见老蜡回来,立即邀请他一起喝,其中的一位已经起身准备给老蜡倒酒。

可能是年龄相差太大的缘故吧，近两天虽然老蜡尽量和他们相处，但好像怎么也无法融入他们的群体里，加之的确刚刚才喝过酒，老蜡便推辞了。但又不好马上就上床睡觉，想看一下书，也觉得不妥，好像跟这种气氛有些相悖，肯定会扫了他们的兴。闲坐了一会儿，觉得实在无聊，见时间还早，便决定出去走走。

街道上几乎没有行人，只是偶尔能看到几个喝得醉醺醺的人。想去涪江河边转转，刚拐过弯，路灯已经没有了，到处都黑漆漆的，黑暗中好像还有些似乎不太正常的人影在晃动，老蜡头皮一阵发麻，突然感到有些害怕，便回过头顺着江油宾馆，到电影院然后再到鱼市口，不知不觉，就到了上次准备去买刻刀的那家文具店的门前，他停了下来。虽然已经关门，也并没有想要买什么东西，但老蜡还是下意识地摸了摸自己的包包，里面至少还有两三百块钱吧，就像是要进去卖东西一样，腰杆竟挺得直直的。他脑海里又出现了上次来这里买刻刀时的尴尬场面，他想："这世间的变化真大。上次来这个店的时候，因为兜里没有多少钱而显得好卑微，甚至不大敢和售货员说话。现在来看，这完全是我的自尊心在作祟，其实你兜里有没有钱，有多少钱都只有你自己知道。不管你显得卑微也好，高傲也罢，则都是由内心所指引的。据说刘邦做混混时，包里没有一个钱，却敢在吕雉父亲的生日上理直气壮地喊道'礼一万钱'。如果换作是我，不仅不会理直气壮，甚至根本就不敢去。由此看来，要成大事，还得好好地培养自己的定力，要像父亲那样，凡事都不要溢于言表才行。比如现在，我兜里揣着这么多的钱，又有谁知道呢，当然也没有必要让别人知道。还记得苏洵的《心术》里有'泰山崩于前而色不变'这么一说，这该是一种什么样的胸怀！要成就这种胸怀应该来自两个方面，一是天然的素质；二是后天经过训练而成的。有的人从小就特别胆大，有些人则天生的胆小如鼠。我虽然是介于这两种秉性之间，但比起古人来还相去甚远，因此，想要成就一番大事业，首先必须训练自己的定力。上次因为兜里没有多少钱而表现出那样卑微，现在想起来自己都觉得很好笑，难道那些售货员就知道我兜里没有钱么。"这样想着、踱着，不知不觉已经快十二点了。街道上完全没有人了，老蜡突然感到有些恐怖，也实在有些累，便决定回去睡觉。

房间里依然灯火通明，茶几上摆满了用过的碗筷、吃剩下的骨头、花生壳以及几个空着的东倒西歪的酒瓶，但那几个主席都已姿态各异地呼呼大睡，就好像是有意让这些生活垃圾陪伴着他们睡觉一样。这满屋狼藉和三个不同睡姿的人，在老蜡看来完全构成了一幅极完美又极富哲理的画面，这画面更有配音，那就是这三个主席所发出的不同声调的鼾声。当然，这个屋子里还弥漫着很重的酒味，但老蜡并不觉得难闻。他想："酒瓶空了、花生只有壳了、卤鸭子只剩下骨头了。这几种东西也算完成了它们的使命，或者说是献出了自己所能献出的一切，但它们却成就了这几个人酒足饭饱后美美的睡眠。这世间的每一样东西都有它的使命，而且上帝在造物时可能也并没有将它们严格分类，只是在漫长的岁月中不断地进行重组，再重组，一些东西吃掉另一些东西，而自己又被其他的东西所吃掉。人居于食物链的最高端，虽然被其他什么东西吃掉的可能性并不大，但死后却要被泥土里的微生物分解掉，也可以说是被这些微生物吃掉，到后来就只剩下骨头，再后来甚至连骨头也变成了泥土。因为生物间存在着这种食物链，优胜劣汰，才构成了这个世界多姿多彩的画面。"

为了不破坏这一完美的画面，他轻手轻脚地上床睡觉。但奇怪的是，只要一合上眼睛，那穿着粉红睡衣、短发的若兰的影子便出现在脑海里，怎么也挥之不去："粉红的衣领、嫩白的脸蛋和颈子，乌黑的短发构成的画面，比第一次见到若兰时的那一幅显得更加协调、更加清晰、更加动人。要不是亲眼所见，怎么也无法相信世界上还真有那么好皮肤的姑娘，到目前为止，若兰应该是我所见到的皮肤最好的姑娘了。这可能就是以前所思考过的'关于每一个人都有一把感情的尺子的问题'，看来若兰太适合我的那一把感情的尺子吧。看得出来，她对我还是一样的好。"突然又有一点后悔和方俞结婚。越想越清醒，又想到了张筱，还想到了方俞，而且居然连丁佩佩也想到了，甚至还幻想着和若兰结婚的场面……

老蜡由于昨天晚上睡得很少，整个上午都觉得昏沉沉的。好容易挨到了散会，草草地吃过午饭后便急着回房间睡午觉。下午分组讨论，讨论的议题是"在新时期建设中如何发挥工会组织的促进作用"，上午开会时几乎什么也没有听到，当然就更没有像前几天那样认真记笔记，他只得快速地浏览了一下上午所发的文件，很快便拟定了一个提纲，等待着召集人让自己发言。

听取了几个人的发言后，召集人说："铅锌矿的蜡副主席，你是参加这次会议最年轻的工会副主席，而且也是我们整个绵阳地区县团级单位中最年轻的工会副主席，现在就请你给我们讲几句吧。"

老蜡站起来，先向召集人鞠了一下躬，然后分别向左右边的同志们鞠躬后才坐下开始讲。他并没有去看之前所拟的提纲，便滔滔不绝地讲了近半个小时，没有一句重复的话。在老蜡讲话的过程中，场上几乎没有一个人私底下讲话或者开小差，讲完后，整个会场安静的起码有一分钟的样子才爆发出了雷鸣般的掌声。

召集人是绵阳地区总工会主席，听完老蜡的讲话后，他讲道："前一阵子，在看铅锌矿上报的矿工会的任命名单时，还以为他们把年龄给弄错了。忙打电话去问，才知道并没有搞错，而且说蜡言恭同志就是去年全地区运动会中拿了好几个冠军的人，之前只是铅锌矿子弟学校的体育老师。当时我就纳闷了，拿了几个冠军就值得这么破格的越级提拔么？今天听了蜡副主席的讲话后，我才真正地感觉到铅锌矿的领导提拔用人的灵活和精准，甚至很庆幸当时我没有太多去阻拦这件事。我现在要大声地评价，蜡言恭副主席是难得一见的文武全才！我为我们地区有这样优秀的基层工会领导而感到骄傲！"讲完后带头鼓掌。

可能是老蜡讲得太好的缘故，以后几个人发言时，下面就显得一点都不安静。讨论会刚刚结束，在门口便遇见了若兰。一见面，她忙上来拉着老蜡，说："我都等了你近一个钟头了，还听到了几句你的精彩发言呢。言恭，你讲得真好。"

可能是昨天晚上幻想了很多和若兰在一起的缘故吧，老蜡竟有一点儿不好意思，脸一下子红了。为了掩盖内心的不安，他忙问："若兰，你今天没上班？"

若兰说："没有，昨天晚上刚回来，今天就去上班，还要不要人活啊。"

老蜡说："对，是应该休息休息的。"

若兰拉了老蜡一把，说："走吧。"

老蜡好像并没有搞清楚若兰的意思，还呆呆地站着，问："去哪儿呢？"

若兰又用力一拉，说："去我家吃饭，人家都准备好半天了。"

"去吧，去吧，蜡副主席，本来我们几个想请你喝酒的，既然你有安排了，就改天吧。"老蜡听到说话，才发现同寝室的几个人还站在后面，突然间他觉得有点不好意思。但若兰好像并不在意什么，一下子挽住了老蜡的手臂，对那几个人说了声："谢谢了，再见！"拉着老蜡就走。老蜡也没有多想，就像一个宠物一样被牵着随若兰而去。

还是在昨天，向阳接到通知，要他到江油县参加一个有关李白文化的学术研讨会。向阳是大学中文系毕业，而且之前已经在报刊、杂志上发表过好几篇有关研究李白的文章，这便引起了李白纪念馆的注意，于是特邀他来参加这次级别还是算比较高的李白文化研讨会。

向阳很高兴，虽然他到江油县城很多次，都没有这一次这么迫切和期望，在火车上他就想："前不久，李白纪念馆的领导就和我见过面，希望我能去李白纪念馆工作，这次的机会太好了，我一定要好好地表现表现，顺势谈一下调动的事。先还是不要去若兰家，等调动的事有眉目了，再去给她一个惊喜。正好老蜡也在江油开会，听说他很快就要和方舟结婚，以后绝对不可能和若兰再有什么接触了，现在终于可以松一口气。"

向阳坐公交车直接前往江油宾馆，经过宾馆门口，见若兰正往里面走。好长时间都没有看见若兰了，本想喊一声的，但还隔着一条街，她可能根本就听不见，而且也还没有到公交站台，他只好又坐了下去。突然间向阳想道："听说老蜡在江油宾馆开会，他真那么值得信任么？若兰是不是去找老蜡也说不准，我何不悄悄地看个究竟呢？"

向阳在距宾馆约五百米的公交站台下车，正准备往宾馆走，不料却被人一把拉住。转过身一看，原来是最要好的大学同学王寿章，他现在在江油县委宣传部上班。向阳很激动，说："吓我一跳，原来是你，这个时候不上班，在外面瞎转悠？"

王寿章说："你知道，现在我负责新闻报道这一块，下午都跑了好几个地方，这不，现在又要赶去江油宾馆，绵阳地区总工会在那里开会，现在我没时间陪你，晚上一起吃饭。"

向阳突然想道："如果和他一起去江油宾馆，万一看见若兰和老蜡在一起，那就不好了，虽然他不认识若兰，但以后是肯定会见面的。"于是说："晚上还说不定，我是来开会的，现在还要去报到，如果有空我去找你。"

王寿章说："也好，那我先走了。"说着就急匆匆地走了。

向阳本来打算稍后一点就去江油宾馆，但突然一想："这么早跑去江油宾馆干什么，我还是先把正事办了再说吧。"于是去李白纪念馆报到。

向阳的住处也安排在江油宾馆，将行李放在房间后随意打开窗户，竟看见若兰和老蜡一起从宾馆出来，而且若兰还时不时地挽着老蜡走。顿时向阳感觉自己的头都好像要炸了一样，他下意识地冲出了房门。老蜡和若兰距他也不过两百来米，本想冲过去去叫住他们，但一丝对老蜡的信任和对若兰的那种毕恭毕敬又使他没有做出任何反应，只是想知道："他们究竟要去哪儿，去干什么？"向阳从来都没有想到，这一辈子还居然要做一回侦探。悄悄地尾随他们，直到进了县政府的家属楼，向阳的心里才稍稍好受了些，他想："刚才幸好没有鲁莽地出现在他们面前。陈伯伯和伯母一定在家，知道老蜡在江油，请他去吃个饭也很正常，毕竟曾经同事一场嘛，而且陈伯伯很喜欢和老蜡下棋的。上去吧，却没有一点勇气，我实在太爱若兰了，因为爱反而显得很怕她，而且给若兰家的礼物也还放在宾馆里，就这样匆匆地上去，岂不是成了不速之客？"就在这无休止的犹豫中，一等就是两三个小时。还是没有见老蜡出来，而且门卫都用怀疑的眼光看他好几遍，只是没有过来盘问而已。向阳又想："有可能老蜡和陈伯伯喝醉了吧？也有可能饭后陪陈伯伯下棋。不要再多想了，还是回宾馆去吧。"

向阳在江油宾馆的房间的窗户正好对着宾馆的大门，进出宾馆的人尽收眼底，恰好整个房间又只有向阳一个人住，于是整个晚上，向阳就像是在搞监视一样，趴在窗户上关注着进出宾馆每一个人。直到早上六点半，才见老蜡拖着疲惫的身子回到宾馆。此时的向阳好像反而平静了下来，突然想到今天研讨会的发言稿还需要做一些改动，于是暂时将若兰和老蜡的事放下，他甚至愿意去相信，昨天晚上老蜡和若兰什么事情都没有发生，因为若兰的父母都在家。见距开会还有不到一个半小时，便全力去修改发言稿。

老蜡和若兰并不知道向阳一直跟在后面，若兰来挽他，老蜡也并没有拒绝，还借机和若兰挨得很紧，挺胸抬头，俨然是一对情侣，直到快要到家的时候，若兰才松开手。

老蜡到了若兰家里，见竟没有一个人在，便问："陈阿姨不在？"

若兰好像并没有觉得半点不妥，若无其事地一边脱外套一边答道："和我爸去成都了，要明天晚上才回来呢。你先坐一下，马上就开饭啦。"

老蜡很快就从之前那些许的紧张中回归到了正常，随手轻轻地带上门，说："需要帮忙不？"

若兰早已经进到了厨房，她大声回答道："不需要，马上就好了。"不一会儿，若兰就端出几个菜来，一个凉白肉，一个青辣子烧鸡，一个烧白。老蜡一看就知道肯定是从外面买回来的，只不过是在家里热了一下而已。刚开始，他还是觉得稍有不安，他想："毕竟就快和方俞结婚了，若兰的家人又没有在，这样孤男寡女共处一室肯定不妥。"

几次老蜡都想把和方俞结婚的事告诉若兰，但当他看见若兰把菜端出来的那一刻，和前次在宾馆一样，老蜡的脑子里又一片空白。摆好菜后若兰又拿出一瓶酒来，用了两个大的玻璃杯倒上，瓶子里剩下的酒已不及三分之一了。若兰这才解下围裙，坐下，说："言恭，我期盼这一刻已经很久了，今天终于可以这样单独和你相处，而且肯定不会有人来打扰，我们就一醉方休，好么？"

老蜡说："还是少喝一点，意思意思就行了，我明天还要开会呢。"

若兰见老蜡总有些拘谨，便主动端起杯子，说："来，言恭，好不容易有这样一个机会，就不要管那么多，我先敬你一杯。"

老蜡稍作迟疑后才端起酒杯，和若兰碰了一下，一口就喝掉了近三分之一，酒下肚后，就没有先前那样拘束，便又回敬若兰，不知不觉，一瓶酒已喝完。若兰有一点醉意了，让老蜡扶她去卧室。

老蜡的脑子里更是一片空白，什么也没有，就只剩若兰了……

老蜡醒来，见躺在这陌生的床上。他即刻坐了起来，但此时他的脑子里一片混乱，很多画面在脑海里交替出现，他突然想到："哦，对了，父亲和继母还住在方俞的家里，如果这件事暴露了，那父亲的颜面何存？单凭这一点，我就是大不孝！"一看已经六点多，来不及多想，忙起身穿好衣服，以还要准备发言稿为由仓皇而去……

回到寝室，其他的人都还在睡觉，他并没有去打扰。见已经快七点，又不好意思再去睡觉，只好悄悄地退了出去，还是沿着前天晚上的路线走了一圈。此时，他已经从和若兰在一起的欢愉中彻底地回到了现实，很多昨天晚上根本就不曾想到的事却出现在了脑海里。他想得太多，而且需要想的事也的确太多，他不得不开始认真思考以后有关感情以及婚姻上亟待解决的问题："首先，与方俞已经通过双方父母认可，只差一张结婚证了。我也的确很喜欢方俞，还同床共枕了这许多天，更糟糕的是婚期已定，而且兰书记和杜主席都已经知道了，还以此为由写了住房申请报告，最要紧的是年迈的爸爸和继母都还住在方俞家里等待婚期，难道还有什么理由可以不和方俞结婚么？其次，已经和一直都很喜欢的若兰有了夫妻之实，虽然从昨天开始甚至到今天早上走的时候，若兰并没有一句涉及要和自己结婚的话题，但作为一个女人，特别是一个年轻的女人，还是一个和我有着感情基础的女人，不是冲着结婚和我上床，难道还能为了其他什么目的么？但问题的焦点是我并没有告诉过若兰，我要和方俞结婚之事，如果昨天晚上甚至前天晚上就勇敢地告诉若兰或者她的父母，那就不会发生这么荒唐的事！甚至连昨天晚上的约会都可能没有了，还怎么可能有这么多的麻烦呢？若兰始终没有提及有关婚姻的事，肯定是她并不知道有方俞的存在，还把我当成是一个没有恋爱过的人吧。现在摆在我面前的两个女人都很可爱，而且都具有和我结婚的很充分的理由，怎么办？怎么办？该不至于把两个都娶了吧！"想到这儿，老蜡甚至连跳进河里一死的想法都有了。但他毕竟是一个读了很多书的人，突然想到，记不清是哪一位哲人曾说过"把无法解决的事留给时间吧，它会处理好一切的"。

见路边的稀饭摊都已经开始营业，突然感觉到肚子已经咕咕地叫了好几次。这才想起，昨天晚上和若兰因为志不在吃上，只吃了很少的一点东西。便坐下，要了一碗绿豆稀饭，一个芽菜包子，一碟泡菜吃了起来。

上午依然开会，刚散会，若兰又来了。感觉到她比昨天除了一样的漂亮以外，还增添了些许风韵。老蜡知道，也只有他知道："昨天晚上是我将若兰由一个女孩变成了一个女人。"老蜡说："我们一起吃午饭吧。"

若兰说："吃午饭就算了，我马上又要去江苏安徽一带出差，可能要走近一个月，而且下午就走，所以现在必须马上回去准备，之所以这么急着过来，就是想亲口告诉你一声。"

老蜡见这种情况，本想说点儿什么，却怎么也开不了口，只呆呆地站在那儿望着若兰。若兰走了，老蜡的心情好像并没有轻松下来，他突然觉得好困好困，没有吃午饭便回房间午睡。

虽然向阳一再告诫自己，不要在老蜡和若兰这件事上纠结，一心一意地去开好研讨会。但可能是晚上没有休息好的缘故，会议上向阳的发言并没有达到预期的效果，还有好几处都讲错了，从那些与会者的表情和他们突然间交头接耳就可以看出来。会议结束后向阳忙上去和馆长打招呼，但馆长却并不像以往那么热情，也没有跟他说什么，只是很随意地点了点头便走掉了。这种情况，当然就更不可能去谈及调动工作的事。瞬间，向阳意识到要调来李白纪念馆工作是绝对不可能的。虽然一直以来，对调动的事向阳从来都没有抱太大的希望，但此时，他还是有一种很深的失落感，感觉就像是被遗弃了一样。在垃圾场里翻找东西吃的画面又不时地在脑海里反复出现，他甚至有些头晕目眩。于是毫无目的地在李白纪念馆里转悠，也不知道转了好多圈，甚至连午饭都没有去吃，直到一个熟人打招呼，向阳才知道已经快两点，而且参加会议的人都陆续地赶往醉仙楼。才记起下午还有会，但现在，向阳对会议已经没有半点的兴趣，本想马上就回锅子坝，但考虑到这样一走了之似乎不是君子所为，一番纠结后还是决定开完会再走，于是选了一个最后面的位置坐下来。整个下午，他都沉浸在自己遐想的世界里，甚至会议中的一切他都不知道。直到散会，向阳才好像从梦中醒来了一样，木然地跟在其他与会者后面离开了醉仙楼。

出了李白纪念馆的大门，不知道为什么，向阳突然间觉得很想见到老蜡，还禁不住想和他痛饮一番，好像完全不记得昨天晚上老蜡和若兰在一起。到了江油宾馆，向阳没有回自己的房间，便直奔老蜡的房间而去。其实昨天他都已经知道了老蜡的房间。房间里没有一个人，而且都已经收拾得很整洁。去值班室一问才知道，原来参加会议的下午去绵阳参观后就散会了。老蜡肯定没有在江油了，向阳好失望，觉得无聊之极，似乎这个世界上所有的人都在逐渐地遗弃自己，突然间觉得自己好孤单，他下意识地拉了拉衣领，双手抱紧，顺势蹲在了老蜡住过的那个房间外。不知道过了多久，服务员见状推了推他，说："同志，你不舒服么？"

向阳这才回到了现实，忙站起来，对服务员苦笑了一下，什么也没有说便回到房间。看见放在桌子上的东西，才想起还有一件很重要的事情没有办。虽然因为调动无望，无法给若兰一个惊喜，但他还是将专门从锅子坝带来的、若兰一家人最喜欢吃的雪魔芋和干野菌子等拿上，又在商店买了一些糖、酒之类的东西，便往若兰家去。

他并没有多想，只是不断地告诫自己，一定要装着什么事也没有发生。刚到楼下，迎面来了一辆吉普车，还没有停稳，便听到有人在喊"向阳"。原来是陈大文和史秀娟，而且从车上拿下来很多东西，向阳正好帮忙拿上。

史秀娟问："向阳，你什么时候来的呢？"

向阳突然间觉得很温暖，一切都好像又回复到了正常的状态，说："在李白纪念馆开会，昨天就来了。"

史秀娟说："我们昨天一早就去成都了，你看见若兰了么？"

向阳突然一阵难受，感觉都有些昏厥了，他很想大喊几声，把手上的东西扔在地上转身就走，但还是止住了，毕竟现在和若兰的父母在一起，他们一直都待自己不错，早就把自己当成了一家人，更重要的是他们也并不知道这一切。于是深呼吸了几下，尽量让自己平静下来后才说："没有呢，我昨天太忙，又没有你们家的具体住址，加之要准备今天的发言稿，就没有来。我刚刚才打听到你家的地址，所以马上就赶过来了。"

陈大文向司机交代了些什么后，见他们还站在原地，便说道："怎么站在外面说话呢，还不快进屋里去说。"

向阳似乎有些怕见到若兰，他不知道该用一个什么样的表情去和她相处，但的确又没有可以马上就走掉的理由。于是就像被陈大文、史秀娟用绳子强拖着一样，极不情愿地到了若兰家里。他甚至觉得自己就像一头被拖向宰场的猪，任凭怎样嘶叫、挣扎，最终还是得按屠夫的意愿被拖向宰凳。

然而若兰并不在，只是餐桌上放有一张字条，是若兰的留言条，说又去江苏、安徽等地出差，可能要近一个月才能回来，让父母不必挂念之类的话。

史秀娟说："这个死女子，哪有那么忙哦，刚刚回来休息两天就又走了。向阳啊，你这次又看不到她了哦。"

向阳见若兰不在，似乎松了一口气，也没有先前那样紧张了，于是说："没事的，伯母，若兰的确忙嘛，见到你们我就很满足了。"

史秀娟没有再和向阳说话，只喊道："老头子啊，你陪向阳聊聊天，我去做饭。"

向阳习惯性地挽着衣袖，说："伯母，还是我来吧。"

史秀娟笑着说:"今天就不必了,向阳,你还是第一次来这儿,怎么说也是客人,就好好陪你陈伯伯聊聊天,让伯母露一手,给你弄点儿好吃的。"

向阳似乎已经暂时忘记了一切的不快,和陈大文聊了很多,从矿里聊到了学校,又从学校聊到了江油县城,当向阳聊到了这一次来李白纪念馆参加有关李白文化的研讨会时,陈大文表现出了极大的兴趣,说:"什么时候把你写的论文拿来给我看一下,如果李白纪念馆来汇报调你的话,我会马上批准的。"

向阳很高兴,虽然这次在会议上的发言自己并不满意,而且近乎绝望,但听陈大文这么一讲,多少又泛出了一点点希望,也暂时地忘记了昨天晚上的事给自己带来的那种锥心的痛。

向阳照例陪陈大文喝酒,饭后将厨房和饭厅收拾好以后才回宾馆。

若兰又出差,把老蜡的计划全打乱了,他本来想和若兰认真谈一次的,却没有了机会。会议又安排去绵阳参观,结束后便只好直接回锅子坝。下火车后,似乎有些不想回方俞家。但又一想:"不回方俞的家又能去哪儿呢?难道回铅锌矿么?爸爸和继母都还在方俞家里。"没有办法,老蜡就像一个在外面犯了罪的人一样,拖着疲惫的身子往方俞家走去。快到家的时候,还特意地在身上到处摸摸、看看,是否还留有若兰的什么东西。

回到家里,本想装着什么事都没有发生过一样,虽然尽力克制,却怎么也开心不起来,甚至连笑都显得很机械。细心的方俞一眼就看出了老蜡情绪上的变化,但她并没有马上就点明,而是等到独处的时候,才问:"是不是在江油开会时遇到了什么麻烦?"

老蜡说:"没有,只是有一点儿不太舒服而已。"

方俞还是一样地温柔,但老蜡却不管做什么都有一些不自然,他觉得:"太对不起方俞了。就快要和她结婚了,我竟和别的女人睡觉,和方俞都还没有发展到那一步呢。若兰是一个非常要强的女孩子,不敢想象,当若兰知道我要和方俞结婚时,会做出什么样的事来。当然就更不知道方俞如果知道我和若兰的事,又会有什么样的反应!"这样越想越复杂,甚至感觉头都快要爆了一样。但让老蜡觉得奇怪的是,当和方俞独处的那一刻,却又将若兰忘得一干二净。

第二天一早老蜡就回到矿里,他没有回寝室,就直接去办公室,路过张筱办公室的时候,她好像没有看见老蜡一样。老蜡像往常一样打招呼,但她甚至连看都没有看老蜡一眼,只淡淡地回答了一声,便低头做事。老蜡觉得好没趣,便回到自己的办公室,想:"这究竟是怎么了呢,难道是因为我快要结婚的缘故。想到前不久张筱还有丁佩佩对我的那一份热情，比较现在她们的冷若冰霜，我真觉得有些心寒，甚至还有一点恨女人了，更不知道未来的若兰和方俞会用一种什么样的态度来对待我。哎！我真是太辛苦了，但这一切都是我自己造成的，与其他的人没有半点关系。"

尽管这样想，老蜡还是没有忘记自己的工作，于是拿起笔记本去杜大海的办公室。见老蜡到来，他非常高兴，忙让老蜡坐下，说："蜡副主席，我有两件事要告诉你，这第一呢我首先要恭喜你，就是你的房子问题已经解决。"说着，杜大海从抽屉里拿出一把钥匙来递给老蜡，说："你很有运气啊，恰好陈副校长调走后，房子还空着，经矿党委研究决定分给你。这第二呢就是有好几个我熟悉的单位的工会主席都打来电话，说你这次在会上表现得非常不错，而且绵阳地区总工会的蔡主席还在会上表扬了你。我也把这些情况都汇报给了兰书记，你就等着矿里表扬你吧。"

老蜡只淡淡地说了声"谢谢"，便翻开了笔记本，说："杜主席，我给你汇报一下这次会议的情况。"

杜大海忙说："不用了，不用了，还汇报什么啊，刚才我不是说了么，都已经知道会议的情况了。呃，这次会议的生活怎么样啊，加了几次餐呢，有没有和其他单位的主席一起去喝酒啊？以往每次开会都要去水池子的食堂大喝一顿的，这次有没有去呢？"

还没等老蜡开始汇报，就被杜大海打断，而且说了这么一大堆的话，就像只关心生活，而不关心会议内容一样。老蜡只照实说："没有，我跟他们都不太熟，也请过我，但我没有去。"

杜大海说："这样吧，你刚回来，先去看看房子，然后再休息一下吧。"

说也奇怪，在拿到钥匙的那一刻，老蜡并没有半点兴奋，甚至觉得："这钥匙似乎拿得太早了些，就好像矿里也在逼着我去和方俞结婚一样。因为有了这一把钥匙，我也只能硬着头皮去准备和方俞的婚礼了。好在若兰还在外面出差，不然还不知道会闹成了什么样子。不管怎样，与若兰的事还是先放一放，毕竟她还要近一个月才回来。"这样边走边想，不知不觉地已经到了这个虽然只来过几次，却终生难忘的房子。打开仔细看了一下，房子虽然是旧了一点，除了搬走了家具以外，并没有拆走什么东西，甚至包括灯泡都完好的。只需稍稍粉刷一下就完全可以用了。于是忙去机修车间把马师傅请来，马师傅看后又认真地做了计算，然后给老蜡开出了一张单子。

从新分的房子里出来，老蜡的心情稍稍好了一些，决定马上回锅子坝去采购一些翻新房子所需的材料，同时也顺便告知方俞和家人。老蜡还决定："房子弄好后的第一件事，就是把爸爸和继母接过来住，这样即使若兰回来有什么变故，也不至于让老人家太尴尬。"

知道分了房子，家里所有的人都非常高兴，没让老蜡休息，方俞便马上拉着他去街上按马师傅所开的单子去采购。她还去单位请了两天假准备随老蜡去矿里，老蜡当然没有半点拒绝的理由。蜡元朗也想去看看新房子同时帮忙装修，老蜡知道："父亲可能觉得在方俞家待太久有些不好，想走动走动吧，但现在的情况的确还不可以让他去。"便婉言拒绝。蜡元朗虽稍有不快，但很快又回复到了之前那种高兴的心态。

方俞还是第一次去矿里，除了准备好翻新房子所需的一应物品外，还带了一些酒、菜之类的东西，预备给老蜡请朋友用，还给张筱也带了礼物。

张筱是一个极聪明的人，尽管对老蜡的感情是那样的复杂，当知道老蜡就要和方俞结婚时，她很失望，同时还对老蜡有一种说不清的怨恨，甚至想马上去江油找正在那里开会的老蜡理论。随着时间的推移，老蜡几天的会议后很快就回到了矿上，但张筱的脑子里却还是一团乱麻，她根本就没有想好怎样来应对这件事："放弃，又有不忍；进攻，又觉得既没有合适的理由，也的确不是时候。"于是，那种莫名的怨恨逐渐变成了对老蜡的冷漠，虽然她也知道："我没有任何理由可以去责怪老蜡，毕竟我们还没有开始，甚至老蜡对我连半句承诺都没有。"但当她看见方俞时，却又不得不装出一副友好的面孔。张筱并不是死脑筋，之前，她的确是把方跃作为了自己婚姻的第二人选，因此，她怎么也不能在方俞面前表现出一点不快，但她又的确不想见到方俞和老蜡在一起，当然也更不可能去阻止这一切，便只好说完因为工作太忙，所以帮不上方俞什么忙，而且也无法多陪她，望能够谅解之类的话后，便躲开了。

老蜡再一次见识了方俞的精明能干，就好像在老家那次一样，她坚持不要老蜡动手，还要他按时上、下班，说这样才对得起矿领导对他的厚爱。在马师傅和弟兄们的努力下，只花了不到三天的时间老蜡的新房子便装修好了，方俞这才回去上班。

第二十章

　　向阳就像一个赌徒，将所有的本钱都压上去，准备作最后一搏，谁知道竟输得一文不剩，恍惚中他还是回到了铅锌矿。已经好几天了，他很想见到老蜡，但当见到他时，却又马上避开了。他也知道老蜡正装修房子，而且还知道老蜡分到的竟是若兰家以前的房子。这对于向阳来说，无疑是在伤口上又撒了一把盐。他想："老蜡就是上天专门派来和我抢若兰的，只是他并没有去做太多的努力，便远远地胜过了我。他真是个灾星！因为看见他和若兰私会而彻夜未眠，才使得我在研讨会上发挥失常，几乎失去了能够调到李白纪念馆去工作的可能性。哎，真是的。还是在十多天以前，当我知道有可能调到李白纪念馆时，是何等的开心啊，如果能够调那去工作，那就有条件和若兰在一起了，但现在已经彻底失望。虽然陈伯伯说过如果李白纪念馆报上来，他会很快批准的，但问题是馆长现在根本就不看好我了，其实这次研讨会的发言就是对我的一次测试，很显然，测试是不合格的。和馆长非亲非故，他又怎么可能调一个测试都不合格的人呢？这当然也怪我能力太有限。"向阳甚至幻想："如果我有老蜡那样的本事，能分到若兰家的旧房子，那该有多好啊！"

　　这天，向阳又远远地看见了老蜡，但他还是避开了，不知道老蜡是否看见他。当老蜡从他的视线里消失的时候，他又很后悔，于是跌跌撞撞地回到寝室，迫不及待地往床上一躺，突然看见了墙上贴的老蜡的字，又觉得有那么一丝丝的亲切感："一度，我是何等地尊重老蜡，在一起除了不涉及若兰的话题，几乎无话不谈，真正把他当成了知己，并给他冠上了正人君子的桂冠。从在江油看到老蜡和若兰的那一幕开始，老蜡在我的心目中的地位已经开始动摇，但直到现在，我仍然愿意去相信，老蜡对若兰并没有什么非分之想，就如同之前若兰给他写信他并没有回信一样，只是单方面地追求他而已。很显然，这一次也是若兰去宾馆找老蜡，然后一起回家的，这我都看得很清楚，并不是老蜡主动去若兰家。如果真是这样，老蜡对我还是很好的，但还是有必要去验证一下，如果他承认在江油和若兰在一起聚过，哪怕是承认和若兰之间有过男女之间的事，我也仍然视老蜡为正人君子，而且还要做一个'重友轻色'的典范。甚至即使和若兰结婚以后都还可以忍耐老蜡和若兰'偷情'。但如果老蜡否认和若兰的事，那么先前他在我面前所表现的一切则都应该是装出来的，而且是在有意欺骗我。如果这样，老蜡和若兰，这两个曾经在我心目中除了母亲以外最尊重的人，都将从我心目中彻底被划掉，虽然若兰的形象现在在我的内心里早就不那么完美了。现在需要做的就是等待，等待一个可以和老蜡聊一聊的机会。"

有了这样的想法，向阳的思维稍稍专注了一点，但他还是不能克服既想见又怕见到老蜡这一点。就像一个明知道要被判死刑的人，痛苦地等待着判决一样，虽然知道只要判决一下来就有可能没命，竟还是有一种想快一点知道判决结果的冲动。向阳在这种煎熬中度日如年。由于内心承受着这种折磨，在不到十天的时间里，竟显得更加消瘦了，有时候还有一些精神恍惚。

老蜡因忙于房子装修以及工作上的事，更重要的是因为和若兰的事觉得愧对向阳，甚至还有些怕见到他，所以老蜡也没去在意向阳的一切，就好像他根本就不存在一样。虽然老蜡没有在意，但向阳却一直都在关注他。几乎每一天，向阳都会在暗中看他好多次，哪怕是深夜了，还习惯性地在睡觉前去看看，有时候甚至都已经睡了还爬起来去老蜡的楼下，看看他房间里是否还亮着灯。曾带着怀疑的心态和老蜡接触，进而成了莫逆之交，"究竟是老蜡在骗我呢还是我想多了？"看着他准备结婚的忙碌，向阳又想道："如果老蜡真和若兰有什么见不得人的事，也不可能还如此心安理得地准备婚礼吧！难道性格倔强的若兰就任由她喜欢的老蜡和别的女人结婚么？"

距结婚的日子越来越近，老蜡的心也越来越悬了。他决定："无论如何，在若兰回来后一定要在第一时间找她谈一谈，而且最好是在她还不知道我要和方俞结婚以前。"

他天天都盘算着时间，估计若兰要回来了，便打若兰留给他的电话，这样不知道打了多少次。一天，老蜡又拨通了电话，对方说："你下午再打来吧，若兰刚刚走。"

虽然若兰没有接到电话，但老蜡知道她已经回来，于是马上去找杜大海，谎称要去江油县总工会一趟便匆匆地走了。

到达江油的时候天已经黑了，他没敢直接去若兰家里，只打算在若兰家附近碰碰运气，如果碰不到，就先住下，明天一早再去单位找她。说来还真是有缘，竟在院子门口等到了若兰。

若兰见老蜡到来，她非常高兴，几乎要上去拥抱了，但由于在外面，瞬间的激动后，她还是克制住了，只说："言恭，你来了真好，快到屋里去吧！"

老蜡想："若兰的父母在，去家里肯定不太好。况且今天我来谈的事很棘手，还不知道待会儿会是一个什么样的情况。"

见老蜡还有些迟疑，若兰拉了他一把，说："放心吧，我爸妈他们去北京了，要十多天以后才回来，我正准备明天就请你来呢，没想到你比我还要急。"

老蜡也没有说什么，只是怀着十分复杂的心情随若兰一起到了家里。刚进屋，若兰自然是一番亲热。或许是压力实在太大的缘故吧，老蜡怎么也无法和若兰再像以前那样亲热了。

若兰觉得很奇怪，便问道："怎么了，言恭，你是有什么心事么？"

老蜡沉默了许久才说道："哎！若兰，我还真有话想跟你说。"

若兰捏着老蜡的手，有一点心急地说道："有什么事你就说嘛，叹什么气呢？"

老蜡轻轻地抽出了自己的手，看着若兰，欲言又止，竟流下几滴泪来。

若兰更急了，她忙给老蜡擦干了眼泪然后说道："你快说嘛，真把我给急死了！"

老蜡这才定了定神，说："若兰，你知道我是多么爱你，但我们还是不得不分手。"

若兰满脸疑虑，问道："为什么呢？我们才刚刚开始啊，你是遇到什么麻烦事？言恭，不管有什么困难，让我们一起来面对、来解决。你放心，只要我们俩真心相爱，就一定没有什么事能够难到我们的。"

老蜡又叹了一口气，说："这不是爱与不爱的问题，有时候我真的很讨厌我自己。本来早就应该告诉你的，但不知道为什么，每当见到你的时候，就只顾着和你亲热，把什么都忘记，而且老是怕说出来后会令你不高兴，这才使得上次竟和你睡觉了。从那以后我每天都受到良心的谴责，我多想抛开一切，与你相好，但如果这样，受到伤害的人就太多了。但如果不与你结婚，那我又太对不起你，你把自己最宝贵的东西都给了我，我竟然……"

若兰已经显得没有多少力气了，她轻声问道："究竟是怎么回事呢？"

老蜡稍作停顿后，说："若兰，我不敢奢望你能原谅我，但我一定要把真实情况告诉你。我太喜欢你了，这在我的内心深处是再也明白不过的事实。第一次见到你，就被你的美所迷住，以后很长的时间里，我尝试了很多次，用了好多办法，都没能找到你，直到在你家里相遇，我真的好开心。甚至当晚，我还做了一个春梦。尽管我很喜欢你，却有两件事一直都困扰着我，其一，你是向阳的女朋友，其二，我也交往了一个女孩子。我也曾经想过从向阳的身边把你抢过来，但向阳实在是太善良了，好多次我都觉得于心不忍。但只要一见到你，我就又什么都忘记了。那次车上相遇，我就是带着这种十分矛盾的心态陪你去参加晴晴的婚礼，却因为我误判了你回来的时间而错过。后来我给你写了一封报平安的信，并准备回到学校后就开始光明正大地和你交往，但当我看见向阳时，先前的一切主意就又改变了。而且向阳还很主动和我交往，关系也处得非常好，如果不是因为你的原因，我和他应该可以成为这个世界上最好的朋友。所以这也是我没有回你信的原因之一吧。既然无法和你相好，便决定退而求其次，和方俞继续交往，而方俞也如你一样善良，虽然她并没有你漂亮。很快，我和方俞的关系便得到了双方父母及家人的认可，并要求结婚。在运动会期间，我本来想告诉你的，但见到你的那一瞬间便又什么都不记得了。上次来江油开会前，我都已经给单位打了结婚报告，而且还申请了房子。本打算不来见你，哪知道遇见陈伯伯，便被邀请来你家吃饭，竟遇见了你。我当时真的太高兴了，但又不断地警告自己不能伤害你，我本来是要结婚的人了，所以吃过饭我便匆匆地告辞了。第二天你来找我的时候，一开始，我还想克制一下，你知道，哎，我真不是人，还居然和你……"

若兰好像还是没有听明白一样，她呆呆地坐在那儿看着老蜡，什么也没有说，也没有一点哭的声音，但她的眼泪却不停地顺着脸颊往下淌。大约过了有五分钟的样子，若兰一下子扑倒在老蜡的怀里，在老蜡的脸上一个劲地乱吻，说："言恭，不要讲了……"

老蜡完全放松地躺在若兰的床上，眼睛直直地望着天花板，而若兰则枕在他的左臂上右侧着身子看着他，这样不知道过了多久，若兰才轻轻地说："言恭，我知道你很难，不然的话你绝对不会这样对我。我可以和向阳结婚，但我这一辈子都是你的，我很幸运我们的第一次都是互给的。不过，你一定要答应我，随时都要抽时间来陪我。"

老蜡突然问道："向阳该不会知道我们之间的事吧？"

若兰说："不会的，他怎么会知道呢。"

老蜡好像松了一口气，说："那我就放心了。从上次以后，我很怕见到向阳，觉得愧对于他。呃！对了，从那次以后，我还真没有见到过向阳呢。"

若兰说："你放心，向阳对我很好。如果不是你的出现，可能我们早就结婚了；哪知道遇到了你这个'负心汉'。"若兰说到负心汉时，笑着用食指往老蜡的额头上轻轻地一戳。

老蜡笑着说道："什么负心汉哦，我什么时候背叛你了。我这一辈子都是你的；

随时候命，随传随到。"

若兰像突然记起了什么一样，说："言恭，你信不信，到现在为止向阳连我的手都没有碰过。"

老蜡将信将疑，说："不会吧，都交往这么长时间了。"

第二天老蜡没有出门，若兰到单位去请了一个假，买了一些菜后便回到了家里，过起了二人世界。吃饭、聊天、睡觉，这样很快三天就过去了。老蜡必须要回去了，于是约定之后不再写信，而是直接打电话。考虑到突然对向阳好起来反而不好，所以若兰决定在老蜡的婚礼后才和向阳谈及婚事。在若兰看来，和向阳的婚姻本来就是一个摆设，所以就无关乎什么时候举行婚礼了。他们还约定，彼此的事绝对不能让第三者知道，这是他们一辈子永远的秘密。

老蜡已经三天没有出过这间屋子，但他的心情已经和刚来到这里时完全不一样了，觉得外面的世界好像从来都没有这样美过，像是卸掉了身负的很沉重的包袱，整个人都觉得轻松了。甚至感觉路上所见的每一个人都那样的祥和、可爱。就连以往最讨厌的买票、上车时的拥挤和喧闹，都好像变成了一串串音符，充满了欢快的节奏感。上车时已经没有了座位，但他一点都不觉得有什么不好，还很享受一样。不仅没有和若兰闹僵，而且还可以永远和她在一起，他再没有什么可担心的了。他好想把这一切都大声告诉给车上所有的人，但他只能对每一个看他的人报以微笑，让他们都分享到自己内心深处的那份喜悦。火车运行也好像比以往要顺畅得多，不知不觉就到站了。

老蜡回到矿上，房子已经干了，便决定马上搬家。没想到刚提出来就遭到郭汝芝的反对，她说："搬家可是件大事，怎么可能随随便便就搬过去呢？得找人看看日期。"郭汝芝马上出门，找锅子坝最好的先生测算了一下，把搬家的日期定在了三天后。

方俞有陪嫁，所以根本不需要添置什么家具。本来陪嫁是应该在结婚的当天和方俞一起走的。方登科说："新事新办，就不拘泥于什么形式了，在搬家这天将方俞所有的陪嫁一并拉过去就行了。"

根据当地的传统，新居开第一顿火必须吃一顿团圆饭。于是老蜡在搬家的这天把四位老人也接到了矿上。如在方俞家一样，自然是郭汝芝张罗饭菜；吴桂英好像有些闲不住，一改在方俞家做客的姿态，坚持要和郭汝芝一起忙活，蜡元朗当然支持。老蜡以为："继母应该是在显示主人的位置吧？但不管怎样，我都很开心。"一顿丰盛的午餐后，四位老人应方俞的安排又回锅子坝去。理由是屋子还很乱，等收拾好了以后再接他们过来。

晚上，老蜡请了向阳、马明等几个以往的同伴来家吃饭。这还是近两个月以来第一次见到向阳。如之前一样，老蜡似乎有些怕向阳，但并没有表现出来。向阳是最后一个进到屋子的人，老蜡久久地握住他的手，很关切地问道："向阳，你怎么这么瘦？是不是最近身体有什么不适？"

向阳是一个有知识有涵养的人，他想："老蜡还是这么关心我，而且热情程度也高过其他几位。"在进到这个屋子之前那纷乱复杂的心情一下子就平复了下来，也没有表现出什么异样来，只是轻描淡写地说："没有啊，可能是最近熬夜太多吧。"

整个晚宴和以往完全不同，好像没有了之前聚会的那种欢愉，甚至可以说气氛还很严肃。可能是因为有方俞在场，大家都不像以往那样放得开的缘故吧。此时，向阳又开始往好的方面想："老蜡结婚后，若兰对他应该彻底死心了，所以我也没有必要再在这个问题上去纠结太多。"晚宴并没有持续太久，可能还不到两个小时就结束了。向阳马上告辞并要其他的人也一起走，以免影响老蜡和方俞的二人世界。

方俞真正进入家庭主妇的角色了。客人走后，她马上冲了一杯老蜡最爱喝的老鹰茶，并让老蜡换上新买的睡衣，这才忙着收拾。老蜡几次想去帮忙都被拒绝，说这些都是女人该做的事。直到收拾停当后，方俞才去换了睡衣睡觉。

早上醒来，枕边已经放好了折叠整齐的衣服，洗漱后来到客厅，早餐也做好了，这是老蜡第一次享受这种属于自己的家的温暖。匆匆吃过早餐后便去上班，经过张筱办公室时，他一样打招呼。张筱也没有像前几次那样横眉冷对，只是没有作声，看着老蜡苦笑了一下便又低头做事。老蜡觉得没趣，本想说点什么的，也只好打住，往自己办公室去。在走廊里又碰到了丁佩佩，她就像根本没有看见老蜡一样，老蜡只好把本想打招呼的话和手势都半路收回了，更觉没趣。回到办公室，看了看茶杯，空空的，并不像在没有给丁佩佩回信之前那样，每天一到办公室，茶都已经泡好了。他突然想道："小丁这个办公室主任究竟是为主席副主席工作呢，还是在为自己的男朋友工作？算了，谁让我拒绝了人家小丁的一片情意呢！"于是打算自己去泡茶，刚起身，丁佩佩进来了，并很快泡好了茶；但还是没有看他一眼，就好像这个屋子里根本就没有老蜡存在一样。见这一切，老蜡忍不住大笑起来；随即，丁佩佩也忍不住笑了，而且笑得是那么灿烂，那一口洁白整齐的小米牙在她那红红薄薄的唇的映衬下显得更加洁白，好像还隐隐有光。突然，老蜡觉得从来都没有见过这样漂亮的牙齿。丁佩佩笑过后，见老蜡还呆呆地看着她，不禁又绯红了脸，冲着老蜡伸了伸舌头做了一个鬼脸便转身跑出去了。老蜡的心情一下子竟好了很多。

其实，老蜡的这个职位基本上算是闲职，平常并没有多少事；诸如打扫、收拾办公室之类的事丁佩佩和办公室其他人员全包了，稍微大一点的事则都由杜大海处理，更何况杜大海都一天无所事事。和往常一样，老蜡先浏览近几天的报纸，觉得这些好像都离自己太远，跟自己并没有多大的关系。很快，连一点兴趣都没有。便拿了几张旧报纸准备练字，谁知毛笔不知道什么时候用过后没有洗，已经僵硬了，还是觉得没趣。于是只好在办公室东翻翻，西看看，时间就好像过得很慢一样；按照以往的经验，早就应该中午了，一看，结果还不到十点，但肚子的确有一点饿。他想："之前一般都不吃早饭的，就是到了中午，也未见肚子饿；今天早上又是鸡蛋又是馒头的，怎么这么早就饿了？可能是越好的东西就越容易消化的缘故吧。"本想回去，但想到近一段时间忙于装修房子和搬家，经常都没有按时上下班，所以也不好意思现在就走，便只好在办公室里坐着发呆，忍受着无聊和咕咕叫的肚子的饥饿。喝了几口茶，觉得似乎太浓了一点，都有些苦涩了，但饥饿感却减轻了些。于是又站起来在屋子里走了几圈，无聊之极，便推开窗户。见那一棵好大好大的叫不出名字的树上，不时有好多的小鸟在树枝上跳来跳去，叽叽喳喳的。细看，在树枝上有好几个鸟窝；那些忙碌地飞来飞去的小鸟是在哺育自己的后代。它们不断地从地上啄起虫子或其他什么食物，然后飞到窝上，刚刚停下，鸟窝里便会伸出好几个张得大大的浅黄色的尖尖的嘴来，等待着爸爸妈妈给自己喂食；喂完以后又飞去地面，这样反复地进行着。老蜡突然想起了一句古语来，"劝君莫打三春鸟，儿在巢中盼母归"，到现在才真正领悟到了这句话的深刻含义。老蜡想："如果这个时候老鸟被打死，那些嗷嗷待哺的小鸟肯定会被饿死在鸟窝里；虽然我们并不知道那些小鸟长大了以后，是否会像人类侍奉自己的父母那样去赡养那些老鸟。"

　　老蜡又想起父亲和去世多年的母亲："当年妈妈除了带我们几兄弟外，还要参加生产队的劳动。爸爸在外面工作，遇单位伙食团中午卖肉的时候，他就会买两份，中午只吃掉里面的菜，肉全部剩下来，用一张白纸封在碗口，然后用绳子绑好，下午下班的时候提回家。晚上妈妈再把肉切小，在里面加一些菜，一家人就算是打一次牙祭了。在我的记忆里，背一个包，手里提着一个用白纸封住口的碗，是爸爸回家时的固定形象。爸爸和妈妈不也像那些忙碌着给小鸟喂食的老鸟么？哎！由此想来，继母真太可恨了。在那么困难的年代里，妈妈和爸爸要养活一大家子人，都能保证一家人能经常吃上肉；现在爸爸的工资只他们两个人用，还弄得经常连肉都吃不上，甚至还赊肉吃、赊酒喝。爸爸现在的生活甚至连一个普通农村老头都不如！我绝对不能让爸爸再回去过那种苦日子。现在房子也有了，凭着我的工资，节约一点一家人的生活应该没有问题，就让他老人家在这里安享晚年吧。房子已经弄好了，爸爸再住在方俞的家里始终有些不便，还是尽快把父亲接过来住吧。"

正想得出神，见大树下一个小孩子正用弹弓瞄准了一只小鸟。一股愤怒油然而生，老蜡立即大声呵斥。小孩虽然放下了弹弓，却莫名其妙地看了看老蜡，冲着他做了个鬼脸，说了声"疯子"便跑掉了。看着小孩远去的背影，老蜡突然想道："这些小鸟实在太可怜了，如果没有人去保护它们的话，即使是一粒从小孩弹弓里射出的小石子都有可能毁掉这看起来是何等和谐的'家庭'。但应该怎样去保护它们呢？天天守在大树下？绝对不行，即使守住了一棵树，还有很多这样的大树以及上面栖息的小鸟，而且小鸟也不只在一棵树上活动。因此，必须动员整个社会，让所有的人都来保护它们，才能够使这些鸟儿有一个真正安全的家。那么，要怎样才能做到这一点呢？矿以外我们没有那个能力，最多也只能写点文章呼吁一下，但矿内是可以有所作为的。我们矿的人并不多，要做起来也不难，只是怎样去做罢了。其实我们人类在哺育幼小上也和鸟类是一样的，只是人的一生有很大一部分时间都在哺育幼小，算起来直到前年我有了正式工作，父亲才没有给我拿生活费的，当时大哥已近四十岁了，也就是说，父亲竟花了近四十年的时间在哺育后代，这项工作刚刚完成，他却已经进入老年。但他老人家好像并没有享受到子女的孝敬。想起来真有点寒心，也许大哥、二哥根本就没有意识到自己应该去尽孝吧。一个家庭如此，由此辐射到整个矿，整个绵阳地区，四川省乃至全国，这样的家庭一定不少。那次回家时父亲的哭泣里，实际上包含了很多内容，其中就有年龄大了，好多事都能力不及的无奈。"想到这儿，老蜡的心跳加快了，他想自己必须要做一点事才行。

回到办公桌前，随手翻看了最近的一些文件，有好几份文件都是几个部门联合发的，于是想："何不由工会、团委和学校联合发一个文件，在学校以及全矿进行一次'爱鸟、护鸟，热爱大自然'的教育活动，从而在全体的职工及家属中树立起一种'尊老爱幼'的社会主义新风尚。"

老蜡是一个说干就干的人，想定后马上去杜大海的办公室。杜大海近乎是半躺在藤椅上看着一本养鸽子的书。他双手举着书，很吃力，加之他的老花镜只架了一点在鼻梁上，样子看起来很滑稽。见老蜡进来，忙将书放进抽屉里，似乎有些慌张，又像是不好意思，想要解释，但并没有说出口，只是尴尬地笑了一下。

老蜡本想笑，却抑制住了，忙将刚才的想法仔细地陈述了一遍。

杜大海已经回复到了正常状态，他喜出望外，说："我完全赞同。蜡副主席，就由你具体去办理吧！"

告别出来，见还不到下班时间，便又去了张筱的办公室，张筱没有在。回到办公室后很快就拟定了一个关于在全矿开展一次"爱鸟、护鸟,热爱大自然,树立'尊老爱幼'的社会主义新风尚"的教育活动的细则。拟好后,刚好到下班时间,便回家去了。推开门,见张筱坐在客厅里看书,老蜡诧异,没来得及多想,便热情地招呼道:"稀客啊,张书记。"

张筱忙合上手里的书,站起来笑着说道:"怎么样,你不请我来还是有人请吧。"

方俞笑着从厨房里跑出来,说:"今天我是专门请张姐姐的,言恭,你好好陪陪,千万不要怠慢了张姐姐哦,饭一会儿就好。"说完后又去厨房做事了。

坐下后,老蜡说:"刚才还去办公室找你呢,早知道你来这儿,我就早一点回来嘛。"

张筱问道:"找我有什么事么?"

老蜡便把刚才的想法说了一遍。她很诧异地看着老蜡,问道:"这个主意好啊,你是怎么想到的呢?"

老蜡便把看见老鸟喂小鸟以及一个小孩打鸟的经过说了一遍,然后说:"具体的细则已经草拟了一个,放在办公室了,待会儿上班就拿给你。"

"开饭了哦——"方俞叫了一声并把菜一一地端了出来,摆好酒杯碗筷后忙请张筱上座。张筱哪里肯坐,一番推迟后还是让老蜡坐了上座,并说老蜡是一家之长,理所当然该上座。

方俞说:"言恭,今天就由我来讲吧。我早就想请张姐姐,昨天中午想请,但我怕我和言恭的父母都在,张姐姐多少会有一点点拘束,结果没请。昨天晚上,言恭又请他的一些同事,但都是些男的,我又怕怠慢了张姐姐,还是没请。所以我决定今天无论如何也得请了,而且是单独请;这样才显得有诚意嘛!上午我到张姐姐的办公室去,如果不是我闪得快还差一点被你看到呢。"

老蜡笑着说:"看你说的,人家张书记还以为我不想请她呢。"

方俞笑着说:"我们女人之间的事男人还是少管些的好。"

张筱也忙着说:"就是嘛,如果言恭你来请,我还不一定来呢。"

在说到"言恭"时,张筱觉得有些失言,脸马上就红了起来。这一切老蜡全看在眼里。还好,方俞正在给张筱舀汤并没有看到她脸色的变化。老蜡忙岔开话题,说:"来喝酒、喝酒。"

宴席在笑声中开始,又在笑声中结束。张筱起身告辞,而她那快要熄灭的对老蜡的爱的火焰却又奇迹般地燃了起来。其实这一顿饭还是次要的,关键是老蜡的那个关于"爱鸟、护鸟,热爱大自然,树立'尊老爱幼'的社会主义新风尚"活动的提议，在张筱已经稍稍平静的心里又泛起了些许的涟漪："这是一个什么样的男人哦，他能够从一个很平常的事件中领悟到一般人都不能领悟出的道理来，而且是那样的精准、深邃。这样的一个男人，无论如何都是值得我去爱一辈子的！"她又开始幻想着和老蜡之间的事了。

下午刚上班，老蜡便来到了张筱的办公室，他发现张筱的穿着和中午已经完全不一样：一件淡黄色的衬衫外加一件蓝色的西装外套，衬衣领下的第二颗扣子不知道是忘了扣还是自己脱落了，领开得很低，甚至连她那白白的乳沟都能看见。老蜡心里微微地一震，想看仔细，但又不敢再看，慌乱中竟涨红了脸。

这一切，张筱全看在眼里。她很开心，于是故意用双手理了理衣领，但并没有去扣上扣子，只笑着说："怎么啦，言恭，发什么愣呢？"

老蜡觉察到自己的失态，定了定神后吞吞吐吐地说："张，张书记，我把那，那个活动的细则拿来了，你，你看一下。"

张筱并没有去看稿子，根本没有理会老蜡说什么，只是直勾勾地看着老蜡笑着问道："言恭，你看我这么穿好看么？"

老蜡忙说："好看，好看，我先走了，你看一看稿子。"

老蜡说完后几乎是跑回了自己的办公室。老蜡知道："如果不及时离开，再看下去的话，很可能和若兰的故事就又要重演。"此时老蜡才真正地意识到："其实我就是一个很贪色的人，而且在美色面前，甚至连一点免疫力都没有。张筱为什么会有这样的表现呢？回忆今天在家里所说的每一句话、每一个动作，里面并没有半点明说或暗示张筱什么的。那张筱刚才的举动是为什么呢？最近她对我都已经很冷淡了，今天怎么又会出现这种情况呢？"突然间，老蜡很害怕，他并不是害怕张筱会怎么样，而是害怕如果真的和张筱单独在一起的话，一定会做出一些很荒唐的事来。

老蜡正这样想着，张筱敲门进来，她说："蜡副主席，我看了一下，很好，按你写的去办就行了。我已经叫团委办公室起草一个我们三个部门的联合文件，请杜主席和王校长签字后就送去矿党委办公室。"

老蜡这才看了一下张筱，见衬衣的扣子已经扣好了，老蜡似乎有些失望但同时又觉得稍平静了些。

张筱也察觉到老蜡正在看自己的胸部，便故意将胸向前挺了一下，笑着压低声音说："吓着你了吧，还是运动健将呢！"说完后调皮地吐了一下舌头，转身故意扭了几下屁股走了。

老蜡呆呆地坐着，不知道如何是好。他想："张筱分明是在挑逗我，但我毕竟是快要结婚的人，怎么还能去想和其他女孩子的事呢？和若兰相好就已经对不起方俞，难道还要再对不起方俞和若兰两个人么？可问题是张筱是主动来挑逗我的啊。现在我面临的问题是如何能不被这种挑逗所迷惑。还是尽量和张筱保持距离，除了工作以外私下里最好还是不接触为好；再不能去重复和若兰的故事了。"

下班时间到了，老蜡站在办公室门口，等着和杜大海一起往楼下走。路过张筱办公室的时候，他像做贼一样偷偷地看了一眼，见张筱并不在办公室，才放心地走了。回到家里，方俞已经准备好了晚餐，老蜡这才把下午张筱给自己所带来的"恐惧感"暂时地忘掉了。

向阳被老蜡邀请后，心情似乎好了很多，回到家里，他想："从表相来看，老蜡和先前倒没有多大的改变，也有可能这段时间是我想太多了吧，就如同之前老蜡收到了若兰的信而并没有回信一样。但仔细想来这和收信又不一样，毕竟那天是我亲眼看见老蜡和若兰一起回家的，而且一开始，若兰还不时地挽着老蜡。有一点是可以肯定的，那就是那天晚上只有若兰和老蜡在一起，而且独处一室。但又一想，独处也不一定就会去做一些什么不好的事吧？我和若兰不也单独在一起很多次么？一样的什么事也没有发生，甚至连手都没有碰过。干脆这样吧，如果时机成熟，就亲自问一下老蜡，如果他回答和若兰见过面，说明老蜡的心里是坦荡的，也符合他在我心目中的地位，但如果他否认，这里面就肯定有着不可告人的秘密了，而且老蜡也绝对是一个卑鄙小人。其实，我倒没有必要再在这些事情上去纠缠了，还是应该振作精神，开开心心地过日子，做好自己的事。"

于是向阳拿出日记本，稍事思考后在上面写道：

> 这么长时间的折磨，这么长时间的煎熬竟被老蜡的一顿饭而化为乌有，是好事，还是坏事？不过我更加坚信，如果有一天老蜡在我的心里彻底失去了信任，那么这个世界上将再没有我可以信赖的人了。想到这儿我甚至有点害怕，不敢想象一个没有可信赖的人的世界会是一个什么样子，首先肯定是非常无趣的。

还没有来得及记上日期，向阳竟觉得很困了，这可以说是近一段时间特别期盼的，于是连书和本子都没有整理，甚至没有洗漱便匆匆上床睡觉了。

这个晚上向阳睡得很香，直到快八点才醒来。在他的记忆里好像好长时间都没有这么美美地睡过觉了，特别是从江油回来后，睡眠严重不足不说，好多夜晚甚至连眼睛都没有闭一下。伸了一个懒腰，觉得比以往精神了很多，洗漱后对着镜子照了照，觉得胡须已经好长，还很杂乱。已经记不清之前是什么时候刮过胡须。便将胡子刮掉，再一照，觉得头发也很长。干脆再理个发吧。于是换好衣服去到了矿生活服务部的理发店，正好理发师傅还闲着，算了算时间，还能赶上第三节的课，便让师傅理发。对着镜子，向阳突然感觉焕然一新，而且整个人也觉得轻松了许多。

从理发店出来，突然间想去老蜡办公室坐坐，看了看时间，离上课还有近一个小时，便大步向办公室走去，可到了楼下，他又犹豫了，停留了不到一分钟的样子，又迅速转身往学校去。

向阳想："可能有好几年我都没有现在这样的心情了；天空就好像揭开了之前随时都有的那层雾蒙蒙的东西，阳光瞬间就显得格外灿烂了，和第一次见到若兰时竟一模一样。周边的一切看起来也比之前清洁了许多，就连看到的熟人甚至包括学生都洋溢着一种极和善的喜悦来。我还真好长时间都没有这样正眼去看过人们了，原来这个世界并不只是丑陋，更多的还是和善和美好。"

向阳到了办公室，并没有像之前那样旁若无人似的马上就坐下看书，而是很热情地和同事们打招呼，还破例去和几个同事聊上几句。课堂上也发挥到了极致，向阳还是第一次见到学生们像现在这样认真地听课，甚至到了下课铃响时都还余兴未尽。

下午，向阳居然收到了若兰的来信，但他一点都没有之前收到若兰信的时候的那种喜悦了，也没有想看信的那种急迫感。待下班回到寝室很久了才拆开信来，还是一些问候之语，而且也只有寥寥数语。如果在以往，肯定会令向阳开心好一阵子，但今天向阳却很不开心，甚至连昨天晚上的一点点慰藉都好像被这封信给吓跑了，他又回复到以往的心情了。向阳想："这个时候若兰主动来信问候，不外乎是想要和我重叙旧情罢了。她肯定知道老蜡就要结婚，觉得已经完全没有希望，所以才把我来做一些考虑罢了。呃，我怎么就没有想到，之前老蜡有五天都没有在矿里出现，难道在这段时间他又去和若兰私会了？一定，一定，一定是的。不然若兰怎么会知道老蜡要结婚了呢？"想到这里，向阳的头就好像要裂开了一样，马上拿起酒瓶，打开盖子，没来得及往杯子里倒就猛喝几口，然后重重地倒在了床上，望着天花板，感觉屋顶就像在旋转，猛眨几下眼睛后，才恢复正常。他很想厘清思路，却怎么也无法集中精力，有时候脑子里空空的，有时又觉得满脑子就像装满了糨糊一样，还不时地高速旋转，难受到了极点。他双手抱着头，蜷缩在床上，身子不停地颤抖着，不知道过了多久，才稍稍平静了一点，终于又回到比较正常的思路上来。突然想道："从老蜡和若兰在江油私会后，他就没再找过我，很多时候甚至像是在有意躲避我一样，都一个多月了，和老蜡竟连一次正式的会面都没有。直到他又消失了五天以后，才请吃饭，但所请的也并不是我一人，还有好几个同事。现在想起来，刚见面时老蜡多少还是有一点点不自然。世界上不会有这么巧的事吧，老蜡刚刚和我联系，若兰就写一封示好的信来了，这之中肯定有某种联系，唯一的可能就是老蜡和若兰已经达成了某种默契。如果真是这样的话，那简直太可怕了，我将永远像一个小丑一样在若兰和老蜡的面前透明地表演。不行，绝对不行，必须要结束这一切！"

向阳就这样胡思乱想，一躺就是好多个小时，甚至忘记了吃饭，更不记得该上课了，直到有人来敲门，才拖着沉重的步伐来到学校。他感到："和昨天绝对不一样了，天空似乎从来都没有这样亮过，太刺眼了，完全没有一点点美感，刚出门的时候，竟不敢睁开眼睛。空气中也好像弥漫着一股说不出的气味，就连呼吸都不那么畅顺，耳朵里老是有各种各样的声响，像是鸟叫，又像是蝉鸣。在路上碰到的每一个人都好像笑得有些怪异，似在嘲笑我一般，甚至觉得好些人都在有意回避我，并不想和我打招呼，即使不得已和我打过招呼的人，只要一错过，就马上转过身来在我背后指指点点，只是听不到是在说还是在骂。就连课堂上的学生，也不似先前那样尊重我了，好些学生都看着我偷笑，有的甚至在下面小声地议论着什么，从嘴形来看，像是在说若兰，当我看他们时又马上止住了，但那种神情却充满了鄙视。"

向阳甚至都不敢去直视学生，只低头看着讲台讲课，至于究竟讲了些什么，连他自己都不知道。好不容易熬完了一堂课，下课铃刚响，还没有来得及听学生说完"老师再见"，便迫不及待地冲出了教室，甚至没有像往常一样回办公室放下课本，便直接回到了属于自己的那十多平方米的空间里，关好门，这才喘过一口气来。但还是觉得："这间房子的外面，有很多想加害我的东西，虽然眼睛看不到，但只要稍有空隙，它们就会冲进我的屋子里来，然后慢慢地将整个屋子完全占据，再吞噬掉我。"于是忙将窗户关上，看见玻璃上有一个小孔，又用纸团将小孔也堵上，这才躺在床上。突然又觉得："灯也似乎较以往亮了许多，从灯光里还有许多像箭一样的东西不住地向我射来。"又起来把灯也关上，才发现玻璃窗子的外面好像有许多对着屋子里嘲笑的面孔，忙用几张报纸将窗户完全遮住，这才蜷缩在被窝里。不知道躺了多久，最终向阳觉得："必须尽快找老蜡问一些问题。若兰已经背叛了我，虽然我还那么深地爱着她，也曾想过可以容忍她和老蜡的关系，但这一切都应该由我来编导才可以的。现在唯一可拯救我的就是老蜡了，但这并不是他怎么说的问题。如果老蜡真是一个正人君子，那么我的这一切推理都应该不存在，但如果他真是一个卑鄙小人，那这个世界上就再没有我可信赖的人了。很明显，如果以一种非常的姿态去找老蜡，那肯定得不到我真正想要的东西；所以无论如何，都只有像平常一样，以一种很平和的姿态和他谈，这样才有可能得到我想要的真实答案。"于是马上从床上起来，洗了一个脸，然后着意地梳了梳头，再换了一件衣服后往老蜡的办公室去。

老蜡不在办公室，门也紧锁。去另一个办公室打听才知道原来老蜡和杜大海去成都开会了，而且要三天后才回来。向阳不知道是开心还是痛心，像个木偶一样机械地回到了宿舍。他想马上赶去江油，看看老蜡是否又和若兰约会了。但又一想老蜡和杜大海一起去的，而且是去成都，便打消了这个念头。

若兰和老蜡分开以后，心里特别难受，也没有更好的办法可以舒缓，仔细想来："虽然老蜡很帅，也很聪明，但要在一起过一辈子，这之前倒还真没想过，而且要论对我的关心，向阳比他要体贴很多，绝对是有过之而无不及。向阳对我从来都是言听计从，百依百顺，而老蜡对我却是三心二意，之前甚至连信都不舍得回一封。这样一对比后，差别就出来了，还是和向阳结婚算了，当然也只有这样了。这样既可以满足我对老蜡的那份情，又可以在向阳的呵护下愉快地生活，只是对于向阳来说是残忍了一点，有些不道德罢了。但我和老蜡都已经约定好了，只要彼此不说出去，外人是肯定不会知道的。谁说没有不透风的墙，这可能就是不透风的墙吧。"

若兰本来想按约定在老蜡的婚礼以后再告诉向阳，但又一想："都好长的时间没有见到向阳了，甚至向阳的来信也好长的时间都没有回过，如果突然间就去谈婚论嫁，向阳肯定会起疑心的。还是和他慢慢地热起来吧。"思考良久，若兰才给向阳写了一封看似很平常的问候信。

若兰并没有像以往一样，在已经形成规律了的时间里收到向阳的回信。一天、两天、三天，若兰开始有一种不祥的预感，但这种感觉也只是一瞬而过罢了，并没有在大脑里留存下来，只是转化成了一丝丝的担心："也许向阳又出去搞什么学术交流吧？上次听妈妈说向阳来李白纪念馆开过什么研讨会，而且还有可能调来。但当时我心里哪里还有向阳的一点点位置呢，全被老蜡给占领了，所以并没有去细听。"若兰想到了很多种原因，唯独没有想到向阳会有意不回信。本想打电话给老蜡，打听一下向阳的事，但又怕他误解，当然就更不可能向其他人去打听了，便只好耐心地等待向阳的回信。尽管这样，若兰还是开始准备和向阳结婚的事了。

老蜡从成都回到矿里，刚下车便看见向阳在距车不远的地方，他一见到老蜡便马上迎了过来，很热情地打招呼。

瞬间，老蜡显得有点尴尬，但很快就调整过来，他握住向阳的手，说："向阳，才几天不见，你比先前精神多了嘛。"

向阳倒是没有半点的异样，笑着说："不可能哦，怎么会呢？"

老蜡问："你在这儿干啥呢？"

向阳还是和往常一样笑着说："等你呢，你信不信？"

老蜡还真信了，问道："那你怎么知道我要坐今天的班车回来？"

向阳像是揭谜一样，在老蜡胸口轻轻地打了一拳，笑着说："骗你的，你还当真了呢。我是想去河边看看有没有人打鱼，没想到碰到你了。诶，好久都没有一起喝酒了，今晚我们好好喝一顿怎么样？"

老蜡说："好啊，只是方俞不在家，没有人弄菜。"

向阳说："好你个老蜡，才有家几天就忘本了，难道你忘了以前住单身宿舍的时候我们是怎么喝酒的吗。其实方俞不在家更好嘛，不然总是有一点拘束，你说是不是？再说了，我们两个好久都没有单独在一起喝酒了，今晚就不要叫其他人了，就我们两个人喝，好不好？"

老蜡说："好，那我先回去准备准备，一会儿你直接过来就行。"

向阳说："你不需要准备什么，我带酒菜过来。"

老蜡回到家里，将屋子打扫了一遍后便准备做饭，见菜篓子里还有一些土豆，厨房里也还有些腊肉，便取了一块，洗干净以后放在锅里煮着，然后将土豆皮去掉，准备腊肉煮好后再煮在腊肉汤里，这样既可佐酒也可下饭。再去坛子里拿出两个豆腐干来，晚上的菜就准备就绪。刚到六点，向阳端着两个饭盒，拿着两瓶酒来了。

边喝边聊，聊到了很多以往在一起开心的话题，倒第三杯酒的时候，向阳突然话题一转，说："老蜡啊，你是我这辈子见过的运气最好的人"，稍作停顿后，并没有让老蜡接话便接着说道："你年龄比我小，比我还晚两年参加工作，我现在什么也没有，而你呢，有职位，有大房子，马上还要娶漂亮的老婆了，而且老婆还有那么多的线装书。"

刚开始，虽然没有表露出来，但老蜡的心里一直保持着高度的戒备，所聊的每一句话都要细想后才作答。因此，始终回不到以往和向阳在一起的那种状态来，老蜡感觉很累，他想："我和若兰的事向阳怎么也不可能知道的，那还提心吊胆的干什么？"这样想着，慢慢地便放松了戒备，甚至连向阳话题的转移也没有注意到，只是当成平常的聊天而已，便说道："哪里呢，这一切你也一定会有的，只是时间早晚而已，我只不过先行一步罢了。"

向阳说："运气肯定还是有的，但最主要还是你的能力强嘛。"

老蜡似乎有些谦虚，说："我有什么能力呢，还不是爸爸妈妈给了我一双跑得很快的腿罢了，要不然怎么会有今天呢。甚至我们根本就不可能会认识，还成为好朋友。对吧？"

向阳说："你的长处何止是田径呢，其他方面也很好啊！"紧接着，向阳突然有些伤感地说道："哎，说起父母，我真太不幸了。你可能还不知道吧，或许永远我都无法知道自己的亲生父母亲究竟是谁。"

老蜡还真不知道向阳家庭的具体情况，只知道他父母都不在人世了，便问道："怎么会不知道亲生父母是谁呢？"

向阳端起酒杯，没有和老蜡碰便自己喝了一大口，才说："在我很小的时候，可能是走丢了，也有可能是被亲生父母遗弃了，最后是被养母捡到并抚养大的，后来养母也去世了。养母基本上是靠半帮工半乞讨把我养大的。她也没有什么亲人，临终前，她老人家要我将她的骨灰撒在河里，逢年过节对着江河拜祭一下，她在九泉之下就会知道了。所以这么长时间你没看见我回过家吧，其实我是无家可归。"

老蜡听到这里，心里一阵难受，他想："没有想到向阳的身世竟如此之凄惨，而我竟然夺了他深爱的女人。可能若兰就是向阳在这个世界上唯一的亲人了。蜡言恭啊蜡言恭，你究竟都干了些什么……由于我的这些行为，向阳这一辈子都不可能全部得到若兰了，即使结了婚，也只不过得到一个躯体而已，若兰的贞洁都已经给了我，这本来就应该属于向阳的。哎！真是后悔啊。不知道这一辈子要怎样才能还清我所亏欠向阳的！即使和若兰永不相见，对于向阳而言，这也是一辈子的遗憾。既成的事实已无法改变，但有一点可以改变，那就是以后绝对不再和若兰有任何往来。只有这样，才会在漫长的岁月里逐步消减我内心的愧疚。另外，就是将和若兰的事都烂在肚子里，永远都不让其他人知道。"

向阳见老蜡有些走神，便没有再说什么，又独自喝了一大口，然后用食指和拇指转动着酒杯，直直地盯着酒杯看，同时想："老蜡和若兰的事都成定局，但我还是很想听到老蜡自己说'和若兰见过，甚至有过关系'。果真是这样的话，那我也不会太多地去责怪他，而且他在我的心目中仍然是一个正人君子，毕竟敢作敢为嘛。就凭这一点，就是倾我一生也要永远地和他交往下去。"

屋子里一片寂静，就像是没有人一样，两个人就这样各自想着自己的问题，大约持续有十多分钟的样子，老蜡像是突然惊醒了一样端起酒杯，说："来，向阳，我们不谈这些伤感的事了，干一杯。"

向阳也如梦初醒般地端起酒杯一饮而尽，但他却并没有说什么，甚至连看都没有看老蜡一眼。向阳突然间有了一种很奇怪的想法:"其实,除了若兰这件事以外,老蜡始终是我一生中最佩服和最敬仰的人,也可以说我对老蜡是全心全意的。现在若兰是一个什么样的人已不重要了,我想要知道的是老蜡究竟是一个什么样的人,是伪君子,还是正人君子?"

老蜡见向阳没有吱声,便说道:"向阳,真不好意思,说到你的伤心事了,但我绝不是故意的。其实我妈妈也在我很小的时候就去世了,现在和我爸爸一起的其实是继母,和我爸爸结婚都十多年了,但对我一直都不好。"

向阳的心情已经不似之前那样沉重,听老蜡这么一说,还觉得老蜡也如自己一样可怜,于是安慰道:"老蜡,没什么,家家都有一本难念的经嘛!好了,我们不谈这些不开心的事,不谈了,喝酒,喝酒!"说着两个人又干了一杯。

此时,老蜡才意识到:"向阳和我单独在一起很多次,他从来都没有提到过若兰,想来还真有些后怕,刚才为了安慰他,差一点点就提到了若兰。还好,因为不知道从什么地方去提,弄不好反而弄巧成拙,所以才没有提及。诶,向阳是不是知道些我和若兰的事哦,要不然怎么会从来都没有提及她呢?不管怎样,还是小心为妙,向阳不提,我永远都不要主动提起若兰。"

不知不觉地,第一瓶酒已经喝完,向阳要开第二瓶,被老蜡挡住,说:"还是少喝一点吧,不然就醉了,以往你从来都没有超过半斤的。"

向阳说:"哎呀老蜡,好长时间都没有一起喝酒了,今天真的高兴,还想再喝一点点。开开,喝多少算多少,喝不完,剩下就行了。"

因为是在自己家里,老蜡也不便多去阻挡,便由着向阳将第二瓶酒打开。

又喝了几杯后向阳突然问道:"老蜡,你觉得若兰和我相配么?"

老蜡没加思索就说道:"怎么不配,向阳你那么优秀。"

向阳突然话锋一转问道:"那你觉得若兰怎么样?"说话的同时,向阳用一种审视的眼光看着老蜡,就好像是一个考官在等待应试者的回答一样。

老蜡并没有发现向阳眼光的细微变化,甚至连看都没有看向阳,只是很随和地说道:"很好啊,人很漂亮,家庭也不错,而且还有正式工作。"

向阳似乎对老蜡的这个答案并不满意,于是说:"我是说你觉得若兰这个人的人品怎么样?"

老蜡略加思索后,说:"具体就不知道了,也不敢妄加评论,我总共就只见过那么一次吧。"老蜡说话的时候显得异常平静。

向阳已经知道答案了,而且太出乎他意料,同时他觉得老蜡实在城府太深,撒谎时甚至连脸都没有红一下。既然目的已经达到，也没有必要再说什么了。便马上借有一点醉告辞了。

老蜡想："再继续谈到若兰，还真不知道该怎么回答。"便由着他去。但让老蜡觉得有些异样的是竟然听见向阳在楼下大声地唱歌，不过老蜡也没有多想，只是觉得有一点奇怪，还以为向阳喝醉了，也并没有往其他的什么地方去想。

向阳知道了自己要找的答案，反而觉得轻松了许多。他想："人生实在是太没有滋味了，而且整个世界都充满了欺骗。我已经没有再在这个世界上生存下去的必要，这是一个极度丑陋的世界，可能我来到这个世界就是多余的，甚至根本就不应该来到这个世界。也有可能就是因为这个原因才被亲生父母所抛弃，或者是因为我来到这个世界才克死了亲生父母。妈妈在捡到我之前，有一个很幸福的家庭，就是因为有了我才使得爸爸没过几年就去世了。妈妈的确是因为我的原因才在爸爸去世后被家族的人赶了出来，过着近乎半流浪的生活。妈妈为我付出了那么多，我竟没能尽到一点点孝心，临终前我甚至连饭都没有为她喂上一口，因为我赶回来时她已经不能进食了。到现在，能为妈妈做的也只不过是偶尔对着河流拜祭一下而已。从和若兰开始交往以后，这个苍白的世界才开始有了些色彩，逐渐变得美丽起来。但当我开始张开臂膀去拥抱这个美丽世界的时候，才发现这个世界原来已经黯然失色，变得近乎丑陋。我想要拥抱的人，已被他人拥抱；我所爱的人却爱着别人，我最尊敬和信赖的人也一样地欺骗了我，所有的人都在欺骗我，那么这个世界上还有可信的人么？既然这个世界已没有我可恋之处，就没有必要再在这个肮脏的世界上苟且了。然而别人不诚实并不代表我可以不厚道，既然要去，就不要再去伤害其他的人了，只是希望能用我的死，来让那些曾经欺骗过我的人的良心受到一点点谴责，希望能用我的生命来唤醒这个世界上已经没有了良知的人。"想到这儿，向阳整个人都觉得轻松了，就像是要出去旅行一样开始收拾和分类各种的东西直至凌晨。又找了好几个空瓶子，去河边灌满了水，然后在河边长跪至天微明后才回到了寝室，算是对他母亲作最后一次祭拜。

第二十一章

　　距婚期还有十多天了，老蜡之前已将结婚的消息分别写信告诉了他两个哥哥和如许丙林等同学及好友，这几天开始陆续地收到了一些贺信之类的。但除了许丙林确定要来以外，还没有收到一个老家要来参加婚礼的回复。尽管这样，老蜡还是完全沉浸在这种前所未有的喜悦中。加之需要处理的事太多，所以从那天晚上和向阳一起喝酒后就再没有见到过他，甚至根本就没有想到过他。

　　这天早上，老蜡刚进办公楼，便见杜大海和其他同事都跟着保卫科的人匆忙地往外走。老蜡觉得很奇怪，正准备问一问。杜大海连停都没停下，向老蜡挥挥手，说："蜡副主席，子弟学校的向阳老师可能出事了，你也一起去吧。"

　　老蜡的脑子里突然"嗡"的一声，就像快要爆炸了一样，没来得及多想，便转身随众人一起往向阳的寝室走去。虽然大家都边走边说着什么，但老蜡却连一句话也听不清楚，只是机械地随着众人往前走，腿脚好像也有一点不听使唤，每一脚下去都有些飘飘然的感觉。

　　学校的领导和一些老师已经等候在向阳的寝室外。见老蜡一行人到来，校长王玉镜马上迎上来，说："向阳老师四天以前就请了假，说要去江油开个什么会，走的时候还特地送给了我一支钢笔。"说着拿出一支钢笔递给保卫科长万正良，万科长并没有去接钢笔，也没有说什么，只示意他收回钢笔。王玉镜接着说："向阳老师经常出去开会，所以请假也很正常，我并没有察觉到有什么不妥之处。回想起来，他请假时的表情也并没有什么异样，只是送我钢笔的时候，我觉得有点不对劲儿，不年不节的，怎么会送礼物呢？当然这也只是一瞬间的感觉，并没有往其他的方面去想，谁知道竟会——"

　　稍作停顿后，万正良示意王玉镜敲门，他边敲边喊，但一直都没有回应。万正良思考片刻后说："只有撬门了。在场所有的人都签个字吧。"保卫科的人员马上拿出稿笺，写明事由，交给万正良看了一下后逐个让在场的人签字。

门被撬开了，房间里的一切都很整洁，很多东西都打好了包，床铺也已经收拾起来，给人的感觉就像是要搬家一样。因为屋子实在太小，所以很多已经收拾好的东西都放在床上。

万正良说："其他人在外面等候。"然后带着保卫科作痕检的人进到了向阳的房间。在书桌上，有一张用一枚印章压着的字条，虽然在门外，但老蜡还是一眼就认出用来压纸条的印章是自己所刻。字条上面写着：

各位领导、各位同人：

我对自己的人生已经没有丝毫留恋了，决定去另外一个世界，看那里是否有适合我生存的空间。我的死与任何人都没有关系。

你们都是我的好领导、好同事。想请你们再帮我最后一个忙，把我送给每一个人的礼物都分别交给他们，一定要保证交到本人手上。

请一定遵照我的遗愿，谢谢你们了！

向阳　绝笔

一九八四年四月十八日

见这种情况，在场的几个女同志都哭了。此时的老蜡脑子里一片空白，痛苦到了极点，但他并没有表现出什么来，只强忍住痛苦，和其余的同事一道清点向阳的遗物。向阳的遗物也不多，有三个大的纸箱，纸箱的口子都用白纸封着，整齐地码放在床上，封条上面写着"送子弟学校图书室"。书桌上放着一个有两三本书那么厚的纸包，上面写着"送蜡言恭同志亲启"。其余的还有四五个大小不等的包是分别送给其他人的，当然也都写上了名字。让老蜡感到奇怪的是，竟没有一件是送给若兰的。

在查点完一切并作了登记以后，万正良说："这些东西还是让它保持原样，等找到向阳同志的遗体以后再按照他的遗愿拿给大家。"关门出去，又在门上贴上封条，然后研究如何找寻向阳的遗体。万正良看了看手表，说："陈若兰同志可能要中午过后才能赶到，现在我们先去河边看看，等陈若兰同志到了以后再按照她提供的线索去找。"

老蜡憋了很久，终于问道："万科长，你们是怎么知道向阳出事了呢？"

万正良说："今天早上我们接到陈若兰同志的电话，说收到向阳的一封信，信上说他要自杀,所以就赶紧通知了我们,让我们先去找一找,她随后就赶来。"

老蜡马上开始搜索记忆,想推断出向阳可能出现的地方,但他的脑子里却一片空白,因为和向阳的接触都只限于学校、寝室,除此之外就只去过一次锅子坝。回想那天晚上和向阳一起喝酒的情形:"向阳一直都好好的,只是在问了我对若兰的看法后,便马上告辞而去。当时只是有点奇怪为什么向阳到了楼下竟大声唱起歌来。由此看来,向阳的死肯定与我和若兰有直接的关系了。对了,他那天晚上来喝酒,应该是来印证什么的,而我对若兰的看法应该就是他要找的答案,但问题是向阳怎么会知道我和若兰的关系呢?向阳给我留下的遗物里究竟是些什么东西呢?"想到这里,突然觉得背心一阵发凉,心也刺痛了几下,头皮也麻了一股,瞬间,老蜡感觉整个头像是被锅盖盖住了一样,顿时昏昏沉沉的,甚至觉得刚才还阳光普照、蓝天白云的天空突然间就暗淡下来了。

老蜡一言不发,只机械地跟在万正良的后面。他很想知道答案,他想:"知道答案唯一的途径,就是向阳给我留下的那些遗物了。但向阳的宿舍已经被保卫科贴上了封条,遗物也进行了登记,我不可能去偷看那些东西吧。现在唯一能做的就是等待了。"

早上,若兰刚到单位,收发室便交给她一个包裹。一看是向阳寄来的,和以往任何一次收到向阳信的时候的心情都不一样,好像还有那么一丝丝的激动,而且有想快一点读到向阳来信的冲动。这可能是因为近来若兰一直都在期盼着向阳回信的缘故吧。回到办公室,恰好没有什么事,便迫不及待地将包裹拿回家。拆开后,见里面是两块布料和一件港衫,她知道:"这肯定是向阳在外面旅游时买给我的。"见那件港衫是荷绿色的,很好看,便想马上试穿一下,哪知道里面竟掉下了一个小本子来。觉得奇怪,捡起来一看,竟是的一张存折,而且是若兰的名字,再一看余额,竟有三千三百块之多。若兰突然就有了一种不祥的感觉。她忙将两块布料打开,里面还有一封信。打开信一看,若兰顿时惊呆了,信上写道:

若兰:

你好!

当你看到这一封信的时候,我已经去到另一个世界了。请你千万不要为我悲伤,我希望你好好地活着,你的开心就是对我最好的纪念。

若兰,你是这个世界上我最亲的人了。我也知道我们之间的问题究竟出在哪儿,但不管怎样,我还是非常感谢和你在一起的这几个年头,你让我重新感受到了亲人的那种温暖。

好长时间你都没有给我回信，我很痛苦，但当我知道，你也如我一样天天都期盼着回信的时候，我觉得你比我还要痛苦，我也知道，你的心早已远离我而去。

我并不优秀，所以任凭我怎么努力，也不可能回复到你对我最初的情感了，与其让我们都痛苦，还不如让我一个人把所有的痛苦都带走。我唯有一死，这是我唯一的也是最正确的选择。

我的东西已归类并写明分别送给了一些朋友。这两块布料和港衫是前一段时间买给你的，但因为好长时间都没能见面，所以一直都没有拿给你，只得寄上。这张存折是我的全部积蓄，其中也包括我母亲留给我的一部分钱和这些年来我的工资、稿费等，我已存在你的名下。

另，我有一事所托，我在这个世界上已没有任何的亲人了，你知道我的养母是葬在河里的，所以如方便的话，希望你能够在逢年过节的时候对着河里帮我拜一拜。我知道这样的请求可能有一点过分，但这个世界上我的确再无可托之人。

你也不要来找我，我会按我自己的方式去到我觉得最美好的地方。

向阳　绝笔
一九八四年四月十八日

若兰看完信后，来不及多想，马上给铅锌矿保卫科打了个电话，再请了假后便匆匆地往铅锌矿赶去。但此时，距这封诀别信发出的时间已经整整四天了。

对向阳的寝室进行了勘察以后，万正良马上向矿党委书记兰品桂做了汇报。兰品桂指示："要不惜一切代价找到向阳，活要见人，死要见尸。首先，要万科长迅速在各部门抽调人员，抓紧时间在河边及悬崖下寻找。其次，组织人员详细询问矿里的班车司机和售票员，以及近几天出去的货车司机，有没有谁载向阳出去。最后，组织一批人员预备，待陈若兰同志一到，马上按照她所提供的线索去寻找。如需要用车或其他的什么矿上全力支持。"

老蜡被作为预备人员留在矿里等待陈若兰。在矿党委会议室等待期间，老蜡又认真梳理了一遍最近向阳的表现："首先，向阳瘦了，而且是在极短的时间里，这说明从那个时候开始，向阳在精神上就已经受到了很大的困扰，而那一段时间正好是我和若兰在一起的前后，难道向阳已经知道我和若兰的事？其次，前几天和向阳相遇并在一起喝酒。现在看来，这应该不是巧遇，很可能向阳是专门在停车处等我，那么一起喝酒也应该是他早就计划好的。那天刚好是十七号，十八日号向阳就做出了自杀的决定，从时间上看也与我有莫大的关系；最后，那天晚上喝酒的时候向阳突然问起了若兰，而且很快就走了，到了楼下居然还大声唱歌。和向阳认识这么久，单独在一起的时候从来都没有听他提起过若兰的名字，这就更应该是和我有关了。哎！我真痛恨我自己，如果不是我的出现，若兰和向阳之间的情感就不会受损，如果他们的感情没有受损，早就应该谈婚论嫁了。这也是若兰亲口对我讲过的。都谈婚论嫁了，还怎么可能去自杀呢。现在的问题是，向阳是怎么知道我和若兰的关系的，难道是若兰告诉了向阳？肯定不会的，不是和若兰约定好了吗？不管怎样向阳在我的心目中，永远都是最好的朋友，但我亏欠向阳的实在太多。还是马上去给向阳烧些纸钱吧，但万一他并没有自杀，只是一时想不开而出去走走，随后又改变了主意呢？还是算了吧。如果向阳的死真和我有关，受处分肯定是免不了的，当然这都罪有应得，不管受到什么样的处分，甚至去坐牢我都不会有半点怨言。现在需要考虑的是主动向组织坦白呢，还是等组织找我谈话的时候再说？不想那么多了，一切都等若兰回来了以后再做决定吧。"

老蜡有了这样的决定，就尽量保持着一种很沉静的姿态，在会议室里默默地听大伙对向阳自杀的各种分析。让老蜡的内心稍稍有一点儿平静的是，所有的对向阳自杀原因的分析，没有一点是和他有关的。多数人认为，应该是若兰的父亲调到江油，她就看不起向阳了，也有可能若兰已经另有所爱，向阳因为受不了打击才自杀的。老蜡想：你们哪里知道，若兰的确另有所爱，而她的"另爱"原来就是我蜡言恭。

下午一点，若兰就赶到了铅锌矿。之前老蜡已经预想过好几种和若兰相见的情形，但现在见到的却不是老蜡预想中的任何一种；若兰眼睛红肿，面容憔悴，下车时还差一点跌倒。老蜡顿生一种说不出的怜悯之情，甚至想上去抱着她。但让老蜡觉得奇怪的是，若兰好像根本就不认识他，甚至连看都没有看他一眼。老蜡想："可能若兰是不想让矿里的人知道我们的关系吧。"尽管有很多种想法，但老蜡还是只好装作不认识若兰。

万科长和若兰简单聊了几句后说："陈若兰同志，我可以看一下向阳给你的信么？"

若兰犹豫片刻，说："哦，信我没带。"

万科长想："可能向阳的信里有一些若兰不想让外人知道的东西吧，她才不方便把向阳的信拿出来。"于是说："哦，对，你看我，怎么想到要去看向阳同志的信呢！"

若兰说："万科长，你不要误会，其实信上也没说什么，不过我在来的路上就已经想到了几个他可能去的地方。"于是将在车上就反复想过的几个向阳很喜欢的地方告诉了万科长。

由于老蜡是待命人员，所以若兰到达后，很快便被分队去一个若兰所提供的地方找寻。本想和若兰说句话，哪怕是像陌生人一样安慰几句。但好像若兰根本就没有给他任何机会，老蜡呆呆地站了一会儿，待所有人都出发了，才不得不随同事们一起上山去了。

若兰因为太累而且还没有吃午饭，矿上并没有让若兰上山去，而是安排张筱等几位女同志陪着在矿里等待消息。

老蜡的一组由万正良亲自带队，矿医院的院长张红发作为随队医生也一同前往，目的地是若兰和向阳第一次出去玩的叫大岩方的地方。据若兰讲，当时向阳还讲过如果他死了就埋葬在这里为最好之类的玩笑话。所以万正良他们觉得向阳选择在这个地方自杀的可能性极大。

从矿区后门出去，有一条通往山上的很小的路，如果不仔细看几乎分辨不出来。路两旁的高出头顶的杂树和剑竹形成了一条长长的不规则的巷道，也只有走进去了才能感觉这里是路。恰好又是春季，长出的许多嫩草几乎又将之前人们所踩出的路全遮住了。前两天刚下过雨，小路上不时还有一些小小的水塘，不经意一脚下去，溅起的水花顿时就弄湿了裤腿。一路上没有任何人讲话，只能听到鞋踩到地面的青草和水所发出的滋滋声以及因为走得太急的喘气声。出了矿区，老蜡就插到了队伍的中间，尽管这样，他还是觉得有一点毛骨悚然的，背心还时不时地凉一股。行约半小时的样子，前面的人说发现了情况。原来这个地方像是被整理过的，现场还有好些烟头、两个空酒瓶和一些分不清是鸡或者鸭的骨头。很显然是有人在这里抽过烟，喝过酒的，而且这个过程应该持续了很长时间。万科长让大家注意，就以这里为中心展开寻找。

不到两分钟，就有人喊道："找到了，在这儿呢！"

他们迅速赶过去，见一块有四五立方米大的、很规则的长方体连山石的正面，刻着"向阳之墓"四个字。虽然刻痕不是很深，但老蜡还是一眼就看出来是向阳的字迹。他们马上从石头旁边绕过去，见向阳的遗体在一个人工挖好了的长方形的坑里面，坑里放着四个装满了如水一样透明液体而且还用蜡封了口的瓶子，但瓶子放置的位置一点都不规则，有的立起，有的倒在坑里，有的是在坑的角上，而有的却在坑里面，尽管这样，但还是可以判断出四个瓶子之前应该放置在坑的四角。他的躺姿怪异，一只手紧抓着自己的前胸，一只手则深深地抓进了泥土里，那个长方形的坑也可能因为过度挣扎而使四周的棱角都磨得很平了,由此看来,向阳死前极度痛苦。他的衣服上应该是鲜血和泥土混在了一起,变得硬硬的,看起来很脏很脏。五官已经完全变形,而且周围还散发着一种让人闻起来很难受的臭味,要不是根据所穿的衣服来判断,还真看不出是向阳了。矿医院的张院长过去仔细地做了检查,断定死亡的时间应该超过三天,而且是先喝了一种叫"敌敌畏"的农药,可能太难受,又用刀片割断了手动脉而致死。在割腕的时候,可能手已经没有了定准,所以创口并不怎样规则。因为向阳的死状非常恐怖,万正良决定暂时不要告诉若兰,更不要让若兰来这里,只安排两个人下去向兰书记汇报,再去矿医院拿一些白布、酒精之类的东西上来以作清理和收殓遗体所用。

老蜡几乎不敢去看向阳。这还是他长这么大以来第二次看见死人,第一次是他的母亲,但她死得很安详,就像是睡着了一样。向阳的死状实在太恐怖,老蜡想:"前几天还好好在一起喝酒的人,怎么一下子就这样去了呢?"此时老蜡的心情真是糟透了,他甚至有一点昏厥的感觉,加之尸体开始腐烂所散发出的异味以及敌敌畏的气味,更让人感觉难受,老蜡开始不住地呕吐,不一会儿竟然吐出像是黄疸一样的东西来,而且几乎连站都站不稳了。见这种情况,张红发建议立即安排人送老蜡去矿医院进行救治。

老蜡几乎是被两个同事搀扶着一路呕吐着回到了矿里,没有回家便直接被送到了矿医院,医生做了简单的检查后马上开始打吊针。呕吐终于止住了,但老蜡觉得很累很累,刚打上吊针一会儿便昏昏沉沉地睡着了。

……

朦胧中看见向阳打着盘腿坐在一块很规则的、长方体的大石头上,微闭着双眼,双手合十。老蜡想上去,却怎么也爬不上去,便只得在下面大喊,但任凭他怎样叫喊,向阳都像完全没有听见一样。没有办法,老蜡只得从石头的另一个方向爬上去,见向阳倒在地上不断地抽搐,口吐白沫,而且手腕处还不时地喷出一米多远的鲜血来,甚至还喷到了他的脸上。正不知所措,不知道什么时候若兰从后面上来了,她指着老蜡的头大声吼道:"是你害死向阳的!是你害死向阳的!"

……

老蜡惊醒了,才发现自己的内衣已经湿透,想坐起来,却一点力气都没有,想睡又不敢睡,只要一闭眼,向阳那极其恐怖的样子便会出现在眼前,而且怎么也挥之不去。老蜡只得睁大眼睛望着天花板,但没过多久他还是睡去了。

老蜡醒来的时候,才知道自己已经在绵阳地区人民医院昏迷三天了。原来那天虽然止住了呕吐，却陷入了深度的昏迷之中，而且他的肝功能也已经开始出现轻度衰竭。矿医院马上将老蜡转去了绵阳地区人民医院，经过了几个小时的抢救，病情总算稳定下来了。

方俞很疲惫地坐在病床旁的一个小凳子上，脸贴着老蜡的手，直直地看着他。工会的小王也坐在病房里，见老蜡醒来便马上去喊医生。做了一系列的检查后医生说："没有多大问题了，你很幸运，如果再晚送来一个小时的话，很可能就没有命了。"

老蜡忙说："谢谢！诶，医生，我得的是什么病呢？"

医生说："到现在，我们都无法确定你究竟是得了什么病，我们查了很多的资料，也向其他的医院请教过，都没有找到和你的症状相同的临床记载，但很幸运，我们尝试中西医结合治疗，居然控制住了你的病情，可能再过一两天就可以出院了。"

老蜡马上搜索记忆，还能清楚地记得是在看了向阳的尸体后便不断地呕吐，而且还记得昏迷前所做的梦。若兰怎么样了？他突然好想知道若兰现在的情况，便终止了和医生的谈话。本想向小王打听一下若兰的情况，突然发现方俞在场，便止住了。只得说："方俞，你是不是没有休息好，去休息一下。"

方俞说："我没什么，你刚醒来，我要陪你。"

老蜡本想把方俞支开，然后向小王问一下有关若兰的事，方俞不走，也只好作罢了。他不时地看表，好不容易才熬到了晚饭时间，才说："方俞，你去买饭吧。"

方俞高兴起来，说："言恭，你想吃东西了？看来已经没有大碍！想吃什么，我马上去买。"

老蜡说："想吃点丸子。"

方俞刚出门，老蜡就把小王叫到床前，问道："向阳的事情处理得怎么样了？"

小王说："昨天丁主任下来看你，她说已经就地安葬了。"

老蜡迫不及待地问道："那向阳的女朋友呢？"

小王说："我也不知道，可能回去上班了吧。那天送你走的时候，陈副县长夫妻也到矿上了，而且还来看过你。"

老蜡问："陈副县长一家人一起来的么？"

小王说："没有，只陈副县长夫妇俩，他女儿没有来。"

老蜡没有再说什么，似乎有些失望，但并没有表现出来，只是将眼光移向了窗外。恰好方俞回来，当然就不好再问了。

可能是昏迷了几天的缘故吧，老蜡吃了很多，直到方俞阻拦才停了下来。老蜡想："其实肚子饿是一回事，更主要的是想多吃一点，补充能量，以期早一点出院去看若兰。"

老蜡终于可以出院了，本来想找一个借口先独自去江油看若兰，但方俞又不离身，恰好兰书记也来绵阳看他，加之车也有空座，于是只得坐兰书记的车回去。老蜡这才将若兰暂时放下，突然想到了年迈的父亲，于是没有回铅锌矿，在锅子坝就下车去了方俞的家里。

才几天没有见面，老蜡发现爸爸竟好像老了许多，而且行动也不似先前那么利落，连步伐都显得很迟缓了。

而蜡元朗见老蜡回来，甚至连一句话都没有说，只是先用手摸了摸老蜡的脸，拍了拍他的肩膀，然后紧紧地抓住他的双手，久久都不愿意松开。

老蜡分明看见父亲的眼眶里浸满了泪水，那泪花随着他眼球的转动，竟好像快要流出来一样，而他那紧闭的双唇也不时地有些轻微地蠕动。老蜡知道，此时的父亲并不是不想说什么，而是根本就说不出什么来，怕只要一开口就会忍不住大哭起来。

老蜡已经难受到了极致，他不知道该怎么开口，也不知道该说些什么，而且喉咙也好像哽咽了，他只好将蜡元朗紧紧抓住的双手抽出一只，再拍了拍他的手，强装笑容地摸摸他那布满了皱纹的脸。在摸到他眼角的时候，竟感觉到爸爸的泪水瞬间就打湿了他的拇指。

吴桂英见此情景，上去扯了扯蜡元朗的衣角，笑着说："一天都想儿子，儿子回来了就好了嘛，还站在那儿干什么，言恭刚出院，站久了不好，快进屋去坐吧。"

蜡元朗这才松开老蜡的手，笑着问："医生有没有说是什么来头，好端端的怎么说病就病倒了呢？而且还那么严重。"

郭汝芝刚从厨房里出来，忙站住接过话题，说："前几天我就给言恭算了个命，说他今年不可进'孝房'。我还没有来得及说，就去看死人了，而且还是自杀的，又是年轻人，杀气那么重，不病才怪呢。以后一定要注意一点，少去那些不干净的地方。"

一直都站在那儿没有作声的方登科乜了郭汝芝一眼，说："哪有那么迷信哦，要相信科学嘛，病就是病，哪有什么中邪不中邪的，言恭现在不是好好的么。"

郭汝芝瞪了方登科一眼，然后一本正经地说道："你懂个屁，这些事宁可信其有不可信其无嘛，注意一点总要好些。你说是迷信，那言恭怎么迟不病早不病，看了死人后就病了呢？"

老蜡见老人们已经争论起来，忙岔开话题，说："让你们担心，真的不好意思。不过那是我的工作，而且向阳又是我的好朋友，我怎么能不去呢。我现在不是好好的嘛。"

郭汝芝叹了一口气，说："哎！说得也是，向阳毕竟是言恭的好朋友嘛，不去看看也说不过去。你说这个向阳也真是的，那么好一个人，又有那么好的工作，还有什么想不开的嘛，竟要走那条路！"

方登科说："言恭，你也不要太过悲伤，每一个人都有他的命，人的寿命应该有定数的。你还年轻，经历这种事还少，等到了我们这个年龄，所经历亲人、同事、好友去世的就太多了。每年我们离退休干部聚会时，都会发现有人'走'了，去年聚会的时候，有个叫张太谷的人刚给大家表演了一段京剧，十多分钟后去上厕所，就再也没能醒来了，不过大家都好像已经习惯了，并不会太过悲伤。所以你也不要太往心里去，好朋友，只要随时记着他的好就行了。"

一直都紧闭着双唇的蜡元朗这才笑着说道："现在好了，回来就好了，之前我还真担心误了婚期呢。"

郭汝芝也一改刚才的满脸愁容，说："老头子，不要光顾着说话，把任务都忘了。"

方登科笑着说："对，我还真忘了呢！"便转身杀鸡去了。

老蜡忙说："就不要再杀鸡了嘛，随便吃点什么就行了。"

郭汝芝说："那哪行呢，你刚出院，说什么也得补一补。"她又大喊道："老头子，杀只母鸡，炖起来才有油水。"

传来了方登科的声音："幸好你说得及时，不然我就杀成公鸡了呢。"

虽说老蜡这次住院时间并不长，但还是感觉身体有诸多不适，头一直都昏昏沉沉的，好像也不太想说话一样。尽管这样，他还是陪着父亲聊天。他很明显地感觉到爸爸除了比刚来的时候更消瘦了以外，还显得很疲惫，刚来时的那种精神劲儿已全然没有了。突然又想到还是让爸爸和继母去铅锌矿住会好些，虽然方俞一家待人很不错，但爸爸毕竟还是会觉得有些不便的。见没有其他人，便问道："爸爸，看起来你好像很不开心一样，有什么事么？"

蜡元朗说："没有什么，只是出来得太久，有些想家了。"

老蜡说："干脆过两天就去矿上住，好么？"

蜡元朗说："好是好，问题是你又要上班，而且那么忙，我们在那儿会影响你工作的。"

老蜡说："怎么可能呢？矿里有那么多的家属，有谁会影响到矿里的工作呢，那就是我们自己的家嘛，你们住在那是天经地义的，还有什么可担心的呢。"

蜡元朗猛吸了几口烟，将烟斗里的烟头抖了出去，然后又拿出烟袋一边卷烟一边说道:"言恭啊,你说这人老了吧,老是去怀念过去,回想自己走过的路,如打翻了五味瓶,很不是滋味啊!你岳丈一家待人真的很好,但不知道为什么,从你生病的时候起,我总是有些心绪不宁的,晚上做梦也总是和那些死去的人在一起,好像再也开心不起来了。我想回老家去应该会好一点,也确实有点想你二爸、三爸了。我也知道你一片孝心,但我还是想在你婚礼后就马上回老家去,今天先给你说一下,免得到时候说起你又觉得突然。"

老蜡将蜡元朗的烟袋拿了过来,帮他卷烟,装上、点燃,才说道:"爸爸,你先去矿上住几天再说吧,那也是我们自己的家嘛,你想怎么样就怎么样,像小时候一样,我每天都给你卷烟。如果你实在想二爸、三爸,我写个信请他们过来耍几天就行了。"

蜡元朗摸了摸老蜡的手,说:"言恭,我知道你的苦心。我年轻的时候也曾走南闯北,现在老了,已经不喜欢在外面跑了。人们常说'金窝银窝不如自己的狗窝'嘛。我这次来,看到你这样安安稳稳的,也就够了,如果再这样住下去,我会很不开心的。"

老蜡的心情突然变得很复杂了,他想:"我当然很乐意父亲长期都住在我这儿,但只要一想起母亲,心里就有些不平衡了;她那么辛苦,凭什么现在来享福的是继母呢。所以从这个角度来看,又不大愿意他们经常在我眼前出现,特别是不想看到父亲对继母那种百依百顺。但毕竟又想孝敬父亲,其他的都不重要。"想到这里,老蜡忙说:"爸爸,你说得很对,不过,你来一次也不容易,之前我刚刚被提拔,事情是多了点,没能多抽出时间陪陪你,改天我陪你到处去看看,你不是说很想到当年大炼钢铁的地方去看看么?等婚礼以后,找一个星期天我陪你去。至于回老家嘛,等以后再说吧。"

蜡元朗说:"行,言恭,但你也不要把精力都放在我这儿,好好工作就行。其实我也没有什么,只是有些不开心,说出来也就没事了。"

正说着,方俞拿出一个腊肉骨头来,在老蜡眼前舞了舞又顺势交给了蜡元朗。

蜡元朗笑呵呵地接了过来,方俞又去倒了一小杯酒来。蜡元朗喝了一口,笑眯眯地说:"好,好,方俞真好。"

方俞很满足地笑着说:"爸爸你还夸我呢,我都好几天没有孝敬你了。"

蜡元朗笑着说:"言恭啊,方俞真的太好了,而且很聪明,她已经完全知道我的生活习惯了,每当我想喝酒的时候,酒菜就出现在眼前了。"

吴桂英正好进来,笑着说道:"你一天就知道喝,有酒喝你当然高兴哦,酒是你的命根子嘛。"

蜡元朗似乎很得意地说："当然高兴咯，有这么乖的儿子，这么好的儿媳妇，不高兴才怪呢。"

方登科也进来了，说："言恭啊，我没有你爸酒量好，一天就只陪他喝两台，中午和晚上，其余的时间就只有你爸一个人喝了。这一段时间，我也学着你爸那样喝酒，还真是喝出点韵味来了呢，觉得喝了好几十年的酒，现在才刚刚入门一样。"

蜡元朗忙说："亲家啊，你千万不要跟我学，这都是刚退休回家时闲着无聊才养成的坏习惯，我还想向你学习，怎么去减少喝酒的顿数呢，虽然我每次喝得不多，但加起来就不少了，还是有点过量，对身体不好啊。"

方俞说："你们两个就不要在那里互相恭维了，只要你们觉得开心，怎么样都好，不要太刻意地去要求自己，想怎么生活就怎么生活。是不是啊言恭？"

老蜡忙说："对、对，只要不喝得太多就行了。"

蜡元朗突然问道："呃，你们的结婚证办了没有？"

老蜡像是突然才记起了一样，说："糟了，还真给忘了呢。"

方俞摇晃着头，说："人家倒是记得的，但又怎么好意思去提醒你呢，免得你以后取笑我，说我想嫁人呢。"

老蜡说道："最近实在是事情太多，给忘记了，这样，我们明天就去办。"

蜡元朗笑着说："还有几天就要结婚了，是应该早一点去办，不然还成非法结婚了。"

老蜡虽然身体还很不舒服，但第二天一早，他还是回单位去办理结婚证明。中午刚过，老蜡就拿着矿上出具的结婚证明回到了锅子坝。说也奇怪，不知道是忘记了还是有意的，老蜡并没有去方俞单位，而是直接回到了家里。几个老人异常高兴，没有让老蜡作任何休息，便催促他马上去找方俞，趁下班之前到锅子坝乡政府办理结婚证。

刚回到家里，几位老人就迫不及待地传看着结婚证，方登科和郭汝芝还点上了香，然后小心翼翼地将结婚证放在神龛上。

晚饭的时候，方登科首先讲话："今天是蜡家和我们方家的大日子，也是一个值得庆贺的日子，按照法律程序上来讲，言恭和俞儿已经是正式夫妻了，之后你们就有自己的小家庭了，你们一定要相敬相爱，言恭主外而俞儿主内，把你们的小日子过得红红火火的。"

蜡元朗说："言恭啊，从现在起，你已经是一个大人了，凡事都要有担当才行。

从今以后,你的一切行为都不能只考虑你自己,还要顾及方俞以及以后你们的孩子,除此之外就是要讲孝道,即孝敬双方的父母,友爱兄长。在这些基础上与方俞一起建设好自己的小家庭。"

老蜡只顾着一个劲儿地点头,而方俞则在桌子下面拉着老蜡的手,尽量将身体靠紧他。

几个老人你一言我一语,都是从各个方面祝福、叮嘱,这可以说是老蜡这一生中最正式而又最愉快的晚餐了,晚餐的每一个人都充满了喜悦。

婚期到了,因为是在方俞家里待客,所以一切都是按照锅子坝农村的传统规矩来办,即知客、正酒、谢客三天,不过在用餐时间的安排上还是按嫁女的规矩。

知客这天,老蜡应约去到车站接许丙林。蜡元朗要求同去,于是老蜡、方俞和蜡元朗一起来到了火车站。让老蜡更为高兴的是,蜡宗舜、蜡宗明、蜡元庆、蜡元才以及老蜡的几个高中同学都和许丙林一起来了。当蜡元郎看见他们时,激动得几乎快要哭出来了,他甚至想同时去握住几个人的手,但又握不过来,于是便一下子将他的两个哥哥以及两个儿子抱住,足足过了两分钟的样子才松开,接着就是一阵大笑。之后,没有再管儿子,只一手拉着蜡元庆一手拉着蜡元才就往前走,嘴里不停地说着什么,大概是在给他们介绍这里的情况吧。

在老蜡的记忆里,好多年都没见到爸爸这么高兴了。因此也感觉一种从没有过的放松。然而,蜡宗舜却站在一旁悄悄地流泪。老蜡想:"大哥究竟为什么流泪呢?或许是高兴又或许是愧疚,也可能兼而有之。总之,肯定与来这里参加我的婚礼有关吧。但不管怎样,大哥的到来,的确太出乎意料了,我甚至从来都没有想到大哥会来,不知道他究竟承受了多大的压力才能够来到这锅子坝的。"遂上前拍了拍蜡宗舜的肩膀,本想安慰几句的,没想到话还没有说出口,自己也哽咽了。

蜡宗舜抬起头,苦笑了一下,说:"言恭,爸爸他们都走那么远了,我们还是快点儿吧。"

一路上老蜡和蜡宗明讲个不停,而蜡宗舜却很少说话,只偶尔配合着他们苦笑一下而已。

昨天,方俞家的院坝里就用晒席搭起了棚子。正酒这天,老蜡这边的客人并不多,除了老家来的几个人以外,都是矿上的同事,加起来也不过四十来人,其余的就全是方家的客人。更令老蜡没有想到的是,正酒的这天上午,陈大文也赶来了。老蜡还以为若兰也一起来了,用眼光四处搜寻,并没有看到她,当然也就不好去问了。

陈大文说:"蜡言恭同志,我是不请自来啊,不过我还有事,要赶去枫顺开一个会，就不在这里吃午饭了，只是代表我的家人来祝贺一下，祝你们新婚快乐、百年好合！"随后便在于永胜的陪同下离开了。后来老蜡才知道，原来陈大文是来锅子坝检查工作的，听于区长说后，才匆匆赶来祝贺的。

虽然是在这偏远的山区举行婚礼，但因为老蜡是单位上的人，而且是领导，所以除了婚宴的时间以及酒桌上菜品的安排上完全按照当地的规矩以外，其余的则都显得很现代；方家之前已经安排好的喊礼的人被临时取消，改由杜大海主持婚礼；也没按照传统的婚礼上那样拜天地、拜父母等，而是改由兰品桂做证婚人。但这一切不仅没有降低婚礼的热闹程度，反而使来参加婚礼的当地人感到了耳目一新。兰品桂刚宣布蜡言恭和方俞的婚姻合法有效，方俞的几个同事就跳起来了，许富江说："婚礼怎么改都可以，但晚上闹洞房是怎么也不能取消的哦。"

兰品桂说："绝对没问题，你们该怎么闹还怎么闹，这是你们年轻人的事，只是我们这些老头子就不参加了。"

老蜡作了一个极为简单的发言后便宣布婚宴开始，双方的父母以及兰品桂、杜大海和老蜡夫妇坐在一桌，蜡宗舜、蜡宗明以及许丙林则分别在铅锌矿的来宾中作陪。刚坐定，老蜡便站起来要给兰品桂敬酒，兰品桂说："蜡言恭同志，虽然刚才我们没有安排你们拜父母，但这酒你们应该先敬父母才行。"

杜大海说："兰书记说得是，应该先敬父母。"

老蜡说："那恭敬不如从命，我先敬父母。"于是老蜡和方俞很快敬完父母和兰品桂以及杜大海后便去其他桌敬酒了。

热闹了三天后，方俞家才回归到了平静。谢客后，蜡元朗将老蜡拉到院坝边上，说："言恭，我先给你说一下，我跟你哥他们一起回去。"

老蜡说："爸爸，今天才谢客，客人都还没说走，你倒先要走了，不行，不行。"

蜡元朗说："我不是说今天走，而是说和你哥他们一起走。"

老蜡说："我知道，总之你不能走。"

蜡宗舜和蜡宗明见他们似乎在争议什么，便过来了，蜡宗舜说："你们两个怎么了？"

老蜡说："爸爸说要回去。"

蜡宗明说："爸爸，等过几天再说吧，我觉得你难得出来一趟，还是多要一段时间再说。"

蜡宗舜说："对，对，我都没想那么快回去。"

蜡元朗说："那好吧。"

老蜡说:"对了,我昨天都给兰书记说好了,今天下午矿里会派车来接,你们都去矿上耍几天。你们都还没有去过矿上呢。"

蜡宗舜说:"我正有这个打算呢。"

吃过午饭,矿里的张师傅来说,车已经停在旅馆门口了。于是老蜡夫妻带着父母、俩哥哥、二爸、三爸以及同学回铅锌矿。同时方俞还带了很多的食品。方俞的父母因为家里还有一些老亲戚没有走,就留在家里接待。

见老蜡住这么好的房子,老家来的人都为他感到自豪,当然两个哥哥也不例外。老蜡想:"从母亲去世后,我们三兄弟和爸爸好像从来都没有像现在这样一起团聚过。"老蜡很高兴,俩哥哥也特别开心,晚上陪父亲喝酒一直到很晚才去矿招待所睡觉。许丙林和另外几个同学第二天便乘早班车回去,老蜡的俩哥哥决定再陪父亲几天,二爸三爸也决定和大哥二哥一起走。

方俞的确是一个很贤惠的妻子,每天除安排好这么多人的生活以外,把父亲也照顾得格外周到。而吴桂英也好像变了一个人一样,既勤快又温和。一家人在这种和睦的气氛中开开心心,很快几天就过去了。

其实这次蜡宗舜是赌气来的。他本来打算让蜡宗明带礼金来的,压根儿都没有想到会到这么远的江油来参加弟弟的婚礼。在婚礼的前几天,他去家乡的小镇上公干,在街上碰到了许丙林。许丙林问:"蜡大哥,你准备什么时候出发,我们好同路。"

蜡宗舜有些不解地问:"出发,去哪里?"

许丙林说:"呃,当然是去江油你弟弟蜡言恭那里啊,不然还会去哪儿,难道你不去参加他的婚礼么?"

蜡宗舜反应过来了,忙说道:"哦,对,对,你看我还吃反应了。言恭上次回来我都给他讲好了,因为太远,我就不去了,再说我工作太忙,也抽不出时间来。"

许丙林本来就知道,老蜡的俩哥哥,特别是大哥一直对他父亲都不太好。正因为这样,虽然他是老蜡的大哥,但许丙林好像一点都不怕他,听他再这么一说,心里顿生起一股无名火来,便说道:"蜡大哥,这就是你的不对了,况且你老父亲还在那儿呢,就是不想去参加你亲弟弟的婚礼,也应该去看看你老父亲吧;你至少也有好几个月没有看到你父亲了吧,是不是?难道你不知道你父亲和继母两个月前就去言恭那儿了么?"

蜡宗舜想:"一向都很尊重我的弟弟的同学竟会如此对我说话。特别是他在说到亲弟弟时,还故意强调了那个'亲'字,这不是故意在调侃我么?他凭什么这么不尊重我。但仔细想来，他说得的确在理，我又怎么好回击他呢。"蜡宗舜感觉许丙林的话就像一把利剑，一下子刺在了他的心上，瞬间就显得有些尴尬了，脸也逐渐红起来，进而变得发白，甚至连看都不敢看许丙林一眼。他想："我并不是不想去参加弟弟的婚礼，而是老婆不让去，所以才决定不去的，但肯定不能这样去给许丙林解释的。"于是说道："也不一定，也还不一定去不去，看能不能请到假再说。"

许丙林见蜡宗舜犹豫了，便索性把去年老蜡回来碰到一个人要酒钱，以及老蜡安排给他爸爸按时送酒的事全都告诉了他。蜡宗舜忍着巨大的苦痛听完了许丙林的话，这才抬起头来，看了看许丙林，苦笑一下，什么话也没有说，低着头匆匆走了。

一路上，蜡宗舜想了很多，他越想越气，回想这么多年来的一切，觉得自己就好像是一个真空人一样，几乎不能有自己的主张，一切都老婆说了算，于是老婆的形象开始不断地在他脑海里变幻，到最后已经变成了一个十恶不赦的恶人，他恨不得马上回去叫她滚蛋。

蜡宗舜怀着极度的怨恨回到了家里。不知道为什么，刚推开家门的一瞬间，路上所积聚起来的那些对老婆的怨恨一下子都跑得无影无踪了，甚至脸上还露出了笑容，只是很勉强，没有以往那样灿烂罢了。

蜡宗舜的妻子蒋叔萍说："好不容易去趟镇上，怎么空起两只手就回来了，我让你买的东西你一样也没有买？"

蜡宗舜这才记起，刚到镇上就碰到了许丙林，随后就回家了。好在公事还办了，只是老婆让买的东西一件也没有买。于是只好说："办完事就散市了，加之厂里也还有事要急着赶回来，的确没有时间去买东西，下次再去买吧。"

蒋叔萍抱怨了几句便进厨房去了。蜡宗舜看着老婆的背影，突然有一种说不出的滋味："说爱吧，但眼前的这个女人的确太可恶，没有任何一点可爱之处。说恨吧，她好像也没有具体的可以让人痛恨起来的东西；一应的家务她几乎全包了，小家也打理得井井有条。哎！我真是很矛盾啊，在这样一种环境中竟生活了快十年，还好像心安理得，不知道其他的家庭是否也一样，但可以肯定的是其他的家庭绝对不像我家这样什么事都由老婆说了算。如果能够改变这一点，哪怕我能够有三成的话语权也很不错了，仍然不失为一个幸福的家庭。想到古人的那种家庭关系，我真觉得汗颜，现在在家庭中的地位甚至连古时候的妻子都不如，古时候的妻子虽然在家庭中一点地位都没有，但至少还不用多做事吧。必须改变这一点，以正夫纲。就从言恭结婚这件事开始吧。"

晚饭极其简单，老规矩，一人一碗用中午的剩菜下的面条。蜡宗舜几口就吃完了，他看着蒋叔萍，几次想开口又觉得好像时间有点不对，但究竟该什么时候开口，他自己也不知道，总之就是很难开口。

蒋叔萍看了看蜡宗舜，觉得他神情有些怪怪的，便问道："你是不是有什么事，怎么一晚上都魂不守舍的。"

蜡宗舜终于鼓起了勇气，说："叔萍，言恭的婚礼我们还是去一下的好，我只有这么一个弟弟还没有结婚了，母亲去世得早，我们做大哥、大嫂的怎么说也该去帮帮忙的。"

还没等蜡宗舜说完，蒋叔萍就跳了起来，她把端着的面碗往桌子上一蹾，说："去、去、去，那么远的路，光车费一来一去就要好多钱，谁让他跑到那么远的地方去结婚的。你要去你去，反正只准备了五十块钱。我是绝对不会去的；而且也绝对不会多拿一分钱给你的。"

之前在路上的各种怨恨瞬间又出现在了蜡宗舜的脑海里，他气愤地说："你这样讲也太不像话了吧，言恭的好些同学都要去，老二也要去，况且爸爸也在那里，我们不去，情理上也说不过去吧。"

蒋叔萍说："你去啊，你去啊！没人拦着你，反正刚才我已经说了，腿长在你自己身上，有本事你就去啊。"

蜡宗舜更加气愤了，说："好，你说的，我明天就去请假，我就不相信我堂堂的一个大男人，连去参加弟弟的婚礼都不行。"

蒋叔萍冷笑了一下，说："对、对、对，你是大男人，我还忘了呢。为了给你的宝贝弟弟准备这五十块的礼金，昨天连买米的钱都没有。你男子汉大丈夫，礼金你自己想办法吧，这五十块钱我要拿去买米了。"

蜡宗舜已经忍无可忍了，他大声吼道："好，我自己想办法。"

蒋叔萍一听更来劲儿了，说："好，有本事就不要在我认识的人面前去借钱，明天我就出去打招呼，说你是个烂人，让所有的人都不借钱给你，看你怎么去参加你宝贝弟弟的婚礼，是走路去吧，等你走拢了，可能人家连娃都生下来了呢。"

蜡宗舜气得满脸通红，他没有再说什么，走到窗子边大哭了一声，又突然止住了，只握紧拳头仰着头望着窗外。

蒋叔萍见蜡宗舜确实很生气了，而且十多年夫妻以来蜡宗舜还是第一次这样吼她，也就没有再说什么，只愤然地进卧室去了。

不知道过了多久，儿子蜡欢欢拉了一下蜡宗舜的手，虽然蜡欢欢并没有说什么，但蜡宗舜知道，儿子肯定是见妈妈已经睡了后才敢过来拉自己的。于是摸了摸儿子的脸苦笑了一下，然后轻轻地将儿子推到他的卧室门口，示意他睡下，这才回到客厅在沙发上睡了。

第二天醒来，蒋叔萍已经上班去了，见茶几上放了五十块钱。他知道这是准备让二弟给言恭带去的礼金。他没有拿，便直接去厂里请假。蜡宗舜一直都表现得很好，而且从来都没有请过假，所以厂长就按他的要求批了十天假。蜡宗舜之所以要请十天的假，实际上除了参加言恭的婚礼而外，他还打算好好陪陪年迈的父亲。昨天听了许丙林的话，蜡宗舜想了很多："这些年亏欠爸爸的实在太多，这次一定要好好陪陪他老人家。即使言恭的婚礼后，爸爸要回来，我也要在老家陪爸爸住几天。"

蜡宗舜请完假，才去自己的办公室，将门反锁，再将文件柜上面的一叠文件拿下来，在里面拿出了三四百块钱来，这才回到办公桌前写信。

叔萍：

我已经动身去江油参加言恭的婚礼了，尽管我知道你会很不高兴，但我还是要去的，因为除了参加言恭的婚礼外，我还想去看看含辛茹苦把我养育大的年迈的父亲。从和你要朋友一直到现在，我没有在自己家里过一个春节，每一个春节都是和你的家人一起过的。现在想来我很惭愧，而且我才知道，父亲之所以被言恭接走，是因为父亲这些年一直过着甚至连二爸、三爸以及农村原来最贫困的家庭都不如的生活，有的时候甚至是赊酒喝。作为人子，我觉得羞愧之极。而这个结局，我想大部分的"功劳"应该是你的。

这次我请了十天假，你放在茶几上的五十块礼金我没有拿，留在家里你去买米好了；我也没有去向你认识的人借钱。如果我回来后你还是觉得我不应该去，那我觉得我们应该去的地方就是离婚登记处了。

你也不要想太多，毕竟言恭结婚是一件很高兴的事，我也不想把不愉快带给言恭。

蜡宗舜笔
一九八四年四月二十九日

留下信后，蜡宗舜就赶去县城约二弟蜡宗明。当蜡宗明听大哥讲了这些情况以后好高兴，这么多年来，他也知道大哥的家庭是一个什么样的情况，于是也去请了十天假和大哥一起去江油参加弟弟的婚礼。考虑到父亲肯定很想念二爸、三爸，兄弟俩还专门回老家去把他们俩也接上。

知道这些情况后,蜡元朗有些担心,说:"宗舜,你还是早一点回去,给叔萍道个歉吧。"

蜡宗舜说:"我出门之前就已经打定主意了,绝对不会提前回去的,即使爸爸您要回老家,我也要在老家陪您,到假期结束才回去。"

蜡元朗知道,可以说这是多年一直被压抑的儿子的一次总爆发,虽然他还是有些担心,但也没有再说什么。

老蜡还在婚假中,便天天陪着他们,而且还实现了前一段时间给他父亲的承诺,陪他去当年大炼钢铁的地方看了看。由于已过多年,而且他当年在上面待的时间也不算太长,记忆也不是很深刻,所以并没有找到他原来战斗过的地方;但蜡元朗以及所有的人都很开心。除蜡元朗和老蜡以外,他们都还没有见过这么大的山,蜡元朗自然担当起全程的解说。

一晃九天过去,老蜡的大哥、二哥以及二爸、三爸回去了。蜡元朗和吴桂英则在老蜡和方俞千方百计地挽留和其余所有人的劝说下留了下来,老蜡还给蜡元朗保证,春节一定陪他一起回老家。

第二十二章

　　婚假很快就结束了，但老蜡却觉得这个假期似乎太长了些，大有好不容易才熬到头的感觉。这倒不是因为家人在这里耍的缘故，更主要的原因还是惦记若兰。虽然老蜡知道："若兰并不是很爱向阳，而且已经明确了和向阳婚姻只不过是一个摆设，但无论如何，向阳的死对她的打击肯定很大。更让我一直都百思不得其解的是，若兰来矿上的那天，像是根本就不认识我一样，仔细想来，又不像是装出来的，就是要避嫌，至少也应该有一个眼神吧，更何况还不认识的时候，彼此都会用眼神来传达一些信息。这究竟是为什么呢？这些问题一直纠缠了我二十多天，不过让我得到了一点慰藉的是，陈副县长来参加了婚礼，说明至少陈副县长到现在为止都还不知道我和若兰的事，若兰肯定也还好好的。至于若兰对我为什么那么冷淡，唯有见面后才能解谜了。"

　　上班后的第一天老蜡便借故去了江油。很不凑巧，若兰又出差了，本想去若兰家里一趟的，但又一想："我和若兰的事，她父母并不知道，以一个普通朋友的身份去，也有些名不正言不顺，当然就更不便去若兰的父母处打探了。"于是便不自觉地往县农业局走，快到了的时候，老蜡又犹豫了，想："我去农业局干什么呢，去找徐每么？但我与徐每素未谋面，她怎么会接待我呢？"老蜡在农业局附近溜达了几圈后只好耷拉着脑袋回锅子坝。

　　老蜡突然想起："向阳的那些遗物，其中一件是留给我的，还是应该早一点拿回来。"便去了保卫科，不料，万正良也出差了，其他人虽也有认识的，但总有些开不了口，还是扫兴而归。

　　方俞虽然去锅子坝上班，但吴桂英每天都会准时煮好饭。每当老蜡回到家里，蜡元朗就显得极为高兴。而此时，老蜡就有一种快慰的感觉，觉得自己在尽孝心，因为尽了孝而开心。不过他也隐隐感觉到："父亲好像永远都是一个暂居者，完全没有融入铅锌矿这个极小的社会里，就像整个铅锌矿并没有其他的人存在一样，这么多天他竟没有认识一个新朋友。父亲和继母根本就不跟外界交往，就是偶尔出去散散步也是挑人少的地方走，甚至好多时候他根本就不出门，只是从窗子上往外望望而已。虽然并不知道我不在家的时候父亲会是什么样的心情，但几乎可以肯定，只有我在家的时候，父亲才会显现出发自内心的高兴。"因此除了早餐以外，只要在家里吃饭，老蜡都会陪爸爸喝上一杯，哪怕是象征性地喝一点。每天用餐的时候也是蜡元朗最开心的时刻，他什么都谈，有时候竟会谈起老蜡小时候的事情来，很多事老蜡都还是第一次听到，一时间老蜡也不知道这究竟是喜还是忧。这样的小日子一过就是二十多天，虽然老蜡感觉很惬意，但是，他对若兰的思念却与日俱增，晚上只要一醒来，若兰憔悴的脸上那红肿的眼睛便会出现在眼前。老蜡已经记不清给她去过多少次电话了，但还是没有找到若兰。

这天上班，正好丁佩佩去矿办送文件，老蜡见没有其他人在，便趁机去办公室，电话终于打通了，若兰正好也在单位，谁知刚"喂"了一声，若兰便将电话挂掉了。还以为是断线，好不容易再打进去，若兰竟不接电话了，老蜡感觉有点奇怪，便继续打，想要弄个明白，待老蜡第三次打过去时，接电话的说："你以后不要再打这个电话，若兰说根本就不认识你。"

老蜡难受到了极点，他想："若兰究竟出了什么问题呢？难道她将向阳的死怪罪到我头上了？即使怪罪我，那也应该讲清楚啊，怎么会说不认识呢，这里面一定有很大的误会，我应该马上去江油，当面把话说清楚，干脆明天就去。"

老蜡分析得很准确，若兰的确误会他了。那天在往铅锌矿赶的路上若兰就想："向阳的信里虽然没有明说，但他肯定知道我和老蜡的关系。从跟老蜡发生关系以后，我连向阳的面都没有见过，而且就在距向阳自杀的前十多天，我还给他写了一封很一般的问候信，向阳绝对不可能从里面看出什么，那么唯一能让向阳知道的渠道，就是老蜡了。在给我的信中，向阳还谈到了'知道你也在饱受着等不到回信的煎熬'。老蜡不给我回信也只有他一个人知道，不是他告诉向阳，向阳又怎么会知道呢？由此看来老蜡才是一个真正的言而无信的卑鄙小人，而且是杀死向阳的间接凶手。像这样的人我还怎么能和他继续相处呢。我已经好长时间没有给老蜡写信了，而且这期间也和向阳见过几次面，还在一起过了一个春节，向阳都没有出什么问题，甚至连一点反常的举动都没有。在和老蜡发生关系以后，向阳也一样没有出现什么问题，而就在我准备和向阳谈婚论嫁的时候，他却选择了自杀。唯一的答案就是在这期间，老蜡将和我的事透露给了向阳，向阳由于受不了这种打击才选择了这条不归路。对，一定是这样的，不管是直接还是间接的，把和我这么隐秘的事都能透露出去，说明老蜡这个人简直不可靠，甚至可以说是人渣，还有什么可以托付终身的呢？甚至连做朋友都是很可怕的。深爱我的人自杀了，而我所爱的人又是这样的无耻，从这一刻开始，要将老蜡彻底地从我的心目中给画掉。既然这样，这个世界上还有可靠的人么？我应该终身不嫁，从此以后，也不会去亲近任何一个男人。"所以，那天在矿上见到老蜡时，若兰好像根本就不认识他一样。

若兰到矿上不久，陈大文夫妇也赶来了，陈大文在了解了情况以后，也知道了老蜡突然休克而且正准备转院抢救。问道："若兰，听说蜡言恭病了，要不要一起去矿医院看看？"

若兰想："听说老蜡病了，我怎么连一点感觉都没有呢，说明我之前的分析是对的，那就是老蜡将和我的事透露给了向阳，才导致了向阳的自杀，老蜡因为极度内疚才病倒，真是罪有应得。"于是坚定地说："不去。"

五一晚上，陈大文回到家里，他很小声地告诉史秀娟："今天去锅子坝，正好赶上蜡老师的婚礼。"

史秀娟向若兰房间方向看了看，努了一下嘴，示意陈大文再小声点，然后才小声说道："人家又没请你，就不该去的。"

陈大文果然将声音压得更低了，说："不管怎样也曾经同事一场嘛，既然碰到了，去送个礼也是应该的，只是因为公务在身，没有吃饭就走了。"

若兰在屋子里看书，听见陈大文回来，本想出去打个招呼的，突然听到说起老蜡的名字，便止住了。尽管陈大文一再压低声音，但若兰还是听得一清二楚。若兰突然觉得有些天旋地转，一种极度厌恶的感觉顿生，几乎快要呕吐。她想："向阳的二七都还没有过，他竟厚颜无耻地在那里举行婚礼，我甚至不敢想象这个世界上竟还有如此垃圾的人。"此时，若兰对老蜡的痛恨已经到了极点，甚至连杀他的想法都有。

老蜡一时间找不到再去江油的借口，居然还和上次一样谎称江油县体委要他去商量一个什么事。他这么一说反而引起杜大海的警觉，他想："江油县这样频繁地找老蜡，可能又是想调他过去。上次江油要调老蜡时，矿领导是那般重视，作为他的直接领导，我应该把这件事扼杀在摇篮里。"便说："蜡副主席，你最好不要去，有的事情见了面反而不好推辞。江油县和我们矿是平级单位，也不一定要照顾情面的，他们要你去你就去，你又不是在他们那里领工资，有什么事他们就不能来铅锌矿谈么，干嘛非得要你去跑一趟呢？况且这几天矿里的事情也很多嘛。"

老蜡知道，杜大海虽然没有明说，但实际上他已经拒绝，而且讲得合情合理，以至再也没有任何借口坚持一定要去，便只得作罢。星期天休息就更不可能去江油，方俞已经说了很多次想和老蜡一起去江油玩，如果要去，那方俞肯定会跟着去的。

虽然人在矿上，但老蜡的心却一直都在若兰的身上打转，甚至和方俞在一起的时候，脑子里时不时也会出现若兰的影子。他老是想："若兰实在太可怜了，她本来是很爱我的，而我却和方俞结了婚。退而求其次，想和深爱她的向阳结婚时，向阳又自杀了。我甚至无法想象，若兰是怎么承受住这么大的打击的，不知道若兰还能挺得住么？"

更让老蜡费解的是："向阳去世已近四十天了，不仅没有若兰的任何消息，而且她连我的电话都不接。现在要搞清楚的就是向阳在信上究竟和若兰说了些什么，向阳自杀的那天万科长很明确地说由于向阳给陈若兰的信上有一些比较隐秘的内容，陈若兰同志不便把信拿出来，只是提供了几个以往他们经常去的地方。和若兰的事向阳肯定不会知道的，我绝对没有在任何时候以任何方式向任何人透露过。那么唯一可能让向阳知道这件事的就只有若兰了，这些事就只有我和若兰知道，不可能再有第三者知道的。不是已经和若兰讲好了在自己婚礼以后，才和向阳谈结婚的事么，她也不可能先告诉向阳啊。即使若兰先和向阳商量了结婚的事，就更不可能把我和她相好的事告诉向阳了。"

老蜡真是越想越乱，他甚至有一点恨自己的身体："如果若兰来那天我没有病倒，那无论怎样也该搞清楚是怎么一回事了，即使和若兰有什么误会也应该解释清楚了吧。"又一想："或许若兰因为向阳自杀而意识到了这种情感的可怕性，才不愿再和我交往。其实我也知道，不管怎样，向阳的死和我都有很大关系。向阳为情自杀，这是再明显不过的事实。他只是一个普通的教师，不可能因为经济上的问题，当然也更不可能是因为政治上的问题。而向阳和若兰之间的感情，的确是因为我的介入，而使若兰逐渐地疏远了他。如果不是我的出现，向阳现在和若兰都已经是夫妻了，这也是若兰亲口讲过的。那么现在要怎样做才能弥补我的这些罪过，并且不会再有新的悲剧发生呢？唯一可以做的就是尽快地结束和若兰的这一段本来就不应该有的感情。这样对若兰或许是残酷了一点，但至少可能不会再有人因为感情纠葛而自杀。方俞，对，就是方俞。天啊！如果方俞知道了我和若兰的这一段感情，特别是知道我在婚前就和若兰相好了，方俞甚至可能会成为第二个向阳。"想到这儿，老蜡突然害怕起来。他想："可能是我的性格所致，在若兰的面前，几乎连一点点控制力都没有，只要和若兰单独在一起，就会什么也想不到了，便情不自禁地和她好。

如果再这样下去,方俞总会有知道的一天。哎!真庆幸那天没有找到若兰,如果找到了若兰,那肯定又是一番相好了。虽然现在还弄不清楚若兰对我冷淡的具体原因,但至少知道她现在是安全的,而且还在正常上班。既然这样,还是暂时不要再去找若兰,只要知道她平安就行。也更不容许我和若兰再有任何身体上的接触。而要避免和若兰有身体上的接触的唯一的办法,就是不要再见面。"

老蜡已经有了决定,所以他的生活和工作又暂时地回复到了原来的状态。这才发现,除了工作上的事外,张筱几乎不和他打招呼了,只是保持着一般的同事间的关系罢了。他想:"张筱这样做可能是对的,不然的话,万一又闹出和若兰一样的故事那又该怎么办呢?我已经完全不相信自己的克制力了。"老蜡甚至觉得为了避免和若兰的故事重演,最好的办法就是远离除方俞以外的所有年轻女性。

老蜡对张筱或者是丁佩佩都只是保持工作中的关系,工作以外就一概不接触,哪怕是在路头路尾碰到,也不会去主动和她们打招呼,这样一过又是好多天。

这天,老蜡在办公室坐着发呆,突然间很想知道同事们对于向阳的死的看法,于是便去其他几个部门的办公室里坐坐,聊聊这,聊聊那。可能是这件事的热议期已经过了的缘故吧,不管在哪里,并没有听到任何人谈论有关向阳自杀的事,就好像这一件事从来都没有发生过一样,他也不好再去提这个话题。这样持续几天在其他的办公室转悠,老蜡更觉无聊到了极点。

这天,老蜡觉得实在太无聊,便在矿区里到处转悠。虽然矿里肯定没有任何人怀疑向阳的死和他有关,但不管怎么样,这件事还是让老蜡改变了很多。他想:"向阳到死的时候,竟连他的亲生父母究竟是谁都不知道,这样看来,我实在是太幸福了,而且现在爸爸和继母就住在我家里。我参加工作还不到两年就能在属于自己的家里孝敬爸爸,爸爸在两个哥哥家里待的时间总和可能都没有在我家里多吧。爸爸毕竟年事已高,就算是在这里住到春节,时间也不会太长了,因此现在应该排除一切杂念,好好去孝敬他。况且,现在我已经是一个有妇之夫,还去考虑那么多无益于自己家庭的事情干什么呢?还有,方俞所得的那两箱书不是已经搬回来了么,何不利用现在比较轻松的工作条件,把这些书都认真地读一遍呢?毕竟我才二十多岁,今后还有很多事要去做,多学一点知识总是有好处的。"

老蜡这样想着,不知不觉地竟走到了原来单身寝室的楼下。正好碰到了马明,他说:"老蜡,我正要去找你呢。"

老蜡说:"找我干什么,该不是请我喝酒吧。"

马明说:"就是喝酒,也该你请嘛,你现在职位、房子、老婆都有了,我们都还是单身呢。"

老蜡说："要这样说，早知道我就晚一点结婚算了。"

马明说："对了，不开玩笑了，能不能用一下你原来寝室的钥匙，我想在里面放一点东西。"

老蜡说："我现在也没有钥匙，搬走的时候房产科就把钥匙收走了。"老蜡突然想起："若兰写给我的所有信件都还放在这间房子里，而我早已经将钥匙交给了房产科。天啊，怎么这么大意呢！向阳该不会是因为拿到了那些放在抽屉里的信吧，如果真是那样的话，那可能就是向阳自杀的真正原因。不管怎样，必须尽快地搞清楚那些信是否还在。"于是马上告别马明准备去房产科拿钥匙，快走几步后才想起已经快下班了。他想："就算把这些信拿到了，也得找一个很安全的地方存放，难道还要放回家里不成？当初就是为了不让方俞看见这些信，才放在抽屉的暗格里，现在还拿回家去不是有病么？放在办公室里当然就更不好了，小丁那里不也有一把钥匙么？还是想好了地方再去拿吧。"便折回往家走去。

刚走到楼梯口，便闻到一股异香，老蜡想："是哪家在弄什么好吃的？但绝对不会是我家，因为方俞上夜班没有在家，一般情况下继母就只是炒一两个菜就行了，况且以她的厨艺，也弄不出能够散发出这种香味的食物来。"的确太香了，老蜡忍不住咽了一口口水。想到继母所做的那纯粹乡土的菜肴，老蜡无可奈何地摇了摇头。到了家门口，他并没有马上就进去，而是停留了近一分钟的样子才摸出钥匙来。打开门，见岳父岳母坐在客厅里和父亲聊天。老蜡颇感意外，同时，香味比刚才楼道里好像更浓了。打过招呼以后便直奔厨房，方俞和吴桂英正在弄饭，见老蜡进来，方俞笑着说："你这个馋猫，肯定是闻到香味才跑到厨房里来的吧？"

老蜡随手揭开锅盖，说："弄的是什么？这么香，在楼下都闻到了。"

方俞拍了一下老蜡的手，说："不要揭盖子，免得跑气。你猜是什么肉？"

老蜡还是揭开盖子，看了一下，说："不知道是什么肉，总之肯定不是猪肉。"

方俞笑着说："还真是猪肉，不过是野猪肉。"

老蜡将信将疑，说："哪里来的野猪肉，你今天不是要上夜班么，怎么这么早就回来了？"

方俞说："是我在街上买的，而且还专门去区公所食堂和王师傅学了两招呢。哦，还有，我以后再也不用上夜班了，王主任说考虑到我们刚结婚，而且是两头跑，因此把我调到办公室去了。"

老蜡喜出望外，说："好啊，那今天晚上一定要多喝几杯庆贺一下。"

方俞笑着说道:"你快去陪几位老人吧,不要在这里碍手碍脚的。"

老蜡进到客厅,不禁又想起若兰来,他想:"第一次来若兰家的那天晚上,还做了一个春梦,而且梦境就在这个厨房里,没有想到现在这房子居然是我的了。不知道此时若兰在做什么,但愿若兰也能像我现在这样和家人快快乐乐地在一起。"

老蜡见家里只有一瓶酒了,看了一下表,觉得吃饭也还有一会儿,便决定下楼去买酒。买了两瓶"柳浪春",从小卖部出来,见张筱在前面走,但她并没有看到老蜡。老蜡也因为先前的决定,也没有主动打招呼。同时为了避免和张筱打招呼,他还特意放慢了脚步,只远远地跟在张筱的后面。谁知张筱竟进了老蜡住的那个单元,老蜡想:"莫非她要去我家里?如果是,那现在这样一前一后进去肯定不太好,方俞和几位老人会怎样看呢。"于是又在楼下转了约五分钟的样子才回到家里。果然张筱已经坐在客厅里。瞬间的尴尬后,老蜡忙招呼道:"张书记,稀客,稀客!"

张筱也不像在单位看到老蜡时那样爱理不理的,而是很热情地像是开玩笑似的说:"蜡副主席,又来你家蹭饭,你不会嫌我烦吧。"

老蜡忙说道:"什么蹭饭呢,热烈欢迎啊!"

张筱一本正经地说:"好久都没有去看伯父、伯母了。下午方俞来说,二老过来了,就是再忙,也要过来陪陪二老还有蜡伯父、蜡伯母嘛。"

张筱的话,说得几位老人心花怒放,郭汝芝还忍不住去摸了摸张筱的手,说:"小张真是又牌子又聪明又会说话又会处事,在哪里去找这么好的闺女哦。"

张筱忙笑着说道:"伯母又夸我了,我哪有那么好啊。"

说话间,方俞已经开始摆放碗筷,老蜡忙去帮忙,却被方俞制止了,她笑着说:"行了,要你的,一直都不帮忙,现在大功告成,就来抢功了,我才不干呢。"

张筱笑着说:"方俞,我们都知道,你是怕把你丈夫给累着了吧,还说什么抢功不抢功的呢。"

方俞顽皮地说:"我就是要把他培养成一个大懒人呢。"说完后,引得大家一阵欢笑。

既然是方俞精心准备的晚餐,当然很丰盛,除了一大盘红烧野猪肉外,照例有腊肉、香肠等。坐定后,老蜡给大家斟满酒,说:"今天聚会的主题是庆祝方俞已经从一线的工作岗位上调整到了办公室,以后再也不用上夜班了;其次就是方俞学到了一门烧野猪肉的手艺,闻起来很香,就是不知道好不好吃;最重要的一点就是我们还有幸请到了张书记来一起品尝。来,我们大家一起干一杯。"

老蜡刚讲完,方登科便带头鼓起掌来,紧接着便是各种对方俞的夸奖以及相互敬酒。

　　蜡元朗可以称得上是一个美食家，他不仅会吃，也很会做菜，只要他说好吃的东西那就一定不错。在老蜡的记忆里，虽然爸爸很少做菜，但一直以来，家人都把能吃上爸爸所做的菜当成一种奢望。

　　蜡元朗一直都没有说话，只细细品尝野猪肉，像是在做研究一样。约莫五分钟后，才端起酒杯和方俞碰了一下，说："方俞，这野猪肉的确烧出了水平，不仅压住了膻味，而且把野猪肉本身的香味也完美地发挥出来了，还很入味儿，可以说是我这些年来吃过的最好吃的野猪肉了。你是在哪里学的这个手艺呢？"

　　方登科好像没有弄清楚蜡元朗的本意，只当是在夸奖方俞，便笑着说道："亲家，你就不要再夸奖她了，她能有什么技术，还不是'瞌牙吧咬虱子'给撞上了。"

　　老蜡说："干爹，这个你就不知道了，方俞还真去拜了师的。"

　　方俞很和善地瞪了方登科一眼，然后仰着头很自豪地说道："怎么样，爸爸，你不信我，还是有人给我作证吧。"

　　张筱忙插话："说实在的，方俞妹妹今天烧的野猪肉真太好吃了。方俞妹妹，也教教我怎么做，改天回去好做给我爸妈吃，让他们也高兴高兴！"

　　方俞感到很满足，但又有些应接不暇样，忙笑着说："我是从区公所食堂的王师傅那里学来的。其实很简单，最重要的一样东西就是白酒，今天起码用了半斤白酒，你们都没吃出来吧？"

　　一直都没有说话，只低着头吃的吴桂英突然放下了筷子，似乎有些慌张地说道："里面有酒啊！我还是不吃了，不然一会儿醉了咋办？"

　　吴桂英的举动引得大家一阵欢笑，蜡元朗忙说道："你呀，就是没有见识，所以今后要多带你出来走走才行。你连酒味都没有吃出来，怎么会醉呢？酒在烹饪的过程中早已经挥发或被食物吸收掉了嘛。"

　　吴桂英有点不好意思，苦笑了一下，自我解嘲似的低语道："我哪里晓得呢，我还以为像喝酒一样会醉人呢。"

　　张筱忙说："方俞，你快给我们讲讲这道菜是怎么做的嘛。"

　　方俞想了想后很认真地说道："首先，将野猪肉切成小方块，放一些白酒，再加一些醋和葱叶然后用力地搓揉一会儿，放约十分钟后用清水浸泡，待水变红后换水，这样经过多次的浸泡直到水不再变红，然后滤干水待用；其次，烧一锅清水至沸腾后将野猪肉倒入，用勺翻动尽量让它们都能够充分地接收到水，见水再次沸腾后将野猪肉捞起，用凉水冲后滤干水待用；再次，放少量的菜油在锅里，油温近八十度的样子放入生姜、葱、大蒜、干红辣椒翻炒，至香味十足后倒入白酒，后将野猪肉倒下不断地翻炒至均匀后盖上锅盖；要说明一下，今天这么多野猪肉用了可能四两白酒。然后，大约十多分钟后将盖子揭开继续翻炒几次后加入高汤，当然没有高汤加清水也可以，今天就加的清水，一定要保证一次加足高汤，然后放入胡椒粉、花椒、陈皮、八角、山奈等香料；最后，大火半小时后改用文火，文火一小时后又用大火烧至水基本上收干的时候，放入盐、豆油即可食用。有一个最重要的问题就是盐和豆油一定要在起锅的时候再放，如果一开始就放盐的话，肉就会变得很棉，吃起来不嫩，豆油则主要是用于上色和增加香味。"

张筱说："真不简单啊，方俞，原来这里面还有这么多学问，我回去一定要用个本子记下来，免得忘了。"

老蜡很欣赏地看着方俞，说："方俞，你真能干！"

方俞笑着说："我丈夫都那么有本事，我不在这些小事上用一点儿心思，岂不是越来越配不上你了？"

老蜡忙说："看你说的，我有什么本事啊。"

张筱接口道："蜡副主席，这你就太谦虚了，现在有谁不知道你蜡言恭是全绵阳地区乃至全省最年轻的同级别的工会副主席啊。"

听到张筱的夸奖，老蜡很满足，但又不好意思笑出来，忙吞下了一块肉后说道："张书记，你也知道，我这个副主席还不是摆设一样，哪像你呢，虽说是副书记，其实是主持全面工作的。"

张筱忙着说："蜡副主席，你是正科级，而我才副科级，你说我们能比么，有些人从副科到正科甚至要花很多年呢。"

方俞忙打岔道："来喝酒，喝酒，怎么又扯到工作上去了呢。"

于是大家又开始喝酒，喝了几杯后，蜡元朗突然一本正经地说道："方俞啊，言恭的母亲去世得早，所以他做家务肯定要差一些，你今后要多担待些啊。"说着便端起杯子又和方俞单独喝了一口。

方俞说："谢谢爸爸，你放心，言恭就是想做我也不让他做，刚才不是说了吗，我要把他培养成一个大懒人。"

蜡元朗忙说："方俞啊，你误解我的意思了，我并不是说不让言恭做家务，而是怕他做不好。"

方登科说："亲家，俞儿说的是对的，男主外，女主内嘛，言恭现在刚被提拔，工作上的事肯定很多，俞儿在单位的工作相对轻松些，多抽一些时间照顾家里是对的。"

蜡元朗听了很高兴,但他还是出于礼节对老蜡说道:"言恭也不能太懒了,不能什么事都让方俞一个人做。"

老蜡忙说道:"现在还分什么男的、女的,总之谁有空谁做就行了,你们就放心吧,我和方俞一定会安排好自己生活的。"

就这样你一言我一语,不知不觉竟快九点了,张筱站起来,说:"几位长辈、方俞,还有蜡副主席,太晚了,我该回去了,谢谢了。"她边说边往门边走,给人的感觉好像有一点醉了。

方俞见状忙说:"言恭,你去送送张姐姐吧,这么晚了不太安全。"

听方俞这么一说,老蜡突然间不知道该怎么办好,犹豫了一下,说:"还是我们一起去送吧。"

张筱稍作停顿,说:"不用了,矿区这么多人,怕什么呢,再见。"她突然间感到很伤感,觉得自己好孤独,瞬间竟有想哭的感觉。又怕被别人看见,忙打开门出去了。

郭汝芝是个很聪明的人,见此情景,忙说道:"俞儿,你和言恭一起去送送吧,我来收拾厨房。"

方俞忙穿上外套和老蜡下楼去,见张筱已经跑了很远。方俞忙叫了两声张姐姐,然张筱并没有回头,只是说了声:"你们回去吧,我没事的。"

方俞笑了笑,说:"你看,叫你送你不送,这一下张筱姐姐肯定怄气了,我感觉到刚才她好像在哭。"

老蜡故意装着不信的样子,说:"怎么可能呢,好端端的怎么会哭了呢?"其实老蜡看见张筱是哭着出门的,而且他也知道张筱为什么哭,只是不好在方俞面前说明而已。

方俞说:"说你傻,你还不承认。安排你送你又推辞,换了是我,也会怄气的,毕竟是女孩子嘛。"

老蜡说:"我们还是回去吧,这个时候她也应该到家了。"于是拉着方俞回去。

晚上,方登科和蜡元朗住一间房,郭汝芝、吴桂英和方俞住一间房,老蜡在客厅里睡。

虽然喝了不少酒,老蜡却连一点睡意都没有,于是在阳台封成的书架上翻看那些方俞带过来的线装书。他发现,每一本书上都有一定的序号,诸如"甲、乙、丙、丁……或者是子、丑、寅、卯……"之类的,老蜡想:"这应该是原书主人给书籍所编的序号吧。"他还发现,书的好多地方都有批注,且字迹完全一样,老蜡想:"书主人肯定是一个既喜欢收藏而又喜欢读书的人，甚至可以说是博览群书了，单就读完这两箱书，就应该非常不错了。到现在为止，我绝对没有读过这么多书。诶，我是不是也给这两箱线装书做一个目录呢，这样就可以在任何时候都能够快速查找到要找的书，同时也能够知道书是否丢失。而且在编目录的同时，也可以将这些书浏览一遍，并做好笔记。但绝对不能在原书上留下任何笔迹，因为书页上已经没有多少空白的位置了，且书的纸张也不是现在所用的，比现在的纸张更柔软些。"

老蜡开始做事了，先统计书的数量。经过认真清理后，统计出了一共有八百一十五部，计一千三百六十八册，其中最多的一部有十五册之多。还惊奇地发现了一本原书主人所作的书目，由此推断，原来这两箱书还不及书主人藏书的二十分之一。因为这本书目上所记载的书，应该有近四十箱。方俞得到的只不过是其中的两箱罢了，其余的则应该已经流失了。现有的这些书的书目本的序号，是第三十七册。那就是说，前面应该至少还有三十六册这样的书目，就算这一本书目是最后一册，那么原书主人的藏书至少也应该不低于三万册吧。老蜡不禁又惊叹又痛惜。惊叹的是，书主人竟有这么多的藏书，还都认真地阅读过；而痛惜的是，这么多的书竟然没有能够全部保存下来。当然也不排除其余的书已被其他的人所收藏。老蜡顿时对这些书的主人褚万兴又产生了更加浓厚的兴趣。他想："以我现在的历史知识水平，并不知道褚万兴究竟是一个什么样的人，只知道他应该是生活在清末民初的人吧，这从他曾购有康有为的书就可以推断出。"于是老蜡把需要考证的问题都记下来，准备抽时间去图书馆或者文物馆查一下，看看那个时期"县志"或者一些其他的什么文档上是否有关于褚万兴的记载。

"言恭，你这么早就起来了啊。"正看得出神，却传来了郭汝芝的声音。老蜡抬头一看，才知道原来天已经大亮，岳母已经起来做早饭了。

老蜡伸了个懒腰，说："我看书看忘了，还没睡呢。"

郭汝芝心疼地说："那还不快去睡一会儿，你今天还上班呢。"

老蜡说："好、好。"

这时，吴桂英也起来收拾房间。老蜡说："书房不用收拾，里面的东西也一概不必动哦。"说完后便回卧室睡觉去了。

不到八点，老蜡还是起来了。去到单位，把办公室认认真真地查看了一遍，试图找到能够藏下若兰信的地方，他要确保那些信一定不会被其他人看到。老蜡想："办公室的钥匙除我外，丁佩佩处还有一把，还不知道其他人是否有，这和我之前的单身宿舍完全不一样，即使用锁锁上，也不敢保证其他人就不会去偷看。"想来想去，最后还是决定像先前一样如法炮制。于是量好抽屉的尺寸，但他并没有马上去找马师傅，而是提着公文包先去到房产科，谎称原来的寝室里还放了一点东西，希望再用一下那间房子的钥匙。取回钥匙后，便来到先前的单身宿舍，看了看周围没有什么人，便准备上楼。刚迈开步，有人从后面突然拍了一下，老蜡吓了一大跳，忙转过身一看，原来是马明。他是从一楼的一间屋子里面出来的，所以之前老蜡并没有看到他。

老蜡喘着粗气说："你娃娃不上班，鬼鬼祟祟地在这里干什么，吓了我一大跳。"

马明很开心地说道："这次总算吓到你娃娃了，什么鬼鬼祟祟的哦，昨天我不是问你要钥匙么，结果我另找了一间空房子，刚拿到钥匙，便过来看看。诶，对了，你不上班，跑到这里来干什么？"

老蜡这才倒吸一口冷气，幸好还没有打开门，昨天还给马明讲钥匙已经交房产科了，不然该怎么去给他解释呢，于是说："我路过这儿，想看看曾经住过的地方，我还真有些怀念原来住在这里的日子。"

马明笑着说道："你娃娃也太假了些吧，我还以为你是刚从海外归来的呢，你搬走也不过几个月吧，就那么怀旧？昨天见你来这儿，今天又来这儿，是不是有什么问题啊？夫妻生活不美满么？不然怎么会怀念起单身生活了呢。"

老蜡觉得再这样说下去可能还真会露出马脚，于是说："不跟你娃娃说了，去办你的事吧，我上班去了。"说着转身回办公室去。

中午当然就更没法去，好不容易熬到了下午三点，老蜡断定这个时候应该不会再碰到什么熟人，于是又拿着公文包出去。

因为是上班时间，所以在原来寝室周围并没有见到有什么人。他还特意地突然转了好几次身，也并不见后面有人"跟踪"。由于心虚，他还是像电影里面的那些特工一样，先左右看看，见没有什么人，便迅速地将门打开闪了进去，随即关上门。老蜡这才松了一口气，他没有做任何停留，忙轻轻地取下了抽屉，还好，那些信件都在。也没有多看，便将信全部装进公文包里，还原抽屉，再仔细看看房间里的确没有什么可拿的东西了。刚伸手准备开门，他又停住了，随即快步返回课桌旁，轻轻地将放在课桌上的几张画报拿起来看了一遍，除张金玲那张已浸一些油渍以外，其他的两张都还干干净净。遂把张俞的那一张卷起来，刚放进包里又拿了出来，仔细地看了好一会儿又便按原样放好。再环视了整个屋子，这一间曾经让老蜡产生过许多遐想，并把他推向了一个高度的屋子，却并没有给他带来更多的回忆。甚至好像连一点亲近感都没有，就像是住旅馆离开一样。刚想开门的时候，他再次折回去，用手指卡了一下原来马师傅给自己做的那块木板，觉得尺寸可能与现在办公桌的抽屉差不多，想装进自己的公文包里，却怎么也装不下，犹豫片刻，只好用那一张洪学敏的画报包起来拿在手上。先侧耳贴在门上听听，外面没有什么动静，这才大大方方地开门出去，将钥匙交回房产科后，匆忙地回到办公室。刚关上门，便传来了丁佩佩的叫声，老蜡只得将门打开。原来是杜大海要他回来后马上过去研究事情。他只好将包和木板放在办公桌的下面，去杜大海办公室。

杜大海见老蜡进来，很热情，在让老蜡坐下的同时，也从办公桌的座位上走出来，与老蜡并排坐下，点了一支烟后才说道："是这样的，小蜡，上次我们搞的那个'爱鸟、护鸟'的活动已经得到了上级有关部门的肯定和表扬，恰好省总工会要召开一次全省的工会工作会议，要我们矿工会借此机会做一次经验交流性的发言，刚才已经得到正式通知。我考虑还是我们两个去开会，你去发个言。"稍作停顿后接着说："你准备一下，会议五天后在成都召开。"

老蜡根据杜大海说这番话时的表情和刚进来时他的那股从来都没有过的热情劲，就已经揣摩出他的真实意思，于是说："杜主席，我怎么能够去发言呢，要发言也该你去嘛。"

杜大海想了想，有点腼腆地说道："小蜡啊，年轻人嘛，就应该在这么大的场合去露露脸的。还是你去讲好些，更重要的是，即使我去讲，也不一定讲得好啊，你知道我的文化水平不高，在一般的小会上讲几句话、喊喊口号还可以；在这么高级别的会议上讲话，我从来都没有经历过，的确有些力不从心啊。"

老蜡已经确信杜大海的用意了，忙说道："这样吧，杜主席，我把这次活动的具体情况写下来，供您参考。"

杜大海看了看老蜡，猛吸了几口烟，才故作无奈似的说道："既然这样，那好吧，我就豁出去了。小蜡，要不这样，你索性将发言稿写好，到时候我照着念就行了，你水平比我高嘛，要做我的坚强后盾哦。"

老蜡爽快地答应下来。正在这个时候，丁佩佩又来了，说："蜡副主席，兰书记要你去他办公室一趟。"

杜大海忙站起来，紧握着老蜡的手，说："兰书记找你，就快点去吧，如兰书记问起有关会议的事，刚才说的就算是我们工会的决定吧。"

老蜡走到楼梯口，才想起公文包还在办公室，忙折回，拿上公文包后匆匆地往兰品桂处去。

兰品桂已经给他泡好了茶，还没来得及等老蜡开口，便热情地招呼他坐下，说：

"小蜡，省总工会会议的事你都知道了吧？"

老蜡忙站起来说道："知道了，杜主席刚刚告诉我了。"

兰品桂示意老蜡坐下，然后说："蜡副主席，你知道我一直都很重视工、青、妇的工作，这次也是我转业到地方工作以来第一次受到省级单位的重视，并要求在会议上发言。我还真有些紧张啊！因此，希望你们一定要做好准备，做一个高质量的发言。"

老蜡忙说："兰书记请放心，我马上就去给杜主席准备发言稿，一定努力将发言稿写得好一些。"

兰品桂沉吟了片刻，问道："是杜主席去发言么？"

老蜡说："是，就是杜主席发言。"

兰品桂又问道："是你的意思呢还是杜主席的意思？"

老蜡一时间有些茫然了，他不知道兰品桂为什么要这样问，也不知道该怎么回答好些，犹豫了好一阵子才决定照实说。于是便把刚才和杜大海商量的情况都说了出来。

兰品桂听了后很高兴，并肯定了老蜡的做法。在这个问题上也就没有再多说什么，于是把话题转到了书法上，他说："小蜡啊，你上次给我写的字虽然很好，却给我带来了麻烦啊。"

老蜡听到兰品桂这么一说，吓了一跳，还没有等他说完便反问道："啊！麻烦，什么麻烦？"

兰品桂笑了笑，说："前些天几个老战友过来玩，他们看了你的书法后都很喜欢，非要我请你给他们写不可，恰好那天你又不在，一拖就到了今天，因此只好现在求你了。"

老蜡这才松了一口气，说："兰书记，你也太客气了，对我，你还说什么求不求的，只要看得起，要多少只管吩咐一声就行了。"

兰品桂笑着说："在这个问题上我是不会含糊的，该讲'求'的时候还是要讲'求'的，这也是尊重你的知识、尊重你的劳动嘛，这不也正符合'尊重知识、尊重人才'的政策么。"

老蜡很敬佩地说道："兰书记，我永远都说不过你。你把要字的战友名字和所喜欢的内容告诉我就行了。"

兰品桂将一张早就准备好了的字条交给了他，老蜡在确定没有其他事以后，便告辞了。

老蜡走出兰书记的办公室一看表，已经接近下班，加之昨天晚几乎没有睡觉，还真有点儿困了，于是没有回他的办公室便直接回家。到了家的楼下，才想起若兰的信还放在公文包里，不禁又是一阵紧张。老蜡才感觉到自己真太大意了，这些东西怎么能带回家呢，于是只好回办公室去。谁知刚转身，便碰到了方俞，她觉得好奇怪，便问道："言恭，都到家门口了，怎么又不回去，还要往哪儿走呢？"

老蜡也感到很突然，来不及多想，便只好笑了笑，说道："突然记起来还有一件很重要的事情没有做，所以准备回去加一会儿班。"说出口后就连他自己也觉得这个理由实在太牵强，而且感觉到自己的脸已经红了。

果然，这个谎言让方俞觉得有些奇怪，便试探性地说道："要加班啊，那我陪你去吧。"

老蜡忙说："不必了，要不了多久的，你先回去吧。再有，没什么事你跑到办公室去干什么。"

方俞也没有再坚持，只是微笑着点了下头便任由老蜡去了。

老蜡匆忙返回办公室的时候，整个楼层连一个人都没有了。不知道为什么，他突然觉得有些毛骨悚然的，几乎不敢进自己的办公室，但又没有别的办法，迟疑片刻后，只好壮着胆子打开办公室，但进去后却又不敢关门，本来想把这些信件完全处理好的，犹豫片刻后，迅速将信件锁在抽屉里，便匆匆离开了。他几乎是跑下楼的，而且跑的时候，总觉得好像有人在后面追赶一样，一直跑到楼下，那种恐怖感才稍稍地减轻了一点，再快走几步，见有人了，才停下来弯着腰，双手压在膝盖上喘了几口粗气，待稍稍平静一点后才往家走。回到家里，见方俞的父母已经走了，只有爸爸一个人坐在客厅里，正想问问，见方俞从厨房里跑出来，她说："你不是要加班么，怎么这么快就回来啦？我还说一会儿给你送饭去呢。"

老蜡已经没有丝毫的紧张了，他说："过几天要去省上开会，需要赶材料，晚上还要在家熬夜才行，所以只是回办公室拿个参考文件而已，你以为要多久？"

吴桂英和方俞很快就把菜端了出来。坐定后老蜡问道："爹、妈怎么回去了呢，不是说要耍几天的么？"

方俞说："爸妈见你昨天晚上几乎没有睡觉，怕在这里挤着你，所以就回去了。"

老蜡说："没有啊，怎么会挤到我呢，昨天晚上我是看书看起兴趣了，不知不觉就到天亮了。过两天你上班的时候给他们解释一下，还是让他们随时过来住住，反正他们在家里也没有什么事，住在这里也要热闹些嘛。"

蜡元朗忙说："对，言恭说得对，有时间一定要多陪陪他们。和自己的子女在一起，怎么说也好些嘛。"

之后，老蜡把下午和杜主席、兰书记谈话的情况给家人说了一遍。蜡元朗肯定了老蜡的做法，并夸奖儿子成熟了、懂事了。

蜡元朗又说："言恭，在单位上，特别是领导和你谈话，你一定要准确地判断出领导的意图以后再去做回答。有很多领导在谈事时候，往往说出来的是反话。如果没有弄清楚领导的真实意图就盲目地做出了回答，逆了领导的心意，他就会不高兴，甚至可能给你'小鞋'穿。比如下午杜主席一开始坚持要你去发言，而他的真实想法肯定是想自己去发言，又苦于写不出水平很高的发言稿，还需要仰仗你，所以才假意说让你去。如果你答应了，他还能让你去发言么？有可能连会都不会让你去参加。"

老蜡静静地听完后说道："爸爸，你说的很有道理，今后和领导相处，我一定会注意的。"

蜡元朗说："在这一点上我是绝对放心的，不过我给你讲的这些都是我工作了几十年才总结出来的经验。"

老蜡突然话题一转，问道："爸爸，你以往工作的时候有没有见到过有很多藏书的人家？"

蜡元朗想了想，说："哎呀，说到书啊，我倒是见过很多，但都是看见烧书。应该有两次，第一次是'土改'的时候，有好多地主家里的书都被当成什么账本烧掉了；第二次就是'破四旧、立四新'的时候了。我们那儿有个叫廖仕番的地主家就有很多书，'土改'的时候，见别人家的书都被烧了，廖仕番和家人便连夜将家里的书都背到了后山的一个山洞里藏了起来，等风声过了以后才背回家来，但'破四旧、立四新'的时候还是被全部烧掉了。"

老蜡忍不住问道："'土改'都躲过了，那'破四旧、立四新'时怎么又被烧掉了呢？"

蜡元朗说："当地的很多人都知道在'土改'的时候他的那些书是怎样保存下来的，所以在'破四旧、立四新'时便来了个突然袭击，他根本就来不及转移，那些书才被统统烧掉了。廖仕番是一个嗜书如命的人，看着自己的书被烧掉后就没有再说过一句话，四天后便死了，死之前很吃力地写了几个歪歪斜斜的字'吾，书，灰，同'。儿子们始终揣摩不出他的意思，最后只得将那些书的灰烬与他一起埋葬了。"

老蜡越发感兴趣了，问道："他家里究竟有多少书呢？"

蜡元朗说："究竟有多少书没人知道，只知道几个人守着，烧了一天一夜才烧完，烧过的灰都有好大一堆呢。"

老蜡说："那至少应该有好几万册吧。"

听到这里，吃饭时从不说话的吴桂英突然插话道："对了言恭，我差一点就忘了，今天收拾房间的时候，见那么多的旧书放在家里，那肯定都是死人的东西，死人的东西邪气重，还是不要放在家里的好，明天我背出去扔掉算了。"

老蜡和方俞都忍不住笑了起来，蜡元朗也笑了，他说："说你没文化，你还不承认，照你这么说，你还是死人的东西呢，你爸你妈现在不也死了么，那你是不是你爸妈的女儿呢。"

吴桂英有些尴尬地笑了一下，声音压得很低地说："我跟言恭说话，又没有跟你说，你插什么嘴呢。"

老蜡忙说："对了，妈，你以后收拾房间的时候，书房就不要收拾了，让我自己收拾好了。"

吴桂英说："我知道，你今天早上才给我讲过嘛，我又不识字，不会乱动你东西的。"

方俞说道："呃，言恭，我觉得我们应该在客厅铺一张小床，你看怎么样。"

老蜡说："不必，弄那么多的床干什么，你爸妈来了住得下的，又不是住不下。"

方俞顺从地说道："也对。"

这个晚餐的时间好像比以往要长一些，持续了近三个小时才结束。收拾完以后，方俞说："言恭，你昨晚整夜都没有睡，还是早一点睡觉吧，明天再赶材料。"

老蜡之前说要赶材料纯粹是一句谎言，现在也确实很困了，听方俞这么一说便马上洗漱上床睡觉。

第二十三章

老蜡将若兰的信件藏在了办公室抽屉的暗格里，悬了好几天的心终于放下了，觉得踏实了许多，一切便又回复到正常的状态。至于去成都开会的发言稿，对于老蜡来说实在太简单。准备动笔的时候，突然想到了向阳的悲惨身世，老蜡仿佛看到那个身子很瘦小、头却很大的、在垃圾堆里找东西吃的年幼的向阳。那些在鸟窝里的小鸟等待老鸟喂食的画面也出现在老蜡的脑海里。于是便对失去了父母的小鸟在鸟窝里痛苦挣扎，直至最后因为没有食物而饿死的情景，做了一大段很细致的描写，这样就使这一篇发言稿显得更加生动了。看了几遍，觉得很满意，只是字迹还略显潦草，誊写一遍后便交给了杜大海。

老蜡刚回到办公室，张筱来了。不同的是，她一点都不似先前那样冷冰冰的，好像又回复到了老蜡结婚以前的那种热情。虽然之前老蜡已经作出了不接触除方俞以外的其他任何年轻女性的决定，但此时，他的旧毛病好像又犯了一样，对张筱的到来竟显得十分热情，眼睛还直勾勾地看着她，以至看得张筱都有一点不好意思了。

张筱微红着脸笑着说道："怎么，就让我这么站着让你看么？"

老蜡像刚从梦中醒来一样，说："哦，张书记，请坐，你请坐。"

张筱穿一件套裙，很紧身，所以坐下去并不是那么方便，只好先并拢双腿，然后身体微侧后才慢慢地坐下去。整个过程在老蜡看来就好像电影里的慢动作一样，虽然张筱的这一系列动作都是在极短的时间里完成的，但老蜡想："那双腿并拢，并微微侧了一下身子的动作，使张筱这个在我眼里曾经乃至现在都是第一漂亮的形象更动感化了。两腿相并后，完全看不到她两腿之间还有一点点的空隙，真是美到了极致，世界上竟还有这样直的腿，我之前从来都没有看到过，哎！"

张筱一直都保持着微笑，见老蜡还呆呆地看着自己，才说道："看够了没有，要不要我起来再转一个圈给你看看？"

老蜡更不好意思了，他极不情愿地将视线从张筱的身上移开，稍稍调整了一下自己的那种窘态后说道："对了，张书记，有什么事么？"

张筱有一点调皮似的说道："怎么，没事就不能来看看你，哦，不对，是来让你看看么。"

老蜡无语，脸上又露出了那种特有的傻傻的笑容。

"张书记，电话找。"团委的小董跑步来到老蜡的办公室喊道。

张筱马上站起来说了声"我一会儿再来"就匆忙地走了。

老蜡又被张筱极致的美所吸引，他已经无心再做事，只将头靠在藤椅的靠背上，微闭着双眼，让思绪随着张筱一起出游。此后，他就像是专门在等候张筱一样，一直都焦躁不安地坐在办公室里，甚至有张筱快一点来的期盼。

但直到下班，张筱也没有来，老蜡竟有那么一丝丝的失望。如果不是单位的同事下班经过和他打招呼，还不知道他要坐到什么时候，因为他还完全沉浸在自己遐想的世界里，竟不知道下班的时间已经到了。突然想到昨天下班后一个人来办公室放信件时的那种毛骨悚然，心里一阵害怕，唯恐落在了后面，忙草草收拾好文件，急匆匆地随大家一起下班。

经过张筱办公室的时候，见门还开着，睃了一眼，却并不见张筱。他突然有了这样一个念头："要不要在张筱办公室等一下？走的时候她曾说过一会儿再来的。"但这个念头很快又被自己给否决了："等什么啊，为什么要去等？连张筱找我究竟有什么事都不知道，师出无名啊。"于是只好带着一丝的遗憾下楼回家。

照例陪父亲喝酒，晚饭后方俞说想出去转转，老蜡因为想继续整理那些线装书，便推辞了。恰好蜡元朗和吴桂英要出去，方俞也就没有坚持要老蜡陪，和他们一起出去了。老蜡又一头扎进了那一堆线装书里。他先将这些书逐本地进行登记，然后写上编号。考虑到要尽量保持这些书的整洁，便只是用红色的笔在每一本书的右下角写下一个很小的数字。完成这一过程都快十二点了，见家人早已经睡了，突然间也有些困意，便回到卧室。

方俞并没有睡，还靠在床头看书，见老蜡进来随手放下书，将垫在头下的枕头放回原来的位置理好，很轻柔地说道："言恭，你做起事来真太投入了，我们回来的时候你都不知道。"

老蜡有些歉意地说："我确实不知道，做完编号后一看表，已经这个时候了。"

方俞说："本来要叫你的，但爸爸说你在做事就不要去打扰，我也觉得很有道理，所以就没有喊你。"

老蜡问:"你一直都没有睡啊?"

方俞只"嗯"了一声便睡下了。

老蜡突然觉得方俞是那样的可爱,特别是在床头台灯的照射下,显得更加妩媚动人了。突然又想到了白天对张筱的那种眷恋,瞬间觉得太对不起方俞,便轻轻地搂着她,一番温存后才睡去。

早上吃过早饭,老蜡又想起了张筱,竟有想快一点见到她的冲动,便匆匆下楼。走到办公楼下时,他还到处看看,希望在众多的上班的人群中看见她的身影,但并没有如愿。于是故意放慢脚步往楼上走,在快要经过张筱办公室的时候,还下意识地整理了一下衣领,再用手习惯性地捋了捋头发,然而张筱的办公室却紧锁着。老蜡仿佛有一点失望,但他还是若无其事向自己办公室走去。办公室的门已经打开,原来小王已经在里面打扫了。老蜡说了声"谢谢"后便在办公桌前坐下,下意识地端起茶杯准备去泡茶,才发现原来小王已经泡好了茶,便很悠闲地品起茶来。

老蜡随意地打开公文包,竟有些后悔没有带几本线装书来。其实在出门的时候也曾经犹豫过是否要带些书到办公室来,但考虑到在办公室里看与工作没有关系的书毕竟有些不妥,所以才没有带。现在根本无事可做,见时间就这样白白地浪费掉,就又有些后悔。于是决定,以后每天都要带几本书来办公室,有空的时候就看一看。实在是太无聊了,便只得东瞧瞧、西看看,又没有其他的什么事可做,老蜡只得开始浏览起今天的报纸来。突然间他有了这样一个想法:"如果这一生都如此工作、生活的话,那真是太没有意思了,甚至连一点激情都没有。哦,对了,向阳自杀的一部分原因可能是因为感情问题,但最重要的应该还是对生活以及工作的厌倦吧,这在他的遗书上就可以看出来。现在我又对工作和生活有了厌倦之感,该不会又去走向阳的路吧。"想到这儿,老蜡突然"呸、呸、呸"了几下,怎么会想到这如此无聊的事情上来了呢。无聊啊,太无聊了,老蜡只得站了起来,推开窗户,窗前的那一棵不知道名字的大树依然繁茂,然而却没有见到那些忙着给小鸟啄食的老鸟了,甚至好像连一只鸟都没有。听不到那些小鸟叽叽喳喳的叫声,老蜡反而觉得还有些不习惯了,他想:"先前那些小鸟的叫声是那么的婉转动听,不同的小鸟所发出的不同声部的叫声,恰好合成了一首十分动听的乐曲。有一首叫《空山鸟语》的曲子不就是模仿了鸟的各种叫声么?在这个世界上,鸟应该是最接近人类的动物歌唱者。"

老蜡想到这儿,突然有了一种很强烈的失落感:"这些鸟都到哪里去了呢,现在要在什么地方才能听到那些鸟儿们动人的叫声呢?虽然现在已经不是哺育小鸟的季节,先前所看到的那些小鸟很显然都已经长成了大鸟,但问题是它们都到哪里去了呢？难道这一棵大树只是那些鸟儿们用来孵化和哺育小鸟的地方么？如果是，那么它们为什么会选择这一棵树呢？是它够大，枝叶够繁茂；还是这里是工厂，能够提供更多的诸如剩饭粒之类的食物？"这一连串的问题令老蜡对大自然的这一切又产生了极其浓厚的兴趣。但有一点令他感到欣慰的是，从上次的活动以后，这些鸟在矿区是绝对是安全的，肯定不会被那些小孩子打掉。

突然又想到了上次"爱鸟、护鸟，热爱大自然，敬老爱老树新风"的活动。当时可以说是用尽了所有的精力来组织了这个活动。学校里成立了二十个"爱鸟、护鸟"小小宣传队，其任务是对自己的家庭成员和邻居进行宣传，同时还不分时间、不分地点地保护鸟类。团委在各车间团支部成立了"爱鸟、护鸟"督查队，他们的工作就是教育和制止那些有打鸟行为的人。工会的重点则放在了"敬老、爱老"这一块上，出台了很多政策，还设立了奖惩制度。一时间全矿上下齐心协力，到处都能够看见戴着"小小宣传员"袖章的小学生和"督察员"袖章的年轻人，还不到一周的时间，很多以往爱打鸟的人都主动交出了工具，还写了保证书，保证永远都不再打鸟了。不仅如此，全矿还掀起了一股"敬老、爱老"的热潮，共青团员和少先队员不仅为矿里老人做好事，还定期到矿周边去帮助一些孤寡老人。一时间，矿里之前有些不大和睦的家庭也得到了改善，特别是有一个将父母视为仇人，已经三年都没有回过家的年轻人居然搬回家和父母一起住了。由此老蜡相信：在整个铅锌矿的区域里，肯定没有人再去打鸟了。但是，在这个区域以外还说不定，打鸟可能还在进行。如果世界上所有的人都能够去爱护鸟类的话，这些鸟儿才会真正地安全。对了，这次在省上的发言稿写得可能太简单了些，应该再增加一些内容，要让这个发言稿的立足点不仅仅是在我们这个小小的铅锌矿，而应该放眼整个四川、整个中国乃至整个世界，不仅是鸟类，还要让所有的生物都和人类一起共享地球这个美丽的家园。

于是老蜡马上坐下来，拿起笔就开始写了。他把这篇发言稿的题目改了一下，定为"让我们共享地球吧"。题目定下了以后，又放下了笔，他想："还有必要去查一些相关的资料，在这么重要的会议上发言，是绝对不能犯常识性错误的。但现在矿上只学校有一个图书室，而且藏书也不多。但不管怎样，也只能去那里看看，希望能找到一些有用的资料。"于是去办公室向丁佩佩打了一个招呼后往学校去了。

虽然和学校相距并不远，但自从调去工会工作以后，老蜡还没有回来过。他惊奇地发现："原来之前为了等若兰而观棋的那棵大树，实际上就是现在办公室旁边的那一棵，也就是观察到老鸟喂小鸟的那棵。很奇怪，怎么这么长的时间我居然没有联系起来呢？"因此，老蜡还故意绕道先到那棵树下，然后再按照上次和陈大文一起返回的路径往学校去。

  和以往一样，大树的下面还是有很多自带茶杯的人在那里下棋、观棋，而且画面和两年以前几乎完全一样。唯一不同的就是上次老蜡在此观棋，没有一个人搭理他，而今天竟有好几个人很热情地和他打招呼。但他的感觉却并不怎么好，而且还有那么一丝丝莫名的伤感。他想：或许这些下棋和观棋的人都已经换了好几拨了吧！上次所见的那些人有的可能已经死了，有的可能走了，而我在这些年里也只不过多了一些故事而已，只有这棵大树还依然屹立。上次在此观棋时那树上叽叽喳喳叫个不停的小鸟肯定也已经不在了，或老死了，或被一些其他的什么东西吃掉，又或者被那些小孩子用弹弓打死了……

  老蜡想到这些，更觉没趣了，没有多做停留，只是向那些棋友点了点头便往学校走去。因为是上课时间，所以并没有碰到什么熟人。没有去办公室，便直接到了学校的图书室。一排贴在书架上的白纸黑字的字条首先映入老蜡眼帘，在老蜡的记忆里之前应该是没有的。细看，原来上面写着"向阳老师捐赠书籍专柜"。老蜡惊愕："没有想到向阳竟有这么多的藏书，最起码也有上千本吧。"

  老蜡想仔细看看，但快要接近那个书架时，又停下了，突然觉得有些毛骨悚然，就好像向阳站在书架后面一样。突然想起："大人们常说'不做亏心事，不怕鬼敲门'，我可能就是因为做了对不起向阳的事，所以才那么害怕他，虽然这些事只有我自己知道。"

  他不敢再往前去了，忙退到写着"自然科学"的专柜前。但因为刚才的那一吓，老蜡哪里还有心情去找什么书，但既然来了，如果不去找两本书又觉得有些不像话。为了减轻自己的恐惧感，便只好借故问这问那的，让图书管理员尽量不离开自己身边。挑来挑去，也没有见到对写稿子有帮助的书。便随便拿了几本有关鸟类方面的科普书就匆匆回去了。

  老蜡虽然回到办公室，却还是没有从刚才的恐惧中走出来，他坐在椅子上呆呆地望着天花板，就好像屋子的各个角落都有向阳的影子一样始终挥之不去，他甚至想道："那天一个人来办公室时的那种恐怖和今天去到图书室的害怕是完全一样的，难道向阳真不放过我么，接下来他又会对我做些什么呢？对了，向阳留给我的那个纸包，到现在也没有拿到。难道纸包里还真藏着什么玄机，那个纸包现在在哪里呢？按理应该还放在保卫科，但问题是现在怎样去问保卫科的人呢？这么长时间都没有去拿，现在又平白无故地去要，不好吧，会不会引起别人的怀疑呢？向阳遗嘱上讲，

'一定要将我留给每位朋友的东西交由本人打开'，而那一包属于我的东西保卫科却并没有交给我，他们该不至于私自就把它拆开了吧？当然，保卫科是有权拆开这些东西的。极有可能拆开后见里面有对我不利的东西而故意不拿给我了，又或者是作为线索在暗中调查我和若兰的事。"

老蜡想到这儿，突然间又多了几分担忧。但仔细一想："这些担忧都是多余的吧，找到向阳的遗体的当天我就病了，而且很快就被送去绵阳地区中心医院抢救，所以在处理向阳遗物的时候我肯定没有在矿里，那包东西还放在保卫科里也是顺理成章的事。都过去这么久了，就是要调查我也应该早有结论了吧。现在的问题是去要呢还是不去要？真难作决定，还是再想想吧。很想尽快看到向阳留给我的那些东西，但刚才看见图书室里向阳的书我都那么害怕，不知道他留给我的东西会给我带来怎样的恐惧感。"

老蜡不禁又打了一个寒战，不仅仅如此，还突然意识到："现在只要一接触到有关向阳的任何东西都会想到他，甚至觉得非常害怕，照这样下去如何得了，必须想办法克服自己心理上的这种恐惧感才行。虽然向阳很有可能知道我和若兰的事，但从遗嘱上看，他并没有恨我，如果恨的话，他就不会再送那包东西给我。既然向阳不恨我，那我还有什么可怕的呢？这完全是自己吓自己嘛。干脆下午再去学校图书室看看向阳捐给学校的那些书。不管我在向阳心目中是一个什么样的人，但我的确把他当成了最好的朋友。也应该借此机会去问一问向阳捐给学校的书是什么时候拿到的，这样也可以判断出向阳送给我的那个包现在何处。"

快下班的时候，老蜡去办公室，丁佩佩正收拾东西准备走，见老蜡进来，忙停下，有些诧异地问道："蜡副主席，有什么事么？"

老蜡突然间又有些结巴了，站了好一会儿，才憋出话来，说："下午我直接去学校的图书室查资料，可能要待一个下午，如果有什么事就去那儿找我。"

午饭后，老蜡早早地来到了学校，但图书管理员还没有到，便只好在操场上转悠。几个同事过来打招呼，校长王玉镜也来了，他很热情地说："蜡主席，今天是什么风把你给吹来了？"

老蜡想："老王这个人还真会处事，他是故意把我这个副主席的'副'字去掉的。其实在学校的时候和他相处得并不好，有时甚至还很讨厌他。他对我也很平淡，偶尔在路头路尾碰到也只是点点头而已，在我的记忆里好像从来都没有和他单独在一起说过话。今天他这么热情，说明他太过势利。但这又有什么不好呢，人家这样尊重我，还真有一种说不出的高兴，好满足哦！"于是说："我来图书室查一点资料。"

王玉镜忙笑着说:"蜡主席需要什么资料,我安排人送过去就行了嘛,还劳烦你亲自过来。"

老蜡说:"本来就添麻烦了,还怎么敢麻烦校长呢。"

王玉镜说:"有什么麻烦的,刚提升就变得这样生分了么?有什么事吩咐一声就行了。你是我们学校的骄傲嘛。都说我们学校出人才,一出去就是两个,一个做了江油的副县长,一个就是你蜡主席您啰,而且都是连升几级呢。"

老蜡忙说:"看校长你说的,陈副校长当然算人才了,我算什么,不外乎是换换工作而已。其实我还是觉得在我们学校教书好。"

一直都站在那儿用一种轻蔑的眼神看着王玉镜的陈明道就好像终于找到了插话的机会了一样,拍了老蜡一下,说:"老蜡,人家是要巴结你,你还不领情,别让人家的热脸贴在你的冷屁股上了。不过你娃也太假了些吧,如果还在学校,你还不是和我们一样住单身宿舍,能有今天的大房子,能一会儿成都,一会儿绵阳,一会儿江油的到处去开会?今天王校长可能理都不理你呢。"

老蜡踢了陈明道一脚,笑着说:"就你娃的嘴贱,怎么就说不出一句好听的话呢?"

众人都笑了。王玉镜听陈明道说他巴结老蜡,心里很不高兴,本想反击两句的,但见话题已转到老蜡身上,也只好作罢随着众人一起笑了,只是多少有些尴尬罢了,但他觉得应该离开了,遂瞟了一眼陈明道,有些不太自然地说:"对了,蜡主席,站在这儿干什么,去我办公室坐吧。"

老蜡说:"不了,在这儿等就行。"

王玉镜本想和老蜡握握手的,但见老蜡正和其他同事说话,好像并不太注意他,瞬间觉得自己就好像是这个圈子以外的人一样,便没有再说什么,悄悄地走了。

老蜡和同事们开了一阵玩笑,见图书管理员来了,才往图书室去。刚进门的时候,还是有一点点害怕,只是没有昨天那么强烈。他深呼吸了几次,在心里不断地念叨着:"向阳,你不要吓我,我只是想来看看你的书而已。"

在接近放向阳的书的专柜时,居然没有什么恐惧感了,老蜡整个人都一下子轻松下来了,便开始随意翻看向阳的那些书。向阳的书很多,几乎都是文史类的,有古汉语的,也有现代的。每一本书上都很认真地写下了购书的日期、地点等,有的书上还记有购书时的心情,也有写着诸如从"什么什么路边"或"什么什么货堆旁"拾得等,而且这一类的书很多,其中可能有好几百本都是从成都火车北站的垃圾堆里捡得，而且时间都是一样，"一九六七年一月二十日"。老蜡突然想到向阳收藏书和褚万兴的做法几乎一致，每一本书都要作简单而明了的标记。这相差近百年的两个人竟然有如此的相似之处。只是向阳所收藏的书比较褚万兴所购书的地域要宽广很多。

老蜡甚至想象到了"一九六七年一月二十日"这天，当向阳得到这么多书的时候的那种兴奋。这从那天向阳见方俞的那些线装书时的惊异就可以推断出来。但向阳对他的这些书所下的功夫似乎比当年"褚万兴"要更胜一筹，向阳的书上都密密麻麻地写了很多颜色和大小都不尽相同的字，仔细看来，除记录书的来历以外，更多的是读书笔记。而褚万兴的书上所记则偏向于读书心得，至于购书的基本情况则只是记录时间和地点而已。老蜡想："向阳和褚公都是爱书之人，既藏书，也读书，只是向阳藏书的规模比褚公要小很多。假如向阳有很好的经济条件，或者不那么早就去世，也难说几十年以后向阳会不会有褚公那么多的藏书，很可能有过之而无不及吧。当然，也有可能向阳的这些书并不是捡来的，而极有可能是顺手拿走的，又或者是偷来的。不过这些都不重要，重要的是，这些书如果不落在向阳的手里，很可能都已经被烧掉了，或者烂在垃圾堆里。从这种意义上讲，如果这些书的确当时是向阳偷来的，他的这种行为肯定不好，但到了今天，他当时的那种行为恰好对这些书起到了保护作用。鲁迅先生笔下的孔乙己不是说'读书人，窃书不算偷'么，现在看起来是很有道理的。方俞的那两箱书不也一样是通过不正当的手段得来的么？但直到现在，不管是方俞也好，我也罢，也包括当时的向阳都没有谁对这些书的来路有一丝丝不妥的感觉。"

他又想："如果不是书而是其他的什么财宝的话，那肯定会受到谴责甚至是法律的制裁。'书'这种东西的确是一种很奇特的商品，好像每一个书的拥有者都有一种共享的意识，把有人来读自己所藏的书看成是一种享受。由此看来，人们对于精神上的东西几乎都有一种与他人分享的意识，而在物质上，独占意识却更强些。当然，一些武侠小说里也有把一本书写成是如何难求，很多人为了得到它都要历尽千辛万苦，有的甚至献出了自己宝贵的生命。小时候听大人讲，有一部书（上、下册），很神奇，据说读了上册，就可以施法，读了下册，就可以解法。每一家大的书店里都藏有一套作为镇店之宝。有了它，书库里的书才不会生虫。当然也有出售的，不过每年每个书店只卖出一套。首先购买者必须要与这本书有缘，接下来就是在除夕午夜时分，双手双膝上都绑上木碗，然后爬进书店，将事先已经准备好的钱袋子扔进去，柜台里面就会扔出一套书来，购书者不能停留，拿到书立刻就要转身爬出去。临出门的时候，书店就会从后面泼水、撒五谷杂粮，点起香蜡钱子之类的祭品。据说只有这样，这本书才开始变得灵验。如果与这部书没有缘，就是去上几十个除夕夜也不一定能够买到。当然，究竟是否有这些书？这些书有没有传说的那么玄乎也不得而知。不过听起来这些书和一般的书似乎不太一样，要么从这部书里面能够学到绝世武功，可以独霸武林；要么就是有了这部书，就懂得了许多的法术，一辈子的生计就不成问题了。因此，这些书的拥有者是绝对不会轻易拿出来与他人分享的。但褚公和向阳所藏的书好像都不属于这一类，所以得到它也并不需要去拼命或者去做许多的诸如买木头碗这样的准备工作吧。"

突然老蜡觉得："我这样想，是不是有一点亵渎向阳？向阳从垃圾堆里捡回来这些书也不足为怪，有可能这些书还真是被人扔进垃圾堆里的。书上所记的时间正处在一个特定的历史时期，有可能书的拥有者怕遭整，但又不忍心将这些书烧掉，便把它们扔在垃圾堆旁，看能否被喜欢书的人捡到，这样就可以传承下去，就像有的家庭因为实在太困难，养活不了自己的子女，又不忍心其被活活地饿死，便只好在他（或她）的衣服上写上出生的年、月、日、时，然后扔在外面，看是否能被哪位好心人收留一样。前几天爸爸所讲的家乡的廖姓地主在看到自己的书被烧的时候，因为极度悲伤，几天以后便去世了，如果不是当时的乡民搞突然袭击，或许廖老头在来不及将书转移到更安全的地方时，也会将藏书放在某个垃圾场边吧。"

老蜡又想："读高中的时候，曾有一个作家来学校讲他的作品，叫什么名字已经不记得了。大意是在'文革'期间，有一个叫曹南维的青年，见一个清洁工拉了一车书在她家门前歇气，趁那个拉车人不注意，她顺势抱了几箱回家。别的同学都在外面搞运动的时候，她却躲在家里看书，花了好几年的功夫才读完了这些书。恢复高考以后她以优异的成绩考取了清华大学，后来成了著名的物理学家。这些书的原主人应该也是一位物理学家吧，因为曹南维所拿的那几箱书全部都是物理学方面的。按理，这也应该算是'偷'吧，甚至比向阳在垃圾场旁捡到书的情节更加'恶劣'，但恰好是她的这种'偷'的行为成就了一个伟大的物理学家。当然，如果那些书是数学方面的，曹南维也极有可能会成为一个数学家。"

怎么一下子又想了这么多呢，很可能在老蜡的潜意识里，还是想找到向阳和他的一些有关联的东西吧。整个下午，他基本上是先看看书的封面、扉页，然后再去看封底。有的书他也会去快速翻一遍，像是在找书里面是否有如褚万兴的书里夹着的纸片一样的东西。凡遇有向阳手写的内容，则会很认真地看。但除了看到一些读书笔记以外什么也没有。直到快下班的时候，都还没有翻完向阳的这些书，他只得回去了。

老蜡虽然没有在向阳的书籍里找到和自己有任何关系的只言片语，但他还是很高兴，因为他已经不再那么恐惧，之前或许是想得太多了吧。在向阳这件事上终于释怀，因此他感到格外开心。

回到家里，方俞和吴桂英已经做好了晚饭，老蜡照例陪父亲喝酒，他觉得好长时间都没有像今天喝酒时这样畅快，不知不觉竟喝了好几杯，甚至有些过量，直到蜡元朗提醒才止住。饭后照样整理那些线装书直至深夜。

第二天刚上班，杜大海就来到老蜡的办公室，说："小蜡，明天兰书记要去成都，我们正好坐他的车去。"

老蜡这才记起昨天已经决定要把发言稿另写一遍，于是说："杜主席，昨天我又想到了一些东西，准备把发言稿重写一遍，会更具体、更有说服力些。"

杜大海喜出望外，说："好啊，只不过明天就要走，不知道还来不来得及。要不我们不坐兰书记的车，推迟一天去也可以，反正要后天才报到。"

老蜡说："没问题的，腹稿都打好了，只是写出来即可，不会花太多时间的。"

杜大海说："你也不要太着急，反正要明天下午才出发。"

杜大海走后，老蜡忙拿出稿纸，还没动笔，张筱来了，在老蜡的记忆里就好像很长时间都没有看到过她，顿时感到十分亲切，但他并没有表现出来，只是忙站起来，说："张书记来了啊，请坐、请坐。"

张筱也比较客套地说："打扰你了，蜡副主席。"

刚说完后，张筱忍不住哈哈大笑起来。老蜡也莫名其妙地跟着张筱一起笑了。笑过后她才一本正经地说："言恭，不开玩笑了，我有事求你呢。"

老蜡说："什么求不求的，有什么能为你效劳的，尽管吩咐就是。"

张筱说："前几天我不是来找过你么，还没有开口就被电话叫走了，而且马上又赶去了绵阳，昨天晚上才回来，又不好去家里找你，所以今天刚上班就过来了。"

老蜡看着张筱，听她说了半天都还没有说到主题，于是说道："有什么事就直接说吧。"

张筱说："是这样的，不是上次我们一起搞了一个'爱鸟、护鸟'的活动么。已经得到了团省委的认可，而且要我们尽快地写一份详细的报告。你知道，我的水平很有限，哪里写得出来呢，所以只有来求你这个'大文豪'帮忙。"

老蜡这才松了一口气，说："你也太抬举我了，怎么敢妄称'大文豪'呢，不过写一个材料还是没有问题的，我正在准备我们在省总工会的会议上的发言稿呢。"

张筱一听说老蜡要准备发言稿，就有一点着急了，忙问："那你还能抽出时间么？我要得很急。"

老蜡说："绝对没有问题，我们要明天下午才走。"

张筱说："明天下午走，去哪儿呢？"

老蜡说："去成都开会。"

张筱猛拍了一下手，高兴地说："太好了，我明天也要坐兰书记的车去成都，你们坐什么车呢？"

老蜡说："我们也是坐兰书记的车，那我们岂不是可以同车（居）了？"老蜡连自己都不知道究竟是诙谐呢还是有些流里流气，竟把"车"字故意说成了（居），说完以后他的脸马上就红了起来。

还没等老蜡解释，张筱便红着脸反问道："同居？"

老蜡忙解释道："对不起，口误，口误，这都是象棋惹的祸，象棋里不是把'车'读成'居'么，实在是不好意思。"

张筱突然好像很开心一样，马上站起来笑着说道："你快写吧，我不打扰你了，写好了我们好同'车（居）'去成都，到时候我请你吃饭。"

老蜡看到张筱临走时的那种如水一般柔情的眼神，突然觉得很开心，但很快，他又有些担忧。虽然他是多么想和张筱在一起，但不知道单独在一起的时候能否控制住自己，因此他决定到了成都最好还是不要和她单独在一起。他这样想着又有些走神了，但还有两篇稿子等着完成，哪里还有时间走神呢。不管怎样，还是先将杜主席的发言稿写好了再说。快一点了，才把杜主席的发言稿写好。看了一遍后觉得已经没有什么需要改动的地方，便将发言稿交给了杜大海。

之前杜大海知道老蜡要加班，他也没有回去，让小王先去通知老蜡家里，然后去食堂打了几份饭来，陪着老蜡在办公室里吃。下班的时候张筱也来看过，当知道杜大海已经为老蜡安排好了午餐便只好回去了。接过发言稿后，杜大海马上就开始认真地誊写了。

老蜡回到办公室，开始写张筱的稿子。拿起笔，才想起她并没有讲明是发言稿还是一般性的汇报材料。为了不浪费时间，便没有动笔。本想回家去的，但一看时间又快要上班了，便只好在办公室里待着，无聊之中又打开了窗户。和之前一样，树上照样没有鸟。虽然老蜡从学校图书室借的两本书上了解了一些关于鸟的知识，却还是没有办法解释这棵大树上为什么现在没有鸟了。正想得出神，有人从后面在他肩上拍了一下，老蜡吓了一大跳，忙转过身来，原来是张筱。

张筱看着老蜡吓得瞬间有些发白的脸，笑着说："怎么，胆子这么小啊，吓着你了吧？"

老蜡觉得在女人面前被吓成这个样子是一件很丢脸的事，于是红着脸辩解道："没有，怎么会吓着我呢，我是逗你玩儿的，你刚进门我就闻到你的香味了。"

张筱听说闻到自己的香味，一下子便羞红了脸，但她却非常开心，忙凑近老蜡耳边轻声问道："你喜欢闻不？"

就在张筱凑近老蜡的那一瞬间，老蜡觉得全身一下子都热了起来，他慌忙坐下定了定神然后说："对了，张书记，上午忘了问，你是要发言稿呢还是一般性的汇报材料？"

张筱见老蜡在问正事，也很正式地回答道："是专题汇报材料。"

老蜡说："好，我争取在下班之前写好。"

张筱说："那你写吧，我不打扰你了。"说完后便轻轻地退了出去。

快六点半的时候，老蜡才将材料写好。张筱和团委办公室的小董都还在办公室等着。老蜡将材料交给张筱，要她先看一下有没有什么问题。张筱接过后连看都没看便直接交给小董去打印了，老蜡这才回家去。

第二十四章

老蜡一行到成都时已经快晚上九点。省总工会的会议明天才报到，他们便在省轻化工业厅招待所住下。可能是因为坐兰品桂车的缘故吧，虽然老蜡和张筱都坐在后排，中间只隔着杜大海，而且他一上车就开始睡觉，但一路上老蜡和张筱几乎一句话也没有说，就是到了招待所也一样没有说什么话，完全像是陌生人一样。

下车后，兰品桂做了下伸展运动，说："一会儿我请大家吃面条。登记完后大家先到房间洗漱一下，二十分钟后在此集合。"

兰品桂照例要喝一点小酒，杜大海当然作陪，张筱说不会喝酒，不知道为什么，尽管兰品桂和杜大海一再相劝，老蜡都坚持不喝。在回房间的时候，老蜡出于礼貌一直走在最后，在楼梯的拐角处，张筱迅速将一个什么东西悄悄地塞在老蜡的手里，但什么话也没有说。老蜡感觉到是一个纸团，随即便揣到了裤兜里。老蜡和杜大海同住，回到房间，他先帮杜大海铺好床，待他上床以后才去厕所打开小纸团，上面只简单地写了几个字："明晚七点半，在省总工会门前见。"

早上七点，张筱便赶去团省委送汇报材料。而老蜡和杜大海则去省总工会报到。报到后，杜大海说："小蜡，今天的工作就算结束了，明天才正式开会，我想趁这个机会去看看老战友，明天一早回来，后面的时间你自由安排吧。"

杜大海走了，老蜡突然有点无所事事，在房间里坐了很久，一看还不到九点，便决定去逛逛新华书店。

老蜡虽然在成都读了好几年书，但他并不怎么熟悉成都，甚至从招待所出来就辨不清方向。他只得朝着一个方向走，走到公交站台，才认真地研究公交路线，以确定可能有书店的街道。

上了八十三路公共汽车，果然在第六站下车的地方就有一个很大的新华书店，老蜡很高兴，便一头扎了进去。在书店一待就是一整天，甚至连午饭都没吃，直到下午快关门的时候，才离开。一看快六点了，才发现肚子咕咕地叫了，本想去吃点什么，突然记起张筱约定了七点半见面，便忍住了。去到街道对面，往住所方向走了约五分钟的样子便有一个公交站台，正准备去看路线图，一辆八十三路公共汽车开过来了。刚跳上车，便听到有人喊："言恭，这里。"

老蜡顺着喊声看过去，原来是张筱。他一阵高兴，忙走过去在张筱的旁边坐下。

张筱兴奋地说："我正准备去找你呢，你怎么跑出来了，今天没有开会？"

老蜡说："要明天才开会，报完到后杜主席就去看老战友了，我觉得没事干，便去了新华书店。"

张筱问："一整天都在新华书店？"

老蜡说："就是。"

张筱似乎有些惋惜地说道："哎，早知道你今天没有开会，我就该早一点过来找你，其实我也只是把汇报材料送去后就没有事情了。哎！一个人待了一整天，觉得时间过得好慢好慢。哦，对了，你肯定还没有吃晚饭吧？"

老蜡说："看书都看忘了，不说晚饭，连午饭都还没吃呢。"

张筱说："那怎么行呢，我们下一站下车，先去吃饭。"

老蜡并不知道到了什么地方，只随张筱下车。在离站台不到三十米的地方就有一个小餐馆，餐馆并不大，只有大小不等的四张小桌子，但生意却很红火，已经没有空座了。正犹豫是否进去，老板忙出来热情地招呼道："你们稍等一下，有一桌客人已经结账了，很快就有座位，你们先点菜吧，菜准备好了，座位也差不多了。"

老蜡看看周边，好像附近也没有其他的餐馆，而且肚子也实在太饿了，便说："张筱，就在这儿吃吧。"

张筱说："反正我请你，你觉得可以就好。"于是开始点菜，果然不到五分钟，服务员就将靠窗的一个小桌子收拾出来，刚坐定，就开始上菜了。

张筱说："言恭，还是喝一点酒吧。"

老蜡说："这么好的菜，肯定要喝一点啰。干脆喝点白酒，怎么样？"

老板推荐了好几款酒，老蜡通过认真比对后要了一瓶"邛崃大曲"。老蜡自然抢着倒酒，先给张筱满上，再给自己倒上并随即端起了酒杯。

张筱并没有去端酒杯，只轻轻按住了老蜡端酒杯的手，说："言恭，先不要喝酒，你肚子还空着，先吃一点菜再喝，免得太刺激胃。"

老蜡没有放下酒杯，而是将酒杯举到张筱面前，再次示意碰杯，说："没事的，来，来先喝一口，菜是用来下酒的嘛，没有喝酒怎么能先吃菜呢。"

张筱稍作犹豫后才端起了酒杯,和老蜡碰了一下便干掉了。

老蜡本来只打算喝一口的,见张筱已经干掉,也只好迅速干掉。

可能是在外地的缘故吧,老蜡和张筱都很放松,甚至完全忘记了两人的关系,没有任何拘束,还互相敬酒,互相夹菜,在旁人看来,这完全就是一对情侣。喝过几杯后,张筱好像做了很大的努力才说道:"言恭,一会儿我带你去一个地方。"

老蜡问:"去哪里呢?"

张筱说:"我表姐家。"

老蜡说:"你表姐家就算了吧,会打扰别人的。"

张筱笑着说道:"你就放心吧,她家里没有人住的,去年表姐夫调去北京工作,房子一直空着,我们家的人来成都都住在那儿呢。"

老蜡没有马上作答,随即陷入了沉思之中,他想:"我不是多次告诫自己,一定要离除方俞以外所有的年轻女性远一点么?现在怎么和张筱单独在一起呢?而且还想在一个房间里独处。哎!真是的,其实根本就不应该和张筱出来吃饭,甚至根本就不应该约会。"但又一想:"同事之间嘛,一起吃吃饭也没有什么吧,主要是张筱实在太漂亮,到现在为止,我甚至还没有发现她有一点点令我不喜欢的地方,人家一个还没有恋爱的大姑娘都不怕,我一个结了婚的男人还犹豫什么呢?如果真拒绝了张筱的一番美意,那可能将是我一生中最遗憾的事了。去耍耍又有什么呢,现在还不到八点,去坐一会儿就回宾馆也没有什么的,反正杜主席也不在房间,一个人在房间里也没有多大意思。"想到这儿,老蜡忙抬起头,见张筱正含情脉脉地看着自己,心里不禁空了一般,脸也随即红了起来,这才反应过来,原来还没有答复张筱呢,于是说:"好吧。"

张筱似乎是在玩笑,又像是真的不解,反问道:"什么好吧?"

老蜡见张筱如此反问,突然觉得有些尴尬,才知道这个回答拖延的时间似乎太长了一点,便解释道:"刚才你不是说去你表姐家么。"

张筱笑了起来,说:"言恭,你真太用心了,这么小的事你还考虑了这么久。你刚才突然就不说话了,我还以为不小心得罪你了呢。"

老蜡也觉得应该为刚才考虑的时间太长而失礼做一些补偿,于是说:"那我们快一点吃了走吧。"

张筱表姐家并不远,只坐了三个站便下车,又步行约五分钟的样子就到了。见门口还有站岗的士兵,老蜡不禁一阵紧张,随即放慢了脚步。

张筱顺势挽着老蜡,说:"你不用害怕,这里是省委家属院,有士兵站岗。"然后拿出一个小本子亮了一下，便从小门进去了。

　　老蜡从来都没有见过这样舒适的环境，虽然是晚上，但路灯还是将整个院落都照得通亮，连那些修剪得十分整齐的植物都显得更加翠绿了，隐隐还散发着一种奇异的幽香。老蜡不敢肯定这种幽香究竟是从那些植物发出的呢还是张筱的体香，总之闻起来很舒服。

　　走到一幢三层的小楼房前张筱站住了，说："言恭，要不要先在院子里转一圈？"

　　老蜡这才回过神来，说："到了么？就不转了吧。"

　　张筱说："言恭，你不要紧张，这里就像我的家一样。"随即打开了一楼的房门。

　　原来这是一套位于一楼的三室一厅的大房子，装修豪华，四周的墙壁都很白，约八十厘米的墙面都是颜色和门完全相同的木板，甚至地板都做了造型，还镶嵌有好多色彩鲜艳的石头，看起来就像能够照出人影一样，亮亮的。总之老蜡平生还是第一次看到这么好的房子。

　　张筱说："干净吧！我花了整整一个上午做清洁，所以才这么干净。"

　　老蜡一直都站在门口，说："我还从来没有见过这么漂亮的房子。"虽然这么说，但老蜡多少还是有一点拘谨，甚至好像开不了步一样。

　　张筱见此，说："言恭，你就随便一点吧，就像在自己家里一样，你放心，肯定不会有任何人来打扰的。"

　　老蜡这才进到屋子里，在张筱所指的沙发上坐下。

　　张筱已经泡好了一杯茶，说："言恭，你喝茶，我去洗漱一下。"

　　老蜡已经完全没有紧张感了，见客厅的正方挂着一幅沙孟海的巨幅中堂"海阔天空"，旁边的墙壁上也挂着些大小不等的画，喝了一口茶后便起身仔细品味起这些字画来，才发现原来都是真迹，而且居然还有潘天寿和李苦禅的画。老蜡想："能够收藏到这些名人的字画，说明张筱的表姐夫一定不是一般的人。这样看来，我和张筱的差距实在太大。"

　　"想什么呢？在那里出神。"正看得出神，身后传来了张筱很轻柔的声音。

　　老蜡突然感觉到张筱的声音和之前似乎大不一样了，是那样的娇柔动听，只听声音，心里就有了一种说不出的滋味，想看她却又不敢转身。于是说道："在看沙孟海的书法呢，他是我最喜欢的当代书法家之一。"

　　张筱说："这些字画，我表姐夫还有很多呢，一会儿我带你去书房看。"

　　老蜡这才觉得自己稍平静了些，便转过身来。瞬间，他简直惊呆了，见张筱平时老是扎着的头发完全散开了，像一道瀑布一样地披在肩上，虽然刚沐浴过却还是显得那么蓬松，给人一种轻快而且极干净的感觉。一件长的粉红色的睡袍，只是在腰间系了一根带子……

老蜡为了掩盖自己生理上的突然变化，忙快步过去一屁股坐在了沙发上。他更惊奇地发现，张筱从脸一直到脚几乎都是一个颜色，好白好白；特别是随着走路而时隐时现的那白白的腿，更让人有一种想去抚摸的感觉。可能是太紧张的缘故吧，老蜡的额头竟渗出了些很小的汗珠子。

张筱见老蜡紧紧地看着自己，突然有一种从来都没有过的，想让老蜡紧紧抱住的感觉。她本想再说点什么的，但觉得自己的舌头就好像不能动了一样，甚至不知道这之后自己究竟发出了怎样的声音……

张筱从梦中醒来，才发现自己躺在老蜡身边，她下意识地一下子坐了起来。老蜡也被张筱这突发的动作给惊醒，还没来得及说什么，张筱已经下床去卫生间了。

老蜡一阵难受，他想："之前和若兰的一段不该发生的情感，导致向阳自杀。虽然到现在都还不确定向阳是否是因为我和若兰的关系而自杀的，但不管怎样我都有不可推卸的责任，而且现在若兰究竟是一个什么样的情况我都不得而知；却又和张筱发生了关系，更重要的是她极有可能成为方俞的嫂子，以后该怎么去相处呢？哎！"

老蜡这才想起张筱，她好像进卫生间已经很长时间了，怎么还没出来呢？老蜡突然间有点担心，他想："我都已经是结过婚的人了，而张筱虽然和方跃开始接触却并没有明确恋爱关系，那也是黄花大闺女，我就这样的把张筱给占有了，哎！真是的。难道张筱想不通？"

又过了几分钟，张筱还是没有出来，老蜡有些毛骨悚然的了，忙去到卫生间旁贴着门听，张筱竟在里面哭泣，而且哭得好伤心。老蜡想说点什么却怎么也开不了口，便只好穿好衣服，去到了客厅。喝了两口茶后，觉得稍稍安定了些。便走到卫生间旁，敲了两下门，问道："张筱，你没事吧？"

张筱好像已经止住了哭泣，却没有说任何话，只听见水的哗哗声，便只好又返回客厅坐着。

约莫五分钟的样子，张筱笑着出来了，除了眼睛红红的以外并没有刚刚哭过的任何痕迹，如果不是老蜡听到的话，从现在的表情是怎么也不会想到她刚才还哭得那么厉害。张筱微笑着说："言恭，你要去洗洗不？"

老蜡机械地说声："好"，便去卫生间了。

待老蜡出来的时候，张筱已经穿好了衣服坐在客厅里削苹果，见老蜡出来，忙把一个削好的苹果递给他。

老蜡忙说道:"谢谢,我一般都不喜欢吃水果的。"

张筱笑着说:"你一般不吃,今天是二般,你就吃一个吧,多吃些水果好。"

老蜡只好接过苹果,一边吃一边偷偷地看张筱,本想说点什么的,但又无从开口,便只好傻傻地在那里吃着。而此时,张筱就好像什么事情都没有发生过一样,也专注地在那里吃苹果。两个人就这样没有任何语言坐了足足有十分钟的样子。

张筱终于开口了:"言恭,我是真的很喜欢你,尽管我很后悔今天所发生的事,但我不会怪你的,而且也不会因为这件事儿去找你麻烦的,你就放心吧。"

老蜡终于找到了话题的切入点,他看着张筱,说:"张筱,真的很对不起,我承认我一直都很喜欢你,但我很自卑,刚进矿里的时候,我甚至都不敢正眼去看你,当然就更不敢奢望和你在一起了。今天的事你没有错,都是我的错,毕竟我是结了婚的人,我应该克制自己的。但不知道为什么,或许是你太美的缘故吧。请相信我,我的确是作了很痛苦的斗争,但最终还是把你……哎!"

张筱很淡定地说:"言恭,你千万不要因为这件事而背上包袱,虽然这是我的第一次,但将它献给最心爱的人,其实我是很高兴的。我刚才在卫生间里面哭了好久,但并不单单是因为难受而哭,哭的原因很复杂,就连我自己也说不清楚究竟是为什么。但有一点我很明白,就是哭里面没有一点点对你的不敬。其实我也很欣赏你的,只是因为之前我太过高傲,以至错过了与你在一起的机会,我想这大概就是命吧。你还记得么,那次在方俞家与你不期而遇时我就知道,不管我怎么努力,终将不能和你在一起了,否则,我和你要背负的东西就实在太多了。但我又很不甘心,近两年啊,老天爷给了我张筱近两年的时间,我居然没有去发现你的闪光点并与你相好,有时候我甚至觉得自己很蠢,我想如果不是因为我的高傲,我们肯定会在一起了。"

老蜡见张筱好像有一点渴的样子,便马上把茶杯递了过去。她接过喝了一口后接着说道:"我虽然没有结过婚,但我认为今天所发生的事情是我们感情的升华,是人性的自然流露。但我又不想让这些事伤害到我们之间的感情,所以我很矛盾;因此我想,这种事情我们就到此为止。"

听了张筱的一番陈述之后,老蜡才接过话题,说:"张筱,你讲得都很有道理,而且我觉得你对一件事情的看法很深刻。其实我可能就是一个内心世界极度追求自由的人,很多时候,我也很恨我自己。其实那天在方俞家里见到你,我真有一种说不出的后悔,甚至觉得我已经失去了和你在一起的机会。我还因此而伤心了好几天,以至方俞都好像看出了点什么异样。她还问过我是不是很喜欢你。后来我也想到了包括什么道德以及很多方面的事情，所以每一次跟你接触我都尽量保持着一定的距离，就是怕某一天心理上会彻底离不开你。有一段时间我真是又想见你而又怕见到你，甚至见到你的时候我还要故意装着若无其事的样子。你还记得那一次在你的办公室么，你穿着一件粉红的衬衣，而且领开得也相当低，我真不敢再多看两眼了，再多看两眼的话，我甚至去犯罪的可能都有，所以就马上离开了。"

张筱笑着说："怎么不知道呢，看你那色眯眯的样子，好像恨不得把我吞下去一样，其实那天我是故意把领开那么低的。"

老蜡说："我当然知道哦，因为过了一会儿再见你的时候，你的衣领就扣上了嘛。"说到这里，突然又有一种想要去抱张筱的感觉……

醒来的时候，已经凌晨三点。张筱说："言恭，以后我们再也不能这样了。我们俩都是矿里的中层干部，而且都分别领导着一个部门的工作，你又是结了婚的人，就把我们的这次当成一场梦好么？"

老蜡说："好，我也是这样想的，但以后不管你有什么事，只要告诉我，我一定会全力以赴的。"

张筱又沉吟了一会儿，说："另外，言恭，我已经决定不再和方跃相处了，否则，我会受不了的。"

突然间，老蜡有了一种很强烈的内疚感，但又没有办法表现出来，只得对张筱说："感情的事你自己拿主意吧，总之不管什么时候，永远都有一个爱你的蜡言恭在背后默默地支持你。"

张筱说："按行程，明天我就该返回矿里了，总之以后我们见面，要像什么事情都没有发生过一样，你看行么？"

老蜡说："一定，一定的。"

直到早上七点，张筱和老蜡才离开她表姐家，去街上吃过早餐后分手。

张筱去火车站，而老蜡则去省总工会开会。

老蜡到省总工会招待所时已经快八点，他忙去房间拿资料。刚到门口就遇见了杜大海，他笑着说："小蜡，你不用去了，资料我都已经带上了。诶，昨天晚上你去哪儿住的？"

老蜡一阵心慌，但很快就镇定下来，忙说："昨天下午没事，就去看一个同学，喝了一点酒晚上就在他那里住了一晚。怎么，杜主席你昨天晚上就回来了么？早知道我就不在外面住了。"

杜大海说："是啊，昨天在老战友那里吃过晚饭就回来了，因想到今天的会很重要，加之我们的发言又安排在上午，所以哪里还有心思去玩呢。"

老蜡更觉不好意思了，说："我以后一定要多向杜主席学习，永远把工作放在首位。"

杜大海拍了拍老蜡的肩膀，说："没那么严重，年轻人嘛，该玩儿的时候还是要去玩儿的，只是到了工作的时候把工作搞好就行了。对了，今天晚上我又要去看一个老战友，要不你跟我一起去吧。"

老蜡说："谢谢杜主席了！你们老战友聚会，我去不太合适，还是你自己去吧，我就不去了。"

两人边说边走，不知不觉就到了会场。老蜡这才发现，偌大的一个礼堂已经坐了很多人，还有很多正在赶来的人，这次大会的规模比在江油的那次要大很多，可能有近千人之多。座位都事先安排好了，就像电影院的座位一样还有编号，可能考虑到发言，老蜡和杜主席的座位被安排在第一排，按照会议资料上的标识，他们很快就找到了座位。老蜡还是第一次参加这样规模的大会，坐定后多少还是有些紧张，回过头一看，之前许多空着的座位都已经坐满了。

杜大海拍了老蜡一下，说："怎么样，还没见过这么大的场面吧？"

老蜡忙回过头，稍有些尴尬地笑了一下，才说道："就是，怎么这么多人呢？"

杜大海老练地说："这还算不了什么，比这规模不知道大多少的会议我都参加过。毕竟这是省上的会议嘛，全省那么多的厂矿、企事业单位，还不算地区、县，就是每个单位来一个也就好几百甚至上千了。"

正说着，会场上突然响起了雷鸣般的掌声，杜大海停止了说话，老蜡也往主席台上望，原来一队领导正鼓着掌走上主席台。坐定后一个领导宣布会议开始，开幕式后第一个发言的就是杜大海。他不慌不忙地走到主席台上的发言席，先向主席台上鞠了个躬，再向观众席深深地鞠了个躬，这才将发言稿放下，拿出老花镜戴上开始发言。老蜡真太佩服杜大海了，在整个发言中，他几乎都没有看过发言稿，但老蜡所写的东西他竟一字不漏地背了出来，而且是那样生动，可能除老蜡以外没有任何一个人会怀疑这个发言稿不是杜大海自己写的。很多地方，杜大海连语气都处理得恰如其分，老蜡甚至认为如果自己上台去讲，肯定没有他讲得生动。在整个发言的过程中，好几次都被雷鸣般的掌声打断。而每当这种时候，杜大海总是抬起头微笑着看看下面，一手拿着发言稿轻轻地鼓掌，此时的老蜡怎么也想不明白，杜大海居然还有如此高超的演讲才能。

杜大海讲完话后回到座位上，还没有坐定便马上问道："小蜡，怎么样？讲得还可以吧！"

老蜡说："简直太精彩了，杜主席。"

杜大海也很自豪地说："不精彩，那岂不是对不起昨天晚上少喝的好几杯好酒咯。"

之后又有三个单位的工会主席发言，当然是肯定没有办法跟杜大海的发言相比了。杜大海很兴奋，他不断和老蜡交谈，所以老蜡基本上没有听到那几个工会主席究竟讲了一些什么，只是每当有掌声响起的时候，才将视线从杜大海的脸上移开去看看主席台上的发言人，有时候也看看邻座投来异样眼光的人。在老蜡看来，从与杜大海认识到现在，还是第一次见到他如此兴奋，尽管老蜡也知道开会的时候在下面讲话有些不妥，但他还是装作很认真的样子听杜大海说话，虽然老蜡也没有完全听清楚杜大海究竟说了些什么，但还是时不时地点点头报以微笑，以示赞同。

下午分组讨论，在轮到杜大海发言的时候，他说："其实我们搞这个活动的创意，只是源于一个偶然的机会。那天在办公室里觉得有点儿闷，便推开窗户想透透气，恰好看见窗户边的一棵大树上有好几个鸟窝，老鸟不断地给小鸟觅食。突然，一个小孩用弹弓瞄准了其中的一只鸟，我立刻喝住了他。由此，我想到如果老鸟被打死了，那些小鸟得不到老鸟觅来的食物，就只有饿死在鸟窝里了，虽然我并不知道那些小鸟长大了后会不会像人侍奉老人一样去侍奉曾经哺育过它们的老鸟，但我坚信这些鸟也会像我们人类一样敬老爱幼。从古到今，我们中华民族都以敬老爱幼为美德。于是便联合矿团委、学校一起搞了这样一次活动，没有想到，还真引起了极大的反响，学校组织了很多个护鸟队，有很多职工也参与到这次活动中来了，有的还主动交出了猎鸟的工具。有这样一个职工，之前他对退休的父母一直都不太好，根本就不愿意和他们一起住，就是逢年过节也很少回家。通过参与这次活动以后，他不仅主动交出了猎鸟的工具，还从单身宿舍搬回了家和父母同住，这对老夫妻很高兴，在知道儿子的变化是因为参加了这次活动以后，还特地送了一面锦旗到工会来以示感谢。"

虽然老蜡很清楚给领导写发言稿是很正常的事，当听到杜大海的演讲时，心里多少还是有些不舒服，不过他的确太佩服杜大海的演讲才能。老蜡突然想到，张筱报给团省委的汇报材料不也一样是出自自己的手么，难道张筱会去说是蜡言恭写的么？当然不会的。但张筱肯定没有杜大海那样的演讲才能，帮人帮到底，张筱大概还不知道这个创意的具体来源，必须尽快告诉她，不然团省委要张筱去发言的时候就讲不到那样精彩了。想到这儿，老蜡已经没有了之前的那些不快的感觉，还有了一丝的快意：毕竟可以为张筱做一点有意义的事了。

第二十五章

　　两天的会议结束了,老蜡和杜大海坐火车回到了矿上。和杜大海分开后,老蜡的心情变得更加焦躁,走到楼下,似乎有些犹豫,甚至有点怕回家。和张筱的事一直都在脑子里浮现,他不知道该怎样去面对方俞,更不无法预测第一眼见到方俞时自己会是一个什么样的表情。但都到了楼下了,难道还有不回家的可能么?稍作停留,深呼吸了好几次后才硬着头皮上楼。开门进去,见屋子里只有方俞和继母,却不见爸爸的身影。

　　方俞忙到门边将老蜡的包接下来,说:"言恭,你回来啦,先洗洗脸吧。"说完后就去洗手间准备热水去了。

　　老蜡终于松了一口气,他想:"总算过关了。原来之前我的确多虑了,这大概就是人们常说的'做贼心虚'吧。"洗过脸后,老蜡才问道:"怎么不见爸爸呢,他出去了么?"

　　方俞一下子就像是小孩子做错什么事一样,甚至不敢看老蜡,只盯着地面,将声音压得极低地说道:"爸爸病了,还在医院输液。"

　　老蜡一下子慌了神,竟连掉在地上的毛巾都顾不得捡,便问道:"住医院了,在哪里,严重不,你们怎么不守着呢?"

　　吴桂英说:"不严重,方俞刚刚才从医院回来,我一会儿还送汤过去呢。"

　　老蜡也没多说,几乎是跑到了矿医院。护士对老蜡摆了摆手,声音压得极低地说:"老大爷刚刚才睡着,你轻一点。"

　　老蜡随即放轻了脚步,在护士的指引下来到了病房。见好大的一个病房里就只有他年迈的父亲一个人,老蜡突然间有了一种极度凄凉的感觉,甚至想要哭出来,但他还是止住了,调整好心态后,才轻轻地走到床边,看着他。在老蜡的记忆里,好像平生还是第一次这么仔细地去看睡着了的父亲,虽然睡着了,但他那已经非常瘦削的布满了皱纹的脸庞，却还是眉头紧锁，好像很不开心一样。老蜡想："父亲心里一定有好多好多的委屈。这么多年来，特别是在母亲去世后，他都独自背负着沉重的精神压力面对生活上的窘迫，他平时可能将所有的苦楚都深埋在了心底，只有在睡着了的时候才会没有任何掩饰显现在了他的脸上。父亲的一生可以用'特别艰辛'四个字来概括：中年以前和母亲一起抚养子女，子女都快长大成人的时候，母亲又去世了。待儿女都长大了，自己退休安度晚年的时候，却遇到了继母这样近乎刻薄的老伴儿。都快七十岁的人了，只是近几个月才真正地享受到了儿子的孝敬，但身体却不行了。"

想到这儿，老蜡好想去拉拉他的手，抚摸抚摸他那沧桑的面孔，但又怕惊醒了他。老蜡想："或许只有在睡着了的时候，父亲的内心才能真正地平静下来吧，就让他老人家多睡一会儿吧。"于是悄悄地退出病房，来到医生办公室。医生和老蜡很熟识，寒暄了几句后医生说："蜡副主席，你放心吧，老人家没有什么大病，只是因为长时间营养不良而引起血压偏高，其实药物治疗的意义并不大，最关键的是滋补和长期调养。"

老蜡突然间觉得鼻子一酸，好想哭出来，他想："在我很小的时候，父亲要养活一大家人，都没有谁出现营养不良；现在他老了，几个儿子都长大成人，自己却落下个营养不良。我这个儿子是怎么当的，真是不孝啊。亡羊补牢吧！以后不管怎样，都要父亲一直留在我身边，以好好侍奉他。"老蜡本想再和医生说点什么的，却找不到任何话题，也羞于再谈起父亲的病情，于是什么也没有说，只苦笑了一下便回到病房。

老蜡静静地坐在病床前，默默地看着熟睡的蜡元朗，不知道过了多久，吴桂英来了。虽然之前老蜡对她很有意见，特别是上次王云富来家要账后，则更是把她视为仇人一般；但见近期她对父亲照顾有加，相处得也很不错。于是想："只要父亲高兴，也就当他有一个伴而已。"所以对她也并没有像以往那样冷冰冰的。老蜡见吴桂英端来一饭盒什么汤，便示意她轻一点，以免吵醒了熟睡的父亲。

吴桂英随即也轻手轻脚的，谁知刚到床边，蜡元朗还是醒了。见老蜡站在床边，忙高兴地说："言恭几时回来的，你看，我都睡着了。"说着就往起来坐，老蜡见状，忙上前去扶起他。

吴桂英说："言恭都来好久了，看把你高兴的！还是先把汤喝了再去亲热吧！"

蜡元朗笑了笑，一口气就把一饭盒汤喝得干干净净，然后顺手将空饭盒递给吴桂英，说："你回去多弄两个菜，言恭回来了，晚上我要和言恭喝两杯，好几天都没有喝酒,想喝了。"

　　吴桂英说:"都病成这样子了,还喝!"

　　蜡元朗说:"儿子回来,我高兴嘛,怎么能不喝酒呢?"

　　老蜡忙对吴桂英说:"你去叫方俞弄一点好吃的,干脆让她去附近买一只鸡。"

　　蜡元朗说:"对、对、对,烧起就行,不要炖,连鸡杂也烧在里面。"

　　吴桂英笑着说了声"一天就知道喝酒、吃"便走了。老蜡不禁又想起了上次在老家关于是否杀鸡所引起的争吵来,但他知道,刚才吴桂英那随意地抱怨并没有半点对父亲的不恭,只是一种习惯性反对罢了。这才问道:"爸爸,您哪里不舒服?"

　　蜡元朗说:"言恭,你不要担心,我没有什么大病,只是这人老了嘛,小毛病就多了,还死不了,你就放心吧!"

　　老蜡忙制止道:"什么死不死的,多不吉利!"

　　蜡元朗笑了笑,说:"年纪轻轻的,就那么迷信,说死就死了嘛!"

　　老蜡没再接下去,忙转移了话题,很关切地问道:"爸爸,我不在家的时候,方俞对你们好么?"

　　蜡元朗看了看老蜡,一改刚才的那种诙谐,一本正经地说:"言恭,方俞很好的,你真的很有福气,遇到了一个这么贤惠的老婆,我想这个世界上应该没有比方俞更好的儿媳妇了。因此我很满足,同时也为你高兴。呃,对了,这次会议开得怎么样,是在哪里开的呢?"

　　老蜡说:"在省总工会礼堂,我们矿还被表扬了。"

　　蜡元朗若有所思,说:"省总工会礼堂,我知道,我在那里开过会的,应该是在粉碎'四人帮'以后吧。"歇了一口气后,他接着说:"言恭啊,我想了好久,虽然现在你大哥、二哥都听不进去我所讲的,觉得这些东西都过时了,没什么用,但我还是要给你讲讲;你现在这么年轻,都已经是正科级干部了,不容易啊,你爸爸我干了一辈子才只是到这个份上,你一定要珍惜组织上给你的这次机会。我工作一辈子,就总结了这么几点,第一,不要和坏分子打交道;第二,不要在经济上出什么问题;第三,就是在男女关系上不要出问题。一个国家公职人员,只要坚持好这三点,就不会有什么大的错误。"

　　当蜡元朗说到"男女问题"时,老蜡心里一怔,但他并没有表现出什么来,只是微红着脸说道:"爸爸,你说得对,我一定会按你说的去做。"

　　液体快要完了,老蜡忙去喊护士,谁知医生也和护士一起过来了。看起来蜡元朗和这里的医生护士相处得都很好,医生拍了拍他的手,说:"蜡老太爷,你养了一个了不起的儿子啊。"

蜡元朗忙说:"哪有什么了不起的,还望你们多帮助帮助他才行呢。"

医生说:"老爷子真会说话,难怪儿子这么有出息。"

蜡元朗忙问道:"医生,儿子今天回来,我高兴,想喝一点酒行不?"

医生说:"行,想喝就喝一点,不过不要喝太多。"

蜡元朗高兴地给医生行了一个军礼,说了声"遵命"。引得所有的人都笑了。

老蜡心里略微好受了一点,忙帮蜡元朗穿好衣服,准备回家。

走出矿医院的大门,蜡元朗看了下手表,说:"言恭,还这么早,干脆我们去转转,这几天天天输液,连路都没有走。"

老蜡突然记起:"父亲有一句口头禅'饭后百步走,活到九十九',这么多年来,几乎每顿吃完饭后,他都要出去走走的。哎!我真是一天瞎忙活,父亲来矿里这么久,我还没有陪他在矿区里散过步,真是的!"于是说:"好啊,爸爸!"

父子俩沿着矿生活区和办公区走了一大圈,老蜡问:"爸爸,您是不是累了,要不要休息一下?"

蜡元朗笑笑说:"我才六十多嘛,你当我八十岁呢,不用担心,我还精干得很!"

快到办公楼的时候,老蜡站住了,往办公楼指了指,说:"爸爸,二楼的第四间就是我的办公室,要不要上去坐坐?"

蜡元朗说:"现在是上班时间,也没什么事,跑去办公室干什么呢,办公室毕竟是工作之地嘛,除了非常重要的事以外,家里人是不应该经常去的。"

走到了老蜡办公室楼下的那棵大树下,几乎所有下棋和观棋的人都和老蜡打招呼,蜡元朗很高兴,老蜡见此忙问道:"爸爸,您有没有兴趣来这里下棋,如果有兴趣的话以后天天都可以来这里。来这里下棋的人基本上都是矿里的离、退休人员,也有矿里的家属,还有以前的矿领导呢。"

蜡元朗并没有回答,他看了看老蜡,突然往前快走了十多步以后才停下压低声音说:"这一辈子我一不打扑克,二不下象棋。"

老蜡本想说点什么,话都到了嘴边又咽下,只苦笑了一下便陪着蜡元朗继续往前走。又回到矿医院门口,老蜡问道:"爸爸,再转一圈不?"

蜡元朗说:"也差不多了,回去吧。"

在快接近单元门口时,一股香味扑鼻而来,老蜡说:"爸爸,您闻到了么,好香哦,肯定是方俞在烧鸡。"

蜡元朗皱了两下鼻子,说:"我怎么没闻到呢,可能还有凉(感冒)。"

回到家里，吴桂英忙过来扶着蜡元朗，但他怎么也不让，便一甩手，说："我自己还行，你去帮方俞做事，有言恭陪我就行。"

方俞也出来打了个招呼后又去厨房做事。

老蜡说："爸爸，刚才走了那么多路，肯定累了，你去躺一会儿吧。"

蜡元朗说："我还真有点累，去躺一下。"

老蜡给他盖好被子后便去阳台看线装书。

还不到六点，方俞就叫吃饭了，果然如老蜡所安排，一大盘野菌子烧鸡。知道蜡元朗爱吃辣，方俞还特地在里面加了一些青椒，不仅有看相，而且闻起来也特别香。照例有豆腐干、腊肉等，好丰盛的一桌子菜。

老蜡忙去叫醒蜡元朗，起来后，蜡元朗并没有马上就到餐桌前来，而是到卫生间去洗了一下脸，然后大声喊道："言恭也来洗洗手。"这才到餐桌边坐下。

吴桂英拿来了酒杯，老蜡先给蜡元朗斟满酒，再给方俞倒了半杯，最后才给自己倒上。方俞已经拿下了围裙和吴桂英一起坐了下来。但蜡元朗并没有像以往那样先喝上一口酒，然后马上开始吃菜，而是将桌子上的每一道菜都仔细地看了一遍，说："方俞真能干啊，这么快就弄了这么大一桌子菜。"说完后也没有想要开吃的意思。

老蜡看了看蜡元朗，说："爸爸，我们开始喝酒吧。"

蜡元朗摆了摆手，说："先不着急。方俞、言恭，我来说两句；言恭去成都开了几天会，今天回来，我们一家又团聚了。这几天我的一点小毛病弄得一家人都不安宁，而且方俞连班都没有去上，我很过意不去，所以我提议为我们家的和和睦睦，也为方俞的辛苦先干一杯。"

老蜡和方俞几乎同时和他碰杯并说道："祝爸爸身体健康，开开心心！"

蜡元朗高兴地说："你们两个真是夫唱妇随啊，好，好！"

喝过第一口后，蜡元朗接着说："第二，我有一个想法，我和你妈出门都好几个月了，在这里该享受的也都享受了，我也知道你们很孝顺，但这样老是在外面我总觉得有些不好，也实在有一点想家了。也不知道家里的那几间老房子垮了没有，这毕竟又过了一个六月天了嘛。因此，我想先跟你们商量一下，过几天我和你妈就回老家去，把老房子修缮一下，免得春节你们回来，看见到处都是破破烂烂、脏兮兮的。"

老蜡忙说："不行，不行，不是说好了春节一起回去的吗，怎么现在又想走呢，是不是我们有什么不周到的地方惹你生气了？修缮老房子也不急于一时嘛，春节我们提前几天回去就行,也可以写信让大哥、二哥找人去弄嘛。"

蜡元朗说:"你们不要多想,你们都很孝顺。我刚才不是说过吗,我只是有一点想家,常言道'金窝银窝比不得自己的狗窝'嘛。"

老蜡似乎有些伤感,说:"你儿子的家就不是你的家么?"

蜡元朗想,再这样说下去大家都会不开心。便说道:"算了,算了,今天就不谈这个,我也只是说说而已,说说而已,换个话题,换个话题。"

老蜡突然想:"父亲是觉得身体不似从前,不想再给我和方俞增加负担,而最重要的也是最让人担心的就是,老人是怕自己万一有什么不测而死在外面。这是我连想都不敢想的,但父亲既然这样想,无疑是一个很危险的信号。我该怎么去做呢?"虽然老蜡还是一样和家人喝酒,但从蜡元朗提出要回老家的那一刻起就再也平静不下来了,他想:"我该怎么做呢?是顺着父亲的意思让他们回去呢,还是想办法留住他?不过有一点很清楚,就是父亲回去,生活肯定没有在这里好,况且医生也说过父亲已经严重的营养不良。我怎么能让他回去呢?"

和往常不一样,蜡元朗连一杯酒都没有喝完就说不想喝了。菜也吃得很少,只是一个劲地夸方俞的烧菜技术好。虽然老蜡有些担忧,但一家人还是快快乐乐地吃完了这餐饭。

因为老蜡一走就是好几天,而且又发生了和张筱的事,所以他觉得很对不起方俞,吃过饭后,他打算陪方俞下楼去走走。但方俞吃饭后却并没有提出要去散步,老蜡突然想:"如果出去散步,万一碰到了张筱,还不知道该怎么去应对呢?"便打消了这个念头,甚至还有一点庆幸刚才只是在心里想了想,还没提出来。

而方俞却是照顾老蜡的情绪才破例不去散步的。之前曾几次说过想出去转转,都被老蜡拒绝。方俞就认定老蜡不喜欢散步,加之他已经好几天都没有在家,方俞也想顺从丈夫。刚吃过饭,蜡元朗就说有点困,便先去房间休息。

老蜡破例没有去看线装书,而是坐在沙发上喝茶,等方俞收拾好厨房以后便睡觉。刚上床,方俞就说:"言恭,你觉得没,爸爸好像有点儿不对劲?"

这令老蜡感到很惊讶,忙说:"你也看出来了?"

方俞说:"毕竟那么大的年纪了,我觉得过些时候也可以让爸爸先回去看看,然后再回来,如果你不好请假的话,我也可以请假陪他们回去。不管怎么说,在这儿肯定没有他在老家耍得开心,老家的熟人多嘛。"

老蜡说:"你说得对,但问题是如果回去后爸爸又过上以往的那种日子,该怎么办呢?这里距老家又天远地远的;更何况医生已明确地说他已经严重的营养不良,如果再过上以往的那种生活，岂不是更加重了他的病？"

方俞思考了一会儿，说："言恭，你看这样行不行，找个时间给你哥哥打个电话，和他们商量一下，如果他们愿意管那就没事了，至少他们可以随时给爸爸买一些肉或其他的营养品，钱由我们出。还有一个办法，就是让爸爸多和矿里的那些退休的老人在一起耍，如果在这里朋友多了，自然就不会再想回去。要不然干脆让我爸妈也搬过来住，有我爸爸陪他到处去走走，应该要开心些。总之，以后除把生活开好一点以外，还应该多关心关心他，多陪陪他。"

老蜡从内心深处很感谢方俞，想到自己在外面的那些不轨行为，觉得愧疚之极，但又不能表露出半点来。所以此时只有将千般宠爱集中在了方俞的身上。而方俞也感到无比的幸福，她偎依在老蜡怀里轻声地说："言恭，我现在好想要一个孩子哦。"

老蜡突然坐了起来，把方俞吓了一大跳，还以为突然发生了什么事。老蜡说："方俞，有办法了，如果你有小孩就好了，爸爸知道了肯定就不会再闹着要回去。"

方俞想了想，说："言恭，你还莫说，我可能还真有小孩了。我的月事本来上周都该来的，但是到现在都还没有动静，要不明天去检查一下。"

老蜡一下子搂着方俞，说："那从现在开始就不准再做家务事了哦。"

方俞推了老蜡一下，笑着说："你说的就像是真有小孩了一样，八字都还没有一撇呢。"

早饭后，老蜡没有像以往那样忙着去办公室，而是还在沙发上坐着看书，蜡元朗觉得奇怪，便问道："言恭，你今天不上班么？"

老蜡说："我今天休息，等一会儿陪你去输液顺便带方俞去检查一下身体。"

蜡元朗忙问："方俞怎么了？"

吴桂英笑着说："你这个老头子，这还需要问么，就是你快当爷爷了。"

方俞忙红着脸说："只是去检查一下，还不知道有没有呢。"

吴桂英忙问道："有多久没有来？"

方俞说："快十天啦。"

吴桂英双手一拍，好像很有把握一样高兴地说道："八九不离十了。"

蜡元朗高兴得几乎要跳起来了，说："言恭，你快陪方俞去"，然后又对吴桂英说："还有，以后的一切家务都由你来做，不要再让方俞操劳。"

吴桂英说："我知道，还用你说。"

方俞还真怀孕了。蜡元朗要输的液体也不多，刚到中午就已经输完了。回到家里，吴桂英已经准备好午饭，老蜡照例陪着蜡元朗喝酒。

蜡元朗高兴地说道："你说我这个孙子啊，还真有一点调皮呢，好像是舍不得爷爷，我昨天才刚说要回去，他就来留我。没办法，既然孙子要留我，我们就在这儿住下去吧。不然谁来照顾方俞呢？"

老蜡和方俞都特别高兴，忙向蜡元朗敬酒。

蜡元朗说："对了，言恭，你应该快一点把这个喜讯告诉亲家他们。"

老蜡说："好，我明天就去接他们，让他们过来住一段时间。"

老蜡又和方俞商量道："方俞，我看这样，我下午去原来的宿舍把单人床借回来，放在卧室里，你和两个妈妈就住在里面，这样也免得挤到你了，两个爸爸还是住那一间。我在沙发上睡就行了，反正我也爱熬夜。"

方俞说："好啊，就是你一直都睡沙发行不行哦？"

老蜡说："怎么不行，他们偶尔回去一下，我就睡床了嘛。"

蜡元朗说："言恭，还是我来睡沙发吧。反正我的睡眠很少，你还要上班，长期休息不好可不行啊。"

老蜡说："坚决不行。按我说的办就行了。"

蜡元朗哈哈大笑起来，说："我终于看到我儿子有一点领导风范了，做领导就是要有这种决断，不然在遇到意见不统一的时候你怎么去决策呢。"

方俞怀孕，给老蜡的家带来了一种全新的快乐。方俞的父母干脆让方俞的二叔帮助照顾家里，除了隔几天回去捉两只鸡以外，都住在这里了。这让老蜡感觉就像天天在过年一样。

老蜡按杜大海的安排休息两天后恰好又遇到了星期天，所以一直到周一才去上班。走到办公楼的下面，老蜡有些忐忑，他想："我该怎么去面对张筱呢？虽然那天张筱也说过就像什么事也没有发生过一样，但我怎么能装成什么事也没有发生呢，毕竟事实已经发生了嘛。还有，方俞怀孕后又给我增添了一丝担忧，这担忧的倒不是方俞怀孕，而是从方俞的怀孕让我想到了万一张筱也怀孕了该怎么办？和若兰的那次，若兰说她从乡计生办偷偷地拿了一些避孕套还有些避孕的药片之类的，而和张筱这次她好像什么措施都没有，哎！也怪我太过冲动，怎么说我也是过来人，应该想到这些的。"想到这儿，老蜡突然觉得害怕起来，两条腿也有些不听使唤，尽管他一再放慢步伐，但还是来到了张筱的办公室门口，还好办公室门紧锁着。老蜡一下子轻松了许多，便加快步伐向自己的办公室走去，就好像怕张筱突然从里面打开门一样。

虽然好些天都没有来办公室，但还是一如既往被收拾得干干净净。办公桌上的文竹也发出了些新叶，显得更加嫩绿，这令老蜡很舒心。又想起这盆文竹就是张筱送的，突然间记起好像还欠张筱一个"谢谢"。到现在老蜡终于弄明白了张筱当时的用意。正准备去泡茶，小王已经将他的茶杯端了进来，并说："蜡副主席，杜主席请你去一下。"

老蜡确实有些想喝茶，又不知道杜大海那里究竟需要多少时间，于是便端着茶杯来到了杜大海的办公室。他突然意识到："端着茶杯在办公楼里走来走去的自己还真有点像那些长期坐办公室的老油条，真是环境造人啊！"想到这里，老蜡不自觉地摇了摇头，苦笑了一下。

杜大海见老蜡进来，忙从办公桌前起身并过来和老蜡坐在一起，然后很关切地问道："蜡副主席，怎么样，休息好了么？"

老蜡说："休息好了，谢谢杜主席关心！"

杜大海问："听说你天天去矿医院，谁病了呢？"

老蜡说："是我爸爸有些不舒服，不过已经好了，也没有什么大碍，只是些老年人常见的小毛病。"

杜大海说："那就好，那就好！"

杜大海起身去办公桌上端起茶杯，但茶杯都要到嘴边了又没有喝，只苦笑了一下端着茶杯回到之前的座位上，但他还是没有喝茶，只将茶杯放在茶几上，然后在几个兜里摸了摸，又起身去办公桌上拿来一包香烟拆开，给老蜡递了一支。

老蜡没说什么，只摆摆手示意不要。杜大海点燃烟，又沉默了约一分钟的样子，才侧过身子看着老蜡，说："是这样的，蜡副主席，我们上次在省上的那个发言得到了上级领导的充分肯定，而且也把我们的经验上报给了全国总工会。刚才省总工会来电话说有可能要派我们去出席全国总工会工作会议；当然只是说有可能。因此省总工会要求我们做好准备，把资料准备得更详细些。这不，你的事情又来了，当然也只能辛苦你。在准备资料期间，你的一切时间都由你自由支配，可来办公室，也可以不来。"

老蜡想："原来是这件事，难怪杜主席刚才那么紧张，我看他甚至都不知道该怎样开口。但这个消息对于我来说，的确是一件好事，多少还有一点点自豪感。虽然上级并不知道这些东西都是我的创意和手笔，但至少说明我所主张的已经得到了上级有关部门的重视。"于是说道："你放心吧，杜主席，我保证把这个材料写好，力争比省上的发言稿写得更好些。"

杜大海如释重负，终于满意地笑了，说："你有什么要求就尽管说，这一段时间,我们整个工会的中心工作就是配合你弄材料。当然,省里也只是说有可能,也就是说并没有最后决定,不过我想还是先准备妥为好,有备无患嘛。这事儿我也在第一时间给兰书记做了汇报。"

老蜡说:"不用搞得那么兴师动众的,我很快就会完成好的,你就放心吧!"

杜大海站起来,给老蜡倒上水,好像很有感触地说道:"哎呀,小蜡啊!我怎么也没有想到,都到快退休的年龄了还会去北京,早知道上次在省总工会的会议上就应该由你去发言,也免得过一段时间还要我去北京讲嘛!我一个快退休的老头子,还跑到北京去讲什么啊,这些事本来就应该你们这些年轻人去做嘛!"

老蜡笑着说:"杜主席,我觉得你讲得特别好,那天你后面那几个人的发言,简直没法和你相比。"

杜大海拍了拍老蜡的肩膀,说:"那还不是因为你的发言稿写得好嘛,要靠我自己,可能还讲不到三句话就被人家给轰下台了呢。"

老蜡觉得再这样说下去可能反而会不好,于是说:"给领导写发言稿本来就是我应该做的事情嘛。对了,杜主席,如果没有其他的什么事我就去准备了。"

杜大海忙说:"也好,也好!"并站起来送老蜡到门口才握手告别。他这种过度的热情,让老蜡觉得有些别扭,但老蜡还是像往常一样,笑着先鞠躬再转身离去。

老蜡回到办公室,见张筱已经坐在里面,老蜡一阵心慌,甚至都不敢正眼去看她;而张筱却像往常一样站起来,说:"蜡副主席,我刚来,看见你已经和杜主席握手告别,所以就在办公室等,该不会打扰你吧?"

老蜡说:"怎么会呢,张书记请坐,快请坐!"老蜡感觉到自己有些手忙脚乱,甚至没有回到自己的座位,一直都站在门边,给人的感觉就像张筱是主而老蜡是客一样。

张筱有些奇怪地看着老蜡,说道:"怎么,蜡副主席,不敢进来么?"

老蜡这才发现自己还一直站在门口,他傻笑了一下,忙回到自己的座位上。张筱并没有坐下,而是走到老蜡的办公桌前,随手打开手上的文件袋,取出一份文件交给老蜡,说:"谢谢你,蜡副主席,你上次帮我写的材料已经得到了上级部门的肯定,而且还要我去团省委的会议上发言呢,所以还得麻烦你帮我弄一个发言稿才行。"

老蜡爽快地说:"没问题、没问题。在成都开会的时候我就想,回来后第一件事就是要告诉你一些有关这次活动的具体情况。"

老蜡忙站起来走到门边向两头看了看,见没有人才回到张筱的身边,压低声音继续说道："杜主席在会上讲得非常精彩，最重要的是在分组讨论的时候，他把整个活动创意的来源都讲得非常清楚，好像真是他想出来的一样，所以当时我就想回来后第一件事就是把整个活动创意的来源都告诉你，万一到时候别人问起了你才好说。哦对了，刚才杜主席说他还要到北京去出席全国总工会的会议，让我赶快写材料。"

听了老蜡的这番话，张筱很感动，说："谢谢你！言恭。哦不，蜡副主席。"

老蜡笑了笑，像是对张筱刚才更正称呼的回应一样，然后说："我想，你的这个发言稿要和杜主席的风格不一样才行，毕竟工会和团委是两个不同的机构，职能也不一样嘛，所以还得动动脑筋才行。你什么时候要？"

张筱说："也不是很急，就这几天吧，会议的时间都还没有定下来，只是要求我们准备好材料。"

老蜡想了想，说："行，明天上班的时候就给你。"

张筱告辞了，她并没有表现出半点和老蜡有什么特别的关系来，老蜡感到很欣慰，同时又有那么一丝丝的失落。他一直都不敢想象和张筱的这一次见面，就这样友好地开始并结束。此时的老蜡就好像是一个刚刚获得自由的人那样释怀，他几乎都想要跳起来。

于是将杜大海的发言稿放下，首先开始写张筱的。虽然两篇文章的风格不一样，但好在内容是一致的，加之老蜡深厚的文学功底，所以写起来并不觉得很难。他先看了一下张筱拿给他的团省委的文件，一气呵成，到下班的时候都已经完成了一大半。

杜大海过来了，见老蜡正在伏案写作，忙放轻了脚步，走到老蜡的办公桌前，轻声问道："蜡副主席，打扰一下，要加班么？我好安排人通知你家里，我也在这儿陪你。"

老蜡因为在帮张筱写，还是有点儿怕杜大海知道，忙说："不需要加班的，谢谢杜主席！"于是将文稿放进抽屉里和杜大海一起离开了办公室。

在巷道里碰到了张筱，她像往常一样打招呼，一切都显得那么正常。在回家的路上，老蜡觉得自己从来都没有像现在这样放松过，步伐也要轻快很多。

老蜡因为下午要写材料，中午破例没有陪父亲喝酒，匆匆吃过饭后便准备去办公室写东西。刚下楼，突然想起上次一个人在办公楼里的那种恐怖，便又回到了家里。

在阳台上一口气就写好了张筱的发言稿。一看，已经四点半了，离下班还有一个半小时。便去到了办公室,将上午写的和刚才写的又仔细地看了两遍,觉得应该没有什么问题,便决定交给了张筱。拿着这一叠厚厚的发言稿,张筱觉得简直不可思议,说:"言恭,你好厉害,怎么这么快就写好了呢?"

老蜡说:"我在家里写的,写好了才拿过来的。"老蜡也没有在张筱办公室多坐,交代了几句便回到自己的办公室。见还有一会儿才下班,这才开始写杜大海的发言稿。不过杜大海的发言稿要比张筱的要容易些,毕竟是比较熟悉的工会工作。先将提纲拟好,准备开始写的时候,已经下班,老蜡也只得回家去。

第二十六章

　　杜大海到北京开会去了,但并没有像上次成都开会那样带老蜡一起去,只是宣布,在他去北京开会的这一段时间,矿工会由蜡言恭副主席主持全面工作。因为是去出席全国性的会议,这在铅锌矿有史以来还是第一次,因此矿里也非常重视,在杜大海走之前还专门召开了欢送会。兰品桂在欢送会上的讲话肯定了近来工会的工作,还特别强调了老蜡的工作成绩。虽然老蜡的心情比较复杂,但听了兰品桂的讲话后还是感到很欣慰,他想:"虽然这一切都是我做的,但这也属于整个铅锌矿集体的荣誉,我不应该有半点不满意。其实像现在这样,做一个无名英雄也挺好的。很多时候,不一定站在前台的才是最具本事的,而往往有本事的人都不一定都站在前台,就像演员一样,他说的每一句台词都是编剧写好的,编辑才是最有本事的。好的演员是把台词发挥到极致,就像是真的一样;而不好的演员给人的感觉就是在演戏罢了。"

　　送走杜大海以后,兰品桂通知老蜡去他的办公室,他开口就问道:"小蜡,是不是有一点情绪啊?我见你刚才在欢送会上一直都低着头,在想什么呢?"

　　老蜡没想到兰品桂会这样问,竟有点慌乱,刚才会上所想当然不能说出来,而一时间也找不到更好的答案,便只好说:"没有啊,我能有什么情绪呢?"

　　兰品桂并没有马上就对老蜡的回答作出一个评判,而用他那深邃的眼睛看着老蜡,像是在审视,又像是在欣赏,这样过了足足有一分钟后才极平静地说道:"如果你真没有什么情绪的话,那我就敢预言,你肯定前途无量。"

　　老蜡想:"兰书记今天是怎么了呢,给我说这些是什么意思?在没弄明白他的真实用意之前,我还是不要贸然作答为好。而且他好像也没有要我马上作答的意思,但我不说点什么总不好,不然兰书记还以为我默认了他的观点。"于是指着兰品桂办公室的那幅字,说:"兰书记,这一幅字的败笔太多,我另写一幅换下来好不好?"

兰品桂想:"好一个小蜡,你还真不简单啊,竟知道去转移话题,而且还转移得恰到好处。"于是说:"能看出之前所写的字的败笔,说明你进步了,但我觉得并没有必要去换掉它。历史就是历史,我们有必要去改变它么?当然也不可能去改变它,即使想改变,最多也不过是抹掉一些痕迹罢了。这一幅字在当时你肯定觉得写得还不错嘛,不然,也不会送给我了,是不是?"

老蜡想:"虽然我一直都在细细揣摩,却还是不知道他的真实意图,兰书记的话里很明显寓意着很深的哲理。我如果再去东绕西绕的就没有意思了,兰书记对我有知遇之恩,我还是应该照实说出我的真实感受好些。"于是说:"兰书记,在杜主席去北京的这件事上,我真没有什么情绪。想出些点子来搞好工作,本来就是我分内的事,给领导写发言稿也是我应尽之职。至于由此而引来这么大的轰动,是我一开始根本没有预料到的,当然也就更谈不上会有什么情绪。况且这工作也不是我一个人就能完成的,工会、团委、学校乃至矿领导班子,甚至矿上每一个人都为这次活动做了大量的工作,我怎么还敢把这些功劳据为己有呢?在矿里,我们还分有科室、班组什么的,但在矿以外,我们就是一个整体,而我们每一个人都是这个整体中的一分子。杜主席去北京开会,代表的是我们铅锌矿,而不是以他个人的名誉去的,那么他所得到的荣誉也就是整个矿的,整个铅锌矿的荣誉当然也有我的一份嘛。我只是出了这么一个创意而已,如果没有领导的支持和各部门的通力配合,只凭我一人之力是怎么也不可能做好这项工作的,哪还谈得上什么情绪呢?"

兰品桂静静听完老蜡的讲话,他没有再说什么,而是起身去倒了一点水,回到座位上以后才说道:"小蜡啊,不错啊!年纪轻轻的对一件事竟有这样深刻的认识,连我都感到很惊讶。其实我今天找你来也没有别的什么事,只是好长时间都没有单独和你交流,想找你说说话罢了。杜主席开会去了,你肩上的担子可不轻啊。工会,在一般人看起来只不过是一个清闲的部门,但我却觉得它还是大有可为的,你不已经做出成绩了么?所以你一定要再接再厉,再出新招。我们矿工会现在可以说已经是全国企业工会的典型了,但我们不能骄傲啊,不能从现在开始就吃老本。杜主席已经快退休,我们也在考虑接班人的事,所以你现在一定要把工作干得更好,这样才能经受得起组织上的考验嘛。"

老蜡想:"我终于弄清楚兰书记的用意了,原来他是怕我因为杜主席去北京开会的事而背上思想包袱。至于他所说的关于接班的事,只不过是给我树立了一个更高的目标而已。这在我现在这个年龄段几乎是不可能的,所以也不必抱有太大的希望。不过既然兰书记这样讲,而且他对我又有知遇之恩,怎么说也应该有所回应的。"于是说："请兰书记放心，我一定会好好工作，再接再厉，力争取得更大的成绩。"

兰品桂脸上顿时露出了一种老蜡从来都没有见过的笑容，他似乎很满足，又像是用笑容来结束之前的话题，他更靠近老蜡些，拍了拍他的肩膀，问道："小蜡啊，听说你和方俞的父母都住在矿里，是不是？"

老蜡如释重负，就像是结束了一次面试一样，没有再多作考虑便随口答道："是的，我爸爸辛苦了大半辈子，一直都在为子女操劳，现在我们都大了，是该尽孝的时候了，所以一定要他们住在这里，以方便照顾。恰好方俞又怀孕了，需要她父母来照顾她，所以也住过来了。"

兰书记沉思片刻后说："很好啊，小蜡。哎！有时候我真的很羡慕你啊。工作中做出了些成绩，安定下来了，父母都健在，还可以侍奉其左右。像我们这样的人就不一样，年轻的时候一直在外面工作，甚至连家都很少回，对父母最大的孝敬不过是写一封报平安的信罢了。到比较安定，想去尽孝的时候，他们却不在了，'树欲静而风不止，子欲养而亲不待'啊！现在能为他们做的也只不过是逢年过节的时候去坟前烧一点纸而已，惭愧啊！所以你一定要珍惜老天给的这个机会，好好地孝敬他们啊！"

老蜡的心情完全放松下来，他想："在我的印象里，还是第一次这样轻松地与兰书记交谈，而且是谈家事。"于是说："我还要谢谢兰书记呢，如果不是您给我这个机会，我现在哪里有条件来侍奉他们呢？可能现在还住在单身宿舍里，不要说六个人住在里面，就是站在里面也会很挤的。"

兰品桂笑了笑，说："主要还是你自己的能力所致嘛，我只不过给了你一个平台而已。"

老蜡突然站了起来，像是表决心一样，说："兰书记，现在只有我们两个人，我一定要说出这个我好久都想说出来的话——那就是您的知遇之恩我将铭记于心，永生不忘！"

兰品桂似乎也有点激动，他打了个手势，示意老蜡坐下，然后说："小蜡，你言重了，我是因为很赏识你的才干才提拔你的，而且对你的提拔也是通过整个铅锌矿领导班子集体研究才决定的。对了，你们家六个人挤在一个屋子里，是不是很挤呢？"

老蜡说："的确有点挤，但还是能够住下。"

兰品桂想了想，说："这样吧，你去找一下房产科，再去借一间单身宿舍，你们住的问题不就解决了么？"

老蜡突然觉得眼前的兰书记一下子变得更加高大，能遇到他这样的领导，的确是自己的福分，而自己也只有在以后的工作中去报答他。想到这儿，老蜡很激动地说道："兰书记，我真不知道该怎样来感谢您。古人云'士为知己者死'，虽然我不敢说能像古人那样，但至少以后兰书记有什么事，只要知会我一声，我定当全力以赴。"

兰品桂听了后也有些激动，说："小蜡，你又言重了，你刚才也说了，你也是我们矿里的一分子嘛，所以关心你的生活也是我们这些做领导的应尽之责嘛。不过我还是很喜欢你的这种豪气。"说到这儿，兰品桂好像突然想到了什么一样，他站起来回到办公桌前拿起电话，说："你叫房产科长过来一下。"然后又回到了原来的座位上。

不到五分钟，房产科长邓如南拿着一个笔记本匆匆地进来，先和兰品桂打招呼，然后又笑着和老蜡打招呼。兰品桂示意他坐下，然后说道："邓科长啊，是这样的，蜡副主席近一段时间有好多的文件需要晚上加班，但他家的房子又太小，而且四个老人都住在那儿，你看能不能给蜡副主席再找一个房子，暂时用用，应应急。"

邓如南是全矿出了名的会迎合领导的人，他微笑着很神秘地看着兰书记，试探性地问道："是换一套大一点的房子？我来想办法吧！"

兰品桂说："换一套大的不太合适吧？"

邓如南马上底气十足地说道："怎么不合适，蜡副主席的工作大家都有目共睹嘛，从蜡副主席来我们矿以后，我们铅锌矿一下子就出了名，从地区到省上，甚至北京都知道我们矿，哪个有意见，我去跟他解释，让他出来和蜡副主席比一比，整个矿里还有谁能比他的功劳大，如果有谁比蜡副主席的功劳大，我愿意把我的房子让给他。"

听邓如南说完以后，兰品桂略考虑了一下后说："我看这样吧，邓科长，就在蜡副主席家的附近找一个单身宿舍，你看行不行？"

邓如南马上站起来，说："请兰书记放心，绝对没有问题，我马上就去办。"

老蜡喜出望外，一时间竟不知道该怎样去表达，他忙站了起来，说："谢谢兰书记！谢谢邓科长！"说完以后，便随邓如南一起往外走，兰品桂拉了他一下，示意他再坐一会儿。老蜡突然间觉得很失礼，就像自己真是为了要房子而来，房子问题解决了，便马上要走；于是尴尬地笑了一下，又退回去坐了下来。

兰品桂接着说："小蜡，你主持工作这一段时间最主要的是把工会的日常工作抓好就行，要尽量多抽出些时间去陪陪你父母，他们毕竟年事已高啊！"

老蜡想："虽然兰书记没有明确说，但我似乎听到他的话外之音，就是要我不要锋芒太露。难道我以往的工作有什么不妥之处？"于是说："请兰书记放心，我一定会在矿党委和杜主席的领导下开展工作,杜主席不在的这一段时间,我一定把工会的日常工作搞好……"

兰品桂似乎并不是想要得到老蜡的保证,老蜡还没有说完他就说道:"你的工作是得到了大家认可的,我只是想,年轻人嘛,在搞好工作的前提下,也不要把自己搞得太累。"

老蜡很感动地说:"谢谢兰书记的关心!"

正说着,邓如南又进来了,他兴致勃勃地把一把钥匙交给老蜡,说:"蜡副主席,这是房子的钥匙,就在你家住房左边那一幢的一楼12号,我已经安排人去粉刷了,可能明天就可以弄好,我还给里面配了一张新床和其他的一些用具。"

接过钥匙,老蜡心里有一种说不出的滋味,一时间竟不知道该说什么好,就只得连说几个"谢谢"。

邓如南也并没有多停留,说:"那你们聊,我还有事,先走了。"

兰品桂笑了笑,说:"小蜡,房子问题已经解决好了,先去准备准备,过两天再搬,去忙你的吧!"

老蜡起身告辞,快到门口的时候,他又转过身来,对兰品桂深深地鞠了一躬,没再说什么便离开了兰品桂的办公室。

突然拿到了一间房子,令老蜡的家人感到很意外,更让他们意想不到的是房子竟被粉刷过了,就像新的一样,甚至连床上用品包括床单、被子都配备整齐,而且全是新的,并不像老蜡刚来的时候所分的单身宿舍那样乱糟糟、脏兮兮的。实际上并不需要搬什么东西进来,只进去睡觉就行了。

蜡元朗看了看房子,语重心长地说:"言恭,你以后的工作可得好好干啊,千万不要辜负了领导对你的一片心意。"

方登科在床上坐下,试了试床的软硬,才看着老蜡,说:"言恭,你爸爸说得很对,不过我想再补充一点,就是你以后除了干好本职工作以外,还要注意处理好和同事间的关系,这也是最重要的一点。你发展得实在太快,以后你的言行一定要慎之又慎啊,千万不要让同事感到你有半点的骄傲。"

老蜡听了方登科的这番话,觉得有点不是滋味,但他还是笑着说道:"谢谢你们的教诲,我一定牢牢谨记。"

晚上,老蜡认认真真地把和兰品桂的谈话的每一个细节都反复地回忆了,想确认他的话外之音究竟是什么,却始终找不到最终的答案,他甚至想:"兰书记会不会知道了些若兰和张筱的事?但仔细梳理这两件事的每一个细节,并没有发现有半点纰漏，应该不会和这些事有关吧。虽然兰书记来矿里工作的时间并不长，但从好些事上都已经看到了他的权威，如果我真有什么让兰书记不高兴的话，他又怎么可能再给我找一个房子呢。那唯一的答案就是给我以后的工作提出更高的要求。对，肯定是这样的了，是暗示我目前只做好日常工作就行，不要再出什么新花样。杜主席再几个月就退休了，我应该在正式接任工会主席以后再一显身手。原来兰书记说'考虑工会主席接班人'的话也不仅仅是在安慰我，可能组织上还真有这个考虑。"想到这里，老蜡一阵兴奋，他又想："原来当领导和搞艺术是一样，也需要灵感和悟性。无可否认，在做领导方面，兰书记肯定算得上一位高超的'艺术家'。既然我已经走上了这条路，就要多向兰书记学才行。"

　　杜大海走的头一天，他把老蜡叫去他的办公室，说："蜡副主席，我明天就要走了，考虑到我就快退休，今后也难得有机会再出去，因此我这次去北京开会，准备把老婆也带上，会议结束以后陪她去几个景点走走。老婆辛苦了一辈子，除从老家到矿里外，什么地方都没有去过，也应该带她出去看看的。我还给矿里请了假，视在外面的情况再定时间。工会的工作就全部交给你了，你就放开手干吧，反正我就快退休，就当是现场练兵吧！"

　　老蜡说："杜主席，我确实不知道该怎么去工作，还请杜主席多教教才行。"

　　杜大海说："这有什么难的，你是聪明人，一接触就会。"

　　有了之前的决定，老蜡反而觉得轻松了许多，直到杜大海走了三天以后，才例行在星期一开了一个会，只不过会议的地点改在了老蜡的办公室。会议很短，只花了不到五分钟，老蜡说："大家都知道，杜主席去北京开会，这一段时间由我主持工作，其实也没有什么特别的，在座的各位可能比我更熟悉工会工作，也知道自己的职责所在，我就不多说了，只强调一点，就是办公室一定要密切关注上级和相关部门的电话和文件，有什么情况一定要在第一时间通知我。"说完以后便宣布散会。工会的人虽然不多，但参加会议的人还是你看看我，我看看你，到后来甚至开始窃窃私语，却没有一个人起身离开。

　　老蜡看看大家，说："你们还有什么事么？"

　　丁佩佩说："哎！今天的会议太快，我们都还不习惯呢。不过这样也挺好的，挺好的！"于是大家才离开。

　　开会的人都走了，老蜡突然觉得有些空落落的，不知道该做些什么，他想："哎！怎么这样无聊呢，早知道该多开一会儿会就好了，看来我还真要花些时间来适应现在的工作。以后肯定天天都是这个样子，要不明天干脆带几本线装书来办公室吧，不然这么好的时光就这样白白地被浪费掉,实在可惜。但这样肯定不好,之前都坚持不把书带到办公室里来的,现在我主持工作,这样做肯定不妥,怎么说也应该给下面做个样子吧。还是照以往的惯例,在办公室整理笔记即可,就是其他人看到了,也不知道我在看什么资料。"他又想:"其实不管在什么岗位上,只要你想做点事,总能够有所作为的,就看你是否愿意去做。上级部门如此重视我们上次所搞的活动,就说明现在基层工会其实很少有这样创新的活动,如果我真有当工会主席的那一天,我一定要更加努力工作,力争做出更大的成绩。"

"在想什么呢?都出神了。"

老蜡突然听见大声说话,吓了一跳,抬头一看,原来是张丰粮,于是说:"张丰粮啊,你娃娃还是第一次来呢,稀客,稀客!"

张丰粮说:"现在主持工作,是不一样啊,又在想什么新点子吧?"

老蜡说:"去去去,什么新点子旧点子的,还是上班时间,你那么大声干什么。"

张丰粮说:"工会嘛,我还以为好大的衙门呢,还不准大声说话!你娃娃也太假了吧。"

老蜡突然想:"和张丰粮虽然很熟,但人家毕竟还是第一次来办公室,我这样说的确也不太好。"于是说:"坐啊,立客难打发。我给你倒一杯水吧?"说着给张丰粮倒了一杯水后又坐了回去。

张丰粮这才一本正经地说:"无事不登三宝殿,没事我跑到你这'衙门'里来干什么。"

老蜡靠在椅子上,看着天花板,漫不经心地说:"有什么事你就说吧。"

张丰粮站起来,走到老蜡办公桌前,压低声音说:"我请你帮忙来了。"

老蜡坐正身子,看着张丰粮,说:"帮忙!我能帮你什么忙?"

张丰粮似乎有些不好意思,犹豫了好一会儿,又走回去坐下,还没开口,脸就已经红了。

老蜡这才觉得奇怪,说:"你今天是怎么了?吞吞吐吐的,有什么事你就说吧。"

张丰粮刚准备开口,丁佩佩进来了,张丰粮的脸更红了,他忙站起来,说了声"算了,以后再说"便出去了。

丁佩佩有些莫名其妙,瞟了一眼几乎是跑出去的张丰粮,说:"蜡副主席,没打扰到你吧?"

老蜡说:"没有,没有,他只是来闲坐一会儿。对了,他叫张丰粮,是子弟校的,你认识吧?"

丁佩佩说:"知道的。哦,刚才党办通知下午两点在四楼会议室开会,请你参加。"

老蜡问:"什么议题?"

丁佩佩说:"没有说,你去就行。"

老蜡突然间好想丁佩佩在这里坐一会儿,谁知道还没有来得及开口她就已经出去了,只好作罢。一看都十一点四十了,本想马上就走的,但突然想:"现在我怎么能先走呢,还是等到下班以后再走吧。"于是拿起一张报纸练起字来。

老蜡很快就完全适应了现在这种由自己主持工作的局面,和之前稍有不同的是,张丰粮隔三岔五地会来办公室坐坐,但他除了闲聊几句和不时地探着头向外面张望以外,并没有说出要老蜡帮什么忙。老蜡也没有再去问他,只当那天他是开玩笑。这样的日子一过就一个月。

杜主席回来了。虽然在这一段时间,老蜡抱定不想有什么作为,只做好日常工作的想法,但杜主席回来,老蜡还是有一种如释重负的感觉,更是全身心地投入到那些线装书里了。

这天早上,老蜡上班路过张筱办公室时,被张筱叫住了。老蜡突然感觉到好长时间都没有见到她了,一时间还有一种说不出的兴奋。老蜡还没有坐定,张筱便兴奋地说:"言恭,告诉你一个好消息,我可能要调到团地委去工作。"

听了这个消息后,老蜡心里一阵高兴,但却并没有表现出来,只是很平静地说:"哦,那什么时候走呢?"

张筱一改刚才那种柔和的语气,似乎有些责怪老蜡,说:"怎么回事嘛,你巴不得我快点走,是不是?"

老蜡自知有些失口,忙说:"没有,没有,绝对没有。于我自己,当然是一万个都不愿意你走的;但考虑到你的前途,我只能选择支持并为您高兴。"

张筱这才笑着说道:"这还差不多。"接着又靠近老蜡压低声音说道:"言恭,我想走之前再和你要一次。"

老蜡说:"行,我也很想呢,不过关键是地方不好找。"

张筱想了想,说:"去江油怎么样?"

老蜡突然想到去江油极有可能会碰到若兰。便说:"去江油,不好吧?你、我在江油的熟人都比较多,如果被熟人碰到就不好了。"

张筱说:"也是,那我们还是去成都吧,反正表姐的房子都还空着。"

老蜡犹豫了片刻,说:"你知道,前些天工会由我主持工作,现在杜主席刚回来,而且还没有正式上班,去请假可能不太好,干脆等杜主席上班后我再去请假。"

张筱很满足似的说道:"好!那就一言为定。"

老蜡想:"还聚什么呢,上次都已经说好了是最后一次,我绝对不能再背叛方俞,但现在就拒绝她有些太不厚道,先拖一拖再说吧。"于是说:"好,我尽快安排时间。"

张筱一时间没有再说什么,只含情脉脉地看着老蜡。

老蜡像是突然想起了什么,说:"在这里待久了不太好,我回去了。"

张筱没有出声,只默默地点了点头,在老蜡站起来的时候,她猛地抓住了他的手,但瞬间又松开了。

回到自己的办公室,老蜡突然间竟有了一种很深的失落感,他想:"虽然很多时候我都想躲开张筱,但现在她真的要走了,我竟很不舍得,之后不知道什么时候才能见到她,也不知道还能不能再见到她。哎!这铅锌矿还真如一个鸟笼一样,张筱就要飞走了,而我却不知道还要在这里面待多久,也有可能这一辈子都只能待在这儿。上次江油县调我去,我竟拒绝了。现在想来,真太傻,就因为要报兰书记的知遇之恩,难道我调到江油去工作就不能报他的知遇之恩了么?哎!过去的事就让它过去吧,以后恐怕再也没有这种机会。算了,就不要去想那么多,整理笔记吧。"

老蜡翻开昨天晚上的读书笔记,却怎么也静不下来,眼睛竟不想往本子上看,只好合上本子。想看看报,拿起来瞟了一眼就一点兴趣都没有了。于是想:"干脆再去张筱办公室坐坐吧,工会和团委的工作有很多交集的,去坐坐也很正常,该不会引起别人的怀疑吧?"于是起身,但还没有走到张筱的办公室,他又犹豫了,想:"这也太荒唐了吧,本来和张筱的事就要画上句号,我还去找她干什么呢?如果在这个时间出了什么差错就太不值了,我还是忍一忍吧。"遂折身往回走,谁知刚转过身,后面竟传来了张筱的声音:"蜡副主席,我正找你有事呢,你空不空?到我办公室来一下。"

老蜡忙转过身,有些慌张地说:"哦,不好意思,张书记,我还有事呢,只是回办公室拿个文件就走。"说完后他并没有看张筱的表情,也不管她是否同意,便急匆匆地回到办公室,随手拿了一份文件便往外走。

老蜡经过张筱办公室的时候竟不敢往里面看,他不知道张筱是否在里面,更不知道她在干什么,在快到楼梯口的瞬间,他又犹豫了:"我是不是有神经病啊,好好的跑出来干什么呢,就是要回避张筱也不至于慌乱成这样吧,现在距下班都还有近两个小时,我要到哪里去呢?可现在都已经出来了,回去肯定是不好,刚才说忙,这么快又回去,那不是明白告诉张筱我在回避她么?虽然我决定不再和她单独接触,但这并不代表我要和她彻底决裂吧。怎么办,怎么办,我总不可能上班时间还在矿里到处转悠吧,况且矿区本来就不大,也无法消磨这近两个小时啊。看来还只得回家去,但之前我从来都没有过这么早就回家的,回去了又该怎么给方俞交代呢?哎!我这个人老是想得太多,回自己的家嘛,难道还要找一个什么理由么?"

"诶,老蜡,你这是要去哪儿啊,我有两节空堂,还说到你那儿去坐坐。"老蜡正犹豫间,张丰粮在前面大声说道。

老蜡一时间竟不知道该怎么去回答他,情急之下,只好说:"哦,改天吧,我回家有点事。"说完之后,老蜡想:"这个张丰粮真是的,本来我还犹豫是否回家,但现在就只有回去了。"老蜡没有做任何停留,便往家走去。

老蜡回到家里,竟觉得有一点对不起方俞,他想:"方俞这么好,我还在外面……还好刚才拒绝了张筱。"

"言恭,怎么这么早就回来了?"还没等方俞开口,蜡元朗就问道。

老蜡说:"我有点不舒服,就早一点回来了。"

方俞一下子急了,说:"你哪里不舒服,我陪你去矿医院看看。"

老蜡这才发现手里还拿着一份文件,便直接走到隔成书房的阳台上,放下文件,说:"也没有什么大问题,只是头有点痛,不用去矿医院的,加之要写个材料,办公室人又太杂,就回来写。"

蜡元朗像是松了一口大气,说:"那你快写吧,我们就不打扰你了。"

见到家人这般温情,老蜡更坚定了要把和张筱的约会推掉的决心,他想:"如果杜主席再多休息几天就好了,这样我就有借口去推掉张筱。但如果张筱到办公室来找我,那又该怎么办呢?关键不是怕和她在办公室相见,而是怕和张筱单独接触后我又忍不住要去和她约会。唯一的办法还是尽量不要和她单独在一起。"

第二天上班,老蜡经过张筱办公室的时候,见门还关着,他如释重负,忙去到自己办公室,拿出笔记本写起来,给人的感觉就如同他很忙一样。但一直到快要下班的时候,都没有人来,老蜡觉得有些失望,他甚至有去张筱办公室看看的冲动,但最终还是忍住了。终于下班了,老蜡已经没有昨天那样紧张,在经过张筱办公室的时候,还特地看了看,门还是锁着。老蜡突然间有了一种很强烈的失落感,他想:"奇怪了,刚才我还希望张筱不在办公室,但现在她真不在办公室,我又特别失望,如果再这样下去,我可能会疯掉。"

老蜡在这种极其矛盾的煎熬中过了九天。这天早上刚上班,丁佩佩就通知老蜡去四楼会议室开会，原来是为张筱举行的一个简短的欢送会。在会上张筱的发言重点讲到了在主持矿团委工作期间和工会以及学校等部门的配合，希望自己调走以后，团委依然和工会、学校等部门密切配合。虽然老蜡已经决定不再和张筱有单独的往来，当和张筱告别的时候，心里还是有一点不舍得，甚至很失落，但他并没有表现出来。

张筱走了，老蜡还是难受了好几天。每当经过张筱办公室的时候都会情不自禁地往里面看看，而且都会有一种极度的失落感。一天晚上，居然还梦见了和张筱在一起。醒来后怕自己说梦话，在确定方俞并没有听到什么以后，这才放心睡去，但好像总是不敢再熟睡了一样。

老蜡还没有从张筱调走后的失落感中走出来，兰品桂又调走了，而且是那样突然，之前甚至连一点征兆都没有。这天早上刚上班，老蜡就被兰品桂叫到了办公室，刚进门，兰品桂就开门见山地说："小蜡，我调走了，调去省轻化工业厅担任厅党委副书记、第一副厅长。今后你就要靠自己了，当初在提拔你的时候就有很多人反对，也可以说是我力排众议才提拔了你。我走了以后你一定要有思想准备。如果你愿意走，等我安定下来后会找机会把你调走的。"

老蜡听了兰品桂的这番话，突然觉得整个脑袋好像被一个很大的盖子盖住了一样，闷闷的。一时间也不知道该说些什么，更不知道该怎么去说，只是呆呆地看着兰品桂，就像一个还很小很小的儿子看着母亲就要放下自己去远行一样的感觉。

兰品桂见老蜡这样呆呆地站着，一句话都不说，便有些担心地问道："小蜡，你怎么了？不过你不要担心，虽然我不在咱们矿里工作，但我毕竟还在轻化系统，而且也还是咱们矿的领导嘛，如果有什么事，来找我就行了。"

老蜡这才从刚才的沉思中反应过来，觉得不管怎样也应该有所表示，便说："兰书记，没什么，只是很舍不得你走。你不要担心，我没事的。"

兰品桂并没有让老蜡再讲下去，就像是要抓紧时间交代事情一样接着说道："小蜡，我调走很突然，本来打算先让你接替张筱做团委书记，合适的时候再接杜大海的班，但现在看来肯定来不及了。哎！要不是你还在预备期内，前几天我就让你去团委了。"

老蜡想："我没有想到兰书记还真为我考虑了那么多，之前还以为他说要我接杜主席的班是在安慰我，没想到还误解了他。"于是说："没有关系，兰书记，其实当不当什么我真不在乎，如果不能跟你一起工作，就是当什么我都没有兴趣。"

兰品桂拍了拍老蜡的肩膀，说："小蜡，千万不要气馁，只要在能力范围内，我都会尽力去帮助你的。我相信，以你的才干和能力一定会大有可为。"

正说着，矿党委办公室的王录进来了，说："兰书记，省委和绵阳地委组织部的领导已经到会议室了，请你马上过去！"

兰品桂只好终止了和老蜡的谈话，他站起来，理了理衣领，对老蜡和王录挥挥手，说："走吧！"

进到会议室，矿中层以上干部都已经到齐。主席台上坐着矿长刘福禄、新来的书记以及省委组织部和绵阳地委组织部的领导，兰品桂当然也坐在主席台上。刘福禄主持会议，先请省委组织部的孙副部长宣布兰品桂同志的任命文件。

接着就是绵阳地委组织部的邱副部长宣布陆浩天同志的任命文件：

任命陆浩天同志为绵阳地区锅子坝铅锌矿党委书记。

省委组织部和地委组织部的领导与兰品桂一起离开会场以后，陆浩天做了一个极其简短的发言，然后刘福禄将矿里的中层以上的干部一一作了介绍，会议就这样很快地结束。

听一些老一点的干部在下面议论，说陆浩天和前几任书记都不太一样，一时间还看不出他风格。但老蜡却隐约地感觉到陆浩天和兰品桂的工作重点似乎不太一样，甚至可以说是完全相反的。一直到了陆浩天上任的第三天，他依然没有找工会和团委还有学校的领导谈话，还暂停了和中层以上干部的单独谈话并下矿井去了，而且一去就是四天。老蜡感觉越来越紧张。

这天早上刚上班，丁佩佩来到老蜡的办公室，声音压得极低地说道："蜡副主席，请你九点二十去陆书记办公室。"丁佩佩说完后，随即就离开了。

老蜡一阵兴奋，"哎呀！终于等到了"。但瞬间他又觉得有些奇怪："丁佩佩今天有些反常哦，该不会单叫我去而没有叫杜主席吧？要不然她怎么会将声音压得那么低呢，就像是怕被其他人听到一样。不行，我还是去问一下杜主席吧，如果也通知了他，正好可以同路去；如果没有通知他，就更应该去报告一声。"于是便往杜大海办公室去。

杜大海正在办公室里发呆，见老蜡进来，忙走过来和老蜡并排坐下。但他并没有说什么，只是抽着烟面带微笑看着老蜡。

老蜡稍作犹豫，说："陆书记叫九点二十去他办公室。"

杜大海果然略显惊讶，停顿片刻后很快就恢复了平静，问道："是他直接通知你的么？"

老蜡说："不是，是丁主任通知的。"

杜大海叹了一口气，说："那你就准时去吧。"

老蜡说："干脆我们一起去吧？"

杜大海摇了摇头，苦笑了一下，说："又没通知我，去干什么。你就放心去吧！"

陆浩天并没有用兰品桂原来的办公室，而是将原矿党委的小会议室改成了办公室，比之前的书记办公室大了不少，里面的设施也全部换新，显得气派得多。九点十九分，一个人刚好从陆浩天的办公室出来，老蜡想："这陆书记时间观念真强啊。"便轻轻敲了一下门，进去后陆浩天很客气地请老蜡坐，并给老蜡倒了一杯茶。老蜡忙翻开本子准备记录。

陆浩天说："蜡副主席，不用记录，我只谈一件事。"稍作停顿后他继续说道："蜡副主席，请你不要介意，我只是公事公办，对事不对人。你是矿里的中层干部，希望你能带头执行矿里的有关规定。有群众反映说你除分了一套房子外，还占有一间单身宿舍，现在矿里的房子很紧，请你尽快把那间单身宿舍腾出来，你看行不行？"

听陆浩天这样说，老蜡想就是去解释也没有多大必要，于是只好说："请陆书记放心，我今天下午就把钥匙交给你。"

陆浩天笑着说："不用交给我，我怎么可能去管房子呢？你直接交到房产科就行。蜡副主席，你不会生我的气吧？"

老蜡忙说："怎么会呢，陆书记。"

陆浩天看了看表，说："没什么事了，你去忙吧。"

老蜡本想再说一点什么，但还没打好腹稿，陆浩天就下逐客令了，便只好起身告辞。

老蜡从陆浩天办公室出来，觉得很不是滋味，就好像整个天空突然间都灰暗了下来一样，但他很清楚，此时的杜主席可能还极度不安地在办公室里坐着，为陆书记召见我而没有召见他而烦恼。于是决定先去给杜主席作一个汇报，再去搬房子。

杜大海正靠在藤椅上猛吸着烟，眼睛无神地望着天花板。见老蜡进来，他的姿势没有作任何改变，只微微笑了一下。但老蜡看得出他笑得很勉强，甚至有一点像哭。见此情景，一时间老蜡也不知道该怎么办，是走还是留？约莫过了一分钟的样子，杜大海好像调整好了心态，这才站起来像往常一样让座，然后问道："蜡副主席，有什么事么？"

老蜡说："杜主席，结果刚才陆书记叫我去，是要我把你去北京开会时，兰书记借给我的那间房子交出来，工作上的事连一个字都没有提。"

杜大海好像一下子来了精神，忙直起腰来看着老蜡，温和地说道："小蜡啊，看来我们工会的工作肯定不是陆书记所看重的，不过每一个领导有每一个领导的风格和工作的重点，这也不奇怪。再几个月我就退休了，看来以后你的路会很难走啊，我也帮不了你什么。"

老蜡说："杜主席，其实我还真不想再当什么领导，原来在你领导下工作觉得轻松而愉快，如果你退休了，那我在这里工作也没多大的意思。"

杜大海仰着头，左手把烟放到嘴边，但并没有抽，右手的食指轻轻敲击着座椅的扶手，说："天下没有不散之宴席啊！我们的年龄相差那么大，不能在一起工作也是很正常的事嘛。你的日子还长着呢！"随即又转过头来看着老蜡，问道："对了，那房子的事你是怎么说的呢？"

老蜡说："我说今天就把钥匙交给他。"

杜大海似乎有些惋惜，轻轻地叹了口气，说："你不该说马上给他，应该说过几天把几个老人安顿好了以后，即使陆书记不找你谈话，你也会主动把钥匙交出去的。这样才显得这个房子是借来暂时用用的嘛，不然他还真以为你想多占呢。"

老蜡认同地点了点头，说道："哎呀，我怎么就没有想到这些呢，但现在也只能马上就交出去。"

杜大海很显然也表示赞同，说："当然，既然话已经说出去了，也只能这样。只是以后你遇到类似的事情，一定要想清楚了再回答，说出口的话一定要经过大脑。"

老蜡听杜大海这么一说，一种极不舒服的感觉一掠而过，于是摇了摇头，站起来什么也没说便出去了。已经出了门，才意识到没有打招呼就走肯定不太好，况且杜主席就快退休，他还误认为我因此而不尊重他。忙转过身，说："杜主席，那我请一会儿假，去搬房子。"

杜大海挥了挥手，说："还请什么假呢，去吧，去吧！"

老蜡直接回到家里，吴桂英在收拾房间，方俞坐在沙发上看书，而蜡元朗则坐在老蜡的书桌旁喝酒。方俞放下书，说："言恭，这么早就回来啦？"

老蜡忙笑着说："是这样，我刚刚听说新来了些职工，矿里已经没有房子可用，所以我主动把那一间房子让出来。"

蜡元朗说："这样做是对的，你已经分了一套房子，怎么能够再去占一间呢，主动退出去的好。"

方俞说："那我们快去搬吧。"

老蜡一颗悬着的心终于放下，他没有想到家人竟没有半点异议。其实搬家很简单,不到半个小时就结束。看了看时间,便直接去房产科。谁知刚到房产科的门口便遇到了陆浩天,他还是很热情地主动和老蜡打招呼。老蜡说:"陆书记好!我是来房产科交钥匙的。"

没想到陆浩天马上一脸严肃地说道:"蜡副主席,你这样子可不太好哦,现在是上班时间,你怎么能去干私事呢?搬家可以利用下班的时间嘛,希望你以后一定注意将上、下班的时间分清楚,你大小也是个领导嘛,更要起好带头作用。"

老蜡一时间竟不知道该说什么好,他想:"陆书记批评的确实很有道理,并没有半点有意为难我的意思啊。"于是忙对着已经走了的陆浩天的背影说道:"我以后一定注意,一定注意,请陆书记放心。"

陆浩天甚至连头都没有回,径直走了。老蜡一脸的尴尬,站了约两分钟的样子才低着头走进了房产科。

房产科长邓如南正端坐在办公桌前,见老蜡进来,故意装着没看见一样,随手拿起一张报纸看了起来。

老蜡说:"邓科长,我来交钥匙。"

邓如南故作惊讶地说:"是蜡副主席啊,这才用了多久嘛,怎么不用了呢,家人都安顿好了么?"

老蜡想:"其实他应该早知道我要来交钥匙,或者说这件事本来就是他告诉陆书记的,现在他的这一副嘴脸,对比之前给我钥匙时的样子,真是厌恶到了极点。"于是说:"是陆书记让我交给你的。"说完后将钥匙狠狠地往桌子上一丢,没有等邓如南再说什么便匆匆而去。

老蜡回到办公室,已经气到极点,猛喝了几口茶后顺势坐在藤椅上,过了十来分钟才稍稍冷静了一点,他想:"我真弄不明白,也无法弄明白我究竟是在生谁的气,陆浩天?不是。邓如南?更不是,他们都是在干自己分内的事。那天兰书记的谈话,就好像已经预料到了今天这个结局。但他并没有教我怎么去解决,现在该怎么办、该怎么办呢?我真后悔当初为什么没有调去江油。"

老蜡正一筹莫展,杜大海进来了,老蜡本想起身打个招呼,但杜大海示意他不要起来,随后将椅子上一本杂志拿起来放在老蜡的办公桌上,这才坐下来关切地问道:"又受气了,是不是?"

老蜡没有回答,只是低着头看着地面。此时他突然觉得自己只剩杜大海一个支持者了,便把刚才的经过原原本本地一股脑儿倒了出来。

杜大海没有插言,静静地听老蜡讲完后才说道:"小蜡,我现在要告诉你的只有一点，而且也是最重要的一点，那就是今后不管遇到什么，你都不要提出辞职。如果你提出辞职，可能就连现在的房子也保不住。以后你会有出头之日的。所以你一定要忍、再忍。"

老蜡听后，说："杜主席，谢谢你还这么关心我。说实在的，刚才我的确有一点想辞职的冲动，幸亏你及时提醒了我，不然的话，我可能就……"

没有等老蜡说完，杜大海就打断了他的话，说："小蜡啊，人的一生不可能都一帆风顺，总会遇到这样或那样的困难，当遇到困难的时候，如果能勇敢地面对并战胜它，你就成功了；如果你在某一个困难面前退却，被困难打倒了，那么你的一切可能就停在那一刻了。向阳不就是一个很显然的例子么，有什么想不开的呢，如果不走那条路，现在不是还好好的么，也可能比先前还要好很多呢。因为没有挺过去，所以他的一切也就定格在那一刻。所以啊，小蜡！现在可能是你人生中第一次遇到这么大的困难，也许会让你感觉一落千丈，从原来全矿都瞩目的英雄般的人物，一下子落到起点，而且还有可能招来很多的白眼和冷嘲热讽。但我希望你一定要挺住，哪怕是再困难也要在自己的岗位上坚持工作，往后的日子一定会好起来的。"

老蜡听了杜大海的这一番话，觉得心里好受了些，于是说："谢谢您还这么关心我。请您放心，不管发生什么事我都会勇敢去面对的。"

杜大海站起来，拍了拍老蜡的肩膀，叹了口气，说："小蜡，我要走了，如果我没猜错的话，我的工会主席可能也就这几天。不过我已经做好了准备，昨天就把办公室里我私人的东西都拿回家去了。"说完后他一阵大笑，大步从老蜡的办公室走了出去。

第二十七章

　　三天后，矿里召开大会，宣布杜大海因为年龄已届退休，所以免去铅锌矿工会主席的职务，由邓如南任矿工会主席，同时免去邓如南房产科长的职务。
　　一起被免职而没有重新任职的还有十二个人，不过老蜡并没有在被免职的名单上。后来老蜡才知道原来他也在被免之列，是刘矿长和几位副矿长极力相保才得以幸免。
　　会议刚结束邓如南就来工会和杜大海办交接，但并没有让老蜡参加，也没有工会其他的人在场。交接的时间很短，只有不到半个小时。杜大海经过老蜡办公室的时候，什么也没有说，只对着老蜡笑了笑便走了。老蜡忙起身到门口目送杜大海离开，瞬间，老蜡就像打翻了五味瓶，心里很不是滋味。看见杜大海的背影在楼梯口消失，老蜡回到座位上，觉得心里空落落的，他不知道接下来该做些什么，也不知道该怎样去和邓如南相处，唯一能做的就是在办公室待着。
　　随着杜大海离开的脚步，工会突然变得热闹起来，之前房产科还有其他一些部门的人都在邓如南和杜大海办完交接后陆续来到了之前杜大海的办公室，有送东西来的，也有来看看的。有来打一头就走的，也有在里面帮忙收拾的。但唯独没有工会的人去。还十二点不到，邓如南就在几个人的簇拥下离开了，经过老蜡办公室的时候他甚至都没有往里面看一眼，老蜡只是听见邓如南要丁佩佩通知下午开会。
　　虽然老蜡没有接到开会的通知，但吃过午饭，他还是早早地来到了办公室。一直坐到下午下班，不仅没有人来通知开会，甚至连邓如南的影子都没有看到。但老蜡还是坚持最后一个离开办公室。
　　第二天刚上班，丁佩佩就通知开会。来到邓如南的办公室，老蜡才发现，原来办公室已经大变样，较之前不知道豪华了多少，办公桌换了，座椅换了，就连之前的两个木头椅子也换成了沙发。之前杜大海挂的横批变成了"腾飞"二字，字虽然写得很一般，落款也错了方向，甚至连印章的位置都盖错了，但装裱得却很精致。老蜡仔细看后才知道原来是邓如南自己写的。

今天的会议也没有像以往一样由老蜡主持，人刚到齐后邓如南就直接讲话："本来昨天下午就要开会的，但要陪陆书记下矿去调研，所以改在了今天。在座的基本都认识，就不作介绍了，我先给大家宣读一个文件。"随即他打开办公桌抽屉，拿出一份红头文件来，大声读道：

锅子坝铅锌矿文件，经矿党委研究决定，任命邓如南同志为铅锌矿工会主席，括弧，副矿级。

读完以后他接着说："我来工会任职，不是来休养的，而是来实实在在做事的。因此，我们要彻底改掉以前的工作作风，不能再松松散散，懒懒垮垮。从明天开始，每天实行签到制。所有人每天上班的第一件事就是签到，不得随意迟到、早退。对了，丁主任，你会后准备一个小黑板挂在办公室门口，把工会所有人的名字都写在上面，哪怕是在矿内办事，只要是离开工会，走之前都必须在黑板上写明。还有，在办公室绝对不允许看和工作没有关系的书籍。有事做事，没事可以看看报，学习学习嘛。"

还是在昨天下午，老蜡就想好了：不管怎么样，现在还是要和邓如南搞好关系，毕竟以后要在一起共事。明天开会的第一件事就是要对邓如南来工会表示欢迎，之后不管他讲什么，我都应该表示赞同。但邓如南根本就没有给老蜡这个机会，他讲完话随即就宣布散会。

这之后，老蜡坚持按时上下班，也不把那些线装书的笔记拿去办公室整理。但邓如南就像根本不认识老蜡一样，在工会几乎没有和他说过一句话，就是路头路尾碰到，也只是点一下头而已，有时候甚至装着没看见。

老蜡百思不得其解："我不知道究竟在什么时候得罪了他，他来工会之前最近的一次接触就是去交钥匙，当时我只是很生气，把钥匙扔在桌子上，但并没有说出什么不利于团结的话。我是不是应该主动去他办公室坐坐，沟通沟通。但这好像应该是他做的事，更何况我也放不下这张脸。哎！这日子过的，杜主席要我忍，再忍。我就忍下去吧。"

这样的日子大概过了一个多月，邓如南才第一次叫老蜡去他的办公室。

老蜡进去后，他并没有让老蜡坐下便直接说道："蜡副主席，我们工会工作本来就没有太多具体的事，你也是我们矿有史以来第一个工会副主席，我看你一天都闲着没有什么事情干，不如还是想一个什么新点子吧，就像你们前一段时间搞的那个什么'鸟'的活动一样。"

老蜡见邓如南对自己一点热情劲儿都没有,而且言语中多有挖苦之意,本想发火的,但他还是忍住了,只是没好气地说:"邓主席,这些事是要讲机缘的,不是凭空想就想得出来的。不过我尽量去考虑考虑,看能不能想出一个什么主题来吧。"

邓如南有一点不高兴了,说:"蜡副主席,我们一线的工人有多辛苦你知道么,有的人干了很多年都没能分到房子,而你一个刚参加工作不久的大学生却房子、职务都有了。你若再不去干一点事情,你觉得对得起矿里发给你的工资么?"

老蜡本来就窝了一肚子火,再听他这么一说便忍不住爆发了,他很气愤地说道:"对不对得起工资也不是由你来评判的,你当主席都快一个月了,才第一次找我,我们好歹也算是一个班子的吧,你是班长,你不说,我怎么知道该去干什么呢?"

邓如南也来劲了,他大声说:"我这不是在给你安排工作么,你又说不是一想就想得出来的,难道还要我每天给你'抹胡子、抽玉带'你才想得出来么?"

老蜡也不示弱,大声说:"我没有见过你这样当领导的。"

邓如南在桌子上猛拍了一下,说:"你是没有见过,你才几岁?现在你总算见过了吧,况且我这个领导也不是你封的。"

老蜡毫不示弱,也猛拍了一下桌子,说:"那我这个副主席也不是你封的。你有本事就撤了我。"

邓如南说:"我正有此意,你这个靠跑趟子起家的人,你以为你的靠山还在,想怎么样就怎么样。现在可不是以前了,我马上就去给矿党委陆书记汇报,建议把你这个整天闲着没事干,还乱讲话的,本来就是个闲职的副主席撤掉算了。"

老蜡已经气到了极点,便说:"不用汇报了,你以为老子想干啊,老子还不想干了呢,省得整天在这里受你这个卑鄙小人的窝囊气。"

听到这边吵得很厉害,很多的人都过来看热闹,当然也有好多人来劝的,不过大多数人都说是老蜡不对,而且还有人直接指责老蜡。

老蜡被几个人抱的抱,拖的拖,推的推地劝回办公室,按在座位上。鉴于这种情况,老蜡也没有再起来,只苦笑了一下,说:"谢谢你们,我没事的。"

那些人走后,老蜡稍坐了片刻,越想越不是滋味,他想:"平常都很尊重我的人竟都去帮邓如南,为数不多的几个没有帮邓如南说话的人最多也只是保持沉默,站在一旁观战而已,竟没有一个人替我说一句话,想起来真的很寒心啊!我还待在这儿干什么呢?"于是马上开始写辞职报告,然后到了陆浩天办公室。

陆浩天见老蜡气冲冲地进来,也没有像上次那样热情打招呼,只淡淡地问道:

"你有什么事么？"

老蜡想毕竟陆书记又没有得罪自己，于是一改刚才的面孔，稍稍温和了些，将辞职申请轻轻放在陆浩天的办公桌上，才低声说道："陆书记，我想辞职。"

陆浩天并没有去看辞职报告，只看了老蜡一眼，没好气地说："辞职！好好的怎么要辞职呢，是辞去工会副主席的职务呢还是辞去工作啊？"

老蜡突然间想起了杜大海的忠告，但已经没有办法挽回了，便说道："辞去工会副主席的职务。"

陆浩天说："蜡言恭同志，你可要想清楚哦，是你自己提出辞职的，辞职后你就不再是中层干部，那么你在矿里所享受的中层干部的一切待遇都要收回的哦。况且我现在主要是抓生产，至于生产以外的事我都不感兴趣，因此，如果你坚持要辞职，我马上就批。"

老蜡听陆浩天这么一说，本来心中已经稍稍平息下来的怒火又被点燃，他已经愤怒到了极点，虽经克制但还是没好气地说道："那我就连工作都辞了吧。"说完后转身就走了。

老蜡没有再回办公室，而是直接回到了家里，见方俞和四个老人都在，便说："我有事和你们商量，我已经辞职了。"

蜡元朗诧异，忙问道："辞职，为什么？"

老蜡很委屈地说："一言难尽！自从兰书记调走后，他们经常都给我小鞋穿，我都忍了，但今天那个姓邓的居然公开侮辱我，我实在忍无可忍。而且他说要去陆书记那儿建议一定要撤掉我；与其让他们撤掉，还不如我自己辞职算了。"

方登科说："言恭，你是不是再考虑一下，这可是一件大事哦。"

老蜡说："没法考虑了，辞职报告都已经递上去了。在路上我就想好了，两个选择：第一是方俞暂时住在你们家里，我先去江油找陈副县长，然后再去省上找兰书记，看能不能调一个单位；第二就是方俞和我爸爸他们回射洪老家暂住，我还是去办这两件事。"

方登科忙说："你说到哪儿去了，什么回老家，方俞和你爸妈都住我们那儿去，等你安顿好了再说。"

蜡元朗说："言恭，你就不要着急了。既然这样，也只能如此。不过言恭，我们还是先搬去你岳父家，等稍稍平静一下再说。"

老蜡见家人们虽然很着急，却反过来安慰自己，之前心里的愤怒已经化成了些许的愧疚，甚至还有些后悔，但却好受得多，于是让家人马上收拾东西，准备搬家。

刚刚安排妥当，杜大海来了，他刚进门就说："小蜡，你怎么把我对你说的话都忘到九霄云外去了呢，我不是告诉过你不管怎样都不能辞职么？"情急之下，杜大海竟一边说一边跺着脚。

共事这么长时间，还是第一次见到杜大海这样，老蜡很感动，忙请杜大海坐下，说："杜主席，谢谢你一直以来都这样关心我。此处不留人，自有留人处，我准备去找陈副县长和兰书记，看能不能给我调一个工作。"

杜大海也平静下来，说："现在看来，也只有这样。前几天我已经给兰书记去了一封信，把你在这里的处境都告诉他了。可能再过几天兰书记就能收到信。只是我没有想到事情会发展得这样快。我之所以不让你辞职，是因为有职务的话，调动起来要好办些，而且身份也不同嘛，辞了职，你就是一般的干部了，即使调动也不会解决职务的，而且听说你还连工作都辞掉了，哎！连工作都没有了还怎么谈调动呢，真是的！"

顿了顿，杜大海又说："但愿陆书记还没有在辞职申请上签字，我再想想办法，看能否保住工作。"

几位老人都向杜大海表达了感谢之意。杜大海摇着头，说："我一个退了休的人，也只有这么大的能力，只能出出主意，敲敲边鼓罢了。惭愧，惭愧啊！"随后，竟含着热泪走了。

老蜡还是第一次乘夜间的这趟慢车，到江油车站时天还没亮。刚下车，一阵寒风刮来，老蜡顿时感到脸上就像是用刀子在割一样，他本能地将短大衣的领子往上拉了拉，但那寒风又从腰间灌了进来，老蜡不禁又打了一个寒战，忙紧抱着双臂，快步往检票口走去。

整个检票口连一个乘客也没有，就连检票员也没了踪影。虽然有路灯，但还是显得很昏暗，除依稀看见远处的公交站台上有两个穿着军大衣来回跺着脚的人以外，就只有两三只流浪狗。老蜡本想往前面走走的，但见那些流浪狗似乎有些贪婪地在往这边看，只得打消了这个念头，踌躇片刻后才看了看表，竟连五点都还不到，便只好来到了候车室。

虽然候车室里也一样没有人，但老蜡觉得还是比外面要暖和许多，毕竟那刺骨的寒风被挡在屋子外面，于是找了一个角落的位置坐下。之前从来没有见这么大的一个车站还这样冷清过，老蜡不禁想到前几次来车站时那熙熙攘攘、人潮涌动的场景来，他摇了摇头，"哎！这如此冷清的车站不就和我现在的处境是一样的么。看来这世间的事好像都有什么人在安排一样，在顺心的时候，就连乘坐火车都觉得拥挤；

而今天，我好像并没有去做任何选择，却坐上了这一趟火车，就连车站都如此冷清，真是应景啊！"

突然，传来了一声很轻柔的咳嗽，老蜡顿觉毛骨悚然，他想："刚才看得很清楚，整个车站连一个人都没有，怎么会有咳嗽声呢？"老蜡下意识地蜷曲着身子，紧闭双眼，过了约一分钟的样子，又传来了咳嗽声，而且感觉到那咳嗽声就是从自己座位下面发出的，真是恐惧到了极点。他简短调整心态后，才握紧拳头，慢慢地站了起来，发现原来座位下面躺着一个人，从装束上看，应该是一个流浪汉。那流浪汉翻动了一下身子，看了老蜡一眼，便又拉下帽檐遮住了眼睛。

老蜡正准备坐下，突然间闻到了一股臭味，他知道一定是从流浪汉身上发出的，便只好到对面坐下来。看着那躺在座位下的不知道是否已睡着的流浪汉，老蜡一点恐惧感都没有了，他想："其实现在的我除了穿着要整洁一点外，和这个流浪汉并没有什么差别；一样没有工作，也一样对前途一无所知。就是不知道流浪汉是否有家人，特别是有老婆和还没有出生的孩子。我该不会沦落到这种地步吧？"突然又想到了若兰："我要不要先去看看若兰呢？还是不要去的好，与若兰这么久都没有联系过，而且我已经结婚都快要做爸爸了，况且我现在又处于人生的最低谷，这个时候在若兰面前出现肯定不妥。不过等见了陈副县长以后再去见见她也不迟吧。"想到这里，老蜡觉得心情竟好了很多，而且对前途充满信心。

老蜡感觉确实有点困了，想眯一会儿，但又怕随身的东西被流浪汉拿走，便只好作罢，一直在候车室坐到七点半才来到了江油县城。虽然之前已经打定了主意，但他还是先去了若兰的单位，不过只走到门口就返回了，这才往陈大文的办公室去。

老蜡还是第一次来江油县政府，多少有些紧张，先去办公室问了下，陈大文在，心情一下子就好多了，他想："真是天无绝人之路啊，好多天都没有现在这种心情了。见到陈副县长我该怎么说呢，是照实说呢还是隐去在铅锌矿发生的那些不愉快？虽然他之前很赏识我，但毕竟当时我已经拒绝了他的美意，不知道现在是否对我有看法。算了，不想那么多了，现在也只有这个办法，我本来就是冲着他而来的嘛。不过我还真有些大意，这么久没有见面，加之又是来求别人的，怎么说也应该带点礼物吧，就这样空起两只手，怎么好意思呢？"想到这儿，老蜡忙转身往外走，刚走了两步又停住了，想："好难得陈副县长在办公室，如果去买礼物回来他有事出去了怎么办呢？不管怎样，还是先去见见他再说。"于是又转回去敲响了陈大文办公室的门。

陈大文见是老蜡，似乎很冷淡，完全没有了以前见面时的那种热情和兴奋，只用手微微一指，示意老蜡坐，便又低头写着什么。

老蜡才发现，较上次见面陈大文似乎老了很多，头发基本上全白了，而且脸上还布满了皱纹，特别是两眉之间还多了两条深深的竖纹，眼神也显得有些呆滞。

老蜡试了好几次才开了口："陈副县长，我，我想请，请你帮个忙。"

陈大文这才放下手中的笔看着老蜡，问道："蜡老师，有什么事你说吧。"

老蜡一时间竟不知道该怎样开口，顿时便涨红了脸。陈大文见状，又重复道："有什么事就说吧。"

老蜡这才说道："我，我想调到江油县来工作。"

陈大文好像根本就没加思考，甚至连看都没有看老蜡一眼，只冷冷地说："对不起，蜡老师，这事我帮不了你。"

老蜡更觉得奇怪，他想："陈副县长肯定出了什么事，要不然他怎么会在极短的时间里老得这么快，而且怎么说也不应该对我如此冷淡。"于是脱口而出："陈副县长，你有什么事么？"

陈大文并没有马上作答，而是起身关上办公室的门，刚坐下来还没有开口，他的眼圈一下子就红了，而且紧闭双唇，好像不加克制就要哭出来了一样。老蜡顿时感觉到一定是出什么大事了，但却不知道该怎么去问。

陈大文喝了一口水，才将那无神的看着窗外的眼睛移到了老蜡脸上，说："蜡老师，自从向阳去世后，若兰的情绪就时好时坏，没过多久，她在单位上班的时候情绪竟完全失控，送去医院后诊断为'间歇性精神病'。我这一辈子就这一个女儿，而且聪明、漂亮。不知道是我哪辈子造的孽哦，她竟变成这样。"

老蜡那看着陈大文的眼睛竟随着他的讲话而变得越来越大，嘴唇也因为惊异而半张着。他想："怎么也不会想到会出现这样的情况，但这都是事实，而这一切很显然都和我有很大的关系，不管陈副县长夫妇是否知道，我都应该去尽力弥补我的过错。如此看来，我的这一点挫折算得了什么呢？"忙问道："若兰现在在哪儿呢？我马上去看她。"

陈大文就好像终于吐掉了梗在喉咙上的什么东西一样，突然间显得轻松些，眼神也较之前柔和了许多，说："在成都精神病院接受治疗。"

老蜡急着说："具体在哪家医院呢，我马上就去成都。"

陈大文沉思了片刻，说："你还是不要去的好。刚开始我们也寄希望于你，想请你来安慰一下她，谁知道她一听到你的名字就更生气了，而且说这一辈子都不想再见到你。还好，有一个叫刘计康的小伙子听说若兰病了，便专程从外地赶回来安慰她，还时常拉小提琴给她听，这样若兰现在的病情才稍有缓解。求求你，不要再去刺激她了，好吗？"

陈大文显然已经不是老蜡曾经非常熟识的那个乐观的长者，而是一个看上去似乎很陌生的已经有些驼背的瘦小老头。老蜡心里一阵难受，本想再说点什么，却怎么也开不了口，便只得站起来告辞；而陈大文也并没有半点要留老蜡的意思，就好像和老蜡并不是很熟识一样，甚至连站都没有站起来，只微微地点了一下头便由着老蜡去了。

从县政府出来，老蜡不自觉地摇了摇头，苦笑了一下，他觉得这世上的事还真如一场戏一样。按老蜡先前的设想，现在应该和陈大文准备喝酒，而且可能已经决定了自己将要调往的单位，甚至有可能已经和新单位的领导见面了。尽管老蜡还设想有另外的几个结局，也包括陈大文出差了，甚至还包括陈大文也被调走了等等。而现在的这个结局却是老蜡怎么也没有想到的。

从陈大文的谈话里老蜡知道："若兰对我的怨恨之深可想而知，而怨恨的根源却是因为爱，因为若兰对我的错爱而导致向阳的自杀。但令我百思不得其解的是明明和若兰都已经约定好了以后的事情，而且都保证守口如瓶，那我们之间的事向阳怎么会知道呢？我结婚的事若兰早就已经知道，而且也很理解，绝不会因此而对我不满。那么若兰突然对我有那么大怨恨的根源就肯定是向阳的自杀，这里面肯定有什么误会。对了，向阳生前曾留给我了一包东西，说不一定所有的秘密都在这包东西里面。之前因为对向阳的恐惧，加之工作、家庭等情况，所以一直都没去拿回这包东西，甚至都把它忘了。哎！"

老蜡决定去拿向阳留下的那包东西，但到了火车站的时候，他犹豫了，他想："我这次出来是解决工作问题的，竟连一点进展都没有，甚至还失掉了一个曾经充满希望的关系，就这样回去该怎么向家人交代呢，难道要把和若兰的事告诉他们？"于是打消了回去的念头，决定还是先去成都找兰品桂。恰好有一列去成都方向的火车，老蜡没有多想便买票上车。

还真如戏上所说，老蜡的运气已经走到底了。几经周折，好不容易找到了省轻化工业厅，但已经下班。没有办法，只得去门卫处打听兰品桂的住址，但门卫根本就不告诉他，更巧的是第二天竟然是星期天。没有办法，老蜡只好在附近找了一家便宜的旅馆住下，周一一早再去见兰品桂。

老蜡沿着街道走了很远，竟没有看到一家稍便宜的旅馆，宾馆倒是有好几个，但老蜡想："还是再找找看，宾馆怎么敢去住呢，太贵了。"不知不觉，竟走到了河边，老蜡知道这是府南河。隐约看见河的斜对面的河堤下面的一栋小屋的顶上有一块牌子，像是有什么招待所的字样。房子不是很大，也很陈旧，就像是一单家独院的人家户，由此可以推断，这样的旅馆肯定不会很贵的。老蜡这才发现，天空早已经阴沉下来，旁边的一些高楼里已经亮起了灯光。老蜡快步走过桥，在拐弯的时候，还特地站住，转了两个圈，仔细看了看周围的特别的标志，以记住去省轻化工业厅的路线。

老蜡顺着河堤继续往前走，那小屋越来越近，借着房顶那微弱的灯光，终于看清楚，原来是"河道管理所招待所"。房子实际上修在河堤的下面，二层，屋面比河堤最多只高过不到一米，人只有先到屋顶才能够下到房子的二楼和一楼。登记室设在一楼。一楼外面向前约十米即是河边，只是一楼的地面比河边要高出两到三米的样子。可能在修建这所房子的时候根本就没有着意去造型，只是很普通的长三间然后转角一间，每层共四间房，一楼转角和靠转角的那间房是通的，可能有近四十平方米。里面除一张用于登记的书桌外，还放置有三把牛肋条木椅子，供客人休息时坐。

老蜡下去一楼时有三个人坐在那儿聊天，但登记处却没有人，正想开口问，其中的一个人就大声喊道："小杜，有客人！"

一个约二十来岁的女孩子端着一碗面条从旁边的一间屋子里出来，随即将手中的面条放在桌上便开始登记。一股浓烈的醋香扑鼻而来，老蜡的肚子不禁"咕咕"地叫了两声，才记起还是昨天晚上吃过东西。

老蜡除回答有关登记的提问外，一句其他的话都没有说，甚至连看都没有看旁边的几个人一眼。登记完后按服务员的安排自己提一瓶开水去房间。觉得有些累，在床上躺了一会儿，本想就这样睡去，但肚子却开始造反，遂又回味起了那酸酸辣辣的油醋面来。于是起来准备去吃饭，走过大厅的时候，之前的那几个人和服务员正在热烈地谈论着什么，老蜡觉得好像是在谈他自己，却没有半点要去理会他们的意思，甚至连看都没有看他们一眼便出去。上到河堤，他又犹豫了，看了看周边，刚才来的方向应该没有可以吃到油醋面的地方，见斜对面的一条小巷子似乎热闹一点，虽然心里有些烦，但为了吃到东西，还是向小巷走去。

小巷里果然有几个小餐馆，却没有面馆，见很多来来往往的似乎兴高采烈的人们，老蜡竟连一点食欲都没有了，甚至好像很怕进到餐馆，忙折回身往旅馆走。还好遇见一个推着三轮车卖馒头的人，便买了一个匆匆回旅馆去。

他更加不想去留意旅馆里的一切，只快步回到屋子里，关上门就开始睡觉。眼前出现了上一次在张筱表姐家的画面，又想到了兰品桂，他想："之前，兰书记还是成都的一过客，但现在在成都已经有了一席之地，还官至副厅长；我也一样是之前的过客，而现在还一样是过客，甚至可以说是一个不折不扣的流浪者。"又想到了若兰："她现在和我一样也在成都，却是来治病的。也不知道她现在身居何处，怎么说我也应该去看看她的。"想到这儿，老蜡不禁又坐了起来。陈大文那似乎是在哀求的面庞又出现在他脑海里，随即又躺下。肚子仍"咕咕"地叫，但老蜡好像故意要跟自己的肚子过不去一样，只是看着那个馒头，竟不愿意去吃一口。这样反反复复，不知道过了多久，也不知道什么时候睡着，什么时候又醒来。只知道醒来了就想，想累了就睡，唯一觉得必须做的就是每一次醒来都要习惯性地看看表上的日历。

"咚咚"的敲门声将老蜡吵醒，他下意识地问了声："谁？"

"你要不要开水？"

老蜡知道这是服务员，于是说："不要，谢谢！"一看表，已经一点，从窗外投射进来的阳光，老蜡断定应该是中午，但他好像觉得阳光太过刺激，便将头捂进被窝里，又开始了他的纷乱的思索之旅。

又一次的敲门声将老蜡吵醒时已经是晚上八点，从外面的脚步声以及很低的谈话声老蜡知道门外应该不低于三个人。他瞬间意识到了他们应该是见我从昨天晚上进来就没有出过门，怕有什么事而来一探究竟的。于是忙问："有什么事么？"

外面的人好像还一阵推托后，服务员才说道："没事，问你要不要开水。"随后便快步离开。

那杂乱的脚步声很快就消失掉了，老蜡突然觉得很有趣，他想："之前的那几个人可能对我有好多种猜测，甚至还可能打赌，知道我还没有出事就抱着不同的心态而离开。但现在他们谈论的话题可能还是我，就如同现在的铅锌矿一样，我肯定也成了人们茶余饭后的热门话题。但这于我自己又有什么改变呢？我的处境并不会因为他们的谈论而改变，而唯一能改变我的处境的就只有兰书记了。不过我明天还是不能以一种颓废的姿态去见兰书记，绝对不可以给他留下不好的印象。"于是赶快起来，馒头只剩下小半个，开水也成了凉水，突然有些后悔刚才为什么不要一瓶开水。想出去，又被自己给否定，只好凉水就着已经冻得有些僵硬的馒头。虽然还不太饱，但也只能如此。

老蜡好不容易熬到了周一的早上，才七点半不到就来到了省轻化工业厅的大门口，希望能够在门口遇见兰品桂。他站在大门的左侧，用眼光搜索过往的每一个人，但一直到了八点十分，却仍然没有见到兰品桂的身影，而且再没有上班的人进去。

老蜡有些失望，忙转身来到门卫室，准备办理手续去办公楼。他将工作证递进去，门卫接过工作证，看了看老蜡。老蜡说："同志，上周六我来过的，也是你上班。"

门卫对老蜡好像还有一点的印象，于是笑着说："对，我记得。"

老蜡说："我专门来找兰副厅长的。"

他又仔细看了下工作证，说："你从江油那么远来，不是还住了两个晚上？"

老蜡说："对，对，对。我找他有很重要的事。"

门卫似乎对老蜡很热情，按照规定登记完后马上就给兰副厅长的办公室打电话，没人接，又给厅办公室打电话，得到的回答是兰副厅长上周六已经去北京党校报到学习，学习的期限是三个月。门卫很遗憾地将这个消息告诉了他。

老蜡还是有些不相信，说："同志，麻烦你再打电话问一问，是不是搞错了，我找兰副厅长真有急事。"

门卫没再打电话，只很耐心地说："绝对不会搞错的，等他回来以后再来吧。你也可以留言，等兰副厅长回来以后我转告他。"

老蜡彻底失望，就像在茫茫的大海中看见的最后一根救命稻草自己竟没有抓住，而且瞬间就消失了一样。他呆呆地站在那儿，脑子里不断翻滚着这些问题："我现在该怎么办，该怎么办呢？难道还要去北京找兰副厅长么？这显然是不可能的。甚至连兰副厅长在北京的具体地址都不知道，再说就是找到了他，北京那么远，他也不可能马上给我办事。哎！"

门卫见老蜡似乎有些走神，便提醒到："同志，你没事吧？"

老蜡如从梦中惊醒一样抬起头，没有说什么，甚至连看都没有看门卫一眼，就怏怏地离开了门卫室。

他不知道该往哪儿走，去做什么，只毫无目的地在街上走。他满脑子都空空的，就好像什么也没有想，只是不停地走，走，走。

他就这样在街上不停地走，有时候觉得整个街上就只有他一个人，而有时候又似乎感觉人太多，好像满街都是人，而每当此时，老蜡就会觉得整个街上的人好像都用一种异样的眼光在看着自己，还时不时在背后指指点点。于是便加快脚步，这样一直走，一直走，直到觉得腿都好像抬不起来了，也不知道究竟走到了什么地方，唯一知道的就是肚子已经很饿，这才想起还是昨天晚上嚼了小半个冷馒头。

老蜡终于找到一家面馆，没有做任何犹豫便走了进去，一屁股在靠门边的一个座位上坐了下来，抬头一看，竟下午四点了。面馆里除了老蜡以外并没有其他的顾客，三个服务员分别趴在不同的桌子上睡觉，卖牌子的高桌子上也趴着一个服务员，只在正对门的最里边的桌子旁坐着一个织毛衣的年龄较大一点的很胖的大妈，她见老蜡进来，也没有起身，只大喊一声："有客人！"

几个睡觉的服务员几乎同时抬起头来，一个服务员起身去了厨房，而另一个服务员揉着眼睛来到老蜡的跟前，说："您吃点什么？"还没说完就又是一个哈欠。

老蜡看了看吧台上的价目表，说："一碗牛肉面。"说完后随即付了账。

那服务员将钱交到了也才刚刚醒来的服务员的手里，又回去刚才的桌子上趴下。收钱的服务员也一样睡去。约十分钟的样子，厨房的服务员端出一碗面来，放下后又迫不及待地回去睡觉。

可能这个环境给人一种缓慢而安静的感觉吧，老蜡的思绪好像稍稍集中了一点。虽然很饿，但他并没有像以往那样很快地就吃完面条，而是慢慢地品尝着，就像是要数一下这一碗面究竟有多少根一样。看着几个又熟睡了的服务员，老蜡突然想："这些人才真正地幸福，饱饱地睡上一觉后，再上几个小时的班就算完成了一天的工作可以回家。可能她们的工资并不高，但也算是可以干一辈子的职业啊。想想我自己，虽然风光了一阵子，到最后还是落得个连工作都没有。以后该怎么办，眼看方俞就快生小孩了，我拿什么去养家呢？而且父母和方俞的父母都健在，都需要自己去尽孝。先前想好了的两个能够拯救我的人，陈副县长显然已经靠不上，而兰副厅长也要三个月以后才回来，难道还要在这里等三个月？就算等上三个月，兰书记也一样没法解决问题那又该怎么办？兰书记有可能在走的时候随便说说而已，也有可能他根本就不会帮我。"

突然又想："若兰还在成都治病，却不知道在哪一家医院，好想去看看她，但之前陈副县长几乎是在求我，叫我不要再去打扰若兰。现在要去找到若兰误解我的原因么？即使若兰原谅了我那又能怎么样，又不可能和若兰在一起，如果这样，反而会加重她的病情。再说，我现在已经这个样子，甚至连明天在哪里都不知道，哪里有那个能力去照顾若兰呢？算了，还是不要去见她的好。"

吃过面后，觉得心里好受些，当然也可能是那几个打瞌睡的服务员给了老蜡一些启示吧。他决定："回去把父母和方俞安顿好以后就出来闯，我就不相信自己会饿死在外面，哪怕是出去卖苦力都可以。"

老蜡已经错过了这一天的所有回锅子坝的火车，于是买好第二天的票后便在火车北站旁的一家小旅馆里住了下来，等待明天回去的火车。晚上，虽然心里还是很乱，但较前两个晚上还是要平静许多，他不再去想那些乱七八糟的东西了，只想快一点安排好家人就出来闯荡。

第二十八章

　　火车到了楠竹园车站,老蜡想:"还是不去坐单位的班车吧,我现在已经辞职,也可以说不是矿里的人。再说如果碰到了熟人,面子上还是有些挂不住。"于是选择了步行回锅子坝,但他并没有像前几次那样从公路走,而是选择了和方俞走过的一条比较捷径的小路,还不到半个小时便到了锅子坝街上。本来打算去方俞单位看看的,但不知道为什么,等到了街上以后,他并没有作任何停留便往方俞家走去,远远望见家门紧锁,这在老蜡的印象里好像还是第一次。顿时,老蜡就有了一种不祥的感觉,随即头皮一阵发麻,想去打听一下,但方俞家的附近又没有其他的人家户,便只得转身去方俞的单位打听。

　　在快到街上的时候,遇到了郭汝芝,她一见到老蜡就哭了起来。老蜡忙问道:"妈,您先别哭,究竟出什么事了?"

　　郭汝芝强忍了好一会儿才止住哭泣,说:"你爸病了,还很严重,已经在锅子坝区医院里躺了两天了,一直都昏迷着,到现在都还没有醒过来。"

　　老蜡没有顾得上和郭汝芝多说,跑步到了锅子坝区医院。

　　老蜡首先看到的是方俞,可能是没有休息好的缘故吧,看起来她很憔悴,而且两个眼圈都红红的。她一见到老蜡,如刚才郭汝芝一样,马上就哭了起来。老蜡忙拉着方俞进了病房,见蜡元朗躺在病床上,鼻子里插着氧气管,手上输着液体,就像睡着了一样。吴桂英坐在一个小凳子上,头趴在病床上睡着了。方登科则坐在另一张病床上。老蜡没有来得及和他们打招呼便扑过去摸着蜡元朗没有挂液体的那一只手,喊道:"爸爸、爸爸……"

　　喊着喊着,蜡元朗竟微微地睁了一下眼睛,而且嘴唇还嚅动了几下,像是要说话,却没能发出任何声音来。不过老蜡还是看得出蜡元朗的眼神很安详,好像并没有什么痛苦一样,而且,他之前一直都紧锁的眉头也好像舒展开了。

老蜡见此忙说："爸爸，我的事都已办妥，你就不要担心了。"

虽然蜡元朗不能说话，但他听了老蜡的话以后，还是努力地眨了眨眼睛。老蜡想："爸爸肯定听到我说话。"于是又说了很多安慰的话。虽然老蜡也很清楚自己是在撒谎，但为了安慰父亲，也只能如此，以至连老蜡都不知道自己究竟说了些什么，总之肯定是之前他所设定的最好的结果。

不知道说了多久，直到老蜡断定蜡元朗已经睡着，他才从病房出来，径直去了医院后面的山坡上忍不住大哭了一场，但除了方俞以外，没有任何人知道。哭过后，老蜡才去医生办公室和医生见面。

医生说："你父亲是中风，很严重，已经没有治好的可能性，你还是准备后事吧！"

老蜡强忍住泪水，说："医生，如果转院能治好么？"

医生说："完全没那个必要，也省得老人再去受颠簸之苦。不管转去哪家医院，结果都是一样的。"

老蜡说："医生，那能不能让他的生命维持得稍长一些呢？"

医生说："我尽力而为，但不敢保证。"

老蜡从医生办公室出来后便和方俞一起去区公所给大哥、二哥打电话。

蜡元朗终于拖到了蜡宗明、蜡宗舜夫妇来锅子坝以后才断气。因为蜡元朗是退休干部，所以按照规定必须火化。老蜡三兄弟在经过短暂的商量后决定，待火化后再将父亲的骨灰运回老家安葬。

时间已经进入深冬，而这一年的冬天显得格外寒冷，虽然还没有下过一次雪，但锅子坝几乎所有的树叶都好像被加了一层透明的保护层，冻得僵硬了。每当一阵风吹过，虽然看不见树叶摇动，但脸上就像是被刀割一样，隐隐作痛。蜡元朗的灵堂就设在锅子坝区医院，按照锅子坝当地的风俗，方俞的家里帮忙准备了寿衣、孝布等，老蜡及其所有的家人都戴了孝，整个锅子坝区医院都沉浸在极度的悲痛之中。于区长帮忙联系了火葬场的车，但前来医院悼念的除了杜大海以外，没有任何一个老蜡的同事和朋友。想到结婚的时候，单位那般重视程度和那么多的同事前来祝贺，老蜡倍感凄凉。

因要在老家安葬，所以蜡宗明、蜡宗舜夫妇以及吴桂英都在蜡元朗的遗体火化前就先行回老家准备，老蜡和方俞则负责护着蜡元朗的骨灰盒回老家。

老蜡考虑到人们对于带骨灰盒这样的东西乘车有所忌讳，所以只得将骨灰盒放进一个酒箱子里然后抱着坐车。一路上，老蜡和方俞几乎连一句话都没有说；而车上的人也好像从老蜡和方俞那凝重的表情看出来他们一直都抱着的东西有一点异样，但还是没有任何人提出什么异议，整个车上的旅客好像都不大说话一样，就这样闷闷沉沉地一坐就是好几个小时。

快到回家的路口，老蜡叫停了车。下来后，第一件事就是把装骨灰盒的酒箱子拿掉，老蜡说："对不起，爸爸，因为要赶车，所以才把您放在酒箱子里，现在下车了，我把酒箱子拿掉，让您透透气。"

骨灰盒是汉白玉的，在这大冬天，虽然已接近中午的室外，很是冰手。刚走不到五百米的样子，老蜡的手就好像没有了知觉。方俞想给他换换手，但老蜡还是坚持要亲自将父亲的骨灰盒抱回家。

慢慢前行，老蜡已经没有先前那样难受，他想："这条路和父亲不知道走过多少回，而且很多时候还是父亲背着我走。但印象最深的还是上次离家的时候，父亲和继母送我去赶车的情景，这也是父亲生前最后一次和我走这条路了。这一段对我来说有着太多太多的回忆，就连路边的一块石头、一棵树或者一个小水坑都可能有一段故事，现在都成了我最珍贵的回忆，就连有一次父亲曾在路上打过我，现在想来也是美滋滋的。父亲不知道背着我走过多少次这条路，我今天一定要一直抱着他走回家。"

一路上，老蜡和方俞几乎没有说一句话，但和蜡元朗在一起的回忆却一直都伴随着他，老蜡甚至感觉就像是和父亲一起往家里走一样。

虽然到现在为止，老蜡的两个哥哥并没有半句责怪他的话语，但老蜡还是很内疚，他知道："如果不是因为自己仕途遇阻，父亲着急，怎么说他也应该还健在的，前不久还在矿医院做过一次全面的检查，除了有些营养不良外，并没有发现其他的什么病状。听方俞讲，当我没有按约定的时间回来，父亲就一天急似一天，每天不知道要向我回来的方向张望多少次，而且有一天他竟在路口上站了整整四个小时，直到天黑了才回家。回到家里，他的手和脚几乎全冻僵了。在这之后他几乎很少说话，有一天甚至连一句话都没有说。在他得病的那天晚上，家里照例弄了许多酒菜，但他只喝了半杯酒就说不想喝了，而且感觉酒是臭的。继母还说可能是嘴的缘故吧。他突然向方俞的爸爸说在这里已经打扰太久，想等儿子回来以后就回老家去。谁知道还不到半夜就发病了。"

尽管路途艰难，但老蜡还是坚持将父亲的骨灰盒抱回了家，安放在已经按农村规矩搭好的棚子里。许多亲戚朋友都来了，许丙林等同学也跑出跑进地帮忙。蜡元朗原来工作的单位和老蜡家所在的乡政府都送来了花圈，见到这样的情景，老蜡终于忍不住哭了起来,但很快他又抑制住了,只见他的脸一下子就憋得发紫,整个身体都不住的颤抖。方俞见状,忙扶着老蜡。蜡宗明、蜡宗舜见老蜡这样也很担心,还想说一点什么,但方俞摆了摆手,示意他们不要作声,便扶着老蜡进屋去了。

谁知老蜡这一睡就是一整天,等醒来的时候,已经是晚上。到处都黑黑的,老蜡下意识地去摸开关,却怎么也摸不到,但睡在旁边的方俞却被惊醒。她熟练地摸出放在枕头下面的火柴,点燃了放在床头桌上的油灯,这黑暗的屋子迅速就被这一点红红的小火苗照得亮堂起来。方俞轻柔地说:"言恭,你醒了!"

老蜡这才反应过来,原来是睡在老家的屋子里。他随口"嗯"了一声便一骨碌坐了起来,随即穿好衣服往外走。方俞也忙着穿衣服,老蜡看了一下手表,才十一点,于是说:"你起来干什么,再睡一会儿吧,我出去看看。"

院子被二爸家的那盏老汽灯照得透亮,在院子的南侧,用树和竹子搭设了一间灵堂,灵堂里放着一副棺材,棺材的下面有一盏灯芯较粗的油灯一直亮着;前面有一张比棺材稍矮一些的桌子,桌子上供有一个猪头和水果、糖果之类的供品,香蜡都燃得旺旺的;桌子的前面放有一只铁锅,铁锅里面有很多燃烧过的钱纸的灰烬,锅的右侧的地面上还堆了很多钱纸。棺材的两旁以及灵堂的外面都放满了花圈,灵堂的两侧还对称地牵了两根绳子,绳子上面整齐地挂着很多孝帐;花圈和孝帐上都白纸黑字地写着悼念之词以及悼念者的名字。灵堂的前面还有两桌人在打牌,蜡宗舜和蜡元才坐在灵堂左侧的一条长凳上,但他们并没有说什么,只毫无表情地看着燃烧着的香蜡。除蜡元才以外,所有的人头上都包着孝帕。

老蜡鼻子一酸,想哭,但又强忍住了。忙回到屋子里,包好孝帕后才走到灵堂前,上了一炷香后便跪下烧纸。

蜡宗舜下意识地站起来想面向老蜡跪下,蜡元才拉了他一下,说:"这不用跪的,要客人来烧纸才跪。"

老蜡烧完纸后站起来,说:"大哥,对不起,你看我竟睡了这么久,连什么忙都没有帮上。"

蜡宗舜向蜡元才那边挪了挪身子,拉老蜡坐下,才说:"弟弟,你太累了,再去睡一会儿吧,所有的事都已经安排妥了,你不用担心。"说着说着,蜡宗舜竟哽咽了,随着眼睛的眨动,泪水扑簌簌地流了下来。

老蜡紧紧地握住蜡宗舜的手,想说点什么,才发现自己的喉咙就像被什么东西堵住了一样,无法开口。他的双眼瞬间就充满了泪水,只是没有流出来而已。

大约过了一分钟的样子,蜡宗舜才抽了一口长气,说:"我都准备好了和爸爸一起在老家过春节的,给你大嫂也讲好了,谁知竟……"说到这儿,蜡宗舜竟忍不住大哭起来。

老蜡说:"大哥,都怪我不好,没有照顾好爸爸。我对不起你们!"说着也大哭了起来。

打牌的几个人都停下来望着这边,蜡元才挥了挥手示意他们继续打牌,然后一手拉着蜡宗舜,一手拉着蜡言恭,说:"人的寿命是有定数的,谁都没有办法改变,元朗都已经去了,你们不要太过悲伤,后天下葬还有很多事要做,宗舜你去睡一会儿吧,我和言恭守着就行。"

蜡宗舜坚决地说:"不!三爸,我不想睡,之前没有好好地陪他老人家,还有最后两个晚上了,我怎么也要一直陪着。"

正说着,院子里进来了好几个人,细看,原来是远在潼南的几个亲戚连夜赶来了。老蜡兄弟二人忙跪下回礼,打牌的几个堂兄弟则起身准备饭菜。

安葬好父亲后,老蜡准备和方俞回锅子坝去。还是在蜡元朗去世前,老蜡就叮嘱过吴桂英,要她不要把单位的事告诉老家的任何人,老蜡当然更不会说出去,甚至也没有告诉他的两个哥哥。所以给老家人的感觉是老蜡急着赶回去上班。

一路上老蜡都不怎么说话,只是用无神的眼睛看着车窗外。方俞也知道老蜡的心情,所以尽量地找一些话题来转移他的注意力。每当这种时候,老蜡都只是用手将方俞搂得更紧一点而已。而方俞也只能将自己的身子尽量地靠老蜡再紧一些。方俞知道,对于老蜡来说,现在的压力可能是最大的,她很想替他分担,但又不知道从什么地方来做。因此方俞也陷入了深深的痛苦之中,她的眼泪也不住地往下流。

在锅子坝下车后,老蜡照例不坐矿里的班车,方俞当然很乐意陪着他走路回锅子坝。回到家里,老蜡发现岳父好像一下子老了很多,也没有了之前的那种亲热感,他只是淡淡地问了问蜡元朗的安葬情况,又说了几句安慰的话,便没有再说什么。

这是老蜡在方俞家吃过的最安静的一顿晚餐,没有人喝酒,尽管方俞有时候故意说一些话来逗笑,但好像并没有得到家人的响应,晚餐很快就结束了。

老蜡并不想马上睡觉,想看看书,当拿起一本线装书后竟连一点兴趣都没有。他想:"难道我因为受了一点挫折,就把所有的兴趣爱好都丢掉了么?不过现在的确不是读书的时候,之前在单位每天都利用业余时间整理这些线装书,现在想来真太幸福,当时除了上班以外,什么都不考虑,到了发工资的时候去领钱就行。现在没有了工作,当然也就没有工资,以后该怎么办?总不能就这样一直住在方俞家里吧。虽然还有少量的积蓄,但方俞就快要生小孩了,总不至于让方俞和孩子饿肚子吧。

无论如何我都得找到一份工作，先糊口再说。"此时老蜡的脑海里又浮现出成都面馆里的那几个打瞌睡的服务员的影子，于是又想："就算去当服务员也行，但肯定不能在锅子坝，锅子坝太小了，连餐馆都只有一个，就更不说有人请服务员了。看来我只能去外面闯闯了。"老蜡就这样反反复复地想了很久才渐渐入睡。

醒来的时候已经上午十点，老蜡觉得精神好多了，但这么晚起床多少还是有一点难为情，便给郭汝芝说了声不好意思。

郭汝芝笑着说："有什么不好意思的，你想睡多久就睡多久，俞儿走的时候还专门叫我们不要去打扰你呢。"说完话后就进厨房去，不到十分钟，便端出一碗荷包蛋来。

老蜡突然感到很温馨，而且有一种久违的感觉。他突然想道："还有这么多的亲人，我有什么理由颓废呢？毕竟我现在才二十多岁，很多人在这个年龄才刚刚开始自己的精彩人生，而我就已经从短暂的精彩后开始经历磨难了，难道还有什么可悲叹的么？应该高兴才是。其实年轻时就经历磨难，总好过到了年龄很大的时候再去经历吧！"想到这里，老蜡顿时就感觉信心十足。

吃过早餐后，他突然想："原来只知道自己在这里悲伤，其实方俞才是最痛苦的，她同样也经历了这些磨难，而且还要照顾我的情绪，我还是去陪陪方俞吧。"对着镜子一看，才发现自己真有些邋遢，而且简直可以说是蓬头垢面。于是洗头，刮胡须，然后换了一身干净衣服才去街上。

方俞见老蜡如此精神，很高兴，虽然在办公室，她还是忍不住地亲了老蜡一下，方俞知道，丈夫如此精神，说明他已经从深深的哀痛中走出来了，于是说："我就知道我丈夫是最坚强的人，没有任何困难能够把我丈夫打垮的。"

老蜡抚摸着方俞的脸，说："对不起，方俞，前些日子让你担心了。"

方俞终于开心地笑了，说："有什么对不起的，我们是夫妻嘛，就是再大的困难我都会和你一起去面对的。只是以后有什么事你一定要告诉我，别一个人去闷，好么？"

老蜡说："一定！"

方俞摸了摸老蜡的头，说："言恭，你的头发有点长，去理一下发吧。"

老蜡看看表，说："我正有此意。"

方俞说："要不我陪你去？"

老蜡说："我自己去就行，你耽搁了这么久，还是好好上班吧。"

方俞爽快地说："那你快去，我在这里等你。"

老蜡刚走出办公室，便碰到了王明秋，寒暄了几句后，他说想请老蜡写几幅字，老蜡便以没有宣纸为由推掉了。

理完发后，老蜡还特地买了一瓶酒，才去接方俞回家。郭汝芝弄了很多的菜，见老蜡理了发，还买了酒，老两口儿都非常高兴，方登科悄悄地对郭汝芝说："你看，言恭的精神好多了。"

郭汝芝说："那你不要提他父亲以及工作上的事哦，言恭近段时间真是太苦了。"

方登科说："我知道，快去准备开饭吧。"

午饭的时候，老蜡先给方登科斟满酒，再给自己倒上。

方俞说："言恭，怎么不给我倒呢？我也想喝一点。"

郭汝芝说："你喝什么酒，哪有怀深大气还喝酒的。"

方俞笑了笑，忙把酒杯推开，说："诶，我倒忘了。"

酒过三巡后，老蜡说："这次出去虽然不是很顺利，但几经周折，还是找到了一个比较好的工作，准备再过几天就走，等在那边安定下来后，就接方俞和二老过去。"老蜡像是在念稿子一样一口气说完了这些话，虽然他心里并没有底，甚至知道是在骗他们，但他觉得这样善意的欺骗还是很有必要的。老蜡不想让家人再去承受任何的痛苦。

家里的人还没有反应过来，老蜡又说："明天我要去矿上办一些手续，再去拜祭一下向阳。"

方俞说："那我陪你一起去吧。"

老蜡说："你刚刚上班，怎么好再请假呢，我一个人去就行。"

老蜡来到矿上，已经九点多，让老蜡觉得奇怪的是，碰到所有的熟人都很热情。他先去保卫科，说明来意后，万正良很热情地给老蜡倒一杯茶，马上安排内勤去办理。万正良说："蜡副主席，我出差回来，一听说你的事情，就马上过来找你，才知道你早已经搬走了，哎！真是。"

老蜡说："当时的那种情况，也只有搬走，难道又搬回单身宿舍？"

万正良说："也不一定，你凭什么要搬走呢？况且你的职务还有所享受的待遇都是经过矿党委研究决定的。就是要搬，也要拖他个一年半载。哪有那么容易哦，别人一说，就搬走。"

老蜡说："当时我的确太冲动了一点，但仔细想想，此处不留人，自有留人处嘛。我就是再赖在这儿，也没有多大的意思，你说是不是？"

万正良说："你说得也有道理，我和'邓爬虫（指邓如南）'老家是一个生产队的，又是同一天进矿的，还是表亲。照理说我们应该相处得很好，但我一直都瞧不起他，那是一个真正的小人。为你的事我还专门质问过他，他说他也很后悔。"

老蜡说："谢谢你了万科长，我的事已成定局，你就不要再为我操心，也省得去得罪人，古语道'宁得罪君子，不得罪小人'嘛。"

万正良有些激动地说："我怕啥，我没有你那样好欺负，把我惹毛了，老子要他鸡犬不宁。诶，你今天是不是要去办辞职手续？"

老蜡说："我是想去一下的，有始有终嘛。"

万正良说："我建议你不要去，我知道矿里只是收到了你的辞职信，并没有发正式的文件，既然这样，你还是先不要去，索性拖一段时间再说，说不定会有转机呢！"

老蜡想了一下，说："你说得很有道理，我先不理这事，等以后再说。"

正说着，保卫科的内勤拿了一包东西拿过来，还边走边抖上面的灰尘，老蜡迅速瞟了一眼，知道并没有人动过的痕迹。只是老蜡感到有些奇怪，见到这些东西的时候，他并没有半点的恐惧感，而且还有一种想急于打开这包东西的冲动，于是便起身告辞。

万正良说："也好，你先去办其他的事，中午请你吃个饭。"

老蜡说："谢谢万科长的好意，要办的事还很多，以后有机会再聚。"

万正良也没有多留，拉着老蜡的手一直送到门口，没有再说什么话，只是紧紧地握住老蜡的手，用另一只手拍了几下老蜡的肩膀，让老蜡去了。

老蜡没有回头，他突然间有一种想哭的冲动，只是强忍住了。路过团委的时候，见丁佩佩坐在原来张筱的办公室里，他想肯定是小丁做了矿团委书记。因为老蜡一直都觉得有点儿对不起她，而且自己现在的处境又如此尴尬，所以并没有想和她打招呼的意思，只埋着头往前走。

"蜡言恭，进来坐坐。"丁佩佩看见老蜡的一瞬间，一下就站了起来，就像是怕他跑掉一样慌忙地喊道。

老蜡站住了，但他还是没有从刚才的情绪中解脱出来，只说了一声"我还有事"没有停留便往工会走去。

老蜡首先去了邓如南的办公室。邓如南见老蜡进来，先是有一点紧张，甚至还有一种不知所措的表情，在判断出老蜡并没有什么恶意后，邓如南才稍微放松了一点，他站起来很热情地说："蜡副，哦不，蜡老师，您请坐！"

老蜡说："邓主席，就不坐了，我今天是来拿东西的。那天走得太匆忙，还有些私人物品还放在办公室里，所以今天专门过来拿。"

邓如南紧绷着的弦终于放松，说："应该的，应该的。蜡副主席，好久我都想找个机会给你道个歉，那天是我不对，我太冲动了，请你一定原谅我！"

老蜡说："没有什么，都是因为工作上的事嘛，你也不要往心里去。"

邓如南走到门口大喊一声："王主任，你把蜡副主席的办公室打开，他要拿些东西。"

小王应声跑了出来，见到老蜡，只微微地点头一笑，迅速打开老蜡办公室的门后什么也没有说就回去了。

办公室里面还是保持原样，甚至连老蜡那天写辞职报告用过的稿笺都还放在原来的位置。整个屋子也像老蜡走之前一样干净，只是没有了张筱送给他的那盆文竹。看来虽然这里还没有新的主人，却还是有人打扫，一时间老蜡竟有一丝的感动。他也没有多去想，熟练地打开抽屉，将那一叠书信拿了出来，用一张报纸包着，随后便叫小王来关门。

邓如南听到老蜡的喊声，又走到办公室门口，热情地说："蜡副主席，再坐一会儿吧。"

老蜡没有再说什么，只微笑着摆了摆手，大步地走了。

丁佩佩已经等在办公室门口，老蜡只得去坐坐。原来她已经泡好了茶，令老蜡感到意外的是，她竟是用他原来办公室的那个杯子泡的茶，那盆文竹也放在丁佩佩的办公桌上，而且修剪得比先前更加有形，长势更茂盛。

老蜡刚坐定，就见丁佩佩的眼圈一下子就红了，她有些颤抖地说道："言恭，你受苦了！"

老蜡听丁佩佩叫自己言恭，多少还是有些不适应，但他知道，她显然表现出了极大的热情，这可以说是一种真正的友情，于是说："谢谢你，小丁！我没什么的。"

丁佩佩说："近一段时间我都很后悔，你和邓主席吵架的那天我为什么不去拦住你呢，要不也不至于连工作都没有了嘛。"

老蜡笑着说："谢谢你还这么关心我。不过你千万不要再为我难过，事情都已经过去，我不是还好好的嘛。"

丁佩佩终于忍不住哭了起来，说："能不难过么，好好的一个人，突然间就什么都没有了，特别我知道蜡伯伯也走了，就更难受。最近矿里对你的事都有好多的议论呢，百分之九十的人都是支持你的，而且杜主席还去和陆书记大闹了一架。我又没有什么能力，所以只有把你的茶杯和这盆文竹拿过来，想等你哪天回来工作了就交还给你。"

老蜡很感动，特别是听到丁佩佩说自己的事已经得到了大部分矿里人支持的时候，他的心情一下子竟平静了许多。但他也不想把这个话题扯得太远，于是用手轻轻地抚摸了一下文竹的叶子，说："小丁，你是什么时候来团委的，是书记，还是像张筱一样副书记主持工作？"

丁佩佩也止住了哭泣，说："是书记，在工会的时候我就是副科嘛，难道你不知道？"

老蜡问："那现在的工作压力大么？"

丁佩佩说："没什么压力的，现在陆书记根本就不重视工、青、妇的工作，最多也只是按照规定设置这样一个机构罢了。我们这几个部门的人基本上是天天从上班坐到下班，我觉得一点意思都没有。回想起你在工会的时候，虽然很忙，却每天都觉得很充实，哪里像现在这样无聊哦！"

老蜡没有再听她说下去，说："我还要去拜祭向阳，先走了。"

丁佩佩说："不要走，怎么说也得吃了午饭再走，下午我陪你一起去拜祭向老师。"

老蜡还真有些犹豫了，他突然想到去向阳的墓地除祭拜以外还有很重要的事要做，于是说："谢谢你，小丁，我真还有事。"说着便站起来就走。

丁佩佩本想再劝劝的，但见老蜡去意已决，便没有再挽留，只说："那你如果有什么事，找我就行。"

老蜡刚跨出丁佩佩的办公室就有些后悔，之前怎么没有想到，一个人去向阳的墓地还真有些害怕，但又一想："我是去拜祭他的，向阳怎么说也不至于害我吧，不管怎样，我今天都要去向阳的墓地，而且只能一个人去。"

老蜡径直来到了小卖部，买了一些糖果、一瓶酒、一把香、一对蜡和许多纸钱。

因为是冬季，所以通往向阳墓地的那条小路并没有像上次那样被很多的杂草所掩盖。只是由于前几天下过雨，小路的好多地方都还结着冰块，不过走起来倒也不怎么滑。渐渐地接近向阳的墓地，之前的那种恐惧已经完全消失。

到了向阳的墓前，和之前的情形已大不一样。向阳自杀的那个坑已经不在了，取而代之的是一座很雄伟的坟墓，坟前还立了墓碑，上面写着"向阳之墓"，而落款则为"妻子陈若兰立"，所立的日期是"一九八四年四月二十三日"，应该就是刚刚安葬好就立下了这块碑。

老蜡的心情顿时变得异常复杂，后悔、愧疚、难过一下子全涌上了心头。从墓碑可以看出若兰对向阳自杀的愧疚，同时也知道若兰是何等刚烈，还没有结婚就以"妻子"自称，这需要多大的情怀和勇气哦。但是若兰为什么突然就那么恨我则依然是一个谜，不过可能再过一会儿就可以揭晓了。

老蜡突然觉得向阳选的这个墓地还真不错，站在这里，矿区的一切都尽收眼底，特别是还能够看见矿区边上的那一条河，如一条弯曲的银白色的带子一样，蜿蜒到很远很远，老蜡还是第一次觉得这条河竟如此漂亮。

老蜡坐下休息了片刻才摆好祭品，将酒打开，先给向阳倒了一点在地上，然后自己喝上一口，再倒上，再喝。慢慢地，老蜡感觉还真像是在和向阳一起喝酒一样，而且之前和向阳一起的好多画面都浮现在了脑海里。这样大约坐有二十分钟的样子，突然想起向阳留下的那一包东西，便打开，原来是两个日记本和一封信。信上写道：

尊敬的蜡言恭：

你好！

如果不是因为若兰，我们肯定是这个世界上最好的朋友，但这并不影响我对你的尊重，你仍然是我这一生最崇敬的人。

我曾经偷拆过一封若兰写给你的信，也知道一直以来都是若兰一厢情愿地给你写信，如果没有猜错，你好像从来都没有回过若兰的信。所以这就是我崇敬你的最初的原因。直到我在江油看见你和若兰一起回家，而且你还在若兰的家里待了整整一个晚上，我都仍然相信你绝对是一个正人君子。我甚至想过，只要你告诉我，哪怕是你这一辈子都和若兰偷情我都能够忍受，但你却欺骗了我。我的自杀并不是单单因为若兰，而是觉得这个世界上我最信赖的你，也一样地欺骗了我，令我无法接受这个事实。所以我觉得在这个世界上应该再没有我可以信赖的人了，与其这样孤独地活着，还不如潇洒而去。

蜡言恭，你一定不要因为我的自杀而背上包袱，这是我自己选择的。

如果有可能的话，你一定帮我好好照顾若兰，虽然你马上就要结婚了，但看得出若兰是非常爱你的。我在九泉之下也会祝福你们的。

无法在和你一起共事的向阳　绝笔
一九八四年四月十八日

老蜡看完信后，陷入了沉思之中，但他并没有把信放下，而是一直捏在垂下的右手中。天空中的一片乌云刚刚散去，一缕阳光照射了过来，将老蜡的身影投射到了向阳的墓碑上，就像是一尊坐佛一样，恰好将墓碑上的字遮得干干净净。老蜡的耳边突然响起了各种鸟叫声，似乎是在歌唱，婉转动听。他终于抬起了头，仰望着天空，突然感觉向阳就在天空中看着自己。他又下意识地看了看那封信，"你一定帮我好好照顾若兰"一行字变得异常醒目。

　　老蜡突然想："对，我是应该好好照顾若兰的。但现在若兰在医院里住着，还非常恨我，我又怎么去照顾她呢？已经很明显了，若兰肯定是误认为我将和她之间的事透露给了向阳而导致他的自杀，所以才这样恨我。那么要照顾若兰，首要的问题就是要冰释若兰对我的误解。只有误解消除了，才可以去照顾她。同时也极有可能消除了若兰对我的误解，也就打开了她的心结。心结打开了，病自然也就痊愈了。那么我要怎样做才能消除她对我的误解呢？向阳给若兰的遗书里应该不会有他告诉我的那些内容，要不若兰肯定不会误解我的。现在的问题是怎样才能让若兰知道向阳给我这封信的内容。直接送过去给若兰？不妥，她现在那样恨我，如果一气之下撕掉了信，那就永远无法让她知道真相了。寄过去？也不妥，如果知道是我的东西，随手就扔进垃圾桶里了怎么办。陈副县长也说了，若兰的病时好时坏，如果恰好在她病重的时候收到了信，那就更糟了。唯有若兰在清醒的时候看到信，她才可能相信这个事实。"

　　想到这儿，老蜡站了起来，谁知他一下子又跌了下去，原来是因为坐太久，腿已经麻木。老蜡放下手中的信，用双手按摩了一会儿腿，这才站起来。沿着坟走了好几圈。"妻子陈若兰立"的字样又跳入了老蜡的眼里。"对，只要若兰在清醒的状态下，每年春节前，她肯定会来给向阳垒坟的。就将这些东西全部埋在坟边，如果有缘的话，若兰一定会发现。如果是在无意之中发现这些东西的，那她一定会认真去看，自然也就知道整件事的真相了。"

　　老蜡又围着坟墓走了好几圈，仔细地观察，发现坟墓后面的一个巨石下面有一个小土堆，这也是向阳坟周围唯一有松土的地方，而且应该不会淋到雨。老蜡想："按照当地的传统，每年岁末，来祭拜的人都要给坟墓垒上一些新土。要给向阳的坟墓垒新土，就只有在这里取了。如果我将这些东西埋在这里，若兰在取土时不就发现这些东西了嘛。"

　　老蜡正准备动手，又犹豫了，他想："虽然这小土堆不会被雨水淋到，但土壤里怎么都有水分的，如果就这样埋下去，那要不了多久，这些纸质的东西就会因为潮湿而腐化。还有更可怕的潜在危险,那就是老鼠也会咬烂这些东西。"思考了一会儿,便将所有的东西放在向阳的墓碑的后面下山去了。

老蜡很快就来到了矿化验室,见门还关着,一看表还不到一点,于是去了小卖部,本想买几个塑料袋的,但老板执意相送,老蜡也只好深表谢意后拿着塑料袋走了。刚出门便遇见了化验室副主任于科,于科是比老蜡早三年分配到矿里来的大学生,也喜欢篮球,所以和老蜡非常熟。见到老蜡,他觉得很意外,上来照着老蜡肚子就是轻轻地一拳,随后又是一个拥抱。于科说:"刚才我还到处找你呢。"

老蜡说:"找我干什么,你怎么知道我来矿里?"

于科说:"我听丁佩佩说的,她可能也在找你,问我看见你没有。诶,你在哪吃的午饭?"

老蜡说:"我随便吃了一点。对了,我找你有事呢。"

于科说:"什么事?"

老蜡说:"我想找一个广口瓶。"

于科说:"那太简单了,什么时候要,要多大的都行。"

老蜡说:"就现在吧。"

老蜡选好广口瓶后,没有做任何停留,便快步来到了向阳的墓地,马上动手,用刚才在矿里捡到的一小段钢筋很快就挖好了一个坑,然后将向阳留下的那包东西连同若兰的信用塑料袋包好后放进瓶子里,封好口后再用一块比瓶口稍大一点的石头挡住瓶口,才填上土。这样既可以防潮也可以防老鼠,而且从外观上看,并不知道下面还埋着东西,但只要去取土,就一定会发现。

埋好后,老蜡又犹豫了,会不会被其他人取走呢?仔细想来,除若兰以外,应该不会有其他的人来给向阳上坟吧,至少其他人是绝对不会在春节前去垒土的。余下的事就要看若兰与这些东西的缘分了,但愿若兰能够早一点看到这些东西。确认万无一失后,老蜡又坐到坟前和向阳继续喝酒,说:"向阳,你一定要保佑若兰尽快好起来,早一点发现这些东西。不好意思向阳,我现在还无法帮你照顾若兰,除了若兰还对我有误解,我不便去看她以外,也因为我工作上的失意马上就要出去闯荡了。不知道什么时候能回来,更不知道还能不能回来,但我保证,只要一回到锅子坝,就肯定来和你喝酒,喝个痛快!"

说到这里,老蜡又是一阵伤感,之前不如意的事全涌上了心头,他不禁放声大哭起来。没有任何压抑,没有任何克制,任凭自己大声地哭。

从山上下来,他没有再去这个自己曾经工作过的铅锌矿,而是沿着半山上的公路往锅子坝方向走去。他往下看了看矿区，第一次看到自己曾经引以为自豪的工作单位，原来是在一个峡谷的底部。他想："如果再在这里待上若干年的话，很可能连外面的世界是什么样子的都不知道了，是时候走出这谷地了。"

一路上虽然也碰到过两个便车，但他并没有想到要去搭乘，而是一直坚持步行，回到方俞家里，已经快六点了。因为该办的事都已经办好，而且还意外地弄清楚了向阳自杀的真实原因，加之在向阳坟前的那一场毫无顾忌的大哭，感到心里轻松了许多。

晚上和方登科喝酒，老蜡感觉好长时间都没有这样痛快。酒过几杯后，老蜡说："干爹、干妈、方俞，我准备明天就出发。因为那边的具体地点还没有落实，所以现在还不能给家里留地址，等我安顿好了以后再写信告诉你们。我不在家的时候，一切都只有靠你们自己了，我在外面你们就不要担心了，我会照顾好我自己的。"

方登科沉思了片刻，说："言恭，马上就春节了，要走也等过完年再走吧。"

方俞似乎有些忧郁地说道："就听爸爸的吧，过完节再走。"

老蜡说："工作是不等人的，有可能过完年，就被其他的人抢跑了，我还是先把工作搞好了再说吧。"

见老蜡这样坚持，一家人也没有再说什么。

第二天早上起来，他拿了两本书，一本清道光元年刻本的《易经》，一套《四书五经》，三枚用来卜卦的"乾隆通宝"小钱和两枚印章以及一些生活用品，然后用一个大的黄帆布包装着，就准备出发了。

方俞拿出三百块钱交给老蜡，说："我这里还留了一些钱，这些你都带上吧。"

老蜡只拿了一百块，将剩下的全部交给了方俞，说："我出去就有工资了，一百块足够。你在家里也要用钱，而且我可能要过一段时间才能给家里寄钱的。"

方俞知道老蜡的脾气，也就没有再坚持。老蜡来到岳父母的跟前，深深地鞠了一躬，说："方俞母子就有劳干爹干妈代为照顾了。"然后提着包大步地走了。

天空中突然下起了鹅毛大雪，那极速飘落的密集的雪片好像有意要将老蜡渐去的身影掩盖，没有过多久，家人们便看不见老蜡了。

虽然感觉极度的寒冷，但老蜡并没有半点退缩，他知道，这场大雪之后春天就要来了，于是用一只手捏住短大衣的领子，加快了步伐。

老蜡来到火车站，买了一张站台票，见来了一列火车，也不知道这列车是开往何处，只给乘务员说了声上车补票便爬了上去。车上并不是很挤，他很快就找到了座位。看着车窗外那纷纷飘落的雪片，老蜡的心情更加复杂，他不禁又想起了第一次来锅子坝的情形。

　　他并没有去补票,因为此时,连老蜡自己都不知道要到什么地方去,去干什么。他只能这样想,这不过是一个故事的结束,而另一个故事的开始吧。